GANÂNCIA

MARTINA COLE

GANÂNCIA

Tradução de
SYLVIO GONÇALVES

EDITORA RECORD
RIO DE JANEIRO • SÃO PAULO
2007

CIP-Brasil. Catalogação-na-fonte
Sindicato Nacional dos Editores de Livros, RJ.

C655g
Cole, Martina
    Ganância / Martina Cole; tradução de Sylvio Gonçalves.
– Rio de Janeiro: Record, 2007.

    Tradução de. The take
    ISBN 978-85-01-07554-3

    1. Ex-presidiários – Ficção. 2. Crime organizado – Ficção.
3. Romance inglês. I. Gonçalves, Sylvio. II. Título.

07-1785
                            CDD – 823
                            CDU – 821.111-3

Título original inglês:
THE TAKE

Copyright © 2005 by Martina Cole

Todos os direitos reservados. Proibida a reprodução, no todo ou em parte, através de quaisquer meios.

Direitos exclusivos de publicação em língua portuguesa somente para o Brasil adquiridos pela
EDITORA RECORD LTDA.
Rua Argentina 171 – Rio de Janeiro, RJ – 20921-380 – Tel.: 2585-2000
que se reserva a propriedade literária desta tradução

Impresso no Brasil

ISBN 978-85-01-07554-3

PEDIDOS PELO REEMBOLSO POSTAL
Caixa Postal 23.052
Rio de Janeiro, RJ – 20922-970

EDITORA AFILIADA

Para o Sr. e a Sra. Whiteside.
Christopher e Karina.
Com todo o meu amor por vocês dois.

E para
Lewis e Freddie, meus dois pequenos hambúrgueres gigantes!

Gostaria de agradecer a todos aqueles que me fizeram companhia durante as longas noites escrevendo. Beenie Man, David Bowie, Pink Floyd, Barrington Levy, Usher, 50 Cent, Free, Ms Dynamite, The Stones, The Doors, Oasis, The Prodigy, Bob Marley, Neil Young, Otis Redding, Isaac Hayes, Janis Joplin, Ian Dury, Clint Eastwood e General Saint, Bessie Smith, Muddy Waters, Charles Mingus, Edith Piaf, Canned Heat, Steel Pulse, Peter Tosh, Alabama 3... para citar apenas alguns.

Prólogo

1984

Lena Summers olhou para a filha mais velha com uma expressão de incredulidade e desprezo.

— Está brincando?

Jackie Jackson soltou uma gargalhada. Ela sempre ria alto, de um modo bem jovial. Uma gargalhada que ocultava a natureza vingativa subjacente.

— Ele vai adorar, mãe. E depois de seis anos trancafiado Freddie deve estar louco por uma festa.

Lena balançou a cabeça para a filha e suspirou.

— Perdeu o juízo? Uma festa depois de tudo o que ele aprontou? — Agora havia raiva em sua voz. — Ele continuou se encontrando com as putas mesmo atrás das grades!

Jackie fechou os olhos, como se isso fizesse desaparecer as verdades que sua mãe estava apontando para ela. Ela conhecia o marido melhor do que *qualquer outra pessoa*. Não precisava ficar ouvindo sermões a respeito dele.

— Pare com isso, mãe. Ele é meu marido, pai dos meus filhos. Vai dar tudo certo, agora que ele aprendeu a lição.

Lena bufou, estarrecida.

— Você está se drogando de novo?

Jackie suspirou fundo, fazendo o máximo para não gritar com a mãe.

— Não seja boba. Quero dar as boas-vindas a ele, só isso.

— Tá, mas eu, não.

Jackie balançou os ombros largos.

— Porra, mãe, que sacanagem!

Joseph Summers levantou a cabeça, olhou por cima do jornal e resmungou:

— Não fale assim com a sua mãe.

Jackie fez uma expressão de surpresa fingida e disse sarcasticamente, como se falasse com um bebê:

— Ah, já sei. Aprenda a se comportar como o papai.

Lena conteve um sorriso. Jackie, apesar de todos os seus defeitos, tinha um talento sobrenatural para colocar o dedo na ferida. Seu marido enfiou a cara de volta no jornal e Jackie sorriu para a mãe.

— Ah, mãe, *vai*. Toda a família *dele* vai.

Lena balançou a cabeça e, pegando os cigarros, disse:

— Mais um motivo para eu não ir. Esses Jackson só criam problemas. Lembra da última vez?

Jackie estava irritada de novo, e isso transpareceu em seu rosto. Estava cada vez mais difícil para ela esconder sua fúria.

— Mas foi você a culpada, mãe, e sabe disso — disse ela, entre dentes.

Jackie estava com os punhos fechados, e Lena olhou para a filha mais velha, impressionada com a raiva que ela era capaz de demonstrar. Ela era assim desde criança: bastava uma única palavra da qual não gostasse para mergulhar num frenesi de ódio.

Havia lágrimas nos olhos da filha. Lena sabia que precisava atenuar essa raiva agora ou encarar as conseqüências. Na verdade, ela estava cansada e nem um pouco interessada em ver o que a prisão fizera ao genro.

— Tudo bem, não precisa arrancar os cabelos.

— Mas eu não vou nem por um cacete! — Joe se levantou e saiu da sala. Elas o ouviram mexer nas panelas na cozinha.

— Vou convencê-lo, não se preocupe.

Ela já estava arrependida de sua decisão.

— Olhem só para ele, quem diria que esse cara acabou de sair da prisão?

Os homens riram.

Eles podiam ver a bunda sardenta do amigo balançando enquanto ele fornicava com a asiática pequena e jovem que os amigos tinham pago para ele na noite anterior. Ele tinha sido libertado no dia anterior de Shepton Mallet, onde passara as últimas seis semanas. Seus amigos o pegaram na saída da prisão numa limusine. Estavam com sua namorada, Tracey, e uma grande quantidade de bebidas. Ela ficara bêbada antes mesmo de alcançarem o túnel Dartford. Ele deixara Tracey no Crossways Hotel, contra a vontade dela, e seguira com os amigos para Londres, onde ele transara com tudo que estivesse vivo. Já deveria ter ido para casa, mas nenhum deles tinha coragem de lhe dizer isso. Ele estava bêbado e agressivo, e ninguém queria provocá-lo. Freddie Jackson era um sujeito difícil, e, por mais que gostassem dele, faziam todo o possível para não discutir com Freddie.

Ele acabara de cumprir seis anos de uma sentença de nove anos por porte ilegal de armas, tentativa de assalto e agressão — e se orgulhava disso. Na prisão, Freddie havia se misturado com o que considerava a nata do submundo e saíra de lá achando que agora era um deles.

O fato de todas aquelas pessoas estarem cumprindo mais de 15 anos de pena não fazia diferença para Freddie Jackson. Em sua mente, ele era Sonny Corleone, um homem a quem se devia respeitar.

Freddie Jackson adorava Sonny e nunca entendera por que haviam matado o personagem. Ele era o cara, muito mais ameaçador do que aquele bundão do Michael. Freddie via a si mesmo como o Poderoso Chefão do sudeste de Londres. Consertando o que estava errado, aterrorizando e fazendo fortuna enquanto isso.

Nada mais de sacanagem com a cara dele. Ele estava atrás do prêmio maior agora e estava determinado a conquistá-lo.

Saiu de cima da garota suado. Ela era bonita, e seu rosto vazio lembrou-o da utilidade das mulheres.

Freddie olhou para o relógio e suspirou. Se não mexesse logo seu traseiro dali, Jackie iria deixá-lo maluco. Ele sorriu para a garota e, levantando-se da cama, disse animadamente:

— Vamos andando, rapazes. Preciso ver um cara a respeito de um testemunho!

Danny Baxter resmungou por dentro, mas por fora pareceu empolgado com a perspectiva. Ele esquecera o quanto a vida em companhia de Freddie Jackson podia ser frenética e perigosa.

O primo de Freddie, Jimmy Jackson, sorriu junto com os outros homens. Ele era uma versão suavizada de Freddie e queria ser como ele. Havia visitado religiosamente seu primo na prisão, e Freddie apreciara isso. Ele gostava do garoto; achava que ele tinha coração. Além disso, ele era apenas nove anos mais novo que Freddie. Os dois tinham muita coisa em comum.

Hoje iria mostrar a Jimmy do que ele era capaz.

Maggie Summers tinha 14 anos, mas aparentava 18. Parecia com a irmã mais velha, mas era uma versão mais baixa e mais magra. Possuía a pele viçosa da juventude, e os dentes brancos e perfeitos ainda não tinham sido estragados por anos de fumo ou de negligência. Os olhos azuis eram grandes, afastados um do outro, e suaves. Como a irmã mais velha, Maggie sabia cuidar de si mesma; mas, ao contrário dela, não precisava fazer isso com freqüência. Ainda.

Media apenas 1,52m, tinha pernas compridas para a sua altura e não fazia a menor idéia do quanto era realmente linda. Em seu uniforme escolar — minissaia preta, camisa branca e suéter azul-marinho — parecia estar chegando em casa do trabalho, não da escola, e essa era a imagem que tentava passar.

Lisa Dolan, amiga algumas vezes e inimiga em outras, comentou alegremente:

— E aí, sua irmã vai dar uma festa esta noite?

Maggie fez que sim.

— Vou dar uma mãozinha a ela. Quer vir comigo?

Lisa sorriu de felicidade.

— Claro!

Se ela ajudasse, certamente seria convidada. Elas começaram a caminhar no mesmo ritmo, uma ao lado da outra. Lisa, uma garota de cabelos escuros, com dentes grandes, disse em voz baixa:

— Maggie, soube pela Gina que Freddie Jackson foi solto *ontem*. Isso não é verdade, é?

Maggie suspirou. Gina Davis era irmã de Tracey Davis, o que significava que devia ser verdade. Também significava que Jackie ficaria furiosa se soubesse disso. Tracey e Freddie estavam saindo juntos quando ele fora preso, mas ela tivera o bom senso de se manter afastada durante o julgamento. Maggie presumira que o caso acabara, mas aparentemente estava errada. A mãe delas odiava a forma como Freddie humilhava Jackie, falara sobre o assunto inúmeras vezes e fora pessoalmente tomar satisfações com a garota e ouvira, da boca do furioso pai de Tracey, que estava tudo terminado entre os dois. Na época, Tracey tinha apenas 15 anos. Ela tivera dois meninos, mas Freddie não podia ser responsabilizado por eles, já que tinham apenas 18 meses. Verdade seja dita, Tracey também não tinha qualquer idéia de quem era o pai. Mas ela fazia o tipo de Freddie Jackson: era grande, respirava e tinha um par de seios. Segundo Lena, essas eram as únicas qualidades necessárias para Freddie.

Graças à mãe, Maggie mantinha-se informada a respeito de tudo e de todos. Lena sabia tudo sobre todo mundo, e quando não sabia empregava seu extraordinário talento para descobrir. Mas até agora ela não ouvira nada a respeito da soltura de Freddie.

— Odeio aquela Gina. Ela é uma mentirosa, e se a minha irmã souber o que ela disse...

Maggie não terminou a frase, deixando bem claro seu ponto de vista, mas sem entrar em detalhes. Como Lisa não iria querer ser interrogada por Jackie, talvez guardasse essa informação para si.

Lisa, agora mais pálida porém avisada, mudou rapidamente de assunto.

Leon Butcher era um homem baixo e atarracado, com dentes manchados de tabaco e uma barriga de cerveja. Morava num apartamento de dois cômodos com a mãe idosa e uma coleção de bugigangas. Em outras palavras, era um malandro e tomava emprestado pequenos pertences, geralmente jóias. Naquele dia, estava olhando para um anel de ouro 18 quilates com diamantes. Os diamantes eram lindos, de primeira qualidade. Ele sorriu para a moça à sua frente. Ela obviamente o roubara de algum parente. A moça tinha os olhos fundos como os de uma viciada. Ele disse com suavidade:

— Posso dar cinqüentinha, e só.

Valia dez vezes isso, e a garota sabia.

Ele jogou o anel na mesa da cozinha e removeu o óculo. Acendeu um cigarro e o tragou profundamente. Podia esperar. Havia feito esse jogo diversas vezes antes.

Depois de uma eternidade, a garota disse "tá legal" em voz baixa.

Ele caminhou até o armário da cozinha, abriu uma gaveta e pegou um maço de dinheiro. E quando se virou para ela novamente viu Freddie Jackson parado no vão da porta.

— Olá, Leon — cumprimentou Freddie com um sorriso alcoolizado. — Esse dinheiro aí é pra mim?

Sentindo o clima ruim, a garota levantou-se, trôpega.

— Passa pra cá. Esse dinheiro é meu.

Com mãos trêmulas, Leon entregou o dinheiro a ele.

Freddie rapidamente separou cinco notas de vinte e deu à garota.

— Esse anel é seu, querida?

Ela balançou a cabeça positivamente.

— Leve-o com você e esqueça que esteve aqui, certo? — Ele sorriu para ela, e seu rosto bonito subitamente pareceu amistoso.

Ela pegou o anel e saiu do apartamento o mais rápido possível.

— Agora estamos sozinhos, hein, Leon? — Ele caminhou ameaçadoramente até o homem mais baixo.

— O que você quer, Freddie?

Jackson olhou de cima para ele durante alguns segundos antes de responder, em voz calma e baixa:

— O que eu quero, Leon? Eu quero você.

Ele deu um chute na virilha de Leon, e o homem caiu de joelhos. E, dobrando a perna, Freddie acertou uma joelhada no rosto de Leon. O impacto empurrou a cabeça de Leon para trás contra o armário de cozinha. Caindo de lado, Leon enrodilhou-se e recebeu mais chutes, em silêncio, impassível. Finalmente exausto, Freddie baixou os olhos para a massa ensangüentada diante dele e disse:

— Quero ver você ter coragem de prestar queixa, seu babaca. Onde estão as jóias?

Leon agonizava, e um chute rápido na virilha o fez soltar um grito.

— No quarto.

Freddie arrastou o homem, não muito gentilmente, pela sala e o jogou dentro do quarto.

— Pega.

Entrou também no quarto pequeno, atento, enquanto Leon, com dificuldade, retirava uma caixinha de madeira de sob a cama.

Abrindo a caixinha, Freddie viu que estava cheia até a borda com maços de dinheiro, assim como uma pequena fortuna em jóias. Ele pegou a caixa e colocou-a debaixo do braço.

— Você me custou seis anos, Leon. É melhor se mudar daqui, porque eu vou voltar sempre, você me entendeu?

Leon ainda estava de pé, e Freddie sentiu alguma admiração por ele por causa disso. Freddie dera uma boa sova no sujeito, e ele iria mijar sangue durante semanas. Mas deixara uma mensagem bem clara.

Leon fora apenas uma testemunha e não tinha culpa. Ele não havia feito isso para prejudicar Freddie diretamente; fora pressionado. Contudo, aos olhos de Freddie, isso não diminuía a deslealdade de Leon. Ele deveria ter ficado de boca fechada e cumprido pena como homem, em vez de delatar Freddie para se livrar.

Ao sair, Freddie estava assobiando. Na verdade, aquele fora um bom dia de trabalho.

Danny Baxter viu Freddie caminhando na direção da limusine com a caixinha debaixo do braço e sorriu quando ele se curvou para conversar com uma garota que empurrava um carrinho de bebê. Nesta região havia muitas garotas como essa, e elas eram petiscos para Freddie, contanto que tivessem um apartamentinho e não tivessem muitos problemas. Ele lhes dava uns trocados, e elas ficavam eternamente gratas.

— Nossa, ele não pára nunca, não é?

Danny suspirou. Aos 19 anos, o primo de Freddie tinha muito a aprender a respeito de Freddie Jackson.

— Isso não tem nada a ver com o fato de ele ter acabado de sair da prisão. Freddie foi sempre assim. A gente costumava chamar ele de "Sempre Alerta". Se você visse as barangas que ele já traçou!

Freddie entrou no carro e disse em voz alta:

— Ouvi isso, Danny Boy. Eu já te disse, as feias são as que ficam mais gratas.

Todos riram.

— Vamos ao pub?

— Fred, você não acha que deveria ir para casa ver Jackie e as crianças?

Freddie Jackson riu alto das palavras do seu primo mais novo.

— Não, Jimmy, eu não acho. Puta merda, muito em breve isso será *tudo* que eu vou ver, manhã, tarde e noite! Para o pub, rapaz, e vamos deixar rolar!

Eram 7h30, e a casa dos Jackson estava enchendo de gente; as faixas de boas-vindas estavam pregadas nas paredes e os sanduíches e as coxinhas de galinha esperavam para ser consumidos.

O lugar inteiro cheirava a loção de barbear, colônia e salada de repolho.

As crianças já haviam tomado banho e colocado roupas de festa, assim como Jackie, e mesmo assim nada de Freddie Jackson.

O antiqüíssimo aparelho de som estava tocando "Use It Up And Wear It Out", do Odyssey, canção cujo título Maggie achava mais do que apropriado para a festa de boas-vindas ao cunhado.

Onde ele estava e, mais importante, onde estava Jimmy?

Maggie viu sua mãe olhar na direção do pai dela com ar de desaprovação e soube que Jackie também tinha visto o gesto. Jackie estava linda vestindo uma blusinha azul-clara e uma saia comprida de cor preta. E, embora ambas as peças estivessem um pouco apertadas demais, ela estava elegante. Tinha enxugado os cabelos com um secador elétrico e estava usando maquiagem demais, como de costume, mas esse sempre tinha sido seu estilo. O glitter em suas pálpebras deixava-a sensual, e seus olhos eram muito bonitos. Se ao menos ela compreendesse o quanto poderia ficar linda caso se cuidasse melhor...

Ela também estava exagerando no vinho, o que não era bom sinal.

— Mas que porra! Onde foi que ele se meteu? — A voz do seu pai saiu alta e foi ouvida acima da música.

— Esquece, Joe — disse Lena em um tom mais baixo, tentando evitar uma cena.

— Foi você que me arrastou pra cá, mulher. Tenho todo o direito de perguntar onde está a porra do homenageado.

— Ele acabou de sair do buraco. Deve estar no pub com os amigos, como você costuma fazer depois do trabalho.

— Eu sempre vou pra casa primeiro, Lena, seja justa.

Ele agora estava pisando em ovos. Ciente da tendência de sua mulher em deflagrar uma guerra por causa de algumas poucas palavras mal escolhidas, ele se calou. Mas ele odiava a forma como Jackson tratava sua filha mais velha. Ele a usava. Ele a deixara com três crianças e dívidas suficientes para afundar o *Titanic*, e ela o tratava como se ele fosse especial. Quando aquela garota estúpida iria aprender? Ele era um marginal, um aproveitador, um sanguessuga.

Jackie também não era flor que se cheirasse, mas com Freddie Jackson fazendo tudo de errado, ela podia se tornar um pesadelo. Ela não o amava simplesmente, ela tentava absorvê-lo para si. Freddie era como um câncer corroendo sua filha, e os ciúmes que ela nutria por ele não tinham limites.

Agora tudo estava prestes a recomeçar, depois de seis anos de relativa calma, e ele não tinha certeza se conseguiria lidar com tudo aquilo de novo.

Maddie Jackson era uma mulher pequena de olhos azuis-esverdeados, a boca fina e arqueada. Sua silhueta esguia ocultava uma índole violenta que instilava medo até mesmo na nora de porte avantajado. Ela mantinha seu filho único num altar e não admitia que uma única palavra negativa fosse dita contra ele. Por seu filho, ela mentira e cometera perjúrio em diversas ocasiões, desde os tempos de escola até ele ir para a prisão. Agora que seu bebê estava voltando para casa, ela mal podia conter sua empolgação.

Ela correu os olhos pela casa pequena, absorvendo cada detalhe. Não era tão limpa quanto ela gostaria, mas, com toda justiça, Jackie dava o máximo de si. É claro que ela jamais lhe confessaria isso. Serviu-se de mais bebida e voltou calmamente para a sala da frente. Ali encontrou o marido conversando com uma moça jovem e suspirou de tristeza. Ele não mudaria nunca. Não enquanto tivesse um buraco na bunda, como a mãe dela costumava dizer. Com o passar dos anos, ela constatara essa verdade muitas vezes. Ele tivera três filhos fora do casamento e dormira tanto com a irmã dela quanto com sua melhor amiga, mas mesmo assim ela ainda o amava... então, quem era mais idiota?

Ela fez um prato para o marido e caminhou até ele. Com alívio, percebeu que a garota aproveitara a oportunidade para escapar.

Freddie Jackson Pai aceitou a comida agradecido e inspecionou a coxinha de galinha. Deu uma grande mordida e disse com a boca cheia:

— É melhor ele chegar logo. Não vou passar a noite inteira esperando por ele.

Ela sabia que ele dizia isso da boca para fora, pois estava louco para ver o filho. Era, afinal de contas, a imagem esculpida dele próprio quando jovem, e quem poderia resistir a isso? Quem seria capaz de resistir a se ver duplicado em outro ser humano? Ele amava o filho, embora invejasse sua juventude. Freddie Pai mantivera seu charme, mas o álcool e a vida desregrada tinham lhe custado a boa aparência. Contudo o filho também devia ter herdado um dos genes dela, porque, apesar da vida que levava, Freddie continuava bonito.

Maddie viu Jackie tomar mais uma taça de vinho em segundos e reconheceu os sinais de aviso do mau gênio de sua nora. O rosto de Jackie demonstrava tristeza, como se a vida estivesse sendo sugada dele, e seus olhos estavam contraídos. Ela parecia estar usando drogas. E, conhecendo Jackie como ela conhecia, provavelmente estava.

Maddie observou a mãe da garota empurrá-la para a cozinha, tentando acalmá-la. Em momentos como este, sentia pena de Jackie. Ela a fazia lembrar de si mesma quando jovem, não na aparência, mas no atordoamento que sentia pela forma como era tratada por um homem a quem idolatrava.

Um homem que não se incomodara de vir para casa nem para ver as filhas, que havia preferido passar o dia com os amigos, como de costume. Seis anos atrás das grades, e nada havia mudado realmente.

O pub estava lotado, a música, estridente, e todo mundo pagava bebidas para Freddie. Agora ele era um Chefão. Tinha 28 anos, cumprira pena, mas também era um homem diferente daquele que se afastara do convívio deles havia tantos anos. Ele os estava entretendo com histórias de pessoas sobre as quais eles apenas tinham ouvido falar, mas que para Freddie eram agora os seus irmãos de sangue.

Jimmy estava preocupado com a hora, enquanto seu primo parecia não ter a menor intenção de ir para casa; muito menos a tempo de chegar para sua própria festa.

— Vamos, Freddie. Prepararam uma festança na sua casa para te receber — disse Jimmy, agora com a voz um pouco alterada. Já passava das nove da noite e ele sabia que isso não era nada bom. — A família toda está à sua espera e a sua mãe está doida para te ver.

Jimmy sabia que a menção da mãe iria atenuar a raiva de Freddie.

Freddie olhou para o jovem durante alguns segundos, antes de abraçá-lo com força e beijá-lo na cabeça.

— Jimmy, você é um garoto bom pra caralho.

Jimmy ficou todo bobo com o elogio do primo.

— Você é o maior, Freddie. Todo mundo sabe disso.

Era o que Freddie queria e precisava ouvir.

— Vamos, rapazes. Peguem algumas garrafas. Está na hora de voltar para o horror do convívio familiar.

Enquanto saía do pub, Freddie foi passando a mão em algumas bundas cuidadosamente escolhidas e, a cada intervalo de poucos segundos, apontava para certas garotas, sorrindo para elas.

Jimmy viu Donny Baxter piscar para ele com respeito e pela primeira vez compreendeu o que fazia seu primo gostar tanto de sua reputação. O pequeno Jimmy estava voando baixo, mas o pequeno Jimmy também era um homem de 1,90m com alguns projetos em mente.
Freddie estava em casa e tudo estava bem no seu mundo.

Maddie viu a garota mais uma vez se engraçando com seu marido. Houve uma época em que ela teria feito um escândalo, mas hoje até ficava feliz com essas escapadas, porque a livrava do sexo com ele todas as noites. Só queria que ele não as cantasse na frente dela; era humilhante demais.
O que esses homens tinham para serem tão desejados?
A violência? A sensação de se estar viva apenas quando se estava junto deles? O perigo de saber que eles poderiam sumir por horas?
E Freddie era igual. Ele era a imagem do pai. Essa era mais uma coisa que a mãe dela dizia.
Como se os pensamentos de Maddie o tivessem trazido, seu filho parou diante da casa numa enorme limusine branca. No instante em que botou o pé na calçada, ela pôde ouvir sua risada rouca. Ele estava bêbado. Bêbado e feliz, mas bêbado.
Ainda assim, ela consolou-se ao pensar que ninguém poderia condenar seu filho por ter preferido beber a estar em companhia de sua família. Afinal, ele havia ficado trancafiado por tanto tempo, que precisava relaxar um pouco.

Kimberley, Dianna e Roxanna observaram o pai caminhar pela trilha ladeada pela grama alta do jardim, passando direto por elas sem lhes lançar nem mesmo um único olhar, e entrar na casa.
Kimberley, a mais velha, e portanto com idade suficiente para lembrar de todas as discussões, falou muito pouco. As duas mais jovens estavam com os olhos arregalados de empolgação. O homem sobre o qual sua mãe tanto falava acabara de passar correndo por elas, cheirando a conhaque, cigarros e roupas sujas.

Um pequeno séquito de amigos o acompanhava envergonhado, seguindo-o em direção à casa. Ao contrário de Freddie, eles estavam cientes de que deveriam ter chegado muitas horas antes.

O pai de Jimmy, James, observava cautelosamente. Ele, assim como a esposa, Deirdre, nunca havia gostado muito de Freddie, e a adoração que o filho nutria por ele causava muitas preocupações ao casal.

Jackie ouviu a voz ribombante do marido e saiu da cozinha correndo em seus saltos altos, o rosto uma massa vermelha de raiva, mas também de empolgação.

— Freddie! — Ela gritou, pulando nos braços dele. Freddie levantou-a do chão com dificuldade, abraçando-a com força antes de pousá-la no chão com uma certa rudeza.

— Caralho, garota, você está pesando uma tonelada! Mas não se preocupe. A gente vai queimar todas essas calorias na cama.

Ele olhou ao redor alegremente, orgulhoso de sua piadinha, achando-se o maior. Afinal de contas, ele era o motivo para todos estarem ali.

A família de Jackie olhava para ele sem conseguir acreditar, enquanto a própria Jackie sorria de felicidade.

O rei estava em casa, então que Deus salve a rainha.

LIVRO I

Mulher, uma flor de aspecto agradável mas de vida curta,
delicada demais para os negócios e fraca demais para o poder:
Uma esposa aprisionada ou uma empregada negligenciada:
Desprezada, se feia; traída, se bela.

— Mary Leapor, 1722-1746
"An Essay on Woman"

Não cometas adultério;
Raras vezes obterás vantagem nisso.

— Arthur Hugh Clough, 1819-1861
"The Latest Decalogue"

Capítulo 1

Jackie acordou com uma enorme dor de cabeça causada pela ressaca. Seus olhos pareciam cheios de areia quente, e a língua estava ressecada e grudada no céu da boca.

Em segundos percebeu que o marido não estava ao seu lado.

Mesmo depois de apenas uma noite, seu corpo estava consciente da presença dele. Depois que Freddie tinha sido condenado à prisão, ela levara muito tempo para aceitar que ele não voltaria para casa. Nas últimas semanas da gravidez, sentira uma falta imensa dele. Tinha sido muito duro perdê-lo daquela forma, mas ela havia esperado. Ansiosamente. Enquanto o marido estivera na prisão, não havia pensado em outra coisa além do seu homem, e não havia se passado um dia sequer sem que sentisse uma saudade que era quase uma dor física.

Mas agora ele estava livre e não reconhecia mais sua casa.

Suspirando, ela estava prestes a se arrastar para fora da cama quando escutou o som inconfundível da risada de Roxanna. Parecia uma sirene, como a de sua mãe, mas cheia de um humor contagiante, como a da avó materna.

Ela ouviu a risada alta do marido depois da gargalhada de sua filha e sorriu para si mesma. Como as meninas agora estavam um pouco maiores, talvez ele as achasse mais interessantes. Ele não chegara realmente a conhecê-las, e ela torcia para que agora, que ele estava finalmente em casa, pudessem se tornar uma família de verdade.

Kimberley entrou no pequeno quarto com uma caneca de chá quente. Com 9 anos de idade, ela havia puxado a Freddie: cabelos negros, olhos azuis e a arrogância natural do pai.

— Tudo bem, querida?

Ela realmente queria ouvir uma resposta, e ambas sabiam disso.

— Quem escutasse o barulho que vocês dois fazem aqui dentro, pensaria que ele estava em um hotel cinco estrelas, não enjaulado num conjunto habitacional da rainha.

Jackie sabia que aquela era uma fala bem típica de seu pai, mas Joseph fora mais pai para as meninas do que Freddie. O que ela poderia esperar?

— Não comece, Kim, foi difícil para ele quando estava longe de nós.

— Foi muito difícil para todos nós, mãe, não esqueça. Do jeito que ele fala, parece que foi o melhor acontecimento da vida dele.

Com 9 anos, a menina era mais esperta do que alguém dez vezes mais velho, e isso deixava Jackie furiosa. Kimberley não deixava nada passar.

— Bem, ele está em casa agora, não está?

Kimberley fungou indiferente enquanto dizia:

— E nós não sabemos?

Freddie estava surpreso por estar se divertindo tanto com as filhas. Elas eram meninas bonitas e inteligentes. Mesmo assim, ele gostaria de ter tido filhos, mas depois da ginástica da noite anterior tinha a sensação de que poderia ter um antes mesmo do final do ano. Uma coisa precisava reconhecer a respeito de Jackie — ela gostava de sexo tanto quanto ele. Um pequeno elogio, algumas carícias, e ela era dele.

Depois que ele a engravidasse, poderia relaxar. A pobre Jackie era fantástica sob diversos aspectos. Ele podia fazer qualquer coisa que ela sempre o perdoava. Sua mulher o compreendia, e ele a amava ainda mais por isso.

Mas até ele via a necessidade de ficar perto dela durante alguns dias. Ele sabia muito bem o que acontecia quando um homem ia para a prisão.

As pessoas farejavam e vinham correndo pegar um pedaço do bolo. Pelo que Freddie podia ver, Jackie tinha sido uma dama, mas quem poderia garantir? Ela gostava da velha cobra de um olho só, de modo que era bom ficar atento.

Se Freddie descobrisse que ela havia colocado chifres nele, Jackie seria uma mulher morta.

— Aprendeu a cozinhar na cadeia, papai?

Roxanna perguntou isso muito séria, e ele respondeu no mesmo tom, os ovos e o bacon chiando na panela.

— Não, querida. Papai já sabia cozinhar antes de ir para a cadeia. Por quê?

Roxanna respondeu, com toda a doçura dos seus 6 anos:

— Porque se você tivesse aprendido lá a gente podia mandar a mamãe também. Você cozinha muito melhor que ela.

Freddie soltou uma gargalhada. Sua filha mais nova era uma figura.

Ele olhou a cozinha ao seu redor. Para ele, era feia, mas limpa o suficiente. Depois que ele juntasse uns trocados, iria reformar o lugar. Ele precisava de uma casa adequada à sua nova posição.

Alguns dos caras que ele conhecera na prisão tinham casas de campo! Muitos acres de terras, piscinas. E o que ele tinha? Uma casinha num conjunto habitacional. Os filhos desses caras iam para colégios particulares, conviviam com os melhores. O que seu velho camarada Ozzy costumava dizer? "O que importa não é quem você é, mas quem você conhece." E ele estava certo.

Freddie os observara cautelosamente na prisão. E como ele havia aprendido! Todos eram visitados por mulheres lindas, vestidas como esposas de jogadores de futebol, com sorrisos largos e anéis de diamantes. Quantas vezes ele ficara morrendo de vergonha ao ver Jackie chegar de calças jeans e com aquele casaco horroroso de pele de ovelha. Mas a verdade era que ela não podia pagar por roupas melhores, e nem por isso havia reclamado.

Com esse pensamento, Freddie franziu a testa.

Ela merecia coisa melhor. Precisava gastar uma grana com ela. Ela merecia alguma coisa.

Ele iria resolver isso esta tarde.

Lena Summers abriu a porta da frente e se queixou:

— Você faz muito barulho quando bate na porta, Jimmy!

Sorrindo, Jimmy entrou na cozinha, cumprimentou Joseph com um aceno de cabeça e, pegando uma caneca no balcão, serviu-se de chá.

— Ela está pronta?

Lena riu.

— Imagine. Acaba de entrar no banho.

Lena estava passando manteiga numa torrada e automaticamente deu um pedaço para ele. Ele mordeu o pão, satisfeito.

— Como foi que as coisas acabaram ontem à noite?

Ele deu de ombros, parecendo grande demais na cozinha pequena. Sua lealdade para com o primo não conhecia limites, mas ele também odiava ver Lena ou Joseph magoados.

— Foi uma noite boa, Sra. Summers. Ele estava um pouco agitado, só isso. Afinal, passou tanto tempo na prisão...

— Se quer minha opinião, não deveriam ter deixado aquele merda sair.

Lena virou-se para o marido e disse:

— Ninguém pediu a sua opinião, pediu?

Ela se virou novamente para Jimmy.

— Jackie está bem? Quero dizer, espero que eles não tenham brigado.

Ele sorriu.

— Ficou tudo bem, sério. Quando eu saí, eles estavam dançando juntos, com a pequena Roxanna dormindo no ombro de Freddie.

Lena sorriu, um pouco mais calma por alguns dias. As brigas iriam acontecer, e todos sabiam disso. Mas primeiro ela queria que sua filha desfrutasse, pelo menos, alguns dias de felicidade.

Duas pessoas que deveriam ficar longe uma da outra eram Freddie e Jackie Jackson. Eles haviam se conhecido ainda na escola, e Lena odiara o garoto desde a primeira vez em que pusera os olhos nele. Jackie sempre tinha sido difícil de lidar, mas Freddie desde o início parecia exercer controle sobre ela. Ela era obcecada por ele, e no começo o sentimento fora mútuo. Ele só começou a procurar outras mulheres quando as filhas começaram a nascer. E, como sua mãe, Jackie passara a perseguir e a culpar as mulheres. Se ao menos Lena conseguisse fazer com que ela entendesse que, sem os homens, essas mulheres não existiriam. Mas ela já sentira isso na própria pele e sabia o quanto a traição doía, o quanto arruinava a auto-estima, o quanto afetava a vida, até você afundar ou aprender a conviver com ela.

Ela sabia que sua filha jamais iria aprender a conviver com isso, por Deus. Ela iria afundar mais e mais, a amargura corroendo-a por dentro junto com o ciúme.

Maggie entrou na cozinha, sorridente e maquiada.

Joe Summers disse, indulgente:

— Seu motorista está esperando há uma eternidade.

Ela sorriu.

— Meu motorista sempre espera eternidades.

Ela pegou uma torrada e uma caneca de café e, beijando a mãe e o pai, saiu de casa rapidamente. Ela sempre deixava a caneca no carro, e ele a devolvia quando podia. Os dois eram jovens decentes.

Lena e Joe observaram o rapaz segui-la, como sempre.

— Ele é um bom rapaz, Joe.

Joe deu um forte suspiro.

— Ela podia procurar mais e só achar coisa pior. E essa aí tem a cabeça no lugar. Sabe manter o garoto no cabresto.

— Pelo menos enquanto ele não montar nela.

Joe lançou um olhar de desprezo para a esposa.

— Dê algum crédito à menina. Ela é esperta, estou dizendo.

Lena sentou-se à pequena mesa de pinho e disse num tom triste:

— Ela é jovem demais, Joe. Só tem 14 anos.

— Você também tinha só 14 anos, Lena.

— E veja só o que aconteceu comigo.
— Você não se saiu tão mal. Afinal de contas, você me conquistou.
Ela riu com desdém.
— Tirei a sorte grande, não foi?
Eles riram juntos, enquanto Lena se perguntava o que ele faria se soubesse que a filha caçula já estava tomando pílula.
Homens, eles nunca percebiam o que estava bem debaixo do nariz deles.

Micky Daltry estava feliz hoje. Sua esposa mostrava-se de bom humor, porque ele tinha comprado um casaco e sapatos novos para ela. Os filhos estavam todos na casa da sogra, e o casal pretendia jantar fora para comemorar seu aniversário de casamento.
Sheila era uma boa mulher; e ele, sensato o bastante para reconhecer isso. Ela mantinha o lugar um brinco e todas as crianças estavam sempre bem-vestidas e comportadas. Graças a Deus, todas eram bonitas como a mãe e espertas como o pai. Uma combinação perfeita.
— Vamos, Sheila. O táxi vai chegar num minuto.
Ela estava rindo enquanto descia a escadaria da casa geminada onde moravam. Pintada em bege fosco, a escadaria era motivo de orgulho e felicidade para Sheila. Assim como o carpete creme, que deixava as crianças com raiva porque eram obrigadas a tirar os sapatos na porta de entrada. Diferente dos colegas, que andavam calçados em casa até a hora de dormir, quando tiravam os sapatos e os casacos. Mas essa era uma regra que até o pai deles seguia, e por isso eles sabiam que com eles não poderia ser diferente.
Sheila Daltry tinha cabelos louros e compridos, uma silhueta magra, mesmo depois dos três filhos, e uma natureza afável. Possuía uma personalidade calma e expansiva, completamente oposta à do marido. Micky era barulhento, engraçado e dado a guardar segredos. Quando a viu, assobiou, e ela se sentiu lisonjeada.
Alguém bateu à porta, e Micky abriu-a com um floreio.

Freddie Jackson estava lá, de pé, com um sorriso no rosto e um bastão de beisebol nas mãos.

O instinto de Micky foi tentar fechar a porta, mas depois de um esforço de alguns segundos Freddie não teve dificuldades em abri-la.

Uma vez dentro, fechou a porta com calma.

Sheila olhou para o marido e balançou a cabeça com tristeza. Micky estava aterrorizado e tudo o que podia fazer era estender as mãos em súplica na direção dela. Ele se virou lentamente para Freddie, que disse alegremente:

— Não vai me oferecer uma xícara de chá?

Maggie estava feliz, realmente feliz. Estava apaixonada, e isso era óbvio para todas as suas amigas.

A história da festa para Freddie já estava correndo todo o mundinho deles, e Freddie agora era visto como um herói conquistador. A chegada numa limusine já era relatada sem parar pelas garotas, e a ostentação que isso significava era discutida muito seriamente. Todas essas garotas sonhavam em ter uma vida de atriz de cinema ou rainhas da música pop.

— Você andou na limusine, Mags?

A pergunta partiu de Helen Dunne, amiga ou inimiga, dependendo de quem era o alvo das meninas no momento.

Maggie balançou a cabeça negativamente.

— Não, mas, se quisesse, poderia. Jimmy passou o dia todo andando de limusine e adorou. Disse que tinha frigobar e tudo.

Ela estava mentindo, mas todas optaram por acreditar na história.

— É verdade que ele bateu no Willy Planter?

Maggie balançou a cabeça novamente.

— Willy estava descontrolado, bêbado como um gambá!

Ela deu uma profunda tragada no cigarro Benson & Hedges.

— Jackie estava linda, vocês precisavam ter visto.

O tom de Maggie era sonhador. Ela amava a irmã profundamente, espelhava-se nela, dependia dela.

As garotas suspiraram.

— Aquele Freddie é mesmo um pedaço de mau caminho.

Quem disse isso foi Carlotta O'Connor, uma garota bastante desenvolvida, que já adquirira a reputação de beber, fumar maconha e sair com homens mais velhos.

Todas riram, escandalizadas, exceto Maggie, que disse secamente:

— Se eu fosse você, não sairia dizendo isso por aí. A minha irmã não ia gostar de saber que você disse isso. Ela morre de ciúmes dele.

Era um aviso, e todas perceberam. Maggie não deixava passar nada que considerasse um insulto a Jackie. Sua irmã tinha alguns defeitos, mas era sua irmã, e ela a amava.

Carlotta limitou-se a sorrir. Confiante como era, não sentia medo de ninguém. Mesmo assim, não gostaria de pisar no calo de Jackie Jackson.

— É verdade que você e o Jimmy estão namorando firme?

Maggie sorriu.

— É melhor para ele que seja assim.

As garotas entenderam o que Maggie quis dizer e começaram a mexer com ela. Ela aceitou as brincadeiras, mas por dentro estava preocupada. Agora que havia liberado para Jimmy, temia que ele caísse fora. Mas ela fora incapaz de resistir a ele por muito tempo, porque o desejava tanto quanto ele a desejava.

— Você está bem, Mags?

Ela sorriu, feliz.

— Nunca estive melhor.

Micky olhava aterrorizado para Freddie Jackson. Sheila ainda estava parada na escada, assistindo, resignada, à cena que se desenrolava diante de seus olhos.

Quando o taxista tocou a buzina, Freddie disse a Sheila:

— Querida, pegue aquele táxi e vá para a casa da sua mãe. O seu marido e eu precisamos ter uma conversinha.

Ela fez que sim, e os dois observaram-na enquanto ela saía da casa.

— Gostei do cafofo, Micky. Você devia ver a minha casa depois que parou de entrar grana. Virou um chiqueiro, traidor filho-da-puta!

O bastão de beisebol desceu no ombro de Micky e a dor excruciante atravessou seu corpo, fazendo-o gritar. Micky caiu de joelhos.

— Olha, Freddie ...

— Cala essa porra dessa boca mentirosa, seu cafetão! A minha patroa estava passando necessidade enquanto você e seus filhos estavam vivendo no luxo com a porra do meu dinheiro. Tá pensando que eu sou otário?

Micky agora estava chorando, o que estava deixando Freddie Jackson ainda mais irritado do que a afronta de antes. Gritou, colocando o dedo na cara do homem:

— Pode berrar, seu veado! Agüentei tudo e te deixei fora porque sou uma porra de um sujeito leal. Mas e você? Nunca ajudou a minha família em nada! Fiquei trancafiado por roubo e porte ilegal de armas, enquanto você estava aqui, enchendo o rabo de dinheiro! Será possível que você não pensou que eu ia cair fora daquele lugar alguma hora? Eu quero a minha grana.

Micky estava segurando o ombro dolorido, enquanto dizia entre lágrimas.

— Eu não tinha nada pra dar a elas, Freddie. Eu só consegui me manter...

Freddie arrastou o homem até a sala da frente. Estava pintada de verde-claro e creme e no canto tinha um belo jogo de sofás, um bom televisor colorido e um aparelho de som decente. Ele empurrou o homem que já fora seu amigo para o sofá. E, gritando insultos sem parar, pôs-se a bater sistematicamente com o bastão de beisebol no homem que tentava se proteger.

— Todo o dinheiro que você cavou deveria ter ido para as *minhas* filhas! Eu te mantive fora da porra daquele lugar, seu duas-caras, e você *nunca* foi ver se a minha família estava bem nem no Natal! Perdi a *porra da minha liberdade* enquanto você ficava aqui com a sua família de merda sem pensar na minha pobre Jackie, lutando para criar as minhas meninas, não é?

Freddie golpeava o homem com toda a força. O sofá creme já estava todo sujo de sangue. Ao parar para descansar por alguns segundos, Freddie viu que havia aberto a cabeça de Micky. As cortinas aveludadas e o teto rebaixado em gesso estavam salpicados de sangue.

Ele não precisou fazer força para arrebentar a ampla janela. Freddie viu os vizinhos parados diante de suas casas ouvindo a confusão, mas como a maioria deles já havia desejado que ele se saísse bem Freddie não precisava temer que chamassem a polícia.

Estava feliz por ter causado danos graves. Queria que o fato fosse comentado; e que as pessoas soubessem que ele estava de volta. De volta às ruas e mais do que capaz de acertar contas, passadas ou presentes. Estava planejando vários esquemas ilícitos e não estava disposto a se contentar com nada menos do que o domínio completo de seu mundo. Freddie aprendera muita coisa nos seis anos em que estivera no buraco e estava disposto a fazer o melhor uso possível desse conhecimento e de seus novos contatos.

Micky estivera por cima durante muitos anos, e Freddie precisava dar um basta agora. Precisava mostrar a Micky que ele não podia mijar no quintal dos outros e sair ileso.

Eles estavam indo se encontrar com alguns amigos, e o porta-malas estava abarrotado de armas. Micky tinha saltado do carro para comprar um maço de Rothmans quando os tiras deram uma dura em Freddie. Ele resistiu aos policiais, como era natural, e negou o envolvimento de Micky Daltry. Freddie pegou nove anos por porte ilegal de armas e precisou manter a cabeça abaixada e a bunda encostada na parede, como era de esperar. Mas Micky devia ter cuidado da família dele. Ele dera sorte de escapar da prisão e Freddie não se ressentira disso. Por que deveria? Era melhor que apenas um deles fosse capturado, e infelizmente tinha sido a vez dele. A vida era assim. Apenas um risco ocupacional para eles.

Mas Micky não tinha dado a mínima para ele. Não havia nem tentado ajudá-lo, ou pagar sua fiança, nada. Naquela época, Freddie era apenas um garoto e não sabia nada de nada.

Mas agora, não. Agora ele era um homem que sabia como ajustar contas.

Na prisão, depois de brigar com todo mundo que tinha olhado torto para ele, Freddie conquistara a fama de durão. Finalmente, tinha sido enviado para uma unidade de segurança máxima, em Parkhurst, classificado como um prisioneiro de alta periculosidade. Em Parkhusrt, Freddie se misturara à nata do submundo do crime.

Foi um homem chamado Ozzy, um criminoso de carreira e Chefão de uma área perigosíssima, que descobriu o potencial de Freddie. Ozzy tornou Freddie seu protegido e ensinou a ele não apenas como fazer negócios com dignidade, como também a utilizar seus pontos fortes.

Ozzy fora um bom professor, e Freddie, um excelente e promissor aluno.

Agora que estava fora, Freddie iria trabalhar para Ozzy, fazer uns trabalhos sujos ou coletar dívidas. Isso significava que ele trabalharia indiretamente para os Clancy, mas o crédito por todos os golpes iria para Ozzy. Freddie estava determinado a subir na vida. Ele cometera seus golpes sem chamar nenhuma atenção, e Ozzy tomara-o como aprendiz justamente por isso.

Micky Daltry, por outro lado, se esquecera dele. Freddie saíra de circulação e Micky acreditara que ele ainda estava em cana. Seis anos pareciam muito tempo para quem ficava aqui fora, mas lá dentro passavam ainda mais lentamente, muitas vezes com a ajuda de narcóticos.

Mas, como Micky estava descobrindo, o tempo finalmente passava.

Agora estava na hora de acertar velhas dívidas, resolver todas as diferenças. Em suma, fazer este homem entender que havia errado.

Micky precisava saber que ninguém, ninguém mesmo, sacaneava Freddie Jackson e andava por aí como se nada houvesse acontecido.

Micky Daltry, aliás, jamais andaria novamente.

Lena estava observando Jackie enquanto ela preparava filé e batatas chips para o jantar do marido; Lena, na verdade, tinha de admitir que ele estava se esforçando.

Enquanto Jackie fatiava cogumelos e tomates, Lena pôde perceber a felicidade estampada no rosto da filha e sentiu um impulso de abraçá-la. Mas não fez isso; não era uma mulher afeita a demonstrações de afeto.

Jackie serviu mais uma taça de vinho e continuou tagarelando, alheia ao fato de que sua mãe não estava ouvindo nada do que ela dizia.

— Ele vai comprar móveis novos pra gente, mãe. A televisão nova chega amanhã, e os móveis para o quarto das meninas... mamãe, são lindos!

— Móveis de quarto e tudo mais, é?

O entusiasmo na voz da filha despertou a mãe dos seus devaneios. Jackie assentiu positivamente.

— Até Kimberley está feliz agora, e você sabe como ela é rabugenta!

Ambas riram.

— Esta noite a mãe dele vai ficar com as meninas e nós vamos tomar uns drinques no pub. Mal posso esperar, mãe. Estou tão feliz por ele estar em casa!

Parou de fatiar e olhou bem nos olhos da mãe. Disse num tom calmo e sério:

— Senti muita falta dele, mãe, você sabe disso. Quando ele não está por perto, é como se faltasse uma parte de mim. — Lágrimas surgiram nos olhos de Jackie, e antes que Lena se desse conta já havia abraçado a filha.

— Agora ele está em casa, meu bem.

Desacostumada de ser abraçada pela mãe, Jackie resolveu aproveitar ao máximo e chorou no ombro de Lena. Sentiu o cheiro de perfume Blue Grass e cigarros. Era um aroma confortador e doméstico, e Jackie estava desfrutando a sensação de ser amada, quando uma voz disse alto:

— Puta que pariu, o que é isso? Cena de novela?

Freddie puxou Jackie rudemente dos braços da mãe e, ao ver as lágrimas no rosto dela, disse muito sério:

— Ei, qual é o problema? Por que está chorando, meu bem?

Ele gritou para a sogra:

— Que merda você disse pra ela?

Lena suspirou, enquanto a filha explicava entre soluços:

— Ela não disse nada. Chorei porque estou muito feliz por você estar em casa novamente! Só isso. Estava dizendo a ela que senti muita falta de você, que esperei muito tempo por sua volta, e que agora está aqui...

Freddie olhou para o rosto da esposa e viu amor, juntamente com uma necessidade e uma carência tão fortes que poderiam levá-la a matar por ele. Freddie de repente teve a sensação de estar preso entre paredes que se fechavam para esmagá-lo.

Freddie abraçou-a com força e viu a sogra sair da cozinha sem olhar para trás.

— Estou em casa, Jackie. Está tudo bem agora, pode acreditar.

Com poucas palavras, ele apagou os anos que ela passara sozinha com as crianças, a solidão, a batalha diária. Disse a ela que estava farto de ouvir falar disso, e que o melhor que ela podia fazer era colocar uma pedra em cima de tudo o que acontecera. E foi o que Jackie decidiu fazer enquanto desfrutava a sensação de ter os braços dele a envolvendo.

Dianna quebrou a tensão quando entrou na cozinha e disse, fingindo sotaque francês:

— *Ohlala!*

Jackie observou o marido tomar a filha nos braços e beijá-la. Dianna já era a favorita dele e podia fazer gato-sapato do pai. E enquanto assistia à cena Jackie precisou engolir o ciúme que sentia de uma menina de 7 anos. Sua própria carne e sangue.

Ela puxou a menina dos braços dele e, dando uma palmadinha carinhosa em seu bumbum, disse alegremente:

— Fique lá com as suas irmãs. Estou tentando fazer o jantar.

Enquanto a filha saía alegremente da cozinha, Jackie virou-se para o marido, mas ele já estava procurando por uma cerveja na geladeira velhíssima. O momento havia passado, e ela sabia disso.

Ela voltou para o fogão, dizendo a si mesma para não ser estúpida. Dianna era uma boa menina e, se a menina pudesse ajudá-la a mantê-lo em casa, isso só podia ser uma coisa boa.

*

Maggie e Jimmy estavam no pub quando Jackie chegou. Eles tinham chegado mais cedo e reservado uma mesa perto do bar. O lugar já estava ruidoso e enfumaçado. Maggie estava bebendo Southern Comfort com limonada, e mesmo depois de três doses ainda não estava bêbada. Ela já era uma bebedora experiente, como a maioria de suas amigas.

Jimmy estava, como sempre, olhando para ela. Seus cabelos negros e os olhos azuis eram uma combinação perfeita, e ela sabia disso; sorriu de volta para ele, timidamente. Como sua mãe dissera, ele olhava para ela como se ela fosse um grande presente que ele estava ansioso por desembrulhar. E em seguida ela comentava com sua sabedoria cáustica: "Mas não deixe ele desembrulhar muito, garota."

Maggie riria algum tempo atrás, mas agora já tinha sido completamente desembrulhada, e o medo de perdê-lo era profundo. Porém ele parecia ainda mais apaixonado por ela, e isso, por enquanto, bastava para aplacar seus temores.

Ao ver a irmã entrar no pub, ela acenou.

— Cadê o Freddie?

Jackie tirou a jaqueta e disse alto:

— Me deixa sentar primeiro, tá?

Maggie arregalou os olhos. Esse era o jeito de Jackie. Ela falava com as pessoas como se fossem insignificantes e, felizmente para ela, as pessoas engoliam isso por causa de Freddie e sua reputação. Mas Maggie sentia-se mais magoada que as outras pessoas, porque esta era sua irmã mais velha e ela a adorava.

Jimmy franziu a testa, e Maggie disse alegremente:

— O que te chateou? — Estava pisando em ovos porque Jackie era capaz de descontar nela, mas não sabia de que outra forma poderia lidar com a situação.

Baixando os olhos, Jackie sentiu-se mal, mas a inveja habitual já a havia possuído. A pele perfeita, os dentes brancos e a silhueta esguia de Maggie vinham-na incomodando ultimamente. Ela invejava a irmã por sua beleza e juventude; invejava o fato de ela não ter filhos nem laços. A volta de

Freddie para casa despertara antigas ansiedades. Ela sabia que logo ele iria traí-la com outras mulheres, e que mais uma vez seria atormentada pela insegurança e pelo ódio a si mesma. E, o pior de tudo, sabia que, para não perdê-lo, iria aceitar que ele a traísse.

Não era a melhor perspectiva para um casamento.

— Desculpe, meu bem. Pode pedir uma bebida para mim?

Jackie sentou-se e, exatamente como Maggie e Jimmy sabiam que ela faria, ficou olhando para a porta, à espera do marido.

Jimmy notou que as mãos dela estavam trêmulas. Quando acendeu o cigarro, ele ficou surpreso com a violência do tremor. Sabia que ela se entupia com pílulas para emagrecer, Dexedrina e até alguns Mandrax. Isso quando não estava engolindo Valium e Norovail.

Jackie era uma bomba prestes a explodir.

Ele se levantou e foi até o estacionamento. Já estava escuro, mas conseguiu discernir a silhueta de Freddie bem no canto do estacionamento, curvando-se para a porta de um Granada verde-escuro. Enquanto caminhava devagar até o carro, conseguiu ouvir o que os homens estavam dizendo.

— Ozzy disse que você podia me ajudar. — A subserviência na voz de Freddie foi tão chocante que Jimmy parou de repente.

— Tem certeza de que pode fazer isso, Freddie? Isso é coisa grande, amigo. — A voz do homem era calorosa e amigável, mas de certa forma ameaçadora.

— Certeza absoluta. Conheço o negócio, posso garantir o meu lado.

— Relaxe, cara. É apenas um pouco de maconha.

Pelo tom da voz, Jimmy teve certeza de que o homem estava sorrindo. Deu uma baforada no cigarro antes de dizer:

— Manterei contato.

Jimmy viu Freddie recobrar a confiança, quase conseguiu sentir a empolgação correndo em suas veias.

— Obrigado, Sr. Clancy. Vou ficar muito grato.

— Mais uma coisa, Freddie. — O homem apontou para Jimmy e perguntou: — Você conhece esse babaca abelhudo?

Freddie virou-se e fez um gesto para Jimmy se aproximar. Quando Jim se aproximou, Freddie apertou-o num abraço forte.

— Este é o meu priminho, Sr. Clancy, Jimmy Jackson.

— Priminho? Puta que pariu, qual é a papinha que dão para os nenéns da sua família? Bosta de cavalo?

Todos riram.

O motorista estendeu a mão e Jimmy apertou-a, nervoso. Era Siddy Clancy, de quem até agora apenas tinha ouvido falar. Era o mesmo que encontrar uma estrela de Hollywood.

— Manterei contato, certo?

Freddie balançou a cabeça mais uma vez e o carro partiu a toda, quase causando um acidente ao seguir pela Dagenham Heathway em direção à A13.

Freddie estava orgulhoso como um pavão. Sorrindo, segurou Jimmy pelo braço e começou a cantar:

— Vamos nadar em dinheiro, vamos nadar em dinheiro.

Contagiado pelo entusiasmo de Freddie, Jimmy começou a cantar também.

— Caramba, Fred. Siddy Clancy! Que jogada!

Freddie subitamente ficou sério.

— É um *veado*, e sou o homem que vai foder com ele.

Jimmy não teve certeza de que tinha ouvido direito. Siddy Clancy era um homem mau, um bandido perigoso. Ninguém em seu juízo perfeito tentaria sacanear o sujeito, mas ele manteve esse pensamento apenas para si.

Freddie colocou um dedo nos lábios ao dizer:

— Fique de bico calado e poderá trabalhar para mim. Vou te mostrar o caminho das pedras, filho. Entendeu?

Jimmy concordou, como era esperado que o fizesse. Mas de repente sentiu um calafrio. Aquela gente era barra-pesada demais para eles, mas Jimmy guardou isso para si.

Uma vez dentro do pub, Freddie seguiu direto até um grupo de garotas que estava bebendo no bar.

Maggie viu a cara da irmã e suspirou.

Jimmy se sentou no reservado ao lado de Maggie e, colocando o braço em torno dela, beijou-lhe a testa. Maggie instintivamente aconchegou-se a ele e ficou observando a fúria borbulhar dentro de Jackie.

Seus olhos estavam atravessando as roupas do marido, praticamente apunhalando Freddie pelas costas. Ele sabia que ela o observava, mas só se sentou perto dela depois de ter flertado o bastante para deixar as garotas constrangidas e a esposa pálida e abatida.

Capítulo 2

Steel Pulse tocava alto no silêncio da sala, o forte cheiro de maconha pairava no ar e os três homens entreolhavam-se cautelosos.

Pela janela chegavam os sons usuais do verão: crianças rindo, o movimento do tráfego e, de vez em quando, o som estridente do rádio de um carro.

— O que é que há com ele, hein?

Freddie estava balançando a cabeça, incrédulo, enquanto Jimmy estava de pé ao seu lado, observando os procedimentos em silêncio.

O negro de cabelos alisados deu um largo sorriso, mostrando os dentes da frente separados por falhas. Jimmy sabia que o homem era perigoso. Parecia amistoso, até amável, mas havia um brilho metálico em seus olhos — e a forma inconfundível de um facão debaixo do casaco de couro. Ele também tinha um grupo de companheiros a postos do outro lado da porta de sua casa em South London.

Glenford Prentiss estava segurando um baseado enorme e inalou profundamente antes de falar numa voz rouca e cheia de fumaça, que se misturou a uma tosse forte:

— Era uma merda, Freddie. Não tem outra forma de descrever. Vendi aquela porcaria e consegui o dinheiro pra você. Meu garoto ficou puto quando provou o bagulho. Daqui por diante eu faço os acordos. — O sotaque jamaicano carregado foi interrompido quando ele tentou pigarrear. Estava chapado mas lúcido.

Freddie olhou para o homem à sua frente. Era um tipo meio estranho, mas gente boa. Gostava do cara, e ele estava absolutamente certo. Freddie passara uma péssima mercadoria para Glenford na semana anterior e agora estava aprendendo uma lição.

Freddie orgulhava-se de sua capacidade de aprender rápido as lições, descobrir quem ele poderia passar para trás e quem não seria capaz de enganar. Como representante de Ozzy, precisava ver onde pisava, analisar bem como devia agir. Ozzy esperava que ele *conseguisse* resultados, não que *tomasse* na cabeça. Havia uma linha tênue que separava esses dois caminhos, e ele sabia que a havia cruzado.

Não tinha escolha além de levantar, sacudir a poeira e dar a volta por cima, tirando o melhor proveito da situação.

Freddie sorriu, aquele sorriso branco que enrugava os cantos dos olhos e fazia todos o considerarem como o filho favorito de alguém.

Aquele sorriso ocultava a estranha personalidade de Freddie, e Glenford Prentiss sabia disso melhor que ninguém. Ele apresentara sua queixa e estava pronto a reforçar suas palavras com ações. Mas por que fazer isso? Por que matar o mensageiro? Afinal, apesar do jeito arrogante de Freddie Jackson, ele era apenas uma marionete de Siddy.

E era Ozzy quem estava no comando puxando todas as cordas.

Todo mundo sabia disso.

— Não vai acontecer de novo.

Glenford sorriu.

— Sei disso, cara.

Ele abraçou Freddie, depois soltou uma risada, aquela sua risada contagiante. Deu a Freddie um envelope marrom, cheio de dinheiro, e ele não o contou. Sabia que não precisava.

Enquanto Freddie guardava o dinheiro no bolso, Glenford disse-lhe baixinho:

— Você precisa tentar, cara. Eu sei disso. Eu teria feito a mesma coisa.

Ele passou o baseado para Freddie, que deu uma tragada segurando por alguns segundos, antes de exalar lentamente. Em seguida, olhando para o baseado, ele disse:

— Essa, sim, é da boa.

Glenford sorriu.

— Nunca fumo o que vendo, cara. Principalmente quando fornecido pelos branquelos.

Todos riram, e Jimmy sentiu a tensão desaparecer. Finalmente ele conseguiu respirar. Os negros o preocupavam, mas apenas porque eram muito imprevisíveis. Mas Jimmy gostava de Glenford, e na semana anterior aconselhara Freddie a fornecer a maconha vagabunda aos skinheads, que eram incapazes de distinguir a boa da ruim.

Alguns minutos depois, no carro, Jimmy repetiu para Freddie o que já dissera antes.

— Foi por pouco, Freddie. Como eu disse na semana passada, eles sabem distinguir maconha boa da vagabunda.

Freddie parou o carro, virou-se, olhou Jimmy bem no rosto e disse com arrogância:

— Nunca mais me passe sermão, tá? O golpe não deu certo, e ponto final.

— Sei disso, Freddie. Só estava dizendo...

— Cala a boca.

Freddie estava fitando Jimmy nos olhos, e o veneno estava ali, para quem quisesse ver. Jimmy sentiu a ameaça e engoliu as próprias palavras.

Ele tinha quase 20 anos e era um jogador. Estava ficando cada vez mais difícil conter a raiva. Freddie o tratava como a um ajudantezinho contratado, e isso o deixava furioso. Ele podia peitar qualquer um e queria ser tratado com o respeito que merecia.

Frustrado, Freddie socou o volante.

— Sinto muito, Jim, mas olhe para mim. Ainda estou vendendo porcaria para o Clancy. Chegou a hora de dar uma rasteira nele, apesar do que Ozzy possa pensar. Ele já teve o seu quinhão e eu não quero passar o resto da minha vida como capanga do Clancy.

Ligou o carro novamente.

— E não preciso de você para ficar me lembrando disso, tá? — disse, com um sorriso triste. — Vamos beber alguma coisa? Tenho uma garota lá em Ilford; você me deixa lá e fica com o carro, tá?

Ele ligou o toca-fitas e o som de Phil Collins encheu o espaço apertado entre eles.

Jimmy suspirou. Freddie não dava as caras em casa havia dias, e isso estava deixando todos os envolvidos tensos, exceto, é claro, Freddie, o pivô de tudo.

Nos últimos seis meses, ele havia aprontado poucas e boas com Jackie, e, enquanto todo mundo sofria, Freddie não estava nem aí.

Como o pai de Maggie sempre dizia, Freddie Jackson não mudaria enquanto as mulheres tivessem peitos.

— Ponha as crianças no banho para mim, tá?

Maggie concordou e, no andar de cima, abriu a água da banheira e colocou uma boa dose de sabão para fazer espuma e as meninas poderem brincar com alguma coisa.

Depois que as meninas estavam acomodadas na banheira, ela lavou rapidamente os cabelos delas e deixou-as se distraindo com seus brinquedos.

Na sala da frente, viu que Jackie tinha aberto outra garrafa de Liebfraumilch.

— Mas onde será que ele está? Ele pode estar até preso.

Lena, que estava na cozinha certificando-se de que havia comida na geladeira para alimentar as netas, disse em voz alta e sarcástica:

— A esta altura você já teria sido informada.

Maggie sentiu vontade de dar um tapa na mãe por aquela resposta. Enquanto Jackie achasse que Freddie estava preso, ela podia não ficar feliz, mas pelo menos teria certeza de que o marido não estava trepando com a fêmea mais próxima na qual conseguisse botar suas mãos pegajosas.

Jackie fechou os olhos, irritada.

— Ele está com alguma vagabunda, não é?

Maggie sentou-se ao lado dela no sofá e disse gentilmente:

— Ninguém sabe, Jackie. Acalme-se. As meninas podem perceber que está acontecendo alguma coisa.

Acendeu um cigarro e colocou-o na mão da irmã, ao mesmo tempo que arrancava dela a taça de vinho.

— Isso não vai te fazer nenhum bem, vai?

Jackie fungou, mais uma vez a ponto de chorar.

— Vai me ajudar a dormir.

Maggie acendeu um cigarro para si mesma. Ficava louca de raiva vendo a irmã desse jeito. Jackie era uma mulher forte em todos os sentidos, mas Freddie a reduzia a nada. Lena entrou com mais duas taças de vinho. Ela serviu as taças e, bebericando a sua, sentou-se na cadeira, dizendo muito séria:

— Admita, filha, ele não serve pra você.

Maggie teve vontade de gritar. A mãe parecia um disco arranhado, e mesmo quando falava a verdade só conseguia deixar Jackie ainda mais furiosa.

— Pare com isso, mãe. Não vê que só está deixando ela mais chateada ainda?

Estava olhando para a mãe, rogando para que ela se calasse. Lena deu de ombros, bebericou seu vinho e prosseguiu num tom mais amistoso:

— Ele não presta. Seu pai era igualzinho. Farejava mulher como um perdigueiro. Aquele malandro. Ele e eu brigávamos tanto por causa disso...

Agora ela estava sorrindo.

— Vocês se lembram daquela vizinha em Silvertown? Qual era o nome dela?

Jackie riu de repente.

— Maggie era muito pequena para lembrar-se dessa, mãe. Nossa, como você ficou puta!

Elas riram, amistosamente; eram aliadas agora. Toda a mágoa de Jackie foi esquecida graças a uma recordação engraçada.

— O que aconteceu? — Maggie agora era toda ouvidos, interessada em uma das histórias da família, que sempre envolviam o pai, ou o marido de sua irmã, e uma mulher, ou muitas delas. Mas as histórias eram contadas de forma engraçada. Elas sempre conseguiam ver o humor da situação e riam disso.

— Minha irmã Junie disse que ele estava trepando com uma loura, uma vizinha. Então lá estava eu, olhando pela janela, tentando pegar o sacana no flagra, quando o vi com uma loura que tinha acabado de se mudar para o nosso prédio. Abri a janela e ele gritou algo do tipo "passo lá daqui a pouco".

Lena bebericou o vinho. Como sempre, sua voz estava ficando cada vez mais alta, enquanto ela gesticulava e brandia o cigarro e a taça perigosamente, à medida que continuava contando a história.

— Desci a escadaria do prédio que nem uma bala. Entrei no apartamento da mulher e comecei a cobrir a cara dela de porrada. O marido dela apareceu e me arrastou para fora, Jackie disse umas boas para ele, e o pai de vocês fez o que devia fazer. Eu estava com as mãos cheias de cabelos da pobre mulher e o chão estava coberto de sangue. Todos os vizinhos saíram para ver a confusão.

Elas estavam rindo.

— O que aconteceu depois? — perguntou Maggie, enquanto a mãe e a irmã contorciam-se de rir.

Enxugando os olhos, Lena disse:

— Bem, a loura não era ela.

Os olhos de Maggie se arregalaram ao máximo.

— Tá brincando!

As três caíram na gargalhada.

— Seu pai tinha pedido um martelo emprestado ao marido da mulher alguns dias antes, e eles queriam a ferramenta de volta. Quase morri de vergonha.

Jackie esvaziou sua taça em dois goles e enxugou as lágrimas com as mãos, quase sufocando de tanto rir.

— Mãe, isso foi hilário!

Lena concordou com a cabeça e disse, muito séria:

— Na verdade, não foi. Parece engraçado agora, mas foi terrível. A pobre mulher levou uma surra daquelas. De vez em quando eu a vejo no bingo e ainda me sinto culpada. Enchi-a de porrada na frente dos filhos, e ela era uma boa pessoa. Poderia até ter sido minha amiga, nunca se sabe.

Maggie percebeu a tristeza na voz da mãe. Lena sentiu um impulso repentino de chorar pelos anos desperdiçados que passara correndo atrás de um homem que não valia a pena. Esperando por um homem que não tinha a menor intenção de voltar para casa. Lena e Jackie: tal mãe, tal filha.

Lena disse secamente, a voz rouca devido aos muitos cigarros e às noites maldormidas:

— Jackie, você vai aprender, assim como eu aprendi. Eles não valem a pena. Quando você chegar à minha idade, seu marido vai ficar em casa somente porque ninguém mais vai querê-lo. Se eu tivesse ganhado uma libra por vez que o segui, briguei por causa dele, discuti e gritei com ele, seria uma mulher rica. Arrastei vocês pelo país inteiro para que visitassem o pai de vocês quando ele estava preso, e ele nunca deu valor a isso.

Lena tomou todo o vinho.

— Minha mãe costumava dizer: "Não fique achando que, só porque você deseja ele, todo mundo deseja." Eu queria ter dado ouvidos à minha mãe, porque ela estava certa.

Jackie se levantou meio trôpega e saiu da sala.

Lena suspirou.

— Você terá de ficar com sua irmã até o calhorda se dignar a voltar para casa. Quem sabe do que ela é capaz?

Maggie meneou a cabeça com tristeza.

— Você realmente se arrepende de ter casado com o papai?

Lena sorriu, sua beleza arruinada evidente à luz suave do fim da tarde.

— Cada dia da minha vida de merda, querida.

No começo, Maggie pensou que estava sonhando, e, com os braços para cima, tentava se proteger empurrando para longe as mãos ofensivas.

Elas ainda estavam lá. Abrindo os olhos, viu em meio à penumbra o cunhado, Freddie Jackson, tentando levantar a camisola que ela estava usando, enquanto a beijava no pescoço e nos ombros. Finalmente compreendeu que não estava sonhando e sentou-se empertigada no sofá, o medo evidente no rosto.

— Pare com isso.

Ela estava sussurrando. Mesmo assustada, sabia que a irmã lhe arrancaria a cabeça se visse aquela cena, culpando-a.

Freddie deu o seu costumeiro sorriso preguiçoso, pois tinha Jackie onde a queria, e ambos sabiam disso. Ele estava forçando Maggie a se deitar nas almofadas outra vez, sufocando-a com sua boca, cuja umidade pegajosa deixava-a com vontade de fugir dali. Ele fedia a cerveja, maconha e suor. Freddie estava na lista dos desaparecidos já havia alguns dias, e ela passara todo esse tempo com a irmã, tentando lhe fazer companhia e, mais importante, mantê-la calma. Agora, ali estava o homem do momento tentando traçar a irmãzinha da esposa, e o pior de tudo era que Jackie jamais iria acreditar que o marido fosse capaz de descer tão baixo, embora fosse esse o seu comportamento normal. Maggie sabia que ela seria considerada a única culpada.

Ela agora o estava empurrando com mais agressividade.

— Me larga, Freddie!

Freddie estava afundando os dedos na carne dos braços de Maggie, e ela sentiu as lágrimas quase transbordando de seus olhos. Estava com medo. Medo dele e da irmã. Ela o socou no peito com toda a força.

— Merda! Me larga!

Freddie ainda não havia dito uma única palavra. Mas agora, enquanto Maggie se contorcia em seus braços, ele olhou para baixo, e ela percebeu que ele estava determinado.

— Cala a boca, sua putinha estúpida. Quer que a gorducha pegue a gente?

Em algum lugar em seu cérebro perturbado por bebidas e drogas, Freddie sabia que o que estava fazendo era errado, mas ele já estava de olho nesta bonequinha fazia algum tempo. Ela nem aceitava mais suas ofertas de carona, dizendo que preferia ir de ônibus. Ela sabia que a irmã suspeitava de alguma coisa, mas não podia provar nada. Como sempre, todo mundo poupava os sentimentos de Jackie, mas ela pisava neles por qualquer motivo e esperava lealdade total, mesmo desconhecendo o sentido da palavra.

A única pessoa a quem Jackie era leal era a este animal bêbado que, naquele momento, estava tentando enfiar um joelho pesado entre as coxas esguias dela.

Foi a voz da pequena Rox que pareceu golpeá-lo na cabeça com a força de um machado.

— Tia Mags?

Maggie viu a menininha no vão da porta e, sentindo as mãos de Freddie afrouxarem, aproveitou a oportunidade para deslizar de debaixo dele para o soalho acarpetado.

— Venha aqui, querida — disse Maggie. — Está com sede, meu amor?

Maggie levantou-se, trôpega. Tomando a menina no colo, correu para a cozinha. Seu coração ainda estava querendo escapar de seu peito e o nojo permanecia em sua boca. Tinha gosto de tanino, lata ou chumbo. Ela queria escovar os dentes e tomar um banho. Lavar do corpo toda a lembrança daquele homem.

Ela sentou a menina no balcão da cozinha e a fez beber um copo de suco de laranja. Rox engoliu a bebida com gratidão. Ela era uma menina adorável, com lindos olhos azuis e cabelos encaracolados. Maggie abraçou a menina e esfregou o rosto nos cachos macios de Rox. Se um dia tivesse uma filha, esperava que fosse como esta. Ela era perfeita.

Alguns minutos depois ouviu Freddie se mexer. Apesar de inexperiente, sabia que ele estava aguardando que ela voltasse para a sala da frente. Ficou parada de pé na cozinha fria, abraçada à criança, até ouvi-lo se arrastar escadaria acima até o quarto de sua irmã.

Maggie esperou mais dez minutos até ouvir vozes, e deduziu que estava segura. Levou a criança para a sala da frente e acomodou-a ao seu lado, de modo que as duas ficassem confortáveis. Rox pediu a Maggie que contasse uma história, e enquanto inventava alguma ouviu as molas da cama no andar de cima rangerem.

Ficou deitada ali durante horas, e apenas próximo ao raiar do dia ousou fechar os olhos e dormir. Desta vez fora por pouco, mas estava determinada a escapar dele. Ela sempre escondia essas coisas por causa de Jackie, Freddie sabia disso, de modo que ela perdera muito do respeito que tinha por ele.

Não havia ninguém em quem pudesse confiar, porque isso causaria problemas demais. Seu pai arrumaria uma briga, sua mãe uma briga maior ainda, e a família seria esmagada numa fração de segundo.

O pior de tudo era que Maggie não podia nem contar a Jimmy. Ele idolatrava o sujeito que diariamente a aterrorizava e repugnava.

Maggie tinha quase 15 anos e sua vida já se tornara uma série de decepções.

— O que houve com seus braços, Mags?
A voz da mãe pareceu preocupada.
— Jimmy tem sido rude com você?
O pai se levantou da cadeira num estalar de dedos.
— O que você disse, Lena? Qual é o problema com ela?
Maggie empurrou a mãe para passar.
— Você está fazendo tempestade em copo d'água. Ele só estava me abraçando e... bem... ele não sabe a força que tem!
Lena olhou o lindo rosto da filha e viu confusão nele.
Maggie virou-se para o pai.
— Pai, por favor, fale com ela. Jimmy não me machucaria nem em um milhão de anos.
— Ela tem razão, Lena. O garoto a idolatra. — O pai pegou seu exemplar do *Sun* na mesa e riu enquanto dizia: — Seja justa, ele é grande demais para a idade dele.

Ele voltou para sua cadeira e sua televisão, feliz por sua filha caçula estar bem.

Lena não estava tão convencida.
— Você tem estado diferente ultimamente. Está tudo bem? — Ela apontou com a cabeça para a barriga da filha. Compreendendo os pensamentos da mãe, Maggie arregalou os olhos, enfurecida.

— Muito obrigada, mãe! Eu não sou como a minha irmã. Não vou embuchar antes de ter vivido um pouco.

Lena soube, pelo tom escandalizado na voz da filha, que estava errada, pelo menos nesse ponto.

Jackie irrompeu na cozinha, os olhos vermelhos de tanto chorar.

— Ele foi embora.

Lena levantou os olhos para o teto enquanto enchia a chaleira com água.

— Ele está de novo na lista dos desaparecidos?

Jackie estava acendendo um cigarro e nem se deu ao trabalho de responder à pergunta da mãe.

— O armário está cheio de maconha e o fedor está espalhado pela casa toda. Vou arrancar a pele dele quando ele aparecer de novo.

Jackie abriu um frasco marrom de Dexedrina e engoliu as pílulas a seco. Quase imediatamente pegou a faca de pão e começou a preparar um sanduíche.

Lena tomou a faca das mãos de Jackie e afastou-a da frente da filha.

— Como pode comer depois de tomar esse negócio?

Jackie riu.

— O remédio leva um tempo para fazer efeito, mas fumei um baseado antes de descer e estou de larica.

Joe quase foi catapultado de sua cadeira.

— Você fez o quê? Não use drogas, sua piranha!

Lena tentou acalmar o marido, mas ele agora estava gritando e xingando cheio de pura raiva.

— Agora, além das pílulas e das injeções para emagrecer, ela está fumando maconha! Daqui a pouco vai começar a fumar haxixe!

Chegou o rosto bem perto do rosto da filha e gritou:

— E quanto às suas filhas, hein? As coitadas já tinham um vagabundo inútil como pai e agora também vão ter que conviver com uma mãe drogada? Ontem à noite no pub ele estava mais alto que o cometa Halley e de braço dado com aquela filha magricela dos Hutchins!

Tanto Maggie quanto Lena fecharam os olhos, lamentando que ele tivesse proferido aquelas palavras. Como sempre, elas haviam guardado aquela informação para si mesmas.

— O quê? A Bethany Hutchins? Mas ela é uma criança!

Jackie sentiu uma onda de humilhação desabar sobre si. A menina era bem conhecida. O pai de Bethany, Alex Hutchins, e todos os seus irmãos eram alcoólatras, vigaristas e ladrões, e Bethany tinha apenas 17 anos. Mas com seios empinados e cabelos ruivos. O pai dela declararia a Terceira Guerra Mundial por causa da garota, e Freddie sabia disso.

Ele não seria capaz. Ou seria?

Ela olhou para a mãe e gritou:

— Ele não faria isso.

Lena suspirou.

— Já fez, querida.

Virou-se para o marido, que estava calado agora, compreendendo o que acabara de fazer.

— Você não consegue manter essa boca fechada, né? Olhe só o que você fez!

Jackie explodiu:

— Há quanto tempo isso está acontecendo?

Maggie suspirou.

— Há alguns dias, só isso. Freddie estava bêbado no pub, você sabe como ele é.

— Mas eu estou grávida!

Jackie se calou de novo. O choque finalmente a atingira e a fizera revelar seu segredo. O pai recomeçou o sermão. Lena deixou que ele continuasse, porque ele estava certo.

— E você ainda está tomando essas porcarias com uma criança no bucho? Você não se importa com ninguém, nem com coisa nenhuma, garota?

Jackie agora estava completamente errada, mas com raiva demais para se importar com isso.

— Todo mundo sabe que estimulantes não prejudicam o bebê...

— Isso é historinha, Jackie, e você sabe disso. Você devia estar com vergonha de si mesma! — A voz de Maggie saiu dura, e até Lena ficou chocada com o desgosto que transparecia nela. — Você sempre aceita Freddie de volta, não importa o que ele faça, e você casou com ele. Não é de admirar que ele trate você sem o menor respeito. Ele vai arrancar sua pele se souber que você está tomando pílulas com um bebê na barriga, e pelo menos uma vez na vida vou ficar do lado dele.

A verdade nas palavras da irmã caçula atingiu Jackie como um banho frio.

— Não me venha com sermões, madame! — gritou Jackie. — Eu sei o que você e o seu namoradinho fazem no meu sofá!

Pela primeira vez na vida, Maggie não estava com medo da mulher que se avultava sobre ela. Ao contrário, estava tão zangada que tinha a impressão de que seria capaz de brigar com ela, se precisasse.

Ela gritou no rosto, agora chocado, de sua irmã.

— Ora, cale a boca, Jackie! Jimmy e eu estamos quase noivos. Você devia sentir vergonha de si mesma!

— Ela não sente vergonha nenhuma! — gritou o pai. — Se sentisse, não estaria com aquele sujeito!

Jackie se virou para o pai.

A gritaria estava aumentando cada vez mais quando Maggie pegou sua bolsa e seu casaco e saiu da casa. Ela estava tremendo de raiva por saber que a irmã tomaria qualquer tipo de droga mesmo estando grávida. Nenhuma criança merecia isso, nem mesmo uma criança cujo pai era o pedaço de merda que era Freddie Jackson. Era errado, tremendamente errado. E se ela permanecesse perto de Jackie não seria responsável por suas ações.

Do lado de fora, ela respirou profundamente o ar frio para tentar se acalmar. Freddie estava em casa havia oito meses, de modo que Jackie poderia já estar num estado avançado de gravidez. Ela sempre tivera o estômago dilatado, e desde a última gravidez era sempre difícil dizer se ela estava grávida de novo ou não, já que ainda não havia parado de comer, nem mesmo com todas as pílulas que engolia.

Maggie acendeu um cigarro e começou a caminhar em direção à casa de uma amiga. Ela precisaria ficar longe da irmã por uma noite pelo menos.

Jimmy saberia onde encontrá-la, caso precisasse.

Siddy Clancy estava rindo e Freddie riu com ele, embora não tivesse achado a piada engraçada. Mas ele sabia como fazer o jogo, sabia como dar as cartas.

Siddy ouvira falar do golpe, e Freddie estivera esperando um puxão de orelha. Ele apenas esperara que ela viesse mais cedo.

Na verdade, o motivo pelo qual perdera o respeito por Siddy fora justamente o fato de ele ter engolido a situação por tanto tempo. Freddie estava pensando, com toda razão, que alguém mais acima na cadeia alimentar finalmente se queixara a Siddy, e ele agora estava dando o seu show.

Ambos estavam bêbados. Tinham bebido muito tentando provar quem era o melhor. Freddie estava ciente de que tomara vodcas demais para seu próprio bem. Mas ele olhou para Siddy e se deu conta de que o homem estava pior do que ele. Siddy estava completamente fora de si, e o maior indício disso era que ele estava falando demais sobre Ozzy e seus negócios.

Freddie olhou em volta do pequeno salão e notou que estava quase vazio. Lembrou que eles estavam ali depois da hora de fechar, porque este era um pub que mantinha as portas abertas todo o tempo para Ozzy. Um pub que Ozzy comprara e gerenciara muito tempo atrás, antes de ser sentenciado por assalto à mão armada, assassinato e formação de quadrilha. O assassinato jamais fora provado, mas ele ainda podia ser indiciado por ele, e todos sabiam disso.

Os tiras preferiam que ele ficasse onde estava por enquanto, e, por ora, Freddie também. Ele via uma oportunidade e estava determinado a aproveitá-la.

— O que você está insinuando? — disse, com a testa franzida. — Está insinuando que Ozzy não age direito?

Sua voz estava alta e ele sabia que a conversa estava sendo ouvida por Paul Becks, que dirigia o pub, e sua esposa Liselle, uma garota bonita cujo comportamento escondia uma personalidade psicótica.

Em seu estado alcoolizado, Siddy baixara a guarda, e agora estava bancando o machão, interpretando o papel de que sempre gostara graças ao seu suprimento inexaurível de irmãos e à sua agressividade natural.

— Tudo o que estou dizendo é que Ozzy está preso há muito tempo e que o negócio dele agora é meu. — Em algum lugar de seu cérebro entorpecido, uma pequena voz dizia a Siddy que fosse para casa, que Freddie não era o homem certo com quem se gabar. Mas estava se divertindo. Estava gostando de se vangloriar, embora na verdade não precisasse fazê-lo.

Siddy acendeu um cigarro com dificuldade e, quando finalmente tragou para acendê-lo, começou a tossir.

Freddie olhou para Paul e balançou a cabeça com tristeza.

— Vá pra casa, Siddy, você está falando demais.

Isso foi dito com desprezo e Freddie soube que acabara de provocar Siddy. Ele plantou os pés com firmeza no chão, preparando-se para ser agredido.

Ozzy sempre lhe dissera: "Dê as balas a um homem e ele irá disparálas." Como ele estava certo.

— O que você está querendo dizer com isso, porra? — Agora que entendera a situação, Clancy estava irritado. Clancy pensara que Freddie estava ávido por fofocas, e agora que percebera seu erro queria fazer com que ele se calasse.

— O veado do Ozzy é um bom sujeito, não posso negar. Mas ele está trancafiado há dez anos e ainda ficará por um bom tempo antes de poder sair na condicional. Sou eu quem administra as ruas para ele. Eu e os meus irmãos. — Ele engoliu sua bebida num só gole. — Não tente me fazer sermão como a minha mãe, cara. Ozzy e eu nos conhecemos desde moleques.

Freddie riu.

— Bem, eu fiquei trancafiado com Ozzy, e ele é um sujeito decente. Faz seu negócio sorrindo. E acenando alegre. Você não faz idéia do que é um presídio de segurança máxima, cara. Você nunca ficou atrás das grades, não é? Nem sequer sob custódia.

Tudo isso foi dito com desprezo, como se existisse algum motivo para tal, e mesmo de porre Siddy compreendeu que estava em maus lençóis.

— O que você está insinuando? Seu punheteiro filho-da-mãe...

Paul Becks aproximou-se mais do balcão onde ele sempre mantinha uma espingarda carregada para eventos como este.

Freddie levantou uma das mãos em sinal de amizade.

— Vá para casa, Siddy. A gente está de porre e você está falando mal do Oz. Ele foi muito bom para mim lá dentro da prisão. Cuidou de mim, e não dá para ficar parado ouvindo você descascar ele.

Freddie estava mantendo um olhar cauteloso em seu antagonista, e Paul e Liselle sabiam disso. Eles eram a favor de Ozzy, que também fora muito decente com eles. Conseqüentemente, no momento eles estavam a favor de Freddie. Porque tudo que os irmãos de Clancy sabiam era que Ozzy mandava. Mesmo estando na penitenciária de segurança máxima de Parkhurst.

Eles também sabiam que o principal motivo para Freddie ter estado lá era porque ele era um lunático. Ele tivera mais brigas e discussões com os presos do que qualquer outra pessoa no sistema carcerário.

Ele era incontrolável, alguém a quem todos temiam, fossem eles assassinos ou vigaristas.

Capítulo 3

— Onde ela foi?

Maggie deu de ombros.

— Ela não disse. Papai deu com a língua nos dentes sobre a Bethany e ela ficou furiosa. Contou que estava grávida, e todos nós tínhamos acabado de vê-la tomando Dexedrina. Se Freddie souber...

Jimmy concordou com a cabeça. Ele podia entender o medo na voz dela.

— Seria um inferno, ele ficaria louco. Freddie pode ter todos os defeitos, mas adora as filhas.

Maggie olhou para ele, incrédula. Freddie podia se dar ao luxo de adorar as filhas, ele mal as via. Sua irmã podia ser o que fosse, mas Jackie cuidara sozinha de cada uma delas desde o nascimento e sempre se esforçara ao máximo.

— Você está brincando, não está? Que espécie de amor pelas meninas é esse? Ele nunca está em casa. Ele nem conhece as meninas direito.

Jimmy suspirou como se aquilo tudo fosse problema demais para ele, e ao fazer isso pareceu tanto com Freddie que ela sentiu um arrepio na espinha.

— Acredite em mim, ele é louco pelas meninas. Ele apenas quer ter um menino, só isso.

O comentário foi feito com tanta segurança que ele poderia estar falando de si mesmo, e Maggie pôde perceber isso. Ela tivera um vislumbre do futuro, e no momento não soava como um bom augúrio, pelo que dizia respeito a ela. Jimmy estava passando tempo demais com Freddie, mas isso podia ser modificado.

Maggie balançou os longos cabelos louros enquanto grunhia em desprezo.

— Quem ele pensa que é, Henrique VIII, para querer um filho?

Jimmy não entendeu a referência, pois não tinha qualquer conhecimento de História, a não ser que dissesse respeito à linhagem de alguém a quem conhecesse.

— O que nós vamos fazer?

Jimmy deu de ombros. Ele havia se encontrado com Maggie com o único propósito de dar uma transadinha rápida antes de voltar para pegar Freddie no pub de Becks. Ele a amava, mas às vezes só queria um pouco de sexo sem maiores preocupações. E por causa da irmã dela e do primo dele esta noite isso seria impossível. Ele a adorava, não conseguia imaginar a vida sem ela, mas de vez em quando queria apenas uma trepada sem compromisso e, como todos os homens de sua estirpe, considerava isso um direito seu. Assim, respirando fundo, deu uma resposta segura.

— Porra, garota, eu gostaria mesmo de saber.

Ele estava passando a bola de volta para Maggie, para que fizesse as coisas do jeito dela. Deveria estar no pub a esta hora, mas esperara por ela e fora uma perda de tempo.

Agora estava arrasado, puto da vida com Freddie e absolutamente comprometido com a situação.

Paul e Liselle observavam os dois homens com cautela.

Siddy parecia raivoso, mas era em Freddie que eles apostariam seu dinheiro. Além disso, Freddie defendia melhor os interesses de Ozzy. E apesar de todas as conexões familiares de Siddy ninguém em seu juízo perfeito tentaria passar a perna em Ozzy. Até os irmãos de Siddy teriam ficado incomodados com as coisas que ele dissera e, conhecendo Freddie, era só uma questão de tempo para que isso acontecesse.

Freddie precisaria justificar qualquer ato de violência e nada melhor do que alegar a deslealdade de Siddy em relação a Ozzy. Eles teriam de tomar partido e estavam dispostos a isso. Ozzy podia estar trancafiado, mas ainda mantinha o controle de todos os seus empreendimentos.

— Siddy, pelo amor de Deus, vá para casa.

Freddie estava apenas fingindo dar uma chance a Siddy, e ele sabia disso. Mesmo chapado, cheio de bebida e drogas, sabia que tinha ido longe demais, tinha entrado na toca do leão. Se fosse embora agora, perderia todo o respeito de seus pares, e se permanecesse e enfrentasse Freddie não seria diferente, porque fora ele quem provocara a situação.

Pedir que ele fosse para casa era o maior de todos os insultos, mas Freddie falara com tanta delicadeza que um ouvinte desavisado não perceberia a gravidade de suas palavras.

A maneira como Freddie estava falando fazia Siddy perder a cabeça. Ele podia sentir o desrespeito na voz de Freddie, ver a arrogância de sua postura e quase sentir o cheiro de sua própria humilhação. Estava bêbado, chapado e prestes a cometer o maior erro de sua vida.

Com o canto do olho, viu Paul observando-o com cautela. Ele sabia que Paul estava com a mão na espingarda debaixo do balcão e que não hesitaria nem por um segundo em atirar nele antes que ele fizesse qualquer movimento na direção de Freddie Jackson.

Freddie ultimamente se tornara o queridinho de todo mundo, até mesmo dos parentes de Siddy. Só agora, quando toda a situação estava nas mãos de Freddie Jackson, Siddy finalmente compreendeu que estivera sendo provocado como um galo de briga.

Ele pegou uma caneca de cerveja pela asa, reuniu toda a sua força e tentou acertar o rosto de Freddie com ela. Canecas de cerveja podiam causar danos sérios. Eram feitas de vidro grosso e podiam funcionar como excelentes armas.

— Seu veado gordo!

Freddie se esquivou enquanto falava, como se já estivesse esperando por aquilo, e Siddy sabia que não podia ter sido diferente. Ele sabia quando estava derrotado.

Ao dar um passo para trás, Freddie segurou o pulso de Siddy. E bateu com o braço dele no balcão do bar até que ele tivesse derrubado a caneca, antes de começar a socá-lo com os punhos cerrados. Depois prosseguiu chutando-o. A caneca de cerveja também acabou sendo esmagada na cabeça de Siddy por medida de precaução.

Caído no tapete sujo, Siddy sentiu cheiro de cerveja, vômito e de seu próprio sangue. Ele devia ter ido para casa, mas agora era tarde demais. Sabia que entrara nessa briga sem qualquer possibilidade de corrigir o que fora feito. Freddie pedira-lhe repetidamente que fosse embora, e à luz fria da dor Siddy compreendeu que estava acabado.

Freddie, por outro lado, estava eufórico. Fizera o que devia fazer. Tinha testemunhas do desrespeito de Siddy por Ozzy e contava com a boa vontade de todos os empregados dele, muitos dos quais estavam fartos de Siddy e seus comparsas.

Freddie estava sem fôlego ao terminar seus negócios com Siddy. Ele olhou para Paul e Liselle, fingindo irritação, enquanto estes lhe serviam um conhaque duplo. Tomando o conhaque num só gole, ficou surpreso por sentir-se subitamente tão sóbrio quanto um juiz. Com o passar dos anos, descobrira que a violência extrema podia fazer isso a um homem. Era como se, de algum modo, a adrenalina anulasse o efeito do álcool e o deixasse mais vivo e alerta do que se não tivesse bebido nada.

Chutou Siddy na cabeça mais algumas vezes, apoiando-se no balcão do bar para poder usar toda a sua considerável força.

Siddy estava gemendo e vomitando cerveja sobre ele próprio e o chão.

— Tirem esse veado daqui. Punheteiro filho-da-puta, é isso que ele é. — Quem disse isso foi um baixinho que estava num canto, jogando cartas com o cunhado. O fato de o homem ter se sentido confiante para chamar um Clancy de veado em público era um bom exemplo da recém-conquistada credibilidade de Freddie, embora há anos todos eles dissessem isso e até coisas bem piores quando sozinhos.

Paul encarou Freddie e sorriu, e Freddie soube que acabara de encontrar um amigo para toda a vida.

Agora tudo o que precisava fazer era encontrar mais alguns, e estaria firme e seguro.

Jackie estava com medo. Revelara seu segredo, e o pai expressara com dolorosa clareza o que pensava a respeito dela e do fato de não ter parado de tomar os *remédios*. Sua mãe, para variar, não tentara apaziguar os ânimos, e o fato de Maggie ter saído como saíra não ajudara a situação. Ficara magoada quando a sua Maggie lhe dera as costas. A irmã sempre havia ficado do lado dela, apesar de tudo o que Jackie fizesse. Maggie a idolatrava, e ela precisava dessa adulação. Todos os outros a criticavam por deixar Freddie tratá-la daquele jeito, se não na sua frente, ao menos por suas costas. Maggie era a única que, sob qualquer circunstância, sempre a defendera.

Jackie amava Maggie, realmente, mas de vez em quando seus sentimentos viravam ódio, quando ela via sua irmãzinha aproveitando tanto a vida. Maggie realmente não sabia como tinha sorte. Jimmy colocava-a num pedestal. Todo mundo a adorava. Maggie não fazia a menor idéia de como a vida era realmente.

E Jackie sabia muito bem.

Sua vida era tão difícil que às vezes sentia dificuldade de se levantar da cama. Tudo ficara em compasso de espera por tanto tempo, e ansiara tanto pelo retorno do marido, que esquecera que o Freddie real era muito diferente.

Em seus sonhos, ele era perfeito. Tantas vezes vira-o retornar para casa, grato por ela tê-lo esperado por tanto tempo. Vira sua gratidão ao reconhecer a forma como ela cuidara das crianças, mantendo-as limpas e saudáveis. Vira-o dizendo que a amava mais do que qualquer outra coisa no mundo. Essa fantasia mantivera-a forte durante todos aqueles anos longos e solitários. Quando ela estava no fundo do poço, lutando para viver dentro do orçamento ou deitada sozinha na cama, enlouquecida de desejo pelo toque de um homem, essa fantasia ajudara-a a mantê-la viva.

Mas em vez disso ele retornara para sua vida com um dia de atraso e depois conseguira destruí-la novamente. E o pior de tudo era que Jackie sabia que ela mesma permitira que ele agisse assim.

Sempre permitira isso.

Isso doía mais do que qualquer outra coisa: o conhecimento de que ele *sabia* que podia fazer o que bem entendesse e que ela *permitiria*.

Se, durante aqueles anos, ela tivesse olhado para outro homem, ele teria dado conta da situação de dentro da prisão. Freddie teria providenciado para que ela fosse espancada e até teria privado as crianças de sua mãe, caso julgasse necessário. Apenas para manter sua reputação. Ele jamais suportaria a humilhação de saber que sua mulher estivera com outro homem, nem mesmo se ele tivesse sido sentenciado a vinte anos. Ela *teria* de esperar por ele. Freddie tinha sorte porque, ao contrário da maioria das esposas, ela estivera *disposta* a isso.

Às vezes desejava que ele fosse preso de novo. Na época em que Freddie estivera longe dela, afastado de todos de seu círculo, fora a única vez em que ela o sentira totalmente seu.

Freddie amara-a através de cartas e visitas, embora as amantes também o houvessem visitado. Com o passar dos anos, fora a única constante na vida de Freddie, e isso a fizera feliz por algum tempo.

Jackie afugentara todas elas, garotas que tinham adorado se vangloriar de que seu homem estava preso, que ele era um criminoso perigoso, que ele tinha uma reputação. Claro que no fim a natureza falou mais alto e as garotas o abandonaram. Quem poderia culpá-las? Um homem trancafiado não pode manter uma mulher interessada sem levá-la para sair, sem sexo, sem presentes. Era o que todas as amantes dele realmente queriam. Elas haviam trocado as cartas de Freddie por um homem vivo e real, um homem com quem elas podiam realmente manter contato físico. Freddie então a amara, porque sabia que ela era a única companhia feminina que iria conseguir.

Depois que retornara para casa, reassumira o hábito de foder com qualquer coisa que respirasse e tivesse um par de peitos. E ela havia engolido tudo até agora. E agora mais uma humilhação: Bethany Hutchins.

Bethany, que tinha tetas pequenas e duras como cimento e uma reputação que fazia sua vida sexual parecer um catálogo de criminosos da vizinhança. Jackie fechou os olhos, irritada. Ela odiava quando ele fazia esse tipo de coisa. Sabia que ele não dava a mínima para os sentimentos dela nem para o fato de que ela precisava ver essas pessoas diariamente. Nas lojas, no pub, nos apartamentos, nas casas dos amigos — esta era uma comunidade pequena, e ele fodia com qualquer uma se ela não tomasse cuidado, como fazia antes de ser preso. Freddie não a poupava nem de sair com as amigas dela, como descobriu com o passar dos anos.

Apesar de todos os seus defeitos, reais e imaginados, se Freddie soubesse que ela estava grávida e tomando pílulas, iria matá-la. Há muito tempo ela sabia que, com Freddie, a melhor forma de defesa era o ataque. Assim, ela vestiu o casaco e, deixando as meninas sozinhas dormindo, saiu de casa.

Bethany Hutchins estava prestes a tomar o maior susto de sua curta vida.

Maggie estava transtornada, mas seu namorado finalmente a convencera a fazer as pazes com sexo. Ela sabia que ele tinha muitas preocupações e por causa disso cedera. Jimmy sempre iria amá-la pela forma como ela compreendia os sentimentos dele sem que ele tivesse de se explicar repetidamente.

Jimmy a adorava. Precisava dela, mas devido à instabilidade de Freddie o trabalho estava tomando cada vez mais sua vida. De sua parte, Jimmy tinha a impressão de que Freddie botaria tudo a perder se não fosse mais cuidadoso. Estava obcecado por passar a perna em Clancy. Freddie queria tudo que Clancy tinha, e, conhecendo o primo como conhecia, Jimmy sabia que ele iria conseguir, de um jeito ou de outro.

Freddie era perigoso, ainda que também fosse astuto à sua maneira. Ele sabia como tirar proveito do medo das pessoas, instintivamente sabia o que as assustava. Jimmy era o lugar-tenente do primo. Ele adorava gozar esse tipo de confiança e sabia que Freddie faria tudo o que estivesse ao seu alcance para manter ambos desse jeito.

Embora Jimmy ainda fosse jovem, a vida já estava cobrando seu preço, e ele tinha o bom senso de admitir isso. Sabia também que devia permanecer ao lado de Freddie, por piores que fossem os problemas que ele arrumasse.

Essa era a lei do mundo deles. Mas isso não significava que ele tinha de gostar disso.

Jeannie Hutchins estava no fim da casa dos 40, mas parecia mais velha, não que alguém já tivesse dito isso na sua frente, claro. Ela tinha a pele encarquilhada de uma mulher que envelhecera em decorrência do fumo e da bebida. Usava o cabelo num penteado curto e escovado que formava uma auréola em torno da cabeça. A sombra do olho e o delineador verde-escuros deixavam-na com a aparência de uma demente; o batom, em tom alaranjado, da Max Factor, era o que ela usava desde a década de 1960. Seu corpo era magro, mas rijo.

Ela se perguntou se teria de se defender esta noite porque, como de costume, seu marido não estava por perto, o que poderia ser bom, mas ela teria de esperar para ter certeza antes de agir.

Quando abriu a porta e viu Jackie de pé à sua frente, seu sangue gelou nas veias, embora já a estivesse esperando.

Pois ela já *estivera* no lugar de Jackie. Ela também conhecia Jackie muito bem e gostava dela. As duas eram farinha do mesmo saco. Ambas tinham homens que se comportavam como vilões, que não se importavam em humilhá-las e que esperavam que elas os aguardassem até serem libertados da prisão. Apesar de tudo.

Bethany cometera um grande erro e, sem querer, irritara sua mãe. Como Jeannie durante toda a sua vida de casada tinha sido infernizada por mulheres exatamente como sua filha mais nova, sua Bethany iria levar a surra de *sua* vida. Já não era sem tempo, e Jeannie ficaria satisfeita em fazer isso ela mesma, se Jackie não desse conta do recado. Jeannie sentia que Bethany estava a um passo de se tornar amante de bandido, e ela sabia o quanto era duro ser mulher de bandido, que dirá ser a número dois na equação.

Agora, enquanto Jeannie olhava para si mesma vinte anos antes, sua resolução se fortaleceu.

— Estava esperando por você, Jackie querida.

Não era o que Jackie estivera esperando, e ela se flagrou sorrindo e olhando nos olhos de uma alma irmã.

O cheiro no interior do apartamento era insuportável. Jeannie era péssima dona-de-casa e o lugar parecia uma pocilga. Na pequena sala de estar, um enorme televisor colorido ocupava lugar de destaque. Mesmo que estivesse pegajoso, com marcas das mãos das crianças e coberto por pêlos de cachorro, ainda era bonito o bastante para animar o cômodo. Bethany estava sentada numa poltrona grande, e a expressão em seu rosto foi gratificante para as duas mulheres.

Jackie compreendeu que Jeannie estava dando uma lição de vida à filha e secretamente agradeceu a qualquer Deus que tivesse decidido sorrir para ela naquela noite.

— Olá, Jackie.

Jackie sorriu a contragosto.

— Olá, Bethany. Há quanto tempo.

O clima da sala estava pesado, e Bethany olhava para sua mãe como se fosse a primeira vez que a visse. Estava ciente de que fora entregue de bandeja a Jackie, e isso a aterrorizava. Ela jamais teria esperado que a própria mãe tomasse o partido de uma estranha. Eram uma família, e uma família sempre permanecia unida, fosse para o bem ou para o mal.

Espere só até ela contar ao seu pai sobre isso!

Enquanto colocava a chaleira no fogo, Jeannie escutou o primeiro som do punho de Jackie contra a carne de sua filha. Era difícil não interferir, mas ela sabia que um dia a filha agradeceria a ela por esta noite. Pelo menos era o que esperava.

Sua avó costumava dizer que quem anda com porcos farelo come. Bem, o farelo estava sendo servido.

Enquanto a chaleira fervia, ela ouvia os gritos e o choro que vinham da sala.

*

— Não precisa se apressar!

Freddie não estava tão irritado quanto Jimmy pensou que o encontraria. Na verdade, ele estava eufórico. Também parecia sóbrio, embora estivesse prestes a cheirar uma carreirinha no balcão.

Ele automaticamente separou uma outra para o seu priminho.

Paul e Liselle estavam sorrindo. E enquanto Jimmy ganhava um drinque eles o colocaram a par de toda a emoção da noite.

À medida que escutava, o sorriso de Jimmy ficava cada vez mais forçado, porque a família Clancy podia não ser tão condescendente em relação aos ferimentos de Siddy quanto todos pareciam pensar. Mas ficou calado. Enquanto Freddie estivesse se sentindo por cima, não havia sentido em discutir o assunto com ele.

Na verdade, jamais havia um momento realmente bom para argumentar sobre qualquer coisa com ele.

Mas Jimmy precisava pensar, digerir a informação e montar um plano de ataque para o caso deles precisarem.

Contudo, enquanto ouvia Paul explicar a Freddie o que iria fazer no dia seguinte, seu coração ficou mais leve por um segundo.

— Freddie, Liselle e eu visitamos Ozzy uma vez por mês para colocá-lo a par dos negócios. A gente sabia que Siddy estava passando a perna nele, mas não tínhamos provas, não havia muito o que pudesse ser feito.

Paul serviu a eles mais uma bebida e prosseguiu:

— Mas é com as casas que precisamos de ajuda, e acho que você também deve assumi-las. Liselle não vai me deixar chegar perto da casa das piranhas, como você pode imaginar.

Os três homens riram muito, para desgosto de Liselle, que era sensível demais para deixar que soubessem que seu marido estava muito perto de ter seus testículos removidos sem nenhum tipo de anestesia.

Freddie não sabia coisa alguma sobre as casas, mas não deixou transparecer nada em seu rosto. Ele já estava se perguntando o quanto poderia ganhar com esse tipo de negócio. Jamais se vira como um cafetão, embora já o tivessem chamado disso várias vezes. Porém sabia tudo sobre o assunto, tendo aprendido bastante durante sua temporada na prisão.

— Diga a Ozzy que inclua meu primo como visitante. Ele nunca foi preso e isso vai tirar o peso de cima de você e da sua esposa. Ozzy pode lidar diretamente com ele, não pode?

Isso servia como uma luva para Paul. Ele odiava ser o intermediário e sempre temia que tudo ruísse sobre a sua cabeça, o que deixaria Liselle e as crianças sem nenhum apoio. O problema com a contravenção era que sempre tinha alguém aguardando nos bastidores para usurpar toda a sua glória, e ele, na verdade, era apenas um testa-de-ferro. Paul gostava de saber que havia alguém acima dele na cadeia alimentar para levar o rojão. Essa pessoa agora era Freddie Jackson, e Paul estava empolgado com isso. Ele testemunhara o primeiro flerte de Freddie com a liderança e jamais iria esquecê-lo.

Do seu próprio jeito, Paul também gostava de Freddie e sabia que ele era louco o bastante para manter a maior parte dos pretendentes fora do território deles.

Para Paul, essa era uma situação de ganho mútuo.

Mais tarde, depois de visitarem Siddy no hospital, seus irmãos retornaram ao pub para ver o que podiam salvar da situação com Freddie Jackson. Seus empregos estavam assegurados por enquanto, mas sabiam que teriam de esperar até Ozzy decidir qual seria o destino deles.

Eles precisavam admitir que Freddie tinha sido justo, respeitando todas as contas devidas a Siddy. Eles não estavam dispostos a estragar a festa de ninguém, muito menos a deles próprios. No fim das contas, ninguém conhecia Siddy tão bem quanto eles, de modo que tinham uma compreensão do problema, o que podia ajudá-los pelo menos a salvar as suas reputações.

Estavam nervosos mas amigáveis, e Freddie não podia culpá-los por isso.

O dia nasceu antes de qualquer um deles pensar em ir para casa.

Jeannie estava deitada sobre Bethany, tentando impedir que Alex, seu marido, matasse a garota. Ela já havia ficado de braços cruzados enquanto a filha era espancada e não estava disposta a permitir que isso acontecesse de novo.

— Ela é apenas uma menina. Ele a seduziu. Você sabe como Jackson é... Ele foderia uma cerca se fosse a única coisa disponível.

Estava agora tentando empurrar o marido em direção à porta do quarto.

— Jackson agora é o traficante principal do Ozzy, e essa puta estúpida deixou a mulher dele furiosa! — gritou. — Ele tirou Siddy de campo. Siddy, meu amigo, meu velho companheiro, foi derrubado por aquele veado, e agora eu fico sabendo que a minha filha é a comidinha dele.

Alex agora estava perdendo a raiva, como ela previra. Assim, Jeannie continuou a empurrá-lo para fora do quarto o mais suavemente que conseguiu. Sem ver Bethany, a raiva de Alex diminuiu, embora ouvir o ódio na voz do marido ser substituído por medo a tivesse deixado assustada também.

— Deixei Bethany levar uma surra da mulher gorda dele. Está *resolvido*. Agora tudo de que a garota não precisa é você pegando no pé dela. Ela aprendeu uma lição valiosa. Vamos deixá-la em paz, pelo amor de Deus.

— Paul estava preferindo atirar no maldito do Siddy para não irritar Freddie Jackson. Você não entende o que isso significa, mulher? Eu trabalho para o Siddy! O que é que eu vou fazer?

Jeannie não sabia disso, mas era esperta demais para admitir.

— Você vai continuar como antes, conduzindo seus esquemas até que alguém *diga* algo em contrário. Quando você vir Freddie, dê os parabéns por sua promoção, fique de bico calado e reze para ele não ser do tipo que guarda rancor.

Alex assentiu positivamente, mas Jeannie quase podia sentir o sabor do medo do marido, um medo que contagiava a todos na casa. Até a música, que normalmente era uma constante fonte de irritação, havia parado.

Bethany mantinha-se calada enquanto ouvia, desejando de todo o coração não ter bebido tanto e não ter sido tão bem recebida no pub local de seu pai, aonde ela ia diariamente desde garotinha. Onde fora mimada desde que saíra o seu primeiro dente e onde festejara sua primeira comunhão. Ela sentia-se confortável demais lá — e reconhecia isso.

Mas tudo isso agora era passado, não tinha mais importância, e um novo problema tinha surgido.

Assim era sua vida desde que ela era uma garotinha.

Maggie e Jackie estavam de mãos dadas.

Jackie abortara o bebê às quatro daquela manhã e agora estava de volta ao lar com a família e o marido.

Ninguém mencionara nada a Freddie a respeito de ela ter bebido e tomado drogas durante a gravidez. Ele não estava em casa quando o acidente aconteceu e aceitou que a única causa tinha sido uma queda na escada.

O feto já estava com cinco meses, e ele ficara chocado em ver por quanto tempo ela escondera a gravidez. Além disso, o bebê teria sido homem, e isso afetara Freddie mais do que ele julgara ser possível.

Ele ouvira as fofocas sobre a visita de sua esposa a Bethany, e como assumira a culpa por isso vinha sendo particularmente atencioso com ela desde então. Sentia-se responsável por ter fodido aquele garota. A interferência da esposa a havia afugentado. Jackie não sabia, mas havia lhe prestado um favor.

Agora Jackie estava em casa com sua irmã, pálida e fraca, determinada a entrar numa dieta e a dar outro bebê a Freddie, um filho.

Jackie sabia que Freddie queria tanto um filho que, se ela lhe desse um, estaria segura. Pelo menos mais segura do que agora.

Freddie era viril e cafajeste e daria um bebê a qualquer uma que fosse agradável de olhar e abrisse as pernas para ele. E isso era uma coisa que ela não podia permitir. A única coisa que Jackie tinha a seu favor era o fato de ser a mãe das filhas dele, a quem ele amava. Um menino seria o toque que faltava, e ela estava disposta a usar qualquer recurso possível para mantê-lo a seu lado.

Maggie sorriu para ela enquanto colocava outra caneca de chá ao lado da irmã.

— Você quer mais alguma coisa, mana?

Jackie sorriu, feliz por estarem de bem novamente.

— Acenda um cigarro pra mim, querida. Depois, que tal um sanduíche de salada, hein?

Maggie concordou. Já fazia um tempo que ela não comia ovos com bacon.

— Que bom que está mantendo a dieta!

As duas riram juntas. Elas conheciam uma à outra melhor do que qualquer pessoa jamais as conheceria, e mais uma vez estavam felizes com essa situação.

As mágoas e os insultos tinham sido esquecidos.

Até que tudo se repetisse outra vez.

Freddie estava na casa em Ilford, olhando ao seu redor, e não podia acreditar em seus próprios olhos.

Piranhas de parede a parede. De todas as formas e tamanhos, e todas à sua disposição. Negras, louras, chinesas e outras asiáticas. Freddie teve a sensação de que havia morrido e acordado no paraíso da boceta.

Estavam sentadas em um salão, em estágios variados de nudez, não deixando nada à imaginação. E todas olhavam para ele esperando, observando-o cautelosas, esperando para ver em quem ele iria pôr as mãos primeiro. Como sempre, sua reputação com as mulheres o havia precedido. E o melhor de tudo era que ele nem precisava lhes pagar uma bebida.

Bem, a questão foi resolvida com facilidade: a loura alta com um permanente caseiro vagabundo nos cabelos, mas um par de melões tão grandes que deviam ter os seus próprios passaportes. Ela também tinha dentes bonitos. Ele tinha isso de engraçado: era incapaz de foder uma vagabunda que, como dizia, tivesse os pára-choques enferrujados. Freddie sempre dizia, para quem quisesse ouvir, que higiene pessoal no Norte e no

Sul do corpo era pré-requisito a qualquer mulher que fosse fazer amor com ele.

Ao sorrir para Stephanie Treacher e receber um sorriso em resposta, ele sentiu o primeiro tremor de interesse dentro de suas calças.

E uma mulher alta, com cabelos louros curtos, olhos verdes penetrantes e uma voz rouca entrou na sala.

— Aposto que você é o Freddie.

Ele a olhou como olhava para todas as mulheres e disse alegremente:

— E você é...?

Ela deu um sorriso largo, branco e reluzente que, ele logo notou, não franzia os cantos de seus olhos.

— Sua chefe, meu bem. Sou Patricia, irmã do Ozzy. Venha comigo até o escritório.

Enquanto caminhava até a porta, notou que todas as garotas estavam sorrindo, mas *dele*, não *para* ele. Ele já ouvira falar dessa mulher, mas nunca a vira antes, e ela possuía a mesma reputação que muitos dos homens com quem ele lidava. Justa mas dura, esse era o consenso geral.

Subitamente ocorreu a Freddy que ela era realmente sua chefe.

Pat, conforme era conhecida, tinha um corpo alto e esguio, quase como o de um rapazinho, e pernas incrivelmente longas. Também caminhava com os ombros para trás e o ar de quem sabia o que queria. Enquanto a seguia, Freddie olhava para as garotas, e sua expressão dizia-lhes que elas podiam esperar.

Stephanie levantou as sobrancelhas de forma amistosa e ele piscou para ela. Confiante de que ela estava na sua lista de coisas a fazer, voltou a lixar as unhas. Havia arranhado um cliente e ele não gostara nem um pouco. O homem, um professor, ficara preocupado com a possível reação de sua esposa a um arranhão que corria ao longo de suas costas. Um arranhão que ele jamais teria sofrido se não a tivesse agarrado pelos cabelos e quase a sufocado com sua idéia de sexo oral.

Os homens que iam àquele lugar tinham assistido a filmes demais, e *Garganta Profunda* era a causa de muitos problemas. Os homens realmente pensavam que todas as mulheres podiam engolir tanto pau sem engasgar. E Stephanie *tinha* engasgado, quase desmaiara de agonia, e o cretino agira como se ela houvesse deliberadamente causado problemas a *ele*.

Conseqüentemente, agora sentia que, se de vez em quando pudesse passar uma tarde com Freddie Jackson, seu emprego poderia ser um pouquinho mais tolerável.

Capítulo 4

— Combinado, Ozzy?

Jimmy sentiu o férreo aperto da mão de Ozzy. Não importava quantas vezes já houvesse apertado a mão desse homem, sempre ficava surpreso com a sua força.

Ozzy sorriu, ou pelo menos seu rosto enrugado parecia querer mostrar que estava sorrindo, embora fosse difícil dizer. Era um dos vigaristas mais feios que Jimmy já vira, desde a cabeça calva, coberta de cicatrizes da juventude, quando fora lutador de rua, até o corpo obeso, sólido como pedra, apesar de deixá-lo parecendo pesado e lento.

Mas Jimmy realmente gostava era da voz do homem. Uma voz doce e grossa como xarope, que condizia mais com um cantor bonito ou um homem refinado. Não com o pedaço de carne sentado à sua frente.

Jimmy gostava de Ozzy, e no decorrer do último ano tivera a impressão de que, mesmo que esse sentimento não fosse exatamente mútuo, o homem também gostava dele. Eles tinham se afinado com a rapidez de um relâmpago. Às vezes, ele lhe passava ordens para Patricia sobre as quais nem Freddie tomava conhecimento. A irmã de Ozzy era tudo para ele, e Jimmy gostava dela e a respeitava muito. Como o próprio Ozzy definira, ela pensava como um homem, e isso era um elogio rasgado vindo de alguém de sua estirpe.

Jimmy gostava das visitas à prisão. Desde a primeira vez em que passara pela revista e entrara na unidade de segurança máxima de Parkhurst, ele se sentira como se estivesse em casa. Já não sentia mais nenhum medo daquele lugar.

Sabia que seria capaz de se habituar ao lugar, caso precisasse. Ele *não* queria, mas facilitava em muito a sua vida saber que se fosse pego pela polícia algum dia poderia se adaptar ao lugar. As visitas também funcionavam para Jimmy como uma lembrança do quanto a vida podia mudar dramaticamente, da noite para o dia, na profissão que escolhera.

Ozzy pedira que duas barras de chocolate com amendoim e duas canecas de chá fossem entregues na mesa dele. Ele era o único prisioneiro que gozava dessa regalia, já que os seguranças faziam vista grossa, compreendendo sua necessidade de ser tratado com respeito. Isso facilitava a vida dele e, definitivamente, a dos próprios agentes de segurança. Na verdade, era um preço pequeno a pagar.

De qualquer forma, a maioria deles recebia honorários extras de Ozzy, fosse por entregar-lhe uma garrafa de uísque para acalmar as noites de sábado ou alguns gramas de cocaína para ele relaxar, enquanto tramava e planejava seu império. Ele também providenciava para que houvesse heroína suficiente na prisão para manter muitos dos sentenciados à perpétua mais altos que um avião enquanto passavam anos valiosos de sua vida.

Presenciar todo o respeito prestado a Ozzy fazia com que Jimmy se sentisse um afortunado fazendo parte de coisas grandes. Inconscientemente, ele estava se mirando em Ozzy. Gostava da forma como o homem falava, jamais gritando para se fazer ouvir. De como ele sorria e brincava com os problemas, resolvendo cada questão de forma fácil e amigável.

Para Ozzy, a violência só devia ser usada como último recurso. Isso funcionava sempre, porque, quando ele recorria à violência, era de maneira tão extrema que repercutia por muitos anos. Quando ele torturava ou aleijava alguém, essa pessoa sabia que merecera isso. Mas a reputação que conquistava sempre que agia assim tornara Ozzy a lenda que era.

Quando a violência finalmente acontecia, era bem maior do que todos haviam esperado. Nunca condizia realmente com o crime alegado, mas sempre chocava até os mais durões pela selvageria.

Jamais perca a calma em público. Esse era o melhor conselho de Ozzy, e ele o vinha repetindo a Jimmy havia 12 longos meses. Sua educação estava quase completa. Ozzy pedia as opiniões de Jimmy e, mais importante ainda, ele as respeitava.

Sentado agora com ele, Jimmy podia sentir o respeito de todos em volta deles, condenados e familiares. Ele dirigia um BMW novo, vestia-se bem e também aprendera a fazer o jogo mais perigoso de um vigarista: ficar fora de confusão.

E tinha, sentado bem à sua frente, o melhor professor do mundo.

Patricia O'Malley estava um pouco irritada consigo mesma. Ozzy ficaria puto se descobrisse, mas nem mesmo isso podia diminuir a emoção do que ela permitira que acontecesse.

Freddie Jackson era um verme, era o menor denominador comum, mas ela sentira a sexualidade que emanava dele desde o primeiro minuto em que pusera os olhos nele. Havia anos que não se sentia tão excitada por um homem.

Gostava imensamente de sexo selvagem e sujo. Sempre gostara, desde que perdera a virgindade aos 14 anos com um assaltante de bancos. No dia seguinte, ele começou a correr atrás de uma outra menina de 15, e ela, de seu professor de educação física, outro homem mais velho que tivera a gentileza de lhe mostrar o que sua mãe, e todas as outras mulheres, estavam perdendo.

Ele havia mostrado a ela o quanto se poderia desfrutar de sexo sem nenhum amor envolvido — nesse sentido, ela pensava como um homem. Sempre gostara de sexo pelo que ele era, uma sensação boa, uma liberação da tensão. Nem mais, nem menos. Não conseguia entender como a maioria das mulheres desperdiçava a vida com um único homem.

E Patricia caíra de joelhos por um homem a quem poderia esmagar sem pestanejar, caso a enfurecesse. Por um homem que agora pensava que a tinha na palma da mão. Freddie Jackson era tudo o que ela odiava nos homens — e também tudo o que amava. Gostaria de derrubá-lo, de fazê-lo suar. Se ele era estúpido a ponto de achar que uma simples trepada valia favores da parte dela, estava prestes a ter um choque. Freddie não era o primeiro homem a pensar assim, e Patricia sabia que ele *não* seria o último.

Alguns minutos depois, quando Freddie entrou, ela estava preparada para ele.

Ele entrou no quarto como se fosse o dono do lugar. Tivera o mesmo comportamento durante a atividade sexual da noite anterior. O sorriso dele dizia que ele pensava que era o dono da bola, o rei do mundo. Freddie estava feliz consigo mesmo, achando que apenas porque a fizera gemer agora era o seu dono. Estava de banho tomado e mais bem-vestido que o normal. Ela precisava admitir que ele havia se esforçado.

— Como você está hoje?

Até suas palavras eram como uma espada desembainhada, pronta para atacar.

Ela ficou de pé e do alto de seu 1,70m abriu um sorriso sarcástico.

— Está falando comigo, pau-mandado filho-da-puta?

Havia gelo em sua voz, e ela olhou para Freddie como se ele não a tivesse visto nua e arfante apenas algumas horas antes. Ela viu as pupilas dos olhos dele se arregalarem, em choque com as suas palavras.

Pat estava determinada a manter o aspecto comercial do relacionamento e a deixá-lo por perto, apenas para o caso de mais tarde ter vontade de trepar com ele novamente. O mais importante com pessoas como Freddie Jackson era jamais ceder um centímetro que fosse. Ela precisaria vigiá-lo como a um falcão.

Como Ozzy gostava de dizer, as pessoas só aprendem com a experiência. E ele estava passando toda a sua considerável experiência para um rapaz em quem ele percebera uma aptidão para a grandeza. Pela primeira vez em sua vida, Ozzy amava alguém realmente, e não de um modo sexual. Sexo nunca fora uma coisa muito importante em sua vida, e era exatamente por isso que ele tinha se adaptado tão bem à vida na prisão. Não sentia muita falta de companhia feminina, nunca fora assim. Ozzy não era gay, mas, se fosse, teria força para se manter abstêmio. Era respeitado demais para permitir que sua sexualidade se tornasse um empecilho em sua vida.

Ele jamais tivera a libido dos homens a quem conhecera ao longo dos anos. À medida que envelheciam, suas mulheres ficavam mais jovens, algo que não fazia qualquer lógica para ele. Noventa e oito por cento do sexo ficavam na mente, a despeito de quem você estivesse fodendo no momento.

Depois de tantos anos preso e sozinho, ele via esse rapaz como o filho que jamais teria. Jamais quisera um até agora, quando finalmente compreendera que talvez não estivesse vivo para ver o fim de sua pena de cinqüenta anos. Queria deixar seu império para alguém que o apreciasse e que mantivesse seu nome vivo. Alguém que teria filhos suficientes a quem legar seu império, fazendo com que ele permanecesse de pé por muito, muito tempo. Ele via a si mesmo em Jimmy, embora obviamente o garoto fosse uma versão muito mais atraente de si mesmo.

Ozzy aprendera muito cedo que as pessoas bonitas aproveitam muito mais a vida. Elas não precisam se esforçar tanto quanto as que são feias. E o rapaz era bonito, mas não tinha consciência do quanto era atraente. Isso só podia ser uma coisa boa, porque no fim das contas os homens bonitos sempre desperdiçavam a beleza que Deus lhes dera. As mulheres belas usavam seus corpos e, como elas eram bonitas apenas por um curto período de tempo, se não tivessem personalidade eram esquecidas em segundos. Depois que as barrigas ficavam flácidas e a pele coberta de estrias, não eram mais nada além de lembranças. Um homem podia ter 15 filhos e ninguém saberia disso. Era por causa desse tipo de coisa que Ozzy tinha certeza de que Deus era homem. Um Deus fêmea teria feito a pele das mulheres com mais elasticidade e daria e elas habilidade para os negócios.

As mulheres abriam mão de suas vidas no instante em que se apaixonavam. Um homem podia amar uma mulher, mas ela jamais seria a única faceta de sua vida, embora os homens inteligentes deixassem suas mulheres *pensarem* que eram, é claro. Mas a natureza sempre falava mais alto. A mãe dos filhos legítimos precisava ser protegida a todo custo, e um homem precisa ter a certeza de que as crianças que ele estava criando eram realmente suas. Nada de deixar os cucos crescerem em seu ninho para o traírem em algum momento. Era preciso tomar cuidado. As mulheres eram capazes de mentir na sua cara, e sorrindo; todo homem sensato sabia disso.

Agora Ozzy estava feliz por estar passando toda a sua sabedoria para aquele rapaz simpático, com um rosto bonito e a mente de um contador. Um jovem que aprendia depressa o que lhe era ensinado, além de ser capaz até de escapar de um campo de concentração alemão.

Freddie era um bom homem de fachada, Ozzy respeitava isso, mas ele seria sempre conduzido por seus testículos. Jimmy seria o líder, e ninguém jamais saberia o que ele estava fazendo. Era a diferença entre uma casa de vila e uma cobertura. Isso era absolutamente claro para Ozzy. Freddie, apesar de toda a sua pose, nunca seria capaz de subir tanto quanto Jimmy. Esse rapaz tinha futuro.

— Como Freddie está se saindo com as casas?

— Ele está fazendo maravilhas.

A lealdade do rapaz a um homem que não sabia fazer contas sem tirar as meias apenas fazia com que Ozzy gostasse ainda mais dele.

— Não foi o que ouvi dizer.

Jimmy abriu um sorriso.

— Olha, francamente, ele é um bom investimento. Todo mundo escuta o que ele diz. Ele é completamente doido, mas mantém o negócio afinado como um violino.

Ozzy ficou satisfeito com a resposta.

— Ele também trepa com cada pombinha da gaiola, não é?

Jimmy sorriu de novo.

— Sim, mas ele não é o único que faz isso, não é? Em todo caso, a mulher dele está grávida. E, no fundo, Freddie é um homem de família.

— Um homem de família? Ficou maluco, filho?

— Sei o que você está pensando. Mas dessa vez ele está convencido de que é um menino. Um rapazinho iria mantê-lo afastado de problemas.

— E se não o mantiver diga a ele que tome cuidado, ou um rapagão vai lhe arrumar problemas bem sérios. Diga a ele que os roubos à mão armada estão muito próximos um do outro e que ele está começando a chamar a atenção.

— Passarei a mensagem. Do meu jeito, é claro.

Ozzy soltou uma gargalhada alta.

— Faça isso, Jimmy, meu garoto. Mas mantenha-o na rédea curta, sim? Ele está incomodando muita gente.

Jimmy concordou.

— Freddie sabe impor respeito. E, do jeito dele, sabe ser justo.

— Eu sei disso, mas também sei que o jeito dele chama muita atenção. E atenção é uma coisa que nós queremos evitar a qualquer custo.

— Eu sei, Oz, mas ele é leal a você.

Ozzy sorriu. O rapaz também era muito leal, e não havia laços mais fortes que os de família.

Ele abriu sua barra de chocolate e comeu-a lentamente, como sempre, digerindo tudo que tinha sido dito antes de prosseguir.

— Um velho amigo meu vai sair de Durham muito em breve. Arrume um trabalho para o homem e cuide bem dele, sim?

Jimmy concordou mais uma vez, ciente de que essa pessoa, fosse lá quem fosse, provavelmente estaria de olho neles.

— Qual é o nome dele, Oz?

— Bobby Blaine.

Ozzy viu toda a cor sumir do rosto de Jimmy.

O nome de Bobby era sinônimo de loucura e violência. E era por causa disso que ele e Ozzy tinham se tornado grandes amigos.

Bobby B, como era conhecido, sabia instilar medo no mais cruel dos corações. Bobby também sabia rir, e era o homem mais engraçado que Ozzy conhecera, e ele já conhecera alguns. Bobby podia sorrir e ao mesmo tempo contar uma piada enquanto cortava a garganta de alguém, o que obviamente era o seu lado negativo, e o lado que Ozzy queria usar.

Jimmy decidiu que não daria muita responsabilidade a ele até que fosse realmente necessário. Conhecendo Bobby, ele ficaria fora por um ano, no máximo, antes de voltar para o hotel de Sua Majestade. Mas enquanto estivesse na rua iria usá-lo.

Ozzy usava as pessoas como se fossem lenços descartáveis. E quando deixavam de ser úteis ele as jogava fora.
Simples assim.

Lena observou a filha arrastar-se da cadeira da cozinha.
— Minhas costas estão me matando, mãe.
Ela parecia péssima. Lena ficaria surpresa se Jackie conseguisse levar a gravidez até o fim. Sua barriga já havia descido, o que só deveria ter acontecido dentro de mais algumas semanas.
— É todo o peso que você está carregando. Esse bebê vai ser grande como aquele lutador, o Man Mountain Dean.
Ambas riram.
— Espero que sim, mãe. Eu gosto do nome Dean. É um nome másculo e alegre.
— Ele não vai se chamar Freddie, como o pai? — alfinetou Lena.
— Claro que vai ser Freddie, mas o nome do meio deve refletir os antecedentes e a personalidade da família da criança.
Lena sorriu.
— Nesse caso, é melhor chamá-lo de Looney Tunes Jackson.
As duas riram de novo.
— Que tal Mobília Alugada?
Agora elas estavam perdendo o fôlego de tanto rir.
— Pare, sua vaca. Quer outra xícara de chá?
Lena aceitou e acendeu um cigarro. Dando-o à filha, ela disse gentilmente:
— Sente-se, querida, deixe que eu faço isso.
A gentileza na voz da mãe comoveu Jackie. Como de costume, elas passaram das gargalhadas histéricas às lágrimas em segundos.
— Ele tem vindo para casa? — A pergunta foi feita em voz baixa.
Jackie abriu um sorriso. Dando um trago no cigarro, disse alegremente:
— Ele está realmente empolgado, mamãe. E eu mal posso esperar.
Lena sorriu mais uma vez, satisfeita por ver a filha feliz. A gravidez a estava mantendo de bom humor. Lena rezava todos os dias para que Jackie parisse um menino. Era isso que ela queria tão desesperadamente e o

motivo pelo qual gastara rios de dinheiro se consultando com cartomantes, jogadores de tarô e qualquer tipo de vidente que ela achasse no jornal local ou de que ouvisse falar.

Todos tinham dito a mesma coisa: era um menino. E era melhor que fosse mesmo.

Freddie continuava passando muito tempo fora de casa, mas com a gravidez de Jackie pelo menos estava retornando à base com mais freqüência. O aborto deixara-o com um sentimento de melancolia e culpa, mas isso não duraria para sempre.

— Você está largando do pé dele, não está?

Jackie suspirou.

— Claro que estou. Não me faz bem nenhum ficar com raiva, faz? Como você sempre diz, isso não vai trazê-lo de volta para casa.

Lena decidiu não insistir na conversa. O ano anterior tinha sido marcado por uma série de brigas entre Jackie e Freddie, especialmente depois que ele começara a dirigir os prostíbulos, sem contar os outros negócios ilícitos. Ela própria estivera à mercê deles muito tempo atrás, quando seu marido visitava-os regularmente, e seu Joseph não tinha nem a metade da boa aparência de Freddie. Mas as putas eram uma raça à parte, todo mundo sabia disso. Elas estavam sempre atrás de sua grande chance, e quem poderia culpá-las por isso?

Lena engolira aquela situação por anos, e agora seu marido era todo dela. Era uma vitória vazia, precisava admitir, mas ainda assim uma vitória. Para Jackie, deixar Freddie não era uma opção, e Lena sabia disso. Ela ainda sonhava com o dia em que a filha conseguiria o que queria do marido. Mas, pelo que ela ouvira, ele ainda estava correndo atrás de qualquer rabo-de-saia. Como seu marido comentara tantas vezes a respeito de seu genro, não havia a menor chance de que ele desistisse das mulheres. E como seu marido e Freddie Jackson eram farinha do mesmo saco, ela também sabia que ele estava falando por experiência própria.

Maggie estava exibindo seu habitual sorriso brilhante enquanto lavava os cabelos e preparava uma xícara de chá atrás de outra. O trabalho como aprendiz de cabeleireira era tudo o que ela queria e muito mais.

Sua vida girava em torno de Jimmy, seu trabalho, o seriado *Dallas* e sua família.

Ela entendia de moda, e seus olhos grandes e cabelos louros contribuíam imensamente para o ambiente glamouroso do salão de beleza no qual trabalhava. Até mesmo usando maquiagem pesada ela parecia jovem e bonita, e esse era o seu maior atrativo.

As feições delicadas e a simpatia de Maggie encantavam a clientela e lhe valiam uma fortuna em gorjetas. A proprietária do salão, uma mulher alta com cabelos também altos e falso sotaque francês, sabia quando tinha feito uma descoberta e tratava Maggie com a dose certa de respeito e carinho.

A menina aprendia depressa, era afável, boa ouvinte e não parecia se julgar acima da profissão de cabeleireira ou do seu ambiente de trabalho. Madame adorava Maggie, assim como todos à sua volta. Todas as outras jovens que ela havia treinado tinham sorrido, trabalhado e esperado até conseguirem emprego melhor — uma posição de cabeleireira em Bethnal Green não era a idéia delas de sofisticação. Maggie estava grata por estar ali, e isso transparecia em tudo o que ela fazia. Durante a maior parte da semana fazia permanentes. As clientes eram mulheres mais velhas, que usavam o mesmo estilo de penteado desde os anos 1950. Elas vinham ao salão uma vez por semana, passavam tanto laquê nos cabelos que eles não seriam desmanchados nem por um furacão, faziam fofocas e riam enquanto bebiam chá. Três dias depois elas voltavam para fazer as unhas. E Maggie as atendia com o mesmo sorriso de sempre.

Mas era nas noites de sexta e nos sábados que Maggie se sentia mais à vontade. Ela tinha uma facilidade imensa com os novos estilos e conseguia fazer as meninas sentirem-se à vontade no salão antiquado. Ela escolhia o que tocar no aparelho de som: Simply Red. "Holding Back The Years" e "Money's Too Tight To Mention" sempre caíam bem, e ela também providenciava uma taça de vinho Thunderbird para servir às garotas. O lugar ficava entupido de gente, e madame gostava de estar novamente atendendo a jovens. Maggie prestava um grande serviço aos negócios apenas com sua presença. Madame temia o dia em que ela fosse embora, como acontecera com todas as outras. Maggie Summers sabia segurar seu dinheiro, o que era surpreendente, porque vinha de uma família de perdulários. Madame também sentia que Maggie não ia seguir os passos de seus parentes. Essa garota ia subir na vida ou morrer tentando. Tinha apenas 16 anos e já sabia o que queria.

De sua parte, Maggie achava madame Modèle a melhor pessoa que já caminhara na Terra e estava determinada a imitá-la. Ela vira a forma como madame lidava com as clientes e instintivamente entendera que esse era o segredo de um bom negócio. Madame Modèle tratava até a mais simples das mulheres como uma pessoa especial, e Maggie achava isso encantador.

Enquanto lavava os cabelos de uma senhora, Maggie imaginava o dia em que teria o seu próprio salão de beleza e um pelotão de mulheres jovens e bonitas trabalhando para ela, todas vestidas em macacões verde-hortelã e os cabelos presos em coques banana. Esse sempre fora seu sonho e, como em tudo que fazia, Maggie atirava-se de corpo e alma ao seu trabalho.

Maggie, ao contrário do resto de sua família, tinha um objetivo e moveria céu e terra para alcançá-lo. E com Jimmy ao seu lado sabia que aquilo que ela queria estava mais próximo a cada dia. Ele já estava ganhando fortunas — e tinha apenas 21 anos. A vida prometia ser generosa com eles dois. Diferentemente da irmã, ela não se preocupava se seu homem trabalhava em prostíbulos, porque tinha certeza de que podia confiar nele. Ao contrário de Freddie, seu Jimmy não precisava traçar cada mulher que via. Além disso, a julgar pela forma como ele falava sobre as prostitutas, Jimmy não nutria nenhum interesse por elas. Ele as via puramente como um meio de vida — pelo menos ela *esperava* que fosse assim.

Maggie afastou esses pensamentos da mente.

Graças a Ozzy, estavam com a vida ganha, e ela sabia que Jimmy e Freddie teriam trabalho por muitos anos. Ela e Jimmy já tinham economias substanciais, e embora a maior parte não pudesse ser depositada no banco agora estavam em condições de comprar uma pequena casa.

Maggie estava tão feliz que sentia vontade de cantar aos quatro ventos. Tudo o que pedia agora era que o bebê de sua irmã fosse o menino que ela desejava tão desesperadamente, e então tudo estaria bem. Já estava fazendo escovas e cortes básicos. De repente ela se deu conta de que já era a cabeleireira "grátis" da família, mas nem mesmo isso poderia deixá-la triste hoje. Nada poderia.

A vida estava cada vez melhor e muito em breve ela e Jimmy estariam casados e ela poderia relaxar. Eles iam ficar noivos dentro de poucos meses, e o casamento seria seis meses depois. Embora ela tivesse menos de 17 anos, Maggie sabia que as famílias não iriam se opor. Na verdade, todos estavam ansiosos por isso. Todos concordavam que Maggie e Jimmy eram uma união feita no céu.

A noite estava começando, e Freddie e Jimmy estavam no escritório da casa principal. O lugar se tornara seu esconderijo, por causa de Freddie e sua perseguição às mulheres. A casa ficava situada em Ilford. Era uma casa vitoriana, grande e espaçosa, que continha um grande número de mulheres e diversos tipos de drogas.

Freddie, ao contrário de seu parceiro mais jovem, abraçara a emergente cultura das drogas. Enquanto Jimmy ficava satisfeito em fumar alguns baseados no fim da noite, Freddie era incapaz de permitir que a noite terminasse. Ele jamais sabia o momento de parar, jamais queria ir para casa, a não ser que fosse absolutamente necessário.

Estava usando todo tipo de droga em que pudesse botar as mãos, e, como agora as estava negociando em grandes quantidades, isso significava muita droga. Ele também tomava pílulas azuis, Dexedrina e Tenuate Dospan, pílulas de emagrecimento que aumentavam sua paranóia e seu temperamento imprevisível.

Enquanto os dois bebericavam vodca barata e papeavam sobre os planos de Ozzy, Jimmy notou os sinais da raiva crescente fervilhando em Freddie. Suas mãos tremiam e seus olhos não se fixavam numa só coisa por muito tempo. Estava suando também, o que sinalizava abuso de anfetaminas. Resumindo, estava muito ligado.

— Está se sentindo bem, Freddie? — perguntou Jimmy com delicadeza suficiente para não atiçar um homem que estava obviamente à procura de problemas.

Freddie fitou-o por longos segundos. Jimmy podia vê-lo tentando conter a fúria que estava pronto para liberar. Era como observar um boxeador que tinha na mão um martelo em vez de uma luva. Ele sabia que não deveria usá-lo, mas a tentação era grande demais.

— Você e Ozzy parecem muito unidos.

Jimmy suspirou. Isso estava se tornando um tema recorrente e, de certa forma, ele podia compreender a lógica por trás de tudo. Freddie era o número um e tinha problemas em ficar sentado parado, esperando que Jimmy relatasse tudo.

Suas visitas a Ozzy tinham se tornado um motivo de discórdia entre os dois. Mas, como Jimmy jamais recebera nem mesmo uma multa de trânsito, ele era a única pessoa que podia visitar a unidade de segurança máxima com relativa tranqüilidade.

Para visitar um prisioneiro de alta periculosidade, o sujeito precisava passar por uma vistoria policial rigorosa e desnecessária. Isso incluía ser fotografado, preencher um formulário para verificar se era quem dizia ser e se residia onde alegava residir, e finalmente permitir que um funcionário público entediado o visitasse em casa para verificar se você realmente era a pessoa na fotografia.

Isso parecia correto no papel, mas, como Jimmy estava provando a cada visita, nem todas as checagens policiais do mundo poderiam impedir que mensagens ou mesmo ordens fossem trocadas entre o prisioneiro e o visitante. Freddie sabia disso e fora idéia sua usar Jimmy como intermediário, embora Jimmy soubesse que seu primo não estava muito confortável com essa situação agora.

Contudo ele não podia fazer nada sobre isso. Ozzy dava as ordens e ponto final. Ele compreendia os sentimentos do primo; afinal de contas, fora ele o homem que planejara tudo isto. Freddie fora colocado em Parkhurst depois de ter sido considerado incapaz de se reabilitar. Isso devido ao fato de ter lutado tanto com guardas quanto com prisioneiros. Ele não aceitara passivamente o fato de estar preso e liberara sua raiva natural a cada provocação. Mas ser colocado na unidade de segurança máxima fora uma bênção para ele, que ali conhecera os maiores contraventores e aprendera muito com eles.

As seis semanas em Shepton Mallet, onde se preparara para sua libertação, tinham sido fantásticas, porque o braço de Ozzy era comprido e ele era respeitado em toda parte. Freddie fora recebido como um herói e fora muito bem-tratado, recebendo uma cela particular, algumas drogas e toda bebida e veados que pudesse querer.

Agora, no entanto, ter Jimmy como o único meio de comunicação com Ozzy não estava lhe agradando. Freddie, sendo Freddie, não podia deixar de pensar que Jimmy não lhe estava contando tudo, o que de fato quase sempre era verdade. Era difícil para Freddie aceitar que Jimmy era um executante, um pensador e, pior de tudo, aceitar que ele era *querido*.

Freddie sentia-se bem quando as pessoas fingiam gostar dele. Quando era mais jovem, Freddie entendia isso como uma forma de respeito, mas agora estava conhecendo o outro lado da vida, e isso estava sendo mostrado a ele por um jovem a quem ele considerava inferior não apenas em idade como também em estatura. Um jovem que lhe devia não apenas o pão de cada dia, como também toda a sua vida. Ele fizera de Jimmy o homem que ele era, e o fato de Jimmy estar se saindo tão bem devia deixar Freddie feliz. Ele sentia vergonha de sua inveja, mas ela existia.

Jimmy entendia tudo isso; ele sabia que conhecia Freddie melhor do que conhecia a si mesmo, embora Freddie, da sua parte, não o conhecesse nem um pouco. Freddie jamais tentara *conhecer* ninguém. Desde que as pessoas fossem úteis e respeitassem a hierarquia, ele estava feliz. E fora assim até agora.

Jimmy sabia que estava pisando em gelo fino, porque, por mais que o primo o amasse, Freddie era competitivo demais para seu próprio bem. Ainda mais agora que ele estava sacaneando gente a torto e a direito.

— Pare com isso, Freddie, você sabe como são as coisas. Se quiser mandar outra pessoa até a ilha de Wight ouvir o Ozzy, faça isso, cara. Mas não esqueça que foi você quem me mandou fazer isso!

Jimmy soou contrito o suficiente para parar uma guerra e parecia preocupado o bastante para acalmar o homem que ele mais amava no mundo.

Esta conversa estava se tornando um mantra habitual, e isso estava começando a lhe dar nos nervos. Ele trabalhava duro, e se Freddie não podia ver isso era um idiota. Jimmy carregava-o nas costas boa parte do tempo, embora isso jamais fosse mencionado. Jimmy estava trabalhando direito, e à medida que ficava mais velho e se envolvia nos negócios era quem estava começando a não gostar da situação. Ele implementava muitas das exigências de Ozzy, porque era mais fácil fazer isso do que esperar pela boa vontade de Freddie. Mas precisava agir de um modo tal que fizesse Freddie sentir-se o responsável. Freddie era preguiçoso. Sempre tinha sido e sempre iria ser, embora fosse excelente em fazer ameaças, em cuidar do aspecto intimidador dos negócios. Era bom nisso porque era disso que ele gostava. Os assuntos triviais o entediavam. Freddie corria o risco de botar tudo a perder, e isso apenas porque não conseguia largar as drogas e as mulheres.

Jimmy era sensível o bastante para saber que seu forte em particular era o fato de que ele sabia *acalmar* e *convencer* as pessoas, e assim evitar boa parte dos confrontos que faziam parte de sua profissão. Dos assaltos às coletas e ao tráfico, passando pelos clubes, pubs e todos os outros negócios ilícitos que eles deviam supervisionar para Ozzy, era Jimmy quem mantinha as engrenagens girando com suavidade.

Freddie tinha ciência disso, mas sua personalidade não podia permitir, e não permitiria que outra pessoa ficasse com os louros. Jimmy era muito mais rápido que ele na matemática do trabalho, na logística da força de trabalho e no estabelecimento de uma comunicação entre as diferentes pessoas que operavam para eles. Ele era sangue do seu sangue e era bom no que fazia. Mas isso magoava Freddie, embora fosse graças à perícia do primo que ele continuava no comando.

Freddie olhou para o jovem à sua frente e, como sempre acontecia, pôde ver a *si mesmo* — se tivesse um pouco de bom senso. No fundo de seu coração, sabia que devia tomar jeito antes que fosse tarde demais. Devia beber e se drogar menos, bem como ter mais interesse pelas coisas que aconteciam à sua volta, mas era mais fácil falar do que fazer.

E ao olhar o rosto de Jimmy sentiu a vergonha que conhecia tão bem inundar seus pensamentos. O garoto era bom e era a única pessoa que

Freddie Jackson realmente amava, além de si mesmo. Ele abriu o mesmo sorriso afável e sonso que o havia conduzido a mais camas e brigas do que ele poderia contar.

Freddie debruçou-se sobre a mesa manchada de cerveja e segurou o queixo de Jimmy. Os dedos de Freddie pressionaram dolorosamente, mas Jimmy agüentou firme, embora por dentro quisesse dizer a esse homem, a quem reverenciava e adorava, a verdade de sua situação. Mas ele não o fez, não poderia.

— Você é um sacana esperto. Ozzy deve achar que você é a resposta de Deus a todas as preces dele!

Jimmy puxou a cabeça, libertando-se dos dedos de Freddie.

— Freddie, eu apenas digo a Ozzy o que ele precisa saber e repasso as mensagens dele para você. Por que está fazendo isso comigo?

Era um apelo, e ambos sabiam disso.

Freddie engoliu a bebida num único gole e deu de ombros.

— Apenas não pense nunca que pode passar por cima de mim, certo? Nunca tente me tirar do jogo.

Jimmy sorriu. Foi o sorriso mais difícil de toda a sua vida.

— Por que eu tentaria fazer uma coisa dessas com você?

A pergunta e a resposta ficaram pairando no ar.

Capítulo 5

— Pare com isso, Jackie, e venha até aqui!

Freddie estava irritado em vê-la fingir que estava limpando a casa. Jackie entrava e saía da sala, esvaziando cinzeiros, arrumando coisas em geral, tentando atrair a atenção dele. Agora ele estava pronto para dar toda a atenção a ela.

Freddie estava fumando um baseado enquanto ouvia Pink Floyd no aparelho de som. Passara duas horas cantando "Wish You Were Here". Ao contrário dos amigos, Freddie gostava de músicas calmas e compenetrantes.

Freddie observou Jackie praticamente arrastar-se até ele. Desta vez ela estava uma baleia mesmo, tão grande que até ele estava ficando preocupado.

— Tem certeza de que não tem quatro chutando aí dentro, garota?

Jackie agora estava rindo. Ela adorava quando ele a notava, mas passara o dia com dores horríveis nas costas, e elas estavam começando a deixá-la desconfortável.

Seus cabelos longos e escuros estavam cortados à perfeição e escovados até ficarem com um lustro perfeito. Graças à obsessão de Maggie por corte de cabelos, as mulheres da família nunca tinham estado tão bem-tratadas.

Depois que Jackie se sentou com esforço no sofá marrom, Freddie abraçou-a e disse gentilmente:

— O seu cabelo está lindo.

Ele sabia que o elogio ia agradar-lhe. E era verdade. Os cabelos de Jackie estavam bonitos. O problema era com o resto dela. Estava toda desarrumada, assim como a casa.

— Você sempre teve cabelos bonitos, Jackie, e eles ficaram ótimos nesse penteado.

Seus cabelos tinham sido cortados em camadas longas e penteados para trás. Ela havia adorado o corte, e ainda mais agora, depois que lhe valera um elogio do marido.

Certa vez, ele também havia dito que ela parecia uma Joan Collins dos pobres, mas ninguém tivera coragem de transmitir esse comentário a Jackie.

— "A coroa de glória de uma mulher", lembro de ter lido isso na escola, quando criança. É a primeira coisa que um homem nota.

Ele era um apreciador de peitos, mas sabia que não era uma boa idéia dizer isso a ela naquele momento. O senso de humor de Jackie não andava dos melhores.

— Eu tento me manter bonita para você, Fred. Você sabe disso.

Ele fitou o rosto de Jackie e, como sempre, viu desejo em seus olhos. Freddie conteve o impulso de rejeitá-la ostensivamente. Em vez disso, chamou por Roxanna, que entrou na sala, vermelha de raiva.

— Eu estava brincando com as minhas bonecas.

Sua voz era autoritária, como de costume, ao falar com o pai. E, como sempre, isso o fez rir. Freddie estava meio dopado e Jackie percebeu isso em sua voz. Agora isso era rotina, e ela odiava que ele estivesse dopado porque não *ousava* fumar maconha na frente do marido, e o cheiro de erva queimada a estava deixando louca.

— Traz meu casaco, amorzinho.

— Vá pegar você mesmo!

Ele mais uma vez riu, a risada dopada que irritava as filhas, porque elas sabiam o que a causava, e não eram elas.

— Traz meu casaco, sua vaquinha preguiçosa!

Roxanna fez cara de zangada e saiu furiosa da sala. Segundos depois, voltou arrastando o casaco de couro de Freddie pelo chão e deixou-o cair de qualquer jeito aos pés dele.

— Um casaco! — O sarcasmo em sua voz era evidente, e ela soava como uma velhinha, não como uma criança.

— Mal-educada!

— Olha só quem fala! — retrucou a menina.

Ele ainda estava rindo quando Roxanna saiu silenciosamente da sala.

— Ela é igualzinha à mãe!

Isso foi dito com orgulho, o que animou Jackie. Este era o Freddie que ela amava e desejava, o homem que ela idolatrava, não o valentão rude em que ele se transformava quando bebia ou se drogava.

Enfiou a mão no bolso fundo do casaco e tirou alguns maços de dinheiro. Deixando-os cair no colo de Jackie, disse gentilmente:

— Guarde isso para o Júnior. Qualquer coisa que precisar, é só dizer, tá?

— Quanto tem aqui?

Ele adorou a reverência no tom de voz de Jackie enquanto ela pegava os maços de dinheiro com mãos cobiçosas.

— Uns sete mil, mas não se preocupe. Tem muito mais de onde veio esse.

Freddie disse isso em seu tom mais confiante, aquele que, ela sabia, ele usava para lembrar o quanto ele era bom para ela. O quanto ele arriscava a vida pela família, sem dar a mínima para a própria liberdade.

E ela caía nessa todas as vezes.

Beijando-o delicadamente nos lábios, Jackie olhou o marido nos olhos. A confiança e o amor que ela sentia por ele neste momento iriam lhe valer algumas noites de liberdade. Naquela manhã ele coletara 25 mil libras de apostas na zona leste de Londres e ainda estava sentindo a adrenalina do trabalho. Além disso, estava desfrutando a adulação de sua esposa grávida. Ele precisava disso, porque, apesar de todas as mulheres que ele pegava na rua, havia apenas uma mulher em sua mente, e ela estava começando a ocupar cada momento de seu dia.

Patricia o havia usado, e isso jamais lhe acontecera em toda a sua vida. Em geral, era ele o conquistador. *Ele* usava as mulheres, elas *não* o usavam. Em conseqüência disso, ele estava absolutamente fascinado por Patricia. Para piorar ainda mais a situação, ele tinha a sensação de que ela estava consciente disso e apreciando seu desconforto. A maneira como ela sorria para ele, em seguida o ignorava e depois, finalmente, falava com ele daquele jeito animado, deixando-o com a impressão de que ele ainda tinha uma chance. E, em seguida, ela o ignorava por dias, enquanto ele passava o tempo todo inventando desculpas para falar com ela.

Mas o encontro deles tinha sido inebriante. Nunca antes uma mulher *o* levara para a cama, desfrutara *dele* sem nem mesmo falar com ele antes ou depois e em seguida agira como se ele não existisse. Ele pensava nela constantemente. O corpo andrógino sobre o qual ela era tão confiante, os seios pequenos que ele adorara não lhe saíam do pensamento. Patricia fizera o que quisera com Freddie, e ele adorara isso.

Enquanto pensava em Patricia, deslizou a mão até os seios inchados da esposa e acariciou-os suavemente. Ela era completamente diferente de Patricia. Jackie parecia uma vaca, com tetas imensas e aquele cheiro de leite que as mulheres à beira de parir exalam. Patricia era alta, esguia e sabia se mover como nenhuma outra mulher com quem Freddie tinha ido para a cama.

Jackie sentiu as mãos de Freddie e, como sempre, estava disposta a se entregar a ele. Como sua mãe antes dela, ela acreditava que uma mulher jamais deveria se recusar a um homem que não quisesse perder. Mas seu pai e Freddie haviam provado que essa crença era infundada.

Jackie, como Lena, não compreendia a lógica dos homens conquistadores. Tudo se resumia a poder, e, como um estuprador, eles usavam as mulheres como um meio para alcançar um objetivo. O importante, na verdade, não era o ato sexual, que para os homens era apenas um benefício adicional. O importante era a caçada, e assim que as mulheres sucumbiam se tornavam águas passadas, apenas um caso para contar no pub, outra conquista que faria com que esses homens esquecessem momentaneamente o quanto suas vidas eram fúteis. Eles jamais haviam amado, ou mesmo desejado, a mulher em questão; ela tinha sido apenas um peão no jogo da vida deles.

— Tome cuidado, Freddie. Prefiro passar fome a ver você preso de novo.

Ele sorriu para ela, aquele sorriso que fazia toda mulher pensar que ela era a única no mundo com quem ele se importava.

— Vocês são minhas meninas, não são? Eu preciso cuidar das minhas meninas. É só para vocês cada hora do meu trabalho.

A resposta irritou Jackie, como ele sabia que aconteceria.

— O quê? Nos prostíbulos...

Ele tapou rudemente a boca de Jackie e disse num tom baixo e determinado, que sufocaria qualquer discussão:

— Não comece, Jackie. Você sabe que é esse o meu trabalho. Preciso ficar de olho, ver se os clientes estão pagando e se as meninas não estão metendo a mão no bolso de ninguém. Especialmente no bolso de Ozzy.

Jackie estava se esforçando por sentar-se reta, tendo se afastado do abraço dele. Empurrando a mão de Freddie para longe de sua boca, acendeu um cigarro para controlar a respiração, antes de dizer, em tom de zombaria:

— As *meninas*, essas meninas somos nós, as suas filhas e eu, ou as prostitutas?

Ele exalou o mesmo suspiro longo e sofrido que costumava dar para fazer com que ela se sentisse estúpida e que a fazia sentir que estava errada, *sempre* estava errada. Era o suspiro que dizia a Jackie que não prosseguisse, se não quisesse encrencas.

— Então devo ficar em casa? — A voz dele estava mais alta, e ela sabia que as crianças podiam ouvi-lo de seus quartos. Mais uma das armas psicológicas que Freddie usava a seu favor. — Devo ficar aqui sentado junto com você, olhando o papel de parede desbotar? Se eu fizer isso viajando, pelo menos posso me divertir um pouco.

Freddie estava ficando furioso. E pensar que num momento ele estava quase indo para a cama com ela, e no seguinte ela estava causando tudo isso! Ele respirou fundo. Precisava levar Jackie na conversa, pelo menos até que ela tivesse parido. Depois poderia fazer o que quisesse.

— Se eu parar de trabalhar, você pode se despedir de tudo isso.

Ele olhou em torno para a sala desarrumada, entulhada de móveis, e fez um gesto de desdém. Ele a estava manipulando, e ela sabia disso, mas ambos também sabiam que o dinheiro sempre teria precedência sobre qualquer outra coisa. Ela adorava mostrar aos vizinhos o quanto eles estavam bem e adorava a sensação de poder gastar tanto quanto quisesse. Recentemente seus gastos vinham sendo astronômicos e, ao contrário da irmã, Jackie jamais guardava para os dias difíceis. Ela nunca pensava em investir o dinheiro para o caso de o marido passar mais seis anos como hóspede do sistema judicial. Depois de todos os anos sozinha e na penúria, ela estava eufórica por ter dinheiro. Além disso, o dinheiro também dizia, a todos que a cercavam, que ele *devia* amá-la. Era o bálsamo de seu coração dolorido, sua defesa contra o mundo.

Freddie observou Jackie olhar para os sete mil e viu que ele estava fora de perigo. Abraçou-a com força, e ela gostou da sensação, como sempre. Ansiava por sua atenção tanto quanto por sua boa vontade.

— Bem, tente não mergulhar muito fundo no trabalho — disse ela. — Lembre que você tem uma família aqui.

Ela disse isso num tom seco, deixando bem claro que não estava dando permissão a ele para se comportar mal. Estava dizendo, na verdade, que preferia que ele ficasse em casa; tentando fazer com que se sentisse culpado por abandoná-la.

Com Jackie grávida, Freddie precisava que ela sorrisse enquanto ele saía de casa. Da última vez, quando ela perdera o bebê, ele se sentira culpado. Aquilo o fizera questionar suas ações pela primeira vez em sua vida. Ele estava determinado a não se sentir daquela maneira de novo.

Ela usara a culpa dele em favor dela por muito tempo. Até a mãe de Freddie tomara o partido de Jackie, culpando-o silenciosamente. Ele ficara impressionado apenas por Lena, que o culpava até quando chovia depois que ela lavava as janelas, não ter pulado em sua jugular. Na verdade, ela não dissera absolutamente nada sobre o assunto. Agora ele estava providenciando para que Jackie e as meninas ficassem bem, tanto em público quanto em casa. Chegara aos seus ouvidos que a forma como ele tratava a esposa tinha vazado até à ilha de Wight.

Ele ficara trancafiado com Ozzy e seus comparsas por muito tempo e queria continuar em alta conta com eles. Se cuidar dessa piranha gorda garantia isso, era isso o que ele iria fazer. Mas estava de saco cheio de Jackie, e depois que ela parisse ela teria o choque de sua vida. Se o bebê viesse sem pinto de novo, ele faria com que ela sofresse por toda a eternidade.

Imagem era tudo o que ele tinha, e no fim das contas imagem e reputação pagavam suas contas. No mundo em que vivia, era tudo que um homem tinha. Assim, ele beijou a ponta do nariz dela suavemente e, olhando para o relógio de pulso Bulova, novinho em folha, disse num tom preocupado.

— Você precisa descansar e largar um pouco a merda da bebida. Se não tomar cuidado, o pobre bebê já vai nascer bêbado.

Isso foi dito em tom de piada, mas era um aviso, e ela sabia. Por um instante se perguntou se sua mãe teria dado com a língua nos dentes, mas logo deixou a idéia de lado. Ele tinha olhos e olfato. Ninguém precisava ser um cão de caça para farejar a bebida em seu hálito.

Ela olhou o rosto bonito do marido e ficou impressionada que alguém que tivesse a aparência de um deus grego e que conseguisse sorrir de um modo que derretia até o mais empedernido dos corações, pudesse ser capaz de fazer coisas tão cruéis.

E *ele* era cruel. Embora ela soubesse disso, a atração que sentia por ele ainda era tão forte quanto na primeira vez em que o vira. Com Freddie ela jamais seria feliz, porque ele a fazia sentir-se feia e rejeitada. Mesmo assim, sem Freddie ela perdia a razão de viver, como se sua vida não tivesse nenhum sentido ou propósito.

Freddie ia começar uma discussão daquelas com ela se não o deixasse sair de casa sem reclamações. Como sempre, ele a havia presenteado com duas escolhas: ou ele sai e ela sorri, ou ele fica e briga, e depois sai batendo a porta, deixando-a zangada e transtornada. Se ela o deixasse ir alegremente, ele poderia sentir-se inclinado a voltar para casa mais cedo.

Alguns segundos depois, ele foi pegar uma cerveja na geladeira e, achando a garrafa de vinho vagabundo, tirou-a da geladeira e pousou-a ruidosamente no balcão da cozinha.

— Agora você está até se dando ao luxo de gelar o vinho? Não está mais bebendo direto no gargalo?

A voz dele deixava claro que estava preparado para brigar, e ao olhar pelo vão da porta para o corredor exíguo Jackie viu Roxanna, com os olhos arregalados e trêmula.

Fechando os olhos, disse o mais alegremente que conseguiu:

— É melhor você ir dormir, querida. Está ficando tarde.

Ele abriu uma lata de cerveja e tomou um bom gole. Jogando a lata na pia cheia de louça, correu para o corredor. Agarrou Roxanna e jogou-a no chão, fingindo mordê-la. Ela estava dando gritinhos felizes, mas o barulho estava incomodando Jackie.

— Quem é a menininha do papai, hein?

— Sou eu, sou eu — gritou a menina.

Ele parou, deu um beijo carinhoso em Jackie, soprou um beijo para a filha e foi embora.

Roxanna levantou-se e correu até a mãe, com o rosto sorridente corado de felicidade.

Jackie empurrou-a sem muita gentileza e rosnou:

— Desgruda, porra. Você é uma sanguessuga, é isso o que você é.

Roxanna ficou com raiva. Mas seu temperamento natural veio à tona, e a menina gritou:

— Não desconte em mim. Ele foi embora por sua causa!

As meninas sempre a culpavam. Ele brincava com elas e lhes dava tudo o que queriam e, como sempre, ela era relegada a nada perante os olhos delas e perante os seus próprios.

O tapa foi sonoro e doloroso. Mas, quando Rox saiu chorando, Jackie, como sempre, sentiu-se culpada e devastada pela direção que sua vida tomara.

A primeira taça de vinho apagou sua raiva, a segunda desacelerou seu coração e a terceira a fez subir as escadas para tentar fazer as pazes com a menina.

Jimmy estava sentado num pub com um homem com quem ele realmente não queria estar. E até Freddie e Bernie Sands chegarem, ele teria de sorrir e oferecer uísques para alguém a quem instintivamente odiava.

Jimmy estava ansioso por saber sobre o paradeiro de Freddie e de seu novo comparsa Bernie. Eles já estavam uma hora atrasados. Bernie passara alguns anos preso com Freddie, e, agora que ele estava solto, os dois estavam compensando o tempo perdido. Para a infelicidade de suas esposas e seus familiares.

Espíritos irmãos, eles agora estavam quase sempre juntos, e, embora isso fosse motivo de júbilo para Maggie, Jimmy estava preocupado. Sem uma influência estabilizadora, Freddie era louco de dar dó — isso já fora provado diversas vezes desde que ele tomara o poder dos Clancy. Agora Freddie tinha Bernie, e a última coisa de que ele precisava era da companhia de alguém ainda mais desregrado que ele. Bernie era um homem baixo e gordo, com cabelos louros e desmazelados, e seu rosto negava a reputação de que pudesse ser amistoso. Ele parecia deprimido mesmo quando estava delirantemente feliz.

Bernie era assaltante de banco e cobrador. Tinha a reputação de conseguir cobrar uma dívida até de um cadáver. E mesmo conhecendo-o muito pouco Jimmy sabia que esses comentários não eram exagerados. Sabia que eles estavam saindo diariamente para roubar, e isso estava lhe tirando muitas noites de sono.

Desde a ascensão dos assaltos à mão armada, nos anos 1970, as empresas de segurança tinham estabelecido as próprias medidas de segurança para suas cargas. Agora, em 1986, os únicos carros-fortes sem vidro à prova de balas eram os do Grupo 4. Eles estavam sendo visados porque, com um golpe de marreta bem posicionado, algumas palavras de efeito, um revólver e muita coragem, esses carros podiam ser roubados em menos de dez minutos.

O fluxo de adrenalina era suficiente para viciar Freddie. Eles tinham roubado dois carros por dia, a intervalos de poucos dias, um pela manhã e outro à tarde, durante as últimas semanas. Era tão fácil que eles não conseguiam nem sentir medo de serem capturados.

Os assaltos-relâmpago, como eram conhecidos nos círculos apropriados, tinham excelente rendimento e podiam ser realizados de improviso, sem um planejamento elaborado, como era necessário para um assalto a banco ou a uma joalheria. Por exemplo, eles haviam apanhado dinheiro no assalto-relâmpago daquele dia com um único objetivo: como um saque no banco, para que tentassem uns trocados, dinheiro para gastar com trivialidades. Algumas pessoas roubavam carros-fortes para conseguir dinheiro para fiança ou simplesmente para fazer um churrasco decente.

O homem sentado de frente para Jimmy levantou o copo vazio de uísque e o balançou para ele. As sobrancelhas dele estavam levantadas e as bochechas coradas estavam esticadas no que Jimmy considerou ser um sorriso. Tendo interrompido seus pensamentos, Jimmy se levantou e caminhou mais uma vez até o bar, ciente dos olhares que estava recebendo por causa de sua companhia e desejando de todo coração que Freddie chegasse logo. Embora Jimmy fosse completamente capaz de tomar conta de si mesmo, não apostaria em suas chances contra os sujeitos sentados ali, olhando desconfiados para ele, caso decidissem atacá-lo em conjunto.

Paul pôs gelo num copo e, discretamente, cuspiu nele. Em seguida encheu o copo usando uma garrafa batizada com água. Essas garrafas só eram usadas no fim da noite, quando eram servidas apenas às pessoas que já estavam fora de si e à beira de causar confusão, mas que insistiam em continuar bebendo. Pessoas que podiam não reconhecer que já haviam bebido o bastante, que podiam estar armadas ou que guardavam ressentimento contra alguém.

Eram essas garrafas que davam lucro, porque mantinham o estoque abastecido e impediam que assassinatos fossem cometidos.

As bolhas do cuspe pareceram normais no topo de uísque, e Jimmy sentiu o estômago se revoltar ao oferecer o copo ao policial alto e magro, de sorriso sarcástico e ar de quem se achava bom demais para o lugar no qual estava.

O detetive Halpin era um tira domado, mas não o bastante para o gosto de Jimmy. Ele tinha sido um policial de rua até ser integrado no Esquadrão de Crimes Graves mediante muita babação de ovo e uma quantidade considerável de dinheiro, provida naturalmente por pessoas como Freddie e Jimmy. Ele estava cometendo o erro que todos os traidores acabam cometendo. Acreditando em suas próprias mentiras, viam-se não apenas como acima da lei que haviam jurado defender, mas especialmente acima das pessoas com quem negociavam, e sempre ficavam surpresos quando finalmente entendiam o quanto haviam afundado na própria merda.

Eles não se importavam nem um pouco em mentir e enganar velhos amigos e colegas, sentiam-se confortáveis com seus empregos duplos e com o fato de que criminosos violentos, bem como assaltantes de carros-fortes, continuassem em liberdade enquanto eles incriminavam pobres coitados contra quem guardavam rancor ou por cuja prisão tinham sido, mais uma vez, muitíssimo bem pagos.

Conseqüentemente, os criminosos com quem eles lidavam viam-nos como a escória da escória. Quando Halpin prendia um traficante com cinco pacotes de droga, o traficante sabia que apenas dois seriam apresentados como prova. Os outros três estariam de volta às ruas em questão de horas. Mas Halpin servia-se à vontade de todo o dinheiro e de todas as armas de fogo que apreendia em suas buscas, que também acabavam sendo reciclados de volta às ruas. Ele honestamente se acreditava acima da lei.

Foi devido a essa ganância que Halpin chamara a atenção de Freddie e Jimmy, e esta noite ele iria descobrir o verdadeiro motivo por que o tinham cooptado. Durante os últimos seis meses ele havia sido cortejado por eles, ganhara uma viagem luxuosa com todas as despesas pagas e agradara imensamente a esposa, tendo finalmente concordado com a estufa que ela quisera tão desesperadamente construir nos fundos da casa de quatro quartos em estilo Tudor, em Manor Park.

Halpin estava por cima e adorando cada momento. Ele não via nada errado nas coisas que fazia. Para ele, o fim justificava os meios. Ainda era jovem o bastante para fazer sua cama, e depois de conversar com colegas veteranos estava determinado a não acabar seus dias com uma aposentadoria de policial, recordando os tempos imemoriais nos quais ele fora útil, quando as pessoas ainda o respeitavam.

Halpin vira isso acontecer inúmeras vezes com colegas seus, e isso o assustava. Antes considerara seu pai, que também fora policial, um deus; agora o via como o homem que realmente era, um homenzinho que vivera para trabalhar. Halpin estava determinado a trabalhar para viver. Queria uma boa vida, queria dinheiro no bolso, e, se para atingir esse objetivo tivesse de distorcer as regras, que assim fosse.

Halpin não merecia a esposa que tinha e estava dolorosamente ciente disso. Amava a esposa e os filhos e queria que eles tivessem todas as coisas das quais os julgava merecedores. Adorava pertencer à força policial, mas com o passar dos anos entendera que poderia não haver limites para os seus ganhos e que, para prosperar, precisava relacionar-se com as pessoas certas. Beber nos pubs certos e ignorar as distorções ostensivas das regras.

O orgulho que ele um dia sentira por seu trabalho fora destruído gradualmente. Alguns anos antes, quando começara a fazer batidas em busca de drogas, o orgulho se extinguira completamente. Até então ele participara ocasionalmente, o que significava que recebia dinheiro para fazer vista grossa e deixar que as pessoas cuidassem de seus negócios, desde que não o fizessem de forma muito ostensiva.

Ele havia ganhado como parceiro um homem mais velho. Enquanto estavam a caminho de uma batida, o homem abrira o jogo com ele. Confessara que tinha um acordo com o traficante em questão e que eles iam passar algumas horas no pub antes de fazer a batida, para que ele tivesse tempo de pensar sobre o assunto. Isso significava corrupção gravíssima e incomodara Halpin imensamente.

Mas, ao ver a casa do traficante, Halpin vira que grande otário ele era. A casa o deixara de queixo caído, a cozinha parecia um projeto da Nasa, e até a sala de estar era decorada em vidro e metal cromado. Tinha sido um verdadeiro aprendizado ver o luxo do lugar, a forma como a família do homem se vestia, as crianças usando uniformes de escolas particulares.

O traficante, um amigo íntimo de seu tutor, abrira uma garrafa de uísque e sentara-se para apreciar a brisa com eles. Fora uma tarde agradável e o início de sua vida dupla.

Naquela noite, ao retornar para sua casa em Chigwell, com cortinas de cor creme na janela para impedir que os vizinhos bisbilhotassem e o constante odor de umidade, ele compreendera que o crime compensava, e que compensava muito mais do que ele havia imaginado.

Agora sua esposa estava mais feliz do que nunca, assim como seus filhos. O dinheiro *comprava* felicidade, e ele era a prova viva disso. Quanto ao ditado sobre dinheiro *não* comprar felicidade, bem, ele provara que isso era pura bobagem. Esses ditados existiam apenas para aquietar as camadas mais humildes da população, principalmente as mais pobres. Dinheiro podia não comprar saúde, mas comprava os melhores médicos do mundo. Dinheiro podia não melhorar um relacionamento, mas certamente mantinha o relacionamento, porque era a falta de dinheiro que causava a maioria das brigas entre os casais.

O conceito que Halpin tinha sobre a vida mudara, e ele finalmente encontrara a solução para suas preocupações. Uma viagem de férias fortalecia um casamento, a folga dava ao casal uma chance de recarregar as baterias e derrubar barreiras entre o homem e a mulher. Uma caminhada na praia, alguns drinques antes de ir para a cama, as crianças adormecidas profundamente depois de um longo dia nadando e brincando: essas coisas contribuíam em muito para deixar as pessoas mais felizes.

Sua vida estava melhor do que nunca, e ele sentia que exercia controle sobre as pessoas com quem tinha de lidar. Afinal de contas, ele era um policial, eles precisavam dele e ele estava dando as cartas. Era esta crença que lhe permitia mostrar seu desprezo por aquelas pessoas. Esse também era o motivo pelo qual seu mundo iria ruir nas próximas 24 horas.

Ele ouviu Freddie antes de vê-lo.

Como de hábito, Freddie entrou no pub como um herói conquistador, sorrindo e gargalhando, recebendo cumprimentos de todos os presentes e uma oferta de bebida. Conhecendo bem o seu trabalho, sabia o quanto era importante manter boas relações com as pessoas, pois nunca se sabe quando elas serão necessárias. Os Clancy tinham descoberto isso, e essa lição fora bem aprendida por todos os envolvidos no caso.

Freddie ainda estava sorrindo ao sentar-se de frente para o detetive, que observou cautelosamente Bernie Sands fitá-lo por longos segundos antes de caminhar até o bar.

— Olá, amigo, tudo bem?

Era uma saudação, não uma pergunta.

Freddie estalou os dedos na direção do bar.

— Bebidas para todos, por favor.

Paul fez que sim com a cabeça. Ele gostava do velho Freddie. Desde que ele assumira, os problemas no bar haviam praticamente cessado; até o mais arruaceiro dos freqüentadores tinha medo de Jackson. Até Bernie Sands dizia "por favor" e "obrigado", o que por si só já era um indício do respeito imposto pelos Jackson.

Freddie conhecia o seu trabalho e mantinha a todos, exceto a si mesmo, absolutamente lúcidos. Ele fazia bem o seu serviço e sabia disso.

Enquanto olhava para o policial com a barriga de cerveja e a aparência de um homem que se acabara com a bebida, disse alegremente:

— Você e eu precisamos conversar, amigo, porque amanhã você vai fazer um trabalhinho para mim na prisão de Newgate, lá em Old Bailey.

Jimmy notou que o sorriso do homem congelou em seu rosto. Era engraçado, mas eles sempre pensavam que jamais seriam chamados para alguma coisa séria.

Mas Halpin estava prestes a descobrir que ele pertencia a eles e que devia a eles mais do que imaginava.

Maddie Jackson e Lena Summers estavam na sala de espera do Rush Green Hospital, em Romford, aguardando notícias. A dor nas costas de Jackie fora o primeiro sinal de trabalho de parto, e ela agora estava preocupando todos à sua volta.

Rush Green tinha uma unidade de tratamento intensivo para recém-nascidos, e Maddie e Lena estavam ambas preocupadas com seu neto. Aparentemente o bebê estava virado, e Jackie, sendo Jackie, estava fazendo um escândalo.

Pela primeira vez na vida as duas mulheres estavam de acordo. Ambas achavam que Jackie estava exagerando. Ambas tinham parido em casa, levantado da cama e, 24 horas depois, já estavam fazendo o jantar.

Como suas mães antes delas, essas mulheres viam o nascimento como uma ocorrência natural, ao contrário das meninas de hoje em dia, que viam a gravidez como algum tipo de doença. Elas consideravam uma gravidez como uma desculpa para não trabalhar, para não querer fazer nada *pesado*.

E Jackie, que estava agindo como se fosse a única mulher do mundo em trabalho de parto, estava irritando profundamente as duas mulheres. Os gritos dela ecoavam por todo o hospital, como se ela já não tivesse dado à luz três vezes antes.

— Dá pra acreditar em tanto escândalo? — A voz de Maddie estava zangada, e, embora Lena estivesse de pleno acordo, precisava demonstrar algum tipo de lealdade para com a filha.

— Ela quer o marido, é isso que está errado com ela. — Isso foi dito num tom rude e arrogante. — Quem está errado é o seu filho.

Maddie riu e disse:

— Ela quer o marido? E não aconteceu o mesmo conosco?

A verdade da declaração fez Lena querer sorrir. Elas estavam pensando nos partos solitários, quando os maridos tinham saído para comemorar e não haviam voltado por três dias. Para elas, era assim que devia ser. Era um trabalho para a mulher. Por que tentar fazer os homens se interessarem por algo que, por sua própria natureza, eles jamais poderiam se interessar? As duas mulheres começaram a rir e, alguns minutos depois, quando uma enfermeira trouxe-lhes um bule de chá, elas o beberam juntas e em paz.

Até os gritos e xingamentos de Jackie não as afetavam, porque elas haviam decidido ignorá-la até a criança nascer.

Elas não fariam isso, é claro, mas por enquanto estavam apreciando a trégua.

Capítulo 6

Tommy Halpin estava nervoso, e este era um conceito inteiramente novo para ele.

Sempre se sentira no comando de sua vida. Todas as decisões que tomara tivera um motivo: subir na carreira ou arrancar tanto dinheiro quanto pudesse dos menos favorecidos que ele usava para seus próprios fins.

Até agora, embora tivesse se relacionado com essas pessoas regularmente, sempre havia sentido que, como o principal contribuidor de seus pequenos arranjos, estaria seguro. Eles *precisavam* dele mais do que Halpin *precisava* deles.

Ele se sentira importante o suficiente para não se preocupar com a maneira como os tratava. Ao contrário de seu tutor, que nutria uma certa afinidade com as pessoas com quem negociava, para Halpin agir assim seria como se rebaixar ao se associar com essas pessoas, e ainda pior seria estabelecer laços de amizade com elas. Ainda que fossem esses os homens que pagavam o seu verdadeiro salário. O mesmo dinheiro que proporcionava à sua família todos os pequenos extras que tinham passado a esperar dele.

Mas esta noite a atmosfera estava diferente, carregada. No minuto em que Freddie se sentara à sua frente, Halpin logo viu que alguma coisa estava fora do lugar. Subitamente ele se sentiu estranho, como o menino que, para se tornar mais popular na escola, renegava os amigos e, no fim, a si mesmo.

Essa não era uma sensação agradável para ele, porque trazia muitas lembranças. Além disso, ele bebera muito uísque enquanto esperava. Ele estava preocupado, não estava em seu melhor estado mental. Halpin sentia-se incapacitado para controlar a situação, coisa que raramente acontecia em sua vida. Ele era, como sua esposa sempre dizia, um fanático por controle.

O mais triste era ser detestado pela maioria das pessoas que o cercavam. Os colegas policiais e os criminosos com quem ele lidava tinham isso em comum. Tommy Halpin era um valentão que se considerava inteligente demais para ouvir os conselhos e as opiniões dos outros.

Quando lhe mostrara o caminho das pedras, o tutor de Halpin sempre enfatizara as regras principais: *jamais* expor os sentimentos, a despeito do quanto estivesse confortável com as pessoas ao seu redor; jamais esquecer que estava lidando com criminosos e que eles seguiam um conjunto de leis completamente diferente do resto da sociedade; e, por mais simpáticos que fossem com você, jamais iriam considerá-lo parte de seu círculo, devido à natureza do seu trabalho. Para eles, você sempre seria um tira e, ainda por cima, um tira comprado.

Ele sabia que aquilo que o tutor tinha dito era verdade e, portanto, ficara ouvindo enquanto pensava que o chefe estava dizendo o óbvio. Agora desejava tê-lo ouvido direito. Seu tutor também lhe dissera: veja bem onde pisa e *nunca* ponha dinheiro sujo no banco, porque isso facilita em muito o rastreamento. Jamais guarde dinheiro em casa ou compre um carro com menos de dois anos de uso. Contudo a ladainha mais insistente tinha sido: jamais relaxe, esteja sempre atento às pessoas com quem estiver lidando e as trate como faria a um cão raivoso. Você será útil para elas apenas enquanto puder fornecer um serviço do qual necessitem. Seu tutor tinha frisado bastante isso, pois, se fosse capturado, Halpin automaticamente levaria consigo todos os seus colegas de trabalho.

Apenas agora a importância de tudo estava fazendo sentido. Halpin finalmente estava entendendo a extensão de sua traição. Se ele fosse capturado, todos os que estivessem associados a ele jamais voltariam a ser dignos de confiança. Isso era o que deixava seu tutor tão paranóico. Cada colega honesto seria automaticamente um suspeito. Agora ele finalmente compreendia a paranóia de seu tutor em relação ao que estavam fazendo e os constantes lembretes sobre a seriedade da situação deles.

Ele esquecera a regra de ouro, o fato de que, para essas pessoas, ele era apenas um meio para atingir um determinado objetivo. Havia muitos iguais a ele no lugar de onde Halpin viera.

Maggie chegara ao hospital e automaticamente assumira o lugar de Lena e Maddie. Maggie sabia lidar com Jackie e não se sentia envergonhada com os constantes xingamentos da irmã.

— Onde está aquele veado filho-da-puta?

Maggie não respondeu. Em vez disso, agachou-se, pegou os lençóis que tinham sido atirados ao chão e colocou-os dobrados sobre uma cadeira.

Quando um médico chegou, foi recebido com mais uma saraivada de imprecações e se retirou sem dizer uma palavra.

Maggie suspirou.

— Jackie, você deve ser a piranha mais estúpida do planeta, sabia disso?

Jackie virou a cabeça abruptamente na direção da irmã caçula, os olhos arregalados, em choque.

— Do que você me chamou?

Maggie sentou-se na cadeira. Os lençóis tornavam a cadeira de plástico mais confortável, e ela apreciou isso. Passara o dia inteiro de pé no salão de beleza e estava exausta.

— Não me olhe com essa cara. É a sua palavra favorita. Você já chamou enfermeiras e médicas assim. Quando vai crescer, Jack?

Maggie apontou com raiva para a mulher desmazelada à sua frente e prosseguiu:

— O bebê está sofrendo. Se está virado, eles precisam desvirá-lo, e se alguma coisa acontecer por causa dos seus escândalos Freddie vai ficar furioso.

Maggie esperou um pouco até a irmã entender sua lógica, depois continuou:

— Estamos tentando achá-lo, mas com Freddie ou sem Freddie essa criança tem de nascer. Por que não cala essa boca, por que não pára com esses chiliques e deixa as pessoas fazerem o trabalho pelo qual são pagas?

Jackie estava mais calma agora. E escutando. Maggie sabia que a menção ao marido a colocaria de volta nos trilhos.

— Mas está doendo, Maggie.

Maggie sorriu com tristeza.

— Claro que está doendo. Doeu das outras três vezes, lembra? Deixe as enfermeiras e os médicos ajudarem você e, por favor, aja como uma menina crescidinha.

Maggie sempre dizia isso, e ambas riram.

— Tem uma garota no quarto ao lado. Ela só tem 17 anos, e seus gritos estão deixando a pobre coitada apavorada.

Jackie limpou o nariz com as costas da mão. Estava se sentindo mal, a dor era intensa, e ela precisava de uma bebida. É claro que não podia dizer isso em voz alta, claro. Sabia que Maggie tinha uma garrafa de champanhe na bolsa e desejava que tudo acabasse logo para poder tomar um gole pelo gargalo mesmo e acalmar os nervos.

Tudo o que queria era que Freddie estivesse ao seu lado naquele momento e que visse a criança nascer. Jackie lera em algum lugar que isso ligava o homem aos filhos. Mas lembrava que o fato de *ela* ter estado no nascimento de suas três filhas não tinha feito a menor diferença; seu pavio com elas era muito curto.

— Você se comportou muito mal, Jackie. Se não tomar cuidado, eles vão se recusar a cuidar de você e botar uma policial feminina aqui no quarto. Jackie, pelo menos uma vez na vida, esqueça de si mesma e pense nos outros.

Jackie ficou calada, o que fez Maggie perceber que ela estava mais calma. Jackie sempre causara confusão durante seus partos e se safara todas as vezes, mas agora os médicos não estavam dispostos a engolir calados, e Maggie não os culpava por isso. Ela também não seria capaz de agüentar tanto escândalo. A equipe estava ameaçando ligar para a polícia, e isso automaticamente traria o serviço social. Jackie era uma mãe cheia de vícios, e se não tomasse cuidado os assistentes sociais iriam pegar no seu pé. Maggie amava a irmã, mas às vezes perdia todo o respeito por ela.

— Agora você vai deixar que o médico a examine, porque se o bebê estiver virado eles terão de desvirá-lo.

Jackie concordou com a irmã. Até ela sabia que havia exagerado, mas fazia parte da sua natureza. Tudo com Jackie acabava em briga, em drama, e ela não conseguia evitar. Precisava ter todas as atenções voltadas para ela, e seu mau comportamento sempre lhe garantira isso.

Mas agora as palavras sensatas de Maggie a fizeram pensar no que estava fazendo. Jackie ameaçara uma das enfermeiras com um copo d'água. Ao contrário de alguns anos atrás, esse tipo de atitude agora poderia lhe valer uma intimação ao tribunal, e Freddie não ficaria nem um pouco feliz se isso acontecesse.

— Traga eles aqui.

Freddie estava observando as diferentes expressões no rosto do homem e sabia que eles o tinham na palma da mão. Vira isso acontecer muitas vezes com os tiras comprados e adorava a sensação que lhe causava.

Gente como Halpin precisava ser derrubada aos poucos. Era um processo psicológico. Durante algum tempo era preciso fazer com que eles se sentissem no controle da situação.

Era fácil fazer isso. Bastava estimular sua vaidade natural. Halpin se iludira achando que ele era o agressor na parceria forjada por seu antigo chefe, que, na verdade, o entregara a Freddie Jackson como um favor. A manipulação de uma pessoa mais fraca era o tipo de coisa que homens como Freddie Jackson aprendiam a fazer muito cedo na vida. De onde ele tinha vindo, um homem precisava aprender aquilo que seu pai havia jocosamente chamado de guerra psicológica.

Desde criança, Freddie entendera que se não fosse inteligente ou forte o bastante para derrotar os outros no jogo deles, precisaria cultivar uma astúcia inata ou aprender a usar uma arma e desenvolver uma boa reputação como psicopata, ou então seria feito de palhaço.

Halpin se tornara o bobo da corte agora, e Freddie ia adorar explicar isso a ele. Como a maioria dos policiais, Halpin sempre estivera na folha de pagamento de homens como Freddie. Esse tinha sido o principal motivo para Halpin ingressar no combate ao crime. O respeito natural pelo uniforme e a natureza do trabalho faziam da profissão de tira uma escolha automática para muitas pessoas, porque era o único caminho para alcançar uma posição de autoridade. Mas os Halpin deste mundo não queriam apenas o respeito das pessoas comuns, queriam também meter a mão no bolso dos criminosos.

Atrair tipos como esse era muito fácil como atrair ovelhinhas para o matadouro. Era uma das coisas que faziam da Grã-Bretanha um lugar maravilhoso para o crime.

Havia uma linha tênue entre o assaltante e o tira. Quase todo assaltante preferiria ser capturado por um tira decente do que por um corrupto como Halpin. Ser preso por um corrupto era um insulto ao assaltante e à sua profissão. Os tiras de verdade eram sujeitos decentes e estavam felizes do lado certo da lei. Eles não consideravam o estilo de vida dos traficantes e dos assaltantes digno de ser imitado. Para eles, esse estilo de vida era uma coisa a ser aniquilada.

E agora Halpin, que podia sentir a mudança no comportamento de Freddie e do jovem Jimmy, estava começando a entender que fora controlado todo o tempo pelas pessoas que julgava controlar.

Freddie adorava essa parte; era o que lhe dava mais prazer na vida. Freddie Jackson adorava intimidar. Fazia isso de forma instintiva e era isso o que o estimulava a levantar-se da cama todas as manhãs.

Jackie estava em agonia, agonia de verdade. E Jackie, sendo Jackie, estava mais uma vez dizendo isso a todo mundo. Pelo menos agora tinha um verdadeiro motivo para fazer isso, pois já estava em trabalho de parto.

— Não faça escândalo, sua vaca — ralhou Lena.

Jackie esperara que a mãe fosse mais compreensiva. Ficou encabulada em ouvir a mãe falando daquele jeito com ela, pois sua sogra estava no quarto com elas. Maddie não ficou impressionada, e Jackie percebeu isso, mas era ela quem estava parindo o bebê e, a despeito do que sua mãe pensasse, estava determinada a ter seu momento sob os holofotes.

Maggie tinha ido a algum lugar e todas as boas intenções de Jackie haviam voado pela janela. Estava tarde e ninguém tinha conseguido achar Freddie. Jackie tinha certeza de que ele estava com alguma prostituta. A imagem de Freddie na cama com uma garota jovem, de pele perfeita e sem estrias estava cada vez mais nítida na mente de Jackie.

Uma jovem enfermeira de origem chinesa estava tentando convencer Jackie a tomar um pouco de água. Jackie xingava a mulher bem alto, tentando derrubar o copo de sua mão. Lena estava com vergonha da filha e de seu comportamento. Do linguajar chulo aos comentários racistas dirigidos às enfermeiras, Jackie era uma vergonha.

A enfermeira, que fora criada em Upney, no andar de cima do restaurante chinês de seus pais, estava perdendo a paciência.

— Vá se foder! Me deixa em paz, sua piranha chinesa! — A voz de Jackie estava alta, firme e cheia de ódio.

A garota, uma excelente enfermeira que já estava cansada de seu trabalho e do abuso que precisava sofrer diariamente, disse com raiva:

— Vá se foder também. Se quer dificultar as coisas para você mesma, não estou nem aí.

Enquanto a enfermeira saía furiosa do quarto, Lena sorriu para ela se desculpando. Pelo menos a garota tinha tutano, o que não podia ser dito sobre sua filha.

Ela caminhou até a cama, onde Jackie estava chutando o lençol para o chão pela enésima vez e se contorcendo como se estivesse possuída. Qualquer pessoa pensaria que este era o seu primeiro filho. Sabendo que a criança estava bem (o médico já confirmara que o parto seria normal), Jackie estava de volta ao seu temperamento normal. Ela havia insultado todas as enfermeiras e todos os médicos novamente, de modo que até uma xícara de chá estava fora de questão.

Lena estava a ponto de perder a cabeça.

— Jackie, pare com isso. Você está agindo como uma idiota. Até parece que é o seu primeiro bebê!

Jackie estava novamente cerrando os punhos de raiva, mas a voz da mãe a estava alertando de que levara todo mundo até seus limites e estava na hora de recuar. A mãe de Freddie, como sempre, olhava-a como se ela fosse um verme, e isso a estava magoando. Mas Freddie amava sua mãe, e se Maddie Jackson fosse necessária para trazê-lo para cá, Jackie faria o que fosse preciso.

— Alguém já achou ele?

Lena balançou a cabeça e disse, nervosa:

— O que você acha? Para que você o quer aqui? Ele só iria atrapalhar.

Jackie não estava ouvindo. Estava enlouquecida com o pensamento de que o marido poderia estar se divertindo com uma prostituta enquanto ela passava pela agonia de parir o bebê dele.

— Ele prefere as putas do bordel à sua esposa. Alguém ligou para aquele lugar em Ilford?

Elas haviam ligado para todos os lugares. Freddie sabia onde Jackie estava; era impossível que a situação não tivesse chegado aos seus ouvidos. Liselle dissera que ele estava lá, no pub, e que já sabia que sua esposa fora para o hospital.

Freddie estava se lixando para Jackie, e todos sabiam disso. Por que Jackie simplesmente não aceitava que ele não iria até lá antes de o neném nascer? Maggie acabara de descer para pegar um táxi até o pub, de modo que havia alguma esperança de que ele se dignasse a aparecer, mas ninguém estava apostando nisso.

Maddie suspirou profundamente, e Lena a imitou. Para variar um pouco, as duas mulheres estavam unidas, e foi esta amizade súbita que fez Jackie dar ouvidos ao que elas estavam dizendo.

Lena começou primeiro.

— Essa criança vai ter de sair, não vai? Pare de frescura e dê logo à luz. Quando o bebê nascer, Freddie vai ter mais vontade de arrastar a bunda até aqui.

Jackie estava chorando. Seu rosto em forma de lua cheia estava vermelho, coberto por uma irritação quente e lustrosa por causa das lágrimas. Maddie fitou-a por um longo momento. Ela estava péssima. E ficar deitada com as pernas abertas, as estrias vermelhas à mostra e as unhas cheias de sujeira não a ajudavam nem um pouco. Em seu coração, Maddie não culpava o filho por querer manter distância. Ela estava até surpresa por ele ter emprenhado aquela puta imunda.

    O choro de Jackie estava mais alto agora. Ela queria o marido, e o fato de ele não estar disposto a ir até ela apenas fazia com que ela o desejasse mais. Soava como um animal, mas não um animal mansinho como um gato, miando gentilmente ao parir. Ela soava como um daqueles animais do lugar onde Maddie crescera. E o pior de tudo é que parecia um deles. Do rosto inchado aos pés sujos. Sua mãe sempre chamara de animais as mulheres sujas de sua terra; era uma coisa irlandesa. A mãe de Maddie julgava as pessoas pela forma como criavam os filhos e administravam seu dinheiro. Ela pensava da mesma forma e achava que nada dizia mais sobre uma mulher do que seus filhos. Se as crianças eram limpas e bem-alimentadas, a mulher tinha classe e decência. Todo o estilo de vida de Jackie incomodava Maddie. A esposa do filho deveria ser um reflexo dele, e ela tinha a terrível sensação de que isso era verdade.

    Jackie estava gemendo novamente, o rosto enrugado de dor. Estava apenas tendo um bebê, mas a julgar pela forma como se comportava parecia estar morrendo de câncer. Estava completamente fora do alcance de Maddie entender por que o filho julgara Jackie adequada para procriar com ele. Ainda assim, amava as netas, e elas, a seu próprio modo, a amavam. Mas ela não se sentia bem visitando-as, porque Jackie dificultava tudo. Jackie sentia ciúmes *dela*, a mãe dele. Jackie jamais tentara tornar-se sua amiga. Nem mesmo quando Freddie fora preso ela tentara se aproximar de Maddie, fazer amizade. As visitas à prisão tinham sido programadas para que as duas nunca se encontrassem.

    Maddie sentia uma tristeza profunda pelo filho favorito. Ele tinha desposado esta cadela que não conseguia manter-se limpa e arrumada nem mesmo para ir à maternidade. Para Maddie, a aparência era tudo, e a forma como o mundo via uma mulher e suas habilidades de esposa era de enorme importância. Mesmo assim, tudo o que Maddie ouvia a respeito de Jackie eram as burradas que ela fazia. Quando Freddie fora preso, Jackie começara a gastar acima de suas posses fazendo compras por catálogo. Maddie emprestara-lhe dinheiro, que ela nem tentara devolver, e ainda tivera o constrangimento de descobrir que Jackie usara a reputação da família de seu marido para ameaçar as vendedoras que tentavam cobrar o que ela lhes devia. Para piorar tudo, Maddie ouvira do próprio marido que devia resolver aquela confusão, porque o constrangimento estava acabando com ele. E depois de tudo o que fizera por sua nora Maddie tivera de suportar Jackie olhando-a de forma desrespeitosa quando ela ia visitar as netas, com seus lindos rostos sujos de doces.

Ela se lembrou de quando Jackie lhe dissera que precisava de ajuda, agora que Freddie estava preso; que precisava de roupas para as meninas e comida, quando todo mundo sabia que ela usava todo o dinheiro em que colocava as mãos para comprar bebidas e drogas. Passatempos caros que só faziam sua nora encher-se ainda mais de dívidas.

Outra coisa que irritava Maddie eram as dívidas. Ela não conseguia entender como alguém podia gastar o que não tinha. Para Maddie, pagar as dívidas da nora fora a última gota. Centenas de libras em roupas para ela e as meninas. Roupas que nem seriam aproveitadas, que se transformavam sempre em uma pilha de roupa suja. Tudo dera errado, tudo dera completamente errado.

Agora, no entanto, o que mais ela possuía, além dos filhos e dos netos? Um marido que subitamente se apaixonara por uma garota de 22 anos?

A humilhação ainda doía, junto com o fato de saber que desta vez era diferente. Até então ele tentara poupar os sentimentos de Maddie, mas desta vez ele não estava nem um pouco preocupado com ela. Perdera todo o respeito, porque estava apaixonado por uma criança, uma menina que já tinha dois filhos de pais diferentes e uma boca cheia de dentes caros que tinham sido pagos pelo homem a quem Maddie amara por toda a sua vida.

Uma garota que ele levava a toda parte, como uma espécie de troféu, como uma garantia de que ele não estava envelhecendo. Era até engraçado. Se tivesse acontecido a qualquer outra pessoa, ela teria rido. Freddie Pai estava passando a maioria das noites na casa dessa menina e desfilando com ela para cima e para baixo, sem a menor consideração pela esposa. Era como se ele tivesse enlouquecido da noite para o dia, e agora ela estava reduzida a recorrer à sogra de seu filho, alguém de quem ela se orgulhara de ter evitado por todos aqueles anos. Sabia que Lena estava ciente da situação, mas nada disso era novidade para ela, que convivera com esse tipo de coisa por toda a vida. Ela também sabia que Lena, tendo sentido a traição na própria carne, compadecia-se dela, porque compreendia o quanto era difícil esse tipo de situação. E pensar que torcera o nariz para Lena por anos a fio, e agora, quando a vida estava lhe pregando uma peça, era a Lena que ela estava recorrendo.

Antes, Maddie teria feito um escândalo, teria lutado por ele com toda a força de seu ser, mas não agora. Ela havia desistido de lutar, porque sabia, no fundo do coração, que, se forçasse, ele realmente iria embora desta vez. Ele estava mais velho e necessitava da segurança da juventude mais do que nunca. Maddie também sabia que ele estava trabalhando para o filho e revivendo os dias da juventude e da contravenção que ele tanto amara.

Freddie dera ao pai uma nova razão de viver, e Maddie jamais iria perdoá-lo por isso.

— Eu quero o meu Freddie. Onde está o Freddie?

Jackie queria o marido, queria-o ao lado dela enquanto paria um filho para ele. Era o que ela sonhava havia meses.

Maddie olhou para Lena. Na sala de espera, elas já haviam consumido uma grande quantidade de conhaque, cortesia do suprimento de emergência que Maddie Jackson mantinha em sua bolsa grande, feita de imitação de couro de crocodilo. Maddie só bebia ocasionalmente, quando a vida lhe pregava peças.

Viera sozinha ao hospital, porque o marido sumira com a garota e o filho também não podia ser encontrado em parte alguma. E agora, pela primeira vez em sua vida, estava simpatizando com Lena, uma mulher a quem sempre julgara inferior. Basicamente porque Lena e sua prole jamais haviam progredido e mudado do bairro no qual todos tinham crescido. O marido de Maddie, por pior que fosse, tirara-os de seu bairro.

Ela via com tristeza o fato de Freddie ainda se sentir confortável em morar com Jackie naquela casa alugada pelo Estado. Apesar de todo o dinheiro que havia conseguido, Freddie ainda não tinha nada.

Mas os dois eram perdulários e viam o dinheiro como uma coisa a ser usada com insensatez. Ela esperara que ao menos Jackie, depois de ter três filhas, tivesse aprendido o valor de uma libra. Mas isso não acontecera, e agora a garota estava suando e gemendo enquanto paria outra criança que seria criada da mesma maneira irresponsável. Porque ela tinha certeza de que o filho e a esposa dele estavam sobrevivendo de benefícios. Jackie ainda estava recebendo o dinheiro do seguro social todas as segundas-feiras, dinheiro que ela via como *seu*, para gastar com o que bem entendesse. Quando Freddie estivera preso, tinha sido uma necessidade, mas agora ela poderia se sustentar sem depender das agências governamentais e de tudo que estava associado a isso.

A palavra que Jackie sempre usava quando falava sobre o assunto era *direito*. Mas muita gente que vivia na contravenção costumava ser presa porque requeria benefícios. O governo começava a investigar as fontes de renda dos requerentes, e num piscar de olhos a lei caía sobre eles.

Maddie fechou os olhos e tentou esquecer a família, porque ela estava preocupada, mais do que nunca, com a própria vida. Freddie Pai estava revivendo sua juventude, e isso fez Maddie compreender que ela não vivera a sua quando tivera oportunidade. Ela não *soubera* como era ser jovem, e de repente isso se tornou importante para ela. Sua vida tinha sido desperdiçada, e apenas agora ela tomava consciência disso.

Era isso, mais do que qualquer outra coisa, que ocupava sua mente. Por toda a vida, desde seu primeiro filho aos 17 anos, ela fora mãe ou esposa, e agora estava sendo descartada. O marido iria deixá-la; era apenas uma questão de tempo, disso ela tinha certeza. E saber isso a machucava como uma dor física.

Ela estava suprimindo toda a sua raiva contra Jackie, porque sem as meninas e o novo bebê sua vida estaria acabada. O marido de Maddie tinha representado tudo para ela por muito tempo e sempre a respeitara e a tratara bem. Nunca em sua vida ela pensara que seria de outra forma.

Mas agora sua vida estava por um fio, e ela tinha mais em comum com Jackie do que julgara possível. Assim, ela não tinha qualquer outra opção além de se concentrar em sua família e, como muitas outras mulheres antes dela, estava descobrindo que no fim das contas era tudo o que uma pessoa realmente tinha.

Para uma mulher orgulhosa como ela, isso era mais difícil do que ela havia imaginado.

— Amanhã uns amigos nossos terão uma audiência lá em Bailey e queremos que eles consigam a condicional.

Halpin meneou a cabeça, cauteloso.

— Como posso fazer isso? — Sua voz estava tremendo, e ele sabia que Freddie e seu parceiro estavam percebendo e gostando disso.

Freddie sorriu e empurrou outra bebida para ele.

— É fácil Nós já fizemos isso dúzias de vezes.

Ele acendeu um baseado e, soprando a fumaça na cara de Halpin, tossiu fortemente antes de prosseguir:

— Precisamos que você explique ao juiz, bem discretamente, no gabinete dele, que nossos dois amigos foram de grande ajuda para você na solução de outros casos e que por causa disso merecem uma chance. Mas é claro que tudo isso precisa ser feito com bastante discrição, porque nem é preciso dizer que eles não ajudaram ninguém em porra nenhuma.

Freddie viu as gotas de suor no rosto do homem e, graças ao baseado, sentiu vontade de rir, mas sabia que não podia.

— Pare de se preocupar. Todo mundo faz esse tipo de coisa o tempo todo. — Freddie fez um gesto para Jimmy, que tirou uma folha de papel do bolso e colocou-a sobre a mesa. — Aqui estão os nomes deles e as acusações. Já molhamos a mão do juiz, de modo que ele vai estar esperando por você, e a coisa será apenas uma formalidade. Ele *vai* dar a condicional aos nossos amigos.

Halpin bebericou o uísque para ganhar um pouco de tempo. Uma coisa era fazer vista grossa ou ocultar drogas e armas de fogo. Mas ir até a prisão em Old Bailey e mentir para um juiz era pedir por problemas. Era chamar a atenção para si mesmo e se tornar visível para seus próprios colegas.

— Quem prendeu esses caras?

— Policiais da zona sul de Londres. Deu nos jornais. Todos eles foram amaciados por alguns amigos nossos, mas isso não é da sua conta. Estão sabendo de tudo e dispostos a sustentar a sua história.

Halpin viu uma saída da arapuca, e o alívio que sentiu foi quase tangível.

— Mas eu estou no Esquadrão de Crimes Graves. Por que faria parte disso? Não faz sentido.

Freddie estava perdendo a paciência agora. Ele queria sair do pub, celebrar o nascimento de seu bebê. Torcia para que fosse um menino, estava de saco cheio de filhas. Elas davam muita dor de cabeça, como todas as mulheres.

— Olhe, amigo, apenas faça o que estou mandando. Está tudo arranjado, só falta mostrar que eles estão ajudando os figurões. Você é um dos figurões e já é tempo de merecer a porra do seu salário.

Jimmy estava impressionado. Este era o forte de Freddie. Ele havia nascido para intimidar, e ninguém sabia fazer isso com tanta calma e de forma tão aterrorizante quanto ele.

O passo seguinte era fazer com que Halpin recrutasse para eles, e logo ele faria isso. Ele não tinha escolha. Enquanto observava o policial engolir seu uísque num único movimento nervoso, Jimmy compreendeu que eles o tinham na palma da mão e que só agora Halpin estava começando a entender no que havia se envolvido.

Capítulo 7

Maggie estava no bar, assistindo ao espetáculo de Freddie e Jimmy. E, como sempre, ver Jimmy trabalhando deixava-a nervosa.

Ainda não estava com humor para voltar ao hospital e torcia para conseguir envergonhar Freddie com sua presença. Mas ela não nutria muitas esperanças. Freddie já parecia estar chapado e preparado para a noite.

Ela presumiu que o homem com eles estava sendo pressionado a fazer alguma coisa, e enquanto os observava a linguagem corporal de Jimmy e Freddie provocou-lhe um arrepio de medo. Ela não gostava deste Jimmy e sabia que jamais iria sentir-se confortável com esse seu lado. Ultimamente, até o pai dela estava tratando Jimmy de forma diferente. Maggie ficara chocada com o respeito com que ele se dirigia a Jimmy agora. A forma como ouvia cuidadosamente tudo o que ele dizia, como se, da noite para o dia, o rapaz tivesse se tornado a fonte da sabedoria. A gratidão exagerada quando Jimmy dava-lhe uns trocados para jogar.

Por um lado, Maggie estava empolgada. Sabia melhor do que ninguém que, no mundo de Jimmy e Freddie, o sucesso dependia da posição que se ocupava. Porém seu lado sensato também sabia que Jimmy agora estava lidando com coisas muito sérias e que isso poderia resultar numa boa temporada na prisão.

Ela afastou esses pensamentos. Jimmy era esperto demais. Mesmo sendo muito jovem, já estava sob as asas de Ozzy. O mais seguro possível. E ela precisava parar de se preocupar. A preocupação estragava os bons momentos e estava sempre como pano de fundo. E vendo a irmã no leito do hospital, dando à luz outra criança, Maggie tivera uma noção de como sua própria vida com Jimmy poderia acabar caso ela não tomasse cuidado. Embora ele a amasse, e Maggie tinha certeza disso, também sabia que um dia Freddie amara a esposa da mesma forma. Agora esse sentimento era unilateral. Jackie ainda o idolatrava, mas Freddie só permanecia com Jackie porque ela era legalmente sua esposa. Mas hoje em dia isso não garantia mais nada. Muitos homens pulavam fora de casamentos longos, coisa que não acontecia há pouco tempo.

A mãe de Maggie sempre dissera que, depois que os filhos chegam, a mulher fica sozinha. Maggie não entendera essa afirmação até agora. Ela era jovem demais para saber alguma coisa sobre a vida e estava bem consciente disso. Mas fizera uma promessa a si mesma havia muito tempo. Se um dia Jimmy dormisse com outra mulher, ela nunca mais iria querer ver a cara dele.

Tudo entre eles estaria terminado, para sempre. Não iria permitir que ele a convencesse a voltar. Depois que o homem trai, perdoá-lo por isso é o mesmo que lhe dar permissão para voltar a fazer a mesma coisa repetidas vezes.

Era essencial que o homem jamais perdesse o respeito pela mulher, e ela era inteligente o bastante para saber disso. Não ia levar a mesma vida que a mãe e a irmã. Ela se via acima desse tipo de tratamento. Merecia coisa melhor e jamais iria se permitir esquecer disso.

"As pessoas só fazem com você o que você permite que elas façam."

Quantas vezes tinha ouvido esse velho ditado? Sua avó dissera isso à sua mãe uma centena de vezes por dia. Sua mãe não seguira o conselho, mas Maggie o seguiria. Seu pai cantava as mulheres na frente da sua mãe, e ela ainda se lembrava das brigas que os dois tinham por causa disso. Ele chegara até mesmo a levá-la às casas de suas namoradas quando ela era menina. Sua mãe acreditara que porque ela estava com seu pai ele não iria traí-la. Não com sua filha por perto. Sua presença de criança supostamente iria lembrá-lo de suas responsabilidades. Ela já havia recorrido a todos os recursos possíveis para mantê-lo próximo a ela, e onde isso a levara?

Maggie ainda tinha vagas lembranças do perfume barato e das casas estranhas. De vez em quando brincava com outras crianças, mas na maioria das vezes ganhava doces e era colocada na frente da televisão. Seu pai sempre a mimava e a fazia sentir-se especial. Mas é claro que hoje ela sabia que isso era absolutamente natural para ele. Ela era uma fêmea, e seu pai amava mulheres, especialmente a filha caçula, que o julgava um deus. Seu pai lhe dizia que não contasse à mãe onde eles haviam estado porque era uma surpresa. No começo Maggie acreditara nele, mas depois passara a repreendê-lo. No fim ela passara a se recusar a acompanhá-lo, embora a mãe mandasse que ela fosse com ele. Sua mãe ainda achava que a filha poderia manter Joe na linha.

Eles nunca haviam discutido o assunto, mas seu pai devia ter presumido que Maggie guardara mágoa dele. Aquilo de algum modo mudara a dinâmica do relacionamento deles. Mesmo quando ainda era uma menina, Maggie sentira que aquilo não estava certo, que o pai queria-a com ele pelos motivos errados. Não porque ele não podia suportar estar longe dela, mas porque ela era o seu escudo. Maggie também sabia que se eles tivessem discutido o assunto isso teria arruinado o relacionamento deles para sempre. O pai a usara, e ela estava determinada a não permitir que ninguém a tratasse da forma como ele tratara sua mãe.

Da noite para o dia, sua mãe tinha se tornado a pessoa mais importante de sua vida. Até então seu herói tinha sido o pai, e a mãe simplesmente alguém que estava por perto. Mas ela havia aprendido uma lição e estava disposta a jamais esquecer do que os homens são capazes.

Enquanto observava Freddie e Jimmy, percebeu semelhanças extraordinárias entre os dois. Eles pareciam irmãos gêmeos nascidos com anos de intervalo. Freddie, contudo, era o macho alfa, era aquele para quem se olhava primeiro. Seu tamanho e aparência eram bem mais impressionantes que os de Jimmy. Com cabelos mais grossos e negros, ele tinha o tom de pele genuinamente irlandesa que as mulheres amavam, além dos olhos azuis. Até Maggie, que odiava Freddie, podia ver por que as mulheres sentiam atração por ele. Ele era muito bonito, e seu ar perigoso apenas o tornava mais atraente.

Jimmy era a versão mais jovem e suave, mas estava se tornando mais parecido com Freddie a cada dia. Estava mais alto que Freddie agora, embora não tivesse o corpo musculoso que Freddie cultivara na prisão. Enquanto cumpria a sentença, Freddie passara a maior parte do tempo no ginásio da prisão, fazendo o mesmo que muitos homens antes dele. Fortalecendo o corpo para proteger a mente. Mas agora já estava em casa havia algum tempo e estava começando a engordar.

Enquanto observava os dois primos juntos, Maggie afastou todas as dúvidas de sua mente. Jimmy era o amor de sua vida desde que eles eram crianças, e precisava lembrar a si mesma de que ele não era como Freddie.

Quando o homem que eles estavam intimidando finalmente se levantou, Maggie caminhou até eles. Freddie olhou intensamente para ela, os olhos percorrendo seu corpo como se ela estivesse parada nua à sua frente. Ele fazia questão de fazer isso de forma evidente, e ela ainda se sentia desconfortável sob um olhar tão intenso, especialmente quando sua irmã estava no hospital. Freddie sabia que Maggie sentia pavor de que Jackie percebesse que ele a comia com os olhos. Embora fosse jovem demais para ter de lidar com política sexual, crescera numa dieta de raiva e indiscrições sexuais. E ela o odiava por tornar sua vida mais difícil do que já era.

Pelo menos ele não tentava mais com tanta freqüência. Houve uma época em que ela sentia medo de ficar perto dele. Mesmo se Jackie estivesse no quarto ao lado, ele poderia tentar passar a mão nela ou agarrar seus seios. E depois ele ria do quanto ela ficara escandalizada. Agora, porém, a ascensão de Jimmy pusera fim a esses atentados.

Freddie parecia preocupado com a velocidade com que Jimmy estava progredindo. E, se isso mantinha as mãos de Freddie longe dela, Maggie torcia pela ascensão de Jimmy ao poder. Mas a forma com que Freddie a olhava era suficiente para que Maggie continuasse cautelosa e não esquecesse do que ele era capaz.

— Ela já pariu?

Freddie parecia entediado. Ele não ficaria empolgado até ouvir a palavra "menino".

— Freddie, você não acha que deveria ir ao hospital? Jackie está passando por maus bocados.

Ele levantou as sobrancelhas e, sorrindo, piscou para Jimmy, que não deixava de rir de suas palhaçadas. Freddie era engraçado, isso não havia como negar.

E Freddie começou a rir. Maggie odiava aquela risada, que era o maior de todos os seus insultos. Freddie ria de você, raramente com você.

— Está me dizendo que ficou parada ali esse tempo todo achando que eu ia até o Rush Green segurar a porra da mão dela?

Jimmy os observava atentamente. Eles eram antagonistas naturais, e ele entendia como Freddie irritava os nervos de Maggie. Apenas não entendia completamente qual era o problema com Freddie. Ele sabia que Freddie a achava bonita, isso era evidente, mas também sabia que qualquer homem em seu juízo perfeito a acharia atraente. Não, era algo muito além disso.

— Quer uma bebida, Maggie, ou prefere que eu te dê uma carona de volta até o hospital para ficar com sua irmã?

As palavras de Jimmy fizeram-na ver que estava desperdiçando seu tempo e que, embora soubesse disso, ela ainda precisava tentar. Jackie só ficaria calma se Freddie fosse vê-la.

Maggie jogou seu trunfo e torceu para que funcionasse.

— É melhor voltar para o hospital. Sua mãe parece cansada, Freddie, como se ela não tivesse dormido. Vou tentar levá-la para casa.

Freddie ficou surpreso por sua mãe estar lá, principalmente àquela hora da madrugada. Maddie odiava a nora, e essa era uma das principais coisas que eles tinham em comum ultimamente. Mas Freddie não era estúpido. Ele sabia que seu pai tinha uma amante nova e que isso estava fazendo da vida de Maddie um verdadeiro inferno. Seu pai estava abusado demais, até ele reconhecia isso. Ele estava andando para cima e para baixo com a garota e parecia completamente apaixonado por ela.

Ele não via a mãe havia alguns dias e sabia que o pai não aparecia em casa fazia uma semana. Estava enfiado no apartamento da garota, com os dois filhos sem pai e o vício dela por anfetaminas. Um vício que Freddie estava financiando sem querer, porque seu pai não estava nem aí para o trabalho. Estava desrespeitando a mulher que criara o filho dele e que o mantivera limpo e alimentado.

Freddie subitamente ficou preocupado com a mãe. Maddie tinha sido uma boa mãe, a única mulher pela qual ele tivera algum respeito. Ele se levantou.

— Vamos — disse ele. — Vamos lá dar uma força para ela. Espero que depois de tudo isso ela ao menos tenha um menino.

Jimmy ficou aliviado. Não queria passar mais uma noite no pub. Ele queria ficar com Maggie e simplesmente relaxar.

Freddie agora estava se sentindo bem consigo mesmo. Ele poderia ganhar um filho e herdeiro naquela mesma noite. O pensamento o deixou empolgado; queria que alguém mantivesse seu nome. Isso o ajudaria a suportar melhor a vida. Ele amava suas menininhas, especialmente sua Dianna, mas um filho seria a melhor coisa do mundo. Além disso, sua mãe iria adorar vê-lo lá. Ela precisava de Freddie e ele sabia disso. Não faria nenhum mal ajudá-la a se sentir feliz ficando uns cinco minutinhos lá. Ela achava essas coisas de família muito importantes, sempre achara.

Jackie observava o marido olhando para o rosto bonito do filho.

Freddie sorriu para ela, e ela sorriu, corajosa. Jackie estava se sentindo bem e determinada a amamentar este filho tanto quanto fosse preciso.

Ele era perfeito, quase cinco quilos de um Jackson de cabelos negros. Lena e Maddie estavam eufóricas, e ela estava sentindo o orgulho que vinha sempre depois de todos os seus partos. Ela amava as crianças quando elas eram novinhas. Mas depois que a novidade passava e todo mundo parava de visitar o bebê ele começava a dar-lhe nos nervos.

Mas desde a primeira vez em que olhara nos olhos dele fora diferente: ela sentira um aperto no coração. Olhar para o bebê era como olhar para Freddie. O bebê era a cara do pai e ela estava empolgada por saber que dera a Freddie o que ele queria.

Quando Freddie chegara, Jackie sentira-se triunfante. Sua sogra insistira em que ela se arrumasse e penteasse os cabelos, e Jackie estava feliz por tê-lo feito. Freddie batera os olhos no bebê, e Jackie testemunhara com imenso prazer o rosto dele se iluminar. Por alguns segundos, ele pareceu ter 17 anos de novo. Todo o amor que ela sentia por ele veio à tona. Toda a mágoa que ele causara, toda a negligência com que a tratara nos últimos seis meses foram completamente esquecidas enquanto ambos compartilhavam o milagre de seu filhinho.

Maddie e Lena haviam olhado com alívio o quadro de mãe, pai e filho juntos.

Lena, empolgada como estava com o neto, ficou preocupada com a rapidez com que Jackie estava tomando champanhe. Seus olhos estavam vítreos e ela falava alto, mas felizmente ninguém mais notou que a criança ainda não tinha nem uma hora de idade e a mãe já estava meio bêbada.

— Que garoto bonito, hein?

Maddie sorriu em concordância e apreciou a expressão de pura felicidade no rosto do filho. Era uma coisa muito rara ultimamente.

— Maggie disse que ela saiu dando coices em todo mundo no hospital.

Maddie fez que sim.

— Foi constrangedor. Ela não devia se comportar daquele jeito.

Freddie bebericou sua xícara de chá e observou o rosto da mãe, agora franzido. Ele sabia que para alguém como ela os modos da esposa eram escandalosos. Ele precisava admitir que cada vez mais estava pensando como a mãe. Por mais dinheiro que desse a Jackie, ela estava sempre sem dinheiro. E a despeito do que ele comprasse para a casa o lugar sempre parecia um chiqueiro.

Sentado como estava, na agradável sala de estar de sua mãe, ele sentiu saudade da limpeza e da organização de sua infância. Sentiu saudade das roupas de cama limpas nas quais dormia quando criança. Maddie sempre engomava os lençóis, e ele adorava a textura e o aroma deles. Quando fazia frio, ela trazia uma garrafa de água quente para ele abraçar e sentir-se aquecido e seguro.

Com Jackie, tinha sorte quando ela se dava ao trabalho de jogar o cobertor grosso sobre a cama cerca de cinco minutos antes deles se deitarem.

Quando criança, ele sentira muito orgulho da mãe e do pai, da mobília da sala de estar, da lareira feita de pedras de York. Sentira-se diferente de todos os seus conhecidos, porque sua casa era superior em todos os aspectos.

Agora que estava trabalhando para Ozzy, Freddie achava que sua casa devia refletir seu status, mas também sabia que jamais poderia confiar em Jackie para administrar uma hipoteca. Se ele fosse preso, ela perderia a casa num piscar de olhos; afinal, só pagava o aluguel depois de ser ameaçada de despejo.

Todos os meses ele coletava dinheiro para Ozzy de pessoas que lhe deviam por uma variedade de motivos, e o trabalho de fazer essas coletas tinha sido um aprendizado. A forma como algumas das pessoas viviam abrira seus olhos para uma vida que ele jamais soubera existir. Mas o mais impressionante era que todos eram como ele, tinham vindo de apartamentos alugados. A diferença era que tinham feito o dinheiro trabalhar por eles.

Ozzy fizera-o ver o que ele chamava de quadro geral. Ele havia ouvido atentamente Ozzy explicar sobre esta nova ordem, sobre como Thatcher ia colocar dinheiro no bolso de todos, começando com uma explosão imobiliária. Os juros sobre empréstimos nunca tinham estado tão baixos, o que para as pessoas em sua área de atuação significava mais facilidade em lavar dinheiro. Adorava Margaret Thatcher, ele a via como a salvadora da Grã-Bretanha, e Freddie ouvira e aprendera.

Freddie queria fazer parte desse mundo, porque ele sabia que as pessoas tratavam de forma diferente quem tinha posses e dinheiro. Fazia parte da natureza humana. Quando entrava na casa dos figurões e via como elas eram decoradas e administradas, Freddie respeitava as pessoas que viviam ali, porque haviam vencido na vida sozinhas.

Não era como os babacas ricos que apareciam na televisão, que não tinham pegado no pesado um único dia da vida, mas herdado fortunas.

Quem poderia respeitar pessoas que nunca tinham suado para viver? No mundo de Freddie, quem subia ganhava respeito.

Sentado na sala de estar da casa de sua mãe, observando-a afofar as almofadas e lhe servir biscoitos, ele mal podia acreditar que um dia ele vira esta casinha como o pináculo da sofisticação. Durante a juventude, seu pai tinha ganhado muito dinheiro na ilegalidade. Freddie subitamente compreendeu que se o velho tivesse usado o cérebro poderia estar tomando seu chá numa casa que valeria uma fortuna.

Até Jimmy estava economizando para dar entrada no financiamento de uma casa, e ele sabia que o rapaz iria conseguir. Freddie ficara fascinado quando Ozzy, durante uma tarde tediosa de sábado, na prisão, explicara para ele como se sobe na escada domiciliar. Até então nunca havia lhe ocorrido as vantagens disso, ele sempre achara que as pessoas que se endividavam por causa de uma casa eram loucas. Ele nunca havia entendido a lógica de fazer o dinheiro funcionar para você a longo prazo.

O mundo de Freddie tinha sido muito pequeno, mas agora ele tinha um filho e estava determinado a dar a ele tudo o que um filho poderia ter.

— Você está bem, mãe? — Ela parecia distraída, aquela mulher que sempre estava maquiada, que a despeito de qualquer coisa que acontecesse sempre se mantivera absolutamente controlada, que era fria e calculista como um advogado.

Ela sorriu, e ele notou as novas linhas em torno de sua boca, a finura de sua pele. Ela envelhecera, e ele nem notara.

— Na verdade, não, Freddie.

Pela primeira vez em sua vida ela não estava sendo forte. Ele sempre confiara na força da mãe porque era o que o fazia suportar suas horas mais difíceis. Ela sempre estivera ao seu lado, apesar do que ele fizesse. Ela havia mentido, trapaceado e cometido perjúrio por ele, e pela primeira vez ele sentiu que ela estava precisando da ajuda dele.

Ele se empertigou e disse, magnânimo:

— O que quiser, mãe, será seu.

Disse isso com tanta sinceridade que Maddie sentiu vontade de chorar. Seu filho grande e bruto, que era tão egoísta quanto o pai, que só doaria um rim a si mesmo, estava tentando apoiá-la. Sob alguns aspectos, era um pouco tarde demais. Mas ela estava desesperada. Se não estivesse, não pediria nada. Ela sabia que ele iria entender isso.

— Posso pedir um favor a você, Freddie?

Freddie sorriu. Agora tinha um filho lindo cujo nascimento fizera-o compreender que ele amava aquela mulher de todo o coração. Ela passara por toda aquela dor para trazê-lo ao mundo. Ela era sua mãe e ele de repente compreendia o que isso realmente significava.

Ela parecia embaraçada, e ele notou que suas faces estavam ruborizadas. Seus olhos estavam rogando a ele por ajuda para dizer o que queria, e seu pensamento imediato foi que ela iria mencionar o caso mais recente do pai. Assim, ele se manteve calado. Não queria iniciar uma conversa a respeito da qual ambos iriam lamentar mais tarde. Depois que uma coisa era dita em voz alta, não era possível apagá-la. Fosse o que fosse, ela teria de dizer e ele teria de ouvir, para depois tomar uma decisão a respeito das medidas necessárias para aliviá-la de suas preocupações.

Depois de alguns minutos, sua mãe disse em voz baixa:

— Estou sem dinheiro, Freddie. Você poderia me emprestar algumas libras?

O choque de suas palavras foi como um balde de água gelada batendo no rosto.

Maggie estava abraçada a Jimmy no banco traseiro do carro dele.

Não era o ideal, mas era quente e espaçoso, e eles o tinham deixado o mais confortável possível. Jimmy mantinha cobertores guardados no porta-malas, e os dois estavam abraçadinhos, felizes por simplesmente estar na companhia um do outro.

Jimmy adorava a sensação de tê-la em seus braços. Quando eles estavam juntos assim, ele entendia como alguns homens podiam matar por uma mulher.

— Ele é um lindo bebê, não é?

Jimmy deu de ombros e beijou a testa de Maggie.

— Ele é um bebê. Todos são iguais para mim. Pelo menos Freddie está feliz

Ele sentiu o corpo de Maggie estremecer contra o dele quando ela emitiu um grunhido alto de desprezo.

— Feliz! Ele vai ficar todo bobo durante uma semana e depois vai ficar de saco cheio da criança, como sempre acontece.

— Isso não é da nossa conta, Mags. Não vamos deixar que atrapalhe a nossa noite.

Ela sentiu vontade de rir. Ele estava sempre tentando manter a paz. Ela compreendia que Jimmy e Freddie eram íntimos e ela sabia que ele não gostava da forma como Freddie tratava Jackie, mas sua lealdade era uma das coisas que ela amava nele.

Na verdade, era da lealdade dele que ela dependeria nos anos futuros. Quando tivesse alguns filhos e o relacionamento já não fosse nenhuma novidade. Ela sabia que com o passar dos anos, quando Jimmy tivesse conquistado mais influência em seu mundo, ele teria muitas meninas se atirando aos pés dele. Bastava olhar para Freddie e o pai dele para ver o que poderia acontecer.

— Vamos nos casar logo, Mags. — Jimmy a apertou contra si. — Tenho dinheiro suficiente para comprar uma casa. Podemos começar a procurar no fim de semana. Eu quero que nós dois fiquemos juntos assim o tempo todo. Estou cheio de ter de levar você para casa e fingir que não trepamos sempre que aparece uma oportunidade.

Ela riu.

— É só você dizer quando, parceiro.

Ele a beijou nos lábios, e ela sentiu a urgência nele mais uma vez.

Ela também queria se casar logo. Estava doida para sair da casa da mãe e ter um lugar só seu. Maggie já planejara tudo e estava determinada a fazer com que seus planos não saíssem dos trilhos. Nada de filhos por pelo menos seis anos; e um pequeno negócio para sustentá-la no futuro. Ela se sentia com sorte e rezou silenciosamente para que eles não terminassem como Freddie e Jackie.

Se um dia ele parasse de olhá-la dessa maneira, ela morreria por dentro, e era isso que a ajudava a compreender por que sua irmã e sua mãe agiam como agiam.

Freddie Pai estava em seu elemento. Ele estava viajando como nunca antes achara possível.

Kitty Mason acabara de lhe dar uma chupada, deixando-o fraco como um gatinho, mas sentindo-se como um Tarzan.

Kitty agora estava preparando um baseado. Ela estava sentada de pernas cruzadas no chão, o corpo nu reluzindo como mármore à luz do abajur. Em todos os anos em que estivera casado, ele jamais vira sua esposa nua, e embora já tivesse conhecido muitas mulheres jamais estivera com uma tão à vontade consigo mesma e com seu corpo quanto Kitty. Mesmo depois de dois filhos, seu corpo era curvilíneo e sem uma única estria!

Ele podia passar horas olhando-a. Havia alguma coisa em Kitty que fazia com que ele a quisesse como jamais quisera qualquer mulher antes. Ele sempre havia se divertido muito com suas amantes, mas as abandonava depois de algum tempo. Elas sabiam que seria assim e fora isso que o atraíra nelas. Ele as levava para jantar e beber, ele as pegava e as usava como queria. Elas, de sua parte, tinham a oportunidade de ser vistas com um bandido respeitado, experiente e cheio de dinheiro para longas noitadas.

Era um arranjo que agradava a todos, e essa situação podia ser mantida até que o relacionamento morresse de causas naturais.

Mas desde o instante em que vira Kitty a experiência tinha sido completamente diferente. Ele se apaixonara por ela em questão de segundos.

Esse era um conceito completamente fora do comum para ele. Nunca em sua vida uma mulher mexera tanto com ele. Sabia que estava dando corda para se enforcar, que a diferença de trinta anos só poderia lhe trazer sofrimento futuro, mas estava apaixonado. Quando não estava com ela, perguntava-se constantemente onde ela poderia estar e o que estaria fazendo. Ficava louco imaginando que ela estava com outro ou — o mais grave — dormindo com outro.

Freddie Pai sabia de coração que o sentimento que nutria por ela era prejudicial à sua saúde. Ela era como um vício contra o qual ele não tinha forças. Seu pequeno apartamento era adorável, e embora tivesse dois filhos, mantinha o lugar impecavelmente limpo. Era bem decorado, e seus filhos bastante comportados. Kitty era um espírito livre, e ele se sentia atraído por isso. Ela cuidava de si, pagava as próprias contas e até decorara sozinha sua casa. Possuía um caráter forte, e era essa independência que mais o atraía.

Contudo o lado negativo de Kitty era que ela não sabia ficar de boca fechada. Ela falava sem pensar no que estava dizendo. Em seu mundo, as mulheres raramente tinham esse luxo, e sua franqueza já criara muitos problemas. Quando bebia, ficava muito barulhenta e arrumava confusão com todas as mulheres à sua volta. E não demorara muito para entender que o seu envolvimento com ele lhe permitia dizer mais ou menos o que queria. Mas Freddie Pai sabia que uma hora dessas teria de ter uma conversa séria com ela a respeito disso, e a perspectiva o enchia de medo.

Kitty era capaz de participar de uma discussão acalorada ou até mesmo de uma briga física e depois lhe proporcionar o sexo mais incrível de sua vida.

Ele estava deitado de costas no sofá ouvindo Sade. Sentia a boca seca e o coração disparado e tinha a impressão de que o som estava alto demais; sabia que estava sob o efeito das anfetaminas que ingerira mais cedo.

Tinha a impressão de estar com 16 anos de novo e adorava isso. A sensação de liberdade era, em si mesma, uma droga. Ele tomava anfetaminas, fumava maconha e ouvia música que ele odiara até conhecer Kitty. Ele tinha sido fã de Elvis e adorara Sinatra. Agora estava ouvindo "Papa Was A Rolling Stone" e estava realmente gostando.

As drogas tinham sido uma revelação para ele. Ele não havia se drogado nos anos 1960. Era um jovem dos anos 1950, que via o álcool como seu único vício. Amara a esposa, que agora via como nada mais que um tijolo que pouco a pouco afundava para sua idade avançada. Maddie era uma mulher decente, e ele a respeitava. Durante toda a vida de casados ela havia sido respeitável, o que significava que em 34 anos eles não tinham tido uma trepada ou uma conversa decente. Os homens de sua geração haviam permanecido casados independente do que acontecesse. Eles tinham procurado conscientemente por mulheres decentes que eles sabiam que iriam cuidar da casa e dos filhos que viessem a ter. Eles tinham se casado com suas mães e se sentido honrados com isso.

Mas agora ele queria algo excitante. Sabia que Maddie, que Deus a guardasse, jamais seria suficiente para ele, jamais tinha sido. Mesmo quando jovem, quando ainda tinha um corpo decente e um rosto de estrela de cinema, ela era fria. Ele sabia que as mulheres de sua geração acreditavam que as mulheres que gostavam de sexo eram libertinas, não eram dignas, e ele se sentiu trapaceado por causa disso.

Freddie Pai passara a maior parte da vida procurando por aquilo que esta garota lhe proporcionava, confiança em si mesmo como homem. Não queria ser visto como um provedor ou como um mantenedor. Kitty deitou-se de costas e permitiu que ele a possuísse. Apenas ouvir Kitty gemer de prazer já era satisfação suficiente para ele.

Depois ela lhe passou o baseado e ele tragou forte. A droga estava fazendo o coração dele bater descompassadamente, e ele queria se acalmar um pouco.

Enquanto Kitty se levantava e colocava a camisola novamente, Freddie Pai escutou uma batida na porta da frente. Já era madrugada, e Kitty, sendo Kitty, nem pensou que isso era anormal. Ele se levantou correndo e vestiu as calças e a camisa.

— Que porra, quem será?

Kitty riu dele.

— Deve ser uma amiga, Fred. Relaxe, pelo amor de Deus.

Kitty estava acostumada a receber gente a qualquer hora do dia ou da noite. Ela tinha um apartamento e sempre tinha droga em casa, de modo que isso era uma ocorrência natural para ela.

Ela abriu a porta da frente alguns minutos depois, e Freddie Pai ficou surpreso ao ver seu filho entrar na sala.

— Tudo tranqüilo, pai.

Freddie estava sorrindo, a imagem da amizade e da camaradagem. Ele ouviu uma criança chorando e a voz baixa de Kitty enquanto caminhava até o quarto para acalmar o filho. Correndo os olhos pela sala, ficou surpreso em ver o quanto a sala era bonita, e isso transpareceu em seu rosto.

— Ela mantém a casa um brinco. — Freddie Pai estava se justificando, e ambos sabiam disso. — O que o traz aqui?

Freddie pôde ouvir o nervosismo na voz do pai. Ele sabia que sua presença ali iria perturbá-lo.

— Jackie teve um menino esta noite.

Freddie viu um sorriso de prazer genuíno no rosto do pai e sorriu em resposta.

— Um sacana bonitão, com um badalo deste tamanho. Um Jackson completo.

Freddie Pai apertou a mão do filho e o abraçou com força.

— Sente-se aí que vou pegar uma cerveja.

Freddie se sentou no sofá e ficou observando a sala. A contragosto, sentiu-se impressionado. Nem em um milhão de anos ele teria imaginado Kitty morando numa casa como aquela. Ela certamente acabara de subir em seu conceito. Ele viu a cocaína que estava disposta em carreirinhas no vidro fumê da mesinha de centro e o baseado fumado pela metade no cinzeiro.

Seu pai voltou com uma garrafa de uísque e dois copos.

— Vamos tomar uma bebida decente.

Freddie aceitou o uísque e o engoliu num gole. Em seguida ajoelhou-se no chão e cheirou com rapidez uma das carreirinhas. Fungando alto, pressionou o indicador contra o nariz para aumentar o efeito. A droga era de boa qualidade e atingiu seu cérebro em questão de segundos.

— Também podemos fazer uma festinha, né?

Seu pai riu enquanto lhe servia mais uísque.

Kitty voltou. Ela vestira calças jeans e uma camisa de malha. Parecia muito jovem e muito bonita. Freddie Pai sentiu-se grato a ela por ter-se vestido. De algum modo, parecera-lhe errado vê-la nua na frente do filho dele. Ela se sentou no sofá e serviu uma taça de vinho.

— Bonita, sua casa.

Ela sorriu para Freddie e entendeu por que o seu pai parecia tão satisfeito.

— Você teve um menino.

Ele sorriu de novo, e Kitty lembrou-se do quanto ele era bonito. Ela sentiu que estava olhando para o pai na mesma idade — a semelhança era extraordinária.

Freddie levantou-se e disse alegremente:

— Sim, meu filho e herdeiro. Pode me dar um pouco mais de uísque?

Ela assentiu alegremente. O fato de Freddie estar ali indicava que ele aceitara o relacionamento dela com o pai dele. Para Kitty, isso era realmente um progresso.

Freddie pegou a garrafa de vinho que Kitty pusera ao lado do uísque, virou-a e golpeou com toda a sua força a cabeça do pai. Em seguida, golpeou o pai outras cinco vezes com a garrafa quebrada, deixando o homem coberto de sangue.

Kitty viu o sangue se espalhar por toda a parte, jorrando sobre o seu tapete creme e salpicando em suas paredes. Petrificada, sentiu-se incapaz de se levantar da cadeira. Ficou simplesmente parada, olhando com fascínio mórbido todo aquele sangue, perguntando-se se aquilo realmente estava acontecendo.

Freddie Pai estava deitado ali, a pele de seu rosto rasgada e pendendo em abas. Ele estava literalmente segurando o rosto com as mãos.

— Seu veado! Como é que pode tratar minha mãe como se ela não fosse nada? Deixa ela com uma mão na frente e outra atrás e fica aqui com esta piranha?

Freddie começou a socar a cabeça do homem caído. Logo seus punhos estavam cobertos com o sangue do próprio pai.

Kitty começou a tremer, finalmente abalada pelo choque do que estava acontecendo. Ela sentiu gosto de bile quando o vômito encheu sua boca. Engoliu-o e gritou, com a voz carregada de horror:

— Mas que porra é esta? Eu tenho crianças aqui! — Ela ouviu a própria voz como se viesse de algum lugar a muitos quilômetros dali.

— Vá se foder, sua piranha feia. E quero mais é que os seus filhos também se fodam! Se falar comigo de novo desse jeito, enfio aquele baseado no teu rabo e te uso como um cachimbo!

Freddie virou-se mais uma vez para o pai.

As crianças agora estavam chorando alto, de um modo que a mãe logo soube que elas estavam aterrorizadas. O barulho as acordara. Kitty saiu correndo da sala, apavorada, preocupada com a segurança dos filhos. Os vizinhos estavam batendo nas paredes, mas ela sabia que eles não chamariam os tiras. Eles só queriam que o barulho parasse.

— A minha mãe não tem um centavo no bolso, seu veado inútil! — Ele observou o pai gemer de dor sem sentir a menor compaixão. — Se tratar minha mãe de novo desse jeito, eu te mato, seu veado!

Freddie Pai, que na juventude fora considerado um dos homens mais perigosos da região, que trabalhara com os Kray e que ainda era reverenciado pela reputação de lutador de rua, olhou para o filho e viu o futuro de seu mundo.

Ele não queria ser parte disso.

A vida mudara drasticamente. Seu mundo mudara drasticamente, mas ele jamais acreditara que este dia iria chegar.

Freddie Pai observou o filho inalar mais uma carreirinha, tomar um gole de uísque e pegar o baseado fumado pela metade. E desmaiou.

Freddie lavou-se no banheiro impecável. Ele gostou da combinação de cores e decidiu que iria tentar algo parecido da próxima vez que decorasse sua casa.

Quando saiu da casa, deixando para trás as crianças aterrorizadas e Kitty chorando, Freddie caminhou com passos rápidos e o coração leve.

Capítulo 8

Jimmy observou o rosto do pai. Estava vermelho de espanto e desgosto. James Jackson Pai estava furioso, e Jimmy o compreendia perfeitamente. O tio não fora apenas severamente espancado, mas também humilhado publicamente.

Era difícil para todos os da velha escola fingir que aquilo não acontecera. Nunca se tinha ouvido falar de coisa igual. Era uma violação de cada lei consensual, e o pior de tudo era que o júri não poderia se manifestar antes que os sentimentos de Ozzy fossem conhecidos.

O ataque de Freddie ao pai reverberara por toda a região numa fração de segundo, graças a Kitty e sua língua grande. Jimmy entendia bem a ira do pai, mas queria que ele se mantivesse o mais afastado possível das conseqüências.

Ao contrário do irmão, James jamais estivera muito envolvido com os negócios. Ele tinha sido durão, ainda era durão, mas gostava de levar uma vida sossegada. Ele jamais tivera a astúcia necessária para chegar ao topo. Jamais quisera ficar sob os holofotes. Ele era um operário, um trabalhador. Jamais quisera atenção sobre ele. Por que deveria? Atenção era para pessoas que precisavam sentir-se validadas. James era completamente feliz do jeito que era.

O ataque de Freddie ao pai chocara a todos, inclusive o jovem Jimmy, que não acreditara até ver o homem com os próprios olhos. Por mais repulsivo que fosse aquilo, de certo modo Jimmy compreendia por que acontecera — embora não estivesse disposto a expressar em voz alta sua opinião. Mas, de certo modo, ele sabia que Freddie estava fazendo o que pensava ser o certo. Contudo, como sempre, agira da forma errada.

Freddie Pai deixara a esposa sem qualquer meio de sustento, e isso era definitivamente imperdoável. Maridos e filhos existiam para proteger as esposas e as mães. Era assim que as coisas funcionavam no mundo deles. E Freddie Pai precisava ser lembrado de suas responsabilidades. Não havia qualquer problema com isso; era a forma de punição escolhida que causara a comoção.

Jimmy também sabia que Freddie Pai forçara sua sorte nos últimos meses. Quando os fatos eram analisados, principalmente considerando que ele nunca tivera tanta moleza em sua vida e, conseqüentemente, estava explorando-a ao máximo, tornava-se fácil entender como todo o episódio ocorrera. Se ele tivesse mantido a crista baixa, toda a cadeia de eventos teria sido evitada.

Mas Jimmy não expressou sua opinião. Ele não via motivo para isso. Seu trabalho era limpar a merda quando ela caía de uma grande altura sobre todos eles.

Maddie, de sua parte, ficara devastada com os acontecimentos, mas aceitara o marido de volta com dignidade silenciosa. Na verdade, que escolha tinha? Ele ficaria com cicatrizes no rosto pelo resto da vida e cego de um olho. Cada vez que se olhasse no espelho, se lembraria do que o filho fizera e, mais do que isso, se lembraria do motivo. Era algo que todos eles poderiam ter evitado.

Enquanto isso, Freddie agia como se nada tivesse acontecido e se recusava a falar sobre o assunto. Jimmy fora informado a respeito da situação por Maggie, que, por sua vez, soubera por sua mãe.

Da noite para o dia, Maddie e Lena tinham se tornado grandes amigas. O bebê tinha sido o catalisador dessa amizade, e ambas ficavam perto dele cada hora em que estavam acordadas. E se meninos faziam as bruxas se unirem Jimmy quase torcia para ter apenas filhas.

Deirdre, a mãe de Jimmy, uma mulher baixa de rosto bonito e silhueta magra, estava cozinhando, como de costume. Não importava se era dia ou noite, Deirdre estava sempre cozinhando. Se você entrasse na cozinha às quatro da manhã, em cinco minutos uma refeição quente seria posta à sua frente. Ela já fizera isso inúmeras vezes para ele, e Jimmy sentia-se grato por isso. Sabia que ela jamais expressaria sua opinião sobre os acontecimentos da última semana, e ele, como seu pai, ficaria surpreso se ela o fizesse. Deirdre era das antigas; isso era assunto de homens e ela deixaria que eles resolvessem.

Ela observava e ouvia tudo, mas mantinha sua opinião para si.

— Você e ele são como a corda e a caçamba. Então me diga o que ele disse a respeito.

Jimmy, que sabia o quanto seu pai odiava sua amizade com Freddie, suspirou.

— Freddie não disse nada, mas eu soube que ele ficou furioso quando descobriu que o pai tinha deixado a mãe dele sem um centavo e nenhuma comida em casa, enquanto trepava com a tal Kitty e enchia a cara de drogas. — Jimmy sabia que estava tentando justificar o que Freddie fizera.

James Jackson Pai estava irritado. Ele amava o irmão e conhecia seus defeitos melhor do que ninguém. Mas o que Freddie tinha feito era errado. Fora imoral e, pior de tudo, sem precedentes no mundo deles. Freddie atacara o próprio pai, deixara-o aleijado para o resto da vida e, para piorar ainda mais, fizera isso na noite em que o próprio filho nascera.

— Nada justifica o que ele fez. Freddie vai descobrir muito em breve que as pessoas não toleram esse tipo de comportamento de homem nenhum, não importa para quem ele trabalhe.

Era uma ameaça velada e, ao ouvi-la, Jimmy sentiu um peso no coração.

— Fique fora disso, pai. — A voz de Jimmy saiu mais alta que o pretendido e seu pai olhou para ele, chocado.

— Não fale assim comigo, rapaz. Eu não sou o meu irmão. Eu arranco tuas bolas, se me desrespeitar como se eu fosse um veado!

Jimmy pôde ver o medo estampado no rosto da mãe e se apressou em se desculpar.

— Olhe, pai, simplesmente esqueça o assunto. Eu jamais desrespeitaria você, sabe disso. Só estou dizendo que Freddie deve ter seus motivos e que no fim das contas isso não tem nada a ver nem comigo nem com você.

James Jackson ficou à beira da histeria ao ouvir as palavras do filho. Começou a gritar com toda a potência de sua voz:

— Não tem nada a ver comigo? O meu irmão está parecendo o Homem Elefante e isso não tem nada a ver comigo? O próprio filho arrebenta a cara dele e o deixa para morrer, e você acha que é uma briga particular? Em que planeta você vive?

Ele olhou para a esposa esperando que ela o apoiasse. Jimmy sabia que eles odiavam Freddie e tudo o que ele representava, mas ela deu de ombros como se não acreditasse no que estava ouvindo. Ela fizera isso muitas vezes antes, sabia como fazer o jogo.

James Pai era um gritador. Ele gritava diante da menor provocação. O que irritava a esposa e o filho havia muitos anos. Ainda assim, enquanto James Pai estivesse gritando, eles estariam seguros. Quando ele finalmente parava de gritar, era que os problemas começavam. Felizmente, nove em cada dez vezes ele se acalmava gritando. Jimmy estava torcendo para ser esse o caso agora. Freddie não hesitaria em destroçar o pai de Jimmy, se necessário, e ele tinha a sensação de que James sabia disso. Ele dependia dele para ter certeza de que se tudo degringolasse iria protegê-lo de um destino semelhante, e Jimmy com certeza faria isso. Seu pai estava seguro, mais seguro do que imaginava.

Este era um momento de grande preocupação para Jimmy. Ele sabia que tudo poderia ruir em torno deles se a situação não fosse manejada adequadamente. E se tudo desmoronasse ele teria de tirar Freddie da jogada. E de uma vez por todas.

Freddie não era uma pessoa com quem se poderia lutar e derrotar — e depois esperar ser deixado em paz com um sorriso e um aperto de mão. Freddie o caçaria como um cachorro até varrê-lo da face da Terra. Essa era a natureza dele. Era por causa disso que ele era tão bom no que fazia. Era isso que estava assustando a todos na vizinhança. Todo mundo estava pensando como o pai de Jimmy, mas ninguém queria realmente fazer alguma coisa a respeito. Todos estavam torcendo para que alguém fizesse o serviço sujo.

Em todo o caso, Jimmy não tinha certeza de que poderia derrotar Freddie no mano a mano. Ele sabia que se brigasse com Freddie *teria* de matá-lo. Rezava para que a situação não chegasse a esse ponto, mas no fim de tudo família era família.

Jimmy saiu de casa um pouco depois e, indo até o barraco no fundo do pequeno jardim, pegou uma pequena pistola que escondera ali. Em caso de necessidade, iria usá-la sem pensar duas vezes. Para explicar qualquer coisa a um homem como Freddie, seria necessário usar uma arma.

No fundo, Jimmy sabia que estava apenas esperando para ver qual seria a reação de Ozzy a essa última série de eventos. A despeito do que todos dissessem ou fizessem, seria Ozzy quem daria a palavra final.

O novo bebê era adorado pela mãe, pelas avós e por suas irmãs. Era uma criança feliz e jamais ficava sozinha.

Todas as fêmeas à sua volta estavam absolutamente fascinadas por ele, e ele por elas. Já era mimado. Tinha apenas uma semana de vida e já chorava cada vez que alguém o deitava. As avós estavam convencidas de que essa astúcia da parte deke era o indício de que ele tinha um cérebro maior que o de Albert Einstein.

Contudo seu pai estava impressionado com o fato de que o seu filhinho era suficientemente astuto para já ter mulheres atendendo a cada pedido seu. Até Jackie ainda estava encantada com o neném, embora seus nervos estivessem abalados pelos eventos das últimas semanas. Ele perdoava isso porque sabia que mulheres e hormônios eram uma mistura letal. Jackie tinha a capacidade cerebral de um inseto, e ele não estava disposto a transformá-la numa idiota resmungona. Ele deixaria a bebida e as drogas fazerem isso a ela. Mas de um modo ou de outro ele também seria culpado por isso.

Jackie lhe dera um filho, e Freddie estava disposto a lhe dar uma colher de chá até que ela o tirasse do sério novamente. Mais cedo ou mais tarde, isso iria acontecer. Jackie era o tipo de pessoa que não precisava de ajuda para arruinar sua vida. Ela era boa nisso.

Desde a briga com o pai, Freddie mantivera-se perto de casa. Ele ia ser o pai do ano, e quem iria criticar um homem que queria estar com o filho recém-nascido? Era o álibi perfeito, a desculpa perfeita, e ele estava determinado a não deixar que ninguém somasse dois mais dois.

Freddie sabia que todos na região estavam falando dele e não dava a mínima para isso. Porém estava preocupado com a reação de Ozzy ao que ele fizera. Ele teria de baixar a cabeça se Ozzy o repreendesse, mas isso apenas iria deixá-lo com um ressentimento contra Ozzy, e Freddie guardava ressentimentos como outras pessoas guardavam suas carteiras no bolso.

Ele não tinha medo de ninguém. Não sentia orgulho disso, mas o aceitava como a verdade. Não havia um único homem vivo que fosse capaz de instilar medo em seu coração. Confiava plenamente em sua capacidade. Mantinha-se sempre concentrado em seus objetivos, jamais desviando a atenção deles. E Freddie morreria antes de admitir que estava errado em alguma coisa.

No fundo, ele havia ferido gravemente o pai, um homem a quem amara e reverenciara, porque ele havia cruzado a linha. Seu pai deixara a mãe dele sem dinheiro nem para comprar um pacote de biscoitos. Abandonara a mulher que o visitara na prisão, que mantivera a casa arrumada enquanto ele vadiava e passava a maior parte do tempo com as amantes. A mesma mulher que nunca o envergonhara ou o embaraçara. Todos que a conheciam respeitavam-na por seu asseio e sua devoção à Igreja.

Como ele ousara achar que podia abandoná-la por uma vagabunda como Kitty Mason? Freddie não dava a mínima se ele tivesse cem amantes, contanto que cuidasse primeiro de suas obrigações. A esposa deveria ser a primeira a meter a mão em sua carteira. Depois, o que fizesse com o resto da grana era apenas da conta dele.

Freddie sabia que ele estava tentando convencer a si mesmo, bem como a todos ao seu redor, das razões que o fizeram bater no próprio pai. Se ele fosse completamente honesto consigo mesmo, admitiria que o confronto com o pai estava por acontecer mais cedo ou mais tarde. Ele precisara mostrar ao homem *quem* ele era agora. Freddie Pai ainda o vinha tratando como a um garoto e até lhe dera ordens no pub. Ele esperara que Freddie sustentasse a ele e à sua legião de namoradas. Estava tudo errado. Freddie merecia o respeito de todos, inclusive do pai, e nos últimos meses essa situação o corroera como um câncer. Mesmo seu pai representava competição para Freddie. Para ele, o pai devia ter se curvado à superioridade do novo status do filho.

Sem querer, a mãe de Freddie lhe dera a desculpa perfeita. Ele defendera a honra da mãe, quando, na verdade, estivera defendendo a sua própria honra.

Maddie trouxe uma caneca de chá para ele e, enquanto a pousava na mesinha à sua frente, ele segurou sua mão e a beijou.

— A senhora está bem, mãe?

Foi mais uma afirmação do que uma pergunta.

— Nunca estive melhor.

Era o que ele queria ouvir, e ambos sabiam disso.

— Eu o amo, você sabe disso.

Ela sorriu com tristeza e assentiu, sem saber se ele estava falando do pai ou do filho recém-nascido.

Joseph Summers estava no pub, ganhando um drinque atrás de outro. Sabia que todos estavam lhe pagando bebidas porque só queriam saber sobre o caso de Freddie e seu pai, mas Joseph decidira não falar sobre o assunto. Ninguém chegara a lhe perguntar diretamente, e ele sabia que ninguém faria isso. Estavam apenas torcendo para que ele desse com a língua nos dentes e contavam em apressar isso pagando-lhe cervejas.

Joseph era muita coisa, mas não era estúpido.

Ele viu que Paul e Liselle o observavam e sorriu na direção deles. Como todos os outros, eles não sabiam o que fazer. Era uma situação sem precedentes, e eles estavam esperando para ver como o homem iria reagir. Ozzy tinha a palavra final a respeito de tudo.

Enquanto caminhava através do pub, Jimmy sentiu o olhar das pessoas sobre ele. Joseph sorriu para Jimmy, que fez um gesto para Paul encher seu copo novamente.

Paul trouxe duas canecas de cerveja, e Joseph notou como todo mundo estava se afastando aos poucos para dar espaço ao namorado de sua filha. Ele amava o garoto como se fosse seu próprio filho e estava eufórico por pelo menos uma de suas filhas ter arrumado um cara decente.

— Como está tudo?

Jimmy deu de ombros.

— O que você acha?

Seu tom de voz queria dizer, "esqueça o assunto", e Joseph não precisou ouvir isso duas vezes.

Paul entregou a Jimmy um pequeno envelope, que ele enfiou no bolso. Ele conversou um pouco até acabar de tomar sua caneca de cerveja e saiu do pub com os olhos de todos o acompanhando pelas costas.

Liselle automaticamente serviu a Joseph outra caneca de cerveja por conta da casa. Joseph sorriu em agradecimento e olhou à sua volta. Estava satisfeito por estar limpo com Jimmy. Esta situação podia explodir a qualquer momento, e ele estava interessado em ver quais seriam as conseqüências, embora não quisesse participar delas. O marido de sua filha era um verme, e de certa forma Joseph torcia para que ele caísse alguns degraus na hierarquia. Seu genro bem que merecia, mas Joseph tinha a sensação de que Freddie Jackson, como sempre, ia se safar dessa.

Ozzy precisava dele. Precisava de Freddie porque ele era um lunático sem escrúpulos, moral ou consciência. A lei da terra poderia condenar os atos de Freddie, mas, se Ozzy decretasse que não havia problema em quase matar o próprio pai, a situação ficaria como estava.

Freddie e Jimmy estavam na casa em Ilford. As meninas estavam ocupadas e Patricia estava conferindo, com aquelas que seriam mandadas de táxi para as casas dos clientes, os endereços e os horários de retorno. Elas sempre tiravam um tempo só para si, e, caso se atrasassem, eles saíam para procurá-las. Não podiam ficar à solta nas ruas; esse era um dos principais motivos para que trabalhassem num prostíbulo.

Só havia contravenção se as meninas fossem solicitadas na calçada, mas não se elas fossem enviadas de táxi a um determinado endereço. Uma vez dentro de uma propriedade particular, estavam completamente seguras. Isso chegava a ser engraçado de tão ridículo, mas as meninas gostavam de atender em domicílio porque assim mudavam de ares, ficavam fora da casa por algumas horas e podiam passar algum tempo sozinhas, talvez tomando uma bebida ou um café antes de voltarem para o batente.

Patricia sorriu para Freddie de forma amistosa pela primeira vez em semanas, e ele sentiu o coração leve. Freddie sabia que ela devia ter ouvido falar da briga que ele tivera com o pai, e seu sorriso lhe disse que ela achava que ele estava certo. Ele ficou satisfeito ao ver que alguém a quem ele respeitava via justiça em suas ações. Neste momento, ele precisava da aprovação dela.

— Você sabe que vai receber um telefonema aqui hoje, não sabe?

Ele assentiu positivamente.

— Jimmy passou a mensagem. Não se preocupe.

Pelo tom da voz de Freddie, Patricia percebeu que ele achava um absurdo ter recebido a mensagem por Jimmy, mas que a engolira porque ela partira de Ozzy.

Patricia sorriu novamente.

— Sinto muito por seus problemas. — Era uma expressão irlandesa, algo que era dito em funerais. Patricia estava dizendo que concordava com o que ele fizera. Não era só imaginação, ela realmente gostava dele. O mundo era novamente um lugar excitante para se estar. Ele adorava esse tipo de caçada e seria capaz de caçá-la ao redor do mundo. Ele mal podia esperar para alcançá-la.

De repente soou um ruído de queda no andar de cima. Duas das garotas correram em direção ao som por força do hábito. Tentaram subir juntas a escadaria estreita, e Jimmy puxou-as com força para fora do caminho, para que ele e Freddie pudessem subir correndo até o quarto.

As garotas cuidavam muito bem umas das outras, especialmente se o problema era com um cliente. Elas podiam brigar, discutir, e até se agredir fisicamente de vez em quando, mas se uma delas era ameaçada sabiam que estavam mais seguras em grupo do que sozinhas. Precisavam umas das outras devido à solidão de sua profissão. Quando estavam sozinhas com um completo estranho, as prostitutas corriam um perigo imenso, e todas tentavam garantir o máximo de segurança umas para as outras. Chegavam mesmo a deixar de lado mágoas pessoais quando uma delas estava em risco. A maioria sabia lutar, mas até a mais durona delas tinha dificuldade em enfrentar um homem grande e furioso.

Uma pequena turba de mulheres seminuas aglomerou-se na base da escadaria sem saber o que estava acontecendo. Elas imaginavam que o problema envolvia Ruby. Era sempre Ruby porque ela era pequenina e de aparência inocente e frágil, mas com uma boca de estivador que jamais se cansava de usar.

Freddie, o primeiro a entrar no quarto, olhou ao redor completamente chocado. Era um pequeno quarto de fundos, com papel de parede antiquado com desenhos de rosas grandes e uma cama tamanho médio com lençóis de náilon cor-de-rosa. Havia uma penteadeira pequena com óleo de bebê, camisinha e talco, acessórios essenciais para a profissão de prostituta. Um homem grande, com barriga de cerveja, estava sentado no tapete azul sujo. Segurava a cabeça nas mãos.

Freddie não viu a garota. O quarto parecia bem-arrumado, e ele deduziu que o ruído fora causado por um choque da penteadeira contra a parede, porque o espelho estava rachado.

O homem era gordo e tinha cabelos grisalhos esparsos no peito e nos ombros, tatuagens feitas em casa e cabelos cinzentos encaracolados. O mau cheiro no quarto era insuportável, e, torcendo o nariz, Freddie gritou:

— Onde está a porra da garota?

Era mais que uma pergunta, e todos sabiam disso. O vão da porta agora estava obstruído por Patricia e as meninas, cujos olhos estavam arregalados e estarrecidos.

Ninguém conseguia entender o que estava acontecendo, embora fossem pessoas que já haviam visto de tudo na vida. O homem estava chorando, um som feio e gutural. Freddie obrigou-o a se levantar do chão.

— Onde ela está?

Freddie estava correndo os olhos pelo quarto, agora completamente atordoado. Como a garota poderia ter saído sem que ele a visse? A parte sensata de sua mente estava lhe dizendo como, mas ele não queria acreditar nisso. Era chocante demais, até para este lugar. Mas ele se virou e, com um meneio de cabeça, chamou por Jimmy, que já havia elucidado a situação.

Jimmy caminhou cuidadosamente através do quarto e olhou pela janela aberta. Ruby estava deitada sobre as latas de lixo, e o ângulo de seu pescoço dizia-lhe que ela estava morta.

Jimmy virou-se para Freddie e disse bem calmo:

— Ela está lá embaixo. O veado deve ter empurrado a garota pela janela.

Freddie fez o inesperado. Empurrou o homem na cama e, sem olhar para ele novamente, saiu do quarto. Jimmy ouviu-o descer a escada três degraus por vez. Dez segundos depois ele ouviu o primeiro grito das garotas e o começo de uma balbúrdia imensa.

Ele jogou as calças do homem nele e disse em voz alta:

— Vista-se. Você e eu vamos dar uma volta.

O homem ainda estava chorando, e Jimmy lembrou mais uma vez por que odiava homens que usavam prostitutas. Havia alguma coisa errada num homem que precisava alugar um buraco para liberar sua essência.

Ozzy estava caminhando com o vigário até a capela. Ele aproveitava cada oportunidade para assistir à missa. Valia o tempo investido. Na unidade de condenados à pena perpétua, os renascidos eram a maioria devido ao tratamento diferente que recebiam. O prisioneiro sempre estava interessado em receber uma condicional, e, se isso significava tornar-se religioso, amém.

O vigário era um homem bom, mas muito crédulo. Também possuía várias das fraquezas sobre as quais falava em seus sermões.

O médico de Patricia telefonara naquela manhã de uma clínica psiquiátrica em Londres para explicar a ele que a irmã estava manifestando tendências suicidas e precisava desesperadamente falar com o irmão. Esse telefonema tinha sido apoiado por outro médico de boa reputação que assegurara ao vigário que falar com Ozzy ajudaria em muito na recuperação de Patricia. Eles haviam providenciado o telefonema para as 19 horas daquela noite.

Isso era considerado um ato de misericórdia, algo que acontecia quando as esposas ou os filhos dos prisioneiros morriam, quando algum tipo de acesso ao mundo exterior era importante para o bem-estar do prisioneiro ou de sua família. Também era muito raro, e Ozzy sabia o favor que lhe estava sendo prestado. O vigário sabia que receberia uma gratificação generosa por esse pequeno trabalho. Ele era um jogador e devia uma pequena fortuna aos bookmakers da região. Ozzy investigara o vigário a respeito disso, e agora que ele pensava que iria apenas lhe prestar esse favor, iria se tornar sua linha quente com o mundo exterior. Ninguém o alertara sobre isso ainda; iriam deixar que ele descobrisse aos poucos.

Ozzy recebeu uma xícara de chá, e o vigário foi muito solícito, oferecendo-lhe açúcar e um prato de biscoitos. Ozzy sorriu para o vigário enquanto ele saía da sala e dava um pouco de privacidade ao pobre homem. O telefone do vigário não estava grampeado. Era uma linha aberta, e Ozzy agora e no futuro iria usar isso para sua vantagem.

Do outro lado da linha estava Patricia, que passou alguns momentos informando-o sobre os acontecimentos recentes. Ele ouviu cuidadosamente e esperou enquanto o fone era passado para Freddie Jackson.

Maddie colocou um prato grande de bife com fritas diante do marido, e ele meneou a cabeça, agradecido.

Ela o odiava desse jeito. Ele abaixava a cabeça para ela, concordava com tudo que ela dizia. Era como se toda a força dele tivesse sido drenada. Ela se forçava a olhar para o rosto do marido, porque sabia que era importante para ele não parecer horrendo para ela.

A dor era grande, ela sabia disso, e ele parecia ainda mais feio agora que o inchaço diminuíra. Recebera mais de sessenta pontos no rosto. Teria suportado melhor os ferimentos se tivessem sido infligidos por outra pessoa que não o próprio filho. Mas o fato era que seu filho único — o filho que ele amava, o filho que criara para ser igual a ele — havia-o aniquilado, atacando-o com uma violência que até agora era difícil de aceitar.

Mesmo assim, fora seu marido o homem que criara o monstro. Ele o levara aos seus assaltos, o ensinara a lutar. E o educara de forma esparsa, mas eficaz.

Seu marido também sempre garantira a comida na mesa e uma casa agradável. Sempre tivera amantes, e ela o aceitava mesmo assim. Mas o monstro que ele criara era a única pessoa que ela amara em toda a vida. Seu filho transformara-se em tudo para ela, porque o pai jamais estivera presente desde seu nascimento. Freddie Pai tinha sido sua vida, e depois seu filho o tinha substituído.

Ela não tinha mais certeza sobre o sentimento que realmente nutria pelos dois. Mas este homem que ficava sentado em casa e tentava agradá-la estava começando a lhe dar nos nervos. Parecia uma caricatura do homem que ela conhecera. Era cortês e afável, a antítese do homem que ela amara.

Ela não conhecia este homem. Ele desaparecia para dentro do quarto sempre que alguém batia à porta e se recusava a ver qualquer pessoa, até seu irmão. Ele não nutria qualquer interesse pelo que acontecia à sua volta, comia qualquer coisa que ela pusesse à sua frente, meneava a cabeça e sorria em agradecimento, e isso a assustava.

Era difícil para Maddie aceitar que Freddie havia, para todos os efeitos, castrado o próprio pai. Era ainda mais difícil compreender como seu filho justificara para si mesmo a violência do ataque, apesar de aquilo tê-la tornado, aos olhos de todas as mulheres de suas relações, a mais privilegiada de todas.

Suas amigas sentiam inveja de um filho que cuidava da mãe de forma tão pública, embora os maridos considerassem aquilo uma desgraça. Não que algum deles fosse dizer isso na cara de Freddie Filho, é claro.

A vida era estranha. Você nunca sabe o que vai acontecer e quais são as conseqüências do mais normal e simples dos dias.

Jimmy observou Freddie falar com Ozzy ao telefone.

Ele observou as expressões que se sucederam no rosto de Freddie e instintivamente soube que Ozzy estava ao seu lado no evento que causara tanta celeuma. Jimmy viu Freddie, inflado de confiança, crescer diante de seus olhos.

Freddie Jackson recebera permissão para fazer o que bem quisesse.

Agora que Freddie tinha a aprovação do homem, ele estava de volta na praça. Ninguém diria uma palavra sobre ele, ou para ele. Ozzy acabara de decretar que a atitude de Freddie tinha sido *aceitável*.

Tinha sido sobre cuidar de mulheres e fazer os homens se lembrarem de suas responsabilidades. Mas tinha sido principalmente sobre Ozzy manter a todos sob controle. Ozzy precisava de um louco, e Freddie atendia às exigências do cargo. Ozzy sabia que ninguém jamais confiaria em Freddie depois do que ele havia feito. Que ninguém jamais se esqueceria da quebra de protocolo ou do fato de que Ozzy havia compactuado com tudo aquilo.

Freddie, de sua parte, não fazia a menor idéia de que estava trabalhando para alguém mais ardiloso que o diabo.

Jimmy esperou até o telefonema terminar. Então saiu com Freddie, e, em silêncio, eles se livraram de dois corpos.

A pobre Ruby foi achada três dias depois numa pilha de lixo em Essex. O homem foi queimado; ele passaria a eternidade na fornalha da escola logo ao sul de Brentford. Fora descartado junto com o lixo que costumava ser coletado num pátio de escola e em seus arredores, que nesse caso consistia em seringas, embalagens de camisinha e camisinhas usadas.

Aquela escola realmente ganhava vida depois do anoitecer, um pouco como Freddie e seus comparsas.

Capítulo 9

Maggie abriu os olhos e fitou pasma o teto rebaixado em gesso.

Ela terminaria o dia como uma Jackson, como uma mulher casada. A empolgação estava enchendo seu corpo e afetando seus sentidos. Durante toda a vida ela quisera viver este dia, e agora ele havia chegado.

Não conseguia se lembrar de não querer estar junto a Jimmy Jackson, como sua cara-metade, sua esposa. Um desejo que estava prestes a se realizar.

Ela olhou para o quarto ao seu redor, o abajur cor-de-rosa, o cobertor verde-escuro e os pôsteres da cantora Chrissie Hynde, e sentiu-se eufórica ao pensar que jamais acordaria ali de novo.

Ela se espreguiçou enquanto corria os olhos por esse mundinho. Ajoelhou-se na cama e olhou pela janela do quarto para a mesma vista que vira a maior parte de sua vida. Nos outros apartamentos, as mesmas cortinas, o concreto manchado de chuva das entradas das garagens subterrâneas nas quais ninguém tinha coragem de deixar seus carros por ser perigoso demais.

Ela já havia adorado esta vista. Sempre estivera ali, e fora o seu mundo. Agora estava preparada para um mundo diferente, e sua casinha jamais iria ser como esta. Seus filhos teriam tudo. Seus quartos seguiriam temas definidos, seriam pequenos palácios lindos para seus príncipes e princesas. Seus filhos gozariam de um ambiente adequado para eles. Não teriam de brigar com os vizinhos para chegar perto do caminhão de sorvete, não teriam de ouvir gente bêbada discutindo ou brigando bem debaixo da janela do quarto deles.

Seus filhos teriam o melhor do que lhes poderia ser oferecido, o melhor que podia ser comprado. Não um lugar como este. Este lugar era ódio concreto. Era o que havia de errado no mundo em que eles viviam. E o pior de tudo era que, ao seu próprio modo, ela amava este lugar, mas o que mais queria era se ver longe dele.

Ela e Jimmy já haviam comprado uma casa, e Maggie só voltaria àquela como visita. Era uma casinha em Leytonstone. Possuía uma sala de jantar, era decorada em tons de marrom e creme, e Maggie achara-a linda. Além disso, ficava a uma pequena distância de ônibus de sua família, o que acabara sendo o fator decisivo para a compra.

Ela pulou da cama. Eram seis da manhã e ela se sentia como se fosse uma recém-nascida, como se o mundo estivesse esperando para torná-la uma pessoa inteira.

Ela faria 18 anos dentro de três semanas. Antes disso seria uma mulher casada, e a garota mais feliz do mundo.

Jimmy viu a garota ao lado dele e gemeu.

A noite anterior era uma lacuna em sua cabeça, e ele sabia que deveria ser assim. Bebera conhaque e vinho do Porto, uma combinação fatal, e tinha a impressão de que alguém o havia espancado com uma bola de sinuca dentro de uma meia. E essa possibilidade não era muito absurda, considerando as pessoas que lhe faziam companhia quase todas as noites.

A garota era jovem, isso pelo menos ele podia perceber, e estava roncando, e esse ruído o acordara. Ela parecia um dos sete anões e ele sorriu para si mesmo. Quem diria, ele tinha acabado na cama com o Soneca. Mas ele tinha certeza de que se acordasse a garota e tentasse iniciar uma conversa com ela teria de mudar seu nome para Dunga.

Ele se sentou e suspirou. Sentia-se terrível. Não via suas roupas em lugar nenhum e a janela estava fechada, motivo pelo qual o cheiro de sexo estava tão presente no quarto minúsculo.

Acordara nu, e ao olhar em torno não encontrou nenhuma camisinha. Ele podia ter pegado herpes no dia de seu casamento, e ninguém, além de Freddie, acharia isso engraçado.

Levantou-se da cama e pisou no tapete. Áspero e coberto por uma repugnante crosta de sujeira, ele fedia a cigarros e clientes de prostitutas.

Tinha a impressão de que vinte martelos estavam abrindo buracos em seu crânio. Foi apenas depois de passar cinco minutos tentando abrir a janela que ele compreendeu que ela tinha sido trancada com pregos.

Gemeu. Então descobriu que a porta também tinha sido pregada ao batente. O aquecimento da casa estava ligado no máximo, o que explicava o calor e o cheiro. Jimmy apostaria seu próximo pagamento que Freddie já estava em casa, rindo a valer da situação na qual ele agora se encontrava.

Era um típico exemplo do humor de Freddie.

Se tivesse acontecido a qualquer outro, Jimmy com certeza seria o primeiro a rir. Como ele era a vítima, sentia-se incapaz de ver o lado engraçado. E o fato de Freddie ter feito aquilo com ele causava-lhe a mesma impressão de tudo que tinha relação com o primo — que no fundo daquele ato residia uma certa maldade.

Seu único lampejo de esperança foi uma camisinha usada reluzindo num cinzeiro verde. Ele suspirou aliviado e começou a pensar em como sair dali.

Patricia fora acordada às cinco e meia por um telefonema de uma de suas meninas.

Entrou na casa em Bayswater vestida num casaco de pele de carneiro e perfumada com Chloe. A mais velha, uma garota de 25 anos com uma plástica malfeita nos seios e dentes tortos, estava em pânico, e Patricia passou vinte minutos acalmando-a antes de dar alguns telefonemas para localizar Freddie.

Em seguida, caminhou até o quarto de uma garota negra chamada Bernice. A garota tinha 19 anos, mas aparentava 30, e era uma das mais lucrativas que eles já haviam tido. Infelizmente, um dos clientes regulares dela, o diretor de uma companhia multinacional, escolhera sua cama para ter um ataque cardíaco havia uma hora. Elas achavam que tinha sido uma isquemia, e Patricia achou que o diagnóstico provavelmente era correto.

Ele tinha mais de 50, estava acima do peso e vinha evitando o médico.

Bernice estava calma, e Patricia lhe seria eternamente grata por isso. As outras garotas também estavam tentando se controlar.

Isso já havia acontecido antes, de modo que elas sabiam o que fazer.

Patricia cobriu o homem com um lençol verde e, servindo-se de um pouco de café, esperou que Freddie e Jimmy viessem resolver tudo sem estardalhaço.

Freddie Pai estava deitado na cama, olhando para o teto.

Fazia oito meses desde o ataque e ele saíra apenas uma vez. Fizera isso apenas para retirar os pontos. Agora a esposa esperava que ele fosse ao casamento do jovem Jimmy, e ele não tinha a menor intenção de se aproximar do lugar da cerimônia.

Cada vez que tentava sair de casa, o vento que batia em sua cabeça fazia com que se sentisse fisicamente doente. Sabia que se desse um passo para fora da porta desmaiaria. Ele olhou para o terno pendurado na porta do quarto e sentiu ânsia de vômito.

Maddie tinha grandes expectativas para este casamento. Ela achava que poderia comparecer à cerimônia como se nada houvesse acontecido. As mulheres podiam se tornar cínicas quando queriam. Ela havia causado tudo isso e agora estava tentando agir como se nada houvesse acontecido, como se o filho não houvesse atentado contra a moral, como se tudo pudesse ser deixado no passado.

Ele havia sido destruído da forma mais pública possível e não tinha a menor possibilidade de se vingar do perpetrador. Fantasiava matar o filho, mas sabia que jamais teria coragem de fazer isso.

Ele ouviu os sons familiares que vinham da cozinha. Sua esposa nem havia dormido nos últimos dias. Ouviu a chaleira apitar e as xícaras tilintarem e, fechando os olhos, desejou que a mulher com quem estava casado havia 35 anos sofresse um ataque cardíaco fulminante.

Qualquer coisa para livrá-lo deste dia.

Joseph Summers estava eufórico, e, embora a esposa o houvesse impedido de tomar o primeiro drinque para celebrar o dia no momento em que abrira os olhos, ele ainda estava feliz com o desenrolar dos acontecimentos.

A filha estava para se casar com o homem dos sonhos dele. O fato de que ele também era o homem dos sonhos dela só aumentava sua felicidade. Ele não teria de trabalhar nem mais um único dia de sua vida, e ninguém poderia dizer nada contra isso. Estava prestes a iniciar um estilo de vida completamente novo; tinha feito a cama e agora ia se deitar nela.

Se ao menos sua outra filha tivesse tido o bom senso de se casar com um homem como Jimmy em vez de com aquele babaca imprestável, que vida feliz seria a sua! Mas ele era inteligente e sabia que o pequeno Jimmy um dia se tornaria o grande Jimmy — e ele rezaria para que esse dia chegasse logo. Muitas vezes quisera dar uma boa sova em Freddie, mas sabia que jamais teria coragem para tanto. Se pudesse pedir mais alguma coisa a Deus, seria viver o suficiente para enterrar o brutamontes com quem sua filha se casara.

Sua filha mais jovem trouxe-lhe uma xícara de chá e ele sorriu para ela como um homem que havia ganhado na loteria e depois descoberto que o genro tinha morrido.

A palavra felicidade não era suficiente para definir seu estado de espírito.

Esta era uma nova ordem e sua chegada era muito bem-vinda.

Freddie e Jimmy estavam cansados, mas precisavam terminar o que estavam fazendo. Era imperativo cobrir os rastros.

Enquanto eles carregavam o homem para fora da casa, começaram a rir. Jimmy sabia que não era engraçado, mas a expressão de Freddie, olhando para a forma inerte entre eles, fizera-o cair na gargalhada.

— Quando soube que ele tinha morrido, fiquei em pânico. Mas pelo menos saí daquele quarto!

Freddie riu de novo.

— Ele está morto mesmo. Mas o que me fez rir foi que lembrei da sua cara quando finalmente abri a porta do quarto. Você não ouviu nem as minhas marteladas quando preguei a porta.

Jimmy sorriu.

— Bem, graças ao nosso amigo aqui eu saí daquela porra de cubículo.

— Isso mesmo.

Eles jogaram o homem no porta-malas do táxi que haviam roubado. O homem os encarava com um meio sorriso no rosto, o branco dos olhos sobressaindo.

Ao fechar o porta-malas, Freddie sorriu.

— Eu vou cuidar disto. Vá para casa e se prepare para o cadafalso. Um homem condenado, é o que você é hoje.

Jimmy deu de ombros.

— Não, não sou.

Ele estava sério. E Freddie pôde perceber a raiva do garoto aflorar à superfície.

— Eu tenho a melhor garota do mundo. Ela é boa, gentil e decente. Ela ficaria ao meu lado em qualquer circunstância e é muito esperta.

— Claro que é, companheiro.

Freddie disse isso como se nunca tivesse ouvido maior absurdo em sua vida, e enquanto contornava o carro para se sentar atrás do volante Jimmy seguiu-o e segurou seu braço.

Quando puxou Freddie para si, Jimmy disse baixinho, mas ameaçador o suficiente para iniciar uma briga:

— Não fale assim dela, Freddie. Ela é tudo para mim. Ninguém jamais vai tomar o lugar dela. Ela é a minha vida, é tudo de bom que eu tenho, e ninguém fala dela com falta de respeito.

Era uma ameaça, o ponto de partida para uma guerra. E era a coisa mais sincera que Jimmy já dissera em toda a vida.

Freddie respirou fundo. Fitando os olhos de Jimmy, ele viu amor verdadeiro, e não apenas por Maggie, mas também por ele. Jimmy estava pedindo a ele que jamais dissesse uma piadinha sobre Maggie enquanto ela fosse sua esposa. Estava pedindo para que a tratasse com respeito de todas as formas possíveis, estava lembrando-o de que eles eram como irmãos de sangue, que eles tinham laços que superavam tudo em suas vidas.

Freddie estava diante de um dilema. Ele sabia que isso era o equivalente de um motim, mas também compreendia a situação de Jimmy. Ele amava a prostitutazinha, e ela era uma prostituta. Ele precisava apenas se sentar e esperar que ela mostrasse sua verdadeira essência, porque ela iria fazer isso. No fim, todas elas faziam.

Assim, Freddie sorriu e disse com gentileza:

— Foi só uma piada, companheiro. Você está nervoso. Acalme-se, é o dia do seu casamento.

Jimmy notou a forma como Freddie evitou seus olhos, e naquele momento ele o viu como realmente era pela primeira vez em anos. *Realmente* o viu. De seu Rolex dourado até seu anel de diamante. Ele viu as unhas roídas em suas mãos e os fiapos de barba em seu queixo. O terno de seda, os sapatos feitos à mão. Mesmo com todo o dinheiro que ele estava embolsando, Freddie parecia desmazelado, sujo e, o pior de tudo, parecia o que ele era: um bandido barato.

Eles eram muitas coisas, mas bandidos baratos não deveria ser uma delas. Eles eram o melhor de seu mundo, e Jimmy fizera um esforço consciente para que isso se refletisse em seus modos e suas roupas. Freddie, como sempre, apenas esperara que tudo caísse do céu graças à sua atitude e reputação. O comércio de drogas e os empréstimos estavam aumentando. Pessoas que jamais haviam tido dinheiro antes agora queriam estimulantes ou cocaína. Anfetamina era coisa de pobre. Dos que viviam do auxílio-desemprego. As drogas da moda eram para a nova geração de pessoas que trabalhavam duro e jogavam duro.

Esse mundo novo ia dar a Jimmy tudo o que ele havia sonhado ou desejado, e naquele momento ele descobriu que aquele homem, o homem que ele amara mais do que qualquer outro, iria ser o seu calcanhar-de-aquiles.

O mundo ao redor deles estava mudando, e eles precisavam acompanhar as mudanças.

Freddie era o que Ozzy chamara de um romântico, e Jimmy finalmente entendeu o que isso significava. Ele subitamente se sentiu deprimido, mas dirigiu de volta para a casa da mãe e se forçou a mergulhar na diversão que seria o dia de seu casamento.

Sob um casaco de pele de carneiro, Jackie estava vestida num terno Ossie Clark azul da loja Maison Riche, na Ilford High Street, que chegara às suas mãos pela metade do preço. Era costurado à mão e tinha calça boca-de-sino. Em crepe azul-bebê, fora cortado para uma mulher de seios grandes, e os de Jackie espalharam-se sobre o decote. Há anos ela não parecia tão sexy.

As crianças estavam lindas, com as meninas parecendo anjinhos em seus vestidos de damas de honra, e Freddie ainda não tinha aparecido.

Jackie já bebera uma garrafa de vinho e eram apenas 11 da manhã. O carro iria pegá-los em uma hora e, pela primeira vez na vida, lamentava estar tão adiantada. Normalmente, ela se atrasava para tudo; atrasara-se até para seu próprio casamento.

O bebê Freddie estava tomando chá, e a pequena Rox o estava ajudando, segurando a mamadeira para ele, embora o garoto fosse mais do que capaz de segurá-la sozinho. Ele adorava chá, e Maggie deixara cair a mamadeira nova no dia anterior, a que não tinha manchas internas de chá. Jackie sorriu enquanto abria mais uma garrafa de vinho alemão barato. Espere só até a maravilhosa Maggie ter alguns filhos segurando na saia dela para ver o que é bom para a tosse!

No momento, ela estava como todas as noivinhas, sonhando com uma casa linda e filhos perfeitos. Bem, Jackie tinha ótimas notícias para ela: todas sonhavam com isso. A realidade, infelizmente, fazia você ver os erros que estava cometendo. Casamento era como guerra: com sorte, se ganhavam algumas batalhas.

Ela havia observado a irmã nos últimos meses, às voltas com listas de casamento e amostras de tecidos, e agora observava as meninas em seus vestidinhos de dama de honra na cor creme e mais uma vez conteve a vontade de rir. Madame Modèle chegara às oito da manhã e penteara todas elas, depois decorara os coques banana com pequeninas flores cor de pêssego.

O próprio cabelo de Jackie parecia deslumbrante, e ela se sentiu grata pelas mãos de fada da mulher.

Ela não conseguia conter a inveja. Seu casamento tinha sido muito diferente. Tinha sido uma cerimônia apressada, quando ela já estava com cinco meses de gravidez, porque Freddie não tinha certeza se queria realmente se casar com ela.

A humilhação ainda doía.

A única coisa que a fazia sentir-se melhor era a forma como Freddie ridicularizara todos esses preparativos. Soltara piadinhas desde o primeiro dia, e, quando Maggie e Jimmy compraram a casa, caíra na pele deles.

Contudo, no fundo de seu coração, ela sabia que não era nada engraçado. Na verdade, o que eles haviam conquistado era admirável, considerando o quanto eram jovens. Mas, embora ela soubesse disso, seu antagonismo natural e o complexo de inferioridade impediam-na de desfrutar essa conquista com eles. A irmã havia comido, bebido e dormido este casamento, e ela nem ao menos tentara ajudá-la. Como sempre, ela imitara Freddie, e até os vestidos das damas de honra só tinham sido confeccionados porque a costureira vivia na vizinhança e fizera a gentileza de vir até sua casa.

Jackie já estava bêbada e **tinha consciência disso**. O mundo estava subitamente assumindo um tom rosado e as crianças estavam olhando para ela em desaprovação, mas ela estava determinada a não deixar ninguém estragar o seu dia.

Freddie ainda não voltara para casa quando ela e as crianças entraram no carro alugado para a cerimônia e saíram para a igreja.

*

Joseph caminhou pelo corredor da igreja da Santa Trindade, em Ilford, parecendo que ia explodir de tanto orgulho.

Jimmy o estava observando do banco da frente, e Joseph notou a expressão preocupada em seu rosto. Foi apenas então que Joseph compreendeu que ele não tinha padrinho.

Freddie não havia dado as caras.

Joseph sentiu Maggie tensa ao seu lado e automaticamente reduziu o passo. A marcha nupcial estava tocando e o restante da família e dos amigos estavam presentes. Ninguém, nem mesmo Freddie Jackson, iria arruinar este dia.

Enquanto se aproximavam do altar, Joseph escutou os suspiros das mulheres. Todas estavam comentando o quanto sua filha estava bonita.

E ela estava realmente linda. Estava deslumbrante e era a menina dos seus olhos.

Ao ouvir Lena chorar, Joseph sorriu. Graças a Deus, desta vez ela estava chorando pelos motivos certos. Da última vez ela havia chorado porque sabia que a filha estava prestes a cometer o maior erro de sua vida. O que ficara provado muitas e muitas vezes. Afinal, onde estava o babaca do marido dela? Ele já deveria estar aqui. Desde que o menino nascera, ele vinha andando um pouco mais na linha. Pelo menos, ele estava indo para casa com mais freqüência.

Pessoalmente, Joseph não suportava a criança, não que pudesse dizer isso em voz alta. Sua esposa e todas as mulheres da família achavam que o bebê Freddie era Jesus Cristo de volta à terra. Mas ele tinha os olhos astutos do pai e era um sacaninha preguiçoso. Filho de peixe peixinho é, o pai de Joseph costumava dizer, e ele sempre tivera razão.

Aquilo irritou Joseph. Freddie conseguira arruinar até mesmo o grande dia de sua filha. Maggie sorriu para Joseph quando ele levantou o véu para revelar o rosto da noiva. E, com o canto dos olhos, viu um homem negro e magro, com cabelo em estilo rastafári e vestido num terno matutino, sentar-se ao lado de Jimmy. Ele presumiu que aquele homem era o novo padrinho e conteve sua raiva, como sempre. Freddie provara mais uma vez que não merecia a confiança de ninguém.

Maggie finalmente estava casada, e, embora não esperasse ter Glenford Prentiss como seu padrinho, ele fizera um trabalho admirável ao ser convidado tão repentinamente. Ele e Jimmy haviam se tornado bons amigos, e ela gostava muito dele. Glenford era gentil, sua namorada Soraya era uma simpatia, e eles tinham passado noites muito agradáveis juntos.

Jimmy estava agindo como se não houvesse nada errado, mas ela sabia que ele estava furioso, porque, a não ser que Freddie estivesse morto, ele havia esnobado o dia mais importante da vida deles. Até Jackie parecia envergonhada, o que demonstrou a Maggie o quanto esta quebra de protocolo era grave.

Contudo, no fundo de seu coração, ela torcera para que ele não aparecesse. Freddie era imprevisível, e ela queria que a recepção fosse impecável, sem brigas nem discussões de bêbados. Sem a presença de Freddie, as chances de que qualquer coisa assim acontecesse seriam reduzidas em noventa por cento. Mas ela estava feliz — Jimmy finalmente era o seu marido e assim, para o bem dele, ela torcia para que Freddie aparecesse para que ele ficasse calmo e desfrutasse seu dia.

Jimmy beijou os seus lábios com força diante da igreja e todos aplaudiram, mas ela sentiu que ele estava tenso, e amaldiçoou o homem que conseguia obscurecer até mesmo o seu grande dia. Mas abriu o seu melhor sorriso. Não ia permitir que ninguém notasse como se sentia por dentro. Eles eram marido e mulher agora, e isso era tudo o que importava.

Maddie estava bebericando conhaque com Coca-Cola e vendo o neto ser exibido por todo o clube. A recepção estava linda, e ela lamentava não ter convencido o marido a comparecer. Disse a todo mundo que ele estava gripado, uma gripe que já durava tanto tempo que ninguém estranhava mais. Era como se ele estivesse morto, embora ainda não estivesse enterrado.

A ausência de Freddie na igreja tinha sido notada e, com certeza, bastante comentada. Mas por dentro, como Maggie, ela torcia para que ele não viesse. Freddie estragava tudo em que tocava; ele era como uma maldição. Era seu filho, mas ultimamente ela o odiava.

Ela suspirou e engoliu sua bebida num só gole. Era muito difícil ficar sorrindo e fingindo que tudo estava bem quando, na verdade, tudo o que ela queria fazer era deitar a cabeça na mesa e chorar até as lágrimas secarem. Mas ela não podia fazer isso. Em seu mundo, a coisa mais importante para uma pessoa era a forma como ela era *percebida*. Ela estava velha demais para este jogo. Há muito tempo havia perdido a vontade de jogá-lo, e agora tudo o que queria era ir para casa, sentar-se com o marido que amava e que sorria e concordava com tudo o que ela dizia.

Ela torceu para que o jovem Jimmy e sua noiva tivessem um casamento melhor que o dela. Maddie tinha a sensação de que eles tinham mais chances, porque, ainda que fossem jovens, estavam visivelmente apaixonados. Mas isso também acontecera com a maioria dos casais naquele clube, no dia de seus casamentos. A verdadeira questão era se o amor sobreviveria aos infortúnios e às tentações da vida cotidiana.

Como Lena costumava dizer a quem quisesse ouvir, Maggie nem estava grávida. Eles eram jovens e apaixonados, e era simples assim.

Se ao menos as coisas pudessem continuar tão simples!

Freddie e Patricia estavam na cama. Embora ele estivesse faltando a um compromisso, a chance de estar com ela tinha sido boa demais para ser desperdiçada. Pelo menos era o que ele dizia a si mesmo, embora soubesse que isso era apenas uma desculpa.

Ele levara o táxi para o ferro-velho da zona sul de Londres e observara-o ser esmagado com o pobre Harry no porta-malas. Depois, voltara para a casa para verificar se as meninas tinham se livrado de tudo que tivesse relação com o homem. Ele sabia que elas não seriam capazes de resistir à tentação de usar os cartões de crédito que porventura ainda estivessem por lá. Para todo mundo, deveria parecer que o homem havia sumido da face da Terra. A última coisa de que eles precisavam era que aparecessem compras feitas nos cartões dele no shopping center de Brentford.

Patricia oferecera-lhe uma carona, porque ele estava sem carro e tinha sido levado de volta até à casa por um dos homens do ferro-velho que estava atrás de uma trepada gratuita em troca de seu tempo e esforço. Ele havia compreendido que não estava com vontade de ir ao casamento. Na verdade, nunca tivera a intenção de aparecer por lá. Só para não ir ao casamento, ele teria iniciado uma briga com um completo estranho.

Alguma coisa dentro dele o estava censurando, dizendo que ele deveria ter estado presente no grande dia de Jimmy. Que seu não comparecimento iria causar mágoa, porque Jimmy depositava muita fé naquele casamento e fizera questão de ter Freddie como seu padrinho, o que era uma honra. Até certo ponto ele estava arrependido por ter deixado o primo na mão. Mas ele também sabia que agora estava sendo o assunto da festa e, como Jackie, ele precisava ser sempre o centro das atenções.

Patricia levantou-se da cama e acendeu um cigarro. Ela suspirou e bocejou.

— Acho melhor você se levantar daí e ir ao casamento.

Ele suspirou.

— Está um pouco tarde agora. — Ele sorriu com um ar preguiçoso e deu um tapinha nos lençóis. — Volte para a cama, já estou fodido mesmo.

A arrogância dele parecia não ter limites. Ela se levantou e disse:

— De jeito nenhum! Fui convidada para a recepção e estou indo. Gosto de Jimmy e Ozzy também. Preciso entregar a eles o presente de casamento. Ozzy levou muito tempo decidindo o que seria mais apropriado.

Com essas poucas palavras Freddie finalmente compreendeu a dimensão do que havia feito. Ele teria de justificar um insulto dessa magnitude com alguma coisa importante.

O clube irlandês estava cheio agora, e a recepção estava a pleno vapor. Até o padre já estava bêbado e cantando uma velha canção irlandesa no canto ao lado do bar.

Maggie ainda estava usando o longo vestido de cor marfim e seus cabelos ainda estavam perfeitos. Jimmy olhava para ela todo bobo. Ela finalmente era dele, e eles iam ficar juntos para sempre.

Havia muita comida, a bebida corria solta, todos estavam se divertindo a valer, e mesmo assim, apesar de passar o tempo todo sorrindo e soltando piadinhas, Jimmy não tirava os olhos da porta de entrada.

Freddie não havia aparecido.

Ele sentiu no bolso as chaves que Patricia havia lhe dado. Eram as chaves de um pequeno salão de beleza em Silvertown, e ele estava pasmo com a generosidade de Ozzy. Ainda não contara a Maggie; estava reservando a notícia para mais tarde, para o momento certo. Quando ele explicara isso a Pat, ela compreendera o raciocínio dele e dissera que no fundo ele era um romântico.

Ele respondera com um sorriso.

— Espero que sim. Quero poder dar a ela todo o romance e amor que ela puder agüentar.

Pat havia se afastado, e Jimmy podia apostar que vira lágrimas naqueles olhos verdes e frios.

Glenford estava contando a eles sobre seu avô irlandês, e todos ao redor dele estavam rolando de rir. Glenford havia se revelado à altura do desafio, e Jimmy seria grato a ele por isso até o dia de sua morte. O casamento tinha sido um sucesso, mas para ele tudo havia sido arruinado com a ausência de Freddie. Ele também sabia que jamais iria perdoar o primo pela humilhação.

Maggie veio até ele e se aninhou confortavelmente em seus braços. Ele a abraçou com força e eles dançaram juntos ao som de "Love TKO", de Teddy Pendergrass. Música ao som da qual eles haviam feito amor muitas e muitas vezes. Sentindo a decepção dele com o descaso de Freddie, ela sussurrou:

— Eu te amo, Jimmy Jackson.

Foi dito de coração e, fitando os olhos azuis de Maggie, ele decidiu que não iria deixar que Freddie arruinasse este momento, este dia ou esta jornada maravilhosa na qual eles estavam prestes a embarcar. Jimmy iria cuidar desta garota e faria de tudo para que ela não tivesse um único dia triste em sua vida. E se isso acontecesse, não seria por causa dele.

— Maggie, eu te amo, garota, e prometo que nunca vou te magoar.

Jackie estava dançando perto deles, com Joseph, e, tendo ouvido as palavras dele, sentiu vontade de chorar. Não apenas por eles e sua felicidade óbvia, mas porque estava sozinha e vivendo uma mentira. Jackie viu Jimmy abraçar Maggie protetoramente e beijá-la com delicadeza nos lábios. Viu também os olhos da irmã cheios de confiança e alegria quando ele sussurrou em sua orelha.

— Ozzy mandou uma coisa maravilhosa para você, querida.

Maggie ficou pasma e riu ao dizer:

— O quê? Do que se trata?

Pat estava perto agora, porque Jimmy a chamara com um gesto. Jimmy colocou as chaves na mão de Maggie e ela as fitou, estarrecida.

— Para que são essas chaves?

Pat aproveitou a deixa e disse alegremente:

— É um salão de beleza, garota, e é seu. Ozzy também te deu 10 mil libras para reformar o lugar como bem quiser.

O grito de Maggie pôde ser ouvido por todo o clube irlandês. As pessoas viraram a cabeça na direção dela e sorriram ao perceber que ela estava rindo de felicidade. Ela estava abraçando Patricia e em seguida pulando de alegria enquanto contava a todos o que acabara de acontecer.

Jackie se manteve afastada. Ao contrário do pai, que estava parabenizando Maggie profusamente, Jackie, como sempre, estava com o coração carregado de inveja e mágoa. Mais uma vez Maggie recebera tudo numa bandeja de prata.

A notícia correu pelo clube, todos os congratulavam, e Jimmy estava orgulhoso por Ozzy tê-los julgado merecedores de tamanha generosidade. Era o coroamento de um dia perfeito, e Jimmy puxou a esposa de novo para seus braços ao som de "My Girl", do The Temptations.

Enquanto os recém-casados dançavam, Freddie entrou. Estava usando seu terno matutino e parecia desmazelado e bêbado. Com um suspiro, Jimmy observou-o caminhar decidido até sua mãe.

Maddie levantou-se para cumprimentá-lo, mas não sorriu ao fazer isso.

E em seguida Freddie começou a conduzi-la para fora da sala. Ele fez um sinal para Jimmy, que, a contragosto, o acompanhou para fora com a esposa a reboque. Ele sabia que todos os olhos na sala estavam fixos neles e se perguntou se ele teria de lutar com o primo justamente naquela noite.

— O que aconteceu com você? — perguntou Jimmy.

Freddie levantou os braços em súplica.

— Sinto muito, Jimmy, mas meu pai se matou.

Foi o "Oh, meu Deus!" de Maggie que descontrolou Maddie. Ela soltou um grito alto e triste, como o uivo de uma raposa ferida, tão carregado de sofrimento que era quase intolerável de ouvir. Foi aquele grito horrível que atraiu todos para fora, para ouvir a terrível notícia.

Mas, ainda que tenha prestado seus pêsames e dito todas as palavras apropriadas, Jimmy tinha certeza de que esse não fora o verdadeiro motivo para o primo faltar ao seu casamento — e sabia que Freddie tinha plena consciência disso.

LIVRO II

Não roubarás; é um ato vazio,
Enquanto trapacear é muito mais lucrativo.

— Arthur Hugh Clough
"The Latest Decalogue"

Proprium humani ingenii est odisse quem laeseris.
Faz parte da natureza humana odiar o homem a quem você magoou.

— Tacitus
Aricola, 42

Capítulo 10

1993

Jackie observava enquanto o filho devorava mais um ovo de Páscoa, enfiando um enorme pedaço na boca e mal mastigando o chocolate antes de pegar outro. Ele teria dor de barriga a qualquer momento e iria chorar, e tudo começaria de novo.

Como sempre havia ovos demais, chocolates demais, e ela não tinha nenhuma energia para fazê-lo esperar o jantar. O menino jamais comia comida de verdade, não nesta casa, pelo menos. Comia apenas porcaria, e ela havia desistido de fazer com que ele mudasse de hábitos.

As birras do garoto eram lendárias, e as irmãs já tinham ido para a casa da tia para não ter de ficar com ele. Ele estivera xingando as garotas desde que acordara às cinco e meia naquela manhã. Passara a noite inteira assistindo a vídeos, e já passava das duas da manhã quando fora para a cama.

No momento, o que o mantinha quieto era *O Assassino da Furadeira*, e quanto mais violento o filme, mais interessado ele ficava. Jackie sabia que devia fazer com que ele parasse de ver esse tipo de filme, mas era o único momento em que a casa ficava realmente em paz. Ele adorava sangue, e como Freddie e Jimmy agora estavam envolvidos em pirataria de vídeo era natural que o menino tivesse acesso aos filmes que eles conseguiam com facilidade.

O Pequeno Freddie achava engraçado ver sangue e pus, mas essas imagens pareciam não transmitir nenhum conceito de dor a ele. Se tivesse um martelo, poderia bater com ele em alguém e continuar rindo. Jackie sabia disso, porque o menino já tinha feito isso inúmeras vezes. Era como viver num pesadelo.

Servindo-se de mais um copo de vodca, ela se sentou e ficou pensando se Freddie ia voltar a tempo de levá-la ao jantar na casa de Maggie. Era domingo de Páscoa e a família inteira estaria lá. A casa de Maggie era agora a sede familiar para todos os dias especiais e feriados. Maggie com seu jogo de jantar e suas finas toalhas de mesa. Maggie, a cozinheira e a garota de ouro. Maggie com seu carro último tipo e o maldito salão de beleza. Maggie, a que realmente achava que era especial.

Jackie olhou o relógio e viu que eles teriam de sair logo para não chegarem atrasados ao jantar. Uma coisa boa era que, pelo menos, haveria muita comida e bebida na casa de Maggie.

Se Freddie não voltasse logo, ela teria de ir sozinha. Já estava se acostumando a isso. Ela havia desistido de ter esperança de que ele viesse, aprendera a simplesmente esperar até que ele chegasse. Era mais fácil assim porque pelo menos podia tomar uma bebida em paz.

Ele agia como se ela tivesse algum tipo de *problema*. Logo ele, um homem que passava quase todas as noites de sua vida bêbado e drogado e, sempre que possível, quase todos os dias também. Ele chegara até mesmo a insinuar que os problemas do Pequeno Freddie tinham sido causados pelo alcoolismo dela. A culpa não era do pai, que jamais vinha para casa e tratava a todos como lixo, mas dela. Freddie a culpava pelo comportamento do Pequeno Freddie, quando o menino era uma réplica do pai, desde o mau gênio e a teimosia até o mais completo e absoluto desprezo pela própria segurança — e pela dos outros.

Chamá-la de bêbada era uma coisa, mas depois da primeira visita da assistente social, ele perguntara se ela achava que o Pequeno Freddie talvez tivesse síndrome alcoólica fetal. Onde diabos ele aprendera esse termo? Jackie nunca tinha ouvido falar dessa doença, nem sabia que existia. Mas essa insinuação doeu, porque, lá no fundo, Jackie tinha a sensação terrível de que talvez houvesse uma ponta de verdade nela.

Ela engoliu a bebida. Era sua anestesia contra o mundo, contra a família, que por um lado sentia pena dela e, por outro, a culpava por seus próprios problemas.

O Pequeno Freddie, como era chamado, embora aos 7 anos usasse roupas de 10, levantou-se e caminhou até a mãe.

— Vamos?

Ele estava ficando irritado. Odiava ficar sozinho com a mãe. Gostava quando estava cercado por pessoas, quando era o centro do universo, mas até as irmãs estavam ficando fartas dele e de seu comportamento, e ele finalmente estava aprendendo a agir de forma carinhosa de vez em quando, apenas para mantê-las interessadas.

Chutou a canela da mãe, que saltou para a frente e lhe desferiu um tapa na lateral da cabeça. Seu anel bateu na orelha do menino, que gritou alto:

— Filha-da-puta! Piranha!

O menino começou a se agarrar à mãe, tentando puxar-lhe o cabelo e socar seu rosto. Jackie largou rapidamente o copo e, batendo mais uma vez na cabeça do menino, empurrou-o para longe.

— Vá à merda, seu filho-da-puta, antes que eu te mate de porrada!

O garoto deitou no chão, gritando e xingando a mãe. Ela pegou novamente seu copo e tomou um gole grande. A malcriação logo alcançaria um crescendo, e ele ficaria simplesmente parado ali, xingando-a, até que ela batesse nele de novo. Jackie recostou-se na cadeira e fechou os olhos. Ele parecia um animal, e Jackie sabia que a culpa era dela.

Na primeira vez em que o menino fizera isso, todos tinham rido. Ele estava com 18 meses e, irritado por algum motivo com a pobre Kimberley, atacara-a com insultos veementes. Todos ficaram estarrecidos durante alguns minutos, mas em seguida caíram na gargalhada. Os palavrões não paravam de sair de sua boca, e aquele rosto de anjinho, enquanto os proferia, estava tão furioso que era hilário. As meninas mandaram ele repetir, porque era engraçado, e quando ele voltou a xingar elas caíram novamente na gargalhada. O Pequeno Freddie não demorou a entender que aquilo era um instrumento para atrair a atenção, e antes que eles se dessem conta todo o seu discurso estava salpicado de obscenidades.

Isso havia estabelecido o tom para ele, e agora, que estava com quase 8 anos, este era seu vocabulário principal. O menino fora expulso de duas creches por causa disso. Agora a escola estava se recusando a aceitá-lo de volta, porque ele atacava todo mundo que não o deixava fazer exatamente o que queria.

Isso trouxera as assistentes sociais para a vida deles, e apenas isso já a deixava com vontade de bater nele. Se aquela Sra. Acton mencionasse mais uma vez seu hábito de beber, ela iria gritar. Se a piranha da assistente social tivesse de viver com este veadinho filho-da-puta dia e noite, ela também ia começar a beber! E Jackie disse isso a ela exatamente desse modo, saboreando o choque da mulher com a escolha de palavras que ela fizera e sentindo que finalmente tinha marcado um ponto.

Mas o menino *estava* fora de controle, não havia dúvida sobre isso, e, como a única pessoa com quem ele se tornava remotamente dócil era o pai, ficaria assim até Freddie passar a vir para casa com regularidade e assumir a responsabilidade sobre o moleque de uma vez por todas.

As chances disso acontecer eram poucas.

Jackie suspirou e derramou no copo o que restava na garrafa de vodca barata. Ele ainda a estava xingando, mas ela o ignorou o máximo que pôde, e disse apenas:

— Vá vestir seu casaco. Vou chamar um táxi.

Maggie passara a manhã inteira cozinhando, e os aromas que vinham da cozinha estavam deixando todos loucos. Lena e Joseph já estavam lá, cheios de orgulho pelo lar adorável que a filha mais nova criara ao seu redor.

Fazia alguns meses que ela e Jimmy tinham se mudado. Segundo Lena, era uma mansão novinha em folha, num estilo que imitava o Tudor, com quatro suítes e um jardim *imenso*. Lena *jamais* parava de se vangloriar disso para quem quisesse ouvir. O orgulho pela filha não tinha limites.

Era uma linda casa, mas para Jimmy e Maggie era apenas mais um degrau. Ao contrário de Freddie, Jimmy ouvira o conselho de Ozzy e investira em propriedades. Era a melhor coisa que tinha feito em sua vida. Ele comprava, esperava, e eles se mudavam novamente, com o pequeno lucro reinvestido numa casa nova que era sempre um lugar maior e melhor para que eles vivessem.

Contudo esta era a primeira casa nova em que moravam, e por mais que eles a amassem sentiam falta da personalidade da casa de onde tinham se mudado. Mas eles tinham comprado aquela casa a preço de banana. Um construtor amigo de Jimmy devia-lhe um grande favor, e esta foi a maneira que ele encontrou para lhe retribuir. Eles haviam reformado a casa e em seguida vendido, porque a oportunidade era boa demais para ser perdida.

No futuro eles teriam novamente uma casa com personalidade, só que maior e melhor. Esta casa iria acolhê-los bem pelos próximos anos. Tinha um jardim grande e indevassável, e a cozinha e os banheiros dos sonhos deles.

Maggie olhou para Jimmy enquanto ele entrava na cozinha grande para encher novamente o copo do sogro.

— Você está bem, querida? — perguntou ele.

Ela fez que sim com a cabeça.

— Claro que estou. Paul e Liselle já chegaram? Ouvi um carro.

Jimmy foi para o hall de entrada. Alguns segundos depois, ele os viu entrando pela porta da frente e acenou para eles na cozinha.

Liselle olhou em torno, admirada.

— Que casa linda! Tomara que vocês sejam muito felizes aqui!

Maggie beijou-a na face.

— Tire o casaco, querida. Pelo menos com o clima, nós demos sorte.

As filhas de Jackie estavam rindo e se divertindo na sala da frente, ouvindo música, e Maggie sorriu ao ouvir uma velha fita de *soul music* tocando. As meninas adoravam músicas antigas, graças a Deus. Enquanto

Sam e Dave eram ouvidos no volume máximo, ela foi até o jardim e sentiu-se grata por finalmente conseguir bebericar seu vinho branco.

Maddie estava sentada em silêncio numa cadeira de jardim. Ela era sempre convidada — e sempre ficava sentada sozinha, sorrindo; raramente se juntava a eles. A morte do marido fora um golpe muito forte para ela, e Maggie sempre lembrava da sensação horrível, no dia de seu casamento, quando Freddie dera a notícia da morte do pai sem o menor tato.

O pai dele havia se deitado na banheira e cortado os pulsos, e Maggie ainda sentia um arrepio ao pensar nisso.

Tinha sido um evento traumático para todos lidar com aquilo num dia tão feliz. Freddie encontrara o pai morto e não quisera arruinar o casamento. Esperara até o corpo ser retirado e o banheiro ser lavado, para poupar sua pobre mãe do sofrimento de ter de ver aquilo.

Maggie sabia que Jimmy, como ela, sentia-se péssimo por eles terem achado que Freddie havia esnobado o casamento deles. Ela afastou o pensamento e se aproximou da cadeira da pobre Maddie.

Sentou-se ao lado dela e conversou com ela por alguns minutos, mas Maggie sabia que a mulher estava esperando apenas pelo filho e que seu dia estaria ganho quando e se ele chegasse. Se ele não viesse, ela iria para casa e ficaria lá sozinha, aguardando por ele. Pelo menos ele cuidava bem da mãe, e isso Maggie não podia negar.

— Freddie, eu queria que você ao menos me ouvisse de vez em quando. Eu sabia que eles eram caloteiros! — A voz de Pat estava carregada de irritação, porque ela sabia que Freddie ainda não a estava ouvindo.

O armazém no sul de Londres no qual se encontravam estava cheio de falsificações. Embora "armazenamento" fosse um termo adequado para todas as mercadorias em torno deles, "pilhagem" simplificaria as coisas. O armazém estava repleto de falsificações e objetos roubados. Muitos vídeos, a maioria ainda não lançada oficialmente. Era principalmente nos vídeos da Disney que o lucro de verdade estava. A Disney lançava filmes a intervalos de sete anos, de modo a sempre haver um novo mercado para eles. Um ano seria *Bambi*, no seguinte *Dumbo*, mas o importante era que, depois que o filme era lançado, ele não voltava às prateleiras por muito tempo. Isso funcionava a favor deles, porque tudo o que precisavam era de algumas matrizes e reproduzir um número infinito de cópias que eram vendidas por uns trocados. E os pais de baixa renda poderiam agradar aos filhos *e* ainda assim ficar com um troco para os cigarros, o que não conseguiriam pagando o preço do produto original nas lojas tradicionais.

Havia muita pornografia pesada. E eles também ganhavam fortunas com isso. Era fácil trazer esse material da Dinamarca e da Suécia, onde qualquer homem podia assistir à porra que quisesse sem justificar suas preferências sexuais a ninguém, exceto à patroa.

Havia roupas esportivas falsificadas da marca Fila, confeccionadas na Coréia e contrabandeadas para o benefício dos desempregados e de todos que comprassem no mercado local. As roupas de marca valiam muito dinheiro e causavam dor de cabeça, porque a competição para vendê-las era acirrada.

— Quanto tempo eles disseram que iam demorar? — Patricia bateu o pé em sinal de irritação, e Freddie olhou as horas em seu Rolex de ouro. Definitivamente seu relógio já não era uma falsificação. Patricia já o vira antes e sabia que o ponteiro dos segundos não estava funcionando, o que era um absurdo, visto que eles tinham caixas cheias de relógios falsificados que poderiam enganar até o cliente mais exigente. De Rolex a Cartier, era um dos melhores negócios ilícitos do mundo. De repente todo mundo queria se tornar uma estrela de cinema, aparentar mais do que era, e eles estavam investindo nesse mercado. — Eles já deviam ter chegado, Freddie. — Patricia acendeu um cigarro, também falsificado. Esses haviam sido feitos na China e tinham tudo, desde maços idênticos aos originais até as etiquetas de importação corretas. Custavam dez centavos por pacote, e eles os revendiam por uma fortuna. Era como ter uma licença para imprimir dinheiro. — É melhor eles arrastarem logo as bundas para cá — disse ela.

Freddie escutou um furgão parar do lado de fora e suspirou teatralmente. Ele era um jogador profissional, e Pat o estava tratando como se fosse o gandula dela.

Os homens com quem ele ia se encontrar eram dois irmãos de Liverpool, jovens, ambiciosos e estúpidos.

Eles tinham comprado muitas mercadorias para revendê-las do seu lado do país. Tudo ótimo, exceto que agora deviam muito dinheiro a Freddie, e depois de diversos pedidos de pagamento, e desculpas ultrajantes e insolentes para justificar a falta de grana para honrar suas dívidas, eles estavam prestes a receber aquilo que, em seu jogo, era conhecido como um alerta.

Os dois irmãos eram chamados de os *Corcorans*. Shamus e Eddie estavam na casa dos vinte e eram barulhentos, engraçados e boa companhia. Agora o termo "sacos de pancada" seria acrescentado à sua descrição.

Quando entraram no armazém mal-iluminado, ambos fumavam cigarros e, como sempre, estavam rindo. Ao verem Freddie, ambos retardaram o passo. Ele não devia estar ali. Eles achavam que iam se encontrar com um dos lacaios de Freddie — Des, Micky Fleming ou Bobby Blaine.

— Olá, Freddie, a gente não esperava ver você hoje.

Freddie sorriu, mostrando todos os dentes brancos e a camaradagem.

— Sei. Como vocês estão, garotos?

Eles deram de ombros, simultaneamente.

— Ótimos, e você?

Shamus era o cérebro da dupla e estava nervoso. Sabia que Freddie ia dar um aperto neles e tentou acalmá-lo.

— Estamos com parte da sua grana no furgão.

Pat riu.

— Até que enfim. Parecia que a gente estava doando para uma nova instituição de caridade, a Sociedade dos Clientes de Liverpool. Vocês são membros, não é mesmo?

Freddie soltou uma gargalhada, uma gargalhada genuína e amistosa que deixou os dois homens relaxados.

— Quanto vocês trouxeram para mim?

Ele parecia bem e os irmãos relaxaram. Freddie sorriu. Nos bolsos de sua roupa de corrida, Freddie tinha um par de socos-ingleses. Eram feitos sob medida e munidos de pontas afiadas, de modo a causarem muito dano no mínimo de tempo.

Shamus fez um gesto com a mão sobre o ombro e disse, com um sorriso amistoso:

— Temos dez mil lá no furgão.

Shamus era um rapaz enorme, mas não tinha a presença necessária para intimidar. Seu irmão tinha a presença, mas não possuía o instinto assassino. Eles sempre iriam trabalhar para alguém que os deixaria levar o rojão. Era triste, mas um fato da vida.

— Pat, vá até o furgão e faça uma revista, veja se consegue achar alguma grana. Espere por mim lá. Não vou demorar.

Ela assentiu para Freddie e se afastou calmamente dos três homens.

Shamus sabia o que estava por acontecer e se preparou. Ele agüentaria a porrada, sabia disso, mas sabendo que seu irmão não era tão resistente quanto ele quis protegê-lo.

— Olha, Freddie, deixa meu irmão ir. Eu agüento o que vier. Além disso, eu torrei o dinheiro, e não ele.

Freddie admirou-o por sua lealdade. Ele entendeu que o irmão mais jovem provavelmente jamais seria alguém notado por suas aptidões físicas, e assim tomou uma decisão rápida. Tirou a mão do bolso e atacou Eddie com toda a força que conseguiu. Shamus avançou contra ele, mas Freddie o nocauteou.

Freddie destroçou o rosto de Eddie em menos de dois minutos.

E, depois que Eddie estava caído no chão, Freddie virou-se para Shamus e sorriu para ele enquanto chutava as costelas do garoto como se quisesse reduzi-las a patê.

Explore qualquer fraqueza para a sua vantagem. Por toda a vida, Freddie vivera segundo essa regra, e ela jamais o decepcionara. A fraqueza de Shamus era este pobre rapaz que passaria o resto da vida com problemas respiratórios, devido a um pulmão perfurado e um rosto todo esburacado, cortesia do soco-inglês de Freddie.

Ele também sabia que o seu dinheiro seria pago em menos de uma semana.

Como Freddie já havia ocupado a zona de Liverpool, sabia que não estava pisando no calo de ninguém. Shamus iria descobrir isso muito em breve, e ele decidiu não aumentar ainda mais o sofrimento do rapaz hoje, dizendo-lhe que ele não teria a quem recorrer para ajustar as contas. Este era um castigo, pura e simplesmente um castigo.

Ele apertou a mão de Shamus antes de ajudá-lo a deitar o irmão no furgão e lhe dizer como chegar ao hospital mais próximo.

— Sem ressentimentos, filho. Mas no futuro não esqueça de pagar as contas quando fizer negócios comigo, certo?

Freddie estava sendo magnânimo ao explicar ao rapaz que nada era pessoal, apenas negócios. Ele estava tentando ajudá-lo em seus futuros empreendimentos, dando-lhe uma lição sobre a forma como os adultos faziam negócios.

Afinal de contas, era domingo de Páscoa. Freddie podia se dar ao luxo de ser bonzinho uma vez por ano.

Jackie estava bêbada, e sua risada parecia ainda mais alta que o normal. Como sempre, ela estava debochando da irmã, chamando-a de Sra. Buquê num momento e lembrando-a de como começou no seguinte.

Era um padrão ao qual Maggie estava acostumada. Porém ela sabia que Jimmy jamais se acostumaria e que ele estava a um passo de chutar Jackie para fora. Ele não iria querer saber qual seria a reação de Freddie caso mostrasse a porta da rua para Jackie, mas estava preocupado com a reação de Maggie. Freddie estava sempre incitando-o a mandar a esposa para casa. Dizia que a casa era de Maggie e que ele não deveria permitir que Jackie os tratasse com desrespeito dentro dela.

Mas Maggie compreendia a decepção da irmã com sua própria vida e sabia que cada vez que ela a via lembrava-se da juventude que jogara fora com um homem que não lhe dava a mínima e sem o qual, por algum estranho motivo, ela não podia viver.

Joseph olhou para a filha mais velha. Ela estava completamente bêbada, e para ele era um milagre que ainda conseguisse falar. Todos estavam na sala de jantar. A refeição fora perfeita, e as crianças haviam se comportado, até o Pequeno Freddie, que sempre sofria uma mudança de personalidade na casa de Maggie. Agora, enquanto tomavam vinho do Porto, conhaques e apreciavam os lindos pratinhos de queijos que Maggie preparara com tanto cuidado, Jackie estava cada vez mais pessoal e vingativa.

— Por que não cala a boca para variar?

Joe estava apontando um garfo de queijo para a filha, e Lena estava tentando puxar-lhe o braço, enquanto dizia baixinho:

— Deixa para lá, Joe, você só vai fazer com que ela piore.

Jackie serviu mais conhaque para si mesma.

— Pois bem! Quem essa piranha pensa que ela é, com seus jantares de merda, seu casarão de merda, me olhando de nariz empinado?

Maggie bebericou seu vinho do Porto e suspirou. Já passara por isso muitas vezes, e como sempre precisava ouvir calada até Jackie sair e adormecer no banco da varanda.

— Deixe-me, vou te dizer uma coisa, moça. — Jackie bateu com força no próprio peito. — Sou uma pessoa melhor do que você. Você nunca, nunca, vai ser tão boa quanto eu. — Ela estava apontando para Maggie com um dedo longo e gordo. A tinta da unha havia descascado, e suas mãos pareciam ressecadas e cheias de calos. — Eu não preciso de carros ou casas para me sentir bem comigo mesma.

Aquilo tudo já era rotina, e Maggie preferiu ignorar a irmã, deixando-a desabafar, mas Kimberley se virou para a mãe e disse com a voz carregada de sarcasmo:

— Mãe, por que você precisaria de carros para se sentir melhor quando tem a porra da bebida?

As palavras penetraram em alguma região do cérebro de Jackie, e ela reconheceu que a menina estava dizendo a verdade. Mas o fato de sua filha ter-lhe dito uma coisa como aquela foi um insulto que a atingiu no peito como uma faca.

Lena estava quase chorando. Ela odiava isso, e cada vez que acontecia ficava mais abalada. Sabia que tudo era culpa deles. A família tinha permitido que Jackie se comportasse assim, e agora ela acreditava que podia dizer o que quisesse, e onde quisesse. Eles deviam ter cortado o mal pela raiz há muito tempo.

— Quem te deu o direito de falar comigo deste jeito? Eu sou sua mãe!

Jackie falou com o tom de uma santa, para o que colaborava sua aparência sofrida. Jackie, que durante muitos anos manipulara habilmente todos ao seu redor, ainda não percebera que perdera essa capacidade. Especialmente com as filhas, que a conheciam bem demais.

— Mãe, você é uma fodida que arruína tudo porque não suporta ver ninguém feliz.

— Pare, Kim. Deixe-a em paz. — A voz de Maggie estava calma. Ela deu um cigarro à irmã e o acendeu para ela.

Era o que Jackie esperava — se Maggie não estava irritada com ela, ainda tinha uma chance de se redimir. Tragou o cigarro como se a vida dependesse disso e se pôs a olhar através das janelas de vidro, impecavelmente limpo, que davam para o jardim.

Todos voltaram a conversar em voz baixa, e Jackie sentiu o impulso de chorar que sempre lhe sobrevinha quando estava em família. De frente para sua cadeira havia um espelho de moldura comprido dourado, e ela viu seu reflexo nele. No começo perguntou-se quem diabo era aquela pessoa com olheiras e o rosto marcado por tanto ódio e amargura, corpo acima do peso e ombros curvados, que usava uma blusa branca franjada que a deixava bem mais gorda do que era. Apesar de sua negação, ela sabia que era ela, e a destruição de si mesma apenas a deixou com mais raiva, porque mostrava o nada em que sua vida havia se transformado.

Jackie olhou novamente pela janela para o gramado verde e a pequena casa de verão que acabara de ser pintada. Estava fazendo um dia lindo, quente e iluminado, com o sol reluzindo no laguinho ornamental. Estava tudo tão bonito, tão normal, e era esta normalidade que a aterrorizava.

Esta devia ser ela, esta devia ser sua casa, seu lar, e Freddie devia estar apaixonado por ela como Jimmy estava por Maggie. Eles mostravam como a sua vida realmente era, e Jackie às vezes não conseguia suportar.

Até seus filhos apenas a toleravam. Enquanto cresciam, as garotas haviam se afastado dela, pouco a pouco, semana a semana. Maggie e Jimmy ainda não tinham filhos, estavam esperando pela hora certa. Planejavam tudo e providenciavam para ter dinheiro e tempo suficientes para realizar seus sonhos. Até o pequeno salão de Maggie era agora apenas um de cinco salões de beleza que ela espalhara por toda Essex e pela zona leste de Londres. Jimmy tinha um pub, uma oficina e um clube noturno, e isso sem contar as barraquinhas de cachorro-quente e as casas que alugavam. E eles administravam todos esses negócios juntos. Tinham até um lugar sendo construído na Espanha. Eles eram uma lembrança constante do que ela não tinha — e jamais teria.

Jackie odiava-os por isso.

Freddie deixara Pat de volta em sua casa e ficara com ela por algumas horas. Eles eram um casal, supunha Freddie, apesar de ela ainda agir como se fosse uma mulher solteira.

Ele adorava a casa dela. Era iluminada, limpa e silenciosa, um silêncio só. O aparelho de som de Pat era o melhor que o dinheiro podia comprar, e, assim como ele, ela gostava de ouvir o som baixinho, e não a todo volume como Jackie e as crianças preferiam. Pat tinha um frigobar para os petiscos e outro para as cervejas — era um mundo completamente diferente. Além disso, ela era muito independente. Embora durante muito tempo isso o tivesse incomodado, ele agora gostava disso nela, especialmente depois que um dos casinhos dele havia lhe dado um ultimato.

Ele ia dar um pulo no apartamento dela antes de ir jantar na casa de Jimmy, que sabia que ele tinha um negocinho para resolver, de modo que só o esperava bem tarde.

Freddie dirigiu até a propriedade em Thamesmead e estacionou diante de um edifício. Depois de trancar a Mercedes, caminhou até a porta principal e viu os rapazes perambulando por ali como clones uns dos outros.

Alguns anos atrás, Jimmy trouxera alguns rapazes para trabalhar na propriedade quando começara a jardiná-la. Recrutara alguns dos rapazes daqui para cuidarem das plantas, e eles pareciam bons trabalhadores. Ele os levara de carro por toda a propriedade e os posicionara em áreas do tamanho de vagas de estacionamento segurando mudas de flores em garrafas com água. Freddie pensara que Jimmy estava ficando maluco, mas ao ver o dinheiro que estava entrando resolveu participar do negócio.

Hoje em dia o empreendimento ia em frente sozinho, e tudo que Jimmy fazia era passar ali regularmente para pegar o lucro. Fora graças ao sucesso disso que Freddie começara a ouvir as idéias de Jimmy. Ele tinha tino para negócios, e Maggie também. Era impressionante como ela transformara todos aqueles salões de beleza em minas de ouro. Depois de sete anos, aquela garota tinha um pequeno império e, justiça seja feita, o mérito era todo dela. E ela ainda nem tinha parido. Ainda tinha as tetas no lugar certo e a barriga lisa como uma tábua de passar. Jimmy era um sortudo.

Freddie ainda tinha uma ambição na vida: trepar com Maggie.

Ela olhava para Freddie de nariz empinado, mas chegaria o dia em que ele faria com que ela comesse em sua mão. Como seu pai sempre dissera, espere muito e conseguirá tudo o que quiser da vida. Apenas tenha certeza de que vale a pena esperar.

Ele entrou num apartamento no nono andar. A porta estava aberta, como sempre. O apartamento estava ocupado por uma garota de 19 anos chamada Charlene, que tinha cabelos louros e olhos verdes emoldurados por cílios escuros e grossos. Não havia dúvida: ela era linda, e o corpo pequeno e imaculado era perfeito para a maneira bruta de Freddie de fazer amor. Porém ela tinha uma filha chamada Deandra, nome pelo qual se apaixonara ao ouvir numa série de TV. A criança era uma coisinha fofa, mas estava passando o fim de semana na casa da mãe de Charlene.

Quando Freddie entrou na sala pequena e apertada, estava sorrindo. Mas Charlene, não.

— Como demorou. Onde você estava?

Freddie estava se esforçando para não rir dela. Ela realmente pensava que era especial. Qual era o problema com essas garotas? Elas realmente acreditavam que umas trepadas e algumas refeições na cama representavam um relacionamento?

Pat estava ficando desconfiada, e, se ele se importava com alguma mulher, era com ela. Esta piranha tivera o descaramento de telefonar para a casa de Pat e depois ameaçara se revelar — não apenas a Pat, mas também a Jackie!

Embora isso não o assustasse nem um pouco, ele sabia que devia calar a vagabunda de uma vez por todas. Do contrário, ela iria se tornar uma daquelas garotas que causavam mais problemas do que valiam.

— "Olá, Freddie, que bom ver você, Freddie." Não é isso que você deveria dizer?

A garota, que a vida toda tinha sido mimada, primeiro pelo pai e a mãe e depois por todos ao seu redor, apenas porque era bonita, não entendeu o sarcasmo.

Ela engravidara aos 16 anos, e o namorado dera no pé sem olhar para trás. Agora ele estava cumprindo 18 anos por assalto à mão armada e tráfico de entorpecentes, de modo que estava definitivamente fora do jogo. Ela havia se entregado a Freddie porque ele era bonito, tinha muito dinheiro e também era o coroa mais importante da vizinhança.

Ela tinha o que ele queria — um rosto lindo, um corpo bonito — e sabia fazer um homem se sentir como um rei na cama. Agora ela estava mostrando as garras. Ela o queria em tempo integral, não estava satisfeita com o estilo errático do namoro e achava que ele levava este conto de fadas tão a sério quanto ela.

Ele olhou para ela sem paixão. Ela era linda, realmente linda, mas sua conversa era tão interessante quando a de um viciado numa cela. Para Freddie, seu único outro atrativo era o fato de que ela possuía o seu próprio apartamento, usava calcinhas limpas e fazia um chá decente pela manhã: seus critérios para uma boa amante.

Charlene agora estava sentada toda empertigada, olhando para ele com um brilho furioso nos olhos. Ela realmente pensava possuir qualidades suficientes para manter um homem como ele interessado. Era inacreditável a forma como essas garotas jovens se achavam importantes, quando na verdade existiam apenas para servir a homens como ele.

Estavam em cada pub e clube que ele freqüentava. Sempre que você largava uma, encontrava outra parada no mesmo lugar, no mesmo bar, algumas horas depois.

Elas o queriam. Queriam o que ele era e o que ele tinha para oferecer. Eram como aquelas mocinhas que se casavam com velhos ricos. Quando uma delas se casasse com um velho sem dinheiro, exceto sua pensão, e se mudasse para uma quitinete, Freddie acreditaria que era amor.

Até então, elas que se danassem.

Se ele não tomasse cuidado, esta garota ia fazer um escândalo. Ele já passara por isso e não queria repetir a experiência.

— Você não pode me tratar como se eu fosse lixo. Eu não vou permitir. — Estava petulante e cheia de si.

A garota estava perfeitamente maquiada. Ela o estivera esperando. Ele sabia que ela havia se produzido noite após noite, esperando que ele viesse.

Ela era realmente adorável.

Estava para ter um dos piores dias de sua vida, e ele sentiu pena dela por isso. Mas como prevenir é sempre melhor do que remediar...

Caminhou até ela e, agarrando seus cabelos louros, forçou-a a se levantar. Encostando seu rosto no dela, disse em voz baixa e deliberadamente ameaçadora:

— Com quem você pensa que está falando?

Ele estava tão perto que a garota podia sentir seu bafo e o odor adocicado da maconha que ele fumara um pouco antes.

— Você vai contar sobre isto a minha mulher, vai?

Charlene estava tentando fazer que não com a cabeça, mas ele a estava segurando com força.

— Moça, ninguém me ameaça. E quem me ameaça, homem ou mulher, vira presunto. Entendeu o que estou dizendo?

Ela estava aterrorizada. Seus lindos olhos verdes estavam cheios de lágrimas, e ela estava muda de terror. Que bom. Isso ia ser mais fácil do que ele havia pensado.

— Se minha esposa ou meus filhos ouvirem uma palavra sequer sobre as minhas escapadas ao seu apartamento, vou explodir este lugar. Ele vai sumir da face da Terra. Você me ouviu?

Ela estava tentando desesperadamente concordar com a cabeça.

Ele a soltou, e, dirigindo a ela seu sorriso sarcástico, beijou-a na testa e disse:

— Que bom que você tem juízo, querida.

Empurrou-a de volta para o sofá e saiu.

Ela pôde ouvi-lo assobiar enquanto caminhava de volta até os elevadores.

Capítulo 11

Jackie já estava mais sóbria quando Freddie chegou.

Ao estacionar diante da casa, Freddie ficou impressionado. Este era o que ele poderia chamar de um lugar bacana, muito melhor do que a última casa de Jimmy e Maggie, com telhas entrelaçadas e lareiras antiquadas. Ele gostava do aspecto moderno desta casa, as linhas ousadas, a garagem. Adoraria viver num lugar como este e poderia viver, se quisesse.

Ele sempre lembrava isso a si mesmo quando estava com eles e sempre prometia a si mesmo que isso aconteceria mais cedo ou mais tarde. Se Jackie não fosse tão porca, ele teria tentado comprar uma casa há anos, mas, por mais que eles comprassem eletrodomésticos novos e redecorassem a casa onde moravam, o lugar continuava parecendo um chiqueiro.

Sujo, desarrumado e precisando constantemente ser redecorado.

O jovem Jimmy sempre comprara suas casas com dinheiro vivo e em seguida fazia uma nova hipoteca, de modo que o dinheiro ficava limpo. Era uma maneira perfeita de lavar o dinheiro que eles ganhavam com roubos e drogas. Freddie perdera o barco em muitos aspectos. Agora estava mais difícil fazer isso, a não ser que conseguisse a casa por um preço muito baixo. Mas o dinheiro de Freddie escapava por entre os seus dedos como água. Ele fazia apostas altas e perdia. Recapitalizava-se e perdia tudo de novo. Seus bolsos estavam sempre ou muito cheios ou completamente vazios. Ele fazia as noites durarem o máximo possível, porque não tinha nenhum motivo para voltar para casa. Acabava pagando bebida para todos. Atraía vagabundos, bêbados e drogados, porque eles sabiam que uma noite perto de Freddie era uma boa noite, porque ele jamais permitia que ela terminasse.

Jimmy apenas tomava umas duas cervejas e ia para casa. Ele ficava feliz em ficar com Maggie em sua cama macia, levando uma vida boa. Freddie jamais conseguira fazer isso, mesmo quando as crianças eram pequenas. Talvez fosse uma característica da sua personalidade ou alguma coisa que faltava nele. Freddie não sabia. Mas ele podia passar 24 horas seguidas sentado num bar, gastando rios de dinheiro com pessoas de que ele não gostava.

O dinheiro havia desaparecido. Ele não tinha nem reservas para emergências e sabia que devia sentir vergonha disso, porque eles realmente ganhavam muito dinheiro. A maioria das pessoas mataria para ganhar tanto quanto eles, e Freddie torrava tudo.

E com Jackie mandando redecorar a casa regularmente ele não fazia outra coisa além de jogar dinheiro fora. Jackie enchera sua paciência até ele lhe dar, apenas alguns meses atrás, uma cozinha planejada em madeira branca. E agora a cozinha já estava um lixo. Mesmo enquanto os carpinteiros estavam montando a cozinha, ela não se dera ao trabalho de lavar os pratos nem fizera qualquer outra tentativa de tornar o aposento habitável. Freddie vira os próprios homens tirando pratos do caminho para colocar azulejos nas paredes.

Freddie ficara tão envergonhado que quase batera nela. Mas Jackie era um caso perdido, e ambos sabiam disso. Freddie disse a si mesmo que era por causa disso que ele não se importava. Ele estava preso a ela e tinha de aceitar tudo. Desde o nascimento de seu filho ele estava amarrado àquele lugar. E quanto mais o filho se comportava mal menos ele queria ficar lá. Mas ela usava o maldito menino para mantê-lo preso. Freddie odiava sua vida e não sabia o que fazer.

Se não fosse por Patricia, ele já teria enlouquecido. Embora a quisesse mais do que quisera qualquer pessoa antes, Freddie sabia que lhe convinha o fato de Pat não ser do tipo grudento. Jackie ficaria completamente perdida sem ele. Embora eles não fossem saudáveis um para o outro, se ele a deixasse seria o fim do mundo para ela. Ele era a única coisa que ela realmente quisera até o nascimento do filho, e agora o Pequeno Freddie precisava compensar a ausência do pai.

Jimmy recebeu Freddie com um abraço. Isso era uma coisa nova, que começara alguns meses antes, quando os dois estavam bêbados, e agora parecia certo demonstrarem o afeto que um nutria pelo outro. E esses sentimentos eram profundos, embora estivesse ficando mais e mais difícil para Freddie ignorar o sucesso do jovem Jimmy.

Ao chegar à sala de jantar, Freddie viu que Paul e Liselle já tinham ido embora, mas os retardatários de sempre ainda estavam lá, sua família incluída. Ele beijou a mãe, cumprimentou as pessoas e sentou-se. Ele mal se dignou a olhar para a esposa, mas, quando Maggie pôs um prato de comida à sua frente, sorriu com simpatia.

— Obrigado, garota.

Ela sorriu de volta. Era um jogo que eles faziam agora.

Maggie estava linda, os cabelos agora tingidos de um louro ainda mais claro, mas com luzes lhe dava um ar ainda mais angelical. Contudo os dentes eram o que ele realmente admirava nela: retos e brancos. Além disso, ultimamente Maggie estava sempre bronzeada. Ela era a síntese da mulher dos anos 1990, independente e sempre bem-arrumada. Além disso, era suficientemente sensata para, em retribuição, manter o marido bem-alimentado e satisfeito sexualmente.

De Jimmy, ele invejava o casamento, assim como sua paz de espírito.

O peru estava suculento e a salada crocante, e, enquanto observava Jackie esforçando-se por falar com coerência, Freddie suspirou por dentro. Até o Pequeno Freddie ficava bonzinho quando estava com Maggie, e suas filhas a adoravam. Ela sempre cuidava dos cabelos das garotas e as ensinava a escolher as roupas certas para seus tipos de corpo. Maggie também lhes oferecia um lugar calmo quando Jackie ficava bêbada.

Por mais que ele se sentisse grato por tudo isso, sua natureza também fazia com que ele sentisse raiva dela. Assim como sua esposa, por dentro ele achava que o casal demonstrava para eles a inutilidade de sua existência em comum, e ninguém gostava de ser lembrado disso.

— Não vai responder, caralho?

Jackie estava gritando com ele agora. Freddie virou-se para ela e sorriu.

— Eu a ouvi pela décima vez, Jackie. E lhe disse hoje de manhã, mas você não deve ter prestado atenção. Eu tinha um pequeno negócio a tratar antes de passar aqui, certo?

Como Freddie havia falado diretamente com ela, Jackie ficou mais calma.

O Pequeno Freddie se aproximou do pai, que o pôs no colo e deixou que ele comesse em seu prato. Freddie sabia que o garoto só comia direito dessa maneira.

Suas filhas estavam assistindo a um vídeo e ele podia ouvi-las rindo e conversando. Elas iriam esperar até que ele fosse falar com elas. Estavam ficando crescidas, e ele sabia que precisava ficar de olho, especialmente na mais velha. Kim já tinha o corpo de uma mulher adulta e sabia mais da vida do que as putas que trabalhavam para ele. Kim estava pronta para ser colhida, e ele estava determinado a fazer com que ela tivesse uma chance melhor na vida do que seus pais haviam tido. Maggie iria colocar a garota no negócio dos salões tão logo ela completasse seu curso em saúde e beleza, e isso lhe agradava. Ela ainda estaria por perto, e ele julgava isso importante.

Joseph começou a contar uma história longa e complicada sobre quando ele conseguira seu primeiro emprego. Enquanto o ouvia contar a história, Freddie finalmente relaxou. Ficaria sentado ali algum tempo, e depois ele e Jimmy teriam de sair. Mas ele agüentaria passar mais ou menos uma hora ali.

Olhou para a mãe. A seu próprio modo, Freddie a adorava. Mas ela também o deprimia. A vida inteira ela se dedicara a esperar a morte, e isso o irritava. A vida era para viver, e até a pior das vidas merecia ser vivida. Ele tinha certeza de que até Jackie morreria chutando e esperneando.

Sentiu orgulho em ver que sua mãe ainda se vestia bem, mas desde a morte do pai dele tinha se tornado uma doida de pedra. Freddie sabia que suas únicas razões de viver eram ele e as crianças. Segundo ela, o

Pequeno Freddie só teria jeito com uma boa sova, e ele tinha a impressão de que, ao menos sobre isso, Maddie tinha razão.

Ao vê-lo olhando para ela, ela piscou para ele. Quando ele era um menino, ela sempre piscara para ele na missa, e ele adorava isso. Piscou de volta e viu que Lena notou o gesto e sorriu para ele.

Ele gostava de Lena. Ela era uma doce velhinha e cuidava de sua mãe, o que lhe poupava muito trabalho. Só isso já era motivo suficiente para ele gostar de Lena, mas ela também era uma velha esperta e ajudava a manter Jackie sob controle, o que ela vinha precisando cada vez mais, porque, graças à bebida, Jackie estava desmoronando pouco a pouco.

Se Jackie soubesse exatamente no que ele e Jimmy estavam envolvidos no momento, ficaria completamente louca. O maior temor de Jackie era que ele fosse preso de novo, embora ele soubesse que sob diversos aspectos ela provavelmente iria gostar disso. Só assim ela saberia onde ele estava todas as noites. Freddie se perguntou se Maggie sabia de alguma coisa sobre o assunto. Jimmy contava-lhe quase tudo, mas ele tinha a impressão de que Jimmy pensaria duas vezes antes de falar sobre isso com a esposa.

Se trabalhassem direito, isso seria o ponto alto de suas carreiras na pilantragem. Também poderia ser o motivo de passarem o resto de suas juventudes numa prisão de segurança máxima.

Maggie havia lavado a louça e arrumado quase tudo, com sua mãe ajudando-a alegremente. Ela serviu um uísque duplo a ambas antes de dizer:

— Deixe comigo agora, mãe. Amanhã de manhã termino de retirar os pratos do lava-louças.

— Não vai demorar um segundo, meu bem.

Maggie deixou a mãe terminar com a louça. Ela sabia que Lena adorava esta parte do dia. Lena gostava das casas de Maggie ainda mais do que ela própria.

— Adorei esta casa. Fique aqui por um tempo querida, a casa é maravilhosa.

Maggie sorriu sem graça.

— Vamos ficar aqui algum tempo, mãe. Não se preocupe.

Lena sentou-se pesadamente na banqueta de frente para a filha. Estava tão encantada com o espaço para tomar café que poderia ficar sentada ali o dia todo. Simplesmente ao olhar a casa de sua filha, a sua vida, ela se sentia feliz. Se ao menos Jackie pudesse encontrar esse tipo de paz, ela finalmente conseguiria relaxar e parar de se preocupar com tudo. Mas neste momento tinha um assunto a tratar, e, embora fosse a última coisa que quisesse conversar com a filha, Lena não sabia a quem mais poderia recorrer para um conselho.

Assim, acendendo um cigarro, disse com bastante calma:

— Precisamos fazer alguma coisa a respeito de Jackie, você não acha?

Maggie suspirou. Ela estivera esperando por isso. Era uma conversa que elas tinham freqüentemente.

— O que você sugere? Ela só vai parar de beber quando realmente quiser.

Lena concordou com a cabeça.

— Alguém precisa convencê-la disso.

Maggie levantou as mãos em súplica.

— Mas desta vez não serei eu. Já tentei antes, e ela quase arrancou a minha cabeça. É uma doença, mamãe, e ela acha que não.

Lena envelhecera um pouco recentemente, e Maggie observando-a bebericar seu Chivas Regal percebeu as linhas que haviam se avolumado em torno de seus olhos e de sua boca. Essas linhas faziam com que ela parecesse permanentemente infeliz, o que não era verdade. Considerando a vida que tivera, Lena era uma mulher relativamente feliz. Era Jackie quem a preocupava, que lhe deixava noites sem dormir.

— Aquele menino está completamente fora de controle — disse Lena. — Você soube o que aconteceu ontem?

— O que ele fez dessa vez?

Ela parecia desinteressada. O Pequeno Freddie estava sempre fazendo alguma coisa; era assim que ele era, era assim que vivia. Ele era mesmo o filho de sua mãe, a rainha do drama. Não que ela já tivesse dito isso alto, é claro.

— Acusaram ele de tocar a menininha que mora do outro lado da rua, a pequena Karen; a filha da Sammy.

— O que você quer dizer com isso? — A voz de Maggie saiu mais aguda do que ela pretendia.

Lena ficou corada de constrangimento.

— Você sabe o que eu quis dizer. Ou quer que eu faça um desenho?

Maggie engoliu em seco. O que sua mãe estava dizendo era chocante até mesmo para aquele monstrinho.

— Eu não acredito...

Lena interrompeu-a.

— Na hora também não acreditei, mas agora não tenho mais tanta certeza. Há alguma coisa muito errada com aquela criança.

— Mãe, deixa isso pra lá. Ele ainda é pequeno. Um monstro, admito, mas tem apenas 7 anos.

Ela não queria acreditar.

Estava tentando não ouvir as palavras de sua mãe, e Lena sabia disso. Olhando para o chão, Lena disse:

— Uma das irmãs dele o viu e impediu que ele fosse até o fim.

Maggie endireitou-se em sua banqueta, e as palavras penetraram-lhe o cérebro enquanto ela tinha a sensação de que alguém a estava socando na barriga.

O Pequeno Freddie passara uma noite na antiga casa de Maggie, quando sua vizinha ia dar uma festa para a filha, que estava completando 4 anos. Ela nunca havia entendido por que a menina gritara, mas presumira que tinha alguma coisa a ver com seu sobrinho. Todo mundo foi para casa subitamente, todos dando as mesmas desculpas. As crianças estavam cansadas, precisavam ir para a cama. Mas em seu coração ela sabia que tinha alguma relação com o Pequeno Freddie. O relacionamento com a vizinha, uma mulher simpática com duas crianças e uma casa bonita, havia esfriado desse dia em diante. Sua atitude não era ostensiva — ela a cumprimentava, perguntava como eles estavam, trocava algumas fofocas na calçada —, mas Maggie nunca mais tinha sido convidada à sua casa.

E ela seria capaz de jurar sobre uma pilha de Bíblias que quando ela disse que eles iam se mudar a pobre mulher pareceu aliviada. Maggie presumiu que ela havia descoberto sobre os outros negócios de Jimmy, o que não era impossível, porque ele era o chefe na vizinhança. Mas agora se perguntava se o motivo não havia sido ainda mais sinistro.

— Alguma coisa foi feita? Interrogaram ele?

Lena balançou a cabeça.

— Jackie não sabe, pelo menos eu acho que não. Você sabe como ela é. Não ia acreditar mesmo. Mas aconteceu, e foi um assédio grave. Pelo menos foi o que Kim disse, e ela não é de contar mentiras.

— Mas ele só tem 7 anos! Se ele fez alguma coisa ruim, deve ter visto em algum lugar. Deve ter copiado algo que viu.

Lena pareceu arrasada, à beira das lágrimas. Acendeu outro cigarro com o resto do anterior. Esta foi a primeira vez que Maggie notou que a mãe estava se tornando uma fumante compulsiva.

— Já viu os filmes aos quais ele assiste? — perguntou Lena. — Jackie não o policia, ninguém liga para isso. O garoto vira a noite assistindo vídeos, filmes cheios de sexo e violência. Eles deixam o menino fazer o que bem entende.

Maggie sabia disso há muito tempo, mas preferiu não mencionar. Ela própria era culpada. O Pequeno Freddie era um pesadelo, e ela sentia em seu coração que cada palavra que tinha ouvido era verdadeira. Como sua mãe havia dito, Kimberley não era de inventar coisas. Se disse que havia acontecido, era verdade.

De repente, ela se sentiu doente. Este era o tipo de coisa que ela nunca havia imaginado acontecer com pessoas como eles. Mas Jackie não era como eles. Jackie fazia suas próprias leis.

— O que a Sammy disse a respeito disso?

Lena deu de ombros.

— O que ela poderia dizer? Quem, em seu juízo perfeito, iria acusar o filho de Freddie? Mas, por pior que isto possa parecer, eu acredito. Acho ele mais do que capaz de fazer algo assim.

Maggie sabia que sua mãe jamais diria algo tão grave assim se não tivesse certeza absoluta de que era verdade.

Ela ouviu seu pai rindo junto com as meninas na sala de estar. Estavam assistindo a um filme. As meninas iam passar a noite na casa de Maggie. Geralmente faziam isso nos fins de semana. Jackie e o Pequeno Freddie já tinham ido embora havia muito tempo. Se ainda estivessem por lá, ela e sua mãe jamais estariam tendo uma conversa desse tipo.

Ela olhou as horas e viu que era quase meia-noite. Sabia que Jimmy não voltaria tão cedo, mas neste momento ela o queria por perto mais do que nunca.

— Vocês sabem o que queremos, então por que fazer jogo duro? — disse Freddie num tom ameaçador.

Ele estava negociando com Joey e Timmy Black. Eles eram de Glasgow. Homens duros que tinham lutado para chegar ao topo. Queriam negociar com Londres. Drogas agora eram sua principal fonte de renda, de modo que era natural que eles se fundissem ao grupo de Ozzy.

Juntos, poderiam se tornar os maiores distribuidores da Europa. Tinham dinheiro, cérebro e perícia. Também tinham um amigo que, enquanto estava foragido, fizera contato com alguns russos que podiam contrabandear cascavéis vivas vestidas como gueixas e se safar. Em suma, eles agora possuíam a maior parte dos oficiais de alfândega nos portos do sudeste.

Era revoltante, mas Ozzy e os Black sabiam que ficariam mais poderosos caso se tornassem parceiros. Juntos, poderiam dominar o mercado. Do jeito que estava, com tantas firmas diferentes trabalhando ao mesmo tempo, era inevitável que elas acabassem esbarrando umas nas outras. Quando isso acontecesse, haveria conflitos e muito derramamento de sangue entre os competidores.

No momento, os escoceses tinham a segunda maior fatia do bolo das drogas. Embora tivessem mais viciados em heroína por metro quadrado do que em qualquer outra parte da Grã-Bretanha, ainda existia um mercado em expansão para todos os outros tipos de narcóticos. O mercado da cocaína e da anfetamina era principalmente inglês. Os galeses ainda estavam dependentes de cogumelos mágicos e LSD, enquanto os irlandeses eram principalmente amantes da maconha. Mas o mercado estava mudando rapidamente, graças a uma nova droga, vinda dos Estados Unidos, chamada ecstasy. O PCP nunca pegara realmente no Reino Unido, e a mescalina tinha um mercado muito restrito, mas esta nova droga era tudo o que todos queriam. E, como todos a queriam, essas associações estavam agora se tornando muito freqüentes por toda a Europa.

Ecstasy era uma droga que fazia as pessoas se sentirem bem e com vontade de dançar, e embora fosse cara e, no momento, difícil de ser obtida, eles sabiam que em breve estaria em toda parte. Este era o momento de fazer dinheiro, quando eles podiam cobrar o que bem quisessem pela mercadoria. Precisavam encontrar alguém com uma fábrica e trazê-lo para o seu lado.

Essa ação precisava ser bem-planejada e bem-executada. Depois todos poderiam distribuir a droga amplamente e garantir que fosse vendida apenas por seus próprios distribuidores. Na verdade, o processo não era diferente do de uma grande empresa querendo introduzir um novo produto no mercado. O produto seria divulgado e comentado, e depois todos os revendedores iriam querê-lo em seus estoques.

Esta fusão traria mais dinheiro de uma só vez do que qualquer coisa que eles já haviam feito antes. Era dinheiro fácil como notas de Banco Imobiliário. O lucro viria em grandes quantidades e em dinheiro vivo.

O único problema era que Freddie e Joey eram inimigos. Ambos tinham estado presos em Parkhurst e ambos haviam trabalhado com contrabando. Freddie gerenciara o contrabando de tabaco e álcool para Ozzy, e quando Joey Black chegara, com um corpo cheio de tatuagens e uma habilidade incrível de se dar bem nas ruas de Glasgow, os dois não demoraram a brigar.

Freddie vencera com facilidade e Joey sempre reconhecera isso. Contudo isso não significava que ele não quisesse uma revanche para restabelecer o que considerava sua posição de direito. Joey engolira esse insulto na prisão e não voltara a desafiar Freddie, porque, para todos os envolvidos, estava tudo acertado e esquecido.

Na prisão ele pudera, se não esquecer, ao menos tirar a mágoa de sua mente. Contudo sabia que o assunto era comentado nas ruas. Para sua própria paz de espírito — e garantir que as pessoas ainda o vissem como um rei na sua área —, Joey Black precisava acertar as contas com Freddie.

Isso seria difícil, porque neste momento eles precisavam um do outro, e embora esta reunião fosse carregada de mágoas e intenções ocultas tudo seria esquecido em nome do dinheiro.

Mas depois que o dinheiro começasse a entrar, que as fronteiras tivessem sido abertas e que cada um deles tivesse se tornado uma lenda, ainda haveria a questãozinha de Joey Black e Freddie Jackson.

As apostas estavam em Freddie, mas havia quem achasse que Joey tinha mais chances. Ao contrário de Freddie, Joey tinha alguma coisa para provar.

— Tem certeza de que isso não vai fazer você ser preso, Jimmy? — Ela perguntava isso toda vez, e ele sorriu diante de sua preocupação. Maggie realmente estava preocupada com ele, e ele a amava por isso.

— Mag, tudo o que eu faço tem um risco. Você sempre soube disso, não é? A única diferença dessa vez é que finalmente estaremos arranjados e não precisaremos nunca mais sujar as mãos, se não quisermos. Apenas relaxe. Mas se eu for preso você ficará bem.

Ela sorriu para ele, como sempre fazia. Jimmy precisava sentir que ela o estava apoiando, mas na verdade não estava. Ela jamais o apoiara. Mas este era o seu Jimmy, e ela não ficaria contra ele nem se quisesse. Jimmy adorava seu trabalho. Sempre tomava cuidado e sempre era honesto com ela. Maggie sabia que Freddie entraria em pânico se soubesse o quanto Jimmy havia lhe contado. Mas Jimmy confiava nela e tinha bons motivos para isso. Ela jamais faria nada que pudesse magoá-lo.

— Alguém pode relacionar você com as fábricas?

Era uma pergunta sensata, e ele estivera esperando por isso.

— Para ser honesto, os Black vão tomar conta dessa parte depois que tivermos estabelecido as rotas comerciais. No momento, nosso objetivo principal é levar o bagulho até os distribuidores. Pare de se preocupar, mulher. Está tudo sob controle.

Esta era a deixa para Maggie colocar uma pedra sobre o assunto. A inflexão na voz dele lhe dizia que já havia falado muito, e agora queria mudar de assunto. Ela conhecia Jimmy muito bem.

Ele estava se servindo de um copo de leite gelado, e ela o observou enquanto ele olhava em torno para a cozinha impecavelmente limpa.

— As meninas estão na cama?

Ela fez que sim.

— E aquele monstrinho foi para casa.

Ela sorriu, e se lembrou do que sua mãe dissera sobre o Pequeno Freddie. Decidiu não mencionar nada ainda.

— Ouviu a última que ele aprontou? — perguntou Jimmy.

Maggie balançou a cabeça e tentou parecer inocente.

— Não. O quê?

— Segundo Freddie, que achou isso hilário, a criança, se é que pode ser chamada assim, tem cagado na frente da casa dos outros. Sempre que algum vizinho chama a atenção dele por causa de alguma coisa, ele caga na frente da casa do infeliz.

Maggie balançou a cabeça com tristeza.

— Jimmy, ele está fora de controle. Acho que ele deveria ser internado.

Jimmy deu de ombros e acabou de beber o leite.

— Acho que isso está mais próximo de acontecer do que a maioria das pessoas pensa.

— Como assim? — perguntou ela, a testa franzida de preocupação.

— Segundo Freddie, as assistentes sociais querem colocá-lo numa instituição. É para crianças problemáticas. Ele seria o mais novo lá, mas acredito que até Fred acha que alguma coisa deve ser feita.

Maggie não disse nada, embora torcesse para que o menino fosse internado. Se o que ela ouvira era verdade, quanto mais cedo ele tivesse ajuda profissional, melhor. Mas ela também sabia que Jackie jamais aprovaria isso.

— Minha mãe vai cortar o cabelo amanhã?

Maggie bocejou de leve. Fora um dia longo.

— Ela vai aparecer lá de manhã.

Desde o dia em que eles haviam se casado, e Freddie Pai se matara, o pai de Jimmy raramente falava com o filho. Ele jamais os visitava, e ninguém mencionava o fato.

Jimmy assentiu e lavou o copo na torneira de água fria. Ele não parecia magoado com o pai, mas Maggie tinha a impressão de que estava. Mas ele ficaria do lado de Freddie contra qualquer pessoa, com exceção dela.

Embora às vezes ela duvidasse disso.

Freddie estava na cama com Stephanie. Ela era uma prostituta de bom coração e ele gostava dela. Era burra como uma porta e seu senso de humor era infantil, mas eles tinham um bom relacionamento. O melhor de tudo era que ela jamais lhe pedia nada.

Se ele aparecesse, ótimo, se não aparecesse, ótimo também. Ele podia ficar afastado por meses que ela não o repreendia. Enquanto Pat gerenciava a casa em Ilford, Freddie mantivera-se longe de Stephanie. Mas agora ela estava de volta à sua lista de coisas para fazer, e ela estava adorando isso.

Enquanto estavam deitados, fumando um baseado, ouviram as molas do colchão no quarto ao lado rangendo. Eles começaram a rir.

— O bicho está pegando aí do lado — disse Stephanie.

— De várias formas!

Stephanie agora estava rolando de rir, porque estava chapada e porque, quando Freddie estava assim, ele fazia com que ela se sentisse feliz. Ele estava encantador e sexy. Ela adorava a pele morena e os dentes brancos de Freddie, que estava sempre mascando chiclete ou chupando pastilhas de menta, de modo que seu hálito jamais estava ruim. Ela apreciava detalhes assim. Em seu trabalho, a higiene corporal de alguns clientes deixava muito a desejar.

Freddie puxou-a para si e ela se sentiu segura e feliz.

Com extrema perícia, Freddie deitou-a de barriga para baixo e, deitando sobre suas costas, mordeu sua nuca. Quanto mais ela se debatia, mais Freddie empurrava seu rosto no travesseiro com força cada vez maior. Quando a penetrou por trás, ela estava rosnando como um animal e a dor que sentia na nuca e nas costas provocou lampejos luminosos na escuridão do travesseiro. Ela sentia o frango que comera no almoço subindo por sua garganta e obstruindo seu nariz enquanto ela tentava desesperadamente respirar. Estava sufocando, e a sensação de impotência a estava aterrorizando ao extremo. Stephanie o ouviu xingando, dizendo que ela não era nada, apenas uma puta, uma vagabunda. As palavras estavam se misturando e, enquanto perdia a consciência, ela sentiu o vômito queimar suas narinas, sua boca aberta em um grito silencioso.

O Pequeno Freddie ouviu a porta da frente abrir com um estrondo, mas mesmo assim não tirou os olhos do vídeo a que estava assistindo. *O Massacre da Serra Elétrica* era seu filme favorito no momento, e o sangue tinha começado a jorrar para todos os lados. Com o canto do olho, viu seu tio Jimmy passar rapidamente e continuou assistindo ao filme.

Freddie estava dormindo com a terceira mulher da noite — primeiro Pat, depois Stephanie e, finalmente, sua esposa. Ao ouvir o ruído, ele abriu os olhos, sonolento. Jackie ainda estava roncando ao lado dele e o edredom caíra da cama, expondo seu corpo gordo espalhado sobre o dele como uma baleia encalhada. Ao sentir o mau hálito de Jackie, Freddie desvencilhou-se dela. Súbito, percebeu que alguém estava subindo a escada e ouviu a voz de Jimmy xingando e gritando, e ocorreu-lhe que alguma coisa horrível havia acontecido.

Freddie consumira um pouco de cocaína antes e, misturada com o conhaque, ela afetara seus reflexos. Foi só depois de ter sido arrastado para fora da cama por Jimmy que ele acordou propriamente.

— Mas que porra está acontecendo? — Jackie estava sentada na cama, apertando um travesseiro na frente do corpo para ocultar sua nudez e olhando, pasma, Jimmy começar a atacar Freddie.

— Veado! Filho-da-puta!

Jackie jamais vira Jimmy tão zangado, nunca o vira gritar tanto. O que mais a assustou foi que Freddie não estava tentando reagir. Ele estava simplesmente deitado no chão, recebendo os golpes.

Jimmy chutou Freddie até cansar. Então olhou para ele. Balançando a cabeça em óbvio desespero, ele esfregou os olhos e o rosto, e Jackie viu que o cansaço se apoderara dele.

— Você foi longe demais desta vez. Ela está morta, Freddie. Morta.

Jackie ouviu a palavra "morta" e seu corpo inteiro gelou. Agora ela estava com medo. Era alguma coisa grave, realmente grave, e ela estava aterrorizada com a possibilidade de perder o marido.

— Quem está morta? O que está acontecendo?

O medo na voz de Jackie foi percebido pelo marido, que subitamente pareceu sair de seu estupor.

Freddie levantou-se do chão sujo, e enquanto Jimmy olhava em torno, examinando o chiqueiro no qual Freddie vivia e o estado deplorável em que se encontrava seu parente mais próximo, ele se flagrou lutando contra a vontade de gritar.

— Veja como você vive, como sua família vive. Vocês parecem uma matilha de animais num covil. Isso não é vida, Freddie. Vocês todos vivem como parasitas!

As palavras penetraram a consciência de Jackie. E mesmo em seu cérebro entorpecido pelo álcool o insulto se instalou, e uma sensação de vergonha se derramou sobre ela.

— Isso pode nos destruir. Pode botar a perder tudo o que fizemos, e só porque você é incapaz de se controlar!

Freddie percebeu a esposa tentando entender o que havia acontecido. Ela estava olhando para ambos, horrorizada. Jackie ajoelhou-se na cama e gritou:

— Quem morreu? Pelo amor de Deus, digam!

E uma voz fina disse do vão da porta:

— Todas as pessoas na televisão, mãe. Estão todas mortas.

Capítulo 12

Agora que Maggie sabia precisamente o que acontecera, o medo dentro dela crescia a cada minuto. Seguindo instruções de Jimmy, fora até a casa e pegara os pertences da garota, para em seguida jogá-los num terreno baldio em Essex. Mas simplesmente pensar no que acontecera com aquela menina a deixava com o estômago embrulhado.

Melhor do que ninguém, Maggie sabia do que Freddie era capaz. Era apenas difícil de acreditar que ele pudesse realmente ter matado a pobre garota de forma tão selvagem e irracional. Maggie já sofrera vários assédios da parte de Freddie, mas não poderia imaginar que ele seria capaz de uma coisa tão terrível.

Maggie ainda se lembrava das vezes em que Freddie tentara encurralá-la em sua própria casa, dos olhares que ele costumava lhe dirigir, olhares que indicavam que ele estava pensando nela de forma unicamente sexual. Se soubesse desses assédios, Jimmy perderia a cabeça, e isso causaria uma briga cujas conseqüências seriam lembradas por gerações. O pai de Maggie também ficaria furioso, e isso sem falar da mãe. E Jackie, bem... Se Jackie soubesse, colocaria a culpa nela. Jackie sempre colocava a culpa de tudo nos outros, exceto no marido.

Agora que isso acontecera, e que Maggie vira a dor e a confusão nos olhos de sua irmã, ela sabia que não tiraria isso de sua mente por muito tempo.

Se o caso transpirasse para sua própria comunidade, a situação já ficaria muito difícil para todos, mas, se a polícia fosse envolvida, tudo no que haviam trabalhado teria sido em vão. O escândalo destruiria a todos com que Freddie tivesse tido contato, macularia a todos.

Ozzy jamais deveria descobrir nada sobre o assassinato, e Maggie notara, pela expressão preocupada de Jimmy, que isso era crucial.

Enquanto dirigia de volta para casa, Maggie abriu as janelas porque se sentia enjoada. Ela não podia acreditar no que acabara de fazer. E queria que Jimmy a tivesse deixado fora disso. O fato de ele a ter envolvido no caso mostrava a preocupação dele.

Ela se lembrou de que deveria estar cortando o cabelo da mãe dele e suspirou. Quando parou no sinal, dois rapazes olharam para a mulher bonita no Mercedes e tentaram chamar sua atenção. Embora isso acontecesse todo dia, ela subitamente ficou convencida de que eles a estavam seguindo. Arrancou em alta velocidade e deixou-os se perguntando que bicho mordera a loura do Mercedes.

Jackie estava bebendo vinho branco com vodca. Eram 11 horas da manhã, cedo até mesmo para ela. O Pequeno Freddie sabia que alguma coisa grave acontecera. Pela primeira vez na vida estava quieto, o que fazia a situação inteira parecer ainda mais surreal.

O álcool era seu anestésico, sua muleta para andar no mundo e também a razão para levantar-se da cama ultimamente. Ela sabia que Freddie não a queria, não realmente. A única coisa que o mantinha perto dela era o filho deles, e agora que as meninas estavam crescendo, ele subitamente estava se interessando por elas novamente. Eles estavam se afinando até este último evento, mas agora ela estava com medo, um medo verdadeiro. Não sabia a que ponto tudo aquilo poderia chegar nem quais seriam as conseqüências.

Freddie tinha matado uma puta.

As palavras não paravam de ecoar em sua cabeça, e embora ela soubesse que era verdade estava tendo dificuldades em admitir. Suas mãos tremiam. Mas ela não sabia se devido à sua rotineira instabilidade matinal ou se porque estava em estado de choque.

Jimmy acusara Freddie de estupro, dissera que só poderia ter sido estupro, porque nenhuma mulher teria permitido ser tratada daquela maneira. Mas ela era uma puta, de modo que estava acostumada a ser usada e tratada como merda. Era assim que as putas ganhavam o pão de cada dia, não era? Faziam o que as esposas se recusavam a fazer para seus maridos. Pelo menos era isso o que Freddie sempre lhe dissera.

Segundo Jimmy, eles haviam dado sumiço nos pertences dela. Mas ele também dissera que tinham chamado uma ambulância e fingido que ela fora morta por um cliente. No fundo, Jackie sabia que tudo isso era mentira, que essa era uma história inventada por Jimmy para acalmá-la, depois que ele havia recuperado a razão e visto como a notícia a afetara. Jimmy fora trazido de volta à Terra ao ouvir Jackie gritar e chorar. Mas como ela poderia acreditar que o homem que ela amava havia tanto tempo, que era a única razão para ela estar sentada a esta mesa, seria capaz de uma coisa dessas?

Ela não era tão estúpida assim. Podia descobrir a verdade sozinha, e era justamente o fato de saber que o marido fizera aquilo de que havia sido acusado que a assustava tanto.

Eles haviam se livrado do corpo, tinham *precisado* fazer isso.

Ela tentou imaginar como eles iriam calar a boca das outras meninas do prostíbulo. Isso ia custar uma fortuna a eles. Mas, contanto que Freddie se safasse, ela não se importava com o resto.

Se essa Stephanie, ou *qualquer* que fosse seu nome verdadeiro, tivesse sido morta por um cliente, eles também teriam de desovar seu corpo em algum lugar. A última coisa de que precisavam era de alguém xeretando seus negócios.

Ela engoliu a bebida, e ao olhar mais uma vez para o relógio perguntou-se se as garotas voltariam hoje. Jackie tinha a impressão de que elas permaneceriam na casa de Maggie ou ficariam na casa de sua mãe até que a Páscoa acabasse e tudo isso pudesse ser resolvido.

Ela arrotou e sentiu o gosto ácido do vinho barato. Encheu o copo de novo e bebeu mais um pouco. Ela precisava apagar, mas sabia que hoje, logo hoje, não conseguiria isso. A situação era grave demais para ser anestesiada com vinho ou vodca. Ela precisava de conhaque ou mesmo de uísque.

Como sempre, conseguia pensar apenas em suas próprias necessidades. A garota morta não tinha qualquer importância para ela. Era apenas uma puta, e quem se importaria com elas? Odiava a mulher que havia causado tudo aquilo. Ela tinha certeza de que fora apenas um acidente. Freddie não machucaria uma mulher sem motivo. Um homem, sim, mas não uma fêmea, não uma *mulher*. Isso era impossível. Freddie era um mulherengo. E mulherengos *gostavam* de mulheres. Homens que machucam mulheres não gostam delas. Fazia sentido, não fazia?

Ela fechou os olhos para abafar os pensamentos. Não sabia exatamente no que acreditar; sabia apenas no que *queria* acreditar, no que *precisava* acreditar. Seu marido não podia ser o monstro que todos pensavam que ele fosse. Jackie o conhecia, ela lhe dera quatro crianças. Se alguém conhecia Freddie, esse alguém era *ela*.

Ela sabia que as pessoas achavam que ele era um cafajeste, mas para ela não tinha importância. Ninguém conhecia Freddie como ela. Ninguém via a gentileza com que ele lidava com os filhos ou a forma como tentava ser uma boa pessoa. As drogas e a bebida mexiam com ele, assim como mexiam com ela. Era uma doença.

Jackie agarrou-se a esse pensamento como se a um bote salva-vidas, o que para ela obviamente era.

Ela ouviu a porta da frente abrir e se virou assustada em sua direção.

Freddie sabia que tinha feito merda grossa desta vez. Também sabia que precisava subir de novo no conceito de todo mundo e que era bom isso acontecer o quanto antes. Ele poderia sufocar aquela puta burra de novo, ela não passava de um punhado de problemas. Teria de pagar por isso pelo resto de sua vida? Ele apenas matara *acidentalmente* uma puta, uma puta de merda, uma mulher que, por uns trocados, foderia com um poste. Ele conhecia Steph. Em troca de uma boa dose de drogas, ela treparia com um rottweiler.

Por que ele não tinha simplesmente voltado para casa? Essa era uma pergunta que não parava de fazer a si mesmo.

Agora eles o estavam tratando como se ele fosse um *criminoso* ou algo assim. Do jeito como estavam reagindo, parecia até que ele tinha matado um civil. E se Pat descobrisse, bem, aí mesmo é que a coisa ia feder. Patricia o abandonaria sem pensar duas vezes. Por mais severa que fosse, Patricia gostava das garotas e, ao seu próprio modo, tomava conta delas.

Ele tinha pirado, e isso podia acontecer a qualquer um. Não tinha planejado nada. Tinha sido apenas um *acidente*.

Se ao menos não tivesse consumido toda aquela cocaína. Por que ele não conseguia resistir à droga? Ele já estava legal por causa do conhaque, de modo que não sabia por que tinha continuado a se encher de bebida e cocaína. Mas Steph também estava tão chapada quanto ele, só que todo mundo ignorava esse fato.

Tinha sido Steph quem o quisera lá; ela sempre se sentia feliz ao vê-lo. Então por que todo mundo estava dando tanta importância para uma puta? Na opinião dele, tudo aquilo era uma tremenda tempestade em um copo d'água.

A verdade é que ele tinha gostado de fazer aquilo.

Mas agora teria de ouvir calado tudo o que eles dissessem. Não tinha escolha. Mas quando chegasse a hora certa faria com que todos entendessem de uma vez por todas quem dava as cartas.

Paul e Liselle observaram Freddie virar uma bebida atrás de outra. Eles já tinham ouvido as fofocas e estavam fazendo o mesmo que todo mundo. Esperando para ver o que iria acontecer antes de tomar qualquer tipo de atitude.

Freddie era o único cliente no pub, e eles estavam satisfeitos por isso. Mas quando Maggie entrou ambos souberam que ia haver confusão. Estava nos olhos, no caminhar, no comportamento de Maggie.

— Maluco filho-da-puta, você me dá nojo! — A voz de Maggie estava baixa e rouca. Liselle empurrou o marido para casa, anexa ao pub. Liselle sabia que Freddie, sob circunstância nenhuma, tocaria num fio de cabelo daquela garota. Pelo menos não hoje.

Liselle colocou um copo de uísque com Coca-Cola na frente de Maggie, mas ela não estava interessada.

— Meu Jimmy limpou a merda toda, mas desta vez você foi longe demais. Minha irmã pode achar que você é Deus na Terra, mas eu sei o que você é, e meu Jimmy também sabe.

— Maggie, vá embora. — Freddie parecia entediado, mas em sua voz havia um medo subjacente que foi percebido tanto por Maggie quanto por Liselle. — Vá para casa e faça uns filhos. Eles vão calar a porra da sua boca de uma vez por todas.

— Meu Jimmy é um homem decente, e ele está livrando a tua cara, como sempre. Você é ridículo, Freddie, ridículo. Mas ouça o que eu digo. Mais uma merda dessas e Jimmy vai te deixar na mão, e se a minha irmã tiver um mínimo de juízo, vai fazer a mesma coisa. Você não tem mais respeito, você não é nada, é apenas um *leão-de-chácara*, um capanga, e agora foi longe demais.

Freddie olhou para Maggie, imaginando como seria acalmá-la na base da porrada e depois trepar com ela até que ela gritasse. Mas ele se limitou a sorrir e disse:

— Tá vendo, ela está botando as manguinhas de fora! A menina está precisando de umas palmadas. — Ele se moveu abruptamente na direção de Maggie, o que a fez pular para trás, assustada. E isso apenas fez Freddie rir mais alto.

— Vá para casa, Maggie, antes que eu esqueça que você é da família.

— Não sou sua parente. Você é um verme, e só não está preso porque o Ozzy te protege. Você sabe disso, não sabe?

— Vai embora, cortar o cabelo de alguém, que é tudo o que você sabe fazer. Vai pagar um boquete pro Jimmy, bota um sorriso na cara dele, tá?

Ele voltou a rir, e Maggie se perguntou que tipo de homem era capaz de matar alguém e não dar a mínima para isso.

— Maggie, se não tomar cuidado, seu marido vai voltar a pegar putas. Ele já fez isso, posso te garantir.

Maggie sabia que ele estava mentindo. Cuspiu nele, e um pouco de saliva ficou pendendo no queixo de Freddie.

— Vai você para casa, seu *veado*. Jackie está te procurando, como sempre. Além disso, nunca se sabe, você pode precisar de um álibi.

Ele sorriu mais uma vez, mas Maggie soube que tinha passado dos limites. Freddie agora era seu inimigo, mas ela não estava nem aí. Aquela garota estava morta, e graças ao seu marido Freddie ia se safar. E Maggie estava furiosa por causa disso.

Ela saiu do pub de cabeça erguida, mas arrasada por dentro.

Freddie passou a mão no rosto e lambeu o cuspe com prazer. Liselle estremeceu de nojo.

Maggie dera seu recado e Liselle admirou a jovem Maggie por isso. Mas também sabia que Freddie jamais a perdoaria.

Jimmy estava sentado com Pat. Os dois estavam conversando sobre os acontecimentos da noite anterior. Ambos estavam cientes de que nada daquilo poderia chegar aos ouvidos de Ozzy. Ele ficaria furioso, e com bons motivos. Eles precisavam esconder aquilo de Ozzy para salvar as próprias peles.

Freddie não sabia que Patricia fora alertada por uma das outras garotas, e o que a irritava era o fato de ele pensar que não precisava dar nenhuma satisfação a ela. Ela era a chefe, o holograma do irmão enquanto ele não estivesse aqui, e ele estava lá fora havia muito tempo, graças à sua agressividade natural e ao sistema judicial.

— Não podemos deixar isso vazar. Ameacei todas as garotas com morte, dor, tortura e destruição se elas falarem sobre isso, seja entre si ou com seus cafetões.

— Cafetões?

Pat sentiu vontade de rir. Jimmy não entendia nada de prostitutas. Prostitutas são apaixonadas por seus cafetões, porque cada homem que elas conheciam usavam-nas por dinheiro. Pelo menos com o cafetão elas desfrutavam algum respeito — enquanto estivessem ganhando dinheiro para eles, eram tratadas com decência. Era por causa disso que Jimmy jamais seria um bom administrador de bordel. Não possuía a astúcia inata que os cafetões precisavam para manter as meninas na linha — ou apaixonadas. Jimmy também sofria de uma total falta de empatia pelo semelhante, o principal requisito para um homem que vivia à custa de mulheres. Pat sabia que Jimmy odiava o fato de ele e Freddie precisarem administrar prostíbulos. Ele se via acima disso. Mas as prostitutas eram uma bela fonte de renda, e quanto mais cedo Jimmy aceitasse isso melhor seria para ele.

— Acho que ele aprendeu a lição, Pat. Acho que ficou tão assustado quanto a gente com o que aconteceu.

A lealdade de Jimmy não conhecia fronteiras. Se ao menos Jimmy pudesse ouvir as coisas que Freddie dizia sobre ele quando bebia! A forma como ele ria da vida *perfeita* de Jimmy e de sua esposa *perfeita*. Ele sentia inveja de Jimmy, e embora ela soubesse que, em outro nível, Freddie amava e admirava o primo, às vezes ela compreendia o quanto era difícil para ele ver o rapaz que o havia idolatrado conquistar mais coisas na vida do que ele jamais conseguiria.

O mundo no qual viviam era um lugar engraçado. Você podia ser o maior escroto do mundo, mas, se fosse bem-sucedido e não pisasse no calo de todo mundo, você era idolatrado. Mas se vacilasse, ou se alguém decidisse tomar tudo que havia conquistado, você era esquecido. Era assim que as coisas funcionavam. Ninguém se importava com a moral da pessoa que gerava dinheiro, contanto que ela continuasse nesse caminho.

Jimmy, ela sabia, jamais entenderia seu relacionamento com Freddie, e ela não conseguia explicar, nem a si mesma, a excitação que um homem genuinamente perigoso causava nela. Saber das coisas horríveis que Freddie fazia e ao mesmo tempo saber que ele a tratava com luvas de pelica era uma combinação inebriante. Pat quase gozava cada vez que o despia e via que ele a desejava. Freddie era um animal selvagem que ela havia domado. E agora — embora ela jamais fosse dizer isso em voz alta — ela era praticamente sua dona. Pat insinuaria saber do ocorrido e faria com que ele compreendesse que estava magoada. Iria observá-lo esforçar-se por fazer com que ela continuasse a desejá-lo, apesar dos problemas que causara.

E ela o desejava, como jamais desejara qualquer outro em sua vida.

Gostava de estar no controle, o dinheiro fazia isso com uma pessoa. Quando não se precisa de ninguém para se manter, quando se tomam as suas próprias decisões e se sabe que a maioria dos homens que conhece sente medo de você e de seus contatos, isso se transforma em uma progressão natural. Agora ela usava os homens; não eram eles que a usavam. Ela precisava de sexo, nem mais nem menos. Como não havia um homem vivo que pudesse dar mais a ela do que ela podia dar a si mesma, por que se importar?

Ela teria Freddie novamente. Pat sabia, sem a menor sombra de dúvida, que Freddie gostava dela, e isso provavelmente era o mais próximo que aquele desgraçado chegaria de amar uma mulher. Estava disposta a lhe dar mais uma emoção, e desta vez ela o teria na palma da mão. Ele teria de lhe beijar os pés.

Mas até lá teria de levar Jimmy na conversa. Teria de fazer com que ele acreditasse que iria engolir aquilo apenas em consideração a ele. Que estava disposta a manter Freddie na firma por causa de todo o dinheiro que eles haviam investido. Afinal de contas, como ele lembraria a ele, Ozzy era irmão dela, e isso significaria mentir para ele, pelo menos por omissão, se não fosse diretamente. Jimmy e Freddie ficariam devendo muito a ela.

Pat tentou adivinhar se Jimmy enxergaria através dela e entenderia logo tudo. Ele era um sujeitinho muito esperto, e ela respeitava isso nele. Ela também tinha um pouco de medo dele, porque seu irmão achava que o sol brilhava através de cada orifício dele, todos mesmo.

Pat sabia que Ozzy era excelente para julgar o caráter de uma pessoa, e Pat também sabia que enquanto Ozzy o quisesse ela não poderia fazer nada.

Ela sabia jogar. Não era estúpida.

— Você está bem, querida?

Jackie estava chorando, e Freddie a estava abraçando. Estava deixando que Jackie desfrutasse a sensação de ter seus braços fortes em torno dela.

Era isso o que ela queria; era disso que precisava. Ele serviu mais uma dose generosa de vodca para ela e, ainda a abraçando, gesticulou com a cabeça para o copo. No fundo ela sabia que normalmente ele a estaria censurando por beber, acusando-a de alcoólatra. Mas hoje era vantajoso para ele que ela bebesse. Assim ela ficaria do lado dele, e, como sempre, ficaria feliz em deixar que isso acontecesse.

Se ao menos ele compreendesse que ela ficaria sempre do lado dele, acontecesse o que acontecesse. Ela não ficara sempre? Ele podia fazer qualquer coisa que ela tomava o partido do marido, defendia-o, importava-se com ele. Desta vez não seria nada diferente, fora o fato de que ele realmente havia matado aquela garota e que agora estava realmente assustado.

Ela afastou o pensamento. Ele era homem, e todos os homens pulavam a cerca. O próprio pai de Jackie tivera muitas amantes quando ela era jovem.

Ela viu a imagem de Jimmy relampejando em sua mente anuviada pelo álcool e a expulsou. Freddie costumava brincar dizendo que Jimmy era meio veadinho. Bem, talvez ele fosse mesmo. Isso explicaria por que eles eram tão felizes. Sua irmã e Jimmy pareciam uma família feliz de comercial de margarina.

Esse poderia ser o motivo. Se Jimmy *era* um gay enrustido, isso explicaria muita coisa.

Ela sabia que era errado pensar assim; pior ainda, sabia que estava sendo completamente desleal com a irmã que a havia apoiado, que *sempre* limpara todas as merdas que ela fazia. Mas Jackie precisava pensar dessa maneira, porque isto fazia com que se sentisse melhor a respeito de si mesma e da mais recente escapada de seu marido. Jackie era capaz de sacrificar qualquer um para que ela — ou seu marido — tivesse paz de espírito.

Estava feliz por ele estar com ela, tentando convencê-la a acreditar nele. Era precisamente disso que ela precisava agora. Freddie sabia das necessidades dela.

Freddie abraçou-a. Sabia que quanto mais ele permanecesse com ela maiores seriam as chances de que Jackie acreditasse em seu lado da história. Além disso, ela podia ser o que fosse, mas não o condenaria nem se tivesse testemunhado o que ele fizera. Ela aceitaria qualquer coisa que ele dissesse.

— Você não fez aquilo de propósito, não é, Freddie?

Ele estivera esperando por essa pergunta; isso significava que ele estava prestes a se safar. Era o que ela precisava para se convencer de que ele estava dizendo a verdade. Ele já passara por aquilo tantas vezes que, mesmo chapado, daria as respostas certas.

Ele a soltou e se afastou dela, de modo a fazer com que se sentisse vulnerável e abalada por sua raiva. Rejeitada. E ele inocente como um carneirinho, fitando-a com olhos magoados, enquanto ela compreendia que não devia ter dito aquilo e que iria pagar por sua falta de tato.

— Por favor, Jackie, você está tentando me magoar? Está tentando deliberadamente fazer com que eu me sinta pior do que já estou?

Ele agora estava pegando um cigarro e o isqueiro. Ele estava dizendo a ela, com sua linguagem corporal, que iria abandoná-la de vez. Ele era capaz de fazer isso, assim como era capaz de se afastar dela por dias ou semanas a fio. Já fizera isso muitas vezes. Afastar-se dela, das crianças... Ele suspirou.

— Jackie, eu não posso fazer mais isso, você sabe. Eu tento ser honesto, tento ser correto...

Ela agora estava abraçada a ele, todo o seu corpo dizendo que ela o queria perto de si a noite inteira. Fazia muito tempo desde a última vez em que tinham feito amor decentemente, desde que ela havia se sentido tão bem.

Jackie adorava quando Freddie precisava dela, e essas ocasiões eram tão raras que, quando isso acontecia, ela fazia qualquer coisa para preservar as sensações maravilhosas que apenas ele sabia lhe proporcionar.

Ozzy não tinha a menor idéia do que estava acontecendo. Ele tinha seus próprios problemas. Um agente de segurança aparecera como por mágica na unidade de segurança máxima e parecia estar ali para fazer um serviço ou algo assim.

O agente era incorruptível, não fazia o que o mandavam fazer e, o pior de tudo, parecia agir sob a noção equivocada de que tinha algum tipo de *autoridade*.

Parecia achar que os prisioneiros deviam até mesmo *prestar atenção* ao que ele dizia.

Essa situação era uma anomalia para todos os homens da unidade, que no começo acharam que ele estava valorizando seu preço. Isso não era incomum no sistema carcerário, no qual todo homem tinha um preço, e os agentes de segurança e os condenados sabiam disso.

Mas o sujeito, o tal Harry Parker, realmente era do tipo *incorruptível*. Todos já tinham ouvido falar de agentes assim, mas esta era a primeira vez que viam um. Era rude, arrogante e não aceitava suborno. Era hora de fazerem o que precisava ser feito, e foi decidido que Ozzy deveria fazer o serviço sujo.

Quando o jovem Harry, como ficara conhecido, entrou na sala de recreação às 17h30, preparado para mandar todo mundo ir para a cama e ter bons sonhos, encontrou o lugar vazio, com exceção de Ozzy.

Ozzy sorriu para ele de forma amistosa, mas ameaçadora, e disse:

— Achei que já era hora de nos conhecermos, você não acha?

Harry balançou a cabeça sem concordar. Quanto mais os outros agentes de segurança lhe diziam que ele era estúpido, mais ele se sentia determinado a fazer o que pensava ser correto. Sua arrogância não conhecia limites. Pelo menos, ainda não.

— Não acho. Acho que você deve tirar essa sua bunda gorda da cadeira e rolar esse seu corpo gordo para sua cela. — Ele olhou seu relógio de pulso. — Vou trancar vocês em 15 segundos.

Ele sorriu para Ozzy com aquele sorriso irritante que o fizera ser abandonado pela esposa, ficar longe da família e ser evitado pelos amigos.

Durante algum tempo Ozzy não se moveu. Fitou o homem antes de dizer num tom razoável:

— Então isso jamais poderá ser resolvido, é o que você está dizendo?

Harry balançou a cabeça mais uma vez, e disse sarcasticamente e em tom confiante:

— *Finalmente*. — Apontando para Ozzy, ele disse de modo mais desrespeitoso ainda: — Vocês não me assustam, nenhum de vocês. Vocês são todos bandidos e por isso estão atrás das grades. Eu volto para a minha casa e para a minha televisão todos os dias. Quanto mais cedo entenderem que devem ficar na linha durante o meu turno, melhor vai ser para vocês. Entendeu?

Harry ainda estava exibindo o mesmo sorriso enlouquecido. O sorriso jamais alcançava seus olhos e nunca transparecia realmente humor.

— Entendi, seu veado estúpido.

Harry ficou chocado com a linguagem, embora já houvesse escutado coisas muito piores em sua vida.

— Levante-se, Ozzy, e nunca mais fale desse jeito comigo. E se você repetir isso vou colocar no relatório.

Ozzy continuou sentado, sem dar a menor indicação de que estava interessado em ir a qualquer lugar.

Isso enfureceu Harry, que agora estava ficando assustado. Os outros seguranças já tinham ido embora e finalmente lhe ocorreu que ele devia estar sozinho. Ele era valente, mas apenas quando tinha certeza de que havia alguém para ampará-lo. Era o homem que entrava no pub, provocava uma briga e recuava para deixar que outra pessoa a terminasse em seu lugar.

Ozzy compreendia Harry, provavelmente melhor que o próprio Harry a si próprio. Ozzy se levantou e avançou contra Harry com uma rapidez da qual seu corpo gordo não parecia ser capaz. A faca que estava em suas mãos era muito afiada e fora feita alguns dias antes na oficina. Tratava-se de um estilete fincado numa peça de madeira que deveria ter sido a proa de um modelo de barco que estava sendo confeccionado para um leilão beneficente.

Era uma arma letal — e também muito útil.

Ozzy ficou olhando o jovem Harry botar a mão na garganta e observou o espanto absoluto no rosto do homem. Ele realmente não podia acreditar que tinha sido degolado. Não imaginara que alguém pudesse tentar uma coisa assim sem temer uma retaliação.

Na verdade, era incrível mesmo. Alguém devia ter dado ao pobre Harry o livro de regras não oficial. Afinal, os seguranças deviam cuidar uns dos outros, mostrar o caminho das pedras; não era dever dos condenados assumir esse papel.

Um som horrível, gorgolejante, foi produzido pelo pobre Harry. Ozzy fizera isso tantas vezes que sabia que este era o fim da linha para ele, que morreria no pavimento imundo da sala de recreação. Bem, não seria o primeiro e, definitivamente, não seria o último.

Que morte inútil, e que sujeito inútil, esse que tinha vindo para um lugar como aquele achando realmente que poderia mandar nos detentos. Trazer de volta a lei a esta terra.

Ozzy ajoelhou-se diante do moribundo, com cuidado para não deixar que o sangue, que rapidamente se espalhava numa poça, chegasse perto de seus sapatos ou roupas. Os olhos de Harry ainda não estavam vidrados. Ele estava tentando gritar, e o sangue jorrava do corte em pequenos jatos de névoa vermelha.

Ozzy sorriu para ele e disse:

— Acabou, filho.

Ozzy se levantou e saiu com calma da sala de recreação. Do lado de fora, não viu agentes de segurança em parte alguma, mas ele já esperara por isso. Fora tudo conforme o combinado, e se ele combinava algo a coisa de fato acontecia. Se ao menos aquele veadinho tivesse entendido isso, as coisas teriam sido muito diferentes para ele.

Ozzy estava assobiando ao entrar em sua cela, acenando para amigos e pretensos amigos, que estavam cientes do que havia acontecido.

Foi até o banheiro e largou a faca na pia. Segundos depois um empregado que atendia pelo nome de Paulie entrou e derramou uma chaleira de água fervente sobre a lâmina; em seguida envolveu-a numa toalha limpa e levou-a até o andar superior, onde largou-a no recipiente de chá. Ali ela seria fervida e esfriaria durante a noite, garantindo que não restasse nada que pudesse apontar Ozzy ou seus comparsas.

Durante algumas semanas seria instaurado na ala um regime de reclusão absoluta enquanto o lugar estivesse sob investigação. Afinal de contas, um agente de segurança tinha sido morto. Mas tudo voltaria ao normal e a vida continuaria exatamente como antes, mas sem um babaquinha arrogante e sem nenhum tipo de retaliação.

Jimmy e Maggie estavam sentados com a mãe de Stephanie. Jimmy observou sua linda esposa explicar o quanto eles sentiam pelo que acontecera à sua filha. Eles haviam trazido 10 mil libras para as despesas da mãe, e a mulher, que também havia se vendido até sua filha poder trabalhar por ambas, ficou eufórica.

O filho mais novo de Stephanie, um garoto de 4 anos grande e forte, parecia suspeitamente com Freddie, e Jimmy sabia que Maggie também notara isso. O menino não era doido como o pai; na verdade, era adorável, e Maggie sentiu um impulso de chorar ao ver a forma como ele abraçava a avó e ficava lhe perguntando onde a mãe estava.

Ela teve a impressão de que Steph, a seu próprio modo, tinha sido uma boa mãe, e também teve a impressão de que a avó não ia pensar duas vezes antes de largar a criança numa instituição.

Maggie serviu-se de outra xícara de chá e suspirou. Não estava nada satisfeita de ter sido arrastada para isso e gostava menos ainda de saber que a morte da garota não significara nada para sua irmã.

Ao olhar em torno de si a cozinha antiquada mas limpa, teve a impressão de enxergar a pobre garota. Ela tinha crescido numa cozinha como aquela, e num mundo diferente esta poderia ter sido ela, sua vida e talvez até sua morte.

Ao contrário da maioria das mulheres no planeta, Maggie sabia o quanto era fácil se envolver no mundo da prostituição. Ela sempre ria ao ver as freqüentadoras de seu salão contando sobre suas vidas, mulheres que eram literalmente mantidas por homens casados e que ainda assim não comparavam suas vidas às das mulheres que faziam a mesma coisa com qualquer infeliz por alguns trocados. E muitas das jovens namoradas de bandidos da localidade jamais pensavam que um dia iriam envelhecer e ser trocadas, quando talvez se vissem tendo de recorrer ao meretrício. Na opinião de Maggie, elas não eram melhores que as

Stephanies deste mundo, mas seu bom senso a aconselhava a guardar essa noção para si mesma.

Ela dissera a Freddie exatamente o que pensava dele e sabia que ele não deixaria isso barato. Ela também se sentia muito melhor por ter dito aquilo a ele, por ter tirado aquele peso de suas costas.

Freddie rira dela, e Maggie sabia que ele se achava intocável. Claro, podia ter agido por algum tempo como se estivesse arrependido, mas na verdade nunca esteve. Agora que o choque havia passado, Freddie era o mesmo de sempre. Eles tinham salvado a pele dele, e no que lhe dizia respeito estava tudo terminado. Ele havia se safado, como sempre se safava de tudo. E Maggie vira a forma como a irmã olhara para ele, como um deus.

Maggie chamara-o de verme e lhe dissera que, se não fosse por Ozzy, ele iria apodrecer no Inferno pelo que fizera.

Agora Jimmy já sabia o que Maggie havia feito, mas ela não se importava.

Eles tinham vindo a esta casa cheia de tristeza e mágoa, e ela jamais perdoaria a nenhum dos dois, nem Freddie nem Jimmy, por ter sido arrastada para aquela situação.

Freddie viu o assassinato no jornal e sorriu. Ele sabia que Ozzy ia apagar aquele desgraçado, e estava feliz por ter sido exatamente agora. Graças à sua boa sorte, ele seria submetido a um regime de reclusão total, e isso significava que ele não poderia receber nenhuma visita.

Ele era um homem de sorte sob muitos aspectos. Na verdade, às vezes ele se perguntava se não devia mudar seu nome para Jackson Sortudo. Se caísse na merda, levantaria cheirando a perfume de puta barata. Ele riu ao pensar nisso, e Jackie virou-se e olhou para ele intrigada. Ele sorriu para ela o seu sorriso mais encantador e inocente.

Deitado no sofá, bebendo vodca e vinho e assistindo a mais um filme de assassinato em série com o filho e a esposa, Freddie estava quase se sentindo de volta ao seu estado de espírito normal.

A puta estava morta e ponto final. Tudo o que importava agora era proteger os vivos, e ele estava vivo e bem. Ela era uma porcaria de puta e teve sorte de ter durado tanto. Na verdade, naquela noite, Freddie prestara-lhe um favor. Ela era uma mancha na paisagem da vida. Seu pai costumava dizer isso sobre ele e, bem, aquele filho-da-puta também estava morto. Ele aprendera uma lição antes de bater as botas, e a lição era: não passe a perna em Freddie.

A vida era uma série de chutes nos dentes, como sua mãe sempre dissera. E ela tinha razão. Mas aquela piranha da Maggie ia pagar pela forma como falara com ele. E com juros. Freddie não tinha motivo para deixar que pisassem nele por causa de uma piranha, mas era esperto o bastante para ficar na moita e esperar sua oportunidade. Porque ela iria chegar, ele tinha certeza. E quando chegasse, seria bom para Maggie cuidar da sua bundinha bem bronzeada.

Capítulo 13

Desde a morte de Stephanie tudo retornara lentamente à normalidade, pelo menos nas aparências. Todo mundo que podia ser comprado tinha sido comprado, e as garotas estavam assustadas demais para mexer naquela ferida.

Jimmy nunca mais seria o mesmo, e Freddie estava mais do que consciente disso. Ele nem ficava mais para tomar uma bebida com ele, a não ser quando era estritamente necessário. Freddie estava farto daquilo. Ele tinha matado uma puta, e daí? Do jeito como ele estava agindo, até parecia que tinha sido uma pessoa real que havia morrido, alguém com uma vida, ou pelo menos com *planos de vida*.

Jimmy estava dando gelo nele. Freddie sabia bem disso e estava se sentindo um pouco humilhado. O jovem Jimmy era um pouco metido a besta, algo que ele já tinha notado havia muitos anos. Mas agora Jimmy parecia estar achando que a sua opinião sobre a vida era realmente importante.

A atmosfera entre eles estava carregada de acusações, e, embora não tivessem mais tocado no assunto desde aquela noite fatídica, Jimmy sempre o olhava de modo acusador.

Aquela guerra fria precisava terminar, e Freddie estava pronto para abordar o assunto.

Desde a noite em que Jimmy aparecera em sua casa cheio de testosterona e raiva, Freddie decidira ficar de bico fechado. Freddie sabia que Jimmy tinha razão, e ele tinha espírito esportivo. Ainda era cedo para agir, e por isso ele sorria para Jimmy, apertava sua mão, desejava-lhe tudo de bom.

Ao menos aparentemente.

Mas ele não tinha "babaca" tatuado na testa e estava cansado de ser tratado como um. Por dentro, estava fumegando.

E agora ele tinha exatamente o que estivera esperando todo esse tempo. O fato de que a oportunidade havia chegado num momento tão significativo apenas aumentaria o prazer da coisa.

Os Black ficavam putos com qualquer coisinha; Freddie havia causado isso. Ele estivera fazendo ganhos por fora em cada oportunidade, e agora os dois estavam de saco cheio dele.

Seu principal fornecedor tinha partido de Amsterdã e, meu Deus, parecia estar em Glasgow, o que significava que Jimmy precisava ir até lá. O homem *deveria* ter vindo para Londres, onde a ação principal acontecia. Os Black estavam enchendo os ouvidos do cara de Amsterdã, de modo que agora Jimmy não tinha outra opção além de ir até lá resolver a situação. Bem, a vida era assim, certo? Freddie sorriu para si mesmo. Ele tinha feito de tudo para estressar suas relações com os Black, de modo que Jimmy se veria obrigado a ir.

Maggie queria sair para comemorar a data de casamento deles e, a julgar pela conversa que Jimmy acabara de ter com ela pelo telefone, ela não estava nada feliz.

Bem, ela que se fodesse. E Jimmy que se fodesse.

Freddie sorriu de novo. Enquanto Jimmy saía para fazer as malas e pegar um vôo para a Escócia, ele ficou no pub com Paul e Liselle. Há tempos não se sentia tão feliz e começou a encher a cara.

Maggie estava furiosa e fez questão de não estar em casa quando Jimmy chegasse. Ela sabia que ele odiava chegar e encontrar a casa vazia. Gostava que ela estivesse lá o tempo todo, e também sabia que Jimmy não tinha a menor idéia de onde suas roupas ficavam. Assim, dirigindo até a casa da mãe, Maggie sorriu ao pensar que Jimmy teria de revirar o closet em busca de suas cuecas.

Bem, ele que se virasse sozinho. Maggie estava cansada dessa situação. Ele estava sempre disponível para todos, exceto para ela. Ela estava tão zangada com ele que não sentia a menor curiosidade sobre a viagem ou sobre qualquer outra coisa, a propósito. Conversara com Pat, que demonstrara sua arrogância habitual. Ela era outra que achava que tinha o rei na barriga e não era *nada*; sem o irmão, ela não era *nada*. Como Jackie, ela era apenas tão boa quanto o homem de quem dependia.

Bem, Maggie tinha sua própria vida e seus próprios negócios... mas no fundo sabia que também precisava muito de Jimmy. Eles estavam tentando ter um bebê, e, por algum motivo, ela estava segura de que chegara a hora certa. Aquela noite deveria ser especial, e quando Jimmy dissera que precisava ir à Escócia ela sentira vontade de lançá-lo para o espaço sideral. Comprara lingerie nova, e a geladeira estava abastecida com uma garrafa de champanhe e uma tigela de morangos com chantili, esperando para serem consumidos. Todas as coisas que as revistas femininas diziam que tornaria a noite sexy, romântica e excitante.

Ela deu um sorriso torto. Pena que as revistas jamais considerassem que o homem em questão podia ser um calhorda negociante de drogas que precisava voar para a Escócia no último minuto porque outros barões das drogas tinham feito uma merda de proporções astronômicas. Ela supunha que as editoras consideravam que todas as suas leitoras eram como elas, cidadãs de classe média, casadas com bancários, pessoas em empregos de verdade. Sem dúvida, o mais próximo que elas chegariam da fraternidade criminosa seria a publicação de matérias sobre o assunto.

Neste momento, Maggie realmente as invejava. Às vezes, quando as mulheres entravam em seu salão e falavam sobre suas vidas, ela realmente as odiava. Não aquelas de seu mundo, com cabelos pintados e permanentes, mas as que iam ao salão no fim de semana. As executivas, como as apelidara. Aquelas que falavam sobre suas férias e seus empregos. Mulheres que não achavam normal conversar com uma amiga sobre o julgamento do marido ou sobre o último encontro dele com outra. Que economizavam para comprar coisas e queriam ser promovidas no trabalho, porque, com o dinheiro, poderiam iniciar uma família.

Mulheres cujos maridos não se ausentariam a qualquer instante nem colocariam a vida em perigo todos os dias e correriam o risco de ser sentenciados à prisão perpétua.

Maggie havia pensado em dar a Jimmy um ultimato esta noite, mas subitamente compreendera que isso seria gastar saliva. Fora necessário um imprevisto como aquele para que ela visse sua vida como era realmente.

Como nada do que ela dissesse iria impedi-lo de ir, Maggie decidiu que desta vez, para variar um pouco, ela não ficaria esperando por ele, como uma boa menina. Jimmy teria de se virar sozinho e ver como era viver sem ter tudo numa bandeja de prata. Ela estava sendo boba, provavelmente infantil, ou pelo menos seria isso que seu marido iria pensar. Mas como ela não era dada a chiliques sua atitude iria deixar Jimmy preocupado.

Ela sabia que ele precisava ir, porque o relacionamento ruim de Freddie com os Black impediam-no de tomar parte nos acordos. Mas mesmo assim a situação era revoltante. A verdade era que Freddie tinha alergia a trabalho. Ele era um peso morto. Sempre tinha uma desculpa na ponta da língua para não pegar no batente. Maggie queria que, ao menos uma vez, ele estivesse fazendo aquilo pelo que era pago, pois, como sempre, estava jogando tudo nas costas de Jimmy.

Jimmy era o braço direito de Ozzy. Ele ganhava bem e ela realmente o amava. Maggie tentou imaginar-se com outra pessoa, mas não conseguiu. Jamais houvera outra pessoa, jamais haveria, e ela sabia que para ele também era assim. Subitamente Maggie sentiu-se mal consigo mesma; sentiu-se desleal, e, em seu mundo, lealdade era a maior virtude. Seu Jimmy era um bom provedor, e eles eram jovens. Teriam muitas outras noites.

Enquanto estacionava diante da casa da mãe, lamentou não ter ficado em casa para se despedir dele antes que partisse. Pediu a Deus que o abençoasse. Jimmy era um homem adorável. Maggie começou a sentir-se culpada à medida que se acalmava. Ela realmente não queria que ele viajasse sem ouvir ao menos uma palavra carinhosa de sua esposa. Raiva era uma emoção horrível; fazia uma pessoa cometer atos que sabia serem errados.

Ficou sentada em sua Mercedes Sport durante alguns minutos, chorando. Sabia que Jimmy iria lhe telefonar de Glasgow e que ela atenderia ao chamado, e tudo ficaria bem de novo. Mas não podia deixá-lo embarcar sem antes fazer as pazes com ele. E se alguma coisa acontecesse com ele?

Maggie o amava, sempre o amara, e sabia que estava errada em fazê-lo sofrer assim. Mas queria muito um filho, e este era o momento perfeito para fazer um lindo e perfeito pequeno Jackson.

Estampou um sorriso no rosto, deu meia-volta e correu em direção à casa o mais rápido que pôde.

Os Black estavam furiosos. Freddie os havia irritado de propósito, e eles agora estavam em pé de guerra.

Freddie sempre provocara mais lutas que John Wayne, e agora providenciara para que o químico fosse até eles em vez de ir para Londres onde a porra do produto ia ser produzido e distribuído. Além disso, Freddie prometera que eles iriam oferecer amostras.

Ele tinha causado um problema sério, e os Black estavam furiosos e ansiosos por recebê-lo. Mas quem acabara indo para lá?

O jovem Jimmy.

Eles *gostavam* de Jimmy e o *respeitavam*, mas *queriam* Freddie. Queriam um ajuste de contas com ele, tirá-lo de sua área, e o queriam sem armas, porque todos sabiam que Freddie era perito em armas.

Eles também haviam ouvido um boato de que Freddie tinha apagado uma pobre trabalhadora, uma mulher que, ainda por cima, tivera um filho dele! Mesmo que não estivessem com Freddie atravessado na garganta, aquilo já seria motivo suficiente para que dessem uma lição no desgraçado.

Freddie pensava que era melhor do que todos à sua volta e também tinha a noção errada de que os Black estavam dispostos a engolir sapo. Os Black também sabiam que Freddie estava sujo não apenas com eles, mas com todos com quem tinha contato. Os Black era homens decentes, com esposas e namoradas, e filhos dentro e fora de seus casamentos. Eles cuidavam dos dependentes, coisa que jamais poderia ser dita do filho-da-puta do Jackson.

    Corria o boato de que até Ozzy andava puto com ele. Se isso era verdade, não apenas iam se vingar, como também ganhar pontos. Agora se tratava de uma missão. Os irmãos estavam dispostos a cumpri-la, e se para isso fosse necessário apagar Jimmy, eles o fariam. Jimmy era um bom rapaz, trabalhador, mas também era parente daquele verme. Contudo eles deviam tratar Jimmy com cautela, porque todos diziam que ele era o queridinho do Ozzy. Ozzy podia estar preso, mas nunca seria esquecido.

Olhando para a bagunça que fizera no closet, Jimmy viu os faróis do carro da esposa iluminarem a parede. Ele sorriu. Jimmy estivera torcendo para que ela voltasse. Ele compreendia a raiva de Maggie e estava arrependido, mas, no fim das contas, trabalho era trabalho, e ele precisava resolver os problemas que apareciam. Era para isso que ele era pago, e era com seu salário que eles compravam as casas e mantinham seu estilo de vida.

    Maggie estava ciente disso, e Jimmy sabia que ela tinha ficado irritada porque eles haviam feito planos. Mas Ozzy era seu patrão, e Jimmy precisava providenciar para que tudo corresse de acordo com o plano, com o mínimo de distúrbio e o máximo de eficácia.

    Ouvindo Maggie entrar na casa e subir a escada, Jimmy voltou para o quarto. Parecia que uma bomba havia explodido no closet, e ele sabia que ela ficaria zangada com ele por causa disso.

    Maggie estava de pé bem ali, uma expressão séria no rosto encantador. Os cabelos louros estavam, como sempre, penteados com perfeição, e sua maquiagem leve deixava-a radiosa como a garota dos sonhos eróticos de qualquer rapaz.

— Sinto muito, gatinha.

Maggie sabia que ele estava sendo sincero.

— Eu também. Mas é que eu estava tão ansiosa por esta noite... Eu realmente queria que a gente se divertisse.

— Nós vamos nos divertir, garota, assim que eu voltar da Escócia.

— Escócia? Essa é nova.

Ele a puxou para seus braços.

— Os Black estão em pé de guerra, e tudo por causa do Freddie, aquele imprestável filho-da... — Ele não terminou a frase. Na verdade, não precisava. — Ele está pegando no pé dos Black desde o primeiro dia, e agora eu preciso ir até lá resolver esse rolo todo.

Maggie fitou o rosto bonito de Jimmy, viu seus olhos azuis e sua pele morena, e o desejou como nunca antes.

Ele beijou-a vigorosamente nos lábios.

— Você sabe que eu não quero ir e que, se tivesse escolha, ficaria aqui com você. Querida, por favor, me dê uma colher de chá, tá? Isso é trabalho, meu amor, apenas trabalho, e você sabe que, graças àquele veado, eu sou o único que eles escutam.

Maggie sorriu verdadeiramente. Este era o homem que ela amava, o único que havia amado. Em sua vida nunca houvera nenhuma outra pessoa com quem ela quisera estar. Mesmo quando era uma garotinha, quando as amigas passavam o tempo todo sonhando com astros de cinema, ela pensara apenas em Jimmy.

Ele era tudo o que ela sempre desejara e tudo o que ela precisava. Ele a empurrou para a cama, e ela permitiu que ele a possuísse como sempre permitia. Com gratidão por ele desejá-la, por tê-lo em sua vida, e por ele estar tão apaixonado por ela quanto ela estava por ele.

Às vezes se perguntava se ele ia para a cama com outras mulheres. Elas corriam atrás dele, e por que não fariam isso? Jimmy era um deus em mais de um sentido. Mas ela expulsava esses pensamentos de sua cabeça. O que os olhos não viam...

— Querida, nós vamos ter o bebê mais lindo do mundo. Um bebezinho adorável e ele vai ser igualzinho a você.

— Eu te amo tanto, Jimmy...

Ele sorriu e a beijou com ternura.

— Você só vai saber o que é o amor quando sentir o amor que tenho dentro de mim, querida.

O coração de Maggie inflou seu peito de orgulho. Ele estava sendo sincero. Era seu amor, seu único amor, assim como ela era o dele. Jimmy era como o disco do Barry White que ela adorava, o favorito deles. A primeira vez que tinham dançado, na associação de moços, tinha sido ao som de Barry White. Ele era seu primeiro, seu último, seu tudo.

E sempre seria. Eles eram assim. Sem Jimmy ela não era nada, não sentia nada. Ela era dele, e ele sabia disso melhor do que ela.

Freddie estava de olho no relógio, e Liselle estava se perguntando o que ele estava tramando. Depois de anos gerenciando o pub com Paul, ela sabia quando alguém estava esperando o outro baixar a guarda. Era um dom que havia adquirido.

Liselle vira assaltantes de banco esperarem a hora certa de *agir*, assassinos esperarem a saída de suas vítimas. E vários assassinatos já haviam sido tramados neste pub, para não mencionar perpetrados. Ela sabia disso melhor do que ninguém. Mais de uma vez mentira à polícia para proteger os freqüentadores.

Este era um pub antigo, e agora, enquanto observava Freddie Jackson, Liselle compreendeu que ele estava prestes a cometer algum ato vergonhoso. Estava escrito na testa dele, como seu pai costumava dizer. Estava prestes a cometer um crime grave. Gente como Freddie não conhecia outro tipo.

Jackie se esforçava ao máximo, não havia dúvida sobre isso, mas seus filhos eram os maiores desgraçados do mundo. No fundo do coração, ela os odiava. Eles davam muito trabalho.

Como sempre, a casa dela estava quente demais. Também estava suja e extremamente fedorenta. Eles tinham comido peixe com fritas, e a casa fedia a vinagre e bacalhau vagabundo. Como se não bastasse, o Pequeno Freddie costumava urinar onde quer que se sentasse, e conseqüentemente o fedor aumentava junto com o calor.

Agora Jackie estava sentada em casa, vendo as filhas assistirem ao filme favorito delas, *Uma Linda Mulher*, e sentiu vontade de gritar. Por que adoravam um filme sobre uma prostituta? Às vezes achava que as meninas estavam caçoando dela, que sabiam o que seu pai tinha feito. Especialmente Kim, que fitava os olhos da mãe e encolhia os ombros de um jeito inocente mas astuto. Jackie tomou sua bebida rapidamente. Ela não precisava dessa gente lembrando-a a todo instante de como a vida era uma merda.

Às vezes ela se perguntava por que se importava com essas coisas. O Pequeno Freddie já não era um bebê, e Jackie estava precisando de toda a sua energia para não prestar atenção nele. As meninas não tinham o menor interesse por ela, e Jackie sabia que elas iriam embora quando tivessem idade suficiente. E quem poderia culpá-las por isso?

Elas preferiam ficar com Maggie. Adoravam a casa dela, achavam que era *legal*, o melhor lugar do mundo. Do jeito que gostavam de Maggie, qualquer pessoa pensaria que ela era a verdadeira mãe delas. Maggie com seus salões, suas roupas bonitas, suas sessões regulares de bronzeamento artificial. Quem esse povo pensava que era?

Ela era a mãe delas. Fora *ela* quem as dera à luz, fora *ela* quem as criara. Durante a época em que Freddie estivera preso, Jackie fizera tudo o que estava ao seu alcance pelas meninas.

Mas elas a agradeciam por isso? É claro que não. Elas eram as piranhazinhas mais ingratas que já haviam andado sobre a face da Terra, e ela dera à luz todas elas.

O Pequeno Freddie cuspiu em Jackie quando passou por ela para pegar doces na cozinha. Ele vivia cuspindo nela. Cuspia em todo mundo porque achava engraçado. Mas quando Jackie levantou a mão e acertou a bunda do menino, ele soltou um grito e, como sempre fazia quando estava ofendido, atacou-a.

Puxando o cabelo dela, cuspindo, gritando e xingando.

Jackie acabou reunindo todas as suas forças para dar um soco na barriga do menino. Ele caiu no chão, gemendo de dor, e pela primeira vez na vida calou a boca.

Jackie finalmente desfrutou a sensação de vitória que ele geralmente sentia quando a levava ao limite de sua paciência.

Mas ao atacá-la em seguida o menino atingiu-a nas costas, e foi preciso que todas as suas irmãs se reunissem para arrastá-lo para longe da mãe.

E o pior de tudo foi que, como sempre, as meninas estavam rindo do que ele fazia.

A casa estava silenciosa. Maggie estava deitada na banheira, aproveitando a felicidade absoluta que estava sentindo.

Estava satisfeita por não ter ficado na casa da mãe. Embora sua casa parecesse grande demais quando ela estava sozinha, estava muito contente por ter voltado para seu esposo. Ela sabia que *esposo* não era uma palavra que as mulheres de hoje em dia costumavam usar, que era quase um termo pejorativo, mas estava contente por Jimmy ser dela, contente por ele ser seu homem, seu velho, sua cara-metade, como sua mãe diria.

Bebericou o vinho e acendeu um cigarro, e enquanto o tragava sentiu o tremor interno que muitas vezes a acometia quando se lembrava de ter feito amor com Jimmy. Era a mesma sensação que tinha ao subir uma ladeira escarpada com sua Mercedes, a sensação excitante de sentir as mãos dele nela. Sua língua, seu corpo pesado por cima do dela enquanto ele a conduzia ao clímax.

Fechou os olhos e tragou mais uma vez o cigarro. Barry White ainda estava tocando em sua suíte. A voz grave de barítono chegava até o banheiro, e Maggie estava pensando em Jimmy e na forma maravilhosa como ele fazia amor, quando sentiu em seu ombro o toque da mão de alguém.

Abriu abruptamente os olhos e largou o cigarro sobre o peito. Sentando-se devido à dor e ao terror, ela viu na sua frente o rosto risonho de Freddie Jackson.

— E aí, Mags?

Ele estava sorrindo para ela. E Maggie ficou chocada ao ver que ele estava nu.

Maggie sentiu a bile em seu estômago subir quando ele lambeu os beiços lentamente e disse:

— Qual é o problema, querida, está cansada?

Maggie sentiu-se vulnerável, assustada e, pior que tudo, sentiu a solidão profunda de uma mulher que estava completamente sozinha, e completamente à mercê de outra pessoa.

Maggie afundou sob a espuma da banheira, com vergonha porque ele a estava vendo nua, com vergonha porque não havia se protegido o suficiente e com vergonha porque, no fundo de seu coração, sempre soubera que este dia chegaria, e agora que chegara não tinha certeza se teria forças para repelir Freddie.

E o fato de Maggie não lhe perguntar o que ele estava fazendo ali ou o que ele queria disse a Freddie tudo o que ele precisava saber.

— Por favor, Freddie, vá para casa, me deixe em paz...

— Deixa de frescura, Maggie. Você quer isso tanto quanto eu, e me fez esperar muito tempo. Eu não vou esperar mais.

Freddie agarrou Maggie pelos cabelos e a arrastou para fora do banheiro como a uma pena, como se não pesasse nada.

Maggie gritou, sabendo que era em vão. Ninguém iria ouvi-la. Esse era o ponto negativo de casas grandes e bem-construídas. Sentindo os pés arrastando pelo chão, ela se virou e se contorceu, tentando se livrar dele.

Mas quanto mais Maggie se debatia, mais Freddie ria, e quando ele a jogou na cama, onde ela havia feito amor com Jimmy menos de duas horas antes, ela ainda estava tentando se cobrir, esconder sua nudez, proteger a pele perfeitamente bronzeada do corpo atraente ao qual apenas seu marido tivera acesso até então.

Freddie estava empurrando o joelho entre as pernas de Maggie, abrindo-as, e ela estava realmente chorando agora, chorando e implorando a ele que a deixasse em paz, que parasse agora antes que fosse tarde demais.

— Ah, qual é o problema? Está me dizendo que não quer um pouquinho de caralho?

Ela sentiu o cheiro dele. Ele fedia. Maggie compreendeu instantaneamente que ele já estivera com alguém naquela noite. Freddie estava coberto pelo fedor de uma mulher, e ela concluiu que Freddie fizera isso de propósito, que ele queria que ela se sentisse como nada, e alcançara seu objetivo.

Quando ele a penetrou, a sensação de ardência não se pareceu com coisa alguma que ela houvesse sentido antes. Era como se ele estivesse usando um objeto. A rigidez de Freddie e seu fedor eram insuportáveis. Ele estava por cima dela, e quando tentava beijá-la, ela afastava o rosto, até que ele a segurou com força e forçou a língua para dentro de sua boca. A língua de Freddie tinha um gosto horrível de cerveja misturada com conhaque e drogas. Sua saliva, espessa devido à cocaína, aderiu aos lábios de Maggie, provocando ânsia de vômito nela.

O fedor era tão invasivo que ela pensou que fosse vomitar. Maggie percebeu que ele estava achando tudo hilário, que não entendia o que havia de errado com ela. Para Freddie, tratava-se apenas de uma trepada rápida, uma forma de ensinar uma lição a ela. E planejara isso de modo a poder usá-la e depois ir embora, sabendo que ela jamais poderia contar ao marido. Não ousaria contar a ele nem a ninguém.

E quando ele começou a se movimentar dentro dela, Maggie sentiu os músculos de Freddie flexionarem à medida que ele se preparava para ejacular. Maggie tentou forçá-lo para fora dela, mas Freddie a segurou. Enquanto ele dizia obscenidades em seu ouvido, Maggie sentiu sua umidade quente dentro dela. Sentiu o bafo rançoso de Freddie enquanto o suor dele se misturava às lágrimas dela. Por fim, Maggie sentiu-o estremecer e parar.

Ele ficou deitado por cima dela. Freddie estava arfando, mas também garantindo que ela ainda não pudesse se desvencilhar dele.

Nunca em sua vida Maggie havia se sentido tão nauseada ou tão usada.

— Você precisava disso, não precisava?

Ela ouviu a risada na voz dele, ouviu o triunfo e a satisfação completa e absoluta enquanto ele a beijava na ponta do nariz antes de tornar a falar.

— Você não está arrependida, não é Maggie?

Ela tentou empurrá-lo para longe dela, tentou afastar-se dele. Mas Freddie era forte demais e estava se divertindo muito.

— Do jeito que está se comportando, quem visse até ia pensar que você está sendo estuprada.

Ele a estava provocando, e foi nesse momento que ela compreendeu que não podia vencer, que ele era muito mais forte do que ela. Que Jimmy não iria entender nada, que jamais iria querê-la novamente, a despeito do que ele acreditasse ou do que ela dissesse.

Maggie compreendeu que Freddie estava completamente consciente do que estava fazendo. Ele estava adorando, apreciando cada segundo, e sabia que ia se safar como sempre. Mesmo depois do que fizera a ela, Freddie estava falando como se tudo fosse um jogo ou uma coisa que os dois haviam planejado. Ele fora gentil com ela por muito tempo; haviam mantido uma espécie de trégua, e agora isso seria usado contra ela. Maggie não podia competir com isso — e sabia disso.

Era a hora da vingança.

Ele estava olhando para ela, e mesmo em seu sofrimento ela pôde ver o quanto ele era bonito, o quanto ele parecia humilde e simpático enquanto ameaçava destruir a família dela. Porque, se Jackie algum dia descobrisse algo, haveria uma guerra. E, como se estivesse lendo sua mente, ele disse com gentileza na voz:

— Imagine o que Jackie faria se soubesse disso!

Desta vez ele estava beijando a fronte de Maggie, como se ela fosse uma de suas filhas, a predileta. Ele espremeu com força os seios de Maggie, fazendo-a estremecer. Em seguida começou a descer dela, e Maggie sentiu a língua dele entre suas pernas, e foi nesse momento que o vômito finalmente encontrou o caminho para fora de sua boca.

Ela vomitou em cima dele, em cima da cama e em cima do tapete creme.

Maggie o viu ajoelhando acima dela, o corpo pesado, as pernas cabeludas e as unhas amarelas. O vômito saiu de novo. Saiu em jorros. O vômito se espalhou sobre os dois, e ele começou a rir como se aquilo fosse a coisa mais engraçada que já tinha visto.

Freddie pulou da cama. A nudez dele fez Maggie sentir mais náusea ainda, sua masculinidade provocando nela uma sensação completamente diferente daquela que a de Jimmy costumava lhe provocar. Freddie a violara; usara sua força contra ela. Maggie se sentou na cama, tomada por uma sensação terrível de desespero, cada fiapo de decência arrancado dela. E o telefone tocou.

Ela olhou para o telefone como se jamais tivesse visto um antes. Sabia que era Jimmy. Provavelmente telefonando para ela antes de embarcar, para lhe dizer o quanto a amava. Para lhe dizer o quanto sentiria saudade dela. E ali estava ela em sua própria casa, coberta de seu próprio vômito e olhando para a única pessoa no mundo a quem seu marido amava tanto quanto a ela.

— Devo atender, Mags?

Ela estava balançando a cabeça, desesperada. Ele estava escarnecendo dela, saboreando o medo que Maggie estava sentindo, e ela soube que não havia nada que pudesse fazer a respeito. O telefone ainda estava tocando, e ela viu Freddie caminhar para atendê-lo.

Maggie se jogou através da cama e pegou o telefone primeiro. A linha estava muda e ela sentiu alívio ao saber que não precisaria tentar falar com o marido.

— Você é uma pequena engraçada, sabia, Maggie? Eu sabia que você era gostosa na cama, sempre soube, desde que você era uma menina. Eu costumava foder com a Jackie pensando em você. E agora não preciso mais fantasiar, preciso?

Maggie flagrou o próprio reflexo no espelho da penteadeira de frente para a cama e deduziu que Freddie assistira à cena do estupro.

Ela estava coberta de vômito, seios estavam machucados, assim como as partes superiores das pernas. Ele mordera o seu ombro, e enquanto ela olhava para si mesma sentiu a humilhação abater-se mais uma vez sobre ela.

Freddie estava sentado na poltrona do quarto, a poltrona na qual ela costumava sentar-se com Jimmy depois de fazerem amor, para assistirem TV juntos.

— Você está com uma cara péssima, Maggie. Jackie ganhou uma boa trepada hoje e não vomitou. Na verdade, ela adorou. Enquanto a fodia, eu pensava em você. Faço muito isso, porque você é uma *piranhazinha* muito gostosa. Achava que era melhor que eu, não achava? Agora você sabe que não é.

— Vá embora. — Até mesmo falar com ele era difícil. Ela estava tremendo por dentro. — Jimmy poderia matar você por isto.

Ele riu de novo, balançando a cabeça como se ela fosse uma comediante.

O telefone tocou de novo, e o som ressoou alto no cômodo.

— Devo atender e dizer a Jimmy que você e eu nos encontramos para tomar uma bebida mas que a situação fugiu ao controle?

Ela balançou a cabeça, aterrorizada, e ele percebeu que a tinha na palma da mão.

— Por favor, vá embora.

Ela sentia o cheiro de si mesma, o vômito e o odor inconfundível de Freddie Jackson, um fedor que, ela sabia, jamais abandonaria suas narinas.

Desta vez a secretária eletrônica atendeu, e eles ouviram a voz de Jimmy chegar pela escada, vindo do corredor no térreo.

— Durma bem, meu amor. Ligo de novo amanhã. Te amo, querida.

Capítulo 14

Jackie estava furiosa. Sentia-se traída, enganada.

— Sua piranha burra, eu não disse merda nenhuma. — Freddie estava sentado na cama fumando um cigarro, e seu sorriso só estava servindo para aumentar a raiva de Jackie. Ele sempre achava coisas assim engraçadas.

— Você me chamou de Maggie. Como ia se sentir se eu o chamasse de Jimmy?

Ele balançou a cabeça e conteve um bocejo.

— Você sabe o que está errado na sua lógica, não sabe, Jackie? Você não teria a menor chance com Jimmy, mas acho que a sua irmãzinha toparia dormir comigo. Já notou o jeito como ela é sempre gentil comigo? Sempre educada e amistosa. Eu me casei com a irmã errada. Eu deveria ter esperado a Maggie crescer, hein?

A raiva e o choque deixaram Jackie temporariamente sem palavras. No fundo, sabia que ele estava falando besteira, mas estava enlouquecida de ciúme e sentiu o ódio se enraizando em seu coração para sempre.

— Ela não dormiria com você nem que fosse o último homem sobre a face da Terra.

Jackie disse isso com toda a confiança que conseguiu reunir.

Ele apagou o cigarro num cinzeiro e disse alto:

— Se acha isso, Jackie, tudo bem. Mas eu tenho os meus momentos como você bem sabe. As mulheres gostam de mim, sempre gostaram

Mesmo assim, já que estamos sendo tão honestos, às vezes vou à casa deles pegar o Jimmy e penso como seria legal ser casado com alguém com peitos firmes, sem estrias e com um bom tino para os negócios, porque ela está fazendo uma fortuna com seus salões de beleza.

Jackie ficou tão calada quanto Freddie sabia que ela ficaria. Ela sempre se calava depois que ele mencionava os defeitos dela. A experiência ensinara a Jackie que ele ficaria realmente vingativo se ela não se calasse.

— Filho-da-puta. — Foi tudo o que ela disse.

Ele sorriu.

Depois de cinco minutos de silêncio doloroso, ele disse em tom de conversa, como se fossem apenas dois amigos conversando:

— Jimmy disse que eles estão tentando ter um bebê. Você acha que eles vão conseguir depois de tanto tempo? — Era uma bandeira branca; estava dando a ela a oportunidade de colocar uma pedra no assunto. Embora Freddie tivesse, de propósito, chamado Jackie pelo nome da irmã enquanto faziam sexo, ele sabia que ela provavelmente se calaria para manter a paz e tentaria falar normalmente com ele. Como sempre, ela sentia mais medo de que ele a abandonasse do que se ficasse e brigasse.

Jackie reconheceu a proposta de paz e a agarrou como alguém que está se afogando agarra uma bóia.

— Já faz uma eternidade que Maggie suspendeu a pílula. Dezoito meses. Jimmy não sabe disso, mas o médico dela disse que os efeitos da pílula levariam um ano para sair de seu organismo. Quer dizer, ela está envelhecendo, não é mesmo?

Ele sorriu mais uma vez. Só Jackie diria uma bobagem como essa.

— Onde isso deixa você, Jack? Maggie é linda de morrer, e pelo que o Jimmy diz ela gosta da cobra de um olho só.

— Pare com isso, Freddie, ela é minha irmã.

Ele riu.

— Eu sei disso, mas gostaria que você tivesse um pouco da inteligência dela, um par de tetas que não tivessem migrado para o sul, e uma bocetinha apertada que não parecesse uma enorme ferida aberta.

Jackie partiu para cima dele, conforme Freddie esperava. Estava cansado demais para provocá-la, mas sabia que agora que colocara o pensamento em sua mente, ele iria criar raízes, e quando finalmente florescesse o ciúme faria o trabalho todo por ele.

Ele iria à casa de Maggie e depois mencionaria isso na frente de Jackie, dando a entender que eles estavam íntimos, e veria as duas brigarem. Estava ansioso por isso.

Ele segurou Jackie na extensão máxima de seus braços até ela se acalmar e depois fez o que sempre fazia: abraçou-a até que ela dormisse.

Maggie ia aprender os fatos duros da vida e Jimmy ia descobrir que sua mulher não era tão feliz quanto ele imaginava. Ela não iria contar o que acontecera, temia demais as conseqüências.

Ao contrário de Freddie.

Jimmy roubara sua coroa, e ele roubara a única coisa que Jimmy realmente prezava.

Maggie olhou as horas. Seis da manhã. Podia ouvir os passarinhos cantando e ver a luz banhando o piso do banheiro. Ela ainda estava na banheira, a água estava fria como gelo, mas ela não sentia nada. Estava entorpecida.

Mudara as roupas de cama e jogara fora os lençóis. Lavara o tapete, limpara o quarto e esfregara a si mesma até praticamente ficar em carne viva.

Estava em choque com o que acontecera.

Freddie forçara-a a uma última ação, que ela sabia que assombraria seus sonhos ainda mais que o estupro. Ela ainda podia sentir o cheiro dele nela. Era um fedor de ódio. Quando as lágrimas finalmente chegaram, ela não conseguiu contê-las.

Em seu coração, Maggie sabia que devia delatá-lo, impedi-lo de voltar a fazer isso, e não manter tudo em segredo. Mas ela também sabia que, caso fizesse isso, estaria decretando o fim de seu casamento.

Tivesse sido qualquer outro homem, um estranho, um conhecido, Jimmy conseguiria esquecer. Mas tinha sido Freddie. Jimmy jamais superaria o choque de saber que Freddie estuprara sua esposa. Poderia haver morte, e Maggie sabia que uma delas seria a sua. Jackie ficaria furiosa e jamais acreditaria que Freddie havia feito aquilo. Ela não podia. Se acreditasse, sua própria vida estaria acabada, e as irmãs jamais teriam uma chance de reconciliação.

Maggie sentia-se arrasada, desmoralizada e totalmente derrotada. Ela também era inteligente o bastante para saber que era isso que Freddie queria, e que ela não passava de um brinquedo nas mãos dele. Freddie havia vencido. Sob muitos aspectos, ele a havia derrotado. Daqui em diante ela teria de jogar com argúcia, providenciar para jamais ficar sozinha com ele e para que ele não tivesse nenhuma oportunidade de falar com ela sem a presença de outras pessoas.

A vida de Maggie passara de prazer e alegria para uma jornada de medo no espaço de poucas horas, e ela simplesmente não sabia o que podia fazer para melhorar isso. Tudo o que podia fazer era manter o máximo de dignidade possível e resgatar sua vida daquele mar de ódio. E era ódio o sentimento que causara tudo aquilo. Ela sentira o ódio que emanava de Freddie em ondas.

Mas o pior de tudo era a sensação de absoluta impotência, de saber que não tinha como escapar de seus problemas, de saber que era efetivamente propriedade de um homem a quem odiava.

Uma hora depois, quando o leiteiro fez sua entrega, Maggie ainda estava chorando.

Jimmy estava preocupado. Não conseguia falar com Maggie pelo telefone.

Os Black estavam irritados, o químico mal falava inglês, e ele estava enfadado. Mas, como sempre, Jimmy estava tentando ser positivo.

Ser positivo era mais um dos ensinamentos de Ozzy. Segundo Ozzy, os grandes pensadores tinham debatido se o pensamento positivo realmente tinha poder, e, aparentemente, tinha.

"Seja sereno. O importante não é o que acontece a você, mas como você lida com a situação." Esse era um dos ditados favoritos de Maggie. Ela o aprendera com a mãe, que geralmente falava muita merda. Mas ele gostava desse ditado, e quando o citou a Ozzy os dois riram juntos.

Sentiu a raiva diminuir. Jimmy estava tentando com todas as forças permanecer positivo, mas, na verdade, tudo o que queria era estar em casa e ver a expressão no rosto de sua esposa quando ela abrisse seu presente de aniversário de casamento. Jimmy deixara-o para ela na garagem, no assento do carro.

Ele a imaginou entrando no carro, toda sorridente e bem-vestida — Maggie sempre estava bonita — e se deparando com a caixa de couro no banco do passageiro de seu Mercedes.

Ele sabia que ela pularia de felicidade.

Jimmy se arrependeu de não ter um celular. Hoje em dia muita gente estava andando com um. Como Ozzy, Jimmy não gostava de celulares, porque as chamadas poderiam servir como evidências, mas se tivesse um agora poderia telefonar para Mags e dizer a ela que a amava. Certamente ninguém poderia usar isso contra ele no tribunal.

Maggie tinha um telefone no automóvel, mas Jimmy jamais ligara para ele porque custava uma fortuna e também porque ele nunca conseguia lembrar a porra do número.

Ele não era um grande amante da tecnologia, mas tinha a impressão de que logo que se tornasse um seria mais feliz.

Jimmy deixara mensagens para Maggie em todas as secretárias eletrônicas, na casa dela e nos salões de beleza, com seu número em Glasgow. Maggie ainda não havia ligado, e ele sabia que a esta altura ela já devia ter encontrado o presente.

Era impossível que ela não tivesse gostado. Maggie gostava de jóias, e aquela era de alta qualidade. Não era mercadoria roubada; ele a comprara em Hatton Garden. Jimmy não tinha um único artigo roubado em sua casa. Outro conselho de Ozzy: jamais possua nada roubado, nem carros, nem qualquer tipo de mercadoria. Sempre guarde recibos que comprovem a compra e, ao adquirir qualquer coisa, tente fazer uma cena, para que você seja lembrado caso alguém venha a acusá-lo de posse de mercadoria roubada.

E também: não viva com ostentação, sempre guarde dinheiro vivo longe de casa, a não ser que possa provar de onde ele veio, e nunca, jamais mesmo, trave qualquer tipo de diálogo com policiais ou com quaisquer autoridades que não conheça pessoalmente ou que não estejam no seu bolso.

Era um bom conselho, e ele compreendia isso com mais clareza do que nunca.

Se a polícia desse uma geral em sua casa naquela manhã, não encontraria nada que pudesse ser usado contra ele. Os salões de beleza de Maggie justificavam seus ganhos, assim como as propriedades alugadas e suas companhias legítimas de empréstimos para pagamentos de fiança e duas empresas de segurança. Essas companhias eram administradas por pessoas que lhe tinham sido altamente recomendadas e que, embora não fossem nem um pouco honestas, jamais tinham sido presas. Jimmy pagava-lhes salários bem altos, uma boa vida, muito além do que sempre sonharam, e elas eram extremamente gratas por isso.

Ozzy era um poço de sabedoria e Jimmy amava seus ditados.

Só maluco late quando já tem um cachorro. Tradução: por que ameaçar alguém quando pode mandar que outra pessoa faça isso por você? A não ser que seja um assunto pessoal, é claro.

Jamais cague na sua varanda, porque vai acabar escorregando na merda e quebrando alguma coisa.

E a favorita de Jimmy, aquilo que os chefes dos estúdios de Hollywood sempre haviam dito e que era válido para os criminosos modernos: jamais seja pego com uma garota morta ou um garoto vivo.

Essa tinha feito Jimmy rolar de rir. Até Freddie ter comprovado a sabedoria do ditado.

Ele apenas esperava que este drama mais recente viesse a ser resolvido nos próximos dias. Assim, ele poderia voltar para casa e desfrutar uma agradável noite com a esposa.

Ele amava Maggie e sabia que tinha sorte em tê-la. Mas queria que ela lhe telefonasse, para poder relaxar.

O chaveiro estava saindo quando Lena parou diante da casa num táxi. Ela viu a filha pagando ao homem e ficou surpresa com a palidez de Maggie. A moça certamente não estava doente; parecera linda no dia anterior, e elas haviam combinado de ir até Lakeside para fazer algumas compras.

Torceu para que Maggie estivesse bem. Ela estava com vontade de dar um passeio e gostava de Lakeside. Na opinião de Lena, as lojas de Lakeside eram melhores do que as mais prestigiadas de Londres.

Pagou o táxi, intrigada com o fato de Maggie não ter vindo correndo com o dinheiro, como costumava fazer. Na verdade, Lena podia jurar que a filha nem mesmo notara sua presença. Lena atravessou o jardim. A casa era maravilhosa e ela sempre ficava embevecida com seu esplendor. Jackie era um caso perdido, uma dor de cabeça, mas Maggie parecia uma estrela de cinema, uma celebridade. Fizera de sua vida um sucesso, e Lena gostava de lembrar a si própria que pelo menos uma de suas filhas escapara do conjunto habitacional. Para Lena, era a glória por tabela.

Ela teve de bater à porta, o que demostrou o quanto a filha devia estar preocupada.

— Quem é?

A resposta deixou Lena perturbada.

— Quem você pensa que é? Temos um compromisso, lembra? Abra essa porra de porta e bota a chaleira pra ferver. — Lena estava rindo alto, como sempre, e parou, lembrando que agora ela estava numa rua decente e que Jimmy, ainda mais do que Maggie, desaprovava a linguagem cheia de gírias e palavrões à qual ela estava acostumada. Ela olhou em torno e relaxou. Como a casa era um pouco afastada, ela estava segura.

A porta abriu devagar e Maggie esboçou um sorriso.

— Você está parecendo um zumbi!

Maggie quase chorou. Esta era a última coisa da qual precisava, mas em sua confusão esquecera que marcara um encontro com a mãe.

— Não estou passando muito bem, mãe.

— Isso está com cara de ressaca de quem ficou festejando até tarde!

Maggie balançou a cabeça com tristeza e pareceu à beira das lágrimas.

— Esqueceu que Jimmy precisou ir à Escócia?

Sua voz estava trêmula, e ela parecia atormentada, adoentada.

Lena ficou preocupada. A coitadinha realmente *estava* com uma cara péssima, que Deus a abençoasse. Ela estava realmente horrível.

Ela se apressou em tirar o casaco e pegar os cigarros e o isqueiro da bolsa. Na cozinha grande, ela própria colocou a chaleira no fogo, e em seguida sentou-se à mesa de pinho. Com o cigarro aceso, estava pronta para o que desse e viesse.

— Você pegou um resfriado? Dá pra notar.

Maggie mais uma vez tentou sorrir.

— Estou com uma dor de cabeça horrível, mãe. Acho que não consigo sair para fazer compras.

Desapontada por sua filha estar com uma aparência tão ruim, Lena disse gentilmente:

— Vá para a cama. Eu preparo um café da manhã pra você.

Maggie balançou a cabeça.

— Apenas o chá, obrigada.

— Por que chamou um chaveiro? Perdeu as chaves de novo?

Maggie suspirou, e Lena mais uma vez olhou para ela, preocupada. A garota estava obviamente adoentada e também parecia deprimida. Estava estampado em seus olhos, totalmente sem expressão e sem vida. De um modo estranho, Maggie estava parecendo com a irmã, abatida e com a pele acinzentada, e apenas isso foi suficiente para deixar Lena alerta. Havia algum problema. Subitamente ficou preocupada. Sua caçulinha parecia muito doente, das olheiras escuras à palidez da pele bronzeada. Ela parecia abatida, como se não dormisse há dias.

— Bem, me responda, por que trocou a fechadura? O que está acontecendo? Alguém invadiu a casa, não foi?

Maggie começou a chorar em silêncio e nem mesmo tentou deter as lágrimas.

Lena agora estava assustada. Ela correu até a filha e a abraçou com força.

— Calma, garota, coragem. Está se sentindo bem? Foi assaltada ou algo assim?

A voz suave e carinhosa, transmitindo preocupação real, fez Maggie começar a chorar, baixo no começo e alto depois de alguns segundos. Ela parecia um animal em agonia.

Lena embalou a filha e tentou sussurrar as palavras carinhosas que todas as mães usam para acalmar os filhos. Finalmente, depois do que pareceu uma eternidade, Maggie começou a se acalmar, mas ela ainda permaneceu com o rosto enterrado no *twin set* da Marks and Spencer que sua mãe acabara de comprar.

— O que está errado? Conte pra mim, querida. Conte pra sua velha mãe.

Maggie ainda estava chorando, tremendo como se sentisse frio, embora estivesse mais calma.

— Você foi assaltada, meu bem? Algum ladrão entrou aqui?

— Claro que não, mãe! Não seja boba.

Maggie disse isso num tom tão ríspido que surpreendeu Lena.

— Perdi minhas chaves, só isso. Pelo amor de Deus, mãe, me dá um descanso.

Lena engoliu a resposta. As chaves que presumivelmente tinham sido perdidas estavam na mesa do corredor; ela as vira ao entrar. Maggie possuía um chaveiro de bronze inconfundível, com seu nome gravado de forma discreta.

Lena se manteve calada e fez o chá. Ela sabia que a filha lhe daria alguma explicação assim que estivesse preparada. Torceu para que não tivesse nenhuma relação com Jimmy e tentou descartar essa idéia. Os dois eram muito unidos. Não, era algo completamente diferente. Maggie estava num estado lastimável, e Lena decidiu que se ela estava com enxaqueca talvez fosse esse o motivo para o seu mau humor. Ela já tivera uma enxaqueca assim e não queria repetir a experiência.

Mas por que trocar as fechaduras? Se alguma coisa tivesse acontecido, ela teria chamado a polícia. Não havia razão para não fazê-lo — ela e o marido eram completamente legais. Não tinham nada roubado ou contrabandeado dentro de casa; eram espertos demais para isso.

Lena estava intrigada, mas também era suficientemente sensata para não fazer mais perguntas. Mas isso era tão antinatural, tão em desacordo com a personalidade da filha, que deixou Lena preocupada. Ela torceu para que não fosse nada terrível, nada que não pudesse ser consertado.

A única pessoa que poderia fazer sua filha sentir-se desse jeito era Jimmy, mas ele jamais faria nada que a magoasse, disso Lena tinha certeza.

Ela respirou fundo e acendeu mais um de seus infindáveis cigarros. Bem, como sua avó costumava dizer, o tempo curava todas as feridas.

Jackie estava olhando para si mesma no espelho de corpo inteiro em seu banheiro. Tinha acabado de tomar banho e sabia que já não era sem tempo.

A bebida a impedia de fazer as coisas cotidianas. Além disso, sempre fora preguiçosa. Quando Freddie fora preso, Jackie perdera o interesse em si mesma e começara a beber para ganhar coragem em sua luta para suportar as filhas e a solidão. Freddie jamais compreendera isso. Ele sempre vivera cercado por seus iguais, enquanto ela se sentira assustada demais para ir ao pub, conversar com um homem ou ser vista em qualquer situação que pudesse ser interpretada erroneamente. Seu mundo gradualmente implodira, e sua melhor amiga era a vodca quando ela estava deprimida e vinho e cidra quando não estava.

Ela fechou os olhos e saboreou a bebida mais uma vez. Ela a deixava animada, ainda mais do que as pílulas. Embora o Valium, que ela também tomava regularmente, alisasse as rugas de sua vida, suavizasse as bordas, deixando a vida mais suportável.

Ela passara muito tempo na banheira, sabendo que a sujeira em seus dedos demoraria para sair. Jackie decidira que ia começar a cuidar de si mesma, e assim, às onze da manhã, estava bebericando vinho branco misturado com vodca e tentando passar delineador e batom.

Jackie ouviu as garotas no quarto delas. Estavam rindo, rindo com gosto, e o barulho a estava irritando. Jackie tinha a sensação de que as meninas estavam rindo dela.

— Parem de babaquice e saiam daqui!

Jackie detectou a raiva na própria voz e se odiou por isso.

Elas eram boas meninas, sabia que eram. Também sabia que elas se esforçavam ao máximo por aturar suas bebedeiras e seu mau humor. Ela colocou mais uma pílula amarela na boca e engoliu a seco.

Os risos pararam, mas a música, não. Mesmo o barulho das Spice Girls era preferível ao tagarelar e aos risos das meninas, que sempre a deixavam meio paranóica. Sempre achava que elas estavam escarnecendo dela. Jackie sabia que muito provavelmente isso era verdade. Elas tinham gritado "feliz aniversário" enquanto ela tomava banho, o que não ajudara a melhorar seu humor.

Um pouco depois, Kimberley apareceu.

— Está bonita, mãe. Onde está indo?

O fato de que a menina considerara que ela estava indo a algum lugar deixou Jackie ainda mais deprimida. Ela olhou para a filha. Kim estava se transformando numa menina adorável e estava crescendo em todos os lugares certos. Todas estavam, e os ciúmes de Jackie não conheciam limites.

— Quem você pensa que é, a porra da polícia?

Fitando os olhos da menina, Jackie viu confusão e assombro. Kim deparara-se com a mãe arrumada e maquiada, quando normalmente estaria na cama, gritando ordens numa voz ríspida enquanto tossia os cigarros e a vodca do dia anterior.

— Eu só perguntei!

— Não devia ter perguntado nada. Preciso de motivo para me arrumar? É errado querer ficar bonita?

Jackie quis se calar, mas não conseguiu. Ela sempre precisava se justificar para essas jovens que a observavam, sempre julgando e a considerando péssima como mãe, mulher e ser humano.

— Por que não atira em mim por ter feito uma pergunta?

A menina deu as costas para Jackie, que teve de engolir o impulso de chamá-la de volta e abraçá-la.

As meninas odiavam ser abraçadas por ela, e Jackie sabia que era porque fedia a bebida, desespero e desesperança. Seu mundo havia implodido havia muito tempo, e agora estava esperando que ele explodisse, que Freddie finalmente a abandonasse. Quando isso acontecesse, ela sabia que seria o fim.

Freddie a havia assustado na noite anterior. Ela poderia esquecer as mulheres sem rosto, mas sua própria irmã? Sua Maggie, provavelmente a única pessoa com quem ela jamais havia se preocupado quando estava perto do marido. Jackie jamais confiara nele com qualquer pessoa, mas confiara em sua irmã. Jackie sabia que, mesmo se ele desejasse sua irmã, Maggie jamais sentiria o mesmo por ele. Mas agora já não tinha mais a mesma certeza.

E Maggie não era apenas jovem, mas também bonita. Era deslumbrante e sabia cuidar de si. Às vezes, a inveja que Jackie sentia por ela era quase visceral. Sentia-se mal só em ver seu corpo bonito, sua pele rija.

Mas Maggie não tocaria em seu marido, tocaria? A questão era que Jackie não tinha mais tanta certeza. Sua auto-estima estava no chão, sua vida estava descendo esgoto abaixo, e ela não sabia o que pensar. Estava na pior.

Quando Freddie queria alguma coisa, fazia tudo para consegui-la. Atacaria Maggie com todas as suas forças, e ela nem iria saber o que a atingira. Para Maggie, Jimmy era seu mundo, mas se houvesse algum problema entre eles Freddie usaria isso para seduzi-la. Veria isso como uma brincadeira; acharia divertido dormir com a mulher de Jimmy. Para Freddie, não havia mulher proibida, e os homens eram apenas bobos que cedo ou tarde veriam as verdadeiras cores das mulheres que afirmavam amar.

Mas Maggie? Maggie e Jimmy eram loucos um pelo outro. Além disso, Maggie era esperta, certamente esperta demais para seu próprio bem. Jackie tinha certeza de que Maggie possuía pelo menos uma pequena dose de lealdade.

Mas será que possuía mesmo?

Ela sabia daquela Patricia, sabia tudo sobre o suposto caso entre ela e Freddie. Sabia que ele gostava mais dela do que ela dele. Com Patricias Jackie podia lidar, porque eram histórias que não iam a parte alguma. Ele era muito bom de cama, mas até Jackie sabia que esse era o tipo de homem que as mulheres não queriam por perto por muito tempo. Freddie era perigoso, um cafajeste, mas pelo menos era, em termos gerais, seu. Cedo ou tarde, Freddie atravessaria a linha imaginária determinada pelas Patricias, que iriam mandá-lo de volta para casa com o rabo entre as pernas, e Jackie ficaria com as sobras.

Ele precisaria dela porque iria sentir-se como ela estava se sentindo agora. Uma inútil, indesejada, um nada.

Estava tonta; as pílulas tinham surtido efeito e ela estava realmente gostando de ouvir as Spice Girls. Cambaleou até o quarto e pediu às meninas que aumentassem o som, e elas riram quando o Pequeno Freddie repetiu cada palavra da mãe.

Quando Jackie começou a mandar que ele parasse, o menino fez uma excelente imitação dela, e Jackie foi ficando mais e mais irritada diante de cada palavra que ele dizia.

Ele desceu da cama e fez um imitação bastante realista de sua mãe quando bêbada.

Ela tentou bater no garoto, mas Roxy puxou-o para o seu colo e as meninas voltaram a rir de Jackie. O Pequeno Freddie estava fingindo enfiar o dedo na garganta, fingindo que ela o deixava enjoado, o que mais uma vez deixou as garotas histéricas.

Deus, às vezes ela odiava aquele maldito menino.

Freddie estava observando Patricia, e ela sabia disso.

Patricia era linda e sabia disso. Embora não fosse uma mulher particularmente deslumbrante, a confiança, o senso de moda imaculado e o ar de liderança a tornavam atraente aos olhos da maioria dos homens à sua volta.

Acostumados a mulheres completamente dependentes deles, Patricia era uma anomalia. Além disso, também era uma empresária agressiva cujo irmão era mais louco que a pessoa mais louca já declarada louca. Esse mesmo irmão dava-lhe carta branca na maioria de suas negociações, o que, no mundo deles, fazia de Patricia um homem honorário. Também fazia dela uma mulher riquíssima, e isso era mais um elemento de atração. Sua reputação de mulher sedenta de sexo que não queria laços emocionais também era um elemento de fascínio em seu círculo. A maioria das mulheres queria ser a número um, enquanto ela não tinha qualquer interesse em tomar o lugar de ninguém. Assim, muitos homens desejavam Patricia — e a desejavam por diversas razões.

Mas ninguém a desejava mais do que Freddie Jackson, que a via como um reflexo de si próprio. Freddie a via como uma alma gêmea e seria capaz de largar Jackie, e até mesmo o Pequeno Freddie, se isso fosse necessário para estar com ela em tempo integral.

Patricia manipulava Freddie, e os dois sabiam disso. Patricia o deixava pensar que havia sempre uma possibilidade, para em seguida deixá-lo mais do que ciente do quanto essa perspectiva era absurda.

Mas hoje Freddie parecia estar muito satisfeito. Cada nuança de seu comportamento dizia a Patricia que ele estava cheio de si, animado como uma puta de terceira classe com um cliente rico.

O apartamento de Patricia era fantástico, e Freddie o adorava. Era novo, uma cobertura, e ele gostava tanto que se imaginava como seu dono e senhor. Era impecável, a geladeira estava sempre cheia de cerveja e comida decente e a cama recendia a um aroma agradável e não tinha uma dobra sequer nos lençóis.

Patricia tinha uma casa bonita, e Freddie a invejava por isso. Outra coisa que lhe desagradava era o fato de que ele não era o único homem em sua vida. Mas se consolava em saber que pelo menos era o mais constante.

Patricia obrigava-o a tomar banho antes de irem para a cama, e, embora soubesse que isso era um insulto, Freddie obedecia. Se qualquer outra mulher pedisse uma coisa dessas, ele a encheria de pancada. Mas com Pat ou era do jeito dela ou não era.

Era uma mudança muito bem-vinda das vagabundas com quem normalmente se envolvia, que queriam que ele realizasse uma ginástica sexual e depois disso ainda queriam sua lealdade e amor.

Como se isso fosse possível.

Contudo Freddie daria essas coisas a Patricia sem pestanejar. Ele passaria a andar na linha e até deixaria de pular a cerca, porque as Patricias deste mundo não acreditavam em segundas chances. Você fazia merda e estava tudo acabado.

Patricia ficaria louca se soubesse o que ele tinha feito na noite anterior. Ela gostava de Maggie, todo mundo gostava dela. Na verdade, Maggie era muito parecida com Pat — uma mulher independente que conhecia seu próprio valor.

Era estranho que ele quisesse destruir Maggie e não desejasse o mesmo a respeito de Pat. Contudo entendia a lógica por trás de seu desejo de acabar com Maggie. O relacionamento de Maggie e Jimmy era o desejo mais profundo de Freddie. Falara a verdade na noite anterior, quando dissera a Jackie que devia ter esperado, que se casara com a irmã errada. Mas era mais do que isso. Ele via a forma como os dois viviam, como eles interagiam, como eram admirados e respeitados por todos.

Jimmy era os olhos e os ouvidos de Ozzy. Fora Freddie quem ficara trancafiado com Ozzy. Mas era Jimmy o queridinho de Ozzy agora, o pequeno Jimmy, a quem ele havia amado e ensinado.

Maggie também era um sucesso por si mesma, com seus salões de beleza e modos refinados. Até as meninas tinham os dois como seus ideais. Respeitavam mais Jimmy do que a ele. Elas respeitavam mais um homem que era mais jovem do que Freddie em quase uma década. A família toda tratava os dois como se fossem a realeza, e a ele, como se fosse um mero serviçal.

Bem, ele pusera um trem em movimento, e agora devia ficar observando, esperando para ver o que aconteceria. Maggie era dele e Freddie sabia disso. A reação de Jimmy era uma incógnita, mas Maggie jamais revelaria seu breve encontro.

Freddie também sabia que, ao esconder o acontecido, Maggie estaria causando a própria ruína, porque, uma vez que ela tivesse mentido para seu precioso Jimmy, sua vida inteira começaria a ruir.

Jimmy idolatrava Maggie. Otário como era, ele a via como a coisa mais importante em sua vida, e sua vida era boa. A vida de Jimmy e Maggie era aquela com a qual Freddie sonhara. Mas graças a Jackie e seus filhos, ao seu hábito de beber e se drogar e ao seu desprezo por qualquer coisa ou pessoa ao seu redor, essa vida jamais havia se materializado.

Ozzy, Freddie sabia por coisas que Patricia deixara escapar, via-o agora como um simples capanga. Ele era apenas um empregado; era Jimmy quem ditava as regras. Bem, Jimmy estava crescendo demais nas próprias botas, que, por acaso, Freddie lhe presenteara muitos anos atrás.

Freddie saíra da prisão cheio de sonhos e esperança. Passara noite após noite planejando uma nova vida e reconhecia que jogara fora tudo isso. Ele havia trepado com qualquer coisa que estivesse viva, havia perdido o respeito de praticamente todo mundo que ele conhecia e dado de bandeja o controle dos negócios a um rapaz que um dia vira-o como o símbolo de tudo, como seu ídolo.

Freddie estragara tudo e estava ciente de que era tarde demais para recuperar qualquer tipo de influência. Ele agora era apenas um capanga, bastante respeitado e bem-tratado, é claro, mas apenas um capanga. Seu pai dissera-lhe isso anos atrás, quando Jimmy e Maggie casaram-se com pompa e circunstância. Freddie precisava reconhecer que seu pai dissera a verdade. Mas ele o ensinara a segurar sua língua.

Ele podia ter uma aposentadoria, podia ter um estilo de vida, mas deixara tudo escorrer por entre os dedos.

Saber que ele próprio havia estragado tudo não o ajudava a suportar melhor a ascensão de seu primo. Todos os contatos que eles usavam eram amigos de Jimmy, todas as pessoas importantes eram conhecidos de Jimmy. Freddie sabia que agora era apenas *tolerado*, e era isso que ele não podia mais suportar.

Ódio era preferível a tolerância, e o pior de tudo era que até o jovem Jimmy mal o tolerava nos últimos tempos. Apesar de tudo isso, era a reputação de *Freddie*, a capacidade de lutar de *Freddie*, a crueldade de *Freddie* que desanimavam os pretendentes ao trono.

O ciúme era uma força terrível. Uma força que corroía as pessoas e fazia com que se afastassem daqueles que elas amavam. O ciúme fazia com que as partes fracassadas questionassem suas próprias vidas e odiassem família e amigos. O ciúme semeava paranóia e criava inimigos.

E Jimmy Jackson podia estar fazendo nome, mas seu pequeno ninho de amor agora estava maculado, e isso iria gerar um efeito dominó no resto de sua vida.

Freddie iria destruir o desgraçado por dentro e assistir à ruína da vida dele, de forma bem semelhante à sua própria ruína.

— Está se sentindo bem, Freddie?

Ele ouviu a voz de Pat vindo de muito longe e percebeu que estava numa viagem de coca. Ele vinha cheirando havia horas, como se tivesse um nariz maior do que o de Barry Manilow.

Freddie suspirou e disse com tristeza:

— Acho que as coisas andam mal na casa de Jimmy. Maggie está chateada com Jimmy desde que ele foi para a Escócia.

— Bom, ninguém pode culpá-la por isso. Era o aniversário de casamento deles.

Ela fez que não queria ouvir mais nada, e Freddie sentiu a raiva crescer dentro dele. Engoliu a raiva e disse com toda a gentileza que conseguiu reunir:

— Acho que ele está dando tiros n'água. Jackie estava me dizendo que Maggie parou a pílula há 18 meses e ainda nem sinal de um bebê.

Patricia olhou para ele, pasma.

— E daí? Quem liga pra isso?

Mas Freddie sabia que isso seria relatado a Ozzy, e era exatamente o que ele queria. No futuro, ele ia se tornar o estável, aquele que resolvia as coisas, mesmo que isso significasse ser bonzinho com aquele par de punheteiros conhecidos como os Black de Glasgow.

Em breve, Jimmy iria descobrir que ninguém passava a perna nele. Freddie sempre dava o troco, fosse em quem fosse.

— Por favor, Mags, me diga qual é o seu problema.

Maggie deu de ombros.

— Estou cansada, só isso.

Ela passou direto pelo marido e olhou através da porta do escritório. Ela estava acompanhando todas as coisas que aconteciam no salão de beleza como se fossem de absoluta importância. Na verdade, não tinha nenhum interesse nessas coisas, mas, se podiam desviar seus olhos dos de Jimmy, mereciam sua atenção.

Ela não conseguia olhá-lo nos olhos.

Sempre que Jimmy tocava Maggie, ela sentia vontade de chorar, mas se ele não a tocava chorava do mesmo jeito.

Jimmy estava preocupado com a mulher. Maggie não era a mesma desde que ele voltara da Escócia. Ele já explicara várias vezes que não tivera escolha, que precisara viajar. Os Black viviam sonhando em tirar Freddie do jogo, de modo que ele fora a escolha natural como intermediário. Graças a ele, Jimmy, tudo tinha se arranjado: ele, os Black e o químico de Amsterdã, que agora residia em Ilford com LaToya, uma garota bem jovem e bastante viciada em crack.

Contudo Maggie não havia se recuperado, e a despeito do quanto ele tentava falar com ela, ou amá-la, ela estava diferente. Era como se estivesse em outra dimensão, e isso estava começando a aterrorizá-lo. Ele não sabia o que fazer a respeito.

— Eu estou bem, Jimmy. Me deixa em paz!

Ele suspirou e disse:

— Tem certeza de que está bem?

Maggie não respondeu, e ele não sabia como quebrar o silêncio entre os dois.

Capítulo 15

Glenford Prentiss abriu aquele seu sorriso com os dentes separados da frente, e Jimmy sorriu em resposta. Com o passar dos anos os dois tinham se tornado bons amigos, e eram íntimos, tanto quanto possível, considerando seu campo de trabalho.

— Vamos, Jimmy. Você precisa falar com alguém, cara. Parece estressado. Parece que tem algum problema que não consegue resolver sozinho.

Glenford sabia que podia estar passando dos limites, mas estava preocupado com Jimmy. Ele parecia péssimo. Jimmy entrara para o folclore das drogas. Ele havia inundado o mercado com ecstasy. Das raves por todo o país até os shows de blues na Railton Road, Jimmy tornara a droga acessível a todos. O preço era baixo, o produto era bom, e o dinheiro estava entrando. Jimmy deveria estar eufórico, e ali estava ele, com cara de noite de chuva em Montego Bay.

Jimmy estava chapado. E isso não era comum para ele, e sentia o peso inebriante do skank. Nunca tinha usado skank antes. Era uma droga forte, pesada. Preferia haxixe libanês. Gostava do entorpecimento, de ficar na dele e depois ir dormir.

Mas o skank era uma coisa completamente diferente. Era uma droga manipulada quimicamente, que podia causar alucinações em grandes quantidades. Assim, ele a evitava. Mas tudo estava muito mal no momento, e, como ele estava passando a noite com Glenford, decidiu que se usasse um pouco dessa porcaria talvez esquecesse os problemas.

Tinha sido um erro.

— Vamos, cara, um drinque e você vai ficar loquaz, as palavras vão gotejar da sua língua.

Ele estava rindo. Quando jovem, Glenford tivera um grave problema e, para passar o tempo, lia o dicionário. Essa era sua história favorita, e embora Jimmy tivesse rido dela, como todo mundo, havia mais do que uma pitada de verdade nela. Num de seus dias bons, Glenford poderia ser o porta-voz da Inglaterra. Ele usava palavras que ninguém conhecia, mas que eram proferidas com tanta elegância que pareciam música aos ouvidos de qualquer um.

Ele era um amante das palavras. Certa vez, quando estava seriamente chapado, confidenciara a Jimmy que seu herói era, logo quem, Les Dawson. O homem, ele assegurou a Jimmy, tinha sido o maior de todos os amantes das palavras. Para ele, Les Dawson tinha sido subestimado, e, em sua opinião, tinha sido o último grande humorista e orador, ao lado de Spike Milligan.

O comentário fizera Jimmy rir tanto que ele quase havia desmaiado. Porém, quando assistiu às fitas com Glenford, sentiu-se mais que inclinado em concordar. Les Dawson era muito engraçado, de um humor bastante criativo. Como Glenford, Jimmy ficara impressionado com o comando total que o homem possuía da língua inglesa. Contudo, de cara limpa, Jimmy não tinha tanta certeza. Glenford também era fanático pelo Monty Python. Era capaz de repetir cada quadro do programa ou cada fala de todos os filmes. Ele também conhecia todas as piadas de todos os integrantes do Phyton que já tinham sido apresentadas.

Agora Jimmy preferiria conversar com seu amigo sobre Les Dawson ou sobre novos ídolos, como Bill Hicks e Eddie Murphy.

Qualquer coisa seria melhor do que pensar em sua própria situação.

— Maggie não anda nada bem, e já faz um tempo que ela está assim.

Lena estava exprimindo a opinião de todos à sua volta, mas, ao contrário dos outros, ela o fazia em voz alta.

Jackie deu de ombros, como sempre fazia diante de algum tipo de problema que não a envolvesse ou à sua vida. Conseqüentemente, ela estava exasperada ao gritar:

— Ela está bem! Porra, mãe, ela está com o *rabo cheio de dinheiro*, então não pode estar mal, pode?

Lena se arrependeu por ter falado. Ela sabia que Jackie sentia tanto ciúme de sua irmã mais nova que qualquer coisa dita a respeito de Maggie era alvo de deboche ou simplesmente ignorada. Mas Lena estava preocupada, muito preocupada. Da noite para o dia, sua caçula deixara de ser uma mulher feliz e carinhosa e se tornara uma neurótica.

Era como se toda a alegria tivesse sido sugada dela, juntamente com sua felicidade e energia natural, deixando apenas uma casca que respirava e que era uma imitação pálida da garota que ela havia sido.

Ela se movia, sorria, trabalhava e fazia tudo o que sempre fizera. Mas, de algum modo, era como se tivesse sido substituída por um clone.

A garota não estava bem, e Lena temia que alguma coisa muito sinistra estivesse acontecendo. Assim, insistiu novamente, para o caso de sua filha mais velha ter notado algo.

— Ela contou alguma coisa a você, Jackie?

Jackie suspirou, depois comentou sarcástica:

— Que tipo de coisa, mãe? Tipo ela está de saco cheio de você porque nunca sai da casa dela? Você acha que talvez não seja mais bem-vinda lá?

Lena fechou os olhos e conteve a raiva, bem como o ímpeto de desferir um tapa no rosto gordo e inchado da filha mais velha. Em vez disso soltou todo o seu palavreado em Jackie, porque sabia que palavras machucavam sua filha mais do que um bastão de beisebol em sua cabeça dura.

— Você é uma piranha egoísta, Jackie. Sabia disso? Sua irmã não aparece aqui há semanas e você não dá a mínima. — Lena se levantou e, vestindo o casaco, retirou-se sem dizer mais nada. Mas sentiu a raiva de Jackie e sabia que fora dirigida contra o alvo errado.

Jackie sabia que devia ter aceitado a crítica e que sua mãe tinha razão. Afinal de contas, eram uma família. Em vez disso, ela simplesmente ficou feliz por sua mãe ir embora e deixá-la em paz.

Já que Freddie agora estava tão apaixonado por Maggie, Jackie estava grata por sua irmã ter sumido de sua vida. Ela ainda ia lá nos fins de semana — e aproveitava as comidas e as bebidas —, mas o fato de Maggie não vir mais à sua casa não chegava a incomodá-la. Afinal de contas, ela costumava ir lá apenas para espioná-la e passar-lhe sermões, fingindo-se de irmãzinha preocupada.

Jackie fechou os olhos e se conteve para não gritar que seu marido estava com tesão por Maggie. Ela temia que Maggie também sentisse o mesmo por ele.

Ultimamente, tudo o que ela ouvia era como ele havia passado na casa de Jimmy para conversar, e como Maggie fizera-lhe um café ou um sanduíche e o quanto ela parecera *bonita* e *bem-vestida*. E como cuidava *bem* da casa. Cada elogio era proferido em tom de conversa. Ninguém que por acaso estivesse ouvindo perceberia que ele estava apaixonado, mas cada elogio apunhalava Jackie como uma faca quente, porque ela sabia que ele desejava Maggie.

Na mente de Jackie, a maioria das mulheres de seu mundo queria Freddie. De modo que parecia racional que Maggie, com sua vida segura e seu marido tedioso, também o quisesse. Em seus momentos mais melancólicos, honestos e sóbrios, Jackie afastava esses pensamentos, ciente de que eram estúpidos e completamente infundados. Ela amava Maggie e sabia que ela provavelmente era a única pessoa que a amava de verdade, a única pessoa em quem ela podia confiar.

Jackie sabia que tratava sua irmãzinha como se ela fosse uma vagabunda. Pedia dinheiro emprestado a Maggie e depois falava mal dela para as pessoas que ela sabia que faziam o mesmo com ela. Pessoas que faziam isso para justificar suas próprias existências. Pessoas que, como ela, não conseguiam compreender uma mulher que parecesse feliz e bem-sucedida e que tivesse um homem que não passava cantadas em qualquer coisa que respirasse ou que recebesse uma pensão.

Jackie confiava em pessoas que não ligavam para ela, que não eram realmente suas *amigas*. Mulheres desleais, sem ocupação, sem vida própria ou qualquer tipo de estrutura em seus dias. A única coisa que essas mulheres tinham de bom era serem muito *parecidas* com ela.

Eram mulheres sem rumo, que se consideravam melhores do que eram. Mulheres cuja auto-estima dependia dos homens em suas vidas, mulheres sem qualquer conceito real de amizade ou honra. A maioria das "amigas" de Jackie ainda era amistosa apenas porque todas sabiam demais a respeito umas das outras e tinham medo que as fofocas passassem a ser a respeito delas e de suas vidas.

Maggie dissera certa vez, num momento raro de raiva:

— Pelo menos com minhas amigas eu não tenho medo de ser a primeira a sair.

Isso magoara Jackie, porque ela sabia que era verdade. Assim que uma das amigas saía da casa, era massacrada impiedosamente, como se fosse uma inimiga. Era assim que elas eram, e Jackie sabia que as fofocas a seu respeito só não eram mais cruéis porque o marido era um homem perigoso.

Assim, ela era um peixe grande em seu meio e adorava o fato de estar mais ou menos segura. Ela também falava mal de Freddie, ridicularizando-o, e isso fazia com que ela parecesse uma peça importante da infra-estrutura do grupo. Jackie era o pivô do qual seu mundo precisava para girar ao redor. Por causa de Freddie, muitas pessoas importantes se diziam suas amigas. Mas se um dia Freddie a abandonasse ela estaria perdida. Todas sabiam disso, e se isso acontecesse ninguém ficaria mais feliz do que suas "amigas do peito".

Jackie era a esposa principal, e ela contava às amigas como sua irmã Maggie era metida e, só porque tinha um pouco de grana, agia como se fosse algum tipo de celebridade. Também ressaltava que o seu Freddie ganhava bem, mas, ao contrário de sua irmãzinha, ela sabia de onde tinha vindo e não sentia necessidade de esfregar sua sorte na cara de ninguém. Ou de deixar suas raízes.

Às vezes se sentia muito mal por causa do que dizia, mas continuava agindo assim. Especialmente quando o marido estava por perto. Mas nunca quando sua mãe estava por perto. Lena arrancaria sua pele por isso.

As filhas também não aprovavam esse comportamento. Elas adoravam Mags, pensavam nela como em uma santa, o que deixava Jackie ainda mais zangada e determinada a colocar a irmã em seu devido lugar. Era *ela* quem devia ser respeitada, como já fora um dia. *Era* a irmã mais velha, e só por isso *ela* merecia o respeito da irmã.

De vez em quando, ela mesma ficava atônita com a deslealdade que demonstrava para com a mulher que garantia que ela tivesse dinheiro, que se sentisse bem, que estivesse de cabelo bem-cortado e com roupas decentes.

Maggie, ela sabia, já chegara a brigar de verdade com pessoas que tinham criticado a irmã superficialmente. Maggie jamais a humilhava, apenas tentava falar com ela sobre seu suposto problema com a bebida e sobre o comportamento do Pequeno Freddie. Ao contrário de todas as outras pessoas, ela sempre tentara defendê-la e ajudá-la de forma positiva. E Maggie, mesmo pequena como era, sabia brigar, de verdade, sempre que possível. Jackie sabia que ela era uma lutadora por sua personalidade, enquanto Maggie lutava apenas por causa de um princípio ou porque esse era o último recurso. E quando entrava numa briga era pra valer. Maggie já havia enfrentado muita gente por causa de Jackie, que sabia que deveria fazer o mesmo por ela.

Mas Maggie também era um espinho na vida dela. Sempre que olhava para ela, Jackie via o espelho de sua própria vida desperdiçada, a juventude que ela deixara passar por causa das vezes em que ficara grávida, de sua tendência à autodestruição. E, mais ainda, Jackie chegara à conclusão de que sua única chance de felicidade com o marido seria afastar-se de Maggie.

Porque se Freddie *quisesse* sua irmãzinha ela não teria como competir. E não importava mais se Maggie o desejava também ou não. Freddie queria Maggie, e para Jackie isso era o suficiente.

Quando olhava para Mags, Jackie via uma mulher jovem com um trabalho decente, tino para os negócios, um bom casamento com um homem que a adorava e, o pior de tudo, alguém que seus próprios filhos, assim como seu marido, consideravam superior a ela.

Maggie era tudo o que ela queria ser, e por causa disso ela jamais poderia perdoá-la.

— Esqueça, Glenford. Estou cansado, só isso. O cara de Amsterdã que contratamos está agindo como se fosse um empresário. E nós dominamos o mercado, sabe, vamos fazer uma fortuna!

Glenford sorriu, mas não estava feliz. Ele sabia de tudo isso e não precisava que o amigo ficasse repetindo.

Ele preparou mais um baseado. Desta vez, um baseado jamaicano, com papéis que envolviam um pedaço de madeira que, depois de removido, formava um tubo que era preenchido com erva ou, neste caso, skank. Depois de aceso, o baseado inflamava como uma fogueira, mas em seguida ardia preguiçosamente. E algumas tragadas poderiam derrubar Mike Tyson.

Quando Glenford ofereceu o baseado a Jimmy, ele fez que não com a cabeça e disse:

— Não, obrigado, amigo. Daqui a pouco terei de ir para casa.

Ele sabia que estava chapado e que daquele jeito não conseguiria dirigir para lugar nenhum. Teria de pegar um táxi e vir buscar o carro no dia seguinte.

— Como está Maggie?

Glenford estava com a voz rouca e grave de um rastafári chapado, e isso fez Jimmy rir. Beenie Man começou a tocar no aparelho de som, e Jimmy se recostou para ouvir a música.

— Ela está bem.

Glenford deu de ombros e tragou profundamente mais uma vez.

— Ela parece ter problemas, assim como você. Se quiser desabafar sobre o problema, sabe que o assunto vai morrer comigo.

Jimmy sabia disso e sorriu agradecido. Mas não disse nada.

Depois de algum tempo, Glenford voltou a falar.

— Você é um idiota, rapaz. Quando eu e Clarice estávamos mal, eu guardei tudo para mim mesmo. Agora ela está morando com um cara branco com um trabalho decente, e meus filhos estão falando como bancários. Eu estou aqui, com a minha gatinha. Ela é um amor, mas a minha Clarice, ela, sim, é a mulher da minha vida. E eu fodi tudo, eu mesmo cheguei a essa conclusão no fim. É o que elas querem, sabia? É a forma como vivemos, a incerteza, todo o conceito do estilo de vida criminal. Isso desgasta as mulheres decentes. Elas querem segurança de verdade e querem estar nos braços de seus homens todas as noites. Bem, ela tem isso agora. Ela tem o que queria, mas aqui dentro — bateu com força no peito — eu sei que ela preferiria estar nos meus braços, e não nos braços do carinha de olhos azuis que ela tem agora. Mas entenda: as mulheres decentes são assim. No fim das contas, elas fazem o que é melhor para elas ou, no caso de Clarice, o que era melhor para os nossos filhos. Os meus filhos, e eu respeito isso. E ele é um bom homem. Ela é mais clara do que ele, é loura natural, com o tapete combinando com a cortina, se é que você me entende. Mas ele ama meus filhos e agora eles tiveram o filho deles, mas sei que um dia ela vai voltar. Um dia, quando eu estiver fora desta vida, quando tiver me aposentado.

Ele deu mais uma tragada profunda em seu baseado recém-aceso e riu, enquanto dizia com muita seriedade:

— Sabe, Jimmy, meu garoto, se eu não acreditasse nisso, a minha vida não valeria nada.

Jimmy olhou para o amigo e sorriu, e os dois souberam que esta era a última peça de sua amizade encaixando-se no lugar. Nenhum deles jamais confiara a ninguém seus sentimentos mais profundos, mas agora estavam dispostos a fazer isso.

— Ela não está bem, Glenford. Virou uma pessoa diferente. Está com os nervos à flor da pele, ela pula a cada vez que alguém bate à porta. É como se estivesse esperando por alguma coisa, mas ela não me diz o quê.

Glenford balançou a cabeça como se entendesse perfeitamente.

— É o que estou tentando dizer. É a vida, garoto. Elas chegam a uma certa idade e a um certo estado de espírito que ficam com medo das conseqüências da profissão que escolhemos.

Jimmy pensou em suas palavras por algum tempo, depois disse com tristeza:

— Não, não é isso, Glenford. Ela e eu estamos com tudo legalizado, e se eu for preso será por um azar muito grande. Não, é uma coisa mais profunda. Alguma coisa aconteceu com ela, e eu não consigo descobrir o quê. Não sei o que fazer. Quando tento falar com Maggie, ela arma um escândalo.

Glenford ficou subitamente alerta. Ao contrário de Jimmy, ele conseguia ficar sóbrio quando queria. Era raro alguém conseguir fazer isso.

— O que poderia ter acontecido com ela?

Jimmy suspirou.

— Eu não sei, mas vou descobrir. Começou quando fui a Glasgow. Desde então ela não é a mesma.

Glenford ficou calado, mas sua mente agora estava trabalhando muito rápido. Ele acreditava em jamais dizer nada a ninguém até ter certeza de todos os fatos. Agora estava chateado por estar tão chapado, porque alguma coisa que Jimmy acabara de dizer o deixara com a pulga atrás da orelha. Mas ele estava muito doido, e sabia que este era um assunto importante demais para ser pensado agora. Ele se levantou trôpego da cadeira e fez o que sempre fazia quando estava doidão e precisava se lembrar de alguma coisa.

Caminhou até a cozinha e fez uma anotação em seu caderno.

Em seguida pegou mais duas latas de Red Stripe, voltou para a sala e sentou-se para discutir amenidades com o amigo.

— Vamos, Maggie, estamos todas esperando por você!

A voz de Dianna soou alta no salão de beleza, e todos automaticamente viraram-se na direção dela. Dianna sabia que isso aconteceria, e ela piscou para Kimberley enquanto Maggie finalmente emergia de seu escritório.

Este salão em Chingford, Essex, era o maior de todos e se tornara a menina dos olhos de Maggie. As garotas, assim como Maggie, sabiam que esta agora era a loja mais importante da cadeia. Ela dera tão certo que Maggie agora estava investindo muito dinheiro para deixar as outras lojas em pé de igualdade. Não era mais apenas o salão em si, mas também cabines de bronzeamento, sala de manicure e sala de depilação com cera quente — pernas, sobrancelhas, virilha, tudo o que era necessário. O salão oferecia tratamento facial, Reiki, massagem e tinha até uma clínica de emagrecimento, na qual uma vez por mês um médico prescrevia tudo o que as clientes precisavam.

Era uma mina de ouro.

Maggie oferecia vinho, refrigerantes, frapês e cappuccinos. Ela também permitia que suas clientes usassem os banheiros para cheirar o que quisessem, contanto que o fizessem com discrição.

Era, para todos os propósitos e intenções, o lugar perfeito.

Dianna e Kimberley agora passavam o tempo todo lá. Kim — que estava fazendo um curso de estética — como cabeleireira, e Dianna como estagiária.

Mas Maggie estava diferente, e elas estavam determinadas a tirá-la de sua casca hoje de qualquer modo.

Maggie queria as meninas lá não apenas porque as amava, mas também porque isso manteria Freddie afastado. Ele ficava nervoso na presença das filhas, que o desafiavam desde que eram muito pequenas. De sua parte, elas o amavam de um modo "bem, ele é meu pai, o que eu posso fazer a respeito?". Mas Maggie sabia que ele as amava, e como ele amava toda mulher em suas relações, ele as possuía. Maggie também acreditava que ele sentiria medo de que elas descobrissem o que acontecera. Ao contrário da mãe, elas estariam inclinadas a acreditar no lado dela da história.

Maggie desempenhara um papel importante na vida das meninas até agora. Elas a conheciam bem e confiavam nela. Respeitavam Maggie, e o pai delas a destruíra.

Agora, ao olhar à sua volta, Maggie viu o salão apinhado de gente, tocando música alta e fazendo dinheiro, e sentiu vontade de gritar.

— Venha, Maggie. Todo mundo tem perguntado por você. Não dá mais pra dizer que você está fazendo a contabilidade, né?

Maggie olhou para o rosto de Kimberley e, como havia sido desde que a garota alcançara a adolescência, viu a si mesma. Kimberley parecia com ela, e todos comentavam a respeito disso. Kim herdara a tez morena e os cabelos negros do pai, mas possuía a estrutura óssea delgada de Maggie, que tanto contrastava com a corpulência de Jackie.

Ao pensar em Jackie, o coração de Maggie disparou.

— Oi, Mags, há quanto tempo! Você tem andado doente, garota? Está parecendo um papel!

Maggie abriu um sorriso largo para a mulher que acabara de falar. Sentada na nova e caríssima cadeira de couro preto, munida de banheira para os pés e suporte para copos, a mulher de pele bronzeada e cabelo com luzes estava fazendo as mãos e os pés. Ao vê-la, Maggie novamente sentiu vontade de gritar e dizer à mulher que ela era uma perua fútil e que odiava sua existência egoísta, assim como odiava homens como Freddie, pois muitas dessas mulheres eram casadas com candidatos a Freddie. Homens que trepariam com uma perna de mesa se ela estivesse disponível e que não tinham nem mesmo a decência de usar uma camisinha. Maggie sabia de mulheres neste salão que tinham contraído de tudo, de gonorréia a herpes, depois que seus maridos haviam voltado de uma viagem de negócios à Tailândia. Subitamente, todas as fofocas soaram a Maggie como o Velho Testamento, como algum tipo de revelação. Aquelas fofocas refletiam sua própria vida e o que ela estava passando por tentar salvar a sanidade de sua irmã e de seu casamento com Jimmy. Olhe só até onde essa atitude a havia levado.

Maggie sentiu vontade de mandar todo mundo se foder, mas não fez isso. Ultimamente vinha xingando muito em seus pensamentos. Isso a acalmava um pouco, mas ela não tinha certeza de por quanto tempo continuaria funcionando.

Em vez disso, disse o mais alegremente que pôde para a loura oxigenada que aparentemente estava esperando por uma resposta:

— Vocês só me querem porque eu faço as bebidas mais fortes!

Todas as mulheres no salão de beleza caíram na gargalhada. Maggie olhou em torno para os dentes perfeitos e os corpos bronzeados, perdeu o controle e começou a chorar.

Kimberley, que herdara da avó um excelente detector de encrencas, conduziu-a de volta ao escritório antes que muita gente percebesse o que tinha acontecido.

Maggie abraçou a sobrinha com força e chorou como uma desesperada. Ela estava falando incoerentemente, e tudo que Kimberley conseguiu entender foi:

— Eu sinto muito, querida, sinto muito mesmo.

Quando finalmente se acalmou, Maggie continuou sem dizer que diabos havia de errado com ela.

Freddie e Jimmy estavam numa casa na zona norte de Londres. Era uma propriedade grande numa avenida ladeada por árvores. Na garagem estava o BMW dele e o BMW dela, e tudo apontava para uma família grande e gastadora.

Também havia mountain bikes e um carro elétrico infantil no caminho de acesso, largados sem o menor cuidado. A julgar pelo estado da pintura e pelo fato de estarem cobertos de folhas, eles obviamente tinham sido deixados ali havia um bom tempo e haviam pegado chuva recentemente. Jimmy, que sabia que dinheiro não dava em árvores, não conseguiria nem em mil anos entender como alguém em sã consciência seria capaz de deixar várias centenas de libras em brinquedos estragarem daquele jeito. Isso só podia ser coisa de gente estúpida ou, como certamente era o caso aqui, de gente que sempre teria de onde tirar mais dinheiro.

Havia também uma garagem dupla com a porta entreaberta. Mais uma vez era o tipo de coisa que não dava para entender — por que alguém convidaria ladrões para seu quintal? Jimmy sabia que o portão automático estava quebrado, mas mesmo sob a luz do crepúsculo viu alguns freezers e também contou três cortadores de grama elétricos diferentes, sendo um do tipo que se dirige como um carrinho. Além de outras peças caríssimas de equipamento de jardinagem. Nem ele tinha tanta coisa em seus galpões, e seu jardim parecia o Serengeti em comparação com o deste idiota.

Jimmy estava muito zangado; havia anos que não ficava assim. Bem, ele tinha algumas notícias para este otário. Esperava entregá-las o quanto antes e não estava disposto a se deixar ser acalmado. Porque ele estava puto da vida, e esta pequena repreenda era exatamente o que precisava para deixar escapar um pouco de vapor.

Freddie cutucou a porta da frente de leve com o anel que sempre usava, embora soubesse que Jimmy achava isso ostentação. Jimmy achava que Freddie usava ouro demais. Era como se ele estivesse mostrando sua riqueza ao mundo, e Jimmy ficava furioso com isso. Anéis vistosos eram para capangas e leões-de-chácara. Eram para adolescentes que se achavam perigosos; não para adultos e empresários sérios. Mas eles causavam muito estrago, de modo que esta noite Jimmy estava disposto a não mencionar o assunto, mesmo achando que aquilo deixava Freddie com cara de bandido barato.

A varanda da casa tinha sido acrescida numa reforma recente. Tinha janelinhas com molduras pintadas em rosa e verde, que combinavam com o restante da casa. Todas as janelas pareciam novas, assim como as portas. A casa tinha sido construída há havia anos, mas parecia nova em folha. Seu proprietário tinha empreendido diversas reformas, e em qualquer outro momento Jimmy teria passado horas tomando cerveja e conversando com ele sobre as obras. Infelizmente, o homem perdera o controle de seus gastos e dera uma bela mordida no lucro deles para financiar esta pilha de tijolos maravilhosa, mas, para falar honestamente, exagerada.

Agora Lenny Brewster estava prestes a descobrir que tinha sofrido uma investigação completa, e que Jimmy e Freddie não estavam dispostos a esquecer o que haviam descoberto.

Lenny vira os dois homens chegarem pelo caminho de acesso. Sua esposa, que estava fazendo chá e preparando um sanduíche de bacon quando eles bateram à porta, notou seu comportamento incomum. Ele parecia nervoso. Parecia estar se *cagando de medo*, como costumavam dizer em seu círculo, absolutamente aterrorizado e culpado, como se tivesse acabado de ser capturado pela polícia.

Ele era um mentiroso, um falastrão, e ela aceitava isso, mas, para ser sincera, ele estava ganhando tanto quanto um traficante de drogas numa prisão de segurança máxima. O dinheiro entrava constantemente e sempre em grandes quantidades. Ela sabia que o marido trabalhava para os Jackson, mas até agora ela não tivera nenhum contato com eles. Lenny dera a impressão de que eles precisavam *dele*, um elemento-chave em seus empreendimentos nefastos.

Mas agora, como já acontecera a muitas esposas, ela estava vendo o marido como ele realmente era, e isso a assustou. Principalmente porque, naquele mesmo dia, ela havia pago um cruzeiro ao Caribe e contado a todo mundo a quem conhecia que eles iriam viajar de primeira classe, numa suíte de luxo com escotilhas e uma enorme sala de estar.

— Devo deixar eles entrarem, Lenny?

Ele respondeu afirmativamente com um aceno de cabeça, tentando sorrir para ela.

Quando ela abriu a porta, Freddie disse, com todo o considerável charme que possuía:

— O cheirinho que está vindo da sua cozinha é bacon?

Ela sorriu alegremente para ele. Freddie era exatamente seu tipo de homem. Ela estava sempre disposta a pular a cerca, porque o marido não era um homem tão excitante assim. Os dois compreenderam perfeitamente um ao outro numa questão de segundos.

Jimmy observou a pequena exibição com o meio sorriso com o qual costumava expressar sua descrença. Freddie poderia se dar bem com qualquer mulher.

Ele viu Lenny chegar lentamente ao saguão.

— Tudo bem, Len?

A voz de Jimmy era amigável, mas havia nela uma ameaça oculta, e Lenny estava tentando decidir como reagir. Assim, ele sorriu e disse para a esposa:

— Vai, June, vai fazer o chá. Alguém quer um sanduíche?

Freddie sorriu.

— Eu como o que tiver, parceiro. Tem cerveja?

June sorriu e olhou para Jimmy, que balançou a cabeça afirmativamente. Então Lenny guiou os dois através do saguão recém-decorado e da sala de estar até o enorme jardim-de-inverno nos fundos da casa.

Jimmy e Freddie olharam em torno de maneira educada. Ocasionalmente olharam para Lenny e levantaram as sobrancelhas teatralmente, para demonstrar a Lenny que estavam surpresos com tanto luxo comprado com o que ele ganhava. Embora estivessem pagando um salário decente a Lenny, ambos sabiam que a casa era muito mais luxuosa do que ele poderia pagar. E Lenny sabia que eles tinham razão.

— O que posso fazer por vocês?

— Vamos, Lenny, pare de bancar o sonso. Você sabe por que estamos aqui. Por que outro motivo iríamos nos dar ao trabalho de visitar um verme como você, hein? Só se ficássemos sabendo que você estava passando a perna em alguém, não é, Lenny?

A voz de Jimmy estava baixa agora, mas racional.

Lenny decidiu ser franco com eles. Ele não tinha outra escolha. Tinha uma esposa dispendiosa, seis filhos e uma reputação a zelar. Ele trabalhara para Ozzy quando ele ainda estava livre, e isso certamente devia valer alguma coisa.

— Eu passei a mão no dinheiro, sim. E daí? Eu precisava. — Ele olhava para Freddie enquanto dizia isso no tom de voz mais razoável que conseguiu forjar. — Estou vendendo três vezes mais do que vendia nesta mesma época no ano passado. Eu pedi a vocês uma participação maior, mas vocês só me enrolaram.

Ele esperou por uma resposta e, como não houve nenhuma, disse, com o que julgou ser uma raiva justificável:

— Ganhei fortunas para vocês, e vocês sabem disso.

Ainda não houve resposta. Freddie e Jimmy simplesmente olharam para ele sem nenhuma expressão, e isso o fez perder a calma.

— Eu estava nas ruas, trabalhando para o Ozzy, quando vocês ainda estavam roubando carros e bebendo Coca-Cola no pub. Eu fiz por merecer a minha posição nesta firma. Vocês deviam ter me dado o que eu merecia. Se tivessem feito isso, eu não teria precisado pegar sem pedir.

Lenny agora estava sorrindo para eles. Parecia aliviado por ter dito tudo, quase relaxado, e Jimmy pela primeira vez viu uma expressão de desafio em seu olhar. Era como se ele estivesse de pé ali, pensando que já dissera tudo o que devia, e agora, o que vocês podem fazer contra mim?

Teria de suportar uma surra, e pronto, tudo estaria acabado e eles estariam quites. Lenny era mais petulante do que ele havia imaginado.

Mas antes que Jimmy pudesse dizer uma palavra Freddie atacou. E quando Lenny caiu no chão de gatinhas, Jimmy viu que Freddie o havia estripado com uma faca de churrasco.

Lenny estava tentando impedir que suas entranhas saíssem, e o sangue espesso jorrava depressa, vertendo entre os dedos dele, fazendo uma lambança horrenda no piso.

Jimmy não podia acreditar no que Freddie fizera. Isto era a última coisa de que eles precisavam.

Freddie estava sorrindo, aquele sorriso insano que sempre o tirava de todas as enrascadas desde que ele era menino. Parecia uma criança pega roubando a bolsa da mãe.

Mas ele não era um menininho e acabara de assassinar Lenny, em sua própria casa, a sangue-frio. E só porque Lenny os afrontara. Parecia um pesadelo. Era este o tipo de coisa que causava sentenças de prisão perpétua: agir primeiro, pensar depois. Em muitos casos, dez ou 15 anos depois, o criminoso *ainda* estava tentando entender o que gerara aquele único momento de loucura.

Jimmy agarrou Freddie pela jaqueta e pela camisa e o golpeou contra a parede da casa com toda a força que conseguiu reunir. O ruído ecoou em todo o ambiente, e agora o vidro estava embaçado e o chão estava coberto pelo sangue de Lenny, que caíra com o rosto virado para o chão.

Ele estava morto, e sua esposa estava na cozinha, esperando para servir sanduíches e xícaras de chá.

Freddie estava soltando risadinhas, como se tudo fosse algum tipo de piada. Jimmy resistiu quando ele tentou desvencilhar-se de suas mãos e se afastar da parede. Mas ele não deixou. Freddie não podia se mover e ele estava usando toda a sua força para tentar mudar esse fato.

Foi apenas neste momento que Freddie finalmente compreendeu o quanto Jimmy era realmente forte e alto. Ele era forte como um boi, e Freddie, que sempre fora o braço forte da dupla, entendeu que Jimmy era não apenas mais jovem, como também maior, mais saudável e mais rápido.

A diferença entre eles, Freddie finalmente reconheceu, era que Jimmy possuía uma força controlada, uma força que era mais do que apenas física. Ele era forte de corpo e mente. Jimmy usava seu cérebro com sabedoria, enquanto Freddie usava apenas sua força para conseguir o que queria. Por mais trivial que fosse seu desejo.

Jimmy golpeou a cabeça do primo contra a parede de tijolos repetidas vezes. Percebeu que Freddie estava sangrando, mas não se importou. Esta era a coisa que ele sempre temera, o tipo de coisa que significava uma boa temporada atrás das grades. E o pior de tudo é que fora um assassinato sem propósito, destituído de qualquer tipo de princípio ou raciocínio. Uma morte completamente desnecessária que poderia destruir o resto da vida deles.

E, com todas as suas forças, ele socou o queixo de Freddie. Acertou-o com tanta força que precisou segurá-lo para que ele não escorregasse na poça de sangue que se espalhava pelo chão.

— Freddie, seu veado estúpido! Seu veado estúpido!

June entrou, viu a carnificina e soltou um grito de horror.

Capítulo 16

Jackie estava ouvindo as meninas conversarem. Como sempre, trocavam fofocas sobre as clientes dos salões de beleza e falavam sobre sua irmã, Maggie. Elas estavam na cozinha, tagarelando durante um jantar tardio.

Jackie, como de hábito, estava na sala de estar, com uma bebida, cigarros, um pacote cheio de bombons e os medicamentos receitados pelo médico numa mesinha de vidro ao lado da cadeira. Seus outros medicamentos, os que ela realmente consumia, estavam na bolsa, mas ela gostava que as pessoas vissem seus antidepressivos, porque isso falava muito a respeito de sua vida e da forma como ela a vivia.

Certa vez, Maggie comentara que o mundo de Jackie era tão pequeno que era povoado por ela e apenas ela. Bem, a julgar pelo que as meninas estavam dizendo, Maggie finalmente estava aprendendo os fatos da vida.

— Ela começou a chorar sem parar, e eu não sabia o que fazer!

Roxanna, que a cada dia parecia-se mais com Maggie, estava ouvindo as notícias terríveis a respeito de sua amada tia com olhos arregalados, exalando a fumaça de seu cigarro em baforadas curtas e nervosas.

O Pequeno Freddie, como sempre, estava assistindo a um filme. Os sons de tiro estavam altos e, vendo que a mãe se esforçava por ouvir as meninas, ele aumentou o som ainda mais. Quando Jackie tomou o controle remoto dele e abaixou o volume, ele a socou com força no peito. A dor foi excruciante, e ela quase perdeu a maior parte da bebida que havia em seu copo.

Jackie acertou o menino com a palma da mão, colocando nesse golpe toda a sua força. Qualquer outra criança teria gritado, mas ele riu dela e deixou escapar uma saraivada de palavrões que até mesmo Jackie ficou chocada em ouvir.

— Seu veadinho! — retorquiu Jackie.

O Pequeno Freddie ainda estava rindo dela, e seus olhos transmitiam exatamente o que ele pensava sobre a mãe.

Ela se levantou trôpega e flagrou seu próprio reflexo no espelho que ficava em cima da lareira. Camisola suja, cabelos parecendo um ninho de rato e toda inchada, o rosto e o corpo subitamente parecendo imensos.

Jackie caminhou até o espelho e olhou-se. Viu que seus cabelos, antes exuberantes, estavam ralos. A pele estava seca e pálida. Sentia dores constantes nas costas e agora tinha dificuldade até para comer doces, o que durante anos tinha sido sua dieta básica.

Na prateleira da lareira havia uma fotografia dela e de Freddie quando eles estavam namorando. Jackie pegou a fotografia e olhou para sua imagem; pela primeira vez em anos, olhou-a com atenção. Ela tinha sido linda e nem se dera conta disso. Mas agora, vendo-se em seu vestidinho, o rosto sorridente, tinha a impressão de que estava olhando para uma estranha.

Ela ouviu o Pequeno Freddie praguejando junto com os homens no filme, repetindo palavra por palavra. Percorreu o corredor e encontrou as meninas ainda na cozinha. Sorriu para elas.

— Como foi o dia, garotas?

Era um interesse forçado, e elas sabiam disso. Jackie não dava a mínima para o que faziam, mas, como sempre, elas responderam.

— Fantástico, mamãe, e o seu?

O comentário veio de Kimberley, que transformara o sarcasmo numa arte.

Ela ignorou o tom da filha e disse amistosamente:

— Mas e aí, que história é essa da Maggie ter chorado no salão?

Jackie soou preocupada e interessada, e Dianna balançou a cabeça incrédula. Elas sabiam como estava a relação entre sua mãe e Maggie, podiam ouvir tudo o que acontecia nesta casa e sempre ficavam surpresas com o fato de sua mãe não perceber isso.

Kimberley arregalou os olhos.

— Não sei, mãe. Ela não disse.

Isso foi dito com lealdade e num tom que queria dizer à mãe que elas não iriam falar mais nada sobre o assunto.

Jackie sentiu a raiva que sempre fervia por baixo de seu temperamento começar a subir, mas se manteve controlada e disse num tom calmo:

— Maggie não está bem, e ela é minha irmã caçula. Talvez eu deva ir lá falar com ela, o que vocês acham? Uma conversa de mulher para mulher.

As três meninas simplesmente a fitaram com rostos inexpressivos, e ela viu o quanto suas filhas eram bonitas, simpáticas e como se vestiam bem, mas não tinham o menor interesse no que ela dizia.

Jackie sentia-se uma intrusa em sua própria casa, e isso a machucava.

— Suas piranhazinhas! Eu faço tudo por vocês, e vocês me tratam como uma ninguém!

Kimberley pegou sua bolsa e as outras a imitaram. Deixando seus sanduíches e chás, elas tentaram passar pela mãe para irem para suas camas.

Jackie empurrou todas de volta para a cozinha e ficou no vão da porta.

— Ou me respondem ou encho todas vocês de porrada, uma a uma!

Kimberley suspirou e disse com calma:

— Você está bêbada, mamãe. Vá para a cama e deixe a gente em paz.

Isso foi dito num tom razoável e, por alguns segundos, Jackie realmente considerou fazer isso. Mas seu mau gênio e sua paranóia se manifestaram, como sempre.

— Mas, que bosta, eu quero saber que porra de drama está havendo naquele salão. O pai de vocês estava lá? Ele costuma aparecer por lá? Ele já foi lá? — Ouvindo a si mesma, percebeu que estava parecendo uma idiota, mas não conseguia parar.

— Mãe, por que ele iria lá?

Isso foi dito por Roxanna, que estava cansada e farta dessa mulher histérica.

Jackie riu.

— Você não vai querer saber, meu bem. Mas me escutem. Escutem com atenção. Ela está recebendo o que merece. Vocês pensam que ela é maravilhosa, mas ela...

— Ah, mãe, pare com isso! — A voz de Dianna saiu tão alta e determinada que Jackie ficou sem palavras. — Maggie ama você. Nunca diz nada de ruim a seu respeito, e tudo que você faz é falar mal dela.

Jackie olhou para os três rostos voltados para ela e viu confusão, mágoa e desgosto neles. Com uma voz cheia de autopiedade e lágrimas, disse:

— Ela virou vocês contra mim, não foi?

Kimberley balançou a cabeça, desanimada.

— Mãe, você fez isso sozinha. Agora vá para a cama, por favor. Pare com isso e deixe a gente em paz, sim?

— Vocês pensam que Maggie é maravilhosa e que eu sou uma bruxa. Mas eu sei o que está acontecendo com vocês...

Mais uma vez as três jovens olharam para ela com pena e irritação, e isso a fez gritar com elas:

— Maggie é uma piranha e está tentando arruinar a minha vida!

Ela sabia que devia calar a boca, mas estava muito magoada e queria que elas também ficassem magoadas, que sentissem o que ela estava sentindo, que fossem solidárias a ela.

— Pare, mãe! Ouça o que está dizendo. Você está bêbada. Vá para a cama e durma até ficar boa.

Roxanna, sua caçulinha, seu bebê, estava olhando para ela, e Jackie viu desprezo em seu rosto, assim como ouvira-o em suas palavras.

— E quanto a mim, meninas? Vocês não conseguem ver o que estou passando? Vocês não podem demonstrar um pouquinho de compreensão em relação à sua mãe?

Jackie estava à beira das lágrimas, quase chorando devido à raiva, à vergonha e ao álcool. Ela havia bebido durante o dia inteiro.

Kimberley colocou-se protetoramente à frente das irmãs. Ela sabia que a mãe era capaz de violência quando estava nesse estado, mas não conseguiu evitar dizer em voz alta e com absoluta desconsideração pelos sentimentos, reais ou imaginários, de Jackie:

— Nem tudo diz respeito a você, mãe. Se você ao menos pudesse ver isso, sua vida seria muito mais fácil. Maggie é um *amor*. Ela nunca disse *nada* sobre você que não pudesse ser repetido na sua cara. Ela sempre defende você. Não deixa a gente dizer porra nenhuma sobre você, que você é uma bêbada ou que é uma escrota. Ela é a única pessoa que realmete se importa com você e, como de costume, só você não consegue ver isso. Você come a comida dela, bebe a bebida dela e a usa do jeito que usa todo mundo. Mas ela é a única pessoa que já se dispôs a nos apoiar, e é melhor você começar a entender e a aceitar isso. Assim, mãe, pela última vez, vá dormir.

As três jovens saíram da cozinha e ela não tentou detê-las. Em vez disso, abriu a geladeira e tirou mais uma garrafa de vinho.

Seu marido e suas filhas... Maggie tinha roubado todos eles.

June Brewster estava em estado de choque, mas ainda era sensata o bastante para saber que Jimmy Jackson não era o principal culpado e que ele era a pessoa em quem ela precisava se apoiar. Freddie Jackson era um assassino, mas ela já ouvira essa expressão ser usada para defini-lo muitas vezes antes. Conhecia as regras do jogo no qual estavam envolvidos. Ela vivera isso por muito tempo e, como a maioria das mulheres de criminosos, via o mundo de uma maneira realista.

Quando entrara no jardim-de-inverno, ela gritara uma vez, mas em seguida contivera-se o máximo possível. Não telefonara para os tiras e sabia que isso lhe valera pontos com Jimmy Jackson.

Jimmy também estava muito mais calmo agora, embora ela tivesse visto sua expressão de profundo desprezo para com Freddie Jackson quando entrou na estufa.

Freddie fizera merda, e era apenas a reputação de June, de uma esposa confiável e colaboradora, que a mantivera do lado deles. Casada com Lenny, ela conhecia mais segredos que o Dalai Lama, mas eles sabiam que ela sempre os guardara.

Lenny certa vez dissera que o verdadeiro cérebro por trás da firma era Jimmy Jackson, e depois dos acontecimentos desta noite June estava inclinada a concordar com ele. Jimmy já estava pensando numa forma de salvar a pele de todos eles. Ela sabia que receberia uma compensação, e era bom que fosse imensa. Mas ela também queria uma quantia equivalente ao prêmio do seguro de vida, porque agora teriam de fazer parecer que o pobre Lenny morrera em circunstâncias bem menos suspeitas.

Jimmy estava falando pelos cotovelos, e entre um comentário e outro tomava doses de conhaque, enquanto tentava pensar em como aliviar June de seu fardo.

Mas como conseguiria fazer isso?

Lenny era um babaca, ela sabia disso melhor do que qualquer um, mas ele tinha sido seu marido por mais de vinte anos. Mesmo com a última criança sendo suspeitamente morena em comparação com as outras cinco, ele concedera a June o benefício da dúvida. Tudo acontecera quando ela passava férias na Tunísia com as irmãs. Lenny a havia negligenciado e sabia disso. Na verdade, o caso de June com um jovem garçom com barriga de tanquinho, um pau enorme e quase nenhum domínio da língua inglesa fizera Lenny dar mais valor a ela. Assim, eles haviam superado a situação. E a criança, uma menina, tinha se tornado a preferida de Lenny. Eles já tinham os cinco meninos, e ela era uma menininha muito linda, que idolatrava o pai.

Agora ela era uma viúva com seis filhos e uma casa que seu finado marido reformara apenas por insistência dela. Lenny havia roubado esses dois chefes malditos e agora estava morto. E tudo no que ela conseguia pensar agora era na Tunísia e no rapaz que lhe devolvera a confiança e sua libido.

Ela o estava vendo em sua mente, com a bundinha firme e os braços musculosos, um sorriso Colgate e os cabelos negros e longos, sempre amarrados num rabo-de-cavalo. Ela pensara nele cada vez que dormira com Lenny, porque havia muitos anos Lenny deixara de excitá-la. Ele dormira com outras mulheres, reduzindo-a a uma mera criadora de filhos, e isso a magoara. Movida por essa mágoa, muitas vezes ela também o havia traído.

    Durante todo o tempo que passara fazendo os sanduíches de bacon, ela pensara em Freddie Jackson e especulara sobre sua perícia na cama. Mas agora ele era o assassino de seu marido, do pai de quase todos os seus filhos. E embora ela estivesse farta do marido e tivesse perdido toda a atração por ele, Lenny proclamara seu amor eterno por ela, aceitara uma criança que não era dele e roubara esses dois fanáticos para lhe dar a casa de seus sonhos.

    Quantas vezes ela havia pensado no quanto seria interessante se ele morresse, deixando-a livre, capaz de sair em férias e poder estar com homens que não veria nunca mais? Quantas vezes havia desejado ficar viúva? Agora ela estava viúva, e neste momento só queria que o seu garçom tunisiano a tomasse nos braços e que eles dessem a maior trepada de suas vidas.

    Chegara mesmo a pensar em ir para a cama com Freddie Jackson, e agora estava cogitando ir para a cama com um outro. Sua mente estava *enlouquecida*. Estava pensando em todas as coisas erradas, mas com seis filhos pendurados em sua saia precisava de dinheiro e segurança. Precisava que a casa fosse paga, assim como todos os empréstimos que fizera não apenas para o carro, mas para as obras e a mobília nova. Precisava se concentrar nisso agora, e depois, quando tudo estivesse terminado, poderia desmoronar em paz. Talvez na Tunísia, onde o sol brilharia todos os dias e para onde sua mãe telefonaria para dizer que as crianças estavam bem, e onde ela poderia fingir ser livre e desimpedida, e onde talvez pudesse esquecer esta noite e tudo o que ela significava.

    Cada vez que pensava em Lenny caído no chão, em meio a todo aquele sangue, ela era acometida pela preocupação e pelo medo do que poderia acontecer a ela e às crianças.

    Freddie Jackson estava comendo os sanduíches de bacon que ela preparara, e aquilo estava lhe dando nos nervos. Ele estava tomando o chá e agindo como se esta fosse uma noite comum. Ele até havia piscado para ela. Quatro de seus filhos estavam na cama, seus dois mais velhos voltariam no dia seguinte, e seu marido, o ladrãozinho estúpido, estava morto.

Era surreal, mas estava realmente acontecendo, porque seu cérebro admitira a coisa toda e agora a estava ajudando a dar algum tipo de sentido a isso. Ela sabia que, para um observador externo, ela pareceria uma mercenária de sangue-frio. Mas ela não tinha nenhuma intenção de falhar com os Jackson ou com o próprio Ozzy. Já vira do que eles eram capazes quando provocados.

June tinha *seis* filhos com idades entre 3 e 19 anos, e portanto precisava manter a lucidez. Cuidar de suas prioridades tinha sido o mantra de Lenny, e era exatamente isso que June estava tentando fazer.

Maggie estava deitada sozinha na cama, tentando adivinhar a que horas Jimmy finalmente chegaria em casa. Eram três da manhã, e ele deixara uma mensagem na secretária eletrônica dizendo que tinha um pequeno negócio a tratar mas que ela não se preocupasse porque voltaria assim que pudesse.

Jimmy era muito prestativo, e Maggie sabia que ele estava preocupado com ela e com a forma como ela vinha agindo. Porém Maggie também sabia que não podia fazer nada para aplacar os temores dele.

Estava completamente acordada, o que era uma ocorrência normal ultimamente. Ouvira a mensagem, mas não atendera o telefone para que ele não soubesse que ela ainda estava acordada. Ela não queria que ele chegasse em casa, na verdade. Ele iria querer abraçá-la, beijá-la, fazê-la feliz. Ele iria querer fazer amor com ela, e Maggie ainda não estava preparada para isso. Não queria nada disso, porque com Jimmy um aconchego sempre precisava terminar em sexo. Agora Maggie simplesmente permitia que ele a tomasse e sabia que ele estava ciente disso. Ela não estava mais participando realmente do ato.

Desde a primeira vez em que tinham feito amor, ela havia gostado. Maggie não atingira o clímax, mas gostara da sensação de tê-lo dentro dela, apesar da dor. Ela refletiu a excitação dele próprio e sentiu uma reação natural quando ele atingiu o orgasmo. Ele percebera isso, e ela sabia que ele a amara por isso.

Aos 14 anos, Maggie já sabia o significado real do sexo. Não era apenas para procriação, nem para um alívio rápido, mas para a união de duas pessoas que nunca pensavam estar perto o suficiente uma da outra, mas que tentavam a cada encontro. Para cada estocada profunda que lhe fora desferida por Jimmy, Maggie arqueara as costas para recebê-lo com o mesmo fervor e excitação que ele sentia por ela.

Agora ele a beijava e a sensação não era boa. A sensação das mãos dele em seu corpo não era mais suave, e a língua dele entre suas pernas lhe dava ânsia de vômito, porque parecia grossa, áspera e envolta em saliva branca, como a de Freddie naquela noite. E embora ela soubesse que ele não era Freddie, que era seu marido, a quem tanto amava, Maggie não conseguia afastar essa sensação.

Maggie ainda podia sentir o cheiro *dele*, sentir a textura da pele dele, e por causa daquela noite precisava viver com a idéia de que Jimmy não era mais a única pessoa que tivera acesso ao corpo dela. Ela sentira muito orgulho disso e sabia que ele também. Só que não era mais verdade.

No banheiro, onde tinham ficado deitados na banheira, e rido e contado piadas, ela via apenas a si mesma de joelhos, com as mãos de Freddie em seus cabelos enquanto ele a forçava, dolorosamente, a receber o seu membro na boca. O piso estava limpo, mas ela ainda via os longos fios louros que ele havia arrancado de seu couro cabeludo quando ela tentara impedi-lo.

Estava tudo arruinado, e ela não poderia consertar, nem agora, nem em algum momento no futuro. Tudo pelo que eles haviam trabalhado juntos estava destruído. Freddie a estuprara de propósito, para causar-lhe este sofrimento. Ela não gostava mais de fazer amor com Jimmy. Sabia que ele tinha percebido isso e também sabia que ele estava tentando remediar a situação. Contudo Maggie tinha certeza de que as coisas jamais voltariam a ser como antes.

Não agüentava mais manter as aparências, e Freddie usava cada oportunidade para provocá-la, torturá-la, como havia feito com a cama. Levando a cama. Jackie não ficara nada feliz com aquilo, Maggie tinha certeza. E também tinha a impressão de que sua irmã ia acabar descobrindo tudo.

Maggie sentiu as lágrimas arderem novamente em seus olhos e tentou contê-las. Se Jimmy chegasse e a visse chorando, ele voltaria a cobri-la de perguntas e carinhos, carinhos que ela não podia suportar.

Maggie não conseguia mais dormir. Estava exausta física e mentalmente, mas ficava completamente desperta assim que se deitava. A cama nova não era tão confortável quanto a antiga. E Jimmy a odiava, mas ela insistira em comprar esta, e, como sempre, ele cedera.

Quando Freddie pedira a cama antiga, e Jimmy dera a ele sem pensar duas vezes, Maggie quase enlouquecera de desespero. Ela sabia que ele se deitava naquela cama, noite após noite, lembrando o que acontecera nela. Dissera a ela várias vezes que nunca dormira tão bem à noite, e ela permanecera sentada à mesa da sala de jantar, tendo de concordar com ele, mas o tempo todo querendo vomitar o jantar e gritar de frustração e raiva.

Maggie sentiu o aperto no peito ao qual já estava acostumada e se forçou a respirar fundo: ataques de pânico, como o médico os chamava; mas, para ela, ataques de culpa, como ela os chamava. E a culpa pesava fortemente sobre ela, porque ela causara isso a si mesma, e esta era uma realidade dura de encarar. Se Maggie não tivesse confrontado Freddie, cuspido nele, talvez isso jamais tivesse acontecido. Às vezes, ela se sentia bem durante dias, mas então tudo recomeçava. Uma palavra, uma frase, um programa de televisão ou Freddie olhando para ela com aquele seu sorriso sonso fazia tudo aflorar de novo. Ela não sabia por mais quanto tempo conseguiria manter sua sanidade.

Adquirira o hábito de xingar alto quando estava só. Quebrava coisas, jogava-as contra a parede, e durante alguns minutos sua dor diminuía.

Mas sempre voltava.

— Puta que pariu, o que deu em você? Por acaso tem algum parafuso solto?

Eles estavam sentados no carro. Jimmy estava tentando extrair alguma explicação de Freddie, mas sabia que era perda de tempo.

Freddie estava num dos seus momentos de silêncio. Era como ele ficava depois que fazia uma merda muito grande, e normalmente Jimmy deixava-o quieto, mas desta vez ele queria uma explicação.

— Lenny era um ladrão barato, mas não merecia aquilo, e você sabe disso. E se ele estava merecendo um apertão, por que você não deu? Eu achava que tínhamos sido justos com ele, que tínhamos dado a ele um aumento por seus serviços. Eu não sabia que ele estava ganhando a *mesma coisa*. Isso significa que era você quem estava *me* passando a perna. Porque, se ele ainda estava recebendo a mesma grana, você estava ficando com a diferença. Você estava embolsando uns trocados, e agora, por causa da sua maldita ganância, matou o sujeito.

Freddie ainda estava calado. Acendeu outro cigarro e o fumou calmamente enquanto observava Jimmy. Ele estava com uma expressão cautelosa nos olhos, mas, fora isso, não parecia dar a mínima para o que Jimmy dizia.

Jimmy estava realmente chocado com tudo aquilo.

— A mulher e os filhos do cara estavam na casa. E se a mulher tivesse se descontrolado, o que você teria feito? Matado a família inteira? Vamos, Freddie, responda. Eu realmente quero saber o que você tem a dizer.

Freddie deu de ombros, indiferente.

— Perdi a paciência, só isso.

Jimmy olhou para ele. O respeito finalmente terminara, e desta vez ambos sabiam disso.

— Você perdeu a paciência porque ele estava certo. Nunca devíamos ter ido lá. Lenny estava ganhando muita grana para a gente, e você estava ficando com a parte dele. Ele trabalhava bem *e* era amigo do Ozzy. O que eu devo dizer a ele?

A menção a Ozzy despertou toda a atenção de Freddie, como Jimmy sabia que aconteceria. Ele odiava usar Ozzy daquele jeito, mas parecia a única forma de resolver a situação. Freddie precisava entender que algo assim jamais poderia acontecer de novo. Além disso, era tremendamente perigoso. Eles podiam pegar pena perpétua por algo tão completamente inútil.

— Você vai contar para o Ozzy?

Foi, ao mesmo tempo, declaração e ameaça.

Jimmy riu. Uma risada cansada, irritada.

— Acho que desta vez precisamos, não acha? O sujeito era um dos companheiros mais antigos dele, além de um dos nossos melhores colaboradores, e você o matou. A mulher dele agora é uma viúva com seis bocas para alimentar. A gente precisa *explicar* o que aconteceu. Freddie, é assim que funciona. Você não é a lei, sabia? Precisamos explicar as coisas, especialmente sobre homens que num momento estão ganhando rios de dinheiro para a gente e no seguinte estão estripados em suas casas.

Freddie já tinha ouvido o suficiente. Sua raiva era evidente.

— Você está brincando comigo, companheiro? — Ele arregalou os olhos ao máximo. — Está dizendo que vai bater com a língua nos dentes pro Ozzy? É isso que está tentando dizer?

Jimmy estava ficando com raiva de si mesmo agora, e Freddie se lembrou do quanto o primo era forte e estava em forma.

— Jamais faria isso com você, mas deveria! Você precisa de uma lição, Freddie. Você é uma bomba-relógio ambulante. Se você quiser pegar outra pena, por mim tudo bem, mas não estou com vontade de passar de dez a 18 anos na cadeia.

Freddie resfolegou com desprezo.

— Meu amigo, você não duraria nem cinco minutos no xilindró...

Ele tinha ido longe demais. Parou de falar, e Jimmy passou longos momentos olhando para ele antes de ligar o carro.

Enquanto dirigia ao longo da alameda Sussex, Jimmy sentiu a raiva crescer dentro dele novamente. Parou o carro de novo e disse baixinho:

— Isto precisa acabar, Freddie, porque não posso mais ficar ajeitando todas as burradas que você faz. Você matou aquela garota, e ela tinha um filho seu. Eu morri numa grana para a mãe dela pagar o funeral e cuidar do garoto, mas era *você* que devia ter feito isso, porque foi *você* quem arrumou a confusão. Não dá para confiar em você. Parece que você pensa que pode fazer o que bem entende, mas vou te dizer uma coisa, um dia desses, Freddie, a sua sorte vai acabar. E eu não vou te ajudar.

Freddie estava ouvindo apenas parte do que Jimmy dizia, pois estava pensando em outras coisas. Ele tinha um talento para fazer isso. Quando fazia uma besteira muito grande, Freddie tinha uma maneira inteligente de esquecer o assunto: concentrava-se em alguma outra coisa que ele tivesse feito, algo menos importante. Mas até ele podia perceber que Jimmy estava prestes a se cansar dele, e que se isso acontecesse ele não duraria muito tempo sozinho.

Jimmy era o garoto de ouro de Ozzy. Com o passar dos anos, Freddie se afastara do seu mentor. Agora era como se ele jamais tivesse existido para Ozzy, como se fosse ele o mais jovem, o garoto que fora colocado sob a asa do primo. Mas o garoto criara dentes e mordera a asa que o acalentara.

Ele era Freddie Jackson, *ele* começara isso, e agora *ele* era o empregado.

Mas apesar de toda a sua raiva, de toda a sua inveja, Freddie também sabia que jamais poderia gerir os negócios. Ele jamais se dera ao trabalho de aprender como funcionavam, não tinha qualquer interesse por minúcias, como Jimmy. Ele devia ter assumido uma parte mais ativa no funcionamento diário de tudo, mas jamais precisara. Essas coisas tinham atraído Jimmy como formiga no mel, e Freddie tinha sido estúpido a ponto de acreditar que nada jamais separaria os dois, que Jimmy administraria as coisas do seu próprio jeito, mas que ele, Freddie, seria o responsável pelos negócios, seria o jogador principal. O homem, o supervisor, o dono da bola. Mas em vez disso fora gradualmente substituído.

Ele esperara outra coisa. Esperara *gratidão* e que Jimmy fosse grato pela sorte que eles tiveram; esperara o que era *devido* a ele. Mas agora ele sabia que as coisas jamais seriam assim e precisava se readaptar à nova situação.

Freddie já iniciara sua vingança, mas teria de esperar até que pudesse agir. Ele tinha muita prática nisso. Além disso, agora tinha alguma coisa para usar contra Jimmy, e um dia, quando o momento certo chegasse, ele *usaria*. Cedo ou tarde, Jimmy iria se foder. Ele iria providenciar isso. E quando Jimmy se fodesse seria em proporções catastróficas. Ele também providenciaria isso.

Mas agora precisava continuar sendo bem-visto por Ozzy e estar ao lado de Jimmy. Precisava ajudá-lo a se livrar do corpo de Lenny, que seria esmagado por uma ferramenta de fazenda lá em Guernsey. Eles tinham nas mãos um médico que teria o maior prazer em atestar o óbito e que providenciaria para que o corpo fosse cremado. O problema principal era levar o corpo até lá, e era por isso que estavam em Sussex, procurando por um sujeito com um barco e uma tendência a fazer qualquer coisa por dinheiro e uma quantidade razoável de drogas.

Por ora, Freddie precisava agir como se estivesse arrependido de seu pequeno rompante. Mas Jimmy ainda iria se lamentar por ter tomado o que era dele. Era Freddie, e não Jimmy, quem tomava coisas. Fora Freddie, e não Jimmy, que *tomara* o negócio que neste momento sustentava os dois.

Jimmy, sentado ao lado dele em silêncio, suspirou profundamente. Tirou do bolso um pacotinho e fez duas carreirinhas no painel. Cheirou uma delas bem rápido, ciente de que Freddie estava tentando esconder seu espanto com o que estava testemunhando.

— Eu preciso disto, Fred. Estou com os nervos em frangalhos e amanhã terei de visitar Ozzy, não se esqueça disso.

Freddie tinha esquecido, e agora sabia que era essencial tentar fazer as pazes com o primo.

— Sinto muito, Jimmy. Eu podia cortar minhas mãos fora. Perdi a cabeça, companheiro. Foi por causa da bebida, das drogas e da piranha da Jackie. Sabe, ela de novo... — Ele deixou a frase sem terminar, fez uma pausa de alguns segundos e prosseguiu, a voz carregada de dor e tristeza. — O Pequeno Freddie, bem, ele está completamente fora de controle, você sabe disso. Preciso lidar com isso diariamente. Ele não parece normal, Jimmy. Eu não consigo lidar com ele.

Cheirou a carreirinha e ficou olhando Jimmy começar a fazer mais duas.

— As coisas estão tão mal assim, Freddie?

Jimmy estava tentando entender, tentando pensar o melhor dele, tentando extrair algum sentido de tudo aquilo. Ele tinha amado Freddie, mas havia muito deixara de gostar dele. Desde a morte de Stephanie e da profunda desconsideração de Freddie pelo que ele fizera, um muro se formara entre eles, e agora tudo o que eles tinham conquistado estava em risco.

— Oh, Jimmy, você não sabe da missa a metade. O moleque está vendo um psiquiatra. O meu garotinho está indo a um médico de maluco. O veado do psiquiatra acha que ele é um psicótico limítrofe! Jackie passa a maior parte do tempo bêbada, as meninas a evitam como a praga, e o pobre Pequeno Freddie está a caminho do hospício. Eu não consigo mais suportar essas coisas. Um dia desses eu estava dizendo isso à sua Maggie, e ela entendeu perfeitamente pelo que eu estava passando, porque ela mesma não anda muito bem ultimamente, não é?

Jimmy parou de fazer a carreirinha e se virou para olhar para Freddie.

— O que quer dizer? O que ela falou?

Freddie sentiu a preocupação na voz dele, a necessidade do homem em saber o que havia de errado com a esposa. Então disse com muita calma:

— Ela está abatida, deprimida, mas disso você sabe, não sabe? Olha, não quero parecer desrespeitoso, mas isso faz até a gente pensar.

— Pensar no quê? — perguntou Jimmy de testa franzida.

Freddie acendeu outro cigarro na guimba do anterior e deu de ombros, parecendo todo preocupado e inocente.

— Bem, você sabe, pode ser coisa de família. Jackie bebendo e tudo o mais, a sua Maggie com tudo que uma mulher pode querer, beleza, astúcia e a casa de seus sonhos, mas ainda assim infeliz. E o meu Pequeno Freddie...

— Mas que porra está tentando dizer?

Freddie agora o tinha na palma da mão.

— Não fique irritado. Estou apenas dizendo que ela não está bem, e você sabe disso. Jackie me disse que já faz meses que ela suspendeu a pílula e que vocês estavam tentando ter um filho. Bom, talvez seja isso que esteja errado com ela.

Ficou óbvio para Freddie que Jimmy não sabia nada sobre aquilo.

— Vá se foder, Freddie. Você só está falando merda. Estamos com um cadáver no porta-malas e você só está falando de coisas que não fazem sentido. Vamos nos concentrar no nosso trabalho, certo?

Mas o mal estava feito, a semente já fora plantada.

Freddie agora estava contrito, embaraçado. Ele levantou as mãos em sinal de súplica, sua postura corporal agora transmitindo tristeza e remorso.

— Só estou tentando ajudar, amigo. Só isso. Só estou tentando fazer você entender o que está acontecendo. As mulheres falam. Elas contam umas às outras coisas que nem sonham em nos dizer. Sinto muito se me meti na sua vida, e você tem razão. Dei uma pisada feia na bola hoje, e precisamos consertar isso. Vamos cheirar esse negócio e seguir em frente.

Jimmy concordou, mas agora estava perturbado. Antes já estava muito preocupado, e essa nova revelação não ajudou nem um pouco a aplacar seus temores.

Capítulo 17

Ozzy franziu a testa enquanto olhava para Jimmy, que estava tentando dar a notícia da forma mais amena possível. Esta não era uma tarefa das mais fáceis que ele já tivera. Mas Freddie era seu parente de sangue mais próximo e a pessoa que lhe dera a oportunidade de trabalhar para Ozzy. Freddie explicara isso várias vezes durante o percurso até a ilha de Wight, e Jimmy tivera de concordar com ele.

Freddie estava dormindo no carro estacionado diante da penitenciária. Ele prometera dirigir na volta para a casa, para que Jimmy pudesse descansar por algumas horas.

— Freddie matou o meu amigo, é isso que está tentando me dizer?

Jimmy fez que sim com a cabeça. Pela primeira vez em anos parecia nervoso, e Ozzy lembrou-se do rapaz que vira entrar naquela sala muitos anos atrás. Um jovem que Ozzy educara e observara crescer em estatura e confiança. Ozzy deduzira que a morte de Lenny não fora justa. Se tivesse sido, Jimmy a teria reportado sem volteios, com os fatos em primeiro lugar, confiante de que aquilo seria compreendido e esquecido em questão de minutos.

— Lenny Brewster era um velho camarada. Sim, às vezes ele era um vigarista, mas todos nós cometemos erros. Se foi por uma causa justa, eu vou aprovar o que vocês fizeram. Mas se foi porque aquele louco do Freddie perdeu as estribeiras, então eu quero saber, Jimmy. Como dizem, a verdade é boa para a alma. Agora pare de me enrolar e diga o que aconteceu realmente.

Jimmy com certeza não precisava disso, mas tinha que resolver tudo, senão Freddie estaria morto antes do anoitecer. Ozzy tinha o braço longo e um pavio curto. Jimmy decidiu contar a verdade, mais ou menos.

— Escute, Oz, Lenny estava roubando a gente. Estava ganhando o que era justo, mas mesmo assim passou a mão na nossa grana. Fomos até a casa dele botar tudo em pratos limpos, mas ele enlouqueceu. Disse que era amigo seu, que te conhece desde os velhos tempos, aquela babaquice toda. Aí Freddie perdeu a cabeça e matou ele. Foi rápido e simples assim.

— Bem, se foi assim, por que tanta enrolação? Por que todo esse mistério?

Jimmy deu de ombros, e Ozzy viu o poder que o rapaz emanava e decidiu que tinha feito uma boa escolha.

— Ele era seu amigo. Acho que ele pensava que tinha o direito de pegar o que quisesse. Freddie só ia dar uma prensa nele, mas a coisa fugiu do controle. Ele era um filho-da-puta.

Ozzy balançou a cabeça, concordando.

— Lenny sempre foi um pé no saco, mas sabia ganhar dinheiro. Você mesmo disse que ele era ótimo nos negócios. Por que ele sentiu necessidade de pegar uma fatia maior?

Jimmy estava impressionado. Ele compreendeu que Ozzy havia engolido a história e se odiou por mentir para ele. Mas o que poderia fazer?

Ozzy percebeu a confusão e a lealdade dividida no rosto do rapaz e gostou ainda mais dele por isso. Freddie era um psicopata assassino, disso ele não tinha a menor dúvida. Mesmo na prisão, ele havia criado problemas com pessoas que deveria ter deixado em paz. Era isso o que pessoas como Freddie faziam. A vida inteira era uma série de eventos, e a maior parte causada por eles mesmos, porque sem os problemas e o perigo não se sentiam vivos. Fora essa característica que fizera Ozzy tomar Freddie como seu pupilo porque ele era útil. Porém também fora a razão para ele ter preterido Freddie em favor deste rapaz quando surgira a oportunidade.

Ozzy sabia que Freddie não gostava dos Black e que os provocava a cada oportunidade. Ele sabia tudo sobre a garota morta e sobre todas as outras pequenas ocasiões que Freddie pensava serem segredos e, portanto ignoradas pela população em geral.

Ozzy tinha uma rede de pessoas que, de uma forma ou de outra, respondiam diretamente a ele, e Jimmy não tinha nenhuma noção do quanto essa rede era intrincada. Até o próprio Jimmy era observado por pessoas que ele não imaginava estarem na folha de pagamento de Ozzy. Era assim que tudo funcionava.

Ozzy ficaria preso até o fim de sua sentença. Sabia disso agora; seu advogado explicara isso em termos simples. Eles não tinham qualquer intenção de deixá-lo em liberdade sem que tivesse cumprido o tempo total da pena. Isso significava tornar-se um cristão renascido ou formar-se em sociologia ou psicologia e comportar-se como um daqueles condenados à perpétua, leitores do *The Guardian*, que Ozzy odiava tanto.

Como Ozzy se recusava a demonstrar qualquer remorso por seus próprios crimes, a condicional era uma coisa muito, muito distante. Porém isso lhe caía bem. Ozzy estava preso há tanto tempo que agora sentia-se à vontade nesse ambiente. Essa era a condição essencial para sobreviver a uma pena longa. Estava cavando a própria sepultura, porque se fingisse remorso e arrependimento, e babasse o ovo da junta da condicional, conseguiria sair algum dia. Mas seu orgulho e sua posição o impediam de fazer isso agora. Além disso, gostava daquele lugar.

— Olhe, Ozzy, aconteceu e eu dei um jeito, certo?

Ozzy sorriu.

— Ouviu o que acabou de dizer?

Jimmy balançou a cabeça, feliz por Ozzy estar novamente sorrindo.

— Você disse: "Aconteceu e eu dei um jeito, certo?"

Jimmy meneou a cabeça, intrigado. Adorava quando Ozzy dava-lhe uma lição pessoal de vida, e era isso que ele ia fazer agora.

— Essas palavras me dizem que você precisou resolver uma confusão. Uma confusão que foi causada por Freddie Jackson quando ele pirou e matou o pobre Lenny. Será que Freddie não estava afanando uns trocados do Lenny? Porque Lenny brigaria com o homem mais forte do mundo por cinqüenta centavos se achasse que estava sendo passado para trás. Além disso, Lenny não enfrentaria Freddie ou você, a não ser que pensasse que a causa era justa, o que nos traz de volta ao dinheiro e aos honorários justos por um trabalho bem-feito. Lenny trabalhava bem, era um velho amigo meu, de modo que tinha o direito de esperar um pouco de condescendência. Agora eu lhe pergunto uma última vez, filho. Freddie é o culpado por tudo isso ou foi realmente apenas um bate-boca que acabou mal?

Jimmy suspirou e, correndo os dedos por seus cabelos pretos e grossos, disse com calma:

— Ele pediu por isso, Oz. Ele pediu e recebeu. O que mais posso dizer?

Ozzy deu de ombros, sabendo que Jimmy estava mentindo, mas entendendo seus motivos.

— Assunto encerrado. Mais uma coisa. A mulher dele está pedindo compensação?

— Está.

— Que piranha prepotente. Mas ela merece o dinheiro, porque sempre soube quando ficar de bico fechado. É melhor não lhe dar motivo para abrir o bico, certo?

Jimmy já sabia que, se não quisesse que Ozzy descobrisse a verdade, teria de pagar um dinheiro decente à viúva.

— Diga a Freddie que vou deixar passar essa, mas que se houver mais uma ele vai lamentar o dia em que nasceu.

Jimmy balançou a cabeça novamente, mas ficou calado, e Ozzy admirou sua astúcia.

— Jimmy, lembra quando um amigo meu saiu da prisão, foi procurar por você e por Freddie, e os dois viraram amigos do peito?

Jimmy pareceu preocupado. Desde o dia em que fora libertado, Bobby Blaine arriscara o pescoço como se não se importasse de voltar à prisão.

— Bem, ele está trancafiado de novo, coisa que não me surpreende nem um pouco. Mas ele contou umas histórias sobre Freddie que me deixaram ressabiado. Entenda, Freddie está seguro enquanto ele for útil para mim. Você está dando a ele o benefício da dúvida, e eu respeito isso. Mas se ele pisar na bola de novo, ou causar qualquer tipo de problema, vou esperar que você dê um jeito nele de uma vez por todas. Entendeu o que eu disse?

Jimmy meneou a cabeça novamente, e Ozzy percebeu que ele era capaz de fazer aquilo, caso fosse necessário. Isso era tudo o que ele queria saber, e agora tinha sua resposta.

— Vamos, Maggie, anime-se.

Roxanna estava sorrindo e Maggie se forçou a sorrir para ela.

Rox era uma boa amiga, e ela a usava para jamais estar sozinha.

— Tem andado doente de novo?

— Ando meio cansada, só isso. Nada com que se preocupar.

Roxanna olhou com atenção para a tia. O cabelo e a maquiagem estavam perfeitos, mas algo nela parecia errado. Ela estava abatida e um pouco envelhecida.

Elas estavam no salão de beleza de Leigh-on-Sea, que acabara de ser reformado em metal cromado e vidro e parecia fantástico. Tinha vista para o mar, e hoje, embora estivesse escuro e nublado do lado de fora, o salão, chamado Roxy's em homenagem à sobrinha favorita, era convidativo, sofisticado e, como era importante em Essex, caro.

Embora os serviços não fossem baratos, não chegavam a ser muito caros. Esse era o segredo para ganhar dinheiro em Essex e na zona leste de Londres. Se a loja fosse boa e parecesse cara, você começaria a nadar em dinheiro.

Enquanto observava a mais nova aquisição de sua cadeia de lojas, Maggie não sentia nada. Ela havia perdido seu orgulho natural. Mas estava se tornando uma atriz realmente boa, porque ninguém mais reparava. Até sua mãe havia largado do seu pé. Ela estava sorrindo, estava falando; para todos os propósitos e intenções, era novamente ela mesma.

Mas Jimmy sabia que, apesar de todo o seu sucesso e amor, eles não conseguiam mais conversar.

Ele passara a noite fora novamente, e ela ficara feliz com isso, aliviada por ele não estar lá. Como ele estava com Freddie, ela até conseguira dormir um pouco, relaxada por saber que Freddie não apareceria para visitá-la nem lhe telefonaria para ficar falando de amenidades, quando na verdade a estava aterrorizando.

Roxanna preparara café para elas. Enquanto Maggie bebericava o seu, sentiu uma ânsia de vômito forte e esticou a mão para pegar uma das bacias de vidro novinhas em folha. Ela espalhou café por toda parte e deixou cair a caneca no chão enquanto tentava vomitar, sem conseguir.

Roxanna pousou sua caneca de café gentilmente e foi até os fundos. Quando voltou com o material de limpeza, viu a tia sentada numa das novas cadeiras de couro preto, e disse baixinho:

— Por que não faz um teste? Você precisa saber se está grávida, tia Mags.

Ultimamente Roxy estava sempre com Maggie. E a pobre menina pensava que era porque sua tia a amava muito, mas isso não era de todo verdade. Sim, Maggie a amava, mas a garota também era sua segurança contra Freddie. Sempre que Roxanna estava com ela, Freddie se mantinha a uma distância segura.

Mas essa proximidade fizera com que Rox deduzisse a condição da tia.

Maggie olhou para a sobrinha, e a menina viu o medo nos olhos de Maggie. Roxanna caminhou até ela, abraçou-a com força e disse, absolutamente pasma:

— O que está errado com você? Por favor, Mags, me conta. Juro que não vou contar a ninguém. Está com medo de estar grávida? É isso, amiga?

Maggie se recompôs. A coisa que ela mais temera havia sido proferida em voz alta, e de algum modo isso a tornara verdadeira. Ela se forçara a não pensar nisso, afastara isso de sua cabeça e se concentrara em tentar agir da forma mais natural possível. Agora Rox a fizera encarar aquilo que ela não quisera admitir.

Estava grávida, e devia ser de Freddie. Embora Jimmy a tivesse amado na mesma noite em que Freddie a violentara, ele também a havia amado muitas e muitas vezes por mais de um ano desde que ela interrompera a pílula, e ela não engravidara. Agora, a coisa que ela mais queria na vida *acontecera*. A coisa pela qual ela rezara, com a qual sonhara, que tanto desejara, finalmente lhe fora dada, e ela não queria.

Tinha a impressão de que fora invadida por um alienígena, e cada vez que pensava na criança não sentia nada além de terror e desespero.

Já odiava a criança, e agora seu coração, sua pequena Rox, a estava olhando como se ela fosse louca. Talvez estivesse louca, sim. Mas seu segredo agora fora revelado, e sua vida iria se tornar um inferno.

Olhando para o marido enquanto ele falava, Lena conteve o impulso de bater na cabeça dele com o instrumento pontudo mais próximo no qual pudesse colocar as mãos.

— Mas que babaquice, Maggie! Foi por causa disso que você quase deixou sua mãe maluca? Uma porcaria de um bebê! Vocês mulheres e seus hormônios. Não disse que era alguma bobagem, Lena?

Lena lançou a Joseph um olhar que teria arrasado qualquer outro homem, e ele finalmente entendeu a deixa e calou a boca. Abrindo o jornal, ele estudou a programação das corridas, e pela primeira vez não se preocupou com as estripulias das mulheres. Maggie ia ter um bebê, mas qualquer um que olhasse para a cara dela acharia que ela estava com câncer terminal.

Ele suspirou e se concentrou nos cavalos. Pelo menos eles eram consistentes. Corriam, perdiam e não ficavam zangados com você.

Lena deu à filha uma xícara de chá e sentou-se ao lado dela.

— Você não parece nada satisfeita. Por favor, minha querida, diga-me qual é o problema em ter um bebê. Achei que era isso que você queria.

— E é, mãe. Acho que só estou preocupada com o novo salão e tudo o mais.

Como Maggie previra, Rox começara a espalhar a notícia. Eram três da tarde, e sua mãe e seu pai já sabiam. Agora ela precisava encarar Jimmy, Jackie e *ele*. E ele apareceria na sua casa num estalar de dedos, ela tinha certeza. E ela teria de se recompor e fazer com que ele acreditasse que o bebê era de Jimmy, embora tivesse certeza de que era de Freddie.

Tinha a sensação de que era de Freddie. Um bebê indesejado, dentro dela, como um parasita. Fora plantado dentro dela com ódio, e esse era todo o sentimento que ela conseguia sentir por ele.

Ela queria, com todas as forças de seu ser, que o bebê morresse, mas não podia dizer isso. Teria de contar a Jimmy. Teria de vê-lo ficar eufórico, comemorar o fato de que iria ser pai.

E ela iria fazer isso, porque se Freddie adivinhasse a verdade sua vida estaria realmente acabada.

Jimmy estava segurando a esposa nos braços e dizendo a ela o quanto a amava. O humor alterado, todo o seu comportamento estranho, deveria ser esquecido, porque agora fora justificado por sua condição. Ela ia ter um filho, e embora estivesse preocupado com o motivo pelo qual ela mantivera segredo sobre isso por tanto tempo, ele estava empolgado.

A família inteira viria mais tarde, e ele havia comprado uma garrafa de champanhe para celebrar a ocasião feliz. As meninas já estavam fazendo sanduíches, e sua esposa estava sentada na cama, sem dizer uma única palavra.

Depois da noite que havia tido e da visita a Ozzy, essa notícia tinha sido uma dádiva de Deus. Ele precisava disso, de alguma coisa boa. Pena que ela lhe contara por telefone, simplesmente expondo o assunto. Ele ficara sem palavras de surpresa e felicidade, mas agora, mais uma vez, sentia que havia alguma coisa radicalmente errada com ela. Ela parecia um robô, sorrindo e tagarelando, só que o sorriso não parecia verdadeiro, e suas palavras eram forçadas. Era tudo muito bizarro. Era como se eles fizessem parte de uma peça ou de um jogo. Ele amava a mulher com todas as suas forças, mas agora ela parecia uma desconhecida. Ambos estavam fingindo que não havia nada de errado, e ele torceu para que fossem apenas seus hormônios, como Lena havia garantido.

Lena já sabia que ele andava preocupado com Maggie, porque ele fora conversar com ela havia algum tempo; perguntara-lhe se ela dissera qualquer coisa, se ele a magoara sem saber.

Mas Lena assegurara-lhe que era uma fase, que isso acontecia em todos os casamentos, que o romance não podia durar para sempre e que Maggie provavelmente estava cansada do trabalho nos salões de beleza. Jimmy havia se agarrado a essa desculpa, acreditando que ela tinha razão porque ele precisava crer nisso. Mas agora aqui estava Maggie, sentada na cama que ele não quisera mas que ela insistira em comprar, carregando um bebê, a coisa que eles queriam mais que qualquer outra coisa no mundo, e com cara de enterro.

Ele estava assustado. Ajoelhando-se, tomou as mãos dela nas suas e disse com carinho:

— Está se sentindo bem, Mags? Está feliz porque vamos ter um bebê?
— Ela olhou nos olhos dele. Ele era tão bonito, e era tudo que ela sempre quisera. Maggie precisava dizer a ele o que ele queria ouvir e sabia que precisava ser convincente.

Como ela era de criação católica, aborto estava fora de cogitação, mas um plano formou-se em sua mente enquanto ela o brindava com um sorriso caloroso e dizia:

— Claro que estou, querido, mas tenho enjoado de manhã, de tarde e de noite. Apenas não estou me sentindo bem.

Ele a beijou gentilmente nos lábios e, pela primeira vez, ela não recuou.
— Eu te amo, Maggie. Você é tudo para mim, sabe disso, não sabe?
Sentindo os olhos se encherem de lágrimas, ela meneou a cabeça e disse:
— Eu sei, querido. Eu sei.

Jackie estava eufórica. Agora que Maggie estava de barriga podia relaxar um pouco. Jackie sabia, por experiência própria, que Freddie não gostava de mulheres grávidas. Na verdade, ela tinha sido completamente ignorada enquanto estivera grávida do Pequeno Freddie.

Agora poderia ser amiga de Maggie, amiga mesmo, como antes. Todo o poder de sua irmã caçula havia desaparecido. Agora ela era uma mulher grávida, e Jackie poderia novamente bancar a irmã mais velha, dar conselhos, ajudando-a a compreender o que estava acontecendo e mostrando-se a sabe-tudo. Era isso o que ela queria, o que ela precisava. Finalmente, alguma coisa que já fizera, e que Maggie, apesar de toda a sua inteligência e dos seus salões, jamais havia vivenciado.

As meninas já estavam na casa de Maggie. Jackie estava no carro com seus dois Freddies e nem ficara irritada com o fato de o marido a estar ignorando. Na verdade, ele parecia irritado, mas talvez fosse porque, havia pouco, o Pequeno Freddie tivesse jogado pela janela o isqueiro de ouro do pai.

Maggie, sua adorável Maggie, estava fora de seu alcance, e isso era tudo o que importava.

— Jack, acenda um cigarro para mim e segure esse pentelho antes que ele caia pela janela.

Ela se virou no banco e socou o braço do Pequeno Freddie. Qualquer outra criança teria gritado de dor. Foi um soco realmente forte que ela desferiu no filho, porque qualquer outro tipo de soco teria sido inútil.

O Pequeno Freddie agarrou o cabelo de Jackie e tentou arrastá-la para o banco traseiro, gritando e batendo nela todo o tempo.

Freddie olhou para a esposa e o filho e pensou que tudo na sua vida era uma merda. Completa e absoluta. Soltou uma das mãos do volante e bateu no filho com tanta força que o menino foi arremessado contra o estofado de couro do banco do carro e ficou arfando. Mais uma vez, o menino não chorou nem fez nada que pudesse indicar que ele havia se machucado.

Porém o Pequeno Freddie largou o cabelo da mãe, e Jackie voltou a sentar-se em seu banco, tentando se arrumar. Ela realmente havia se esforçado diante do espelho essa noite e estava satisfeita com sua aparência.

— Jack, acenda a porra do cigarro. E *você*, rapazinho, é melhor se cuidar, porque não estou bem hoje. — Olhou o filho pelo espelho retrovisor central. O Pequeno Freddie concordou com a cabeça, mas seus olhos eram frestas e ele estava vermelho de raiva.

Freddie estava irritado e cansado, mas quando pararam no caminho de acesso para a linda casa de Jimmy e Maggie e entraram seu humor melhorou sem a ajuda de narcóticos.

Maddie estava lá, como sempre, e sorria para o jovem casal. Como dissera a Lena, era uma nova vida e uma nova era.

Lena abraçou-a. Ultimamente realmente gostava de Maddie. Estava muito distante da mulher que fora quando o marido ainda estava vivo.

Desta vez a mãe e o pai de Jimmy estavam presentes, mas calados, como sempre. Deirdre estava ouvindo tudo mas sem dizer uma única palavra, a não ser quando lhe faziam uma pergunta direta. Lena estava farta deles havia muito tempo, mas, como tudo o mais na vida, era preciso sorrir e ser gentil, porque eles sempre estariam por perto.

Lena notou que Maggie parecia melhor. Havia muito ela não parecia tão bonita. Sua maquiagem estava perfeita e ela usava um lindo vestido branco. O vestido era justo, e o ventre levemente protuberante já estava visível, e isso, por si só, já a animou. Jimmy e Maggie iriam produzir uma criança linda, ela tinha certeza disso. Ao contrário de Freddie e Jackie, que tinham filhos lindos mas não os apreciavam, ela sabia que esses dois seriam pais maravilhosos.

Especialmente sua Maggie, porque embora Jimmy fosse um Chefe, um administrador de prostíbulo e um traficante, ele era um excelente provedor para sua família.

Mesmo se ele fosse preso, sua filha estaria segura financeiramente. Ao contrário daquele veado, que acabara de entrar como se fosse o dono do lugar e que deixara sua filha mais velha grávida e sem ter onde cair morta.

Freddie comprara uma garrafa de champanhe. Caminhou direto até Maggie e entregou-a a ela, dizendo bem alto:

— Parabéns. Já estávamos achando que o Jimmy não era de nada!

Maggie abriu seu sorriso mais brilhante e disse alegremente:

— Bem, vocês estavam errados, Freddie. O meu Jimmy é muito homem.

Jimmy estava ao lado dela, e, como ele envolvera a cintura fina da esposa com o braço, Freddie disse num tom jocoso:

— Tem certeza de que não te deram nenhuma ajuda, Jim?

Mas ele estava olhando para Maggie ao dizer isso, e ela não conseguiu fitá-lo. Em vez disso, abraçou o marido e enterrou o rosto em sua camisa de aroma agradável.

— Tá legal, como se eu precisasse de ajuda neste departamento!

Qualquer um que os conhecesse não adivinharia que estavam ambos fingindo que tudo estava bem. Jimmy estava com vontade de chutar Freddie para fora de sua casa, mas não podia fazer isso.

— Achei que ela talvez tivesse lavado para fora, não era assim que diziam no seu tempo, mãe?

Maddie fez que sim com a cabeça, feliz por ele tê-la notado e incluído na conversa.

Freddie levantou a voz enquanto continuava:

— Lembre-se do velho ditado, Jimmy: "O filho sabido conhece sua mãe, e o filho *realmente* sabido conhece seu pai!"

Todos riram. Assistindo à pequena encenação, Jackie sentiu o ciúme crescer dentro dela. Freddie jamais lhe dera tanta atenção, e ela passara por isso cinco vezes, incluindo o bebê que perdera.

Maggie caminhou até ela e a abraçou.

— Está tudo bem, Jack?

Jackie tentou ignorar a raiva e abraçou a irmãzinha com toda a candura que conseguiu reunir.

— Estou tão feliz por você, Mags. Filhos são a melhor coisa que pode acontecer a vocês.

No instante em que ela disse isso o Pequeno Freddie chutou a canela de Lena, e o tapa que ela desferiu nele ressoou alto na sala e fez o menino cair no chão. Ele era espancado com regularidade e, graças a isso, estava ficando muito resistente.

— Seu veadinho! Faça isso de novo que eu esfolo você vivo!

O Pequeno Freddie estava morrendo de rir da avó e, ao olhar em torno e ver todos os rostos sorridentes, Maggie achou que estava enlouquecendo.

Ela estava sentada no vaso, tentando se recuperar, quando Freddie finalmente conseguiu encontrá-la sozinha. A porta do banheiro podia ser aberta por fora, caso fosse necessário. Freddie passara a noite inteira observando-a discretamente, aguardando paciente por um momento em que a flagrasse sozinha. Ele entrou e viu sua presença instilar medo nos olhos de Maggie.

— Calma, eu não sabia que você estava aqui...

Maggie levantou-se depressa, e ele baixou os olhos e ficou impressionado com o quanto ela era pequena. Ele era um homem grande, e ela era baixa mesmo para a maioria das pessoas de estatura mediana. Isso era uma das coisas que o haviam atraído nela.

Freddie se lembrou de como era tocá-la. Lembrou-se do quanto sua cintura era fina, do quanto seus seios eram cheios e do quanto suas mãos ficavam pequenas dentro das dele. Ela era linda, e ele nunca havia gostado tanto de possuir uma mulher em toda a sua vida.

Enquanto ele olhava para ela, Maggie sentiu uma raiva tão grande dentro de si que quase a fez sentir-se feliz. Havia muito que ela não tinha um sentimento que considerasse tão bem-vindo.

— Saia, Freddie, senão eu vou gritar.

Ele sorriu para ela e estendeu o braço, como se a estivesse convidando para sair.

— Fique à vontade. Grite.

Ela empurrou Freddie para tirá-lo do caminho, e ele a segurou pelo braço, ferindo-a. Mas tentou não deixar marcas, e nesse momento ela compreendeu que ele estava com medo de Jimmy.

Desde a confusão na casa de Lenny, Jimmy estava com os nervos à flor da pele. Ele tinha acertado tudo com Oz, mas Freddie tinha noção de que muita coisa dessa conversa jamais chegaria aos seus ouvidos. Jimmy devia ter dado a Ozzy sua palavra de que não diria nada. Freddie não era idiota. Ele sabia que Ozzy recebia informações de muita gente em sua folha de pagamento. Assim, ao fazer isto, Freddie estava jogando com a morte, porque a coisa ficaria preta se eles fossem flagrados por Jimmy.

Mas esta era uma chance boa demais para ser desperdiçada.

— Tem certeza de que não tem nada para me dizer?

Ele estava com aquele sorriso que fazia o objeto de seu escárnio sentir-se um nada, um ninguém.

— Tenho certeza. O que eu teria a dizer a um verme como você, Freddie? — Ela parecia forte e se sentiu grata pela raiva estar servindo para alguma coisa, porque a estava ajudando a enfrentá-lo.

— Engraçado você ficar grávida agora, não acha? Jackie me contou quando você suspendeu a pílula.

Ela não respondeu, apenas levantou as sobrancelhas como se ele fosse um completo idiota.

— Quer dizer, veja do *meu* ângulo. Isso aí pode ser outro Pequeno *Freddie*, não pode?

Ele estava provocando Maggie, mas ela engoliu o medo enquanto se soltava dele.

— Você *realmente* pensa que é alguma coisa especial, não é? Mas pode parar de se congratular porque estou com mais de três meses. Agora saia da frente, senão eu farei um escândalo dessa vez. Eu sei tudo sobre Lenny, Jimmy me conta tudo. Ao contrário de você e de minha irmã, nós temos um bom casamento. Você, ou cinqüenta como você, não poderia arruinar o que nós temos, Freddie. Você é apenas um bandido e não pode me ferir mais.

Ela estava fitando os olhos dele e pareceu triunfante quando viu o choque que suas palavras provocaram.

— Você não significa nada para mim, e este bebê é um pequeno *Jimmy*. Ele vai ser decente, educado e o mais distante possível do animal chamado Pequeno Freddie que vocês dois arrastaram para o mundo. Agora saia da minha frente.

Desta vez ele deu um passo para o lado e ela abriu a porta. A cabeça de Maggie latejava de dor, mas ela se afastou dele de queixo erguido e costas retas, desceu a escada e voltou para a festa com um sorriso no rosto e uma palavra agradável para cada pessoa que falava com ela.

O que ela temera mais do que qualquer outra coisa acontecera, e ela ainda era ela mesma. Seu mundo havia ruído, mas ela sentia menos medo, agora que o enfrentara. Era assim que ela ia jogar, e tendo iniciado a farsa iria levá-la até o seu amargo fim.

Freddie já havia destruído muita coisa que ela amava, mas não iria descobrir que era o pai da criança que seu marido julgava ser dele. E Jimmy jamais suspeitaria que o bebê não era dele. Jimmy confiava nela e um dia ele só tivera motivos para isso.

Essa era uma criança que Maggie não havia desejado. Agora ela iria fingir que queria essa criança, que a amava e que se importava com ela. Precisava enfrentar a situação e estava determinada a fazer isso.

Se tivesse a menor suspeita de que Maggie achava que a criança era dele, Freddie iria importuná-la continuamente, e Jimmy ficaria completamente destruído caso a verdade viesse à tona. E de repente ela compreendeu qual era o motivo de tudo aquilo. Jimmy havia subido a árvore do sucesso, deixando Freddie nos galhos mais baixos.

Ele era um adversário vingativo e perigoso, mas ela teria de proteger o marido, sua sanidade e a si mesma.

Naquela noite, e em todas as outras, ela rezou para que a criança dentro dela morresse.

Ela deu à luz um filho no dia 1º de novembro de 1996.

O menino foi batizado como James Jackson Júnior, e sua mãe chorou por três dias seguidos depois de seu nascimento.

LIVRO III

Mesmo se tomarmos o matrimônio por sua natureza mais mundana, mesmo se o considerarmos nada mais do que uma amizade reconhecida pela polícia.

— Robert Louis Stevenson, 1850-1894
Virginibus Puerisque

Os pais comeram uvas verdes,
e os dentes dos filhos se embotaram.

— Ezequiel, 18:2

Capítulo 18

2000

— Não me diga que vai deixar ele aqui de novo.

Num tom agudo e zangado, Maggie disse à mãe:

— Bem, se não quer ficar com ele, é só dizer, mãe.

O pequeno James Júnior estava assistindo à cena à sua frente e seu comportamento era nervoso como sempre. Ele passara metade de sua vida na casa da avó. Gostava dali. Tinha apenas 3 anos, mas já percebia que sua mãe não era como as outras. Ela raramente o abraçava ou tocava, a não ser quando era absolutamente necessário. Apesar disso, cuidava muito bem dele. James Júnior estava sempre limpo e bem-alimentado, mas passava a maior parte do tempo sob os cuidados da avó, o que lhe agradava imensamente.

Seu pai era outra história. James Júnior adorava o pai e o pai o adorava. Ele o abraçava, beijava e brincava com ele até chegar a hora de sua mãe lhe dar banho e colocá-lo na cama. Era seu papai que lia para ele antes de dormir, que o levava para passear em seu carro e que fazia com que se sentisse seguro.

Sua mãe, por outro lado, fazia com que ele se sentisse preocupado. Ele tinha um tique nervoso e piscava os olhos constantemente quando ficava sozinho com ela por algum tempo. Ele sabia que não era rápido o bastante para ela, o que a irritava. Porém também sabia que ela não queria ferir seus sentimentos, que ela se sentia mal com isso. Depois ela lhe dava um abraço, mas era mais uma desculpa do que uma expressão de afeto.

Aos olhos de sua mãe, nada que James Júnior fizesse pareceria certo, e ele não sabia como fazer com que ela gostasse dele.

Agora sua avó estava dando um piti, como seu vovô dizia que ela fazia quando ficava zangada. Mas ele sabia que ficaria com ela, de um jeito ou de outro. Pelo menos ele torcia para isso. Seu avô o fazia rir e contava histórias. Sua vovó fazia uma comida deliciosa e lhe dava todo o carinho que podia. Era como se tentassem compensar a completa falta de afeto de sua mãe.

Mas ele não se importava. Se pudesse viver com sua avó e ver seu pai todos os dias, a vida seria perfeita.

— Vem cá, me dá outro beijo!

Rox estava saindo com um rapaz da vizinhança chamado Dicky Harmon. Ele era um garoto bonito e também um contraventor em ascensão. Estava trabalhando para Jimmy e adorando. Freddie assustava-o, mas ele era sensato o bastante para não permitir que ele notasse. Freddie era contra o namoro deles, mas Rox o pusera em seu lugar havia muito tempo. Contudo ele sabia que Freddie não suportava pensar em suas filhas com rapazes, fossem eles quem fossem, de modo que não encarava sua animosidade como pessoal. Percebia que Freddie cuidava de suas meninas de todas as formas erradas, mas sabia que Freddie não suportaria vê-las sendo tratadas como ele tratava todas as mulheres de sua vida. Se uma de suas filhas fosse fodida e abandonada, Freddie encararia isso como um insulto pessoal. Mas não era com a dignidade delas que ele se importava; era com a sua própria reputação.

Dicky havia sacado Freddie havia muito tempo. Seu pai era parecido com ele, e Dicky estava determinado a não ser como nenhum dos dois. Rox era uma jóia, e ele a amava. Ele não queria mais ninguém neste momento, mas quando quisesse iria se relacionar com elas discretamente, para não ferir o amor de sua vida.

Rox parecia um clone de Maggie na mesma idade. Com 21 anos, ela era deslumbrante, e também cabeleireira e cosmetóloga bem-qualificada. Administrava o segundo maior salão de beleza de Maggie, em Chingford, e comprara seu próprio apartamento e seu próprio carro. Maggie a ajudara, embora obviamente ninguém soubesse disso.

Ela agradecia a Deus todos os dias por sua tia e a idolatrava. Maggie a ajudara a sair da pocilga na qual crescera e lhe mostrara uma vida melhor.

Agora que ela tinha Dicky e estava apaixonada, sua vida nunca tinha sido tão boa. Seu pai tentara impedi-los, mas se acalmara um pouco depois que Jimmy dera sua bênção. Além disso, ela achava que seu pai na verdade gostava de Dicky, embora se recusasse a admitir tal coisa.

Era noite de sexta e o salão estava lotado. As cabines de bronzeamento estavam todas reservadas. O cheiro do acelerador de bronzeamento pairava no ar, misturando-se ao aroma perfumado dos produtos de beleza usados pelas estilistas. Rox estava cansada, feliz e tentando fazer com que Dicky saísse de seu pequeno escritório para que ela pudesse prosseguir com seu trabalho.

Uma das estagiárias, uma garota bonita de bumbum empinado e megahair, apareceu na porta e disse:

— Posso tirar a tintura do cabelo da Margaret ou você quer dar uma olhada primeiro?

— Estou indo, Renee. Sirva uma taça de vinho branco para ela e outra para mim. Estarei lá num instante.

Ela empurrou Dicky para a porta.

— Chega, vá embora. Preciso trabalhar.

Ele riu.

— Está tudo de pé para esta noite?

Ela fez que sim, surpresa, como sempre ficava, por esse homem adorável querê-la.

— Passe no meu apartamento por volta das oito e meia. Ou você prefere me encontrar no pub?

— Melhor no pub, hein? Seu pai estará lá, não?

Ela suspirou. Eles saíram juntos para a algazarra do pequeno domínio de Rox e, como sempre, ela se sentiu empolgada por tudo aquilo estar sob seu controle.

Dicky saiu no instante em que duas mulheres entraram para fazer uma escova, e ela sorriu profissionalmente para Margaret Channing, checando seu cabelo com um olho de especialista, embora sua mente estivesse na noite que a aguardava.

— Onde está o meu garoto?

Jimmy parecia irritado. Maggie disse, da maneira mais delicada que conseguiu:

— Na casa da minha mãe. Temos de ir ao aniversário da Jackie, lembra?

Jimmy fez que sim, mas ela sabia que ele não estava feliz. Ele teria preferido ter deixado o menino na casa da mãe de Maggie no caminho para lá. Ela justificou a ida de Jimmy Júnior para lá porque tinha muito trabalho para pôr em dia e precisava de tempo para si mesma. Era mentira, mas mesmo assim tentou convencer a si mesma de que era verdade.

— Mas a sua mãe e o seu pai não vão?

Maggie virou-se para olhá-lo. Enquanto olhava para o rosto lindo de sua esposa, Jimmy perguntou-se pela milionésima vez o que havia de tão errado com ela para não suportar o próprio filho.

— Maddie vai passar na casa de minha mãe e ficar algum tempo com ele. Eles não vão demorar muito mesmo, você sabe disso. Meu pai odeia Freddie, e minha mãe apenas o tolera. E assim que Jackie começar a se exceder nas bebidas, eles vão embora.

Jimmy assentiu positivamente, mas ainda estava chateado por seu garoto não estar em casa para recebê-lo. Ele olhou em torno e pensou que esta era uma casa da qual devia se orgulhar. Era uma casa georgiana de seis cômodos numa propriedade de 13 mil metros quadrados. Tinha piscina, sauna e parecia saída das páginas de uma revista.

Maggie tinha um talento inato para decorar casas, ele sabia disso. Mesmo assim, a casa parecia vazia, desprovida de qualquer vida. Era loucura, porque ele quisera uma casa como esta por toda a sua vida e, agora que a tinha, não conseguia apreciá-la. Ele sabia que a causa era Maggie e sua atitude para com o garoto, e por mais que a amasse ele também adorava o filho. Jimmy Júnior era um menino maravilhoso: inteligente, engraçado e de bom coração. Quando ele olhava para a criança, via a si mesmo, como se estivesse se olhando num espelho, e sua mãe e a mãe de Maggie o amavam. Se ele fosse um capeta, como o Pequeno Freddie, ele entenderia a atitude de Maggie. Embora ela fizesse tudo o que devia ser feito por uma criança, ela o fazia por obrigação, não movida por algum tipo de sentimento. Ele sabia disso e, pior, o menino também.

Maggie nunca parecera importar-se realmente com o menino. Após o nascimento de Jimmy Júnior, a atitude de Maggie fora atribuída à depressão pós-parto, mas embora ela houvesse se recuperado logo depois simplesmente não criara uma ligação com a criança.

Ele subiu para o andar dos dormitórios e, como sempre, se espantou com a beleza da casa e com sua própria determinação de sair daqui para um apartamentinho se isso trouxesse de volta a felicidade que eles haviam conhecido nos primeiros anos de casamento.

Maggie saiu da suíte. Estava linda. Freddie sorriu para ela e disse com absoluta sinceridade:

— Mags, você está deslumbrante.

Ela retribuiu o sorriso, e ele viu os dentes branqueados profissionalmente e a maquiagem imaculada, mas sabia que aquele sorriso só se tornava tão franco quando o garoto não estava na casa. Maggie relaxava quando o menino estava longe. Jimmy sabia que isso não era invenção de sua cabeça, porque ele sentia a mudança nela, via a diferença em suas atitudes.

Ela passou diante da porta serenamente, e ele entrou no quarto do casal com seus banheiros gêmeos e se sentiu vazio por dentro.

Jackie estava muito bonita. As garotas tinham feito seu cabelo e sua maquiagem e a haviam impedido de se embebedar, racionando seus drinques.

O Pequeno Freddie, que agora era enorme e desajeitado, estava, como de costume, deitado no chão da sala, assistindo à TV.

Dianna olhou em volta e suspirou. O lugar estava um lixo novamente, e ela sabia que se não desse uma boa arrumada ninguém mais o faria. O jeito como seus pais viviam sempre a incomodara. O dinheiro que era gasto em mobília e decoradores era astronômico, mas mesmo assim nada era cuidado ou respeitado. O quarto de Dianna era perfeito, mas tinha uma fechadura forte na porta para impedir que o Pequeno Freddie entrasse. Aquele desgraçado roubava qualquer coisa que não estivesse pregada no chão, e ela torceu para que desta vez, quando fosse a julgamento, eles o prendessem em algum lugar.

Ele já era bem conhecido pela polícia e odiado por quase todos à sua volta. Mas como era filho e herdeiro de Freddie Jackson poderia se safar até de um assassinato, e com certeza um dia ainda seria acusado disso. Ela não tinha a menor dúvida!

Jackie arrotou, e o som fez o estômago de Dianna revirar. Às vezes ela se comportava como um animal. Tudo o que ela queria era que seu pai aparecesse, porque do contrário haveria problemas. Sua mãe depositava grandes expectativas em seu aniversário e na presença do marido no pub para que todos vissem. Era uma farsa, e Dianna estava farta de tudo isso.

Jackie estava vestindo um terninho preto e parecia bonita. Estava satisfeita com o quanto estava bem-asseada, mas a bebida a deixara inchada e, embora o peso que ela adquirira alguns anos atrás agora estivesse diminuindo num ritmo alarmante, as mãos e o rosto ainda estavam gordos. Ela devia reduzir a bebida, mas sabia que não conseguiria.

Em todo caso, era o seu *aniversário*. Se não pudesse tomar uma bebida no seu *aniversário*, quando poderia?

Dianna estava linda, pensou Jackie. Ela era uma beldade, e Kimberley também estava adorável. Contudo Kim a preocupava. Ao contrário de Rox, que dera no pé na primeira oportunidade, ela parecia estar disposta a não sair tão cedo de casa. Kimberley, que sempre tinha sido a desbocada, mudara nos últimos anos. Ela raramente ia ao pub ou saía à noite. Parecia o Fantasma do Natal Passado e nem parecia estar trabalhando tanto assim agora. Jackie sabia que Maggie já lhe passara um belo sermão porque ela a havia deixado na mão nos salões de beleza.

Kim parecia estar sempre deprimida, como se tivesse o mundo sobre seus ombros. Mas estava completamente crescida agora, de modo que não era da sua conta o que se passava na cabeça da garota. Jackie fizera sua parte, e agora cabia a elas se virarem.

Jackie afastou o pensamento das filhas de sua mente e se perguntou se Freddie iria aparecer, conforme prometera. Era melhor que ele fizesse isso. Ela não pedia muito a ele, apenas que ele saísse com ela nos aniversários e feriados. Ora, sendo sua esposa, Jackie tinha direito a pelo menos isso.

O Pequeno Freddie deu um chute em Kimberley quando ela passou por ele. Kimberley o ignorou. Ele começou a gritar e a xingá-la enquanto ela subia para o quarto dela.

Dianna observou-a sair e suspirou. Os problemas estavam prestes a acontecer, e eles chegariam cedo ou tarde. Se sua mãe ou seu pai realmente prestassem atenção em Kim, acabariam entendendo exatamente qual era a situação. Mas não seria ela quem contaria a eles. Ela já tinha muitos problemas em sua vida.

Freddie já estava no pub não porque estivesse esperando pela esposa, mas porque estava a fim de um rabo-de-saia que trabalhava no bar, uma jovem de apenas 18 anos que já tinha o ar experiente que ele adorava e o jeito de se vestir como uma vadia, deixando claro que ela se achava ali para o que desse e viesse.

Bem, ele também estava. Agora estava investindo em sua futura parceira sexual pagando drinques e jogando charme, contando histórias e piadas. Ele era um Chefe, e isso já era meio caminho andado para a cama dela. Além disso, ele estava meio bêbado, mas pelo menos se mostrando um bom garoto porque queria impressionar a piranhazinha e, com sorte, levá-la para a cama antes que a noite terminasse.

Freddie sabia que ela já tinha um bebê, e a experiência lhe dizia que isso sempre era garantia de diversão. Depois que elas ficavam presas num apartamento alugado com um filho, o fascínio pela maternidade evaporava depressa. Elas ficavam solitárias, duras e, mais importante, queriam um pouco de excitação para animar o que já se tornara uma existência tediosa.

Freddie sempre ficava impressionado com garotas como esta atendente de bar. Elas queriam filhos, mas quando eles chegavam pouquíssimas realmente apreciavam a experiência e depois se perguntavam por que os homens davam no pé na primeira oportunidade. Que homem em seu juízo perfeito acreditaria que a mesma garota que abrira as pernas para ele numa fração de segundo não fizera a mesma coisa incontáveis vezes antes para outros sujeitos? Assim, as garotas acabavam como amantes de homens casados, como ele.

Freddie conhecia todos os sinais. Elas se vestiam para arrasar — mesmo quando saíam apenas para comprar pão com a pensão do governo, estavam seminuas e cheias de maquiagem. Seu círculo se restringia a algumas amigas que levavam vidas parecidas às delas, suas as mães, as casas de suas mães e a toda parte onde pudessem fisgar um homem.

Elas eram uma bomba-relógio, e ele gostava de pegá-las quando ainda eram meio decentes. Dentro de alguns anos, esta garota iria produzir mais um bebê, talvez dois, e viraria comidinha de viciados e bandidos de terceira categoria. Mas neste momento ele a queria e estava determinado a tê-la ainda naquela noite.

Ele tateou os bolsos e acariciou seu maço de notas. Sempre que aparecia para tomar um drinque, os olhinhos dela cintilavam. Até agora ele sabia que seu nome era Charmaine, que tinha uma menininha de 13 meses, um apartamento perto do pub e da casa na qual ele morava com Jackie e que seu grande sonho era ir para a Flórida. Ela já provara ser uma pessoa descomplicada e sem uma gota de imaginação, de modo que não havia chance de que ela quisesse travar conversas longas ou impressioná-lo com sua inteligência.

Ele estava prestes a agir quando Jackie e suas filhas entraram no pub. Ele suspirou quando Charmaine viu Jackie, que agora estava parada ao seu lado como se fosse sua guarda-costas, e sensatamente se dirigiu para a outra extremidade do balcão, aparentando medo profundo.

— Não vai me desejar feliz aniversário?

Freddie sorriu e disse casualmente, enquanto tentava pedir mais uma bebida.

— Não, Jackie, não vou.

Jimmy Júnior estava assistindo a um desenho animado e comendo biscoitos quando o Pequeno Freddie finalmente chegou à casa de sua avó. Jimmy Júnior morria de medo do primo, porque ele era um rapaz muito barulhento e agressivo, que parecia sentir uma alegria imensa em aterrorizá-lo.

Assim que ele entrou no apartamento, a atmosfera mudou, e Maddie, que estivera torcendo para que o Pequeno Freddie não quisesse vir ficar com ela e com Jimmy Júnior, já estava sentindo os nervos à flor da pele.

O Pequeno Freddie estava apreciando o efeito que criava. Ele adorava a forma como as pessoas ficavam com medo dele e tentavam não provocá-lo. Ele era um rapaz bonito, embora suas feições fossem prejudicadas por uma expressão permanentemente mal-humorada e infeliz. Também tinha cicatrizes feias porque fora costurado diversas vezes, principalmente por causa de sua recusa em evitar qualquer perigo e porque havia participado de muitas brigas.

Agora o Pequeno Freddie olhou para o garotinho que estava torcendo para que ele não fosse malvado com ele e sorriu, porque seu pai o alertara que, se acontecesse mais um único incidente com Jimmy Júnior, ele iria realmente sofrer as conseqüências.

O Pequeno Freddie já deduzira que o pai tinha medo de Jimmy Pai, e essa fora uma descoberta importante. Ele jamais imaginara que o pai pudesse temer alguém ou alguma coisa. Mas já havia algum tempo ele percebera que era Jimmy quem administrava tudo e que até seu pai precisava fazer o que ele mandava.

Assim, sorriu para o priminho e, dando um grande abraço em sua avó, sentou-se para ver os desenhos animados com um coração leve e um exterior calmo.

Como seu pai antes dele, o Pequeno Freddie estava formulando um plano, e, como seu pai antes dele, esse plano requeria cuidado e inclemência. Mas, ao contrário do pai, o Pequeno Freddie prestava atenção aos detalhes.

Maggie olhou o pub ao seu redor e desejou que o relógio andasse mais depressa. Ela odiava aquele lugar, embora numa certa época o tivesse adorado. Ainda era sujo, recendia a desinfetante e cerveja e, mais preocupante, as pessoas sentadas no pub ainda eram as mesmas que na primeira vez em que ela ali estivera, havia muitos anos.

O lugar parecia uma cápsula do tempo.

A mãe e o pai de Maggie estavam se divertindo a valer, apesar de terem jurado que sairiam cedo, e ela os invejou pela jovialidade que pareciam manter, a despeito do que acontecia com eles.

Jackie estava bêbada como um gambá, e Freddie estava de olho numa atendente de bar magricela com excesso de maquiagem e cabelo ensebado. As garotas estavam rindo e trocando piadas, e aquele rapaz, Dicky, estava olhando para Rox como se tivesse acabado de ganhar na Loteria.

Maggie sentiu uma pontada de dor no peito ao lembrar que ela já fora assim: despreocupada, jovem e apaixonada. Ela procurou por Jimmy com o olhar e o viu conversando animadamente com Dianna.

A sobrinha estava belíssima. Enquanto Maggie observava os dois conversando, ela ouviu a voz aguda de Jackie começando a dizer desaforos para a atendente. Ela fechou os olhos e, ao abri-los de novo, viu Jimmy e seu pai segurando Freddie, enquanto as garotas tentavam ajudar Jackie a se levantar do chão imundo. Jackie estava com o nariz sangrando, e Maggie sentiu vontade de chorar diante da desgraça completa que constituía sua vida.

Em vez disso, ela se levantou e caminhou até a irmã. Segurando gentilmente o braço de Jackie, ajudou a mulher bêbada e ensangüentada a caminhar até o banheiro.

Freddie empurrou Jimmy e Joseph para longe dele, agitando os braços para mostrar que estava mais calmo, e disse alto:

— Acabou o show. Vamos tomar mais uma bebida.

Todo mundo no pub voltou ao que estava fazendo. Aquele tipo de ocorrência era a norma e rompia o tédio completo que a maioria deles sentia na maior parte do tempo.

Rox e Dianna observaram a mãe capengar para dentro do banheiro com Maggie e em seguida a irmã mais velha deu uma escapulida para o outro bar. Dicky olhou para Rox e fez uma cara de quem queria ir embora — e o quanto antes melhor.

Ela concordou com um meneio de cabeça. Eles tinham feito sua parte e agora estavam livres para sair e finalmente se divertir.

Maggie estava com enxaqueca e sabia que seria daquelas terríveis. Enquanto tirava as roupas, olhou para si mesma no espelho. Maggie não tinha uma única marca em seu corpo. Ninguém jamais acreditaria que ela já tinha um filho. Ela sabia que isso incomodava imensamente sua irmã, mas não era um fato que lhe agradasse pessoalmente. Todo o prazer que já havia extraído de seu corpo havia muito se escoara.

Por causa de Freddie.

Em seus salões de beleza, Maggie era elogiada o dia inteiro por mulheres que queriam a perfeição e achavam que ela era perfeita. Mas se elas soubessem a verdade! Maggie via seu corpo como algo corrupto, repugnante, como o veículo que levara ela e sua família até o ponto no qual se encontravam.

Maggie vestiu uma camisola de seda. Vendo seu reflexo novamente no espelho, notou que estava muito atraente, e que Jimmy ia querer fazer amor com ela, e ela deixaria. Era mais fácil do que tentar inventar desculpas.

Ela caminhou de volta para o quarto e sentou-se na espreguiçadeira que supostamente deveria ser usada de forma romântica, mas que ela usava para ver televisão. Jimmy estava colocando o menino para dormir, e ela sabia que ele estava tentando compensá-lo por não tê-lo visto mais cedo. E, como sempre, também estava tentando compensá-lo pelo completo desinteresse de Maggie pela criança.

Ela pousou uma das mãos suavemente na barriga e a esfregou inconscientemente.

Ela não havia tomado precauções desde o nascimento do menino, mas mesmo assim nada acontecera. O que apenas fortalecera sua crença de que Jimmy estava apaixonado pelo filho de Freddie. E Jimmy Júnior era, por alguma piada sarcástica da natureza, um *bom* menino. Mas ela sabia que um dia isso iria mudar. Ele iria assumir sua verdadeira identidade, e ela teria Freddie Jackson vivendo sob seu teto.

Maggie sabia que Freddie ainda acreditava que Jimmy Júnior era seu filho, e ele gostava disso. Ela o ouviu dizer a Jimmy quanto o menino parecia com o pai, e ele olhou para ela ao dizer isso. Os dois homens eram tão parecidos que chegava a ser assustador.

Ela odiava Freddie Jackson, e o menino era apenas mais um instrumento de tortura. Se ao menos ela tivesse tido outro filho, poderia ter prosseguido com sua farsa, tirado Freddie das suas costas. Mas isso jamais acontecera, nem mesmo um único sinal falso.

Sempre que permitia que Jimmy a tomasse, Maggie rezava para que desta vez ele lhe desse um filho realmente deles.

Mas no íntimo ela sabia que isso jamais aconteceria.

— Você se divertiu na casa da vovó, amigão?

Jimmy Júnior assentiu.

— Freddie apareceu e foi legal comigo.

Jimmy pôde ouvir o tom de alívio e surpresa na voz do garoto e o abraçou, sentindo, como sempre acontecia quando estava perto dele, a força pura de seu amor por aquela criança.

Os olhos azuis do menino tinham cílios incrivelmente longos e o nariz pequeno era uma bolinha perfeita em seu rostinho bonito. Os cabelos pretos e espessos eram muito parecidos com os dele, ondulados e pretos, e o cheiro de seu corpo pequeno e rechonchudo era bem característico — e completamente seu.

— Está feliz, meu soldadinho?

O menino levantou a cabeça para olhar para ele com uma expressão confiante e disse alegremente:

— Sim, eu te amo, papai.

— E eu também te amo, filho. Agora, vá dormir.

Ele observou o menino abraçar o ursinho de pelúcia e fechar os olhos, e mais uma vez pensou que não era natural aquela criança jamais ter tentado dormir na cama com sua mãe e seu pai.

Jimmy observou o quarto perfeito. Era um verdadeiro quarto de menino. Havia trens pintados e bandeirinhas pregadas nas paredes para mostrar todos os lugares que ele visitara durante sua vida curta. Todos os seus outros brinquedos estavam guardados no "depósito de brinquedos", como Maggie insistia em chamar, e os poucos que estavam por ali eram alguns quebra-cabeças, o trator e livros de colorir, todos bem-arrumadinhos nas prateleiras.

Não era assim que o quarto de um menino de 3 anos devia parecer. Jimmy não tinha noção de como sabia disso, mas tinha certeza de que estava certo. Os quebra-cabeças e livros de colorir significavam solidão, e ele sabia que este menino passava tempo demais sozinho para seu próprio bem.

Ele beijou a testa do filho e saiu em silêncio do quarto.

Freddie estava na casa de Charmaine, bebendo animadamente e assistindo a um vídeo enquanto ela preparava alguma coisa para ele comer.

Pelo menos o apartamento dela era limpo. Ela subira em seu conceito por causa disso, e a filhinha dela parecia ser linda, a julgar pelas fotos espalhadas pela casa toda. Ela estava na casa da avó. Bem, isso não era novidade nesta vizinhança. Ele poderia apostar que nenhuma criança com menos de 12 anos passava as noites de sexta com suas mães.

Char, como ela gostava de ser chamada, voltou para a salinha e serviu-lhe um sanduíche de queijo e mais uma cerveja. Ela era uma graça, com um bumbum pequeno e redondinho.

— Não tinha me tocado que você é o pai da Kimberley.

Bem, *isso* era novidade. Ela não podia ser amiga de sua filha!

— Você a conhece?

Charmaine riu do tom dele e disse com um sorriso:

— Conheço ela da vizinhança, só isso.

Freddie concordou com a cabeça, sem saber ao certo para onde esta conversa os estava levando.

— Sei, e agora, enquanto como este sanduíche, por que não tira a roupa?

Charmaine quase desmaiou, e ele ficou surpreso de ver que ela era tão tímida. Teria apostado dinheiro em sua promiscuidade.

— Saia daqui! — Ela estava genuinamente embaraçada, e por algum motivo ele gostou mais dela por isso.

— Bem, querida, você viu minha esposa essa noite. Acho que não vim aqui para ler a Bíblia, não é?

Ela riu, e depois disse muito séria:

— Quer um baseado?

Ela abriu uma latinha. Deleitado, Freddie observou-a enrolar um baseadinho e dar algumas tragadas como uma verdadeira profissional.

Ela passou o baseado para ele, que tragou profundamente.

— Esta é da boa. Onde conseguiu?

Ela estava bebericando a cerveja, e ele viu que ela fazia isso como uma dama.

— Com Taffy Robin.

Ele riu, uma risada alta e retumbante que fez a garota dar um pulo.

— Com quem?

Ela começou a soltar risadinhas ao repetir:

— Taffy Robin, você sabe, o galês que mora no apartamento do outro lado do parquinho. Ele sempre tem coisa boa. Consegue qualquer coisa que você queira. Pergunte a Kimberley, ela sabe.

De repente Freddie ficou alerta, mais sóbrio que um juiz da Suprema Corte julgando uma acusação de direção alcoolizada.

— Como é? Como sabe que a minha Kimberley sabe alguma coisa sobre esse sujeito?

Charmaine notou a mudança sutil em sua voz e percebeu que falara demais.

— Eu não sei, Freddie. Achei que ela conhecia ele, só isso. Devo estar errada, não é?

Ela estava tentando consertar o que tinha dito e estava fazendo um bom trabalho, mas ele conhecia uma mentirosa quando via uma. Seu pai costumava dizer: "Como você sabe quando uma mulher está mentindo? Os lábios dela se mexem." E ele tinha razão.

Ele se sentou e, largando o prato, disse num tom amistoso e com o seu sorriso mais encantador:

— Não, você não está, Char. Você sabe de alguma coisa que eu não sei. Agora, você pode me dizer a verdade, e só a *verdade*, e eu e você podemos continuar amigos, ou eu posso te mandar para o hospital mais próximo com a sola da minha bota. A escolha, minha queridinha, é sua.

Charmaine estava nervosa. A maconha que ela fumara acabara de bater, mas ela não estava gostando nem um pouco. Na verdade, estava começando a suar, e sabia que o motivo era medo.

— Não sei o que dizer, Freddie. Tudo o que sei é que ela aparece lá de vez em quando...

Numa questão de segundos ela estava deitada de costas, e ele a segurava pela garganta. A força com que ela bateu no chão deixou-a sem fôlego. A dor era aguda e ela subitamente se lembrou do quanto o homem era realmente perigoso.

Ela fitou aqueles olhos azuis que antes lhe pareceram sensuais e convidativos e que agora estavam carregados de raiva e ameaçadores.

— Charmaine, estou avisando. É melhor me dizer o que a minha filha estava fazendo na casa de um traficante galês. E é bom me dizer também o que ela anda tomando. Porque se eu descobrir que você mentiu para mim duas vezes vou quebrar o seu pescoço. Agora me diga o que era.

Os olhos da garota estavam arregalados, e ele estava tão zangado que levou alguns segundos para compreender que ela literalmente não podia responder. Ele afrouxou um pouco a mão e gritou, acima das tossidas dela:

— Responda, sua puta!

Em minutos sua vida passara de feliz e descontraída, com talvez até a promessa de romance, para violenta e aterrorizante. Ela estava tremendo de medo e em choque, e disse entre lágrimas:

— É a marrom, ela usa a marrom!

Ele levou alguns segundos para absorver as palavras e quando o fez não conseguiu encontrar o termo correto para marrom.

Ouviu em sua cabeça a palavra *heroína* e soube, sem sombra de dúvida, que era verdade, era tudo verdade.

Ele esbofeteou a garota no rosto e na cabeça algumas vezes, depois começou a dar socos e chutes. Estava tão zangado que poderia matar alguém — e sabia exatamente quem.

Maggie estava deitada, mas permanecia acordada, ouvindo Jimmy ressonar. Ela gostava de senti-lo ao seu lado no escuro e de ouvi-lo respirar enquanto dormia, porque isso fazia com que se sentisse segura.

Ele não tocara nela quando fora para a cama, e ela ficara desapontada porque havia se preparado psicologicamente para isso. E ela queria um filho deles, sentia que apenas isso poderia purificá-la, fazer com que tudo ficasse certo.

Enquanto estava deitada, ele se virou e ela sentiu a mão dele tocar em sua coxa e deu um pulo, como sempre fazia quando ele a tocava sem aviso. Seu estômago revirou, e ela sentiu o enjôo com o qual já estava tão familiarizada enquanto mais uma vez sentia o toque das mãos de Freddie e o cheiro de seu hálito e suor. Maggie sabia que enquanto vivesse esses fedores permaneceriam em sua mente, e ela seria capaz de senti-los com tanta nitidez como naquela noite terrível.

O telefone começou a tocar, e ela se apressou em atendê-lo, com medo de que fosse Freddie. Às vezes ele ligava no meio da noite e pedia para falar com Jimmy, embora ela soubesse que isso fazia parte de sua campanha contra ela. Mas, em vez da voz de Freddie, ela ouviu uma Jackie praticamente incoerente gritando e chorando do outro lado da linha.

Capítulo 19

Robin Williams, nome que ele via como uma maldição, graças a um certo astro de cinema, e agora também a um cantor de *boy band* de sexualidade questionável, estava queimando cuidadosamente um pouco de heroína. Duas jovens, *mulheres* jovens, pareciam ovelhas trotando alegremente para o abatedouro, enquanto ele lhes mostrava como fazer a heroína borbulhar no papel laminado. Em seguida ele iria explicar a elas o mistério de como carregar uma seringa.

Ele estava no fim da casa dos 30, mas parecia mais jovem. Os cabelos levemente ruivos eram longos e despenteados, assim como o cavanhaque. Ele tinha tatuagens por toda parte, e os desenhos caseiros consistiam principalmente em caveiras e outros símbolos relacionados com a morte. Ele ouvia apenas Pink Floyd, Led Zeppelin ou seu ídolo Ozzy Osbourne, e sua vida se resumia ao vício ou à manutenção do vício.

Como a maioria dos viciados em heroína, qualquer tipo de vida real tinha sido suspensa no dia em que ele havia se tornado um viciado. Ele não tinha amigos de verdade, não tinha vida social nem nenhum tipo de conversa além das que giravam em torno de sua melhor viagem ou da morte por ovedose de pessoas que agora só eram suas amigas porque não podiam contradizer nada do que ele dissesse a respeito delas.

Era um estilo de vida solitário, deprimente e seriamente perigoso. Mas para essas duas jovens, que ele via como futuras atravessadoras, e nada mais, parecia uma existência empolgante e divertida.

Robin, ou Taffy Robin, como era conhecido, tinha três filhos que jamais via, uma fileira de mulheres que destruíra e abandonara e uma dívida grande como a de uma nação do Terceiro Mundo, que ele jamais teria como pagar. Daí as novas recrutas.

Quando começara com heroína, já consumia crack e fumava maconha apenas para relaxar. Ele vendia sua metadona, mas guardava as receitas, que eram seu passaporte mágico para os consultórios médicos. Conhecia todos os golpes que existiam e não havia trabalhado um único dia de sua vida.

Era um viciado, e isso significava que cada agência governamental de assistência existia para ajudar pessoas como ele. Ele nunca tivera uma vida tão boa.

Graças ao vício, ele conseguia ficar fora da prisão, internando-se sempre que as coisas ficavam realmente ruins, e obtinha suas drogas sempre que precisava delas, porque era, rufar de tambores, um viciado.

Um viva para Tony Blair e seu maravilhoso governo liberal.

Enquanto ele puxava a marrom para a seringa, a porta da frente — que geralmente ficava aberta por causa do cheiro — desprendeu-se das dobradiças e caiu no chão da sala, expondo o seu pior pesadelo.

Ele já havia lidado com muitos pais furiosos, mas este não era o tipo comum de pai zangado. Normalmente eram homens obesos de meia-idade que vinham lhe dar uma surra e o deixavam com um olho preto, apenas para aumentar seu prestígio com suas esposas e amigos.

Este homem era aquilo que ele temera por toda a sua vida: um lunático. Ele tinha isso nos olhos, no comportamento e também no pé-de-cabra que estava segurando com ambas as mãos e que Taffy sabia que a qualquer momento iria descer sobre seu crânio.

Na atitude típica de um viciado, tentou guardar a marrom, para salvá-lo, porque era mais importante que sua própria vida.

As duas garotas fitaram o homem enorme com olhos cheios de pavor. Quando ele gritou "Fora, suas duas piranhas viciadas!", elas não esperaram para ouvir a ordem uma segunda vez.

Elas cataram seus pertences e correram para o buraco que antes fora a porta da frente do apartamento de Robin.

Freddie apontou para as duas com o pé-de-cabra, para impedi-las de sair tão depressa, e disse, agora em tom de conversa:

— Se chamarem a polícia, ou qualquer outra pessoa, irei atrás de vocês, entenderam?

Elas pararam onde estavam e fizeram que sim com a cabeça. Ele estava falando como os pais delas, como uma pessoa normal, e mais uma vez elas menearam a cabeça tão veementemente que machucaram o pescoço.

— Estão esperando o quê? Fora daqui!

As duas saíram correndo pelo buraco na parede onde antes estivera a porta, e na escadaria encontraram vizinhos que estavam interessados em saber o que estava acontecendo.

Taffy Robin era uma pedra em seus sapatos. Sempre havia gente entrando e saindo do apartamento dele, a qualquer hora do dia ou da noite. Os moradores precisavam tomar cuidado para não serem roubados, porque um viciado não costumava ir muito longe do local onde conseguia drogas para roubar e conseguir o dinheiro de que precisava, a não ser que fosse necessário. Muitos vizinhos de Taffy já haviam chegado do trabalho para descobrir que a televisão ou o videocassete tinha sumido, apenas para que o ladrão pudesse conseguir uns trocados e comprar drogas na próxima vez que viesse visitar Taffy.

Aquele prédio decaíra muito desde que fora construído, logo depois da Segunda Guerra Mundial, e isso significava que nenhuma seguradora queria fazer seguros para os moradores. Se alguma coisa era roubada, já *era*, a solução era comprar outra. A polícia raramente atendia reclamações de furto ou assalto, e se por algum milagre ela o *fizesse* os policiais diziam às vítimas o que elas já haviam deduzido sozinhas. Tinha sido algum viciado. Portanto, ou os vizinhos de Taffy faziam uma xícara de chá para alguém que eles já viam como seu inimigo, e os policiais eram sedentos por chá, ou eles resolviam seus problemas sozinhos.

Agora parecia que o problema seria resolvido de uma vez por todas.

Um homem idoso de pijama e boné de beisebol gritou da porta:

— Acaba com ele, Freddie! Esse sujeito é um câncer. Acaba com ele garoto!

Freddie não precisou ouvir o conselho duas vezes.

O pé-de-cabra desceu com toda a força que Freddie conseguiu reunir. E de novo, e de novo. Quando Taffy parou de se mover, Freddie voltou sua fúria contra a sala, as janelas, a televisão e tudo o que aparecia em seu caminho.

A coisa toda levou vinte minutos, e ele saiu do apartamento como um herói conquistador.

— Quem fez isso com sua filha, Sra. Jackson?

A policial feminina era uma moça gentil, de cabelos louros bem-cortados e olhos verdes amendoados. Maggie analisou-a sob um ponto de vista profissional e decidiu que seria capaz de tirar cinco anos dela e deixá-la parecendo uma estrela de cinema.

Jackie não falava nada, e Maggie suspirou quando disse, muito séria:

— Foi um assalto. Pegaram ela na rua. Ontem à noite era aniversário da mãe dela, e ela ficou até tarde no pub. Como não conseguiu pegar um táxi, foi para a casa caminhando. Fica a apenas dez minutos a pé, sabe? E pelo que entendemos o atacante veio por trás dela.

— Mas ela conseguiu voltar para casa?

Jackie e Maggie assentiram positivamente.

— Com uma perna quebrada?

Jackie deu de ombros.

— Encontramos ela na frente da casa. O que posso dizer? Talvez alguém a tenha ajudado, não sabemos. Esse é o seu trabalho, não é? Pelo menos era da última vez que li um romance policial.

— Sra. Jackson, e quanto à senhora? O que aconteceu com o seu nariz?

Maggie e Jackie sabiam muito bem aonde as perguntas da policial estavam levando, e Jackie disse com desrespeito deliberado e calculado:

— Não fode, garota. A gente sabe aonde você quer chegar.

Maggie piscou para Jackie e conduziu a policial feminina para fora da sala.

— Entenda, meu bem, como você já deve saber, a minha irmã é uma alcoólatra. Você já veio aqui várias vezes por causa das reclamações dos vizinhos. Ela *sempre* está cheia de cortes e machucados. Alcoólatras caem muito.

Maggie bocejou delicadamente antes de prosseguir, um bocejo entediado que mostrava à policial feminina o quanto ela estava cansando aquela mulher refinada e educada.

— Agora escute bem. Escute com atenção. O pai daquela menina é Freddie Jackson, e é melhor você achar o culpado antes dele. Mas nem pense em insinuar nada sobre a minha irmã novamente, a não ser que queira lidar com o marido dela. Entendeu?

A garota assentiu positivamente. Ela sabia quando estava derrotada. Esta família seguia suas próprias leis, motivo pelo qual este caso havia sobrado para ela. A policial agora via isso com clareza. Ninguém mais quisera se envolver.

Os Jackson iriam resolver isto sozinhos, e a polícia local iria deixar que fosse assim. Era assim que seus mundos funcionavam.

Mais tarde, naquela noite, ela ouviu na cantina que um sujeito, um tal Thomas Halpin, que era membro do Esquadrão de Crimes Graves, aparentemente já recomendara à delegacia que mantivesse distância do caso. Não era a primeira vez que isso acontecia, e a policial tinha certeza de que não seria a última.

Assim, ela iria fazer exatamente o que todo mundo fazia. Ela se esforçara ao máximo, fizera seu trabalho e, para ser honesta, estava torcendo para que Freddie Jackson desse um jeito no filho-da-puta que tinha feito aquilo com a garota. *Havia* um maluco nas ruas, e se Jackson desse cabo dele pouparia trabalho para todos eles.

Queria ser promovida a policial à paisana e, se tivesse de deixar os Jackson em paz para conseguir seu objetivo, faria isso.

Ozzy estava doente, sentindo uma forte dor no peito. Sentou-se em sua cela e apertou o braço. Era como se houvesse alguma coisa grande e gelada pesando em seu peito. Como se um bloco de gelo tivesse sido largado sobre ele de uma altura muito grande.

Ele estava suando profusamente, e sua respiração estava cada vez mais difícil.

Ele se perguntou se deveria apertar a campainha e chamar um médico. Mas primeiro ele teria de se deitar, para diminuir um pouco a dor.

Finalmente ele adormeceu, e a dor diminuiu.

Jackie e Maggie chegaram em casa do hospital às seis e meia da manhã. Elas tinham contado para as outras garotas a mesma história que tinham contado para a policial: que sua irmã fora atacada por um estranho. Embora ninguém tivesse acreditado nisso, elas manteriam a farsa, especialmente Kimberley, que já estava lembrando detalhes de seu atacante misterioso.

Na cozinha, Maggie pôs a chaleira para ferver enquanto Jackie tirava uma garrafa de vodca da geladeira. Ela misturou a vodca num copo grande com vinho branco. Tomou o drinque de um gole só. Maggie observou enquanto ela servia outro drinque com mãos trêmulas, e mais uma vez sentiu uma pontada no coração ao ver o arremedo de mulher em que sua irmã havia se tornado.

— Você precisa abandoná-lo, Jack. Não pode deixar ele sair dessa numa boa.

Jackie olhou para a irmã espantada.

— Do que está falando? Ele fez a coisa certa. Cuidou de sua família!

O orgulho na voz de Jackie fez com que ela parecesse quase feliz diante da situação de sua filha. Freddie chegara em casa, praticamente assassinara a pobre garota, xingara todo mundo e, para Jackie, isso era *amor*.

Maggie sentiu vontade de rir.

— Você ouviu o que você mesma disse, Jackie? Ele não atacou a garota porque *se importava com ela*. Ele a atacou porque o fato de sua filha ser viciada é um insulto para ele. Use seus miolos, limpe a merda dos seus olhos e veja Freddie como ele realmente é.

Jackie olhou para Maggie. Mesmo de jeans e camiseta ela estava linda, perfeita. Ela sempre parecia perfeita, sempre parecia saída de um comercial de saúde para a mulher. Mas, na verdade, ela não era nada. Apenas pensava que era melhor que todo mundo.

— Se a filha dele é viciada, o que os outros irão pensar? Ter uma filha viciada é uma comprovação de que ele fracassou como pai. Jackie, a reação dele não tem nada a ver com os seus filhos ou com amor. Não tem nada a ver com *você*, sua piranha burra. Só tem a ver com *ele*. Tudo sempre tem a ver com *ele*!

— Você está errada, Maggie. Apesar de todos os defeitos dele, Freddie nos ama.

— Ele trata você como lixo. Ri quando você está bêbada. Toma o que quer de você e depois te deixa sozinha por semanas. *Você* permite que ele faça isso. *Você* permite, Jackie, porque por algum motivo, para você, ele é uma pessoa maravilhosa, enquanto ele sistematicamente *destruiu* você e aquelas crianças por toda a sua vida.

Jackie balançou a cabeça. As palavras de sua irmã estavam tão próximo da realidade que ouvi-las era doloroso.

— Você está errada. Ele ama a gente. Ama a família dele.

Maggie pegou os cigarros de Jackie e acendeu um antes de dizer, com um sorriso sarcástico:

— Olhe ao seu redor. Olhe para a sua vida, olhe como você vive. A sua filha é viciada porque *você* é viciada. Qualquer um daqueles programas de psicologia barata que você gosta de assistir na televisão diria isso, Jack. Kimberley teve uma boa professora, e foi você. Você *bebe* há anos, Jackie. Você é uma *alcoólatra*.

Jackie estava assustada. Ela não queria ouvir isso agora. Queria apenas beber em paz e dormir durante algumas horas.

— Como tem coragem de me fazer um sermão?

Maggie disse entre os dentes cerrados e com toda a força que conseguiu reunir:

— Tenho coragem, Jackie, porque alguém precisa te dizer que isso precisa acabar. Precisa acabar agora! O homem que você ama *te odeia*, e você é *burra* demais para ver isso. Sabia que Jimmy e ele ganham praticamente a mesma coisa, e mesmo assim vocês ainda vivem numa casa velha e pequena? Querida, pense nisso. Onde ele está gastando todo esse dinheiro? Com toda a certeza não é com você ou sua família!

Maggie olhou em torno, para a ruína que era a casa de sua irmã, e disse com tristeza:

— Isto aqui é um buraco, Jackie. E olhe o maldito Pequeno Freddie. Ele é um marginal, e ninguém parece se importar! Onde ele está agora? Deve estar ainda perambulando pelas ruas, aposto. E quanto à pequena Kim? Está viciada em heroína há um tempão, e *você* nem notou. Eu sabia que havia alguma coisa errada com ela e tentei ajudá-la, mas *você* nunca nem reparou nisso! Os seus filhos são invisíveis para você. A única importância que você vê neles é que eles mantêm Freddie ao seu lado. Freddie tem um carro de oitenta mil libras estacionado na calçada, e o seu banheiro está quebrado há semanas. Não acha que isso é um pouco estranho? Nada penetra esse seu cérebro embebido em álcool?

Ela acendeu mais um cigarro e observou Jackie engolir mais uma mistura de vodca e vinho.

— Pare, Maggie, se disser isso mais uma vez, eu enfio a porrada em você.

Agora foi a vez de Maggie rir.

— Jackie, não sou mais nenhuma criança com medo da irmãzinha mais velha. Levante a mão para mim, que eu acabo com a sua raça de uma vez por todas.

Jackie sabia que ela estava dizendo a verdade, e foi isso que a impediu de atacar Maggie fisicamente. Jackie atacava apenas as pessoas que ela sabia que não podiam revidar. A não ser, é claro, que estivesse bêbada, quando todo jogo era justo, mas mesmo assim ela acreditava que as pessoas em volta iriam apartar a briga em algum momento.

— Estou tentando ajudar você, Jackie. Estou tentando fazer com que veja a realidade. Até Freddie consegue ver que você tem problemas. E se ele te ama tanto, por que nunca tentou falar com você? As suas filhas me dizem que vivem preocupadas com você, e eu até já tentei conversar, mas é tudo perda de tempo. Mas agora você precisa se conscientizar do quadro geral. A sua vida é uma merda e você precisa tentar dar um jeito nela antes que seja tarde demais.

Jackie compreendeu que a irmã estava genuinamente tentando ajudá-la com seus problemas, enquanto a maioria das pessoas à sua volta preferia ignorá-los e usá-la apenas. Mas era difícil demais para ela admitir isso, porque ela sabia que ninguém mais iria querer ficar com ela. Se Jackie se permitisse pensar no assunto, veria exatamente o que era e exatamente o que esperar de sua vida.

— Vá para casa, Mags, eu posso cuidar disso.

Maggie suspirou.

— Você já se deu conta de que não mencionou, uma vez sequer, o fato de que sua filha Kim está viciada nem se mostrou interessada em saber onde o seu filho está? Você *compreende* isso, Jack? Você apenas mencionou isso quando me disse o quanto seu Freddie ama você. Vai prestar algum tipo de ajuda a ela? Vai tentar descobrir algum tipo de reabilitação, ou isso vai ficar nas minhas costas, como sempre?

Jackie não respondeu nada.

— Olhe-se no espelho, Jackie, sinta o cheiro da casa na qual você vive com sua família. Olhe o chão, as paredes e a mobília. Diga que acha certo o jeito como você vive, e eu prometo que vou embora.

Jackie sentou-se numa banqueta e terminou sua bebida. Enquanto ela se servia de mais um drinque, ouviu Maggie indo embora.

Jimmy e Freddie estavam na nova sala de sinuca de Jimmy, tomando uma cerveja. Maddie fora chamada para ficar com Jimmy Júnior, e quando Jimmy finalmente pegara Freddie de madrugada não tivera outra opção senão levá-lo para sua casa.

Jimmy sabia que Maggie não ia gostar nem um pouco daquilo, mas o que mais poderia fazer? Na sua opinião, Freddie fizera uma coisa boa, fizera o que Jimmy teria feito numa situação semelhante. Embora ele admitisse que não teria machucado Kimberley, Freddie e seu mau gênio eram lendários, e agora ele estava parecendo arrependido.

— Bacana pra caralho esta sua casa, Jimmy.

Jimmy deu de ombros.

— É tudo relativo, não é verdade? Gosto da casa e Mags também. Na verdade, ela ama esta casa.

— Pelo menos ela cuida dela para você. Não é como Jackie, que não limparia a casa nem que sua vida dependesse disso.

Jimmy sorriu.

— Jackie nunca foi amiga de uma vassoura, não é?

Ambos riram. Era a primeira vez que eles tinham uma conversa decente desde a morte de Lenny. Tinham fingido manter-se amigos, mas sempre houvera tensão entre eles. Mas esta noite eles pareciam estar novamente de bem.

— Ela já tentou algumas vez. Mas aquele problema de Jackie com a bebida... — Pela primeira vez na vida, Freddie estava falando sobre a esposa sem uma piada ou um comentário maldoso. — Agora minha Kimberley está viciada. Irônico, não acha? Já vendi muita droga, e agora minha filha é uma escrava da marrom.

Jimmy encheu novamente seus copos de conhaque.

— Pare com isso, Freddie. Pode acontecer com qualquer um, com qualquer família. Faz parte da sociedade agora.

Freddie levantou seu copo de conhaque e disse, sarcástico:

— Graças à gente, e a gente como a gente!

Os dois riram de novo.

— Como vai o meu amiguinho?

Jimmy sorriu.

— Eu amo aquele menino, Fred. Ele é tão inteligente! Está com apenas 3 anos e já sabe escrever o próprio nome.

Freddie fez que sim com a cabeça.

— Tal pai, tal filho, hein?

Isso foi dito com uma risada, mas Jimmy, como sempre, sentiu que havia algo subjacente. Algo que ele não conseguia entender.

— O que quer dizer com isso?

Freddie fingiu inocência.

— Jim, qual é o seu problema? Eu só disse "tal pai, tal filho". Você é o pai, não é? O que eu disse de mal?

Jimmy relaxou.

— Me desculpe, Freddie, mas às vezes não sei quando você está sendo sarcástico.

Freddie bebericou seu conhaque antes de dizer:

— Eu não sou sarcástico, Jimmy. Bem, pelo menos não com você.

Foi dito com sentimento o bastante para acalmar Jimmy.

— Ele é um garoto adorável, Jimmy. Eu adoro ele. Ele é tão calminho, que Deus o abençoe. A propósito, como vai a Maggie?

Jimmy deu com os ombros.

— Bem, por quê?

— Por nada, amigo. É apenas que ultimamente ela tem andado meio fechada com todo mundo. Bem, ela nunca foi com a minha cara, mas Jackie acha que ela não está lidando bem com essa coisa de ser mãe.

Jimmy conteve um riso, mas Freddie disse em tom de brincadeira:

— É o roto falando do esfarrapado, não é?

Jimmy sorriu.

— Ela é apenas perfeccionista, só isso. Quando Maggie faz um trabalho, ela realmente se dedica.

— Mas, Jimmy, se você tivesse um filho como o meu, saberia o que é preocupação. O filho-da-puta passa o dia todo fora de casa. Fica andando pelas ruas, arrumando encrenca. Aposto que a qualquer hora internam ele. E sabe o que mais? Acho que vai ser bom.

Jimmy estava chocado.

— Você deixaria que internassem o garoto?

Freddie fez que sim com a cabeça e disse, num tom muito sério:

— Jimmy, vou te contar uma coisa. Mas, olhe, fica entre nós, tá?

Intrigado, Jimmy assentiu positivamente.

— Na semana passada, ele foi acusado de agressão sexual. A garota disse que foi ele e os amigos dele, mas agora retirou a acusação. Jackie não acredita. Acha que a garota estava a fim, que foi apenas uma brincadeira de adolescentes. Pessoalmente, acho que há alguma coisa muito errada com ele. Faz alguns meses ele matou o cachorro do vizinho. Enfiou a cabeça do bicho num saco plástico e deixou que ele sufocasse. Eu sei que foi ele. O vizinho ficou assustado demais para acusar o garoto, é óbvio, mas eu soube que foi ele no instante em que Jackie me contou. Soube, porque ele matou o coelho do filho dos Bugsy da mesma maneira.

Jimmy ficou completamente chocado ao ouvir isso.

— Como sabe que ele matou o coelhinho do menino?

Freddie balançou a cabeça, desanimado.

— Porque eu flagrei ele. Ele estava cuidando do bicho enquanto os Bugsy estavam passando o fim de semana fora. Entrei no quarto do Pequeno Freddie e ele estava com o coelho no colo, morto com um saco plástico na cabeça.

— O que você fez?

Freddie limpou a boca nervosamente antes de dizer em voz baixa:

— Bati no moleque. Depois mandei ele ficar de bico calado. Mas vou te dizer uma coisa, fiquei enojado. É muito difícil eu ficar chocado com alguma coisa. Mas ele é um garoto, e é completamente louco. Assim que soube do que tinha acontecido com o cachorro, soube que não tinha sido a primeira vez.

Jimmy concordou, mas se perguntou se Freddie conseguia se lembrar de sua própria necessidade de machucar e que a sua própria falta de controle tinha causado pelo menos duas mortes. Mas Freddie vivia segundo regras completamente diferentes de todo o resto do mundo.

— Lembra de como rimos no pub porque eu disse que o coelho tinha morrido e que precisei baixar um mandado de busca por um coelhinho branco e felpudo com rabinho preto? Bem, consegui um outro coelho e dei para o filho do Bugsy. O garoto nem notou a diferença. Eu disse ao Bugsy que o outro coelho tinha caído morto sem motivo, mas vi nos olhos dele que ele não engoliu essa.

Freddie tomou um gole grande de conhaque antes de dizer com raiva:

— Para mim, a culpa é dela. Jackie bebeu durante toda a gravidez, você sabe disso. Eu acho que isso afetou o garoto. Eu o amo, ele é meu filho, mas a não ser que façam alguma coisa com ele vai acabar na ala psiquiátrica de uma prisão, com uma sentença perpétua sem direito a condicional.

Freddie vira pessoas como seu filho na prisão e sabia do que elas eram capazes.

— Ele é grandão para a sua idade. O que vai acontecer quando ele estiver com 1,80m? Aí nem eu vou ser capaz de lidar com ele. Entende agora o que quero dizer? O Pequeno Freddie precisa ser internado, e nem assim Jackie vai admitir que tem alguma coisa errada com ele. Ele poderia matar todo mundo da casa que ela ainda assim confirmaria qualquer álibi.

— Porra, Freddie, isso é terrível. Você não pode mandar ele a um médico particular?

Freddie soltou uma risada curta e triste.

— Você acha que gastar dinheiro vai mudar o diagnóstico? Segundo a assistente social, ele exibe "sinais clássicos"... a expressão é dela, não minha... de uma personalidade sociopata. Em suma, ele não tem moral, remorso nem qualquer sentimento por qualquer pessoa ou coisa. O que ele faz para ninguém *perceber* que ele é maluco? Ele *finge* os sentimentos. Finge sentir coisas que não pode sentir. Pelo menos é o que dizia o livro da biblioteca.

Jimmy sabia que ele estava dizendo a verdade. Ele sentiu pena do primo porque sabia que Freddie, apesar de todos os defeitos, tinha o seu jeito próprio de gostar dos filhos. O Pequeno Freddie mantivera este homem amarrado a uma alcoólatra que ele odiava. Embora, é claro, ela fosse a esposa ideal para Freddie, já que ela engolia qualquer coisa que ele fizesse com ela.

Jimmy achava difícil acreditar que este homem era seu parente de sangue, o homem que um dia ele havia admirado e amado. Agora Jimmy sentia dificuldade até de falar com ele. E Jimmy nem sabia como Freddie reagiria se soubesse as coisas que Ozzy dissera sobre ele nos últimos anos. Ele sabia que Freddie via a si mesmo como o fundador de seu império, e aceitara a verdade sobre isso. Mas Freddie também esquecera, convenientemente, que se tivesse dependido dele ambos teriam voltado a ser traficantes de rua em menos de um ano. Ele havia tirado Clancy da jogada, e esse ato dera-lhes a oportunidade, mas fora *Jimmy* quem os trouxera até o ponto em que estavam. Em vez de compreender isso, Freddie achava que tinha levado uma *rasteira* de Jimmy. Se ao menos ele visse como vivia, rodeado por coisas caras, que tinha pago com dinheiro vivo, e que depois deixava quebrar e estragar. E Jimmy sabia que ele não tinha um centavo guardado para as horas difíceis.

Mesmo assim, este era o homem que honestamente acreditava que devia estar administrando o que, se não fosse ilícita, seria o equivalente a uma megaempresa. Eles tinham negócios na Europa, na África e no Oriente Médio. Qualquer lugar onde houvesse drogas ou contrabando para ser explorado. Freddie não conhecia metade dessas operações — e não iria conhecê-las mesmo se começasse a administrá-las.

— O que vai fazer com ele, Freddie?

Ele deu de ombros.

— Só Deus sabe a resposta, meu amigo.

Ozzy ficou feliz quando a cela foi aberta por um agente de segurança de sua confiança e que estava na sua folha de pagamento. Fez um gesto para que ele entrasse e se aproximasse, depois pediu que ele trouxesse dois outros prisioneiros, porque queria vê-los.

Cinco minutos depois, um jovem irlandês chamado Derry e um homem negro grande chamado David entraram em sua cela.

— O que você quer, Oz?

Ele sorriu.

— Tragam o médico da ala. Ontem à noite eu estava fazendo flexões e acho que quebrei minhas costelas.

Eles riram, como ele sabia que iriam rir, mas fizeram o que ele pediu.

Ozzy sabia que deixar alguém perceber sua fraqueza seria o mesmo que deitar no chão e esperar pelo papa-defunto. Assim, ele tinha um motivo válido para ver o médico e ele conhecia bem o doutor. Ele vinha contrabandeando coisas havia anos.

Maggie entrou na sala de sinuca com o jovem Jimmy nos braços e cumprimentou os dois homens com um sorriso forçado.

— Não devia estar em casa com sua mulher?

Freddie notara que nos últimos anos Maggie o tratava com uma petulância cada vez maior. Ele também sabia que quanto mais ela o pressionasse, mais ele faria de sua vida um inferno. Às vezes ele a deixava em paz durante meses, e então, do nada, quando Jimmy não estava por perto, ou quando ele ouvia dizer que Jimmy estava trabalhando, ele se lembrava desta belezinha que estava de pé diante dele, e tudo começava novamente.

— Ora, Mags, você gostaria de ir lá para casa para ver a Jackie? — E, estendendo os braços, disse ao menino: — Venha, meu queridinho. Ele é todinho o pai.

Maggie fez um ruído de desprezo. Pousando o menino delicadamente no tapete, ela disse em tom gentil:

— Querido, fique com a vovó, enquanto a mamãe conversa com o papai.

Até sua voz soava estranha quando ela falava com a criança. As palavras carinhosas pareciam forçadas, mas Jimmy Júnior fez o que ela mandou.

— Pare de tentar ser bonzinho com meu filho e cuide melhor dos seus. E quanto a Kim? Já foi vê-la? Você sabia que quebrou a perna dela, não é?

Freddie não sabia disso, mas não se importou.

Jimmy disse calmamente:

— Maggie, esta não é a hora nem o lugar.

Ela virou a cabeça abruptamente para o marido e disse, muito zangada:

— Jimmy, eu sinto muito, mas acho que é.

Freddie riu.

— Cuidado, Jimmy. Você não quer dormir na casinha do cachorro, quer?

Maggie caminhou até onde ele estava sentado. Era uma sala grande, com uma mesa de sinuca e outra de bilhar. Tinha um bar grande e bem abastecido e paredes revestidas em madeira. Um desses homens era o amor de sua vida, e o outro o cancro que crescera dentro dela por tanto tempo que Maggie tinha a impressão de que poderia explodir de ódio. Ainda assim, ela precisava tolerá-lo. Porque, se a verdade viesse à tona ela perderia tudo e a todos que mais amava.

A lareira imensa era ladeada por duas cadeiras de couro grandes, e os homens estavam sentados nelas como se não tivessem nenhuma preocupação no mundo, o que deixou Maggie com tanta raiva que ela teve de se conter para não atacá-los fisicamente.

— Não tente provocar uma briga entre mim e ele. Porque, ao contrário de *você*, meu marido me respeita, e eu a ele. Mas eu não esperaria que você entendesse esse conceito, porque trata todos os membros de sua família como se fossem merda. A propósito, Kim vai para a reabilitação. Eu providenciei isso hoje mesmo de modo que você não precisa se preocupar com ela... não que eu ache que isso fosse possível.

Maggie enfiou o dedo na cara dele, e Freddie pôde sentir o ódio fervilhando dentro dela.

— Mas vou te dizer uma coisa, Freddie. A minha irmã está em frangalhos e você precisa conversar com ela sobre o estado dela, porque, por algum motivo que não consigo compreender, Jackie pensa que você se importa com ela. Assim, largue essa bebida, pegue um táxi e caia fora da minha casa.

— Vai deixar ela falar comigo desse jeito, Jimmy?

Jimmy se levantou e se espreguiçou antes de dizer:

— Ela tem razão, Freddie. De qualquer modo, está na hora de me preparar para o trabalho.

Freddie não conseguia acreditar no que estava ouvindo. Se fosse sua mulher, Maggie levaria a surra de sua vida por esta pequena explosão. Em vez disso, ela ainda o estava encarando.

— Se tiver mais alguma coisa a dizer a meu marido a meu respeito, diga *agora*. *Agora*, está ouvindo? Eu desafio você a dizer qualquer coisa aqui e agora. — Os olhos de Maggie diziam a Freddie que ele perdera o jogo, que ela estava zangada a ponto de dar com a língua nos dentes.

O mais certo a fazer naquele momento era bater em retirada e reunir munição para o futuro. Freddie pousou sua bebida e saiu silenciosamente da sala.

Quando a porta da frente bateu, Maggie virou-se para Jimmy e disse com tristeza:

— Obrigada, Jimmy.

— Gostei da forma como você o enfrentou. Se eu fosse agir do jeito dele, eu deveria ter te dado um tapa que ia te deixar de pescoço torcido. Mas ele é um neandertal, não entende outra forma de agir que não seja pela força.

— Não posso deixar ele entrar mais aqui, Jimmy, não depois do que ele fez com a filha. Pobre Kim. E aquela idiota da Jackie...

— Entendo. Só vou deixar que ele venha nos visitar em caso de absoluta necessidade, certo?

Ela lhe dirigiu um sorriso de agradecimento e ele a abraçou. Desta vez ela conseguiu relaxar nos braços do marido.

À mesa do café, ela estava relaxada até com Jimmy Júnior, chegando mesmo a abraçá-lo com carinho e atenção. Jimmy tinha a impressão de que ele e Maggie haviam cruzado alguma linha invisível, mas não fazia a menor idéia de que linha fora essa.

Maddie, que ficara para o café da manhã, piscou para Jimmy do outro lado da mesa, e ocorreu a ele que Freddie saíra sem sequer falar com sua própria mãe.

Capítulo 20

Maggie e Rox estavam rindo enquanto escolhiam o material para as cortinas do quarto de Rox, que finalmente ia se casar com Dicky, e sua felicidade estava completa.

— Oh, Maggie, isto é lindo. Você tem um bom gosto maravilhoso!

Maggie sorriu. Ela escolhera uma seda cinza-claro que sabia que ficaria perfeita com a pintura rosa-claro que Rox estava determinada a ter em suas paredes.

— Depois que você se casar, terá de viver com todas essas coisas por um longo tempo. Assim, tenha certeza de escolher artigos que não sejam apenas de boa qualidade, mas também duráveis. — Ela se ouviu dando conselhos à sobrinha, e sentiu uma vontade enorme de voltar e arrastar aquela sua irmã bêbada para sair com elas.

Não que Jackie fosse ser útil, mas era terrível que tudo que dizia respeito ao casamento e à casa dos noivos fosse deixado a seu encargo. Maggie não se importava nem um pouco em assumir esse encargo, mas sabia que Rox queria que seus pais se envolvessem. Pelo menos a mãe dela — Rox jamais fora uma grande fã de seu pai.

Jimmy Júnior correu para Maggie, que o colocou no colo com dificuldade. Com 4 anos, ele já era um rapazinho grande, e ela o beijou na face enquanto ele dizia, todo empolgado:

— Mamãe, eu vi um palhaço.

O palhaço estava em um cartaz na parede. Ela sabia que ele iria pedir para ir ao circo e sabia que teria de levá-lo.

— É o circo, mamãe!

— E você vai, querido!

Ele riu alto e a beijou mais uma vez.

Observando os dois, Rox suspirou de felicidade. Maggie estava bem agora, e vinha assim havia algum tempo. Era como se ela tivesse mudado da noite para o dia. Estava mais feliz e mais solta. E Rox a amava mais do que qualquer pessoa em sua vida, exceto por seu Dicky.

Mas Maggie ultimamente perdia a cabeça com muita facilidade, e todo mundo sabia disso. Ela se sentia insultada com qualquer coisinha e discutia por tudo. Aquilo não combinava em nada com a Maggie que eles haviam conhecido, mas combinava tanto com esta nova e aperfeiçoada Maggie que todos simplesmente aceitavam.

— Você sabe que antes de ganhar qualquer dinheiro aqui, precisa separar uma porcentagem para mim. É isso o que acontece neste lugar, não importa quem você seja.

A voz de Ozzy estava carregada de raiva, e o homem com quem ele estava falando se perguntou se tinha alguma chance de retrucar. Ele olhou em torno e sabiamente decidiu que não tinha.

Contudo Ozzy estava impressionado com o fato de que o rapaz houvesse *considerado* reagir contra sua reprimenda, e com isso ele conquistou seu afeto.

— Olhe, Ozzy, eu não achei que você estaria interessado.

Ozzy riu e balançou a cabeça de leve, como se estivesse na presença do homem mais estúpido da história. E ele se perguntou se Carl Waters era o homem mais estúpido da história.

Ele falou alto, a voz séria e grave, porque infelizmente não tinha outra.

— Não pense que sou otário. Sei que você anda com uma turma grande, mas lembre-se, filho, *eles* estão lá fora, e *você* está aqui dentro. Mais um comportamento desse e você vai direto para a ala hospitalar.

Carl concordou, mas soube instintivamente que Ozzy não iria usar isso contra ele. Ozzy era realista e provavelmente teria tentado a mesma coisa se estivesse em seu lugar.

— Sinto muito, Ozzy. Você tem toda a razão. É que estou devendo a um sujeito e preciso de dinheiro.

Ozzy sorriu.

— Você *vai* vender o seu produto, filho. Ninguém está discutindo isso. Apenas vai vender em *meu* nome e me dar uma boa fatia do que ganhar. Não estamos tão atrasados no tempo, embora pareça que, para os recém-chegados, ainda estejamos nos tempos feudais.

O acordo foi melhor do que o rapaz esperava, e quando ele saiu da cela alguns minutos depois estava com um sorriso no rosto.

Ozzy colocou um tablete debaixo da língua e se maravilhou que um rapaz que tinha tanta coisa a seu favor estivesse pagando o pato por dois vigaristas de segunda. Carl participara de um assalto com dois supostos comparsas. A polícia o pegou no esconderijo onde eles iriam mudar de carros, roupas e, se necessário, dividir o dinheiro antes de seguirem caminhos separados, o que significava que eles deviam ter sido dedurados. Como a polícia poderia saber onde era o esconderijo? Esse foi um evento calculado, e este pobre rapaz tinha sido o bode expiatório.

Assim, ele fora pego, mas ficara de bico fechado sobre onde seus cúmplices estavam e pegara uma pena de 18 anos. Toda a sua juventude seria desperdiçada na prisão, enquanto os comparsas, mais velhos e mais sábios, ainda estariam do lado de fora, cuidando de suas vidas.

Era uma realidade triste, mas o rapaz ainda poderia ser útil para ele. Carl era jovem, tinha muita força de vontade e sabia manter a boca fechada.

Ozzy estava doente. Já fazia um tempo que estava tomando remédio para o coração e não sabia se conseguiria continuar fazendo isso. Ele precisava ter uma boa conversa com Jimmy e decidiu que seria na visita seguinte. Ele estava perdendo a vontade de viver, e depois que isso acontecia você estava com as horas contadas.

Sua irmã Patricia ainda estava dando para qualquer coisa de sorriso bonito e pau grande, Freddie Jackson inclusive, e ele não confiava mais inteiramente nela. À medida que envelhecia, Patricia estava ficando menos seletiva a respeito de com quem ia para a cama, e isso estava começando a preocupá-lo.

Ele tinha negócios para administrar e agora estava doente demais para isso. Trabalhara muito duro para obter essa influência, adorara acumular riqueza. Muita gente, depois que vencia na vida, perdia o prazer de ganhar e o respeito pelo dinheiro, que eram os pré-requisitos para ser rico. Gastar dinheiro nunca fora seu forte, mas *ganhá-lo* era uma coisa que o fizera passar noites e noites planejando. Ele queria deixar sua riqueza para alguém que pudesse usá-la com sabedoria, alguém que entendesse o que era necessário fazer para ganhá-la.

Ele precisava colocar a casa em ordem — e quanto antes fizesse isso, melhor.

Virou a cabeça para olhar para seu televisor portátil. Estava começando a novela *Emmerdale Farm*. Ele adorava ver as paisagens que o programa mostrava. Agora estava arrependido por nunca ter dado importância aos campos ingleses enquanto estivera livre. Eles pareciam belíssimos. Assim, gostava de desfrutá-los em segunda mão, assistindo ao seriado *Emmerdale Farm*.

As atrizes também eram muito bonitas, de modo que não era um completo desperdício de meia hora.

Mas ele gostaria de poder explicar à população em geral que, embora pudessem viajar para a Espanha, a América ou todo o mundo, eles não conheciam seu próprio país. Isso o incomodava agora, porque com o passar dos anos ele havia se dado conta do quanto o campo inglês era verdejante e agradável. Se tivesse chance de fazer qualquer coisa diferente, ele teria viajado pela Inglaterra. As pessoas vinham de longe para morar aqui. Elas viam o campo inglês como um refúgio. Ele levara todo esse tempo na prisão para entender o que essas pessoas vinham buscar. Como dizia o velho adágio, ele era feliz e não sabia.

Bem, isso valia para todas as pessoas com quem ele havia lidado nos últimos anos.

Finalmente ia fazer seu testamento e sabia que ele iria desagradar a muita gente. Mas ele não estava nem ligando para o que elas iriam dizer.

— Jackie, onde ele está?

Ela estava em pânico, e isso estava irritando seu marido.

— Não sei, Freddie.

— Mas devia! Pra que eu te sustento, hein? Você não consegue nem cuidar do nosso pequeno Fred. Você sabe que eu determinei que ele agora tem de chegar em casa cedo. Onde ele está?

Naquele momento, Jackie seria capaz de esganar o filho, porque ele estava causando aquela briga entre ela e Freddie. O marido impusera um toque de recolher a ele. Ao contrário de todas as outras vezes em que Freddie tentara pôr o filho na rédea curta, desta vez ele estava mantendo a disciplina. Freddie checava todos os dias se o filho estava em casa. De certo modo, ela estava feliz com isso, porque significava que Freddie estava passando mais tempo com ela, em vez de estar com outras mulheres. Por outro lado, a situação também era enervante, porque o Pequeno Freddie achava que não devia seguir nenhuma disciplina; considerava-se com idade suficiente para não ser tratado como criança.

Seu pai não era o tipo de homem que se deixava ser enganado, conforme Jackie tentara explicar ao filho diversas vezes, mas ele não a ouvia. Ele jamais prestava atenção ao que ela dizia, o problema era esse.

Enquanto eles estavam na sala, de frente um para o outro como adversários numa luta de boxe, a porta se abriu e o Pequeno Freddie entrou com a arrogância de sempre. Ele era enorme, um dublê do pai, mas em comparação com seu filho Freddie, com essa mesma idade, tinha sido um cordeirinho. Só ele conseguia exercer algum controle sobre o garoto, e Jackie estava feliz por ter alguém que conseguisse mantê-lo na linha, mas mesmo assim não conseguia suportar vê-lo enrascado, acusado de qualquer coisa.

O Pequeno Freddie ficou parado diante da mãe e do pai e pigarreou alto. Na verdade, um insulto calculado.

Freddie olhou para o filho e, pela centésima vez, se perguntou por que se importava com ele. Mas ele não era um moleque comum, era um moleque *perigoso*. Bem, estava na hora de domar o potro. Ele apontou o dedo para o Pequeno Freddie e gritou:

— Onde você esteve?

Jackie tentou amenizar a situação dizendo alegremente:

— Aqui está ele! Não disse que ele chegaria logo?

Freddie a empurrou para o lado. Olhando para o filho, ele disse numa voz grave e zangada:

— Por acaso não sabe ver as horas?

O Pequeno Freddie estava fitando o pai, e não havia qualquer resquício de medo em seu olhar, apesar da raiva que podia ver no pai. Freddie sabia que o menino estava descontrolado e estava disposto a colocá-lo na linha, custasse o que custasse.

Seguiram-se perguntas e respostas duras e rápidas, sem nenhum tipo de hesitação de nenhuma das partes.

— Eu perguntei: onde você esteve?

— Fora.

— Fora onde?

O garoto deu de ombros.

— Estava com meus amigos.

— Que amigos?

— Apenas amigos.

— Eles têm nomes?

— Os seus têm?

O punho de Freddie acertou o queixo do filho com tal rapidez que o menino não teve tempo de se esquivar ou de se proteger. Ele não esperava por aquilo e ficou ainda mais surpreso quando o pai lhe deu mais um soco e continuou a surrá-lo violentamente.

Jackie viu o filho ser socado de um lado para o outro da sala até desabar no sofá. Freddie mergulhou sobre ele com aquela expressão que Jackie odiava estampada no rosto. Ela começou a gritar como se fosse uma louca. Ninguém machuca seu bebê. *Ninguém.*

— *Larga ele!*

Freddie agarrou os braços de Jackie e a forçou a sair da sala de estar, fechando a porta atrás dela. E prosseguiu o interrogatório, como se ele e o filho não tivessem sido interrompidos.

— Que amigos?

O filho olhava com ódio declarado, mas Freddie não se importou. Ele precisava saber onde ele estivera.

— Você esteve no metrô hoje?

Ele viu os olhos do Pequeno Freddie se arregalarem e soube que aquilo de que suspeitava era verdade, e ninguém lamentava mais do que ele.

— Onde você estava?

O Pequeno Freddie balançou a cabeça, negando com lágrimas nos olhos.

— Não, pai, por favor, não fui eu, foram eles...

Freddie olhou para o filho e se perguntou se não deveria fazer um favor ao mundo e apagá-lo de uma vez por todas da face da Terra.

— Onde ele está, Jimmy?

Jimmy estendeu os braços, em súplica.

— Como vou saber? Desde quando sou pai do Freddie?

A raiva em sua voz não deixou de ser notada pelos outros homens na sala dos fundos do pub. Glenford, sempre o pacificador, disse num tom racional:

— Relaxe, isto é apenas uma reunião.

Amos Beardsley sabia que tinha exagerado e logo se arrependeu de ter perguntado. Todo mundo sabia que Freddie era louco, mas era de Jimmy que as pessoas realmente tinham medo. Jimmy não precisava de raiva para machucar as pessoas; Jimmy precisava de uma *causa justa*. Uma coisa completamente diferente. Com Jimmy, violência era sempre o último recurso, e isso significava que quem pisasse no calo dele estava encrencado até o pescoço.

Ele podia ter começado como testa-de-ferro de Ozzy, mas agora ele se tornara um homem importante por mérito próprio. E como acontece com todos os grandes empreendedores, eles só se dão conta de seu poder quando já é tarde demais. Ele comandava um grande número de bandidos conhecidos e mesmo assim jamais infringira pessoalmente nem mesmo uma lei de trânsito.

— Alguma chance de tomarmos uma bebida?

A voz de Glenford soou jovial. Todos suspiraram aliviados, inclusive Jimmy, que sabia o que seu amigo estava fazendo.

— Venha comigo, Glen, e vamos buscar algumas garrafas.

Eles saíram da sala. Quando estavam no lado de fora, na área do bar, Jimmy disse baixinho:

— Estou quase quebrando a cara daquele veado.

Glenford pediu as bebidas. Em seguida empurrou Jimmy para a porta principal, para o ar fresco da noite.

— Pare com isso, Jim. Você precisa segurar as pontas. Fred passou a perna neles. Você sabe, eu sei, ele sabe e, mais importante, *eles* sabem. Agora, rapaz, você precisa dar a eles o que eles merecem. Faça isso com um pouco de respeito e eles vão deixar passar. Depois você vai *ter de* dar uma prensa no Freddie e botar ele em seu devido lugar de uma vez por todas.

Jimmy não respondeu, mas o sotaque de Glenford, calmo e sério, característico das Índias Ocidentais, estava lhe invadindo a mente.

— *Estou* falando sério, Jimmy. Isso afetou a *minha* receita também. A gente sabe que parente é parente, mas esta não foi a primeira vez. Eles só vieram reclamar com você porque Freddie é incapaz de ouvir qualquer tipo de lógica. Agora ele desrespeitou essa gente não se dignando nem mesmo a aparecer aqui. Esses homens são *africanos*, e eles não dão a mínima para quem ele é ou para *quem* ele trabalha. Eles não vão esquecer isso. E eles sabem ganhar dinheiro, rapaz, como sabem. Não são um peso morto, como alguns que não quero mencionar.

Jimmy olhou para o amigo, e ele era um amigo. Ele gostava daquele homem e sabia que era recíproco. No mundo em que viviam, amigos de verdade eram raros.

— O que vou fazer com ele, Glen? É como se ele pensasse que é uma entidade separada, como se pensasse que é uma lei em si mesmo.

Glenford abriu aquele sorriso amistoso, com dentes separados, que havia lhe garantido mulheres e favores sexuais por toda a sua vida, e respondeu ao seu amigo com franqueza absoluta.

— Mas é exatamente assim que ele age, Jimmy. E a culpa é *sua*. A despeito do que ele faça, você sempre o protege, e agora vou lhe dizer uma coisa que você não vai gostar de ouvir: ele acaba com você pelas costas. Ele até tentou falar mal de você para *mim*, muitas vezes, e sabe que somos *amigos*. Quando bebe, vira um filho-da-puta traiçoeiro. Se não der um jeito em Freddie, logo todo mundo vai perder o respeito por você, inclusive você mesmo.

Glenford estava dizendo a Jimmy uma coisa que ele já sabia havia muito tempo, mas que não se permitira aceitar. Ele convencera a si mesmo de que Freddie vivia segundo as mesmas regras que ele, mas sabia, em seu coração, que Freddie era diferente. Freddie se considerava acima de todos, inclusive de Jimmy.

Ele precisava dar uma dura nele, e precisava fazer isso logo, mas estava odiando isso. Não porque sentisse medo, mas porque sabia que isso seria o fim da amizade deles.

— Deixe ele em paz, Freddie! Você está matando ele!

Jackie correra de volta para a sala e estava tentando afastar o marido do filho e impedir o espancamento que começava a parecer um assassinato.

— Filho-da-puta! Veado!

Freddie estava tão zangado que cuspia enquanto xingava, e Jackie soube em seu coração que o caso era grave. Ele não agiria assim sem um bom motivo.

Ela se colocou entre os dois:

— Diga o que você acha que ele fez.

Ela falou como se soubesse que ele ia lhe dar uma bela surra. Como se *ele* fosse *capaz* de espancar seu filho sem necessidade! Isso não os levava a parte alguma. Enquanto sua mãe estivesse ali, o Pequeno Freddie pensaria que tinha alguma chance.

Freddie empurrou a esposa violentamente. Ao fazer isso, chegou a sentir pena da mulher que estava tentando se agarrar a uma criança, a um sonho, que na verdade jamais existira.

O Pequeno Freddie a *odiava*. Ele odiava todo mundo.

Jackie, essa maldita bêbada, realmente parecia achar que o Pequeno Freddie era apenas um *arruaceiro*, que tudo que ele fazia era apenas brincadeira de criança. A esta altura, ela já devia saber que isso não era verdade, que ele não era *normal*, que ele tinha algum parafuso solto.

— Vamos, me diga o que você acha que ele fez.

Jackie estava realmente enfrentando Freddie, embora o medo transparecesse em sua voz. Jackie suspeitava que o filho tinha feito alguma coisa horrível, mas sentia mais medo de ouvir falar a respeito do que acontecera do que do ato em si. Como sempre, ela iria fingir que isso fora culpa de qualquer outra pessoa, menos dele.

Jackie estava se esgoelando.

— Você nunca dá uma chance a ele, Freddie! Sempre tenta fazer parecer que ele fez alguma coisa terrivelmente errada. Bem, ele passou o dia todo *comigo*. O que você tem a dizer sobre isso?

Freddie balançou a cabeça, como costumava fazer, quando Jackie começava a falar coisas sem sentido.

— Vá beber alguma coisa, Jack. Eu trouxe uma garrafa de vodca das boas para te manter longe da minha vista enquanto dou um jeito neste veadinho de uma vez por todas.

— Mas o que você *acha* que ele fez?

Freddie decidiu abrir o jogo com ela. Ele largou o filho no chão sem nem mesmo olhar para ele. Em seguida, acompanhou Jackie até a cozinha, ou o que se fazia passar por uma cozinha, e disse com total seriedade:

— Jack, tome um bom gole, porque vai precisar.

Ela se sentou na banqueta ao lado dele e começou a chorar. Servindo-lhe uma dose de vodca pura, Freddie disse:

— Agressão sexual e assalto, Jackie. Isso só para começar. Nós criamos um criminoso.

Jackie estava balançando a cabeça vigorosamente. Ela negava, como negava tudo que acontecia na família. Seu choro alto e assustado demonstrava ao marido que, a despeito de sua negação, de alguma forma ela acreditava em tudo o que ele ia dizer sem nem mesmo ouvir os fatos.

— Não, Freddie, você está errado, não o nosso garoto, não o meu bebê...

Freddie segurou a esposa pelos ombros e falou bem perto do rosto dela com tamanha raiva que ela voltou a sentir medo.

— Uma senhora de 80 anos, Jack. Ele assaltou e agrediu uma senhora de 80 anos. E não foi a primeira vez que fez algo assim. Eu sou culpado por não ter punido o garoto da última vez. Resolvi a situação, porque é isso o que um pai deve fazer pelos filhos. Mas não desta vez. Ele é um *marginal*, e desta vez não vou fazer vista grossa. É melhor você calar a boca antes que eu a feche para você de uma vez por todas. Ele é um *animal* e nós precisamos dar um jeito nele agora!

Jackie agora não parava de balbuciar. Estava com os nervos em frangalhos e aterrorizada com a possibilidade de Freddie estar dizendo a verdade.

— Você está errado, Freddie, ele é apenas um menininho!

Pela primeira vez em anos, Freddie estava sentindo alguma coisa por sua esposa. Ele estava impressionado com a lealdade de Jackie para com o filho deles. Se o Pequeno Freddie tivesse assaltado um banco ou mesmo matado alguém, ele ficaria ao lado dela e mentiria junto com ela. Mas o que ele fizera era diferente, era errado. Era animalesco, tão fora de sua esfera que o assustava. Ele nem queria imaginar o que aconteceria se este rapaz fizesse alguma coisa grave. Todos ficariam *sabendo* que este estuprador era carne da *sua* carne, sangue do *seu* sangue.

— Foi a Sra. Caldwell, avó da sua amiga! Eles *roubaram* a velhinha e bateram nela, Jackie. E depois ainda puseram fogo num mendigo que tentou ajudar a velha!

Jackie agora estava histérica, totalmente descontrolada.

— Ele não *faria* uma coisa dessas, Freddie. Meu bebê não é assim... E se é, por que a polícia não vem atrás dele?

Freddie suspirou.

— Eu soube da Sra. Caldwell através de um policial que, por sorte, está na folha de pagamento. Ele me alertou sobre o que estava acontecendo, Jackie, e eu tive de botar grana grossa para impedir que esse marginalzinho fosse parar na cadeia. Agora acredita em mim, Jackie? Só estou dando uma coça nele porque não posso viver com o que ele fez. Ou com as pessoas sabendo o que ele fez. Será que você não pode entender pelo menos isto?

O Pequeno Freddie permaneceu deitado no sofá da sala de estar, ouvindo a discussão entre seus pais. Ele sabia, por experiência própria, que os dois acabariam se esquecendo dele. Mas a julgar pela raiva de seu pai ele não iria esquecê-lo tão cedo. Depois iria lhe passar mais um sermão e reforçar que ele estava proibido de sair.

Mas o assunto iria morrer. Seu pai acharia outras coisas para fazer, e sua mãe iria permitir que ele saísse, e mentir por ele, como sempre fazia.

No todo, até que ele ia se sair bem dessa.

Jackie voltou para a sala de estar e abraçou carinhosamente o filho. Ela finalmente entendera os motivos do marido, mas não importava o que ele dissesse ou o quanto ameaçasse, seu filho não seria internado. Ele não era *mau*. Se ao menos Freddie pudesse vê-lo como ela o via! Ele era apenas uma criança. Ele era apenas um garoto grande para sua idade, e as pessoas achavam que ele era mais velho do que realmente era e o tratavam como um adulto. Mas ele era apenas um garoto, e Freddie estava pegando pesado demais com ele.

Todo mundo ficara contra eles, desde o primeiro dia em que ela lutara contra qualquer tipo de ajuda. Ele era apenas uma criança, mas como seu sobrenome era Jackson, todos o marginalizavam e o provocavam. A polícia, as cortes e os assistentes sociais odiavam o garoto. Todos o tratavam como se ele fosse um merda! Mas ele era seu bebê, seu caçulinha, e ela não ia deixar que ninguém lhe dissesse que ele era mau.

Ele estava andando com a turma errada, e só porque era tão crescido, chamava mais atenção do que os outros. Era facilmente manipulável, e era isso o que estava errado com ele. Eles queriam tomar o menino dela, interná-lo em alguma instituição. Bem, só fariam isso por cima do cadáver dela. Ela iria lutar por seu bebê. Iria mantê-lo em casa com ela. Ninguém iria levá-lo a parte alguma.

Ela sabia que nada disso era verdade, que na verdade o nome Jackson impedia que qualquer coisa acontecesse com o garoto, mas essa era a única forma de lidar com os problemas de seu filho.

Ainda que o fato de Freddie ter lhe trazido bebida fosse um indício do quanto a situação era grave, Jackie ficou grata pela vodca. Como sempre, a bebida iria ajudá-la a afastar da mente as coisas ruins e a apagar de sua memória todas as lembranças que poderiam prejudicar o seu bem-estar.

Freddie tinha ido embora, e desta vez ela estava feliz por isso. Ela sempre quisera tê-lo em casa, mas agora não faria a menor diferença para ela se ele iria ficar ou sair. Seu Pequeno Freddie estava sentado com ela, abraçado a ela, e ela não queria mais ninguém. Ele era sua vida, e ninguém iria tirá-lo dela.

Agora que ela estava bêbada como um gambá, disse isso ao Pequeno Freddie de novo e de novo.

Maggie estava deitada na cama com o filho. Ele estava dormindo em seus braços, e ela ficou impressionada com o amor que sentia por ele. Olhando para ele, perguntou-se como deixara Freddie ditar seus sentimentos por alguém tão precioso, alguém que viera de *seu* próprio corpo. Ele era metade dela. Metade de Jimmy Júnior tinha sido feita por Maggie, e ela deixara seu ódio por Freddie ficar entre ela e seu filho.

Desde o dia em que enfrentara Freddie, ela vinha se sentindo muito melhor. Recuperara o poder sobre si mesma, embora essa expressão a irritasse, especialmente quando a ouvia daquelas peruas nos talk shows diurnos, que não tinham nenhuma noção dos problemas reais das mulheres. Ela sabia o que significava ter poder sobre alguém. Ela sentira isso na própria carne, dia após dia, por muito tempo.

Freddie possuíra poder sobre ela porque ela sentira um medo terrível de que ele contasse à sua esposa o que acontecera e que Jackie a culpasse porque jamais poderia admitir que o marido era capaz de estuprar sua irmã.

A reação que ela mais temera fora a de Jackie.

Ela também temera que Freddie contasse a Jimmy e a todo mundo que eles conheciam que ele *dormira* com ela. Ela temera que *todos* pensassem que havia sido por opção. Agora, todo esse tempo depois, Maggie sabia que ninguém jamais acreditaria que ela poderia sentir qualquer atração por ele.

Estava feliz, pelo menos mais feliz do que estivera em anos.

Quando vira Kimberley no hospital e reconhecera Jackie pelo que ela realmente era, uma bêbada covarde, Maggie havia compreendido as dimensões de seus medos e problemas.

Dizer a Jackie o que pensava dela fora um grande passo para Maggie. Por toda a vida, a irmã mais velha havia lhe dado ordens, dito a ela o que fazer, dado conselhos, escarnecido dela, insultado. Ela tratara Jackie como algum tipo de deusa, quando, na realidade, ela era uma alcoólatra. Uma alcoólatra manipuladora, e Maggie sempre nutrira amor verdadeiro por ela, sempre assumira que esse sentimento era recíproco. Agora Maggie não tinha mais certeza. Ela sabia que Jackie falava mal dela com os parentes e amigos.

Maggie também havia percebido que, a despeito do que acontecesse entre ela e Jackie, ela não perderia o amor das meninas. Ela as ajudava havia anos, e elas a amavam e precisavam dela. As garotas ainda estariam ao seu lado, estivesse ela de bem com Jackie ou não.

Assim, dissera umas boas verdades à irmã, e ao chegar em casa encontrara Freddie tentando mais uma vez minar sua confiança invadindo sua mente e, o pior de tudo, sua vida com seu marido.

Ele havia se instalado na casa de Maggie, e encontrá-lo lá enquanto a filha dele estava no hospital tinha sido a gota d'água. Ela quisera muito que ele contasse a Jimmy o que acontecera. Ela estava cansada de manter aquilo em segredo, protegendo pessoas que não mereciam seu cuidado ou proteção.

Se jamais visse Jackie novamente, ela não daria a mínima. Sentia, pela primeira vez em anos, que estava livre, desimpedida, feliz e indiferente quanto a quem ela magoaria caso alguma coisa viesse à luz.

Que todos eles se fodam, Jimmy incluído. Era o fato de saber que não se importava com a forma como ele iria reagir que realmente lhe dava forças. Jimmy tornara-se a pessoa a quem ela tentava proteger, e Jimmy era o mais forte de todos eles.

Ela havia desafiado Freddie a falar, e ele fora embora com o rabo entre as pernas. Maggie havia recuperado o poder.

Agora ela estava feliz. Adorava seu menino, *sempre* adorara seu menino — ao menos a metade que era dela —, mas graças a Freddie sentia-se tão culpada sobre as circunstâncias da concepção dele que sentia dificuldade em ver Jimmy agindo como o pai. E amando tanto a Jimmy, ela estivera aterrorizada com a possibilidade de Freddie revelar o segredo apenas porque podia, apenas para causar problemas. Apenas para ensinar uma lição a ela.

Mas naquela noite ela descobrira que ele tinha *medo* de Jimmy, ou melhor, pavor. E finalmente deduzira que Jimmy era o motivo pelo qual tudo havia começado.

As coisas não estavam *completamente* normais, mas ela estava tentando ajeitar tudo, e se Freddie os deixasse em paz suas vidas seriam muito melhores.

E olhe só para as filhas dele. Sem ela, o que as garotas fariam? Ele não estava nem remotamente interessado no casamento de Rox. Ela tinha achado um tremendo partido em seu mundo, e ele não demonstrava qualquer interesse.

Jackie também não se interessava por nenhuma delas. Kimberley saíra de casa, e Maggie a ajudara a encontrar um apartamento, mas Jackie e Freddie não se deram ao trabalho de visitá-la, o que deixara a menina muito magoada. Maggie sabia como ela se sentia, sabia como era ser deixada de lado, mas os pais de Kimberley não sabiam agir de outra maneira, e ela estava melhor sem eles. Todas as garotas estavam melhor sem eles. Até Dianna estava saindo com um rapaz e iria sair de casa antes que eles se dessem conta. Nenhum deles dava a mínima para o que a garota fazia. Se bem que quando Freddie finalmente descobrisse quem era o rapaz, daria início à Terceira Guerra Mundial.

Como uma única pessoa podia deter tanto poder? Por que todos sentiam a necessidade de facilitar a vida *dele*, quando tudo o que *ele* fazia era usar os outros? E Jackie era igualzinha, toda metida a importante.

Maggie dissera a Jimmy que era ele quem pagava os salários, e não Freddie, mas mesmo assim Freddie ainda se comportava como se fosse o patrão. Ela sabia que isso magoara Jimmy, e sabia que isso fora uma declaração provocativa, mas conforme ela dissera muitas vezes, quem diabos Freddie Jackson pensava que era? O que lhe dava o direito de tratar as pessoas como lixo, inclusive Jimmy, seu marido?

Ela discutira isso com ele na noite anterior. Ele lhe dissera que Freddie ainda estava arrancando dinheiro das pessoas. Essa era a fofoca do momento. Depois de tantos anos, ele ainda estava arrancando trocados dos mais desfavorecidos. E ela dissera a Jimmy: "*Você* deu a *Freddie* o poder que ele tem, e até que você resolva isso de uma vez por todas ele sempre causará problemas."

Agora Maggie tinha as vidas das filhas dele em suas mãos e pretendia ajudá-las porque as amava. Como seu filhinho, Maggie sabia que elas eram apenas metade dele, e que a outra metade nada tinha a ver com ele ou com a vida dele.

Apesar de tudo isso, o Pequeno Freddie era assustador, e ela sabia que era só uma questão de tempo. Ele era uma bomba pronta para explodir. Ela providenciaria para que seu homenzinho jamais ficasse perto dele por um segundo que fosse e que jamais ficasse sozinho com ele.

Se dependesse dela, ela cortaria ligações com Freddie e Jackie sem pensar duas vezes. Eles simplesmente não valiam a pena.

Jimmy Júnior abriu os olhos e ela sorriu para ele. Ele sentou-se na cama e ela beijou seu rosto bonito, depois lhe fez cócegas até que ele soltasse gargalhadas.

Esta era sua vida agora, este menino, seu bebê, e ela estava determinada a fazer da vida dele a melhor que pudesse.

Capítulo 21

— Sabe, Jimmy, ando trabalhando demais.

O primeiro pensamento de Jimmy foi de que Freddie só poderia estar bêbado. Soltou uma risada carregada de escárnio e irritação.

— *Trabalhando* demais? Eu é que estava na reunião com Amos, Glenford e a turma toda. Parecia um tabuleiro de damas, cheio de peças brancas e pretas. Se lembro bem, foi você quem definiu assim. Está lembrando agora? A reunião à qual você deveria ter comparecido? A reunião na qual você deveria ter dado um jeito de livrar a sua cara? Não está lembrando, não?

O sarcasmo e a explícita animosidade de Jimmy eram tão incomuns que deixaram Freddie sem fala. Jimmy jamais perdia a cabeça — esse era o departamento de Freddie. Freddie era o porra-louca. Era com ele que ninguém sabia como lidar. Não Jimmy. Jimmy era o calmo, o pensador e, segundo diziam à boca pequena, o cérebro do negócio.

— Freddie, você me deixou com cara de tacho. Por mim, a partir de agora você pode se foder que eu não vou estar nem aí.

Jimmy acendeu um cigarro e tragou-o profundamente antes de comentar:

— Como é que as pessoas podem comprar uma merda destas? — Jogou fora o cigarro e vasculhou sua mesa até achar outro maço. O cigarro que ele acendera da primeira vez era uma falsificação chinesa. Parecia um Benson & Hedges, vinha numa embalagem idêntica e trazia os mesmos avisos do Ministério da Saúde. Contudo eram feitos na China e vendidos bem mais baratos que os originais. Eram fáceis de fabricar e feitos com tabaco de segunda, mas vendiam muito, graças a Gordon Brown e à sua determinação em criar fumantes na elite. Mas Jimmy notava logo quando o cigarro era falsificado, e odiava fumá-los.

Ele acendeu outro cigarro, sua fúria ainda evidente.

— Fred, conversei com Amos e os outros e entendi claramente o ponto de vista deles. Por que está roubando a parte deles? O que te dá o direito de passar esses caras para trás, quando estão apenas tentando ganhar a vida, da mesma forma que você e eu?

Freddie estava embasbacado. Jimmy sempre tentara demonstrar respeito por ele e por seus sentimentos, e Freddie sabia que nem sempre retribuíra esse tratamento.

— Foi o Pequeno Freddie, ele se meteu numa merda...

Jimmy fez um gesto para que ele se calasse.

— Puta que pariu, Freddie. Esse garoto vai arrumar problemas a vida inteira. Tal pai, tal filho, entendeu? Você me deixou com cara de idiota na frente de uma turma da pesada. Sabe de uma coisa? Não agüento mais. — Levantou a mão direita, com o polegar e o indicador separados por meio centímetro. — Só falta isto aqui para eu meter o pé na sua bunda. Você é um *ladrãozinho* barato. Tive de dar um agrado de mais de *20 mil libras* para eles! Vinte mil! E não foi a primeira vez, sabia? Puta merda, bem que o Ozzy me avisou sobre você!

Freddie jamais vira Jimmy deste jeito. Jamais o vira com tanta raiva ou tão descontrolado. Jimmy sempre pensava antes de falar, mesmo quando estava com raiva, e Freddie sabia que isso podia significar que ele estava com um dos pés na rua.

Observou Jimmy caminhar de um lado para o outro do escritório. Os ombros imensos e o corpo musculoso denotavam um homem que cuidava de si mesmo, e Freddie sabia que isso era verdade. Jimmy cuidava de si mesmo por dentro e por fora. Também cuidava de todos ao seu redor, e isso era algo que ninguém podia negar.

Finalmente Freddie aceitou que Jimmy era um homem melhor do que ele, mas era tarde demais. A paciência de Jimmy chegara ao fim, e Freddie era inteligente o bastante para saber que o melhor que podia fazer era ficar de bico calado. Deixar que Jimmy extravasasse normalmente a sua fúria.

— Não se preocupe, Fred. Eu já dei um jeito. Fiz isso enchendo os rabos deles de dinheiro. Você me custa uma fortuna, mas não consigo entender onde você enfia a grana que ganha! Você nem mora num lugar decente. Ganha dinheiro pra caralho e gasta tudo. Rouba meus *funcionários* que não ganham nem de longe tanto quanto você. Onde você enfia tanto dinheiro?

Freddie não respondeu nada, limitando-se simplesmente a dar de ombros.

Jimmy suspirou. Este era o primo mais velho que ele sempre amara e reverenciara. Mas tudo o que via agora era um homem agressivo, com barriga de cerveja e rosto prematuramente envelhecido. Não conseguia entender o que se passava na cabeça dele, e o pior de tudo era que ele havia parado de se importar.

Maggie tinha razão. Durante todos aqueles anos, Jimmy carregara Freddie nas costas por culpa. Mas se Ozzy tivesse escolhido Freddie para gerir os negócios, teria deixado tudo nas mãos de Freddie. Mas Ozzy não fizera isso. Ozzy entregara-os a Jimmy, e agora ele precisava deixar isso bem claro. Freddie parecia pensar que fora passado para trás, mas Ozzy decidira que Jimmy era o jogador principal, de modo que as opiniões de Freddie não importavam nem um pouco.

Eles viviam no mundo de Ozzy, que ainda controlava tudo e dava as ordens, como sempre fizera. Em todas as questões mais importantes, a decisão final cabia a ele. Ozzy era o número um, e quanto mais cedo Freddie entendesse isso mais cedo todos eles poderiam tocar suas vidas.

Freddie era um peso na vida deles, como Maggie costumava dizer, embora ela fosse parente de Freddie pelo casamento com Jimmy, e Jimmy parente dele de sangue, isso não dava qualquer vantagem a Freddie no que dizia respeito a Ozzy.

Jimmy sabia que ela estava certa, e os acontecimentos dos últimos dias haviam confirmado isso. Ele apenas queria ter reconhecido isso há vários anos.

— Você está fora, Freddie. Fora da operação principal. Daqui por diante será apenas um operário, nada mais do que um cobrador. Pode dizer adeus a todo o resto, a não ser que me prove que é digno de confiança.

Freddie teve certeza de que estava ouvindo coisas.

— O quê? Eu, um cobrador?

Jimmy fez que sim com a cabeça, e mais uma vez Freddie lembrou o quanto seu priminho havia amadurecido. Jimmy era um líder agora. Impunha autoridade e gozava da confiança de Ozzy e de todos os seus comparsas. Freddie sabia que Jimmy merecia tudo o que conquistara, mas esse conhecimento não facilitava as coisas para ele. Agora este menino estava ameaçando rebaixá-lo a um reles cobrador, como se ele fosse um pé-rapado, um joão-ninguém.

Era ultrajante e inacreditável, mas também justo. Se estivesse no lugar de Jimmy, teria feito o mesmo há muito tempo.

— Não faça isso, Jimmy. Estou falando sério. Se fizer isso comigo, se me humilhar na frente de todo mundo, será o fim de tudo o que existe entre nós dois.

Jimmy olhou para o rosto de Freddie. Viu a preocupação nele, e também o ódio, e subitamente viu mais uma vez o homem que ele idolatrara durante tantos anos.

Ele não podia fazer aquilo com ele.

Ele sabia que devia repreender o primo, porque a tendência de Freddie para criar problemas poderia um dia arruinar a todos eles. Mas não poderia tomar de Freddie a única coisa que lhe dava prazer. Seu trabalho com Ozzy e a crença de que eles eram iguais eram o que tornava sua vida tolerável, mas também o que o deixava infeliz. Ele sabia que não era realmente um sócio, já deveria saber. Mas mesmo depois de tudo Jimmy não tinha coragem de destruir Freddie. Ele o amava, ainda que não tenha sido assim por muitos anos.

— Escute aqui, Freddie, escute bem. Vou te dar mais uma chance, e se pensar em sacanear alguém, ou a mim, você vai para o olho da rua. Está ouvindo? Estou falando sério. Você já me causou muita dor de cabeça. Por sua causa, eu preciso acalmar Ozzy e mentir para ele. Nós dois até já discutimos por sua causa. Eu sei que você me vê como um usurpador, mas foi Ozzy quem *me* escolheu como o intermediário. Faz anos que você perdeu qualquer chance de ser o número um.

Freddie estava calado. Estava ouvindo, para variar um pouco. Jimmy sabia que isto precisava ser dito agora, enquanto Freddie estava disposto a escutar.

— Ozzy fica sabendo de tudo lá dentro. Acredite em mim, ele possui uma rede de informação melhor do que a do Bill Gates e a do papa juntas. Ele ouve *tudo*. Ele sabe que você matou a prostituta. Ele até sabe que ela teve um filho com você, e eu nunca contei nada disso para ele. Você pensa que eu deliberadamente passei a rasteira em você para tomar tudo o que era seu por direito. Freddie, eu sei o que você fala de mim nos pubs e clubes. Todo mundo *adora* me contar que você fala mal de mim pelas costas. Mas eu finjo que não escuto porque você é sangue do meu sangue, você é da família. Mas isso precisa acabar.

Freddie suspirou longamente, inflando as bochechas como um menino e fazendo barulho.

— Bem, então você já botou tudo para fora, não é?

Jimmy precisou conter uma vontade de dar um soco na boca de Freddie. Ele balançou a cabeça devagar e disse num tom desanimado:

— Não agüento mais isso, Freddie. Eu carrego você nos ombros há anos. Você pode até achar que não, mas te garanto que essa é a mais pura verdade. Fiz tudo o que pude para continuarmos juntos nessa, no mesmo nível, como sócios, mas isso ficou impossível. Não dá mais para confiar em você. Desde o caso do Lenny, perdi a confiança que tinha em você, Fred. Se não tomar cuidado, seu mau gênio vai acabar metendo nós dois na cadeia. Teve sorte até agora, e eu inclusive te ajudei algumas vezes, mas agora foi a gota d'água. Você me deixou com cara de babaca na frente daqueles caras. Não deu um telefonema, não mandou um recado, não fez porra nenhuma. Só espero que você ande na linha daqui por diante. Senão, eu juro pela vida do meu filho, que mato você com as minhas próprias mãos.

Freddie se levantou e olhou para Jimmy. Uma de suas melhores qualidades era que ele sabia quando estava derrotado. Iria apenas esperar a hora certa para atacar. Ele sabia que Jimmy tinha todo o direito de dizer o que acabara de dizer. Tinha certeza de que era apenas um objeto de decoração. Já admitira isso havia muito tempo. Era apenas um capanga que pensava ser sócio. Iria enfiar o rabo entre as pernas, para usar a gíria do pessoal da antiga. Não iria causar problemas, por enquanto. Como sua mãe costumava dizer: "Aqui se faz, aqui se paga."

Dianna estava muito bem-vestida. Era uma garota pequena, com seios empinados e corpo magro. Os cabelos castanhos espessos eram sua coroa de glória. Era linda e sabia que todas as mulheres morriam de inveja dela.

Em seu vestido preto curto, parecia mais velha e sofisticada, precisamente o efeito que queria causar.

Dianna também tinha um rosto muito bonito. Sabia como realçar ao máximo suas feições, graças a Maggie, que chamara as garotas para trabalhar com ela assim que tinham idade suficiente ou eram expulsas da escola, o que acontecesse primeiro. Às vezes, Dianna se perguntava o que elas teriam feito sem Mags. Ela sempre providenciava para que elas tivessem de tudo, pequenos confortos como absorventes e desodorantes, coisas com que sua mãe nem sonhava em gastar dinheiro. Maggie sempre soubera como essas coisas eram importantes para adolescentes, enquanto Jackie não considerava creme dental artigo de primeira necessidade. Depois de cada visita à casa de tia Mags, as meninas sempre haviam voltado com bolsas cheias desses e outros artigos de primeira necessidade.

Agora Dianna estava sentada num pub em Bow, bem-vestida, pronta para conquistar, como Maggie dissera-lhes de brincadeira certa vez. Estava à espera de um homem que a deixara tão fascinada que durante algum tempo não conseguira comer, dormir ou se concentrar. Pensava constantemente nele. Era como se a vida houvesse estado em compasso de espera, aguardando por sua chegada, quando ela subitamente descobriu a razão pela qual fora posta neste mundo.

Todos eles haviam tido criação católica. Uma das poucas responsabilidades que sua mãe assumira fora providenciar para que os filhos fossem batizados, fizessem a primeira comunhão e a crisma. Ela sabia que grande parte do mérito por essas coisas cabia aos seus avós, mas ainda assim ela assistia às missas e acreditava em Deus. Mas desde que conhecera Terry Baker ela finalmente compreendera os sacramentos e a importância que eles têm.

E o amor. Ela finalmente compreendia por que esse sentimento era tão importante. Durante toda a sua vida tivera os pais como exemplo de vida a dois. Mesmo assim, a mãe costumava dizer, para quem quisesse ouvir, o quanto ela amava o marido e que eles eram casados aos olhos de Deus. Mas Dianna sempre tivera a impressão de que Deus não se interessava por eles, que eles não eram merecedores de sua atenção. Agora ela não tinha mais tanta certeza. Sabia que, caso se casasse com Terry Baker numa igreja católica, ela iria ser como sua mãe. Acontecesse o que acontecesse, jamais iria deixá-lo.

No exato instante em que começou a achar que tinha levado um bolo, Terry entrou no pub, todo testosterona e loção de barbear cara. Bastou ver o sorriso matador de Terry para Dianna sentir as pernas bambas.

Jackie estava tentando reunir algum entusiasmo pelo casamento da filha, mas era difícil. Rox não parava de dizer as mesmas coisas, e ela sentia vontade de gritar para ela ir direto ao ponto. Mas ela não fez isso. Em vez disso, ficou observando ela conversar com Maggie a respeito de cada detalhe mínimo, sem saber como sua irmã caçula poderia se interessar por esse tipo de coisa.

Rox realmente não sabia nada sobre a vida. Qualquer pessoa em seu juízo perfeito, vendo o casamento de Jackie e Freddie, ficaria de olhos bem abertos. Mas não suas garotas. Elas pensavam que seria vinho e rosas o tempo todo, como o casamento de Maggie e Jimmy.

Mas o que realmente a deixava puta da vida era que, graças a Maggie, teria de se empetecar toda para ir ao casamento, quisesse ou não. Ela queria ver a filha se casar, mas estava preocupada com o Pequeno Freddie. Rox banira o Pequeno Freddie, dizendo que nenhuma criança poderia comparecer ao casamento, nem mesmo seu irmão. É claro que ela queria dizer, *principalmente* o seu irmão.

Elas eram um bando de piranhas traiçoeiras. Dera à luz uma cambada de vigaristas, até Kimberley. A putinha nem aparecia para visitá-los. Se não fosse por Rox e Maggie, Jackie não saberia nada a respeito de Kim. E, quando ela ligava, falava apenas sobre sua *reabilitação* e sua *nova* vida.

Como assim, nova vida?

Agora Rox estava quase fora de suas mãos, e Dianna estava se preparando para alçar vôo do ninho, com certeza. Assim, pela primeira vez em anos, Jackie teria sua vida só *para si*.

Estava adorando a perspectiva de ficar sozinha com o filho. O Pequeno Freddie era como o pai, e se ela não pudesse tê-lo em tempo integral então iria tê-lo pelo máximo de tempo possível. A despeito do que todos diziam sobre ele, o Pequeno Freddie era seu filho, e ela o conhecia melhor do que ninguém. Depois que as garotas saíssem de casa, ela iria devotar todo o tempo a ele. Era disso que o Pequeno Freddie precisava: de alguém que dedicasse a vida a ele.

Freddie Pai estava tentando ajudá-lo, e ela também iria tentar. Juntos, fariam dele um garoto normal e feliz.

Freddie estava bêbado, realmente bêbado, ainda furioso com os eventos do começo do dia. Jimmy estava com ele, não porque *quisesse*, mas simplesmente porque sentia que era sua obrigação. Esta era sua demonstração pública de força, sua maneira de arejar o clima não apenas de um com o outro, mas também com as pessoas com quem precisavam lidar diariamente. Este era um exercício de controle de danos e também uma forma de Jimmy dizer a Freddie que ele estava perdoado e que ainda fazia parte dos negócios. Como se Freddie estivesse ligando para isso agora. Freddie tinha todas as cartas nas mãos e poderia destruir Jimmy num estalar de dedos.

Freddie estava muito bêbado, mas também ciente de que não devia, em nenhum momento, dizer nada que pudesse despertar a ira de Jimmy. Depois de todos esses anos, finalmente admitira para si mesmo que Jimmy estava por cima, que ele era o chefe. Mas Freddie sabia uma coisa que Jimmy não sabia.

O pensamento fez Freddie sorrir. Se Jimmy soubesse, faria um escândalo que iria reverberar por anos. Freddie sabia melhor do que ninguém quantos problemas era capaz de causar quando queria.

Era tentador, muito tentador. Mas ele não iria contar. Não esta noite. Era algo que precisava ser mantido em banho-maria até uma data futura. *Precisava* guardar esse segredo, porque sua revelação seria suficiente para destruir o mundo de Jimmy e torná-lo uma pessoa muito mais fácil de lidar.

E, pior de tudo, embora Jimmy estivesse jogando limpo, uma vez na vida Freddie deixara Jimmy na mão pelos motivos certos. Deixara de comparecer à reunião por causa de seu filho, não porque não quisesse ou não se importasse.

Mas ele sabia que não era o momento certo de contar a Jimmy sobre o Pequeno Freddie. Lamentava não ter deixado que eles o levassem, mas sabia que Jackie morreria caso seu filho fosse acusado de uma coisa como aquela. E, verdade seja dita, ele também.

Contudo Freddie precisava admitir que estivera preocupado com essa reunião, porque em certo momento não acreditara que conseguiria negociar com os envolvidos. Na verdade, não *pretendera* negociar nada, mas empregar violência pura e simples. E não podia negar que a solução encontrada por Jimmy fora mais confortável.

— Vamos, Freddie, vamos tomar outra bebida.

Jimmy estava tão feliz, tão tedioso e tão irritantemente convencido que Freddie sentiu vontade de acertar a cara dele com uma caneca de cerveja. Mas em vez de fazer isso recostou-se e disse alegremente:

— Este é por minha conta, Jimmy, companheiro.

*

— Vá para casa, por favor.

O Pequeno Freddie sorriu para sua avó com o charme de seu pai, mas Maddie não se deixou enganar.

— Só queria conversar com você, vovó. Quero que me conte tudo sobre meu avô, só isso.

Maddie olhou para o menino que ela adorara quando bebê, mas que agora sabia que não era normal. Ele era igualzinho a Freddie, a cara do pai. Embora isso um dia tivesse parecido maravilhoso, ela agora considerava uma falha. Via esta criança como um caso perdido. O pai dele tinha sido a luz de sua vida, mas não era mais assim. Ela sabia muitas coisas sobre o filho e um dia iria lhe dizer isso.

Até esse dia, ela tentaria tornar a vida suportável para si mesma e para a maioria das pessoas ao seu redor, mas este menino, este menino forte e bonito, a assustava. Ele parecia demais com Freddie na mesma idade, e ela o mimara tanto quanto Jackie fazia com seu neto. Vira em seu Freddie algo que na verdade jamais existira. Ela inventara seu filho, construíra-o em sua cabeça, fizera dele a pessoa que ela quisera que ele fosse. Agora tinha de pagar por isso.

— Por favor, vovó, me deixa ficar um pouquinho.

Maddie percebeu a forma como ele olhava para ela. Um dia este menino seria capaz de enganar muita gente, e agora estava tentando manipulá-la, usando sua boa aparência para conseguir o que queria.

— Vá para casa — disse ela.

— Por favor, vovó. Só quero me sentar e conversar um pouco com você.

— Vá embora.

As palavras foram ditas com uma convicção que Freddie logo viu que não conseguiria nada com ela. Ele estava de castigo, sendo vigiado constantemente, e esperava se divertir com a velha. Além disso, *estava* realmente interessado em seu avô. Queria ouvir sobre o suicídio dele, queria ouvir sobre sua vida e sua reputação de lutador. Ele ouvira apenas comentários feitos por outras pessoas, mas esta velha seria uma informante em primeira mão. Poderia lhe dizer tudo que ele realmente queria saber.

— Vá embora, menino, e me deixe em paz.

O Pequeno Freddie perdeu o controle e deu um soco no peito da avó.

— Sua piranha velha! Quem ia querer conversar com uma velha imprestável?

Ela suspirou e disse, sem levantar a voz:

— Se não me deixar em paz agora, vou ligar para o meu filho.

O garoto finalmente foi embora. Ameaçar chamar seu pai surtira efeito. Ela fechou a porta e passou o ferrolho.

Lena e Joe estavam rindo das travessuras de Jimmy Júnior. Maggie o deixara com eles porque tinha um compromisso em seu salão em Leigh-on-Sea.

Lena amava este menino. Todos o amavam, porque ele era uma coisinha adorável.

— Oh, Joe, eu estava tão preocupada com a minha menina. Agora, quando vejo ela e meu neto juntos, é como se tivesse ganhado na loteria.

— Eu sei, querida. Como eu sempre disse, dê tempo ao tempo.

Lena fez que sim com a cabeça.

— Quer uma xícara de chá?

Joe sorriu.

— Por que não? E faça um chocolate quente para o meu amiguinho, que ele adora isso.

Enquanto via seu marido colocar o menino no colo, Lena suspirou aliviada.

Lena colocou a chaleira no fogo, preparou as xícaras e fez a bebida de Jimmy Júnior. Ele adorava chocolate quente, e ela sabia disso melhor que ninguém, porque o menino passara metade de sua vida com ela. Na época em que Maggie parecia pouco interessada em ficar com o menino, ele sempre ficava lá. O único benefício disso era que ninguém conhecia seu neto melhor do que ela.

Houve momentos em que ela havia considerado o comportamento de sua Maggie antinatural. Ela não tratara o garoto direito durante anos. Claro, ela fazia tudo que se esperava de uma boa mãe, mas agia como se ele não fosse realmente seu filho, como se fosse o filho de outra pessoa e ela fosse obrigada a cuidar dele. Era como se ela negasse ser a mãe dele.

Mas agora ela era a Maggie de sempre, e Lena agradecia a Deus por isso cada dia de sua vida. Ela finalmente se transformara numa mãe modelo, e essa criança estava ainda melhor por causa disso.

Houve uma batida à porta, ela abriu e se deparou com o Pequeno Freddie.

— Olá, companheiro. O que está fazendo aqui?

Ele brindou Lena com aquele sorriso bonito e encantador que podia exibir sempre que queria.

— Só queria ver você, vovó. Posso entrar?

Ela abriu a porta, e ele entrou alegremente.

Lena segurou o menino pelo casaco e o virou para olhá-lo nos olhos.

— Apronte uma das suas e eu encho você de pancada, entendeu?

Olhando nos olhos dela, disse com seriedade:

— É justo.

Essas eram duas pessoas que entendiam perfeitamente uma à outra.

— Então, você acha que Freddie aceitou bem?

Jimmy deu de ombros.

— Na verdade, não sei, Glen. O que eu sei é que o mantive no negócio, mas ele está avisado. A partir de agora ele está por um fio, e até ele é capaz de compreender isso.

Glenford fez que sim com a cabeça.

— Ele é um cara perigoso, Jimmy.

— Sei disso, amigo. Mas sabe de uma coisa? Não tenho medo dele. Já tive, há muito tempo, quando eu era garoto. Mas não tenho mais, e ele sabe disso. A única coisa que me preocupa é que acho que não consegui fazer com que ele entendesse que fez algo errado.

Glenford pareceu preocupado.

— Você vai se arrepender por isso. Você está criando uma cobra, garoto, e aquele filho-da-puta vai picá-lo na primeira oportunidade. Freddie não é como as outras pessoas, Jimmy. Ele vê o mundo apenas através de seus próprios olhos. Você será o alvo de seu próximo ataque de ódio e violência. Mas acho que você já sabe disso, não?

Jimmy suspirou.

— Mas o que eu podia fazer? Se eu tivesse tirado Freddie dos negócios, ele teria transformado a minha vida num inferno. Além disso, eu não *queria* fazer uma coisa dessas com ele. Pelo menos ele vai olhar onde pisa daqui por diante.

Glenford segurou a mão de Jimmy e disse, muito sério:

— Ele é o seu carma, Jimmy. Todo mundo tem um. Você é um homem de sorte, porque sabe por onde anda o seu.

Eles riram juntos, mas nenhum dos dois achou aquilo realmente engraçado.

O sonho de Jackie finalmente se realizara. Seu marido vinha para casa todas as noites, mas em vez de adorar ela estava odiando. Quando chegava, ele estava sempre de mau humor. E se o Pequeno Freddie não estivesse em casa ele saía atrás dele.

Era pior do que estar sob prisão domiciliar. Ele vigiava cada bebida que ela tomava e assistia ao que queria na televisão. Agora, em vez de relaxar diante da televisão, ela precisava preparar sanduíches, fritar batatas ou pegar cervejas na geladeira.

O Pequeno Freddie precisava se comportar da melhor forma que podia, e ela precisava ficar inventando desculpas para sair e tomar uma bebida. Do jeito que Freddie estava passando todas as noites em casa, os vizinhos já deviam estar achando que eles estavam em sua segunda lua-de-mel. Jackie preferiria que ele saísse para um dos seus puteiros. Qualquer coisa seria melhor do que aquilo.

Freddie passava o tempo inteiro a vigiando. Podia sentir os olhos deles grudados nela.

Jackie passara a tomar banho todos os dias apenas para não ouvir as queixas dele sobre o estado da casa e o dela. Quem ouvisse pensaria que ele tinha sido criado no palácio de Buckingham, mas ela sabia quem era a verdadeira culpada: Maggie. Maggie era limpa demais, uma maníaca. O trabalho de uma dona de casa não terminava nunca, de modo que Jackie não via sentido em dedicar sua vida a isso. Quando ela morresse, ficaria tudo por aí mesmo.

— Onde você esteve hoje?

O Pequeno Freddie olhou para o pai e respondeu, baixo:

— Estive na casa da vó Lena e do vô Joe.

Freddie bebeu metade de sua lata de Tennents antes de dizer, calmamente:

— Quem te deu permissão para ir lá?

Jackie estava sentada na beirada de sua cadeira.

— Eu deixei ele ir. Qual é o problema agora? Ele não pode nem sair para dar uma volta?

Freddie olhou para Jackie. Ela estava horrorosa, ainda mais gorda do que ele já havia notado.

— Cala a boca, Jackie. Estou falando com o tocador de realejo, não com o macaco.

O Pequeno Freddie precisou tapar a boca para conter uma risada.

Jackie estava bêbada e entediada com a presença constante do marido.

— Você me faz rir, Freddie Jackson. Agora você cismou de vir sempre para casa e espera que todo mundo dance conforme a sua música.

Freddie suspirou. Esta era a mulher que ele conhecera e amara.

— O que aconteceu, hein? Por que você está ficando em casa agora? Por que de repente virou o pai do ano? Está em alguma enrascada?

Sem querer, Jackie havia acertado na mosca. Sentira que a única coisa que o faria vir cedo para casa seriam problemas.

— Você não escuta nada do que eu falo, Jack? Este nosso filho está metido em merda até o pescoço. Você pensa que ele é um anjinho, que ele é um maria-vai-com-as-outras, influenciado por garotos mais velhos. Pois bem, ele não é. Tudo o que faz é por conta própria. Este marginalzinho tem talento, com isso você não precisa se preocupar. Agora, que história é essa de ficar dizendo que estou com problemas? Você passou a nossa vida inteira de casados tentando me manter nesta casa, e agora que estou tentando fazer alguma coisa pelo nosso filho, tentando ajudá-lo, você me manda para a rua. Você é uma piada, só que não me faz rir. Agora tente se acalmar, mulher. Passe um zíper nessa boca e demonstre um pouco de respeito por mim, senão vou encher a sua cara de porrada.

O Pequeno Freddie, que estava observando tudo com muita atenção, decidiu que sua mãe tinha razão. Seu pai devia estar com problemas até o pescoço.

Por que outro motivo ele faria questão de ficar neste buraco de merda?

Capítulo 22

Ozzy observou Jimmy entrar na sala de visitas. Enquanto, mais uma vez, Jimmy esvaziava o conteúdo dos bolsos e esperava para ser revistado, Ozzy olhou-o com orgulho.

Era um homem bonito e também tinha presença. Jimmy tinha o porte com que a maioria dos homens sonhava e caminhava como quem está sempre à vontade consigo mesmo e com o ambiente ao seu redor, sem demonstrar o menor constrangimento por estar num ambiente povoado por criminosos perigosos.

Ozzy sabia que confiara neste homem e sentia orgulho disso. Jimmy era o filho que ele jamais tivera, e era assim que ele o considerava. Era um homem bom, decente, mas, acima de tudo, uma pessoa cem por cento digna de confiança.

Enquanto observava Jimmy, Ozzy também prestou atenção nas pessoas ao redor, notando como elas inconscientemente o reconheciam como um dos seus, embora ele jamais tivesse cumprido um minuto de pena ali. Depois de tantos anos visitando-o, Jimmy adquirira aquela ginga de prisão e sentia-se à vontade como se estivesse em sua própria casa.

Ozzy rezava para que ele jamais tivesse qualquer outra experiência de prisão que não fosse a de visitante. Era uma existência que Jimmy jamais aceitaria. Freddie, por outro lado, adoraria passar mais uma temporada ali. Ele era estúpido a esse ponto. E, se não fosse pela inteligência e o bom senso de Jimmy, Freddie já estaria ali de novo, há muito tempo.

Freddie Jackson era um veado ingrato, e Jimmy estava tendo problemas com ele, mas Ozzy tinha certeza de que ele podia lidar com isso. Contudo Ozzy lamentava profundamente que, depois de sair da prisão, Freddie houvesse se tornado um bandido barato. Isso depois de Ozzy ter se esforçado tanto por educá-lo. Mas, a bem da verdade, Freddie tinha suas qualidades. Ele sabia cuidar de si mesmo e não tinha medo de ninguém nem de nada.

Ozzy não entendia por que Freddie estava colocando tudo a perder. Ele sabia que Freddie estava passando Jimmy para trás e não ia deixar que isso acontecesse por muito mais tempo. Quando sacaneava Jimmy, Freddie estava sacaneando Ozzy, porque Jimmy era sua fachada para o mundo. Ele também sabia a respeito dos dedos leves de Freddie. Ele estava roubando seus pares, e isso era inadmissível.

Quando Jimmy caminhou até ele, Ozzy cumprimentou-o com o sorriso amistoso que denotava um homem sem um único pensamento ruim na mente.

Ozzy se levantou e eles trocaram um longo abraço. Ozzy nunca abraçara ninguém em sua vida antes de Jimmy e tinha a impressão de que conhecia o garoto melhor do que a si mesmo.

— Tudo bem, Oz?

Ozzy sorriu de novo enquanto eles se sentavam juntos.

— Bem, Jim. E você?

Era sempre assim que eles começavam a visita, de um jeito bem trivial e tedioso, mas carregado de sentimento.

— Vou levando, Oz.

Ambos riram.

Como sempre, outro prisioneiro trouxe-lhes chás e barras de chocolate. Depois que tinham deixado as trivialidades de lado, entraram na parte séria, a dos negócios.

— Que porra está havendo com o Pequeno Freddie, Jackie? — perguntou Lena numa voz rouca mas jovial, enquanto preparava uma de suas intermináveis xícaras de chá. Ela viu que a filha estava bebendo o que parecia ser uma lata de Coca-Cola, mas que na verdade era vodca com Coca. Agora ela bebia o dia todo, e isso estava evidente em sua aparência.

Jackie ficou irritada com as palavras da mãe e engoliu em seco antes de dizer em voz alta e arrastada:

— Ele é o meu neném, mãe. Eu o amo pra cacete.

As palavras de Jackie estavam saindo com dificuldade, e Lena fechou os olhos, irritada.

Quando estava bêbada, Jackie começava a amar todo mundo, mas até a hora do jantar eles se tornavam veados e piranhas, incluindo o filho.

— Desde que o meu Freddie passou a tomar conta dele, ele é um outro menino!

Lena deu o seu melhor sorriso e, com o máximo de alegria que pôde reunir, dadas as circunstâncias, disse:

— E é mesmo! Ele tem vindo muito aqui ultimamente. E se Jimmy Júnior está aqui o Pequeno Freddie brinca com ele e o ajuda a fazer coisas. Porra, Jack, até parece que ele fez um transplante de personalidade.

Jackie estava quase explodindo de orgulho, apesar do álcool.

— Agora que as meninas foram embora, pelo menos quase todas, ele está recebendo atenção integral. Ele também está compreendendo seus sentimentos, sentimentos que ele precisa exprimir mais...

— Ah, que bom! — Lena agora estava arrependida de ter perguntando qualquer coisa à filha. Ela estava parecendo uma assistente social, falando daquele jeito. Lena sabia, por experiência própria, que esse tipo de conversa poderia se estender por horas e horas. — Mas e você?

Jackie sabia que tinha sido cortada no meio de uma frase e engoliu sua irritação. Se fosse a inteligente da *Maggie* quem estivesse falando, sua mãe ficaria ouvindo por horas a fio. Freddie tinha razão: ninguém ligava para o que ela dizia.

— Como estão os planos do casamento? — perguntou Lena, tentando iniciar uma conversa diferente.

— Não sei por que elas ficam fazendo tantos planos para um casamento que só vai acontecer no ano que vem.

Lena engoliu a resposta que estava na ponta da língua e mais uma vez mudou de assunto.

— Como está o Freddie?

— Bem. Por que está perguntando por ele? — A voz de Jackie agora estava carregada de suspeita e de raiva oculta que sempre parecia prestes a aflorar.

— Mas que merda, Jack, estou fazendo o que as pessoas normais chamam de conversar. Mas com você isso é impossível. Vê se relaxa.

Jackie ficou extremamente ofendida. Ao perceber isso, Lena ficou tão zangada que gritou:

— Você é uma mulherzinha muito difícil, sabia, Jackie? Qualquer coisinha fere a sua dignidade, qualquer coisinha ofende você. Nem sei por que você se dá ao trabalho de vir aqui.

Jackie sentiu vontade de chorar. Era sempre a mesma coisa, ela se esforçava ao máximo por conversar, por ser agradável, e sua mãe sempre acabava dando um esporro nela. Maggie era a menina de ouro, a maldita rainha da casa, e seu filho era o queridinho, o príncipe, o que significava que ela e seus filhos eram relegados à segunda posição. Isso doía, às vezes realmente doía.

Lena viu as lágrimas nos olhos da filha e, como sempre, sentiu-se mal por ter gritado com ela, mas conversar com Jackie era como tentar conversar com um surdo-mudo. Completamente impossível. Se a filha não estivesse sempre meio bêbada, ela poderia até ter uma conversa decente com ela. O alcoolismo de Jackie e a maneira estúpida com que ela conduzia sua vida sempre preocupavam Lena. Ela podia ver como a bebida estava acabando com sua filha mais velha e não sabia o que fazer para ajudá-la.

Patricia estava seriamente preocupada, e Freddie não a estava deixando em paz. Na verdade, ele estava começando a incomodá-la. Se ele não parasse de falar mal de Jimmy e de como ele estava passando a perna nele, ela ia gritar.

— Não ouviu nada do que eu disse, Freddie?

— É claro que ouvi.

— Bem, o que *você* acha que eu devo fazer?

Freddie agora estava ferrado, porque fazia tempo que não prestava atenção nela. Na verdade, estivera olhando uma das garotas novas pela brecha da porta.

— O que *você* acha que deveria fazer? — Ele ficou satisfeito por poder recorrer a anos de experiência com Jackie, porque não prestava atenção no que ela dizia desde antes de sua lua-de-mel.

Patricia disse baixinho e com certa malícia:

— Meu irmão pediu que eu colocasse todos os livros em dia e que os desse a Jimmy, e você me pergunta o que eu acho que devo fazer?

Freddie ficou calado.

— É engraçado como você pode passar horas falando sobre o Jimmy e quando eu o menciono você nem se dá conta. Ainda assim, devo pegar os livros que contêm toda a minha vida e dá-los a ele sem um gemido.

Ela fechou a porta porque agora também tinha visto a garota nova. Se queria algumas respostas sérias de Freddie, não podia permitir nenhum tipo de distração. Ela o conhecia bem demais, e se ele não fosse tão bom de cama já teria se livrado dele.

— Jimmy disse alguma coisa para você? Por que meu irmão subitamente me pediu para entregar os livros a uma pessoa que, para todos os efeitos, é um estranho? Droga, faz anos que eu administro sozinha as casas dele!

Freddie estava com a impressão de que sua cabeça ia explodir.

— Pat, Ozzy te disse alguma coisa na última vez que vocês se viram?

Ela fez que não com a cabeça, aliviada por ter enfim toda a atenção dele.

— Não disse porra nenhuma. Tivemos uma conversa trivial. Falei para ele o que estávamos fazendo e ele pareceu satisfeito. Depois ficamos jogando conversa fora, como sempre.

Pat não revelou que contara tudo o que sabia sobre todo mundo, incluindo Freddie. Fora através dela que Ozzy ficara sabendo que Freddie afanara mais do que umas sacolinhas de dinheiro. Jimmy não falava dessas coisas para proteger Freddie, mas Pat usava-as para marcar pontos com Ozzy.

Freddie olhou bem fundo nos olhos de Pat e disse com muito cuidado:

— Pat, você fraudou os livros?

— Como você tem coragem de me perguntar uma coisa dessas? É você que anda roubando a torto e a direito, não eu.

Com um gesto, Freddie mandou que ela se calasse. A intensidade com que ela reagira ao comentário dele já era uma prova de que ele estava na pista certa.

— Estou cagando para o que você faz ou não faz, sua piranha estúpida. Estou apenas tentando ajudar. Mesmo sendo irmã dele, Ozzy não vai te perdoar se você estiver roubando. Ele odeia todo mundo que tenta tomar o que ele acha que é dele. Foi por causa disso que ele e Jimmy se afinaram tanto. Jimmy não roubaria um centavo de um amigo.

Freddie olhou para Pat para certificar-se de que ela o estava ouvindo.

— Quando estive preso com Oz, lembro que ele perdeu a cabeça com um sujeito que tinha roubado um pouco de LSD. Os presos usam muito heroína e LSD para suportar melhor aquela vida. Se pudessem, ficariam chapados noite e dia.

"Bem, este avião vendeu umas pastilhas de LSD por fora. Queria uns trocados para alguns luxos. Para Ozzy, o dinheiro era uma merreca. Mas ele fez uma sindicância completa do sujeito, contou cada pastilha que ele vendia. Fez isso na encolha, claro. Bem, Ozzy ficou louco de raiva quando viu que o cara tinha mesmo roubado um pouco de droga. Ele partiu para cima do cara como se fosse um animal selvagem. Assustou até a mim, que era o afilhado dele. Mas conseguiu o dinheiro de volta. E eram só umas quarenta libras, no máximo.

Freddie balançou a cabeça, com ar de espanto.

— Lembro de ter dito a ele: "Tudo isso por quarenta pratas?" Aí ele se virou para mim, Pat, e disse todo sério: "Cada centavo é importante. E as quarenta libras que ele ganhou foram quarenta libras que eu nunca tive." Uma loucura. Todos os outros detentos compreenderam Ozzy e *concordaram* com ele, mas eu simplesmente achava que quarenta pratas não valiam tanta dor de cabeça. Ele quase matou o cara. Todos nós acabamos na solitária, e eu sei que Ozzy ficou magoado comigo porque não consegui entender o princípio que, segundo ele, sempre esteve em jogo.

Freddie levantou os braços, chocado.

— Eram só quarenta libras, pelo amor de Deus, mas para ele parecia que eram 40 mil libras. Agora acho que você entendeu por que estou perguntando se você não foi completamente honesta com ele a respeito dos rendimentos deste lugar. Eu sei que ele te ama, Pat, mas também sei que ele não gosta de ser roubado, nem por você, nem por ninguém. Sei que Jimmy jamais contaria que eu desviei dinheiro, mas também sei que Ozzy jamais iria me perdoar por causa disso.

Pat escutou as palavras de Freddie com um medo crescente. Ela conhecia Ozzy melhor que ninguém, mas ainda assim havia desviado dinheiro nos últimos anos. Por que não? Ele jamais seria libertado, nem queria ser. Portanto, para que ele queria a porra do dinheiro?

Ozzy estava acumulando toneladas de dinheiro que jamais poderia gastar. Julgando-se merecedora, Pat tomara a iniciativa de aumentar um pouco sua porcentagem; depois de algum tempo, aumentara ainda mais.

Agora estava aterrorizada. Sabia que Ozzy não seria capaz de feri-la fisicamente, mas também sabia que ele seria capaz de deserdá-la sem pensar duas vezes. E com ou sem dinheiro ela amava Oz, sempre amara e sempre iria amar.

Pat sentou-se à mesa e, pela primeira vez na vida, Freddie a julgou vulnerável. Isso lembrou a ele que Ozzy podia estar trancafiado, mas ainda conduzia o show. Ele sempre conduzira o show. Freddie roubara dinheiro em muitas ocasiões, e Jimmy devia ter escondido isso de Ozzy. De repente ocorreu a ele como era um filho-da-puta sortudo. Como Pat, ele considerara que Ozzy jamais sairia da cadeia, e não compreendera a forma de pensar de um homem que, para sentir-se vivo, precisava continuar ganhando dinheiro.

— Mãe, posso deixar Jimmy Júnior com você esta noite?
Lena sorriu.
— Claro que pode. Vai sair, querida?

— Jimmy acaba de ligar. Ele quer me levar para jantar fora. Está vindo da ilha de Wight e está muito animado.

— Vá se divertir, eu cuido do meu fofinho. Ele vai gostar de dormir aqui; não faz isso há um tempão.

— Tá bem. Mais tarde eu trago ele.

— Quer comer alguma coisa? Um sanduíche?

— Não, obrigada. Jackie tem aparecido?

Lena suspirou.

— Por favor, nem me fale dela. Estava bêbada como um gambá hoje de manhã. Vou dizer uma coisa, Mags. Amo Jackie, é minha filha, mas ela é um osso duro de roer.

Lena se sentou à pequena mesa da cozinha e disse, num tom conspirativo, a voz quase inaudível de tão baixa:

— Agora ela anda para cima e para baixo com uma lata de Coca-Cola. Uma lata cheia de vodca. Acha que ninguém sabe, que todo mundo pensa que ela está bebendo Coca-Cola. Mags, estou realmente preocupada com ela, mas o que posso fazer?

Maggie sempre ficava triste quando pensava na irmã e na forma como ela vivia.

— Todos nós já tentamos, mãe. Mas até ela admitir que precisa de ajuda qualquer tentativa nesse sentido é inútil.

— Pelo menos Freddie tem passado mais tempo em casa. Ele está fazendo um trabalho incrível com aquele monstro deles. O menino tem vindo aqui, e juro que você não iria reconhecê-lo. Se bem que ainda acho que ele tem um parafuso solto. Não é bom confiar naquele menino. Pelo menos é o que acho.

Olhando para a mãe, Maggie viu o quanto ela envelhecera nos últimos anos. Sentia pena de vê-la envelhecer, embora soubesse que essa era a natureza das coisas. Mas sua mãe sempre parecera tão forte e sempre a fizera sentir-se tão segura e amada. Agora Lena estava começando a parecer realmente velha, e assustava Maggie saber que um dia o mesmo aconteceria com ela.

Ela estava na casa dos 30, e, embora ainda fosse bonita, não podia lutar contra a idade, ninguém podia. Fazendo dez plásticas e mandando remodelar o corpo, você pode parecer mais jovem, mas ainda terá 50 ou 60 anos. *Parecer* jovem não significa que você *seja* jovem. O tempo passa, e quanto mais velha você fica mais rápido ele parece passar.

— Acha que vale a pena falar com Freddie sobre Jackie?

Maggie deu de ombros.

— Só falo com ele quando é absolutamente necessário. Além disso, é por causa dele que ela bebe.

— É verdade, mas fico preocupada pensando que um dia vou receber um telefonema, ou uma mensagem, dizendo que ela está morta. Mags, ela está ficando amarela. Tenho certeza de que é o fígado.

Maggie viu a preocupação e o medo estampados no rosto da mãe e sentiu que ela estava à beira das lágrimas.

— Eu amo você, mãe.

Lena fez um gesto que dizia: ora que bobagem, e riu. Mas Maggie sabia que ela havia ficado feliz em ouvir isso. Eles não eram realmente esse tipo de família. Não se abraçavam nem se tocavam muito. Mas Maggie queria que sua mãe soubesse que ela a amava.

Todo o dia, a cada dia, ela a amava.

Freddie decidira passar a fazer seu trabalho. Precisava de tempo para pensar e ver Pat daquele jeito o deixava deprimido, porque tinha a sensação de que Jimmy sabia de tudo. Também sentia que Jimmy ia herdar os prostíbulos, junto com todo o resto.

Freddie estava puto da vida. Jimmy ia ficar com tudo. Sem Freddie, ele jamais teria sabido da existência de Ozzy. Isso significava que Jimmy devia-lhe uma fatia da torta muito lucrativa que ia herdar de Ozzy.

Freddie sentia-se trapaceado. Aqui estava ele, ralando que nem um condenado, coletando dinheiro e resolvendo problemas nos clubes, pubs e biroscas, e onde estava Jimmy? Sentado em seu trono, fazendo porra nenhuma.

Ele entrou num clube em Brixton, que devia uma semana de taxa a eles, e viu Glenford Prentiss de pé no bar. Glenford chamou-o, e Freddie forçou um sorriso enquanto dizia alegremente:

— E aí, tudo bem?

Glenford sorriu.

— Está tudo sempre bem comigo. E com você?

— Melhor agora que encontrei você — disse ele. — Quer tomar um drinque?

Foram servidos imediatamente. Glenford observou Freddie tomar de um só gole o uísque duplo que tinha pedido. Ele pediu outro imediatamente.

— Você estava precisando mesmo, hein? — Glenford estava bebericando sua bebida, uma caneca de Guinness.

— No meu lugar você não estaria? — Freddie parecia irritado.

Glenford não respondeu. Não estava disposto a travar qualquer tipo de conversa que envolvesse falar de Jimmy, trabalho ou qualquer outra coisa que não fosse conversa fiada.

— Tem visto Jimmy?

Glenford fez que sim.

— Claro, ele é meu amigo — disse Glenford, vendo que não era essa a resposta que Freddie esperava.

Freddie não retrucou. Fechou a cara e bebeu seu uísque.

Eles eram ao mesmo tempo parecidos e diferentes. Freddie, ele notou, aparentava sua idade, mas tinha o ar petulante peculiar aos homens brancos. Era estranho, mas havia muitos homens brancos de aparência deprimida andando por aí. Parecia loucura, mas era um fato.

Freddie tinha essa aparência. Era um homem grande, de físico poderoso, e era isso que fazia com que parecesse tão desapegado do mundo. Ele ainda era bonito, tinha o jeitão que as mulheres adoravam. Glenford já vira o homem em ação e precisava tirar o chapéu para ele. Mas a disposição de Freddie significava que, por mais dinheiro que conseguisse, ele jamais seria feliz.

Era uma pena, porque ele tivera mais oportunidades do que a maioria dos homens poderia sonhar.

Freddie agora estava de olho numa garota na extremidade do bar. Era mestiça, estava no começo da casa dos 20, e Glenford havia considerado brindá-la com o velho charme Prentiss. Mas ele assistiu com admiração Freddie passar de moroso e taciturno para alegre e extrovertido. Um rabo-de-saia podia fazer isso com um homem, e Freddie só se sentia feliz quando estava conquistando alguém ou alguma coisa.

Vendo-o agora, com o rosto sorridente e a voz de locutor de rádio, ninguém acreditaria que aquele era o mesmo homem que, havia menos de dez minutos, entrara ali parecendo disposto a arrumar uma briga. Era como um milagre, e a garota estava empolgada.

Glenford ficou tentado a dizer para a garota o que esperar, como Freddie iria cortejá-la e transar com ela até que ficasse saciado. Mas ela já estava caminhando até eles com um sorriso enorme e um rebolado sensual, e ele decidiu deixar que ela descobrisse sozinha.

Assim, tomou sua cerveja e ficou prestando atenção, ouvindo Freddie passar a cantada na menina.

— Oh, Jimmy, é lindo.

Maggie estava olhando pasma para o relógio que ganhara de presente do marido. Era um Rolex de ouro, e ela o adorou. Já fazia algum tempo que ela queria um, e estava absolutamente deliciada com ele.

Ela tirou seu Cartier e deixou-o cair na mesinha-de-cabeceira. E permitiu que Jimmy colocasse o relógio novo em seu pulso.

— Meu Deus, por que o presente?

Jimmy encolheu os ombros e a beijou com ternura, mais uma vez agradecendo aos céus por ela não ter tentado se afastar dele.

— É porque eu te amo, Mags, e sempre vou te amar.

Ele estava sendo tão franco que ela sentiu vontade de chorar.

Jimmy Júnior entrou correndo no quarto, rindo alto.

— Vi vocês se beijando!

Ele estava envergonhado, e os dois riram junto com ele.

Jimmy pegou-o sem esforço e colocou-o sobre os ombros.

— Venha, rapazinho. Vamos te levar para a casa da vovó.

Os três desceram a escada juntos, risos ecoando pela casa. Jimmy estava tão feliz com aqueles risos que significavam que sua família estava curada que sentiu vontade de chorar. Contendo-se, apertou a mão da esposa e, ainda segurando o filhinho, puxou uma canção:

— "Um homem saiu para cortar a grama..."

Era a canção favorita do filho. Enquanto eles saíam da casa, a canção ainda ecoava em seus ouvidos. Especialmente os risos de Jimmy Júnior. Ele soltava risadinhas alegres que provava que também possuía um bom senso de humor.

Ele era um homem abençoado. Sua vida era perfeita, e sua família era perfeita. O que mais um homem poderia querer?

— Joe, você cuida dos dois para eu dar um pulinho na casa da Sylvie?

Joe fez que sim, olhos grudados na TV, exatamente como os de seu neto mais velho. O Pequeno Freddie tinha chegado depois do chá e brincara com o primo até a hora de dormir.

— Pode ir, Lena. Deixa os moleques por minha conta.

Ela vestiu um casaquinho de lã e saiu do apartamento. Sylvie era uma pessoa divertida, e Lena estava cheia de Joe e seus programas de TV. Jimmy Júnior tinha apagado, e agora o Pequeno Freddie estava sentado ao lado do avô como um anjinho — expressão que ela jamais empregara antes para se referir a ele. Assim, Lena podia sair para tomar um chá e fofocar com sua amiga.

No comercial seguinte, o Pequeno Freddie se levantou.

— Posso ir ao banheiro, vovô?

— Claro que pode, pentelho. — Joe sorriu diante da mudança do menino. Imagine, pedir para ir ao banheiro!

Uma hora depois ele estava grudado na TV quando Jackie apareceu para pegar o filho. Ela estava bêbada e agressiva.

Lena chegou logo depois da filha. Ela ouviu sua voz estridente através da porta e torceu para que não tivesse acordado o menininho.

Jackie estava completamente chapada e no fundo sabia que não devia estar na casa da mãe aos berros, mas não era capaz de se conter. Freddie dissera a ela, em termos precisos, que Jimmy e Maggie haviam tomado seu trabalho, que a irmã e a família dela tinham conspirado contra ele, que ela não era nada mais do que uma prostituta bêbada e que ele voltaria para casa quando bem quisesse.

Jackie sabia que Freddie estava irritado com suas bebedeiras e que havia descarregado sua raiva sobre ela, mas estava determinada a fazer *alguém* ouvir o que tinha para dizer.

— Cale essa boca, Jackie. O menininho está dormindo.

Jackie olhou para a mãe com olhos vazios e disse num sussurro teatral:

— Ah, sim, você está falando do filhinho de Maggie, não é? O meu filhinho você nunca deixou dormir aqui, deixou?

Lena suspirou.

— As suas filhas dormiam aqui quase todo dia, lembra? Teve uma época em que praticamente viveram aqui. Agora decida se vai ficar ou ir para casa. Não estou com paciência para aturar você esta noite.

Jackie estava com uma aparência péssima. Os cabelos estavam amassados no lado sobre o qual ela dormira a tarde inteira, e a maquiagem estava borrada. Vestia-se como uma refugiada e parecia disposta a uma briga.

Mas Lena e Joe estavam determinados a não satisfazê-la.

Joe fez um gesto com a cabeça e Lena assentiu. Joe ia pegar o casaco para acompanhar Jackie até a casa dela. No dia seguinte, ela não se lembraria de nada, mas por enquanto Lena devia tentar acalmá-la.

O Pequeno Freddie estava parado ali, observando-a, e pela primeira vez em sua vida Lena sentiu uma pontada de pena do neto. Não era de admirar que ele fosse do jeito que era, tendo como mãe essa bêbada e como pai aquele vigarista do Freddie.

— Você é uma babaca. Você e meu pai. Dois babacas. — Jackie agora estava apontando um dedo seboso para a cara da mãe.

— Pare com isto, Jackie. Por que está fazendo isso? — Ela estava tentando conduzir a filha até a porta da frente, mas Jackie estava tão incapaz de se manter equilibrada que Lena teve certeza de que a filha podia cair e se machucar.

O Pequeno Freddie tentou ajudar a mãe a ficar de pé, mas ela o empurrou e gritou na direção dos pais:

— Estão tentando me mandar embora de novo, é? Vocês não querem saber de mim nem da minha família. Vocês não ligam para a gente. E tudo isso por causa da Maggie, não é? Eu posso contar numa das mãos as vezes em que vocês estiveram na minha casa, mas eu venho aqui todos os dias. Bem, não venho mais. Por mim, vocês podem se foder. Meu Freddie estava certo o tempo todo. Nenhum de vocês liga para mim. Nenhum de vocês!

Ela estava descontrolada, gesticulando insanamente, e Lena olhou sua filha mais velha com pena. Não era de admirar que as meninas nunca ficassem em casa, que fugissem da mãe como o diabo foge da cruz. Neste momento, Lena até encontrou no coração espaço para simpatizar com Freddie, porque Jackie não era a pessoa mais fácil de se conviver.

Rosto contorcido pelo ódio, boca cuspindo impropérios, Jackie foi conduzida pela mãe para fora do apartamento. Joseph estava com a porta da frente aberta e vestido para sair. Quando Jackie o viu de pé ali, soltou uma risada alta.

— Ah, lá vamos nós. Vai me levar para minha casa, papai? Para ter certeza de que não vou ficar aqui com vocês?

O Pequeno Freddie ajudou a mãe a passar pela porta. Ele agora a estava mantendo de pé, e Lena os observou descer a escada até conseguir fechar a porta da frente. Ela sabia que os vizinhos tinham ouvido os xingamentos de Jackie, e isso a deixava com raiva e transtornada.

Sentou-se à mesinha da cozinha e aninhou a cabeça nas mãos. Estava desesperada. Esse tipo de coisa estava acontecendo cada vez com mais freqüência. Algo precisava ser feito antes que sua filha mais velha morresse prematuramente.

Não era de admirar que o menino fosse desequilibrado. O que ele tinha visto em sua vida que fosse constante, que fosse bom? De repente Lena lembrou do Pequeno Freddie quando bebê, com cerca de 18 meses. Jackie estava meio alta, como de costume, e dizendo para o menino:

— Aqui, Fred, liga pro papai.

E o menino pegara o telefone e começara a repetir:

— Beado, beado.

Ele ainda não conseguia dizer "veado", mas Jackie rolara de rir.

Joseph dissera a Lena, naquele dia tantos anos atrás:

— Que Deus ajude esse menino. Com pais como esses dois, ele não tem nenhuma chance.

E ele tinha razão.

Capítulo 23

— Jimmy, nunca me senti mais feliz em toda a minha vida.

Sua esposa estava tão relaxada, tão lânguida em seus braços, que ele tinha a impressão de ter recebido uma segunda chance de ser feliz. Nos últimos dois anos ela gradualmente voltara a ser a mulher que ele conhecera, a mulher de que ele sempre precisara.

A última noite fora uma das mais gratificantes de sua vida. Sua Mags entregara-se a ele com tamanha energia que o deixara estupefato. Toda a mágoa e toda a distância haviam desaparecido, e este era um novo começo para eles, um novo começo para um casamento que, mesmo em seus piores momentos, era melhor do que qualquer outra coisa que ele poderia imaginar.

Beijou-a carinhosamente nos lábios e sentiu Maggie aninhar-se em seu corpo.

Fazia muito tempo que Maggie sentia muita calma e felicidade, e queria continuar assim pelo máximo de tempo possível.

Jimmy abraçou o corpo pequeno da esposa e ficou maravilhado com a mudança nela. Quaisquer que tivessem sido os sofrimentos que a haviam atormentado depois do nascimento de Jimmy Júnior, eles finalmente tinham desaparecido, e a garota risonha e feliz que ele conhecera finalmente estava de volta. Abraçá-la deste jeito, sentir a pele macia em contato com a sua, o perfume delicado, eram sensações maravilhosas.

Ao contrário de Freddie, e mesmo de Glenford, mulheres nunca haviam sido uma prioridade na vida dele, e ele jamais quisera nenhuma outra que não fosse Maggie. No decorrer dos anos ele se relacionara com algumas outras mulheres, mas essas ocasiões tinham sido poucas e esparsas, e ele havia se arrependido imediatamente. Nenhuma outra mulher satisfazia Jimmy como Mag. E Jimmy Júnior tinha sido a cereja do bolo. Ele era o mundo daquele casal, e eles iriam lhe dar tudo que eles jamais haviam tido.

— Ozzy está passando todos os negócios para você?

Jimmy beijou-a novamente.

— Parece que sim, mas ele não está me *dando* os negócios de presente, embora eu duvide que Freddie acredite nisso. Eu vou apenas gerenciar tudo para ele. Como já faço com todos os outros empreendimentos.

— Jim, ele deve confiar mesmo muito em você.

Ele sorriu.

— Espero que sim, querida. Ele nunca teve nenhum motivo para não confiar.

Seu Jim era uma pessoa absolutamente idônea. Ninguém jamais dissera nada de mal sobre ele, porque ele era muito confiável, como dissera sua mãe.

— Como ele é?

— Quem, Ozzy?

— Ora, quem mais, seu bobão!

Jimmy deu de ombros e abraçou-a ainda mais apertado, rindo como ela.

— Já te disse. Ele é... diferente. Ele é um sujeito muito independente, e quando você o vê sente que é alguém de reputação, alguém importante.

Maggie ouviu o orgulho na voz de seu marido e pensou que devia ter sido este jeito modesto que fizera Ozzy gostar tanto dele.

— Ele te vê como eu o vejo, Jimmy. Como um homem bonito, inteligente e gentil.

Jimmy riu.

— Acho que ele vê um lado diferente de mim, mas vou aceitar essas qualidades.

Eles riram juntos. Ele se referira ao Jimmy durão que ela raramente via. Mas ela sabia que esse lado de Jimmy existia, assim como soubera de seus casos, e estava ciente de que ele era capaz de atos violentos quando necessário. Sabia que ele era capaz de usar sua força considerável, mas apenas quando não tinha escolha. Não era um homem vingativo, e ela tinha sorte nesse aspecto. Mas era um Chefe reconhecido em sua comunidade, e ela usufruía de sua glória, quisesse admitir ou não. Jimmy já eliminara vários inimigos, e ela aceitava isso. Jimmy tivera de agir assim, porque esse era o seu trabalho, e era para isso que Ozzy lhe pagava.

Criada como fora na periferia daquele mundo, ela compreendia que a violência nada mais era do que um meio para se atingir determinado objetivo. Pagava pela vida deles e garantia sua segurança. Era a principal ferramenta da profissão escolhida por Jimmy e sua prerrogativa.

Contudo, quando seu marido vinha para casa, era apenas Jimmy, seu Jimmy, um pai e um marido. E ela amava tão profundamente este homem, que nada podia mudar seus sentimentos por ele, a despeito do que fizesse.

Ele também era popular, e não apenas com seus amigos pessoais, mas com todos com quem mantinha contato, exceto, é claro, Freddie. Ela afastou o pensamento em Freddie de sua mente. Ele não tinha mais espaço, pelo menos não agora. Freddie pairara tempo demais como um fantasma entre eles. Maggie não permitiria que ela ferisse a ele ou à sua família novamente.

Maggie levara muito tempo para reconhecer a verdade no velho ditado de sua mãe: "As pessoas só fazem a você o que você permite que elas façam." Quantas vezes ela ouvira isso na vida?

Enquanto ela deixasse Freddie ditar sua felicidade, ela não seria feliz. Agora ela o enfrentara, deixando-o com medo da verdade vir à tona, e quase se sentia eufórica em sua felicidade.

Afinal de contas, Jimmy Júnior era, para todos os efeitos, seu filho. Seu e de Jimmy. Eles o adoravam, e a despeito do que Freddie pudesse dizer ou fazer, era uma coisa que ele não poderia tirar deles.

Ela olhou as horas e viu que eram oito e meia. Eles tinham dormido além da hora pela primeira vez em anos, e ela adorara isso. Porém sentia falta de seu filhinho. Ele costumava vir vê-los assim que acordava, e depois de brincarem um pouco, todos desciam para tomar o café da manhã.

Parecia estranho sem ele, mas ela bocejou feliz. Era melhor levantar logo e ir pegá-lo. Mas a mão de Jimmy pousada em seu seio indicou que ela talvez demorasse um pouco mais.

— Você o quê?

Rox suspirou e repetiu:

— Estou grávida, mãe.

Como de costume, Jackie estava com a visão turva, e Rox se perguntou por que ela tivera de parar naquele lugar, a caminho do trabalho, quando a mulher a quem chamava de mãe não funcionava antes das três da tarde.

— O casamento vai ser antecipado, é isso que estou lhe dizendo.

Jackie bocejou e tateou pela legião de embalagens vazias no balcão da cozinha até encontrar um cigarro. Acendendo-o, disse com sarcasmo:

— Ótimo, Rox. Vou dormir melhor agora que sei disso.

Roxanna fechou os olhos, irritada. Nenhuma manifestação de carinho, nada.

Freddie desceu a escada e Roxanna sorriu para ele. Era um sorriso forçado, como sempre, e ele disse, com cansaço:

— Dicky tem mandado ver na minha menininha, hein?

Rox ficou magoada com as palavras do pai. E sua própria mãe não tinha o menor interesse pelo que acontecia em sua vida. Mas, pensando bem, quando foi que ela tivera qualquer outro interesse que não fosse a bebida e esse babaca que ela dera o azar de ter como pai?

— Sim, e daí?

Freddie tomou o cigarro da esposa e deu uma forte tragada antes de dizer:

— Você sempre tem uma resposta na ponta da língua, não é? E se eu me sentir ultrajado e meter a porrada nele? O que você vai dizer?

Rox balançou a cabeça com tristeza, e Freddie pôde ver o quanto sua filha era bonita. Graças a Deus, era muito parecida com Maggie, e não com a puta gorda que agora estava comendo uma fatia de pizza dormida. Ao seu próprio modo, Freddie sentia orgulho de sua Rox. Considerando a forma como fora criada, ela era um diamante.

— Ei, Fred, acabo de me dar conta de que você vai ser avô!

A gargalhada de Jackie virou uma tosse rasante, e ela cuspiu na pia. Ao ver isso, Rox, que estava sofrendo de enjôo matinal, quase vomitou.

— Você age como um bicho, mãe.

— Isso mesmo. Olhe ao seu redor, Rox. Dá para acreditar que todas vocês foram criadas nesta toca suja?

Freddie estava rindo agora, mas chocou as duas quando deu um rápido abraço em sua filha, feliz porque ela ia ter um bebê, feliz por ela ter se saído tão bem. De repente percebeu que isso era importante para ele.

Freddie estava orgulhoso dela. As pessoas falavam muito bem dela, e Freddie estava impressionado pela forma como fizera tanto sucesso apesar de sua idade. Considerando a criação que tivera, era impressionante que não estivesse tendo seu segundo ou terceiro filho agora. Ele sabia que isso havia acontecido com muitas das amigas dela. Não tinha como não saber, porque trepara com metade delas.

E ela podia ter arrumado alguma coisa muito pior que o tal do Dicky. O garoto sempre pagava o que devia e o tratava de forma respeitosa e educada. Mas se um dia ele magoasse sua filha Freddie não pensaria duas vezes antes de colocá-lo em seu devido lugar.

Freddie saiu para a sala, pegou o casaco e tirou um maço de dinheiro do bolso, separou quinhentas libras e voltou para a cozinha. Disse de um jeito quase tímido:

— Abra uma conta para ele, querida. Assim esse sacana terá um começo na vida. Foi o que Mags e Jimmy fizeram, e aquele menino vale uma fortuna agora.

Jackie e Roxanna olharam para o homem que fora um espinho em suas vidas por tanto tempo que elas haviam esquecido de como gostar dele, e suas bocas se abriram e seus olhos se arregalaram.

Rox viu a confusão nos olhos dele, espelhada na sua própria. Dentre todas as coisas que ela esperara que acontecesse naquela manhã, esta não fora uma delas.

— Porra, papai. Obrigada.

Ela estava à beira das lágrimas, e pela primeira vez em anos Freddie compreendeu o que um pequeno ato de bondade podia gerar.

Rox abraçou o pai, e ele sentiu o cheiro de limpeza e felicidade nela, e também sentiu o amor de uma criança a quem jamais prestara realmente atenção.

Ela era uma boa menina, sua Roxanna. Subitamente compreendeu que *todas* elas eram boas meninas. Até sua Kimberley, e especialmente sua Dianna.

Por que ele jamais apreciara esse fato antes?

— Ele ainda deve estar dormindo, porque são quase nove horas!

Lena sorriu ao ver a expressão orgulhosa de Joe. Ele amava aquele menininho e sabia que o sentimento era recíproco, porque Jimmy Júnior era capaz de ouvir suas histórias bobas durante horas.

— Vá acordar ele, sua velha piolhenta. Você sabe como ele gosta de tomar café aqui. Já fez o ovo cozido com pão que ele gosta?

Ela deu as costas para a mesa na qual estava cortando o pão com manteiga em fatias finas.

— Claro que sim. Dourado e crocante.

Joe riu com ela. Eles tinham sido muito felizes nos últimos anos, e isso se devia principalmente a esse garotinho. Graças à depressão pós-parto de Maggie, o menino fora praticamente criado por eles.

— Joe, vá lá acordá-lo enquanto preparo o chá. Nosso homenzinho adora começar seu dia com um chá bem forte.

Lena observou o marido correr para acordar o neto. Mas, se dependesse dela, o deixaria mais um pouquinho na cama. O garoto gostava de dormir até tarde.

*

O Pequeno Freddie se sentou com o pai e comeu seu cereal. Freddie observou os péssimos modos do filho, que estava enfiando cereais na boca. Ele estava concentrado em assistir a *Power Rangers* na TV por assinatura. Jackie estava fingindo beber chá preto, que ele sabia ser conhaque, porque o cheiro estava forte. Aquela casa parecia um chiqueiro. Os cinzeiros estavam abarrotados, as cortinas estavam fechadas pela metade e uma atmosfera decadente pairava por todo o lugar. Gastara fortunas na casa, e mesmo assim ela parecia um cortiço.

Um comercial na televisão mostrou uma família linda, com filhos lindos. Eles estavam sendo convencidos a pegar dinheiro emprestado, mas ao vê-los sentados à mesa, comendo torrada com geléia e sendo carinhosos uns com outros, Freddie pensou que aquela cena devia se repetir todas as manhãs na casa de Maggie e Jimmy.

Jimmy Júnior provavelmente comia ovo com torrada ou frutas frescas, e eles bebiam chá servido direto do bule, enquanto Jimmy lia um jornal entregue por um jornaleiro sorridente.

Freddie olhou sua própria casa ao redor e subitamente ficou feliz por Rox ter saído dali. Ele vira o apartamento dela, todo limpo e decorado.

Ela devia ter ficado debruçada durante horas sobre catálogos apenas para encontrar a almofada certa ou a cortina certa. E ele sabia que se Maggie não tivesse aparecido em sua vida nada disso teria acontecido. Rox jamais teria compreendido que pessoas como eles tinham o direito de ter uma casa bonita, uma vida boa.

Jackie não se importava com coisa nenhuma, exceto talvez com a bebida, depois com ele, e por fim com o Pequeno Freddie, nessa ordem. Mas ele também ficava irritado com Maggie e seu jeito presunçoso, e também com a forma como suas filhas a adoravam. Ele achava que Maggie e Jimmy estavam vivendo a vida que *ele* merecia, e era isso que o deixava tão amargo.

— Coma direito e feche a porra dessa boca!

O Pequeno Freddie fitou o pai por longos segundos, depois fez o que ele mandou.

Jackie ainda estava sentada no sofá de camisola suja. Estava fumando um cigarro e bebendo conhaque numa xícara branca toda lascada.

Freddie precisou de toda a sua força de vontade para conter o impulso de dar um chute nela e esmagar sua cara.

Joe estava de cabeça baixa, olhando para o neto, e as lágrimas corriam por seu rosto. Isso não podia estar acontecendo, só podia ser um pesadelo. Seu coração batia tão acelerado que, tinha certeza, pararia a qualquer momento. Ele até queria que seu coração parasse, porque iria morrer, e esta cena seria apagada de sua memória.

Estava arfando. Por um instante achara que era a criança quem estava respirando forte, que era seu neto quem estava produzindo este som ofegante, mas Joe sabia que fazia um bom tempo desde que o menino respirara pela última vez.

Seu rostinho, quando ele puxara o cobertor e olhara para ele, tinha sido a coisa mais assustadora que Joe vira em toda sua vida.

Ele estava tão pequeno, tão rijo, que maldade. Estava deitado de uma forma totalmente anormal. Eles haviam dormido no quarto ao lado a noite inteira, enquanto a criança já estava morta. Eles não tinham vindo ver se ele estava dormindo porque ele sempre dormira muito bem e porque Jackie os distraíra com o escândalo que fizera lá embaixo. Eles o haviam deixado sozinho, e ele estava morto.

Joe chegara até o quarto na ponta dos pés, vira o pequeno monte na cama e fechara a porta, fechara a porta para seu netinho, a luz de sua vida, a razão pela qual ele e Lena levantavam-se todas as manhãs.

Por que ele não entrara no quarto? Por que não fora ver se a criança estava bem?

Ele estava apertando o peito e sentiu a dor em seus dedos.

— Rápido, o seu ovo está esfriando! O que vocês dois estão fazendo?

Foi a voz de Lena que finalmente despertou Joe e o fez se mover. A voz alegre de Lena, a mulher que ele magoara tanto e sem a qual ele não seria capaz de viver. Foi ela — e pensar nela vendo aquela cena — que finalmente fez com que Joe se movesse.

Joe saiu do quarto e fechou a porta às suas costas.

Quando ele saiu, Lena estava no corredor e viu as lágrimas em seus olhos.

— O que está acontecendo? Onde está o meu menino? — Sua voz estava rouca, esganiçada. Ela parecia preocupada e assustada.

Ele balançou a cabeça.

— O que está havendo, seu velho estúpido? Onde está meu homenzinho? Meu amiguinho?

Joe podia sentir o medo emanar dela em ondas, podia ouvi-lo em sua voz.

— Eu quero vê-lo, sai da minha frente...

Joe agora estava segurando Lena, lutando com ela, obrigando-a a ficar do lado de fora, impedindo-a de ver o que ele acabara de ver. Aquela visão iria matá-la, ele sabia disso.

Ela agora estava fitando os olhos dele, e ele a segurava pelos antebraços, com medo de largá-la, para que ela não entrasse no quarto, o mausoléu que agora guardava o corpo de seu neto.

— Você está me assustando, Joe. *Pare* com isso. Me deixa ver o menino, por favor, Joe... *Por favor*...

Agora ela estava gritando. Estava quase histérica, mas ele ainda não conseguia responder. Ela estava implorando a ele, implorando a ele que lhe dissesse que tudo estava bem, e ele não podia.

Como se conta uma coisa dessas a alguém que você ama?

Por onde começar?

Freddie se sentou ao lado de Jimmy e viu a dor estampada no rosto do primo. Era horrível testemunhar a desolação completa de outro homem. E ele estava se sentindo da mesma forma. Estava sentindo a perda tanto quanto Jimmy, mas não podia lhe dizer isso.

Eles estavam no carro, falando bobagens sobre ser avô, os dois rindo juntos, como nos velhos tempos. Então Jimmy recebera o telefonema, e Freddie ficou surpreso quando Jimmy tirou abruptamente o carro da rua, largou o celular, estacionou e começou a chorar.

— O que aconteceu?

Durante alguns instantes, Freddie torcera para que Ozzy tivesse morrido, para que Ozzy tivesse sido assassinado, mas ele também sabia que isso não causaria esse tipo de sofrimento. Devia ser Maggie, e Freddie achou que ela devia ter batido com o carro, aquele Mercedes todo bacana no qual ela desfilava. Ou que, pelo menos, ela havia sofrido algum tipo de acidente.

Freddie quase desmaiou quando, depois do que pareceu uma eternidade, Jimmy virou-se para ele e disse em palavras entrecortadas por soluços:

— É o Jimmy, meu pequeno Jimmy. Ele *morreu*, Freddie. Ele morreu ontem à noite.

Ele havia chorado, alto e dolorosamente, socando o volante. Parou um pouco e voltou a chorar, enquanto Freddie permaneceu sentado ao seu lado em choque, perguntando-se o que diabos teria matado um garotinho adorável como aquele.

Ele era um garotinho adorável, um garotinho adorável que Freddie usara para destruir sua mãe. E agora estava morto. O pequeno Jimmy, com o seu sorriso reluzente e o seu jeito engraçadinho, estava morto.

O mundo havia enlouquecido.

Lena e Joe sentiam-se culpados. À medida que a família chegava e a sala do hospital se enchia, eles se sentiam ainda pior. O menino morrera sob os cuidados deles, morrera enquanto eles dormiam no quarto ao lado. Como poderiam se recuperar disso, como poderiam voltar a dormir um dia? Como teriam outro dia feliz sem aquele menininho ao seu lado?

Talvez eles pudessem tê-lo ajudado, talvez pudessem ter evitado que aquilo acontecesse caso tivessem ido ver se ele estava bem.

Maggie chegara e não dissera uma palavra sequer. Rox estava segurando a mão da tia e tentando confortá-la da melhor forma possível.

Dianna estava chorando junto com Kimberley, as duas o tempo todo balançando a cabeça sem conseguir acreditar.

Jackie estava do lado de fora, fumando. Era proibido fumar no hospital, e, como sempre, ela colocava suas necessidades em primeiro lugar. Ela estava vendo o mundo passar, e de vez em quando tomava um gole da garrafa de vodca que pusera na bolsa grande que usava para fazer compras.

Uma enfermeira entrou na sala de visitas e disse baixinho:

— Posso trazer mais chá?

Lena fez que sim com a cabeça.

Chá lhe dava alguma coisa para fazer, fazia com que alguém se movesse, reagisse. E ela sabia que enquanto eles estavam sentados ali Jimmy estava vindo, e ela não queria olhar nos olhos dele, nem nos olhos dos pais dele.

Os *pais* de Jimmy. Como sempre, tinham se esquecido deles. Jimmy convivia mais com a família de Maggie do que com a família dele. Desde a morte de Freddie Pai, ninguém os via mais, inclusive Jimmy.

— Alguém telefonou para a família de Jimmy?

Ninguém respondeu.

Ela suspirou. Eles ficariam sabendo logo. Por que partir seus corações antes que isso fosse absolutamente necessário?

Freddie e Jimmy estavam entrando no hospital quando Jackie chamou o marido. Ele apertou o braço de Jimmy e caminhou até a esposa.

Ela o conduziu para longe da entrada movimentada e acendeu um cigarro. Ele viu que Jackie estava bêbada, mas pelo menos uma vez na vida não se incomodou com isso. Ainda estava chocado com a morte da criança.

O pequeno Jimmy era filho *dele*, dele, não de Jimmy, e estava morto. Esse pensamento estivera dando voltas em sua cabeça pelo que pareciam anos, mas na verdade tinham sido apenas minutos.

Jackie estava sentida de verdade, chorando e soluçando, e ele não podia ficar zangado com ela por isso.

— Não é terrível, Fred? Veja como nós temos sorte. Nosso Pequeno Freddie pode ser incorrigível, mas imagine se ele morresse.

Jackie estava chorando alto, e como ele sabia como ela estava se sentindo instintivamente a abraçou. Até Freddie sabia que desta vez ela estava chorando por um bom motivo. Pela primeira vez em anos, ficaram abraçados um ao outro.

— Minha pobre Maggie, ela também está parecendo um cadáver. Que sofrimento horrível! Que coisa terrível ter de *viver* com uma coisa dessas!

— O que aconteceu, Jack? Eles já sabem?

Jackie olhou para o marido e disse, com a voz arranhando na garganta:

— Você não sabe, Freddie?

Ele balançou a cabeça.

— Não, o que aconteceu?

— Ele botou um saco plástico na cabeça e morreu sufocado.

Glenford chegou ao hospital e foi direto até Jimmy. Ele o puxou para um abraço e Jimmy desatou a chorar. Era estranho ver o homenzinho abraçado a Jimmy. Jimmy era enorme, e seus ombros trêmulos apenas aumentavam o ridículo da imagem.

Glenford estava chorando com ele, e, ao vê-los, Maggie invejou-os por essa intimidade, porque Jimmy merecia esse conforto. Ao contrário dela, Jimmy não tinha nenhum peso em sua consciência no que dizia respeito ao menino.

Ninguém mais naquela sala tinha. Mas Maggie sentiu-se corroída pela culpa ao vê-lo deitado, tão pequeno e vulnerável, para nunca mais abrir os olhos e sorrir, para nunca mais abraçá-la. A culpa era grande demais para Maggie conseguir suportá-la.

Durante todo o tempo Maggie havia tolerado o menino, porque guardara um segredo que pesara como chumbo em seu peito. E agora estava tudo acabado, e ela não sentia alívio, mas um ódio, profundo e agonizante, de si mesma.

Sua pobre mãe e seu pobre pai tinham envelhecido em questão de horas. Vendo a forma como sua mãe estava enchancando lenços e correndo os olhos pela sala, como se aguardando que alguém a acusasse pelo que acontecera, ela entendeu que a pobre mulher estava culpando a si mesma.

A mesma mulher que amara Jimmy Júnior quando sua própria mãe parecera incapaz disso, que gritara e brigara com ela, que a chamara de mãe desnaturada e que fizera tudo para melhorar a vida de um menino que não era amado pela própria mãe.

E Jackie. Jackie não parava de falar que Rox ia ter um bebê, e que quando Deus fechava uma porta abria outra. A bêbada estúpida tivera quatro filhos e não se importava com nenhum deles. Era como todos os bêbados; importava-se apenas consigo mesma, seus sentimentos e anseios. Sua vida resumia-se a ela própria e a Freddie, o homem que a desprezava e que durante anos ela tentara reconquistar.

Freddie destruíra Jackie e também à irmã dela, e Maggie sabia que ele apreciara cada segundo disso.

Ela se perguntou se ele estaria sentindo a perda do menininho que usara como uma arma contra ela. Perguntou-se se ele estava sentindo remorso por todos os anos em que ele lhe causara tanto sofrimento. Ela torceu para que o bastardo jamais tivesse um dia feliz em sua vida, para que todos os filhos dele morressem e que ele tivesse de ficar sentado numa sala de hospital sabendo que seus corpos sem vida estavam a poucos metros de distância, e que ele jamais poderia tocá-los ou amá-los.

Mas onde Freddie estava agora? Ele não estava aqui, e por que Maggie esperava que ele estivesse? Maggie sentia vontade de matá-lo, arrancar-lhe os olhos, fazê-lo pagar pela forma como a fizera se sentir a respeito de um filho que saíra de seu próprio corpo.

Uma criança que agora estava morta. Agora Maggie jamais seria capaz de compensar os primeiros anos da vida de seu filhinho, quando até mesmo alimentá-lo fora um problema para ela. Mas Maggie o amara; ela apenas sentira medo dele e do que ele poderia causar caso a verdade por trás de sua concepção viesse à tona.

Mas agora, se ele ainda estivesse com ela, Maggie gritaria a verdade e agüentaria as conseqüências sem medo no coração.

Jimmy ajoelhou-se diante de Maggie, que pousou a cabeça no ombro dele e finalmente chorou, chorou de verdade. E depois que começou não conseguiu mais parar. Ouviu a si mesma gritando, mas teve a impressão de que estava ouvindo outra pessoa, porque ela certamente não seria capaz de gritar daquele jeito.

E quando o médico finalmente introduziu uma agulha em seu braço, ficou tão grata pelo esquecimento que estava por vir que pediu a Deus que jamais acordasse novamente.

Por que seu filhinho havia colocado um saco plástico na cabeça? Por que ele faria esse tipo de coisa? Por que ele havia querido fazer uma coisa assim?

Esses foram os últimos pensamentos que passaram por sua cabeça, antes de ficar inconsciente.

Jimmy e Glenford estavam sentados no quarto, na penumbra, vendo o peito de Maggie subir e descer levemente. Parecia estar tão em paz consigo mesma que ele a invejou.

Ele havia segurado seu menininho nos braços por longos minutos e beijado sua testinha. Glenford havia chorado junto com ele, e agora ambos estavam sentados ali, chocados e horrorizados com o que acontecera a ele e à sua família.

Glenford não estava tentando falar. Mantinha-se sentado ao lado de Jimmy, simplesmente presente. Era tudo o que ele podia fazer agora, estar lá pelo homem que ele passara a amar e a respeitar como amigo nos últimos 15 anos. Mas ele havia se perguntado várias vezes por que Freddie não estava ali com eles. Por que Freddie saíra do hospital e não voltara?

A única vez em sua vida em que ele teria apostado que Freddie Jackson faria a coisa certa, e ele havia errado de novo.

Jimmy precisava dele agora, mais do que jamais precisara de qualquer outra pessoa em sua vida. Até um escroto egoísta como Freddie devia ser capaz de entender uma coisa como essa. E Jimmy nem perguntara por ele. Era como se soubesse que Freddie não estaria lá. Era estranho, como se *esperasse* esse comportamento de Freddie, que ele não viesse.

Este era um dia triste e muito estranho, e Glenford rezou a Deus para que nada nem mesmo remotamente parecido com isso acontecesse em sua própria vida.

O Pequeno Freddie estava brincando com o seu videogame quando a porta da frente foi aberta. Ele não a ouviu. Estava muito ocupado matando os personagens na tela do televisor.

Ele estava gostando de ter a casa inteira só para ele. Como de costume, não fizera a menor questão de ir para a escola. De qualquer modo, estava suspenso de novo. Assim, encontrara-se com os amigos, que também estavam suspensos, contara-lhes as boas novas e depois voltara para casa e fora direto para seu novo jogo.

Ele odiava o cheiro do tapete, mas estava acostumado a ele, embora de vez em quando o fedor dos cigarros que vinha do cinzeiro mais próximo fosse tão forte que ele torcia o nariz. Tinha ao seu lado uma bacia cheia de petiscos e um copo grande de suco de laranja que havia deliberadamente batizado com um pouco da vodca de sua mãe. Agora ela estava comprando suas garrafas em caixas com um contrabandista.

Ele estava feliz, relaxado e satisfeito consigo mesmo.

Enquanto voltava da casa de um amigo, pegara algumas coisas no mercadinho. O funcionário era novo, e o Pequeno Freddie era sempre gentil e educado com ele. Ele não fazia idéia de que aquele menino simpático e sorridente o estava roubando pelas costas.

As pessoas são muito *trouxas*. Seu pai sempre dizia isso, e ele tinha razão. As pessoas jamais esperavam que você fosse mau; elas esperavam que você fosse como elas. Que você fosse gentil e amistoso, que se importasse com os sentimentos delas e com suas vidinhas tediosas.

Mas quem queria ser como elas?

Quem queria ser um assalariado por toda a vida?

O medo era uma ferramenta útil, e ele já testara sua utilidade muitas vezes em sua jovem vida. Seu pai controlava todos ao seu redor por meio do medo, e o medo era uma arma perigosa. As crianças na escola já tinham aprendido isso, tinham aprendido com ele.

O Pequeno Freddie tomava tudo o que queria deles, e eles lhe davam com satisfação.

Ele era como seu pai e sentia orgulho disso, mas apenas porque admirava a forma como o pai usava todos ao seu redor. A forma como o nome dele livrara-o de praticamente todas as coisas que já fizera.

Ele levantou os olhos e viu o pai na porta da frente. Quando eles se entreolharam, o Pequeno Freddie compreendeu que estava enrascado.

Capítulo 24

Jimmy mandara Glenford para casa, mas ele estava decidido a não ir a parte alguma. Estava do lado de fora do quarto no qual Jimmy estava com a esposa, tentando extrair algum sentido dos eventos daquele dia.

Tinha a impressão de que precisava ficar de guarda, cuidando de Jimmy, mas não sabia por que deveria fazer isso. Sabia apenas que tinha uma missão, e que essa missão era cuidar de Jimmy.

Glenford sentia que Jimmy estava escondendo alguma coisa. Essa coisa que Jimmy não estava dizendo a ninguém era tão explosiva que, caso ele a deixasse escapar, ela reverberaria por todo o seu mundo. Mas se ele precisasse botar essa coisa para fora seu amigo estaria ali para ajudá-lo.

Por respeito e por amizade, ele estava disposto a fazer tudo o que pudesse para ser útil num momento tão terrível. Se Jimmy precisasse de alguém, ele estaria por perto.

Ele podia sentir a dor de Jimmy e queria poder extirpá-la dele, mesmo que fosse só por algum tempo.

Glenford dera um pulo até o carro e fizera alguns telefonemas, alertando a todos da tragédia que caíra sobre Jimmy e sua família, e depois de fumar um pouco de maconha em seu cachimbo voltara para dentro do hospital.

Ele amava Jimmy, mas nunca compreendera o quanto até que isto havia acontecido. Era como uma espécie de revelação. Agora sabia que amava

Jimmy Jackson mais do que seus próprios familiares. Jimmy era mais importante para ele do que qualquer outra coisa no mundo.

Ele *amava* o cara, e por que não deveria? Jimmy sempre estivera pronto a ajudá-lo. Na verdade, os dois sempre haviam ajudado um ao outro.

E Glenford não podia deixá-lo. Não sabia por quê, mas não podia deixá-lo sozinho aquela noite. Até agora ele se mantivera muito *calmo*, de forma *racional*, mas se Jimmy explodisse em algum momento ele estaria por perto, esperando para impedi-lo de fazer alguma bobagem. Ele sabia que em algum momento Jimmy iria perder a cabeça, e quando isso acontecesse ele estaria lá para ajudá-lo.

Já estava escuro quando Freddie finalmente entrou no hospital, e Glenford, que nunca fora seu maior fã, ficou chocado com a aparência dele. Estava abatido, taciturno e obviamente sofrendo muito, sentindo uma dor não apenas física mas também emocional.

Ele estivera chorando, isso era evidente. Na verdade, parecia devastado, e isso era algo que Glenford não esperava.

Glenford flagrou-se se levantando e dizendo com gentileza:

— Você está bem, cara?

Freddie sentou-se ao lado dele e, colocando as mãos na cabeça, disse:

— Não, não estou, Glenford. Como ele está?

Glenford esfregou uma das mãos no rosto.

— Como você estaria se tivesse sido com você? O homem está arrasado. Sua vida está terminada. Eu nunca o vi tão mal antes. Ele está sofrendo muito.

Freddie sabia que Glenford estava falando a verdade.

— Jimmy disse alguma coisa?

— A respeito do garoto? Não, na verdade, não. Acho que ele ainda está em estado de choque... — Ele suspirou. — Acho que está escondendo alguma coisa. É estranho, mas está totalmente desequilibrado. Entende o que eu quero dizer?

— Sei exatamente o que você quer dizer, Glenford.

Era uma resposta estranha. Alguma coisa estava seriamente errada e Glenford Prentiss não conseguia se livrar da impressão de que Freddie e Jimmy viviam num mundo só deles.

— Como está Maggie?

Glenford sorriu, triste.

— Foi sedada. Vai dormir a noite inteira, e eu a invejo por isso, Fred, porque a morte daquele menino caiu como uma bomba em nosas cabeças. E quer saber de uma coisa? Eu não trocaria de lugar com nenhum deles, nem por todo o dinheiro do mundo. A mãe e o pai de Maggie não conseguem acreditar que o menino pudesse fazer uma coisa dessas. A polícia foi chamada, é claro, mas acho que eles pensam que foi um acidente trágico. O que mais poderia ser? — Glenford suspirou mais uma vez. — Por que um menininho faria uma coisa dessas com ele mesmo? Devia estar brincando. Você sabe como as crianças são perigosas. Fazem coisas sem sentido; afinal, são crianças. — Ele tossiu. — Ele estava com a cabeça enfiada num saco plástico. Que coisa terrível ter de viver com isso, com essa visão. Que situação triste e terrível para qualquer pai.

— O que a polícia fez? — perguntou Freddie com o tom mais neutro que conseguiu.

Glenford deu de ombros.

— Quem sabe o que se passa pela cabeça desses tiras? Mas eles estiveram aqui e dava para ver que eles também estavam chocados. Foi um acidente, um trágico acidente.

Freddie não disse nada. Não sabia o que dizer.

Em vez disso, entrou no quarto no qual Jimmy estava sentado ao lado da esposa, que estava sedada, e fechou a porta silenciosamente às suas costas.

Jackie estava bêbada, mas não queria ficar sóbria. E enquanto observava suas filhas bebendo com ela, tentando esquecer o que aquela criança passara, a forma como morrera, ela soube que elas finalmente compreendiam sua atitude para com a vida.

Paul e Liselle estavam servindo as bebidas. Era muito raro que elas bebessem em seu pub, mas esta não era uma noite comum. Freddie raramente permitia que Jackie entrasse no lugar que ele via como seu bastião de virilidade, e quando ela fazia isso era sempre uma visita rápida. Mas esta noite parecia diferente.

Pobres Jimmy e Mags, que coisa terrível para acontecer com eles. Liselle e Paul estavam ambos devastados com as notícias, e esse era o motivo pelo qual tinham liberado as bebidas para a família.

Liselle lembrava-se de todas as vezes que Jimmy trouxera o menino para ficar alguns minutinhos. Na verdade, viera exibi-lo, e Liselle compreendia isso. Ele fora um pai orgulhoso e, dentro das possibildiades, levara o menino para onde quer que fosse.

Jimmy amava o menino, mas o mesmo não podia ser dito da pobre Maggie. Depois do parto, ela perdera o equilíbrio mental e demorara muito para reavê-lo. Jimmy não pensara duas vezes antes de carregar sozinho o fardo de cuidar do menino. Maggie finalmente voltara ao normal, e eles formaram uma pequena família feliz durante algum tempo, e viera a tragédia. Coisa horrível. Liselle estava sentindo muito pelos dois, um casal adorável.

Pensar que aquela pobre criança estava morta causava uma dor quase insuportável. As pessoas estavam caladas pela tristeza. O lugar pareceria uma capela se Jackie Jackson não estivesse com a matraca aberta.

Liselle e Jackie jamais haviam se afinado. Liselle a odiava, enquanto amava Mags. E havia anos Jackie estava convencida de que Liselle tinha um caso com Freddie. A pobre idiota pensava isso a respeito da maioria das mulheres.

Paul achava hilária essa cisma de Jackie. E Liselle estava se contendo para não dar um tapa na mulher. Aquele menino estava a caminho da sepultura e ela o estava usando como desculpa para puxar briga com as pessoas.

Bem, por enquanto ninguém estava mordendo a isca.

As filhas dela, em compensação, eram adoráveis. Estavam fazendo tudo o que podiam para manter a mãe calma, mas se ela fizesse mais algum comentário ia causar a Terceira Guerra Mundial.

Este lugar era um pub particular, um bar apenas para membros. Era freqüentado apenas por pessoas específicas e essa era sua principal atração. Olhando para Jackie e ouvindo sua voz miserável, Liselle compreendeu por que Freddie precisava de um esconderijo longe daquela porca. Uma porca que estava pegando no pé dela havia vinte anos, como se ela fosse capaz de querer qualquer coisa com Freddie Jackson!

Jackie e seus acompanhantes não estavam pagando por suas bebidas, e Liselle não via qualquer problema nisso. Por que veria? Mas Jackie estava agindo como se ela tivesse direito a isso, como se fosse a dona do lugar. Bem, Liselle também estava bebendo, o que era extremamente incomum, e estava disposta a uma briga naquela noite. Precisava tirar algumas espinhas que estavam entaladas em sua garganta.

Ao ver sua Liselle olhando com cara de poucos amigos para Jackie, Paul sentiu a tensão crescer no ambiente. Mas quando Patricia O'Malley entrou Paul deixou escapar um suspiro de alívio.

Se era para Jackie ter um arranca-rabo com alguém, que fosse com Pat, não com sua patroa. Porque quando Jackie estava disposta a uma *briga* a principal questão não era *quando* ou *se*, mas com *quem*.

Roxanna viu Pat entrar no pub e torceu para que a mãe não a visse. Rox sabia sobre seu pai e Pat, como todo mundo sabia. E Pat, com toda a justiça, era uma mulher decente, que sempre tratara a ela e às irmãs com gentileza.

E Rox compreendia a atração de seu pai por esta mulher, assim como compreendia a atração dela por ele. Pat era uma mulher determinada e inteligente, que provavelmente mantinha seu pai com os pés no chão.

Rox também conseguia compreender o que tornava Pat tão atraente para seu pai. Em muitos aspectos, ela era parecida com um homem. Pat usava os homens como a maioria dos homens usava as mulheres.

Rox admirava Pat e seu estilo de vida, embora soubesse que sua mãe a mataria se soubesse que ela pensava assim. Sempre que via Pat — o que era bem comum porque ela e Dicky vinham beber aqui nos fins de semana —, ela estava bonita. E quando havia começado a conversar com ela, no começo timidamente, Rox descobrira em Pat uma mulher tão confiante e engraçada, que esquecera da antipatia genuína de sua mãe. E Rox também sabia que Pat dava a seu pai uma coisa que sua mãe jamais conseguiria. Era uma coisa muito simples. Pat dava-lhe normalidade.

Pat era a única mulher que o tratava como ele tratava todas as mulheres. Em decorrência disso, ele a respeitava. Ela não engolia sapo e parecia fantástica para sua idade.

Roxanna realmente a admirava.

Agora estava interessada em ver como sua mãe reagiria ao fato de estar no mesmo lugar que sua maior rival. Contudo sua mãe estava bêbada, como sempre. Enquanto observava a mãe, Rox compreendeu pela primeira vez por que seu pai não abandonava a família e por que ele tinha uma vida fora de casa.

Bebericando sua água tônica, ela assistia a todos os pequenos dramas que se desenrolavam à sua frente. Jackie praticamente esquecera tudo a respeito do pobre Jimmy Júnior. Agora estava bebendo *apenas* por beber. Ela vira sua mãe bêbada tantas vezes desde que era criança, que agora isso nem a incomodava mais.

Ela tinha certeza de que seria uma mãe bem melhor. Cuidaria bem de seu bebê, tão bem quanto Mags e Jimmy haviam cuidado de seu rapazinho. Rox esfregou a barriga e imaginou-se dando à luz uma criança para perdê-la depois. Como sua avó dissera no hospital, aquilo era contra a natureza das coisas. Pais não deveriam ter de enterrar um filho. Filhos é que enterram pais.

Pat cumprimentou todo mundo. Esperara encontrar Freddie, mas ele não estava ali. Sua esposa, sim, e, como sempre fazia em seus encontros ocasionais, estava olhando para ela de cara feia.

Mas Pat estava se lixando para isso.

Ela gostava das filhas de Freddie. Eram boas moças, apesar de terem sido paridas por uma piranha suja e gorda. Mas, como Pat conhecia seu lugar, disse da forma mais amistosa que conseguiu:

— Olá, Jackie. Que coisa terrível, essa. Meu coração está com eles. — Pat disse isso com absoluta sinceridade. — A pobre Mags deve estar em frangalhos.

Jackie viu sua rival, notou a forma como suas filhas sorriram para ela e como Paul e Liselle a tratavam como se fosse uma rainha. Lembrou que ela era irmã de Ozzy. Além disso, precisava admitir que Pat sempre a tratara bem e jamais tentara enfiar o nariz em sua vida como algumas das putas de seu marido tinham feito. Jackie estava doida por uma briga, mas sabia que seria chutada dali caso arrumasse algum problema com Pat. E como Jackie estava gostando de estar com suas filhas, e Rox acabara de lhe dar mais uma dose grande de vodca, ela disse com tristeza na voz:

— Ela está arrasada, Pat, como você pode imaginar.

Jackie iria se comportar desta vez. Afinal de contas, o que ela ganharia esta noite brigando com alguém? Freddie não estava lá e, no fundo de seu coração, ela realmente gostava da velha Pat.

Pat e o bar inteiro exalaram um suspiro de alívio coletivo.

— Eles sabem como aconteceu?

Rox deu de ombros.

— Sabe como são as crianças. A gente nunca vai saber por que ele enfiou a porra daquele saco plástico na cabeça.

Jackie concordou.

— Elas pensam que tudo é brincadeira, não é mesmo? Nessa idade as crianças não entendem os perigos da vida. Mas que coisa terrível para acontecer a qualquer família.

Todos concordaram balançando a cabeça, e as garotas se entreolharam, agradecidas por Jackie não ter feito um de seus escândalos. Pelo menos, ainda não.

— Tudo bem, Jim? — Freddie sabia que nada estaria bem novamente, mas era apenas uma expressão. Uma coisa para dizer, para iniciar uma conversa.

Jimmy fez que sim. Nas últimas horas ele havia envelhecido, e Freddie podia apostar que seus cabelos estavam mais grisalhos do que naquela manhã. Sendo tão morenos, ambos tinham ficado grisalhos prematuramente, e seus cabelos eram tão abundantes que isso lhes caía bem. De algum modo deixava-os com uma aparência mais máscula.

Neste momento eles estavam incrivelmente parecidos um com o outro, mas principalmente porque ambos pareciam profundamente tristes e devastados. Eles tinham um segredo, e este era o momento em que precisavam decidir o que fazer a respeito dele.

— Sinto muito, Jimmy. Eu juro, meu amigo.

Jimmy não respondeu.

— Por favor, Jimmy, diga alguma coisa. Por favor, diga alguma coisa. — Freddie estava implorando, talvez pela primeira vez em sua vida, e Jimmy sabia disso melhor do que ninguém.

Jimmy suspirou e virou-se para olhar para ele. E quando finalmente falou sua voz saiu seca.

— Não posso dizer o que você quer ouvir, Fred. Sinto muito, mas não posso. Você me contou tudo sobre ele há muito tempo, e eu senti pena de você, realmente senti. Mas desta vez não foi uma porra de um coelho ou o cachorro do vizinho. Desta vez foi meu bebê, e eu não vou deixar passar. Sinto muito, meu amigo, mas não posso.

— Estou resolvendo o assunto, Jim. Eu juro.

O verbo "resolver" foi a gota d'água. Eles estavam sempre resolvendo problemas. Esse era o trabalho deles, o que faziam para ganhar a vida. Mas você não podia resolver a morte de uma criança causada por outra criança.

Exceto que o Pequeno Freddie não era uma criança, nem jamais tinha sido. Ele era um animal, um louco. Até agora Jimmy não havia realmente se preocupado com isso; afinal, por que haveria de se preocupar? Ele era o filho de Freddie. Que motivos Jimmy teria para pensar que um dia aquela criança poderia arruinar sua vida e a de sua família?

Aquele menino tinha sido uma bomba pronta para explodir, e agora era tarde demais.

— O que vai fazer, Freddie?

Freddie estava calado. Estava tão calado que era como se fosse uma pessoa diferente, como se toda a sua vida tivesse sido vivida em função desse momento. E talvez, pensou Jimmy, talvez tivesse.

— Ele vai embora logo, eu te prometo. Logo, logo, ele vai embora.

Jimmy forçou uma risada.

— Vai embora, Freddie? Em que sentido? Vai morrer?

Freddie mais uma vez se calou. Estava tentando organizar os pensamentos, mas era difícil, difícil demais. Ele se arrependeu de ter cheirado tanta coca.

— Ele não consegue se controlar, Jimmy. Eu te contei como ele é. Ele não consegue.

Jimmy largou a mão da esposa, que caiu na cama com um baque suave. Ele agarrou Freddie pelo pescoço e o empurrou violentamente contra a parede. Olhos nos olhos, disse a ele entre os dentes cerrados:

— Você criou um animal. No fim, alguém teria de pagar por esta loucura, e você sabia disso. Fiquei sentado aqui me lembrando de você ensinando ele a xingar e a brigar, e de repente me dei conta de que você o fez assim. Aquele menino nunca teve a menor chance, Freddie. Você e Jackie garantiram isso. Achava engraçado ele bater nas irmãs, passar as noites em claro assistindo a filmes violentos o tempo todo. Você criou ele, e de repente ele cresceu, tornou-se um rapaz, e não era mais engraçado. Arrumava problema na escola, com a polícia, e mesmo assim você nunca tentou buscar ajuda profissional. Você deixou ele solto, e agora ele matou meu bebê, e você sabe disso.

Largou Freddie de repente, como se tivesse medo de ficar perto dele por muito tempo. Como se Freddie estivesse contaminado.

— Na verdade, nós não temos certeza disso...

Freddie estava tentando desesperadamente encontrar algum sentido em meio a todo aquele absurdo, achar alguma explicação.

Jimmy balançou a cabeça diante da negação de Freddie.

— Jimmy Júnior jamais teria pensado em enfiar aquele saco plástico na cabeça. Por que faria isso? E estava *amarrado* para ficar no lugar. Freddie, a polícia vai voltar. O saco plástico estava amarrado debaixo do queixinho dele. Joe me contou isso, porque foi ele que rasgou o saco para impedir que Lena visse. O plástico estava grudado no rostinho dele. Aquilo levou *tempo*, Freddie. Foi uma porra de um crime premeditado. O meu Jimmy não sabia nem amarrar os *cadarços* dos sapatos. Como é que conseguiria amarrar aquele saco debaixo do queixo? Foi aquele filho-da-puta que fez isso. Por que ele fez isso, Freddie? Por quê?

Jimmy estava quase chorando de novo. Estava tão zangado e tão triste que precisava se esforçar muito por conter suas emoções.

Freddie balançou a cabeça.

— Eu não sei, Jimmy, eu realmente não sei.

— Você tem muita coisa para responder, Freddie. *Stephanie. Lenny.* Eu livrei a sua cara todas as vezes, mas esta foi a gota d'água. Você e seu filho são farinha do mesmo saco. Vocês não se importam com coisa nenhuma nem com ninguém. Se não fosse pela minha Maggie, eu estaria gritando a verdade para quem quisesse ouvir. Não faço isso porque ela não iria resistir se soubesse o que *realmente* aconteceu. Eu não sei se *eu* posso resistir. Tudo o que sei neste momento é que Maggie não pode descobrir *nunca* o que aconteceu. Ela não pode saber que alguém obrigou o filhinho dela a enfiar um saco plástico na cabeça. Isso a mataria. Eu não posso lidar com isso, Freddie. A imagem fica aparecendo na minha cabeça. Jimmy deve ter confiado nele, deve ter querido agradá-lo, ele tinha *medo* dele. Mas fique sabendo de uma coisa. Se algum dia o seu filho aparecer na minha frente, ele vai saber o que é sentir medo, porque eu não vou ser responsável pelas minhas ações.

Freddie estava chorando em silêncio. Jimmy o viu enxugar as lágrimas, mas não se importou com ele ou com o seu sofrimento.

— Eu já resolvi, Jimmy. Te juro que já resolvi.

Jimmy quis rir novamente, mas ele não tinha nenhum riso no peito, e duvidava que algum dia voltaria a ter. Isso não era uma coisa que poderia ser resolvida.

— Deixa pra lá, Freddie. Apenas deixa pra lá. Não quero mais andar com você.

Freddie não discutiu com ele. Simplesmente se levantou e saiu em silêncio do quarto. Jimmy nem se deu ao trabalho de olhar para ele.

Este era o fim de sua vida, e da vida de sua esposa. Sim, claro, cedo ou tarde eles conseguiriam agir de forma normal; teriam de fazer isso. Era o que acontecia depois de uma tragédia como essa. Agiriam de forma aparentemente normal. Mas seria só aparência.

Dianna estava com medo. Ela ainda estava vendo seu Homem Perigoso, e ele ainda estava fazendo sujeira com ela. Ela escapulira para encontrá-lo, e ele ainda não chegara.

Estava esperando por ele na calçada, no escuro, com certeza absoluta de que ele não iria aparecer. Ele já tinha feito isso antes. Ela devia estar no pub com sua família. Eles tinham passado por uma tragédia, e ela devia estar com eles, e não esperando por um cara que a tratava como lixo. Terry Baker era como uma droga. Uma droga da qual Dianna precisava e sem a qual não seria nada.

Ela esperou mais de uma hora por ele e finalmente perdeu a paciência. Agora tudo o que ela queria era voltar para dentro do pub e ficar com sua família, para que compartilhassem a dor da perda. Ela tinha cometido um erro ao deixá-los.

Começou a caminhar lentamente de volta para o pub. Estava de salto alto e seus pés a estavam matando. Estava quase dentro do pub quando o viu chegar.

Decidiu ignorá-lo. Apenas uma vez, ela sentiu que tinha o direito de fazer com que ele viesse atrás dela. Entrou, o queixo empinado e os passos decididos.

Terry Baker entrou também. Foi o maior erro de sua vida.

Roxanna e Kimberley estavam falando sobre a gravidez de Rox, e Kimberley estava um pouco enciumada, mas de uma forma boa. Ela invejava a vida da irmã. Dicky era um partidão, e qualquer idiota podia ver que ele beijava o chão que sua irmã pisava. Kim não tinha um homem. Ela ainda estava tentando se manter longe das drogas e tentando criar uma vida para si mesma.

A morte de Jimmy fizera todos reavaliarem suas vidas de uma forma ou de outra, e as meninas estavam falando do bebê de Roxanna porque não conseguiam mais pensar na tragédia. Era perturbador demais. Era torturante pensar na pobre Mags. Quando acordasse e descobrisse que era tudo verdade... Quando viram Dianna voltar, as garotas trocaram uma cutucada por trás da mesa. Sabiam que Dianna tinha um cara, mas nenhuma delas sabia nada sobre ele.

Jackie estava completamente bêbada.

— Ei, Di! — gritou Jackie. — Onde se meteu, garota?

Dianna sorriu e caminhou até a mãe. Sentiu um arrepio ao ver que Patricia estava ao lado de Jackie.

— Apenas saí para tomar um pouco de ar, mãe.

Jackie soltou sua gargalhada mais obscena.

— É assim que estão chamando agora, Pat? Eu já tomei ar muitas vezes. Todas vocês já tomaram, aposto. E Pat, você sabe, com o Freddie a gente pode tomar ar a noite inteira!

Ela estava tremendo de tanto rir. Dianna sentiu vontade de dar um tapa na mãe. Imagine, falar esse tipo de coisa para Pat, como se elas fossem amigas. E Terry devia ter ouvido o que ela insinuou sobre a própria filha.

Pat riu com Jackie, como se esperava que fizesse, mas não achou nem um pouco engraçado. Ela já tinha problemas demais para ficar ali ouvindo babaquices. Mas precisava ficar. Pat queria ver Freddie, saber dele o que havia acontecido. Ela estava realmente precisando vê-lo, mas permanecer ali era uma tortura.

— Oi, Terry! — A voz de Jackie soou alta e amistosa.

Terry Baker caminhou até o bar e disse jovialmente:

— É Jackie Summers quem estou vendo?

Fazia muito tempo desde que alguém a chamara por seu nome de solteira, e Jackie ficou feliz em ouvi-lo. *Jackie Summers.*

Ela achara que nunca mais ninguém iria chamá-la assim.

— Terry Baker! Quem é vivo sempre aparece. — Ela fez um gesto para suas filhas, para exibi-las. Agora que elas não estavam mais sob sua responsabilidade, Jackie gostava que as pessoas vissem suas lindas filhas. Ela sabia que não tinha o menor direito de reclamar crédito por isso, mas isso não a impedia. — Vejam, garotas. Este foi o primeiro namorado da mamãe. Eu saía com ele para deixar seu pai com ciúmes.

Eles riram juntos e Dianna desejou que todos caíssem mortos. Dava para ver claramente que sua mãe estava alterada, e Terry também. Como sua mãe, depois que cheirava algumas carreirinhas, Terry ficava ousado. Ele esquecia o que estava dizendo e, mais importante, para quem estava dizendo.

— Meninas lindas, Jackie. Mas você também já foi uma gata.

Jackie ignorou a insinuação de que ela estava um pouco acabada e pediu mais uma bebida. Ela gostava de Terry. Ele passara muito tempo preso por assalto à mão armada, e por causa disso perdoou-o pelo insulto. Ela sabia que 15 anos apenas na companhia de outros homens e de sua mão direita podia acabar com as habilidades sociais de um homem.

Dianna corou de vergonha. Ela tinha certeza de que todo mundo no pub sabia seu segredo. Tudo o que ela queria agora era que o chão se abrisse e a engolisse.

— O que o traz aqui?

Terry deu de ombros.

— O mesmo que você, acho. Vim tomar um trago.

Jackie sorriu.

— Ah, sim. Nós já estamos aqui há algum tempo.

Ele a interrompeu e disse, zombeteiro:

— Dá para ver, querida. Você já está bem alta. — Ele riu da própria piada. Mas ninguém riu com ele.

Jackie ainda não estava ciente do que estava acontecendo, mas Paul e Liselle estavam olhando um para o outro. Aquilo podia acabar em confusão, e ambos sabiam disso.

— Você não soube, Terry?

— Soube o quê, querida? — Com um gesto teatral, ele fingiu estar interessado no que Jackie estava dizendo.

Pat e as garotas tinham sacado de cara qual era a dele. Ele estava com raiva do mundo e procurando por um saco de pancadas. Estava desrespeitando Jackie Jackson, e isso por si só já mostrava que ele estava movido por um impulso de autodestruição.

Porém Jackie não notara que ele estava bêbado. Isso nem ocorrera a ela.

— O pobre Jimmy Jackson perdeu seu filho hoje.

Terry franziu a testa como se estivesse muito preocupado, e disse com a voz pingando sarcasmo:

— E onde ele o perdeu, Jackie? No pântano? Na floresta Amazônica? Na esquina? No seu traseiro? Onde?

Ele estava fitando o rosto dela e sorrindo de lado, desafiando-a a responder.

Jackie finalmente compreendeu que ele estava tirando um sarro da cara dela. Ela ficou magoada e irritada. Ele a tinha feito de boba e ela nem percebera, mas tinha certeza de que todos os outros haviam notado.

Dicky estava observando tudo com atenção, esperando para agir. Mas Terry era um velho companheiro. Por que ele queria sacaneá-la na frente de todo mundo? E ele sabia quem era seu marido, e sabia que ninguém ali jamais esqueceria que ele tinha feito graça com a tragédia. Freddie e Jimmy ficariam furiosos quando soubessem disso, e eles *iriam* saber.

Ela sentiu a mão de alguém afastá-la gentilmente de Terry.

— Por que não toma sua bebida e vai embora, para aprender um pouco de respeito? — Dicky estava furioso. Ele não aceitaria ouvir esse tipo de ofensa de ninguém, quanto mais de um bandido pé-de-chinelo como Terry Baker.

Terry virou-se para ele e disse, ameaçador:

— Por quê? Se eu não sair você vai fazer o quê?

Dianna estava mortificada. Por que ele estava fazendo isso? Por que ele estava causando toda essa confusão? Ela agora estava na iminência de desmaiar de medo.

— Arrebentar a sua cara, amigo — disse Dicky.

Jackie virou-se.

— Pare com isso, Terry. O que deu em você? Qual é o seu problema?

Ele olhou para Jackie com desprezo completo e absoluto. Disse alto:

— Quem você pensa que é, Jackie? Quem você pensa que é para me perguntar o que está errado?

Ele agora estava apontando o dedo bem na cara dela, e Jackie, sendo Jackie, não estava gostando de ouvir zombarias na frente de todo mundo, como se ela fosse *ninguém*.

Quando o braço de Jackie recuou para desferir um soco nele, Patricia segurou-a e puxou-a, tirando-a do caminho. E Dicky avançou contra ele como um buldogue.

Paul já havia retirado os copos do bar e pulou por cima dele brandindo um bastão de beisebol, que desceu sobre a cabeça de Terry com toda a sua força. Dicky avançou para tomar o bastão dele, e começou o caos.

Uma amiga de Jackie, uma dançarina de strip-tease conhecida como Pat do Mastro, ou Pat Fletcher, também já ouvira poucas e boas de Terry. E sendo o tipo de mulher que era estava determinada a entrar na briga. Mirou um chute que infelizmente acertou em Dicky, empurrando-o violentamente para trás. Vários dos homens presentes foram brindados com uma visão das muito cobiçadas pernas de Pat Fletcher.

O marido de Pat, Harry Fletcher, um comerciante de Romford, era um homem que sabia como se cuidar. Ele se orgulhava do fato de que não sentia medo de homem nenhum; a única pessoa que lhe impunha algum medo era a mãe de Pat, conhecida como Vovó Donna. Quando Harry entrou na confusão para tentar arrastar a esposa dali, um homem jovem e grande chamado Richie Smith gritou:

— Deixa ela, Harry! Ela vai fazer o trabalho bem melhor do que você.

Até Dicky estava rindo enquanto Richie ajudava Harry a acalmar a esposa. Ele se virou de volta para Terry Baker. Terry estava prestes a levar a surra de sua vida, e ninguém que estava assistindo à briga, nem mesmo a jovem Dianna, estava disposto a ajudá-lo.

Capítulo 25

Terry estava deitado no chão imundo, espancado e ensangüentado. Mesmo sabendo que não devia, Dianna foi até ele. Enquanto tentava ajoelhar-se no chão ao lado dele para prestar-lhe algum tipo de conforto, Roxanna puxou-a brutalmente.

— Pelo amor de Deus, Di. Deixa ele. Ele é um nada. — Pelo seu tom, ela parecia achar que sua irmã havia enlouquecido.

— Mas olhe para ele, Rox. Ele está péssimo.

— Com toda a certeza. E mereceu. — A voz de Rox foi severa e sem emoção.

Ocorreu a Dianna que, embora ela professasse ódio pelo pai, Rox, na verdade, era bem mais parecida com ele do que pensava.

Na verdade, era o fator lealdade que falava mais alto agora.

Dianna podia ouvir Terry gemendo. Ela sabia que ele devia estar sofrendo dores horríveis, mas não sabia o que fazer a respeito. Fora culpa *dela*. Ele havia explicado que o pai dela o odiava e contara como Freddie o usara no passado. Se ela ao menos houvesse esperado por ele do lado de fora, se ela ao menos não tivesse dado as costas para ele e se afastado, nada disso teria acontecido. Agora olhe para ele. Ele jamais iria perdoá-la, ela sabia disso. E quem poderia culpá-lo?

O antebraço de Terry estava quebrado e pendia solto do cotovelo. Ele fora espancado com tamanha selvageria que jamais seria capaz de trabalhar de novo. Ele estava coberto de sangue e, embora eles soubessem que ele iria viver, ninguém poderia garantir sua vida depois que Freddie Jackson ouvisse a história.

Terry devia ter enlouquecido. Como ele podia ter achado que sairia ileso depois de escarnecer dos parentes de Freddie? Jackie Jackson era conhecida como alcoólatra e viciada em pílulas, e isso era apenas o que os *amigos* diziam sobre ela no conforto e na segurança de suas casas. Mas ela *era* esposa de Freddie Jackson e intocável para qualquer pessoa que valorizasse a própria vida, a vida de seus familiares ou sua credibilidade.

Terry Baker podia até estar bêbado, mas todos eles tinham ouvido histórias a seu respeito. *Fofocas*, mas fofocas que eram consideradas fatos. Eles se baseavam em *fatos*, e não em conversa de mulheres.

Dicky ainda estava tremendo de raiva, embora fosse o vencedor indiscutível. Tomou de um só gole o conhaque que lhe foi oferecido por Paul e sentiu uma mão amistosa e respeitosa apertar gentilmente seu ombro. Paul estava lhe dizendo que fizera a coisa certa.

Ao olhar para Rox, ele soube que havia agradado imensamente àquela linda mulher. Ela estava estourando de orgulho e sorrindo para ele enquanto tentava acalmá-lo.

Ele salvara a reputação da mãe dela, pelo menos o que ainda restava, e defendera sua honra. A despeito do que *Rox* pensasse da mãe, ninguém de fora de seu círculo familiar jamais ouviria de sua boca nada de ruim sobre Jackie. Afinal de contas, ela era sua mãe. No mundo em que elas viviam, nada era mais importante do que isso.

Dicky compreendia essa forma de pensar e simpatizava com Jackie. Sua própria mãe vivera no jogo durante a maior parte de sua vida, e ele a respeitara. Ele não *gostava* dessas coisas, mas *entendia*. Tudo que ele sofrera quando criança, por causa do estilo de vida que ela escolhera, havia sido compensador para ambos. Sua mãe tinha sido xingada e denegrida pelos garotos com os quais ele brincava, mas as brigas subseqüentes o haviam preparado para aquele tipo de vida. Ele aprendera a brigar e se orgulhava do fato de que sempre conseguira enfrentar homens muito maiores.

Lutar ou *morrer* — essa tinha sido sua única opção quando jovem. No começo, ele lutara pela mãe; mais tarde, por si mesmo e pelo respeito de seus pares. Seu pai passara a maior parte da vida preso ou foragido. Sua mãe fora uma boa mãe. Ela fizera tudo o que estava ao seu alcance para manter os filhos vestidos e alimentados.

Agora a briga estava terminada. As portas estavam trancadas e o lugar, para todos os efeitos, isolado, principalmente para os tiras. Naturalmente, ninguém tinha visto ou ouvido nada do que acontecera.

Em algum momento, Terry seria largado diante de um hospital, mas por enquanto ele ficaria ali deitado, pensando no quanto era babaca, porque essa era a opinião geral de cada pessoa no recinto.

Rox puxou Dianna para um canto e sussurrou para ela:

— O que deu em você? O cara sacaneou a nossa mãe e você quis ajudar ele?

Ela estava tentando entender a irmã, que, na sua opinião, também estava merecendo umas palmadas. Todas conheciam os códigos a que estavam sujeitas desde que eram crianças. Por que Dianna, logo Dianna, iria tentar ajudá-lo? Isso não fazia sentido, mas sendo uma garota inteligente, ela deduziu tudo num estalar de dedos.

— Ele é o cara misterioso? É com ele que você tem saído? Não admira que você não quisesse que o velho soubesse. Aquele é Terry Baker!

Dianna confirmou com a cabeça. Não adiantava mais negar.

— Papai odeia ele, Di.

Dianna estava à beira das lágrimas.

— Papai odeia todo mundo! — disse ela no tom de uma menininha petulante.

— Ele odeia Terry por um motivo, e você sabe disso. Apesar de todos os defeitos dele, papai cuida da gente. Terry Baker foi preso por assalto à mão armada, mas antes disso causou um monte de problemas para o papai. É bom você lembrar disso no futuro.

Terry Baker era conhecido como uma das poucas pessoas que havia passado a perna em Freddie Jackson e ficado vivo para contar a história, mas apenas porque dera a sorte de ser preso ao roubar um banco, em

Silvertown. Ninguém sabia o que ele tinha feito a Freddie, mas apenas que Freddie passara dias atrás dele antes que Terry fosse preso. A prisão de Terry, na verdade, salvara a sua vida.

Ele era bonito e muito seguro de si, mas também era o tipo que, no jargão coloquial, era chamado de bunda-mole. Passara para o folclore local como um fanfarrão, que impunha moral apenas com uma espingarda de repetição e dois companheiros tão estúpidos e ingênuos quanto ele. Sempre fora um cara sem personalidade.

Costumava discutir por qualquer coisinha e quando estava bêbado ou drogado, ficava mal-humorado e agressivo, e também com a falsa impressão de que podia peitar qualquer um. Terry Baker podia ser muitas coisas, mas lutador não era uma delas. Era um homem de armas, um rei do facão, mas não um sujeito que conseguisse se virar com os punhos, apesar de sua opinião em contrário.

Mas as mulheres *eram doidas* por ele. Terry sabia como agir, e seu rosto bonito escondia seu absoluto desprezo pelo gênero feminino. Ele via Dianna simplesmente como uma diversão. Ele estava comendo a filha de seu maior inimigo... o que mais um homem em sua posição poderia querer?

— Papai, por favor... Papai...

Freddie suspirou enquanto parava o carro. Ao olhar para o filho, não ficou surpreso em descobrir que não nutria nenhum sentimento por ele. No decorrer dos anos ele sentira muitas emoções por este menino: raiva, amor, arrependimento. Até Freddie Jackson era suscetível à habilidade de uma criança de fazer com que você a amasse, a protegesse. Mas isso tinha um limite.

A despeito de todas as coisas que fizera na vida, a despeito da forma como tratara o Pequeno Freddie e até mesmo Maggie, ele não podia, sob nenhuma circunstância, forma ou estilo, compactuar com os atos do filho.

O Pequeno Freddie o assustava. Era uma criança que, mesmo sem saber, matara o filho a quem ele amara secretamente.

Jimmy Júnior tinha sido *tudo* que Freddie sempre quisera numa criança. Ele também fora seu trunfo numa guerra que ele próprio havia iniciado e na qual agora estava lutando sozinho. Cada vez que Jimmy fizera um novo acordo, aumentara mais um pouco seu poder, Freddie conseguira consolar-se com o fato de que ele possuía uma vantagem, sabia uma coisa que Jimmy ainda não sabia. Freddie precisara desse poder.

Então acontecera algo que ele nunca teria julgado possível, e depois de tanto tempo lutando contra isso Freddie finalmente passara a aceitar o fato.

Ele descobrira que amava Jimmy Júnior. E de algum modo este seu outro filho, o Pequeno Freddie, *pressentira* isso e ficara ressentido. E, exatamente como seu pai teria feito, o Pequeno Freddie cortou o mal pela raiz.

De certo modo, uma parte dele conseguia entender o ponto de vista do garoto, mas era errado. O Pequeno Freddie era jovem demais para eliminar alguém. Jovem demais até para que esse pensamento *passasse* por sua cabeça.

Freddie não conseguia expulsar da mente a imagem daquele menininho tentando respirar. O mais aviltante era saber que fora outra criança quem lhe causara esse sofrimento. Freddie precisava desesperadamente atribuir algum sentido a tudo aquilo. Ele amava o Pequeno Freddie ao seu próprio modo peculiar e sabia que este menino o amava, *realmente* o amava.

Ele provara isso com seus atos.

Freddie também sabia que este menino era uma bomba-relógio. Um dia as ações do menino poderiam pôr Freddie em risco, e o bebê de Rox poderia facilmente estar ameaçado pelo Pequeno Freddie.

Enquanto dirigia, ele dissera ao filho que sabia exatamente o que ele havia feito e que, por causa disso, iria entregá-lo. Não à polícia, porque isso seria um ato de crueldade grande demais até para Freddie Jackson. Ele iria colocá-lo numa instituição e deixá-lo apodrecendo lá.

Mas agora que ele havia parado o carro e estava olhando nos olhos do Pequeno Freddie, ele se perguntou se poderia ir tão longe. O menino o mantivera numa casa que ele odiava, com uma mulher que ele já não queria desde antes mesmo de ter sido preso e passado anos isolado do mundo. E o menino tinha sido estragado por sua esposa, a própria mãe do menino, a pessoa que deveria ter lhe provido amor e segurança. Jackie tinha muito pelo que ser responsabilizada, e Freddie tinha muitas coisas para corrigir, para *consertar*.

Era este simples fato que estava deixando Freddie indeciso. Ele conhecia a sensação de ser rejeitado. O pai de Freddie jamais ligara para ele. Freddie compreendia plenamente o medo de seu filho de que alguém fosse mais importante para seu pai. Que alguém estivesse roubando um pouco do amor e do afeto ao qual ele, como filho, tinha direito.

Freddie admitia todas as suas falhas. Queria passar esta noite o mais longe possível do Pequeno Freddie, mas ele era responsável por ele.

Ele sabia que devia fazer o que prometera, mas isso era algo mais fácil de dizer do que que fazer. Este menino era seu filho, tanto genética quanto legalmente, e ele não tinha certeza se teria forças para se livrar dele.

Não era apenas seu rosto e o medo que o garoto estava demonstrando. Freddie podia sentir horror genuíno emanando de seu único filho. O Pequeno Freddie era seu único filho homem, e ele conhecia a sensação de ser ignorado, de ser indesejado, de ser considerado um traste. A mãe de Freddie usara-o para manter seu casamento. Como Jackie, Maddie passara a vida toda temendo ser abandonada pelo marido. Coubera a Freddie o dever de garantir que seu pai finalmente fizesse a coisa certa. Freddie estivera ao lado do pai do começo ao fim de sua vida sem sentido.

Assim, ele não tinha mais certeza se poderia entregar o Pequeno Freddie agora que sua reação visceral do começo do dia havia esfriado.

Ele tinha uma responsabilidade para com seu único filho homem. Devia ficar ao lado dele, tentar compreender o que ele fizera e impedir que isso acontecesse de novo.

Seu primeiro impulso fora de punir o Pequeno Freddie por suas ações, e até agora estivera determinado a fazer isso. Mas, olhando para o menino e vendo sua infelicidade profunda, Freddie percebeu que não tinha forças para se livrar dele. Jimmy Júnior estava morto, mas este menino ainda estava aqui.

Seu celular tocou. Xingando baixo, Freddie o atendeu.

Lena e Joe tinham voltado para o hospital porque não sabiam mais o que fazer. Eles se sentiam culpados, responsáveis. Sua filha estava prostrada pela dor da perda, e eles decidiram ficar ao lado dela.

Joe, especialmente, sentia a força plena dos acontecimentos. Ele não tinha certeza se conseguiria sobreviver por muito tempo carregando tamanho peso no peito. Não era apenas o fato de o menino ter morrido. Era também porque ele sabia que a causa não fora acidental, como todos pensavam.

Devia ter contado tudo assim que se dera conta do que realmente havia acontecido. Aquele filho-da-puta do Pequeno Freddie finalmente matara alguém. E a vítima fora a pessoa mais importante da vida deles.

Mas, apesar disso, a lealdade natural de Joe o impedira de revelar tudo. O Pequeno Freddie era carne da sua carne, sangue do seu sangue. E Joe também estava preocupado com a reação de Jackie.

Temia que Freddie descobrisse o que acontecera, mas estava ainda mais preocupado com Maggie. Se ela descobrisse, a família inteira ruiria num estalar de dedos.

Ele também achava, ou ao menos *presumia*, que Jimmy sabia muito mais sobre isso do que estava deixando transparecer. E com esses pensamentos, Joe permaneceu sentado ao lado do leito de sua amada filha, que, ele sabia, jamais conseguiria recuperar-se totalmente dessa tragédia.

Jackie cheirou mais uma carreirinha de cocaína, fungando alto enquanto conduzia o pó branco por dentro do nariz até o fundo da garganta. O gosto amargo provocou-lhe ânsia de vômito, mas ela baixou a cabeça para a frente e fungou mais forte, até sentir todo o efeito da droga. Levantando a cabeça, olhou-se no espelho que adornava a parede do banheiro do pub e pela primeira vez em anos viu-se como os outros a viam.

Estava pálida, ainda não com aparência de icterícia, mas a caminho. "Pele amarela", fora a descrição de sua mãe.

Os cabelos estavam oleosos, os olhos afundados e injetados, o corpo inteiro inchado e dolorido. Ela esperara por Freddie, sentira saudades de Freddie, e quando ele finalmente saíra da prisão parecera mais jovem e mais em forma do que nunca.

Foi então que ela *realmente* começara a beber.

No fundo de seu coração, Jackie estava preocupada com sua condição. Porém, como acontecia com a maioria dos alcoólatras, ela ignorara os sintomas até eles estarem gritantes. O que mais poderia fazer? Beber para tornar os dias toleráveis e as noites curtas.

Freddie não a queria. Ele queria as Pats e as mulheres jovens deste mundo, e Jackie não podia competir com elas. Estava acabada demais. Seu corpo se arruinara desde o nascimento de Kimberley. A barriga estava flácida e coberta de estrias. Jackie tinha marcas até na parte de trás dos joelhos e atrás dos braços. A pouca confiança que sentira em si mesmo desaparecera juntamente com seu marido.

Jackie não recebera os conselhos que hoje em dia todos davam às mulheres grávidas: passe hidratante, não engorde demais. As pessoas haviam lhe dito para comer por dois! Na época de Jackie, ninguém precisava ficar em forma quando estava grávida, ninguém devia evitar arruinar seu corpo. Ao menos, as revistas que ela lia não davam esse tipo de dica. Ela lia apenas *True Crime*, às vezes *Woman's Own*. Quando ela finalmente se deu conta do valor de uma alimentação saudável, já era tarde demais.

O primeiro parto acabara com seu corpo, e quando se está casada com um homem como Freddie, sabe-se que ele tem uma fila de mulheres esperando por ele. Freddie, como a maioria de seus colegas, adorava a confiança que adquiriam quando eram vistos com mulheres mais jovens. O pai de Jackie tinha sido igualzinho, embora em proporção menor.

Freddie partira seu coração e Jackie jamais se recuperara.

Portanto, largar a bebida *não* era uma opção para Jackie. Com alguns drinques na cabeça, ela podia fingir que a vida era maravilhosa, que seu marido realmente a amava. Algumas doses pela manhã eram suficiente para fazer suas mãos parar de tremer pelo tempo necessário para que ela acendesse um cigarro.

Era muito *fácil* para todo mundo condená-la, falar sobre *seu problema com a bebida*. Especialmente as filhas, que ainda eram praticamente virgens no que dizia respeito a homens e que ainda acreditavam em viver felizes para sempre. Mas elas iriam aprender, como todas as mulheres acabavam aprendendo. A vida envelhecia as mulheres mais depressa que os homens.

Jackie tomava uns tragos porque sem a muleta do álcool ficava aterrorizada com sua vida e com tudo o que ela significava. A bebida a ajudara a dormir quando Freddie estava preso, quando a solidão era quase insuportável. Naquela época, bebera para resistir à pressão de estar sozinha com três filhas, e à falta que sentia do marido.

Quando um homem era sentenciado à prisão, o juiz, os advogados, os jurados, todos os envolvidos no processo criminal, não se davam conta de que uma *família inteira* era sentenciada junto com ele. O homem mau era trancafiado, conforme merecia por ter infringido a lei. A sociedade podia dormir melhor. Mas e quanto às mães, às esposas e os filhos que eram deixados para trás, pranteando a perda de alguém que na verdade não estava morto? E quanto ao *amor* que essas pessoas sentiam por ele? Muitas vezes o homem que estava sendo julgado parecia um estranho para os membros de sua família. E, embora os policiais e os promotores costumassem retratar o acusado de uma forma ainda pior do que ele era, os parentes jamais acreditavam. Assim, para os parentes o julgamento nunca era justo e eles rezavam pela libertação do homem com quem tinham feito amor ou que haviam ninado à noite quando bebê. O homem a quem amavam de um jeito ou de outro.

Ninguém pensava em pessoas como ela, cuja vida inteira acabara em questão de minutos por causa do veredicto de um júri. Uma mulher deixada com duas menininhas pela mão e outra na barriga quando lhe tomaram o marido. Uma mulher sem meios para se sustentar. Uma mulher que parira sozinha, e com lágrimas nos olhos, porque o bebê levaria meses para ver o pai, o que só poderia fazer de longe, durante as visitas. Assim, a bebida fora sua salvação, a coisa certa para aplacar sua dor e garantir uma noite de sono.

Quando Freddie foi libertado, ela já tinha sido consumida pelo álcool, e nem mesmo sua presença fora suficiente para ajudá-la a parar.

Agora, olhando-se no espelho, Jackie viu o que Freddie via. Terry Baker provara-lhe a verdade de sua vida: que ela era um nada, um zero à esquerda, uma piada.

Ele a destruíra na frente de quase todo mundo que ela conhecia, e não fazia diferença que aquele rapaz, Dicky, tivesse se prontificado a defendê-la. O dano já fora feito.

Ela fez mais uma carreirinha. Precisava ficar no limbo total esta noite e estava determinada a consegui-lo. Para sair daquele banheiro e ficar cara a cara com todo mundo, precisaria de toda a coragem que pudesse obter. Ela podia ser uma alcoólatra, podia ser uma rainha das drogas sob receita, mas a coisa boa era que, depois de beber um pouco, ela podia rir de sua vida, de um modo que jamais conseguiria completamente sóbria.

E esse era um estado que ela esperava jamais experimentar de novo, porque era apenas a bebida que a impedia de pular da ponte mais próxima. *Problema com a bebida?* Bobagem. A bebida não era o problema. Era a solução.

— Papai, podemos ir para casa? Por favor?

Freddie fez que não com a cabeça. Estavam indo para o pub de Paul e Liselle. Ele acabara de receber um telefonema dizendo que os dois haviam tido *problemas* com um valentão da vizinhança. Fora Roxanna quem ligara. Dissera que as pessoas de sempre estavam lá, mas achava que ele deveria ir até lá dar uma olhada. Freddie agora estava irritado. Paul e Liselle eram boas pessoas. Eles não mereciam ter a tranqüilidade de seu pub perturbada por bêbado algum. Alguns dos arruaceiros da vizinhança haviam tentado entrar, mas tinham se arrependido amargamente. Assim, esse tipo de incidente não era incomum, embora ele normalmente não cuidasse disso pessoalmente. Em qualquer outra ocasião ele teria dado um telefonema e delegado o trabalho a um subalterno.

Freddie era bom em fazer isso, delegar. Mas decidira cuidar do caso sozinho, para demonstrar boa vontade. O pub pertencia a Ozzy, de modo que ele não podia deixar que esse tipo de problema perturbasse os lucros. A clientela esperava beber num ambiente sem problemas. Além disso, Freddie também iria pessoalmente até lá porque precisava de uma desculpa para adiar sua decisão sobre o menino.

Sem olhar para o filho, ele disse:

— Preciso resolver um problema. Agora fique quieto e deixe eu me concentrar na estrada.

Pela primeira vez em sua vida, o Pequeno Freddie não sabia o que fazer. Não sentia qualquer remorso, porque era incapaz disso, mas estava com medo do pai, porque desta vez ele poderia realmente interná-lo. A assistente social insistia nisso havia anos, e ele sabia que com apenas uma palavra de seu pai ele seria trancafiado em algum lugar, sem direito a condicional. Era sua mãe quem impedia que isso acontecesse, e ele *a* mantinha na palma da mão.

Mas este homem, seu pai, que entrava e saía de sua vida ao seu belprazer, parecia ter finalmente perdido a paciência com ele. Por um momento, o Pequeno Freddie tivera certeza de que seria entregue aos psicólogos. Mas agora ele estava vendo um raio de esperança — e estava decidido a aproveitar da melhor forma possível.

Estava aprendendo que precisava ficar bem com todo mundo, especialmente com seu pai. A época em que ele podia falar e fazer o que bem quisesse tinha ficado no passado. Precisava agir com discrição, fazer o que esperavam dele e aguardar até o momento em que pudesse ser ele próprio e fazer o que e quando quisesse. E ele era esperto o bastante para saber que mesmo então iria precisar da proteção de sua família.

Desde quando podia se lembrar, o Pequeno Freddie sabia que era diferente. Ele não nutria nenhum sentimento real por nada nem ninguém. Pensara que seu pai era como ele, mas agora não tinha tanta certeza.

Jimmy Júnior fora uma enorme irritação por muito tempo, e havia muito ele estava determinado a se livrar da presença constante do menino. O Pequeno Freddie estava desapontado com o pai, porque estivera apenas tentando imitá-lo. Ele não esperara que o pai descobrisse, mas também não imaginara que se ele descobrisse ficaria tão furioso.

Agora era tudo uma questão de controle de danos, como os governos diziam quando faziam merda. E ele tinha feito merda, colocando em risco um estilo de vida calmo e protegido.

Controle de danos definitivamente estava na ordem do dia.

Logo que Freddie entrou no pub viu suas filhas cercando a mãe num casulo protetor. Depois da revelação sobre o menino, ele estava feliz por lembrar que elas eram mocinhas decentes. Até a pobre Kimberley, com ou sem problemas, era um amor. Ele notou como ela estava agindo protetoramente em relação a Jackie e ficou contente com isso. Isso era bom, porque ela iria precisar delas no futuro; Freddie apostaria até sua última libra nisso.

Logo sentiu que alguma coisa estava terrivelmente errada. Paul chamou-o com um aceno de cabeça, e Freddie seguiu a direção de seus olhos. O que ele viu foi o clímax daquela sucessão de acontecimentos estranhos.

Terry Baker, que já fora tanto seu amigo quanto arquiinimigo, estava deitado perto da porta dos fundos, cercado por uma poça de sangue.

Fora arrastado até ali por Paul e Dicky. Ficaria ali até que alguém decidisse levá-lo para o hospital no caminho de casa. Alguns dos freqüentadores estavam debatendo se deveriam ou não largá-lo na estação de trem, sempre um bom lugar para largar pessoas, mas ao verem Freddie Jackson na porta decidiram que não havia mais sentido conversar sobre isso. Freddie iria resolver o problema, de modo que eles podiam voltar sua atenção para assuntos mais sérios, como beber e jogar conversa fora.

Levantamento de copo era o esporte da noite. O consumo de coca tinha sido proibido, e a tragédia que se abatera sobre Jimmy era o assunto do dia, tão bom quanto qualquer outro.

Recebendo uma bebida de Liselle, Freddie caminhou até sua família e, pela primeira vez em anos, não correu os olhos pelo pub em busca de mulheres. Ele notou que sua esposa parecia deprimida e presumiu que ela estivera envolvida de alguma forma no incidente com Terry Baker.

Ao olhar para as meninas, lembrou-se do quanto elas eram atraentes. Até sua Kimberley, que tinha sido cheinha quando mais nova, agora tinha uma silhueta fina e um lindo rosto em forma de coração, como as outras duas.

Contaram-lhe o que havia acontecido de forma calma e sucinta. Freddie surpreendeu a todos quando apertou a mão de Dicky para agradecê-lo e não foi logo terminar o trabalho que Dicky começara. Pat recebera apenas um leve cumprimento de cabeça, o que, todo mundo logo compreendeu, deve ter sido constrangedor para ela. Freddie nem olhou para ela depois disso, afinal tinha outras coisas em mente.

Terry agora estava inconsciente, e era assim que ele ficaria até ser devolvido ao mundo exterior.

— Que babaca, hein? Você está bem, Jack?

Jackie olhou para o marido, absolutamente sem palavras. Ele estava genuinamente preocupado. O jovem Dicky também estava surpreso, e ele pôde ver que Rox estava animadíssima com a recepção que ele recebera de seu pai.

Freddie acabara de tomar sua bebida quando o jovem Freddie bateu na porta para entrar, e não havia nada que seu pai pudesse fazer para impedi-lo. Jackie, que estava cheia de pena de si mesma e ainda furiosa com os insultos que recebera, abraçou o filho com força. Pela primeira vez na vida, ele ficou feliz por isso.

Satisfeitas por vê-lo se comportando tão bem, as garotas também foram muito simpáticas com o irmão.

Freddie observou-o interagir com a família, ciente de que seu filho era sensato o bastante para saber que estava precisando de todos os amigos que pudesse conseguir.

Capítulo 26

Maggie mal falara com ninguém desde que acordara no hospital, a cabeça pesada devido aos medicamentos que tomara para se acalmar e o corpo inteiro entorpecido. Ela recebera alta pela manhã, junto com a receita de um remédio para impedi-la de sentir algo muito forte. Desde então vinha fazendo tudo mecanicamente.

Estava pálida e parecia frágil. Exceto por isso, continuava bonita como sempre, mas toda a felicidade sumira de seu rosto. Parecia exausta e melancólica. Agia normalmente, afora o fato de que não dizia uma palavra sequer.

Seus cabelos estavam perfeitos e suas roupas, imaculadas como sempre. Ela chegou até mesmo a preparar uma refeição para Jimmy, como sempre fazia.

Jimmy agora estava observando a esposa fazer café para ele, e em seguida colocar à sua frente uma bandeja com um prato de biscoitos, um guardanapo e uma pequena chaleira. As pessoas estavam ao redor dela. Ela não falava com ninguém, mas ele sabia que ela estava ciente deles. Ficara aliviado ao vê-la toda vestida de preto. Estivera morrendo de medo de precisar forçá-la a comparecer ao funeral.

Maggie encheu o pequeno bule de porcelana com café e enxugou delicadamente as laterais antes de colocá-lo mais uma vez na bandeja. Parecia uma obra de arte, e ele não estava com o menor apetite.

Maggie tinha um talento para conferir elegância a tudo, sempre tivera. Suas casas e até o apartamentinho no qual tinham morado no começo de seu casamento sempre pareciam saídos das páginas das revistas. Agora esta casa, que finalmente se tornara a casa dos sonhos dele, a casa iluminada por risos de criança, subitamente se tornara um mausoléu.

Ele não tivera coragem de ir até o quarto do menino. Sabia que Maggie fora até lá. Ele a ouvira chorar lá durante a noite, a única reação natural que ele a vira manifestar. Mas quando ele entrara Maggie o empurrara para fora. Ela queria estar sozinha com seu luto.

Mas ele não podia suportar isso. Ele sabia que ainda não estava preparado para se ver cercado por toda a parafernália que constituía a vida de uma criança — os brinquedos, os sapatinhos, os trens que tinham sido pintados com tanto zelo nas paredes.

No dia anterior ele entrara na cozinha para pegar um prato e por acidente pegara o pratinho de Jimmy, com o desenho de Thomas, a Locomotiva a Vapor. Durante longos minutos, ficara de pé no meio de sua cozinha ampla e moderna, chorando.

Quando a dor ia passar?

Talvez hoje, depois que o funeral acabasse, ele conseguisse finalmente se conformar.

Jimmy ouviu as mesas sendo montadas na sala de estar, sabendo que elas seriam cobertas com linho branco e que a comida seria exemplar. Era o mínimo que ele poderia fazer para a cerimônia de despedida do filho.

A casa estaria cheia de gente, e tudo o que ele queria era que a coisa toda terminasse, para que ele pudesse ficar em paz com sua dor.

Freddie já estava vestido em suas roupas de enterro, tomando uma bebida com Paul no pub. Até Paul já notara que Jimmy estava evitando Freddie, tratando-o como lixo, um reles capanga.

Jimmy não respondera aos seus telefonemas nem fizera nenhum contato a respeito de trabalho. Ele estava recebendo suas ordens por meio de Paul, que era apenas um intermediário. Ele sabia que Paul devia estar tentando adivinhar o que havia acontecido.

Freddie agora estava furioso. Tinha recobrado seu temperamento habitual. Tentara ser um sujeito bacana, e o que ganhara com isso? Um chega-pra-lá. Sim, a morte de Jimmy Júnior tinha sido terrível, mas seu filho não ia pagar por ela. Ele voltara a ministrar o tratamento do Pequeno Freddie, e desta vez estava vigiando o garoto para ter certeza de que ele estava tomando as pílulas. E, a despeito do que havia acontecido naquele quarto na casa de Joe e Lena, Freddie achava que, por tudo que fizera por ele, Jimmy lhe devia respeito.

A velha animosidade estava de volta, e Freddie estava furioso consigo mesmo por sua fraqueza e pelo fato de que Jimmy a usara para se aproveitar dele. Mas Freddie havia aprendido uma lição. Ele quase havia colocado seu filho numa instituição, e a troco de quê? E para quem? Para um homem que ele havia tirado da sarjeta e que havia tomado tudo que, por direito, devia ser dele?

Ele vira a mudança em seu menino. Ele estava negando terminantemente que tivesse tido qualquer participação no incidente, e Joe admitira a Freddie que não o vira entrar no quarto de Jimmy naquela noite. Assim, eles não tinham nenhuma prova; simplesmente presumiam que tinha sido seu Freddie. Na verdade, se Freddie não tivesse expressado antes suas preocupações sobre o filho, Jimmy não o teria culpado.

Jimmy Júnior era um menininho inteligente; ele poderia ter amarrado o saco sozinho. Jimmy estava tentando se eximir de suas próprias falhas, colocando a culpa no filho de Freddie. Eles não deviam ter deixado o garoto com Lena e Joe. Eles estavam velhos, sem energia para um garoto esperto como Jimmy Júnior.

Ele pusera o Pequeno Freddie debaixo de sua asa e agora era da opinião que o menino tinha sofrido influências malignas. Era apenas um menino. Agora, que estava novamente tomando suas pílulas da felicidade, parecia uma pessoa diferente.

Mesmo considerando o pesar da perda de seu filho, Jimmy não estava facilitando as coisas. Estava agindo como se fosse alguém especial, alguém melhor do que ele. Estava dando ordens a Freddie, como se ele fosse um novato no negócio.

Era um insulto de proporções gigantescas. E Freddie Jackson, com sua tendência para reescrever a história a seu favor e convencer a si próprio de que a sua versão dos fatos era precisa e verdadeira, mais uma vez estava sedento de vingança.

Jackie estava usando um conjunto de saia e casaco pretos trazidos por Roxanna, que fora para a casa dos pais ajudar a mãe a se pentear.

Enquanto se maquiava, Jackie se deu conta de que eles iriam sepultar um menininho num dia frio e nublado. Era inacreditável que uma coisa tão trágica tivesse acontecido às suas famílias. Para Maggie, devia estar sendo duplamente difícil, pois ela não expressara qualquer interesse pelo filho durante três anos. A culpa a devia estar corroendo como um câncer.

Freddie estava irredutível em sua decisão de que o Pequeno Freddie não devia comparecer ao funeral. A criança estava praticamente sob prisão domiciliar. Ela tinha certeza de que a morte do priminho fora um golpe forte para o Pequeno Freddie, que agora parecia outro menino. Educado, amistoso e quase irritante em sua tentativa de ser prestativo e útil. Era como se tivesse sofrido um transplante de personalidade.

Freddie sentira a mudança do filho e agora eles eram unha e carne. Jackie mentalmente cruzou os dedos.

Depois daqueles eventos funestos, Freddie parecia feliz em ver seu filho não apenas vivo e bem, como também tentando compensar seu comportamento passado. Agora ele era um filho-modelo, e até os assistentes sociais tinham ficado impressionados com a mudança em sua personalidade. Freddie verificava diariamente se ele estava tomando suas pílulas. *Ela* jamais conseguira fazer o menino tomá-las, mas Freddie conseguia.

Por outro lado, Freddie parecia distanciado de Jimmy e Maggie, e Jackie estava achando isso muito estranho. Embora Maggie não quisesse receber ninguém em sua casa, e Jimmy dissesse que ela estava melhor sozinha, Jackie esperara que pelo menos Freddie estivesse dando apoio a Jimmy. Mas os dois praticamente não estavam se vendo.

Quando Jackie tentara falar sobre isso com Freddie, ele só faltara bater nela. A única coisa que ela podia deduzir do comportamento dele era que ele também estava triste com a morte do garotinho. Freddie sempre fazia uma festa quando via o garoto, o que irritava Jackie. Afinal, ele raramente brincara com os próprios filhos. Ela sabia que Maggie também não vira isso com bons olhos. Maggie estremecia toda vez que Freddie pegava o garoto e o jogava para o alto. Jimmy Júnior sempre ria, animado com a atenção dispensada por Freddie. O Pequeno Freddie sempre testemunhara essas demonstrações de afeto com sua habitual indiferença. Mas Jackie sabia que o Pequeno Freddie sentira ciúmes da atenção e do amor com que o pai tratara Jimmy Júnior.

Ela precisava admitir, Jimmy Júnior fora um menino adorável. Convenientemente esqueceu os momentos em que acusara a irmã de estragar o garoto, culpara sua mãe e seu pai por preferi-lo ao seu filho e atribuíra cada defeito possível ao sobrinho.

Agora ela era a irmã perfeita, ou pelo menos tentaria ser. Mas mesmo neste momento terrível Maggie não queria vê-la, e isso a magoava.

A história oficial era que ninguém tinha permissão de entrar na casa, mas Jackie tinha certeza de que as meninas estavam todo o tempo lá, especialmente sua Rox, que era mais chegada a Maggie que à própria mãe. Jackie engoliu sua raiva e seus pensamentos, tomou mais um trago de vodca para acalmar os nervos e engoliu alguns comprimidos de Valium antes de se borrifar com perfume Giorgio e vestir os velhos sapatos de camurça preta. Os pés transbordavam dos sapatos, mas depois de calçados por alguns minutos, ficavam acomodados e confortáveis.

Como sua velha avó costumara dizer, arrume uma boa cama e um bom par de sapatos, porque se não estiver num estará na outra. Sábias palavras.

Ela também dissera várias vezes: jamais beba para esquecer, porque ninguém esquece as bobagens que um bêbado fala. Para Jackie, teria sido melhor ter ouvido esse ditado.

Olhando o caixãozinho branco, Maggie perguntou-se que Deus era esse que tinha lhe dado uma criança sob circunstâncias tão horríveis, para depois tomá-la de forma mais horrível ainda. Fazia frio na igreja, e Maggie tinha certeza de que cada par de olhos ali estava voltado para ela, como se todos esperassem que fizesse *alguma coisa*.

Tudo o que queria fazer era morrer. Como seu pequeno Jimmy ficaria sozinho? Por outro lado, ele tivera muita prática de ficar sozinho, não tivera? Ela o deixara sozinho diversas vezes.

A dor aumentou. Vinha em ondas, cobrindo-a como um vento gelado, deixando seus ossos doloridos e seu maxilar entorpecido. Maggie estava congelando de dor, quase rígida com o conhecimento frio da morte de seu filho e da suspeita terrível de que este sentimento jamais passaria, jamais melhoraria, apenas pioraria.

De repente, teve a sensação de que flutuava no ar, como se estivesse suspensa sobre a multidão de pessoas que pranteavam seu filho.

Sentiu Jimmy segurar sua mão e apertá-la com força. Lutou contra o impulso de puxar a mão, fazê-lo parar com aquela farsa. Quis gritar, pôr para fora o ódio negro e pútrido que crescia dentro dela.

Freddie, ela notou, não estava chorando. Jackie estava: um som pesado e líquido que deixou Maggie com vontade de vomitar. Eles estavam no banco em frente, do outro lado do corredor central. Quem estava sentado ao lado deles era Glenford, e Maggie sabia que algumas pessoas deviam estar se perguntando por quê.

Roxanna, que estava sentada ao lado do pai num costume negro de duas peças que devia ter custado uma pequena fortuna, também estava chorando, mas suas lágrimas eram apreciadas por Maggie. As lágrimas de Rox eram claras e pareciam salgadas, descendo de forma organizada pelo rosto. Rox enxugava os olhos delicadamente com um lenço branco como a neve, inconscientemente impedindo que sua maquiagem fosse arruinada.

Dicky, o amor da vida de Rox, estava sentado ao lado dela. Tinha um belo perfil. Era um homem bonito, e eles certamente teriam crianças lindas. Ela os invejava, mas não de forma negativa. Invejava-os por seu amor e pela novidade desse sentimento. Um dia ela e Jimmy tinham sido assim, e nessa época ela acreditava, como eles provavelmente acreditavam, que a vida deles era abençoada. Que nada de *ruim* jamais iria lhes acontecer, que eles eram *diferentes* de todos os outros, que seu amor iria lhes trazer apenas alegria.

É claro que a vida tinha o hábito de surpreender as pessoas, e Maggie rezou para que esses dois jovens amantes levassem muito tempo para descobrir isso.

Jimmy estava tremendo de tensão. Estava sentado ao lado dela de cabeça baixa e ombros arqueados, e sua dor era tão aguda que Maggie praticamente conseguia senti-la.

Mas de repente ela não estava sentindo mais nada. Queria apenas que tudo terminasse.

Às suas costas podia ouvir a mãe chorando e o pai sussurrando palavras de conforto inadequadas em meio ao silêncio da igreja. Era muito pouco, muito tarde.

Sentiu vontade de gritar e, mais uma vez, forçou-se a ficar calada, forçou-se a observar as pessoas, para afastar a mente dos problemas.

Jackie estava debruçada no banco. As pernas grossas cruzadas e a saia preta levantada até acima dos joelhos, exibindo varizes nas pernas muito brancas.

Maggie sentiu vontade de rir, mas não fez isso. Queria levantar-se, dirigir-se às pessoas reunidas na igreja cheia e perguntar por que tinham vindo. A maioria conhecera seu filhinho apenas de relance. Muitas estavam aqui para demonstrar sua amizade, e algumas para prestar condolências ao seu marido e patrão. Mas ela também sabia que muitas tinham vindo para se gabar depois. Pessoas que consideravam o sepultamento de seu filho um evento imperdível.

Mas Jimmy sempre tratara bem os subalternos. Era Freddie quem sempre tivera dificuldades de vê-los como pessoas normais. Ele os abraçava, *precisava* da aprovação deles e de outras pequenas formas de adoração.

O padre agora estava lendo um trecho da Bíblia. Faltava pouco para ela poder ir embora, para fugir das pessoas gentis que achavam que apertar sua mão e beijá-la nas faces ajudaria a diminuir sua dor.

Estavam todos novamente em casa e a maioria já partira. A noite estava começando, e os únicos que restavam eram os parentes mais próximos e alguns amigos.

Jimmy ficara satisfeito com a cerimônia. Era confortador saber que tantas pessoas haviam gostado de Jimmy Júnior e quiseram lhes prestar seus pêsames. Até os amiguinhos da creche de Jimmy tinham sido representados pelos proprietários e pelas mocinhas que trabalhavam lá.

Maggie passara a cerimônia inteira sentada, sem dizer uma palavra, sem derramar uma lágrima.

Ela não aceitara nenhuma condolência e até os amigos mais antigos haviam se sentido ignorados. Seriamente ignorados. Ela não havia nem atendido aos telefonemas ou agradecido aos cartões de pêsames; cartões que, segundo ela, manifestavam o temor dessas pessoas por suas próprias mortes, disfarçado em simpatia por sua perda.

A missa fora linda, e as lágrimas das mulheres presentes, sinceras. Sepultar uma criança era difícil. Ninguém queria que aquilo estivesse acontecendo, mas todos preferiam que fosse com o filho de outra pessoa do que com os seus próprios.

Freddie estava bebendo muito, mas todas as pessoas ali estavam fazendo o mesmo. Até Jimmy estava bebendo além da conta, mas num dia como aquele, o que mais poderia fazer? Ele queria apenas tentar anestesiar a dor que sentia, apenas isso.

Seus pais estavam arrasados, ele sentiu, como freqüentemente acontecia, que estava completamente afastado deles e de suas vidas. Lena e Joe estavam em pedaços. Joe estava abusando do uísque, mas se isso o ajudava a enfrentar o dia, tanto melhor. Lena envelhecera muito num espaço de tempo tremendamente curto, e ele sentia muita pena dela por isso.

Naquela tarde, Lena dissera-lhe uma coisa muito verdadeira. Dissera que aquele era o tipo de sofrimento que fazia alguém compreender o que realmente era importante na vida. Quando se pensava nas coisas que tinham parecido importantes antes da tragédia, subitamente se percebia que elas não eram nada no grande esquema das coisas. As tragédias serviam para mostrar que a vida é apenas uma série de eventos, nada mais que isso, e que você não tem nenhum poder real sobre ela. Você apenas pensa que tem.

Ao concordar, Jimmy compreendera que amava Lena Summers. Ela era uma mulher maravilhosa, e ele tinha sorte de tê-la como sogra.

Esse pensamento o fez olhar para o pobre Dicky, que em breve teria Jackie como sogra. Que pensamento aterrorizante.

Ele olhou para Jackie e notou que ela estava bebendo com freqüência cada vez maior e em maior quantidade. Qualquer outra pessoa a esta altura estaria em frangalhos, incapaz de formar uma frase coerente ou de se manter de pé. Mas não Jackie. Ela era um animal. Em comparação com todos os outros presentes, ainda estava sóbria.

Ele sabia que o Pequeno Freddie estava à espreita, ainda em liberdade como se nada houvesse acontecido. O veredicto de morte de seu filho tinha sido uma desventura. "Um acidente trágico" e "minhas condolências aos pais e à família". Essas tinham sido as exatas palavras do estúpido médico-legista.

Jimmy conseguia compreender a necessidade de Freddie em proteger seu filho. Ele sabia que Freddie chegara a tentar castigar o garoto, mas não conseguira punir sua própria carne e sangue.

Mas para Jimmy, Freddie não era mais sua carne e sangue. Ele não nutria mais nenhum sentimento pelo homem que um dia ele adorara, o homem a quem mantivera empregado por anos. Ele o vira transformar seu filho num animal. Todos eles tinham presenciado, mas ninguém interferira, porque Freddie era Freddie, um *louco* que usava seu ódio para controlar todos à sua volta.

Freddie era temido por alguns dos homens mais cruéis de seu mundo. Era considerado um caso de hospício, e sabia disso. Usava sua reputação para conquistar respeito, mas Jimmy não o temia. Já fazia um bom tempo que Jimmy não sentia medo dele, um bom tempo que o via como um livro aberto.

Freddie era simplesmente estúpido. Ele avançava na vida pisando em todo mundo, com o passe livre que ganhara por ser útil a Ozzy. Mas Jimmy conquistara o respeito de Ozzy. Era *nele*, James Jackson, que Ozzy confiava; era Jimmy quem ele escolhera para gerir seus diversos negócios e que agora conhecia os segredos mais profundos e sombrios de Ozzy.

Jimmy mantivera Freddie no esquema porque eles eram parentes, suas esposas eram irmãs, e porque ele já o admirara e o tivera como seu ídolo. Mas ele estava fora de vez. Depois de hoje, Freddie receberia sua carta de demissão sem qualquer aviso prévio.

Freddie estava prestes a descobrir quanto poder seu primo mais jovem realmente possuía. Jimmy estava determinado a fazê-lo pagar pelo assassinato de seu filhinho. Ele não ia deixá-lo sair ileso desta vez. Quando tivesse acabado com ele, Freddie não seria capaz de conseguir trabalho nem como porteiro.

Jimmy queria varrer Freddie e seu filho da face da Terra. A necessidade absoluta de vingança era uma coisa que ele jamais sentira até então. Começara com a morte de seu pequeno Jimmy, e o tomara por completo depois que o legista a considerara um mero acidente.

Saber que Joe tinha suas suspeitas deixava a situação ligeiramente mais suportável. O que tomara a criança dele não fora um acidente, e ele sabia que quando tudo acabasse, e a dor diminuísse o bastante para que ele voltasse a funcionar, ele providenciaria para que Freddie Jackson Júnior jamais ferisse ninguém novamente.

Vendo as irmãs conversando, Kimberley sentiu-se excluída. Ela pegou seu suco de laranja e saiu para o jardim. Era um dia frio, mas ela estava bem agasalhada.

Ela adorava o lugar e sentia o vazio que Jimmy Júnior deixara para trás. Era inacreditável que ele jamais fosse correr no gramado novamente ou nadar na piscina.

Ela estava novamente à beira das lágrimas. Ele fora um menino adorável e completamente idolatrado por Maggie e Jimmy. Tivera tudo o que uma criança poderia querer e agora estava morto. Aquilo ia além da compreensão humana.

O silêncio daquela casa sem a presença de uma criança era insuportável. Fora isso que a fizera sair para o jardim e caminhar até a casa de hóspedes. Fora construída em tijolos amarelos reaproveitados de um dos outros anexos, e suas janelas tinham sido feitas à mão, de modo a combinarem com as da casa principal.

Ela estava prestes a entrar quando ouviu a voz de Maggie. Em vez de entrar, ficou parada diante da janela ouvindo.

— Não vou a lugar nenhum, Maggie.

O valentão estava de volta no controle, e Maggie compreendeu que ele jamais iria deixá-la em paz, jamais iria permitir que esquecesse o que lhe acontecera. Maggie cerrou os olhos, torcendo contra toda a lógica que ao abri-los Freddie tivesse desaparecido.

— Me deixa em paz.

Maggie estava falando baixo, mas ele conseguiu sentir a raiva que borbulhava sob a superfície.

— Por que simplesmente não me responde, Maggie?

Maggie fechou os olhos de novo e ouviu o homem que roubara anos de sua vida, roubara dela os primeiros anos da vida de seu filho, por causa de suas ameaças, seu ódio e sua inveja. Freddie ainda estava tentando manipulá-la. Ainda estava usando seu ódio para fazer com que ela se sentisse miserável. Ainda estava tentando forçá-la a dizer o que ele queria, mesmo depois dos eventos de hoje. Seria risível, se não fosse tão ultrajante.

Maggie não tinha a menor intenção de responder a ele. Apenas queria que ele fosse embora. Ele a seguira até ali, quando ela quisera apenas ficar sozinha, organizar os pensamentos.

— Ele era meu filho. Admita. Vamos, admita agora.

Freddie queria que ela finalmente admitisse que Jimmy Júnior era filho dele. Que lhe desse esse presente, apesar de todo o desprezo que ela nutria por ele.

— Vá embora.

A voz de Maggie recuperara parte da força e saiu bem mais alta do que ela pretendera.

— Vamos, Maggie, diga.

Finalmente, ela perdeu a cabeça.

— Me deixe em paz, Freddie. Você me *estuprou*, e agora, no dia do enterro do meu filho, ainda está infernizando a minha vida. Será que agora que ele está *morto* não pode me deixar em paz? Será que não posso respirar agora que aquilo que você usou contra mim por tantos anos está enterrado? Você não tem mais poder sobre mim, Freddie. Não entende isso? Ou esta é a sua última tentativa de me enlouquecer?

Freddie fez que não com a cabeça.

— Vá embora, Freddie. Antes que eu chame o meu marido e conte a ele o que você me fez.

Kimberley ouviu um som de luta e contornou rapidamente a casa de hóspedes. Depois de alguns segundos, ela olhou pela quina e viu Maggie indo cambaleando de volta para a casa. Seu pai ainda estava na casa de hóspedes e, 15 minutos depois, quando finalmente saiu, Kimberley ficou chocada ao ver que ele estava chorando.

Jackie estava ouvindo a mãe e o pai conversarem sobre a época em que eram jovens. Era sempre assim em funerais e casamentos. Toda reunião de família terminava com seus pais contando histórias dos tempos antigos e coisas que tinham acontecido a parentes havia muito falecidos.

Ela tomou mais um gole de uísque. Estava confortável na linda sala da frente de Maggie, com seus sofás macios e suas paredes creme. As garotas estavam sentadas com ela no maior dos três sofás, e ela estava gostando tanto da noite que quase se esquecera de que todos estavam ali para um funeral.

Lena agora estava contando às meninas sobre sua própria avó, como ela fumava cachimbo e jamais faltava à missa, como seu avô costumava bater nela quase todos os dias e como, depois que ele morreu, ela também partiu logo em seguida.

— Mas que babaca! Como ela podia amar alguém que lhe dava porrada todos os dias? Quando ele bateu as botas, ela devia era ter dado uma festa! — disse Rox num tom irritado, e todos sorriram para ela.

Freddie, que agora estava sentado no chão de frente para a lareira, riu alto.

Jimmy estava sentado de frente para ele. Fitou-o por longos momentos enquanto Freddie soltava aquela sua risada irritante e sarcástica.

Vendo Jimmy olhar para ele, Freddie disse num tom amistoso:

— A propósito, Jimmy, não se preocupe. Cuidarei dos recolhimentos amanhã.

Jimmy sabia que Freddie estava lhe oferecendo o cachimbo da paz, a chance de tentar resolver suas diferenças.

Ele só podia estar de brincadeira.

Este era o dia do funeral de seu filhinho, e ele só permitiu que Freddie e as filhas dele ficassem em sua casa por causa de Maggie, porque a presença das meninas dava a Maggie algum tipo de paz. Ela estava sentada ao lado de sua mãe, de mãos dadas com ela. Jimmy sabia que ela estava tentando encontrar conforto e, como ele, não estava conseguindo.

— Não se preocupe. Já está tudo resolvido.

Joe ouviu o diálogo e viu o rosto de Jimmy. Sua expressão, subitamente raivosa, pareceu quase demoníaca.

Estava olhando para Freddie com tanto desprezo que Joe esperou que o genro se levantasse e começasse a brigar com Jimmy.

Em vez disso, ficou sentado, aceitando o olhar dele. Mas Joe presumiu que esses dois homens iriam ter sérios desentendimentos muito em breve, e sabia em quem apostar pela vitória.

Capítulo 27

— Quero ele fora, Oz. E quero isso o mais rápido possível.

Ozzy fez que sim com um gesto de cabeça, esquecendo-se que Jimmy não podia vê-lo, pois estavam falando ao telefone. Como sempre, Ozzy apreciou o modo direto de seu protegido e ficou feliz por Freddie finalmente ser posto no olho da rua. Se dependesse dele, teria feito isso há anos.

Desde a morte do menino, Ozzy sentira uma mudança radical em Jimmy. Estava mais duro e irritadiço. Mas para ele parecia uma reação normal.

Quando chegara a notícia de que o pobre Jimmy Jackson perdera o filho sob circunstâncias trágicas, Ozzy vira a reação dos homens que tinham filhos, especialmente os que tinham filhos pequenos. Graças a eles, Ozzy pudera compreender melhor a dor que Jimmy devia estar sentindo. Como nunca tivera filhos, podia apenas imaginar a sensação de perder um.

Jimmy, como muitos homens antes dele, estava tentando concentrar-se no trabalho para superar aqueles momentos terríveis. Pelo menos parecia estar funcionando, ajudando Jimmy a esquecer a dor. Ozzy tinha visto homens na prisão se destruírem depois de uma tragédia dessas.

Pelo que ele sabia, Maggie não estava lidando bem com o assunto. Aparentemente, Jimmy não estava conseguindo sequer se aproximar de Maggie para ajudá-la. Como poderia? Mulheres são uma espécie diferente e, afinal de contas, são elas que geram as crianças. Ele presumia que elas sentiam muito mais a perda do que os pais. Embora os jornais e a televisão dissessem que algumas mulheres não nutriam qualquer sentimento por seus filhos, e ele soubesse que no começo Maggie não aceitara a criança.

Ozzy suspirou. Ele sentia muito por Jimmy, mas para ele a dor de Jimmy proporcionava uma oportunidade pessoal e tanto. Ele ia assumir os negócios e estava começando por livrar-se do lastro.

— Faça isso, Jimmy. Será uma boa limpeza. E já não é sem tempo.

— Tudo bem, filho? — Freddie reduziu a velocidade do carro, para a irritação dos motoristas atrás dele, e acenou para o filho através da janela aberta.

O Pequeno Freddie sorriu e acenou de volta, e seu pai buzinou antes de voltar a acelerar, afastando-se dele e dos dois amigos com os quais estava indo a caminho da escola.

Freddie sorriu. Ele estava bem. Não havia nada errado com aquele menino. Ele era esquentado como seu velho, e só. Tinha mau gênio. E *ele* também tinha mau gênio, conforme descobriam todos que interferiam nos seus negócios. Bem, esse garoto tinha herdado dele essa qualidade, de modo que não poderia ser tão mau.

Sua mágoa e seu choque haviam passado completamente. Jimmy agora era seu novo foco de atenção. Era Jimmy o filho-da-puta; e era ele quem devia ficar atento.

Freddie estava costurando no tráfego do começo da manhã, xingando e gesticulando para os outros motoristas, menos capazes, que tinham a audácia de estar na rua. Estava se dirigindo para o escritório novo num prédio em Barking, de onde Jimmy estava despachando agora.

Freddie não gostava da idéia de usar essa firma como uma fachada respeitável e tinha dito para quem quisesse ouvir que Jimmy estava perigando cair. Parecia estupidez expor o pescoço, divulgando sua existência.

Mas Jimmy estava conduzindo negócios legítimos a partir do escritório, e os outros assuntos raramente eram discutidos lá. Nada tangível poderia ligar nenhum dos funcionários a qualquer coisa que não fosse legal. Jimmy estava acompanhando os tempos, enquanto Freddie ainda estava preso nele.

Freddie estava furioso, porque, depois de passar uma semana sem receber notícias de Jimmy, recebera uma ordem de passar em seu escritório. Bem, ele estava indo para lá — e estava disposto a resolver este caso de uma vez por todas. Eles já haviam postergado esse conflito por muito tempo. Freddie estava mais do que preparado para ele, até as últimas conseqüências.

— Mãe, a Maggie não anda bem. Estou realmente preocupada com ela.

Rox estava sentada na cama da mãe, tentando fazer com que ela tomasse chá e comesse uma torrada. Agora as meninas se revezavam para forçar Jackie a levantar-se da cama e comer. Estavam preocupadas com ela e com seu problema com a bebida, que estava cada vez mais grave.

— Ela vai ficar bem. Agora, vá embora, Rox. Me deixa dormir.

Rox suspirou.

— Mãe, imagine se tivesse sido uma de nós que tivesse morrido. Como você estaria se sentindo?

— Rox, neste momento, eu estaria adorando. Agora vai embora e me deixa.

Kimberley, que estava no andar de baixo, ouviu a mãe e tentou entender uma mulher que não era nem um pouco solidária com a dor da própria irmã.

Rox tentou de novo.

— Mãe, quer fazer o favor de se sentar e comer a torrada que fizemos para você?

Jackie agora estava ficando realmente irritada. Isto estava se tornando uma coisa regular. No começo, ela adorara. A atenção que as meninas estavam lhe dispensando tinha sido adorável. Agora ela estava de saco cheio. Elas apareciam todos os dias como um bando de bruxas, e tudo o que ela queria fazer era tirar uma soneca.

Kimberley entrou no quarto e, empurrando Rox para fora do caminho, agarrou a colcha e descobriu a mãe, que estava seminua.

Jackie ficou furiosa. Sentou-se na cama e gritou de raiva.

— Que porra deu em vocês? Por que não me deixam em paz?

Rox estava tentando não rir, mas então, ao olhar direito para a mãe e ver a forma como ela inchara novamente nos últimos meses, perdeu toda a vontade de rir.

As pernas de Jackie estavam cheias de feridas e arranhões, porque seus rins estavam falhando gradualmente e causando irritações cutâneas. Rox e as irmãs sabiam disso porque haviam pesquisado na internet. Elas sabiam o que estava acontecendo com Jackie e estavam tentando fazê-la ajudar a si mesma, antes que fosse tarde demais. A mãe era um caso clássico de alcoolismo, e elas queriam impedir que se matasse de tanto beber.

Rox olhou o quarto ao seu redor. Estava imundo. A roupa de cama estava podre, o tapete estava repleto de queimaduras de cigarro e manchas de café, e o quarto fedia a suor e urina. Mas o mais triste era que o quarto não parecia nem de perto tão dilapidado quanto a mulher sentada na cama.

Jackie puxou a colcha de volta para se cobrir, mas já perdera qualquer esperança de dormir, e expressou sua irritação na forma de insultos pessoais.

Ela acendeu um cigarro e disse em voz alta e num tom sarcástico que deixou claro seu desprezo pelas filhas:

— Por que estão fazendo tudo isso? Agora que Rox vai ter um bebê, ela está se achando um poço de sabedoria. Bem, você não sabe porra nenhuma, Rox. Nunca soube.

— Ela sabe mais do que você, mãe.

Jackie sorriu ao olhar para Kimberley.

— Oh, agora a minha filha viciada está me brindando com sua sabedoria? Bem, você sabe onde pode enfiar essa sua sabedoriazinha. Vá se drogar e me deixa em paz.

Rox caminhou até a porta. Já ouvira demais.

Kimberley disse em voz baixa:

— Mãe, olhe para si mesma, olhe para a sua vida. Ela fede, você fede, e só não percebe isso porque está sempre com o cérebro encharcado de álcool. Em vez de aceitar isso, tudo o que você faz é tentar destruir a si mesma e a todos ao seu redor.

Jackie soltou uma risada cruel. Afastando os cabelos para longe do rosto, gritou:

— Pelo menos eu tenho uma vida. O que você tem? Sem homem, sem *nada*. Ninguém quer você, Kim. Ninguém quer uma viciada.

— Ouça o que você está dizendo, mãe. Eu não preciso de um homem para poder me sentir uma pessoa decente.

Jackie riu novamente.

— Kimberley, vá embora. Vá trepar, beber, se picar, cheirar. Vá fazer o que quiser, que não estou nem aí. Apenas saia da minha frente!

Rox e Kimberley olharam para ela, e a expressão em seus rostos disse a Jackie tudo o que ela precisava saber sobre si mesma.

Kim falou alto, o desgosto evidente em sua voz:

— Você não tem homem, mãe. Você não tem nem o papai. Quer saber? Ele *odeia* você. Passa a maior parte do tempo fora de casa...

Rox estava tentando fazer a irmã sair do quarto, tentando impedir que a discussão acabasse em briga.

— Deixa ela, Kim. Estamos perdendo nosso tempo...

Jackie tornou a rir.

— "Deixa ela, Kim" — disse, imitando a voz da filha. — Vá para a casa da Maggie. Ela adora essa porra toda. Vocês são cheias de frescuras, que nem ela. Ela não ligou para o filho durante anos. O pobre menino... Tão negligenciado...

Kimberley riu, sarcástica.

— Quem é *você* para falar de negligência? O Pequeno Freddie estava sempre assado porque você não se dava ao trabalho de trocar as fraldas dele. Se não fosse pela gente, ele nunca teria comido nada decente. E você vem falar de negligência!

Jackie sabia que isso era verdade, o que apenas deixou-a ainda mais irritada.

— Eu sempre estive ao lado dele, para o que desse e viesse! Nunca deixei de amar o moleque! Maggie tinha tudo: casa, carro e até um cachorro de raça! Mas nenhum filho. E quando ela conseguiu um, quando finalmente conseguiu um, ela nem sabia o que fazer com ele! Ela agora só está desequilibrada porque sabe que nunca teve tempo para ele. Está se sentindo *culpada*, e deve se sentir mesmo, depois de tantos anos negligenciando o próprio filho.

Jackie agora estava gritando:

— Até Freddie tinha mais tempo para vocês do que Maggie para o filho dela. E ela não suportava a criança! Não gostava nem de chegar perto do menino! Eu me lembro bem da cara com que Maggie olhava para ele, como se ele não fosse nada. Ela odiava ficar perto do menino. Só tocava nele quando era absolutamente necessário! O pobre menino era negligenciado. Até a minha mãe dizia isso. Meu Freddie amava aquele menino e Maggie nem deixava eles brincarem!

— E por que tudo isso, mãe? — disse Kimberley. — Qual era o motivo, hein? Você que sabe tanto, por que acha que ela odiava que ele brincasse com o menino?

Rox ouviu a inflexão na voz da irmã e soube que alguma coisa séria estava a ponto de ser revelada, alguma coisa que causaria problemas, problemas graves.

— Cale a boca, Kim. Vamos embora.

Jackie se levantou; ela queria ouvir tudo.

— Fique fora disso, Rox. Vamos, Kim. O que você quer dizer? Ele adorava aquele menininho, era doido por ele. Graças ao Freddie, pelo menos o menino teve algumas memórias boas para levar com ele...

— O menino era filho *dele*, sua piranha burra!

Jackie ficou chocada. Por um instante, perguntou-se se estaria ouvindo coisas.

— O que você disse?

— Ele *estuprou* ela. Papai *estuprou* Maggie!

Maggie estava se sentindo doente por dentro, e a dor que estava sentindo não podia ser aliviada com as pílulas que sua mãe estava tentando obrigá-la a tomar.

— Por favor, mãe. Me deixa aqui, vá para casa. Só quero ficar sozinha.

A coisa mais estranha era que ela ficaria *bem* sozinha, mas ninguém acreditava nisso. Sozinha, conseguia organizar os pensamentos, fingir que as coisas estavam bem. Podia relaxar, tentar dormir. Podia fingir que nada havia acontecido.

Esquecer a forma como o filho tinha sido concebido, lembrar dele pelo menininho que ele era, o filho que ela amara. Ela deixaria Freddie Jackson estuprá-la todos os dias, se isso trouxesse seu filho de volta. Ele fora um filho do estupro, trazido a este mundo por causa de um ato tão hediondo e maligno, e mesmo assim ela aprendera a amá-lo. Ele fora a parte inocente. Primeiro o catalisador para a destruição da sua própria vida, e depois o catalisador para o seu renascimento e o estímulo do qual seu casamento precisava. Jimmy amara muito o menino, e por si só isso era motivo para que ela o amasse.

Agora Maggie preferia ficar sozinha, e isso lhe daria o luxo de fingir que o filho ainda vivia e ainda estava perto dela. Sozinha, sua vida poderia ser o que ela quisesse que fosse, em vez de ser o que era.

A solidão era uma coisa boa.

Lena não sabia mais o que fazer. Nada que ela fizesse parecia surtir qualquer efeito. Maggie estava determinada a ficar sozinha, e ela sabia que insistir seria perda de tempo.

Mas Lena sentia uma culpa enorme em seu peito. Ela precisava fazer com que a filha melhorasse, precisava fazer com que precisasse dela.

Se ao menos eles tivessem cuidado direito e protegido o menino naquela noite, ele ainda estaria vivo.

Se Lena sabia que jamais teria outro dia de felicidade, o que poderia esperar para sua filha? Sua Maggie estava morrendo por dentro. Não era algo que se pudesse olhar para ela e dizer; era algo muito mais sutil. Os olhos de Maggie estavam mais tristes a cada dia. E o pior era saber que ela estava certa. Era certo Maggie sentir sofrimento e dor.

Porque eram as únicas coisas que ela sentia.

— Tem certeza disso, Jimmy? — perguntou Glenford num tom cético. Ele sabia que os Jackson brigavam entre si, mas a raiva de Jimmy era fora do comum.

— Absoluta, Glen. Ele está fora e o assunto morre aqui.

Durante alguns momentos, Glenford ficou sem palavras.

— O circo vai pegar fogo, e você sabe disso. Você não pode demitir Freddie, isso seria um insulto grande demais. Ele vai querer matar você. Vai ficar obcecado com isso. — Glenford disse tudo isso num carregado sotaque jamaicano, convicto de cada palavra.

Jimmy sorriu.

— Não estou nem aí. Por mim, Freddie pode se foder.

Glenford estava surpreso, mas não *realmente* surpreso. Isso era algo que já estava para acontecer havia muito tempo. Ele só não esperara que fosse agora, e não com tanta virulência. Freddie devia ter feito uma merda das grandes desta vez, porque Jimmy estava furioso.

Jimmy sempre fora o cara *tranqüilo*. Ele sempre tinha olhado o lado bom das pessoas, tentado achar a melhor saída para todas as situações, tentado manter a paz.

Ao que tudo indicava, ele não era mais assim.

Contudo Glenford precisava discordar da lógica de demitir Freddie agora. Ele coletava depressa, sem discussões. Ele dava às pessoas dez horas, e elas jamais deixavam de pagar nesse prazo. Ele sabia como lidar com as pessoas, sabia como cobrar. Podia não ser a mente mais brilhante que eles tinham na folha de pagamento, mas sabia como arrancar dinheiro de qualquer devedor.

Freddie era um caso de hospício, e esse motivo, por si só, já justificava mantê-lo na folha de pagamento.

— Jimmy, pense bem. Não pode *demiti-lo*. Se fizer isso, ele jamais dará descanso a você. Ele é louco, completamente louco. Quem daria emprego a ele, além de você? Ele só *tem* você.

Glenford estava tentando, do seu jeito cordial, alertar Jimmy a respeito de atitudes impensadas.

— Freddie Jackson será muito mais útil se vocês estiverem de bem. Não o demita. Use-o como um capanga, deixe que mantenha sua honra. Se você o demitir, ele *jamais* irá superar isso.

Na verdade, Glenford estava com medo de que alguma coisa acontecesse, porque sabia que Freddie levava a vida no limite. Procurar por problemas era seu forte, era o que Freddie fazia para se divertir. Freddie adoraria uma desculpa para ampliar seu círculo de ódio.

— Mas é exatamente isso que eu quero, Glenford. Não *quero* que ele se recupere. *Quero* que saiba como me sinto. Vou acabar com ele de uma vez por todas. Vou apagar seu nome da minha folha de pagamento. Ele já *era*. Ele vai perder tudo o que sempre quis, tudo o que sempre *julgou* ter direito. Freddie está *acabado*, e quanto mais cedo ele se der conta disso, melhor. Carreguei o babaca nas costas a vida inteira, e agora ele pode começar a ganhar a vida sozinho, suando pelo pão de cada dia, como todos nós.

Glenford resfolegou, preocupado.

— Isso é coisa grave, Jimmy. É pessoal demais. O que foi que ele fez, afinal? *Trepou* com a sua mulher?

Jimmy não respondeu, deixando Glenford imaginando quais seriam as conseqüências. A vida era uma série de eventos inevitáveis... até agora ele não tinha entendido o que seu pai quisera dizer com essas palavras.

O pai de Glenford fora um jamaicano bonitão chamado Wendell Prentiss, que nos anos 1950 viajara por toda a Grã-Bretanha apenas com um chapéu rasta e seu senso de humor. Ele tivera uma legião de filhos com uma legião de mulheres, mas sua verdadeira esposa infelizmente dera à luz apenas um, Glenford. Wendell sempre dissera a Glenford que todo mundo possuía apenas uma vida, e que essa vida dependia de *você*, do que você fazia dela

É claro, dizia Wendell com um sorriso e em seu sotaque jamaicano carregado, sempre haveria o *inesperado*. Era preciso precaver-se para os custos, mentais e financeiros, que o inesperado poderia trazer. Mortes, nascimentos e, o que era mais comum, uma sentença de prisão muito dura para a maioria dos rapazes jamaicanos, porque a polícia britânica não gosta nem um pouco da nossa raça. Eles acham que há *muitos* de nós aqui. Nunca esqueça, filho, dissera ele com toda a dignidade que podia reunir, enquanto bebia rum branco e jogava dominó à mesa da cozinha, essas coisas custam dinheiro, tempo e *muito* uso do poder mental. Mas fora isso, dizia ele com uma gargalhada, a vida é sua, para aproveitar ou desperdiçar.

A Jebb Avenue, em Brixton, costumava dizer Wendell, a voz grave concedendo o máximo de dramaticidade às palavras, é o lugar ideal onde se comprar um casaco de pele de carneiro para usar nos dias mais *duros* do inverno, ou para quando você fosse fazer fila para visitar os amigos ou a família. E a Funky Brixton, como chamavam a prisão de lá, era o lugar onde os meninos brancos se transformavam em negros.

Glenford rira com seu pai ao ouvi-lo filosofar sobre essas coisas, mas agora tinha consciência de que tudo que o velho fizera fora expor os fatos.

Wendell morrera havia dez anos, ainda acreditando que era um príncipe, uma bandeira ambulante da Etiópia, e ainda fumando a maconha que o impedira de realizar seus sonhos. Ele sempre estivera chapado demais para fazer qualquer coisa construtiva.

— A vida é o que você *faz* dela — dissera quase diariamente, em voz alta e séria. — Você tem um papel em branco, Glenford, e o que você irá escrever nele é responsabilidade apenas sua. Você é quem decide se as coisas escritas nesse papel vão ser boas ou ruins.

Glenford seguira os ensinamentos do pai a vida inteira, e eles o haviam mantido em terreno firme. Seu pai ensinara-lhe que às vezes você *precisava* magoar as pessoas, ser cruel para ser gentil, mas Jimmy Jackson era um caso completamente diferente. Jimmy sempre tentara *facilitar* a vida de todos, e essa responsabilidade pesara sobre seus ombros por toda a vida.

Glenford tinha poucos amigos verdadeiros. Como seu pai, Glenford não atribuía esse título a qualquer um. Para ele, amigos eram pessoas em quem você confiava tanto quanto em sua família. Neste caso, mais do que em sua família. Jimmy era um amigo *de verdade*. Freddie, por outro lado, era apenas *tratado* como um. A diferença era sutil, mas existia.

Mas, para Jimmy, Freddie Jackson era da *família*. E no mundo em que eles viviam, parentes, por mais imprestáveis que fossem, sempre ganhavam salário. Era uma lei não escrita, mas os parentes deveriam ser gratos. Deveriam entender que tinham sorte por um parente próximo ter tido cérebro suficiente para ganhar dinheiro, e que estivesse disposto a compartilhar seu sucesso.

Agora Jimmy estava ameaçando cortar essa fonte, e isso cairia sobre Freddie como uma pedra. Jimmy era o chefe, e Freddie realmente era um sujeito perigoso, mas Glenford sabia que Freddie estaria coberto de motivos para alegar que Jimmy lhe devia um trabalho.

Ele também sabia que, a julgar pela atitude de Jimmy, Freddie devia ter arruinado irrevogavelmente o relacionamento entre os dois, e que Jimmy, qualquer que fosse a opinião de Freddie, era o melhor dos dois, sob mais de um aspecto.

Os Jackson haviam brigado antes, mas sem nenhuma conseqüência grave. Todo mundo tinha falado sobre essas brigas, especialmente a que fora provocada pela morte de Stephanie. O segredo mais bem guardado de Londres! Mas Jimmy sempre aceitara Freddie de volta. Ele ainda podia voltar atrás, e Glenford torceu para que isso acontecesse.

Ele odiava Freddie, mas sabia que era melhor tê-lo do lado deles, agindo como amigo, do que longe deles, fora de seu círculo, e, conhecendo Freddie, planejando suas mortes.

Glenford sabia que Jimmy devia ter seus motivos para afastar o primo dos negócios, mas a reação de Freddie certamente seria explosiva.

Roxanna sentiu-se nauseada e não teve certeza se por causa do bebê em sua barriga ou da revelação de sua irmã. Nem mesmo seu pai seria capaz de fazer uma coisa *dessas*... violentar Maggie. Não podia ser verdade.

Maggie era *forte* e decerto teria resistido. E também teria gritado para que todo mundo ouvisse.

Não teria?

Mas Rox sabia que Jackie teria reagido acusando Maggie e também tinha certeza de que Maggie manteria segredo em benefício de sua mãe e de Jimmy. Jimmy jamais poderia saber de uma coisa como essa. Maggie era sensata o bastante para saber que Jimmy seria capaz de matar, caso suspeitasse de que algo assim ocorrera.

Kimberley *tinha* de estar errada, devia ter ouvido errado. E se seu pai *havia* estuprado Maggie, isso significava que Jimmy Júnior era filho dele, como Kim insinuara? Teria sido *irmão* delas? Um único ato sexual teria produzido uma criança? Era absurdo demais. Rox sabia que tinha outros meios-irmãos e irmãs e já ouvira muitas fofocas a respeito, mas jamais sentira vontade de conhecer nenhum deles. Por que iria querer isso?

Jimmy Júnior não poderia ter sido filho do pai delas. Isso *não* podia ser verdade. Era uma sugestão absolutamente ultrajante. Maggie não teria permitido que isso acontecesse com ela. Não teria permitido que ele a tocasse, jamais. Era impossível.

Não sua tia Maggie, a pessoa que fora como uma mãe para elas por toda a vida, a pessoa que sempre estivera ao lado delas, que ainda era o refúgio delas quando as coisas ficavam tempestuosas. Sempre que esta mãe de araque ficava bêbada e provocava brigas, elas tinham buscado abrigo na casa de Maggie.

Ele teria estuprado Maggie? Seria seu pai realmente uma pessoa tão vil? Uma pessoa capaz de uma coisa dessas?

O pior de tudo era que, no fundo, Rox sabia que era verdade.

Kimberley falara a verdade, e até sua mãe, a maior fã de seu pai, seu único álibi, e também a única pessoa no planeta que *realmente* se importava com o que acontecia com ele, sabia disso. Era quase como se Jackie estivesse esperando para ouvir isso, ou alguma coisa parecida com isso, em algum momento de sua vida. Era quase como se tivesse recebido uma informação que já tivesse, uma informação que confirmava uma suspeita que ela já possuía.

Mas Rox não podia admitir isso. Simplesmente não queria lidar com isso. Não queria olhar para sua tia Maggie, a quem tanto amava, e saber que seu pai invadira sua vida com tanta violência.

Contudo Jackie Jackson finalmente encontrara a última peça de um quebra-cabeça que ela tentara resolver durante anos. Quando Freddie demonstrara tanto afeto por Jimmy Júnior, ela sentira em seu coração que havia alguma coisa por trás daquele rosto sorridente e daquele comportamento amistoso. Freddie jamais ligara para os próprios filhos, e Jackie sempre sentira um ciúme profundo pela forma como ele tratava aquele menino.

"Jimmy Júnior", que grande teatro. Mas os dois homens eram muito parecidos, e todos os seus filhos se pareciam. Sua Rox era quase um clone de Maggie. Jackie sabia que Freddie sempre tivera uma quedinha por sua irmã caçula, mas e quanto a Jimmy? O que Jimmy pensaria disso, principalmente agora que o menino estava morto? Maggie havia tido um caso com Freddie, só podia ser isso. Maggie precisava ter tudo, e ela sempre conseguia o que queria, inclusive Freddie. Mas estupro? Kimberley disse que tinha sido um estupro, que Maggie dissera isso a Freddie em termos claros quando ele tentara fazer com que ela admitisse que Jimmy Júnior era filho dele. E Jackie sabia que Freddie era capaz de uma coisa dessas. Maggie teria sido realmente estuprada?

Freddie levava jeito com as mulheres. Talvez ela o tivesse procurado. Ele sabia ser encantador quando queria. Jackie lembrou-se das vezes em que Freddie falara sobre Maggie. Maggie isto e Maggie aquilo, quase enlouquecendo Jackie de ciúmes. E veja só como Freddie ficara feliz quando ela lhe dera um filho.

Maggie finalmente engravidara, depois de tanto tempo, e Jackie ficara feliz por ela. Grávida, Maggie não seria mais uma *ameaça*, estaria fora dos limites. Mas agora Kimberley estava dizendo que o filho de Maggie, o pobre menininho, era filho de seu marido.

Bem, ele estava morto e enterrado, graças a Deus. Ele teria sido a última coisa de que ela precisava: uma recordação viva da infidelidade do marido, desta vez dentro de sua própria família.

Filho-da-puta.

Mas *estupro*? Que *babaquice*! Não havia a menor chance. Freddie tinha sempre uma fila de mulheres à sua espera; não precisava forçar nenhuma. E se era verdade, então Maggie devia ter pedido por isso.

Maggie estava alegando estupro por medo de que Jimmy ficasse sabendo. Como todo mundo, Jimmy pensava que Maggie era uma *santa*. Agora ela havia mostrado a sua verdadeira cara.

Maggie não tinha sido a primeira puta que Freddie comera e certamente não seria a última. E Freddie já traíra Jackie com mulheres melhores que Maggie. Jackie decidiu que iria guardar este trunfo com cuidado. Ficaria calada até que Jimmy descobrisse.

No fundo, não queria que ninguém ficasse sabendo. Maggie era *próxima demais* e encantadora demais para que Jackie Jackson se permitisse ser comparada a ela. Sabia que a maioria das pessoas não culparia Freddie por traí-la com sua irmã mais jovem e mais bonita.

Jackie lembrou-se das vezes em que ele dissera que se casara com a irmã errada, que devia ter esperado alguns anos até que Maggie tivesse idade suficiente. Dissera essas palavras, bem ali, inúmeras vezes.

Kimberley ouviu a mãe tagarelar que Maggie sempre tomava tudo o que queria e que era a filha favorita. Em vez de raiva, Kimberley sentiu uma pena profunda pela mulher que a dera à luz.

Jackie já estava culpando a pobre Mags pelo que acontecera, e seu pai, como sempre, era a parte inocente. Maggie atraíra-o para sua cama para se vingar dela, Jackie. E Jackie claramente estava acreditando nas mentiras que dizia.

Kimberley compreendeu que no momento em que abrira sua boca grande, dera início a uma coisa que iria assombrar a todos eles por anos.

Seu pai se tornara a parte inocente em tudo aquilo, e sua mãe já condenara a pobre Maggie, e o único efeito que sua revelação estúpida conseguira surtir havia sido mais mágoa e tristeza para sua querida tia. Como se ela já não tivesse problemas de sobra.

Capítulo 28

Jimmy estava nervoso, não assustado, mas *nervoso*, porque sabia que Freddie não aceitaria de bom grado sua expulsão dos negócios.

Freddie recebera uma mensagem para ir conversar com Jimmy, e ele estava preparado psicologicamente para recebê-lo. Ele sabia que Freddie era imprevisível. Jimmy vira o que ele era capaz de fazer a pessoas que acreditava que o estivessem passando para trás.

Freddie entenderia a situação como uma ofensa pessoal devido ao laço de família e também porque via Jimmy como um usurpador. Para todos os efeitos, Jimmy ia banir Freddie daquele que fora o seu mundo, mas estava se lixando para isso. Na verdade, ia adorar cada segundo.

Jimmy dera a Freddie diversas oportunidades para se redimir, e Freddie nunca demonstrara gratidão. Agora, ele ia descobrir que era o elo mais fraco da cadeia alimentar, e que o chefe não era ele, mas Jimmy.

Jimmy ficara com essa espinha atravessada na garganta durante anos, mas aquele monstro que Freddie criara tinha sido a última gota. Jimmy não podia contar a Maggie o que acontecera, e nem a mais ninguém, mas Freddie sabia o que Jimmy havia esperado da sua parte, e não cumprira seu lado do trato. Portanto, estava *fora*.

Não apenas dos negócios de Ozzy, mas do mundo ao qual eles pertenciam. Jimmy não queria mais ver Freddie nem pintado na sua frente. Se isso significasse removê-lo completamente da face da Terra, que o fosse. Jimmy lamentava apenas não ter se livrado dele há mais tempo.

Como Freddie reagiria a isso era problema dele. Mas Jimmy espalharia aos sete ventos que qualquer um que empregasse Freddie não poderia mais negociar com ele ou com seus parceiros.

Ele ia se tornar um pária, e ninguém, exceto eles dois, saberiam por quê. E finalmente Freddie compreenderia que precisava arcar com as conseqüências de seus atos.

Jimmy devia tê-lo afastado quando ele matara Lenny, mas lhe dera mais uma chance. Agora Freddie não podia mais contar com sua lealdade familiar, e Jimmy queria que ele e seu filho monstruoso se fodessem. O Pequeno Freddie era uma cópia do pai, mais um louco solto no mundo. E era melhor que Freddie Jackson mantivesse o menino o mais afastado possível dele e de sua família, porque se o visse novamente Jimmy o mataria sem pestanejar.

Era apenas por causa de Maggie que ele não expunha Freddie e aquele monstro. Maggie já tinha motivos demais para sofrer sem saber o que realmente acontecera com o filho, e Jimmy estava disposto a protegê-la até o último sopro de vida.

Ela não poderia descobrir nunca. Nunca.

Freddie estava acabado no mundo deles, e essa seria a punição ideal, porque para ele sua reputação era tudo. Freddie que tentasse ameaçar Jimmy depois de receber a notícia. Porque, se o fizesse, iria descobrir exatamente com quem estava lidando.

Jimmy mal podia esperar para que isso acontecesse. Estava tremendo com antecipação, a adrenalina já estava correndo em suas veias. Freddie estava para receber o choque de sua vida, e Jimmy estava farto de esperar por isso, cansado de postergar o momento para não ferir sentimentos.

Lealdade familiar era uma lei ultrapassada. Quem em seu juízo perfeito gostaria de ter como parente um sacana de duas caras? Durante anos, Jimmy carregara os parentes nas costas, emprestara-lhes dinheiro, resolvera seus problemas. Era como se fosse o Banco de Jimmy.

Bem, não seria mais assim. A partir de agora eles teriam de aprender a resolver seus problemas sozinhos.

Eles eram sanguessugas profissionais, que haviam sugado de Jimmy a coisa que lhe fora mais importante. Jimmy prometeu a si mesmo jamais esquecer isso. Nem *esquecer*, nem *perdoar*.

Faria isso por seu filhinho Jimmy e por sua própria paz de espírito. Como já acontecera antes com Freddie Jackson, agora Jimmy Jackson nutria uma mágoa, e essa mágoa seria o seu combustível nos dias difíceis que se avizinhavam.

Jackie estava olhando para a filha mais velha, mas não a estava vendo. Estava vendo aquilo que ela ignorara durante anos. Freddie cobiçava sua irmã caçula desde que ela era menininha. Ele a observara e desejara.

Esses pensamentos não transpareciam em seu rosto. Olhando para sua mãe, Kimberley julgou que ela estivesse em estado de choque.

Roxanna também estava chocada. Na verdade, estivera a ponto de desmaiar desde que Jackie insistira em que Maggie tentara seduzir seu pai.

— Você não pode acreditar no que está dizendo, mãe. Como se Maggie fosse querer chegar perto *dele*. — Estava insinuando que nenhuma mulher em seu juízo perfeito iria querer o marido de Jackie, que, por acaso, era o seu próprio pai.

Jackie virou abruptamente a cabeça para sua linda filha, a quem neste momento ela seria capaz de estrangular. A verdade estava gritando dentro de seu crânio, mas alguém com seu tipo de personalidade jamais poderia admitir em voz alta que Freddie quisera sua irmã, ainda que ela soubesse que essa era a verdade. Freddie queria qualquer mulher que fosse minimamente desejável.

Jackie rira disso durante anos; forçara-se a isso. Fora assim que protegera sua dignidade. Especialmente quando descobria os casos de Freddie com suas amigas e vizinhas e quando via garotas jovens olhando de rabo de olho para ela no pub. Ela suportara saber que essas mulheres tinham conhecido seu homem intimamente e que algumas delas tinham tido filhos com ele.

Ela suportara tudo, porque não conseguia de forma alguma visualizar sua vida sem ele, a despeito do que ele fazia ou de como a tratava. E, do seu próprio modo, Freddie *ficara* ao lado dela. Ela era a *única* mulher com quem ele havia passado quase toda a vida, embora a tratasse de forma cruel e até degradante.

Jackie seria a esposa de Freddie Jackson até o dia em que ela morresse. Isso lhe concedia a única respeitabilidade que ela já tivera, além de garantir um nível de proteção que lhe permitia beber e se drogar impunemente.

Desde o incidente com Terry Baker, sua confiança, que já não era muita, desaparecera por completo. Ela não seria capaz de suportar mais uma humilhação como aquela. Freddie era tudo para Jackie; ele a validava como pessoa. Desde o primeiro momento em que estivera com ele, Jackie sentira-se alguém, sua namorada, amante e, finalmente, esposa.

O dinheiro era apenas uma pequena parte de tudo aquilo. Jackie amava-o com cada fibra de seu corpo, e, se Maggie pensava que ela ia mudar, estava redondamente enganada.

Ele passara a vida toda caçando mulheres, e ela compreendera. Mas, sob circunstância alguma, poderia aceitar isto.

Jackie sabia que por enquanto o melhor a fazer era ficar calada. Ela realmente queria ficar calada, porque trazer essa história à tona era um convite ao suicídio. Mas ela também sabia que não conseguiria manter segredo sobre isso. Alguns drinques, e ela falaria tudo ou, pior, jogaria a história na cara de Freddie, que ficaria contra ela, piorando ainda mais a situação.

Jackie precisava atacar primeiro, levar o caso ao conhecimento de todos, causar problemas para Maggie. Jackie sabia melhor do que ninguém como bancar a esposa traída — afinal de contas, nisso ela tinha muita prática.

Maggie, com filho morto ou sem filho morto, traíra a própria irmã. Estupro, ela dizia! Mas a mentira tinha pernas curtas.

Jackie já havia se decidido.

Freddie decidira fazer uma breve parada em seu percurso até o escritório de Jimmy. Parou no pub e depois de alguns momentos, como se estivesse vigiando seu reino, decidiu que, se Jimmy Jackson queria conversar ele que o procurasse. Assim, entrou e pediu uma dose dupla de uísque.

Paul e Liselle ficaram satisfeitos em vê-lo, pelo menos tão satisfeitos quanto qualquer um poderia ficar. Paul repetiu a dose no copo de Freddie assim que ele o esvaziou, e os dois homens sorriram um para o outro. Paul sentia a animosidade usual de Freddie, mas hoje havia um sentimento novo, uma corrente subterrânea de ameaça que em geral não era tão evidente.

— Ouviu alguma coisa do Ozzy?

Paul deu de ombros, como sempre fazia quando respondia a essa pergunta.

— Uma ou outra coisa, só. Ele não conta nada para mim, Freddie, você sabe disso.

Isso foi dito num tom monótono que não suscitava mais perguntas e que indicava que Paul guardaria sua opinião para si mesmo, embora soubesse muito mais do que normalmente deixava transparecer.

Paul sabia que isso irritava Freddie, embora este jamais esperasse uma resposta diferente. Hoje, porém, pairava no ar um clima pesado que fez Paul manter-se perto da arma que sempre guardava debaixo do balcão. A arma ficava ali principalmente para ameaçar, mas ele não hesitaria em usá-la em caso de necessidade.

— E você não tem mais nenhuma porra de mensagem do Jimmy para mim, tem? Afinal de contas, Paul, você geralmente sabe muito mais sobre o que está acontecendo do que eu, não é mesmo? Aquele veado do Jimmy se abre muito mais com você do que comigo.

Isso foi dito num tom ameaçador, mas Paul sorriu antes de dizer baixinho:

— Ninguém me disse nada sobre você nem me passou nenhuma mensagem. Mas se eu ouvir alguma coisa você vai ser o primeiro a saber, certo?

Falou isso olhando Freddie nos olhos, enquanto mantinha a mão pairando sobre a espingarda.

Paul sabia que já havia algum tempo Freddie vinha acumulando bastante rancor. Ele estava sendo rebaixado na hierarquia, e todo mundo notara isso. Mas esse problema não era de Paul, era de Freddie Jackson, um balão muito inflado, prestes a explodir.

Até a morte do garotinho não fora suficiente para aparar as arestas. Pelo contrário, desde a tragédia a situação piorara ainda mais.

O pobre Jimmy ficara muito abalado, mas isso era de esperar. Ele perdera um filho, um filho único, uma criança amada e desejada, mas fora Freddie quem parecera envelhecer depois da tragédia. Enquanto o observava bebendo agora, tanto e ainda tão cedo, Paul perguntou-se qual seria a nova mágoa que se somara às outras.

Até onde Paul sabia, Freddie ainda estava desviando dinheiro dos recolhimentos. Todo mundo sabia muito bem como Freddie era. Jamais ficava com dinheiro no bolso por muito tempo e sempre tinha grandes idéias que jamais punha em prática.

Paul já tinha visto Freddie procurando por briga antes e subitamente ficou feliz por não ser o objeto da raiva e do ressentimento dele. Mas sabia que isso poderia mudar. Freddie Jackson mudava de humor como as pessoas mudam de roupa, e isso significava que ninguém estava realmente a salvo até que ele houvesse se retirado do prédio.

Glenford e Jimmy tinham ido almoçar no Ship and Shovel, onde pediram sanduíches e cerveja, a alimentação básica de homens em sua linha de atividade.

Estavam ambos cientes de seu acordo silencioso. Glenford não iria a parte alguma até que a situação com Freddie tivesse sido resolvida. Jimmy estava mais do que ciente do que estava prestes a fazer, mas Glenford sabia que tinha uma concepção bem mais lúcida da situação. Ao contrário de Jimmy, ele não estava tão próximo ao inimigo.

Jimmy, apesar de toda a sua mágoa, poderia vir a ceder e dar a Freddie o benefício da dúvida, como sempre. Freddie, contudo, jamais deixaria essa afronta passar sem uma briga, e ele brigava bem; era a única coisa na qual era realmente bom. Glenford estava com medo de que seu amigo estivesse cometendo o erro que todos os grandes homens acabavam cometendo: subestimar o inimigo ou, pior ainda, achar que seus inimigos possuíam as mesmas qualidades que eles e eram pessoas muito mais decentes do que de fato eram.

Jimmy Jackson sempre fora transparente, enquanto Freddie sempre dissera uma coisa e fizera outra. Ele era um animal. Freddie Jackson não possuía nada decente em seu corpo grande e forte. Disso, Glenford tinha certeza. Também sabia que Jimmy Jackson não pretendia voltar atrás em sua decisão. Sua preocupação era que Jimmy vacilasse no último momento, ficando vulnerável a um ataque.

— Mãe, pelo amor de Deus... — Kimberley acabara de se dar conta do que havia causado, e isso a estava matando de medo.

Jackie estava se vestindo, já tendo perdido completamente a vontade de dormir. Era agora uma mulher com uma missão perigosa que, em caso de necessidade, incluiria assassinar a própria irmã.

— Mãe, pare e me escute. Eu ouvi os dois conversando no funeral de Jimmy Júnior. Papai provocou ela. Ele foi muito *agressivo* com a tia Maggie, apesar de ela ter acabado de enterrar o filho...

— Ah! Eu estou com tanta peninha dela! Você não quer dizer o filho *deles*?

— Mãe, Maggie seria incapaz de magoar você, pelo menos não de propósito. Por que acha que ela ficou calada durante todos esses anos?

— Você não ficaria calada se estivesse trepando com o meu homem? Já te ocorreu que Jimmy também pode não gostar dessa história? A minha vida inteira ela quis tudo o que eu tinha! Ela sempre teve inveja de mim! Eu tinha tudo o que ela queria!

Kim soltou uma risada.

— Você deve estar brincando, mãe. Você não está se referindo ao meu pai, está? Está doida, mãe? E mesmo se Maggie desejasse papai ela não faria isso com *você*. Ela *te* ama, embora você a trate como uma cachorra.

Jackie suspirou e disse, num modo amistoso mas sinistro:

— Ela está morta, Kimmy, enfia isso na sua cabecinha. Ela *trepou* com o meu homem, teve um filho com o *meu* velho... as palavras são suas, Kim, e não minhas. E se você acha que vou dar ouvidos a toda essa conversa fiada sobre estupro, pode tirar o cavalinho da chuva. Vou arrancar a cabeça daquela puta. E se você se meter onde não é chamada, arranco a sua também.

Kimberley estava absolutamente aterrorizada agora.

— Pare, mãe, pense bem na situação. Por que foi que tia Maggie mandou que ele a deixasse em paz, hein? Por que ela não disse que o filho era dele?

Jackie suspirou. A informação trazida pela filha era tudo o que ela precisava para iniciar sua campanha de ódio. Ninguém acusava *seu* marido de estupro. Mentira! Maggie quisera Freddie porque ele era *dela*. Maggie a *invejava*. Na mente de Jackie, todo mundo com quem ela não se dava, ou contra quem nutria rancor, tinha inveja dela. Em sua mente, Jackie era uma pessoa completamente diferente. Sua casa era objeto de inveja, assim como seu marido e seu estilo de vida. Nunca ocorria a Jackie que era o seu próprio ciúme vingativo que causava a maioria dos problemas.

Em sua opinião, Freddie fora ludibriado. Seduzido por uma fêmea fatal que fora virgem até Jimmy e que, ela sabia, não abriria a porta de sua casa para Freddie nem se tivesse soado um toque de recolher. E eles haviam produzido uma criança. Bem, pela primeira vez Jackie podia ferir como fora ferida enquanto via sua irmã caçula fazer sucesso, conquistar coisas maiores e melhores!

Jackie era a mais velha. Devia ser ela a dona dos salões de beleza e das casas grandes, não Maggie, não a pequena Maggie, que ela sempre usara como e quando queria e que, subitamente, da noite para o dia, tornara-se a rica da família.

Como Maggie tivera a *ousadia* de passar por cima dela?

Freddie tinha dito, de brincadeira, que achava que Jimmy era estéril. Talvez ele estivesse certo. O casal não tivera outros filhos, e ela sabia que não fora por falta de tentativas. Desde o nascimento de Jimmy Júnior, Maggie quisera desesperadamente outra criança.

Ao que tudo indicava, Jackie chorara pelo filho bastardo de seu marido, e ela não deixaria isso passar barato. Jimmy Júnior o cacete; o menino *tinha* sido filho de seu marido. Freddie dera mais atenção a esse menino do que a qualquer um de seus filhos, e Jackie não perdoaria Maggie por isso. No que dizia respeito a ela, essa era a maior de todas as traições. Não era de admirar que Maggie nunca tivesse querido o veadinho: ele era uma lembrança constante de sua culpa. E até a mãe delas considerara antinatural a forma como Maggie tratava o menino.

— Por favor, mãe, pensa no que vai fazer. Papai estuprou Maggie. Jimmy vai matar o papai, ele vai acreditar nela. Como eu acredito. E outras pessoas vão acreditar também.

A verdade dessas palavras não escapou a Jackie, mas ela se fez de surda, como sempre.

— Kimmy, qual é o seu problema, hein? Você quer que eu te arrume umas pílulas para te deixar calminha? Ou prefere que eu meta um soco nessa sua cara idiota? Maggie é uma piranha, uma ladra de maridos, e também é minha irmã, minha única irmã. Bem, ela está morta. E se você não sair da minha frente estará morta também.

Jackie fez uma careta enquanto vestia seu corpo desajeitado.

— Deixe de ser boba, querida, você é a causadora de tudo isso.

Assistindo à cena que se desenrolava diante de seus olhos, Roxanna sentiu um mal-estar terrível, a sensação que tivera alguns dias antes de seu período menstrual, quando tudo parecia deixar um gosto ruim e qualquer "bom dia" soava como uma declaração de guerra.

Ela sabia que se o que Kimberley havia dito era verdade, Maggie havia sido mesmo estuprada por seu pai. Não havia outra forma daquilo ter acontecido. Maggie teria preferido dormir com um mendigo a fazê-lo com Freddie Jackson, e Rox não podia culpá-la. No seu lugar, ela teria se sentido exatamente assim. Mas como isso iria afetar a ela prórpia? A ela e ao seu querido Dicky? O que iria acontecer quando a merda batesse no ventilador?

Rox não queria que a mãe de Dicky — e o resto de sua família — descobrisse nada sobre aquilo. A situação era extrema até para os Jackson. Rox estava preocupada com sua reputação, mas argumentar com Jackie seria dar murro em ponta de faca.

Kim cutucara um vespeiro, e vespas malignas e venenosas saíam pela boca de sua mãe.

Jackie ainda estava se vestindo, e enquanto fazia isso, Kimberley tentava convencê-la de que Maggie, a pobre Maggie, fora a vítima. Mas Rox sabia que mesmo que seu pai pegasse um machado e matasse a vizinhança inteira na frente de uma equipe de reportagem da BBC, sua mãe conseguiria convencer a si mesma de que aquilo não era verdade ou que aquelas pessoas tinham feito alguma coisa hedionda que justificava suas mortes.

Roxanna sentiu vontade de esganar Kim.

Tinha de avisar a pobre Maggie. Rox tentou imaginar qual seria a reação dela, e também a de Jimmy. Seu querido tio Jimmy era hoje muito mais poderoso que seu pai. E Dicky gostava de seu tio Jimmy ao ponto da adoração.

Era sério demais. Ela sabia que aquilo iria destruir a família. Queria que Kimberley tivesse mantido sua boca grande fechada. Como sua mãe, Rox gostava de tudo equilibrado, e se isso significava varrer as sujeiras para debaixo do tapete, fingir que as coisas estavam bem, que assim fosse.

Sentiu vontade de chorar. Tudo ia ser destruído, e ela sabia que a vida jamais seria a mesma para nenhuma delas. Mas eram suas lealdades que as estavam perturbando, porque, se fossem forçadas a escolher, sua mãe e seu pai não teriam a menor chance.

Paul atendera ao telefone três vezes e cada vez fora Glenford, perguntando se Freddie ainda estava lá e como ele estava.

A cada vez, ele respondera:

— Está, e não está nada bem.

Paul sabia que alguma coisa grave estava acontecendo e temia que tudo explodisse na frente dele e de sua esposa. Liselle fora despachada para seu apartamento com um aviso de que deveria ficar lá, quietinha, a despeito do que ouvisse.

Freddie estava alto, e seu rosto bonito escondia a perturbação que jazia sob a superfície. Havia uma hora, quando Freddie finalmente parecera pronto para sair, uma garota chegara ao pub. A garota tinha 20 e poucos anos, cabelos compridos, sorriso matreiro e usava uma saia que desafiava a lei da gravidade. Para piorar a situação, era sobrinha de Liselle. E só precisara olhar para Freddie uma vez e se apaixonar.

O que as mulheres viam em Freddie Jackson? Quanto pior ele as tratava, mais elas o queriam. Estava toda perfumada, mascando chiclete de hortelã e usando roupas New Look misturadas com Dot Perkins, mas a barriga que ela estava expondo não era tão lisa quanto parecia acreditar.

A garota fazia exatamente o tipo de Freddie. Experiente nas coisas da vida, mas ainda jovem o bastante para não ter aquela aparência amarga de Jackie e suas amigas. Freddie já não estava mais pensando em Jimmy. Ele estava agitado e animado, para o deleite de Melanie Connors.

Melanie era engraçada, boa de papo e tinha a aparência e os modos de uma garota que sabia usar o sexo como ferramenta de autopromoção. Seus comentários sarcásticos eram hilários, e Freddie estava gostando da arrogância de sua juventude e de sua confiança absoluta em sua beleza. Mas isso tudo poderia mudar numa questão de segundos se ela dissesse alguma coisa que ele considerasse desrespeitoso ou desafiador.

Da parte de Melanie, Freddie Jackson tinha idade para ser seu pai, mas ela não estava preocupada com isso. Além disso, a julgar pelo volume em suas calças, ele devia ser bem-dotado como um cavalo. No todo, ela estava feliz com o rumo que seu dia estava tomando.

Paul, contudo, estava em pânico. Ele sabia que Freddie estava à beira de explodir, e que a pobre Melanie não fazia a menor idéia de como Freddie era quando perdia a cabeça. Como ela era parente de sua esposa, Paul teria de se intrometer em algum momento, e essa era uma perspectiva que não o estava animando.

Mas, por ora, Freddie parecia feliz como um cão farejador numa casa de crack, aproveitando cada segundo de sua tarde. Ele caçava mulheres como outros homens caçavam raposas. Agia com cautela, atento para que cada um dos movimentos de sua presa não passasse despercebido. E quando a hora certa chegasse ele iria abatê-la. Se ela fosse boa de cama, ele iria se servir uma segunda vez. Mas, se não fosse, ele iria esquecê-la assim que aparecesse outra com peitos maiores e a atração pura do território desconhecido.

O que ele mais amava era a caça, a conquista. Depois elas eram esquecidas.

Dianna ficou arrasada quando suas duas irmãs gritaram simultaneamente, com a mesma raiva e irritação:

— Ora, cala a boca, Di!

Maggie olhou para as três garotas que ela amava com todo o seu ser e, virando-se para sua irmã, disse em voz calma e baixa:

— Não seja boba, Jackie. Kimberley ouviu errado, só isso.

Kimberley pegou a deixa que lhe foi oferecida e torceu para obter êxito e assim parar de se afogar em sua própria culpa.

— Isso mesmo. Eu não tenho certeza do que eles disseram, mãe. Eu estava brigando com você e disse a primeira coisa que me veio à cabeça para te machucar. Foi só isso.

— Sua piranha mentirosa, sua viciada! Você sabe muito bem o que ouviu! Está pensando que sou estúpida?

Maggie não nutria a menor ilusão de como essa história seria recebida pelos principais interessados, mas pouco se importava. Depois de tudo que acontecera, nada mais no mundo seria capaz de feri-la novamente. E ela não sabia com certeza se teria forças para manter a paz com sua irmã. Se as duas acabassem brigando de verdade, Maggie a aniquilaria. Se fosse necessário uma atitude drástica para calar essa estúpida, ela tomaria.

Contudo Maggie mais uma vez forçou sua voz a soar calma e civilizada:

— Vamos, Jackie, beba alguma coisa, um café ou uma vodca. Você escolhe.

Jackie sabia que Maggie estava brandindo uma bandeira branca, dando-lhe uma chance de parar com a loucura antes que saísse do controle, mas a calma absoluta da irmã deixou-a furiosa.

Jackie agora tinha certeza absoluta de que esta garota, e Maggie ainda parecia uma garota, fora *estuprada*, mas não podia deixar que ninguém soubesse disso.

— Está *me* oferecendo vodca? Está tão desesperada assim para não deixar que ninguém descubra o seu segredo?

Olhando para o rosto inchado da irmã, Maggie lembrou-se de quando ela era tudo para ela, a mola mestra de sua vida. E houvera um tempo em que Jackie cuidara dela, incluindo sua irmãzinha em tudo o que fazia.

Maggie sabia muito bem que o motivo de Jackie para isso fora solidão, mas também o fato de que Maggie cuidara de suas filhas para ela.

Maggie praticamente criara as garotas — e precisava admitir que apreciara cada segundo. Ao contrário da triste figura à sua frente, que vira nos filhos apenas uma corrente com a qual prender o marido.

Maggie brincara, dera banho e arrumara as meninas para Jackie. E Maggie também oferecera seu ombro todas as vezes que Jackie havia brigado com parentes, amigas e qualquer um de quem sentisse inveja. Como isso abrangia praticamente todo o círculo de relações de Jackie, ela chorara no ombro de Maggie muitas e muitas vezes.

Aos 14 anos de idade, Maggie deixara de querer ser igual a Jackie. Em vez disso, decidiu que faria de sua vida o oposto absoluto da vida de Jackie. Ela pagaria *suas* contas, cuidaria de suas necessidades e não se tornaria dependente do homem com quem estivesse.

O maior medo de Jackie era ficar sem homem, sem seu homem. Mas fora seu homem que a reduzira a esse traste gordo e desmazelado que ela era agora. A prova viva de que o amor não era a emoção maravilhosa que as adolescentes pensavam ser. O homem que Jackie amava havia estuprado sua irmãzinha. Ainda assim ela conseguia iludir a si própria, porque tudo era *sempre* a respeito dela mesma, jamais sobre qualquer outra pessoa.

— O pequeno Jimmy era filho de Freddie? Eu preciso saber.

As palavras de Jackie pareciam pedir justiça, mas ao mesmo tempo soavam imensamente banais. Pouco mais que encenação, Maggie pensava. Jackie sempre fora covarde, e Maggie estava tendo mais uma prova disso. Jackie só atacava quando sabia que a briga que ela própria causara seria interrompida.

Maggie riu. Mas um riso forçado, que demonstrava que ela já estava farta de sofrer por causa da mulher que estava à sua frente.

— Jack, se você realmente achasse que há alguma verdade no que está dizendo, nós duas estaríamos rolando no chão agora.

— Com certeza.

— Mas não estamos, Jackie. Estamos?

O sarcasmo era evidente, e Jackie Jackson sabia que sua irmã caçula era forte ao seu próprio modo.

— Temos tempo de sobra para isso, mocinha. — Ela apontou um dedo ensebado para a irmã e disse num tom cheio de autopiedade: — Você sempre ficou de olho no meu Freddie e sempre conseguiu tudo o que queria na vida. Eu nunca fui boa o bastante para mamãe e papai, a melhor era sempre você! Agora roubou a única coisa que eu tinha e você não!

— O que deu em você, mãe? Maggie é a melhor coisa que já aconteceu a você... ou a nós!

Dianna compreendeu imediatamente que devia ter guardado para si mesma estas palavras. Kimberley empurrou Roxanna para fora do caminho para ir até Jackie e dizer, zangada:

— Eu estava provocando você, mamãe, só isso. Por favor, me escute.

Jackie sentiu vontade de aceitar essa desculpa e sair da loucura de seu mundo, mas não conseguiu. Isso iria corroê-la por dentro, e ela sabia que precisava resolver tudo hoje, de uma vez por todas, custasse o que custasse.

— Jackie, vá para casa ficar sóbria ou fale direito comigo, tá?

Havia na voz de Maggie uma severidade que Jackie jamais ouvira antes. Mais do que severidade, desrespeito.

— Eu quebro seu pescoço, sua puta!

Maggie suspirou mais uma vez.

— Isso é mesmo o melhor que você pode fazer, Jack? Me xingar, me chamar de puta, a palavra que eu odeio mais do que qualquer outra? Sabe, mana, acabo de me tocar sobre o quanto ela cai bem em você. Eu perdi meu filho e você se acha no direito de vir aqui me dizer desaforos, apenas porque pensa que eu queria aquele bosta com quem você casou. Você devia pensar antes de falar. Devia ouvir as merdas que diz, sua puta gorda e egoísta!

Maggie gesticulou para Jackie deixando claro que ela não era nada. Virou-se para as garotas, que estavam paralisadas em diversos estágios de choque.

— Levem ela para casa, pelo amor de Deus. Tirem essa vaca da minha frente.

A tensão entre as duas mulheres agora era quase palpável.

— Vou matar você, Maggie Jackson. Vai se arrepender por ter pisado em mim.

Maggie virou-se novamente para Jackie e falou com uma voz carregada de ameaça, enunciando cada palavra com lentidão e clareza, sua unha bem-cuidada apontando para a cara da irmã:

— Encoste o dedo em mim, Jackie, e eu te *arrebento*. Eu sou capaz disso, amiga. *Não tenho mais medo de você* desde que estava na escola. Você é uma gorda ignorante e desbocada, que pensa que é melhor que todo mundo. Mas, no fundo, você sabe que não é nada, e isso mata você. — A raiva estava fazendo com que a cabeça de Maggie tremesse enquanto ela falava. — Eu enterrei o meu bebê e você vem à minha casa me insultar. Se alguém vai matar hoje, sou eu, entendeu? E fique sabendo que, se encenar esse teatrinho para o Jimmy, Freddie e você estarão acabados. Eu vou providenciar isso pessoalmente. Você não é bem-vinda aqui, Jackie. Eu carreguei você nas costas por anos e não preciso mais *desse tipo de dor de cabeça* na minha vida. Agora saia daqui antes que eu fique realmente puta.

Capítulo 29

— Jimmy, por favor, pode me dizer o que está acontecendo? Estou com os nervos à flor da pele. — Glenford estava rindo enquanto falava, mas Jimmy sabia que ele estava falando sério.

— Eu disse, não vou carregar mais ele nas costas. Estou de saco cheio do Freddie. E já não é sem tempo, não acha? Qualquer outra pessoa já teria dado um chute na bunda dele. Mas eu engolia tudo o que ele fazia porque era parente. Fim de papo.

— Está mais para começo de conversa.

Jimmy deu de ombros, e Glenford soube que não conseguiria arrancar mais nada dele. Em vez disso, perguntou:

— Ele ainda está correndo atrás de mulher?

— Pelo que sei, sim. — Jimmy agora sorriu. — Freddie e seus rabos-de-saia. Lembro que quando ele foi libertado fodia qualquer coisa que estivesse viva.

Glenford riu alto, seus novos dentes de ouro reluzindo ao sol fraco da tarde.

— É o hobby dele. Comer vagabunda é o que o mantém vivo. — Sentou-se no confortável sofá de couro do escritório de Jimmy e disse, muito sério: — Qual é o problema, cara? Posso sentir a sua raiva, sentir que os ritmos do seu corpo estão completamente fora de sintonia. Só quero te ajudar, cara. Você é o meu melhor amigo e sabe disso. E acho que tenho uma boa chance de também ser o seu melhor amigo.

Jimmy concordou com um aceno de cabeça.

Em sinal de preocupação, Glenford balançou seus dreads espessos. Estendeu a mão até o cinzeiro pesado, de pedra-sabão, que estava à sua frente e pegou a metade de um baseado. Acendeu-o de novo. Deu uma tragada forte e disse:

— Você não é mais o mesmo desde a morte de Jimmy Júnior. E não é mais o mesmo principalmente com Freddie. É quase como se o culpasse.

Jimmy amava este homem como a um irmão e não ficou surpreso em ver a facilidade com que ele analisara seus problemas, mas não podia dizer em voz alta o que ecoava em sua mente a cada segundo do dia.

O filho de Freddie havia matado seu bebê, seu menino, sangue do seu sangue.

Freddie estava rindo à toa. A garota tinha trazido um pouco de pó decente, que, misturado ao uísque e ao mau humor, deixara Freddie acelerado.

Melanie se achava o máximo da sofisticação. Ela cheirava fazendo muito barulho e gestos dramáticos, para que todos ao seu redor soubessem que ela estava consumindo cocaína.

Freddie não teve a coragem de dizer o quanto suas carreirinhas eram malfeitas. Na hora do almoço, Freddie arrumara um pouco de bagulho bom, que acabara de passar para Melanie. A garota agora estava prestes a voar mais alto do que um telescópio espacial.

Seus olhos já estavam reluzindo e, Freddie precisava admitir, gatinhas drogadas tinham um certo charme. Esta acreditava realmente que sabia cheirar e fumar.

Na verdade, ela era um embaraço. Tinha idade para ser sua filha, mas o que fazer se era a idade de que ele mais gostava?

Em alguns minutos ela começaria a falar bobagens e a contar tudo sobre sua vida. Freddie estava ansioso por isso. Ela era uma ovelha, e ovelhas como essa precisavam ser sacrificadas. Isso ia ser uma lição de vida para ela. Ele apenas torcia para que ela se desse conta do quanto tinha sorte por estar sendo o objeto de sua atenção, ainda que fosse principalmente para matar algumas horas e ver se, para variar, Jimmy vinha procurá-lo.

Ele pediu mais um drinque para ela. Ela bebeu de um só gole, como ele sabia que ela faria, porque estava com a boca seca e toda a parte inferior de seu rosto estava entorpecida. Quando ela se inclinou para a frente, Freddie percebeu que estava prestes a cair e segurou-a nos braços, um abraço de urso apertado que a fez se sentir querida e segura.

— Calma, garota. Tem certeza de que está se sentindo bem?

Ele estava sendo jovial e cavalheiro, enquanto apalpava seus seios. E o sorriso da garota dizia que aqueles peitos tinham sido mais manipulados do que pau de adolescente, mas ele não ligava. Ele gostava de peitos macios, e os grandes sempre eram um pouco moles.

E a julgar pela barriga da garota, que ela agora estava esquecendo de encolher, ela geralmente bebia cerveja.

Bem, ela estava merecendo umas lições, e ele estava no clima certo para começar a educá-la.

Paul estava preocupado com a condição da sobrinha de sua esposa e sabia que ela iria culpá-lo por qualquer coisa que acontecesse.

— Deixa ela em paz, Freddie. Vamos, Mel. Vá fazer companhia para Liselle lá em cima.

Melanie afastou os longos fios louros que obstruíam seu rosto e disse com agressividade:

— Vá se foder, Paul. Tenho mais de 18 anos, você sabe disso.

Freddie ficou surpreso com a hostilidade da garota.

— Que porra deu em você, Paul?

— Ela é sobrinha da Liselle — explicou Paul com um meneio de ombros.

Freddie olhou para a pobre garota.

— É mesmo? Sério?

Ela fez que sim com a cabeça, e os dois desataram a rir.

Paul sabia quando estava derrotado, mas, sabendo que os freqüentadores iriam contar tudo a Liselle, tentou mais uma vez.

— Vamos, você não está bem. Deixa eu te levar até a Liselle, tá?

Freddie empurrou os braços de Paul para longe da garota, quase derrubando-a no processo.

— Sai, babaca. Ela vai ficar bem comigo.

Paul suspirou.

— Poxa, Freddie, como você se sentiria se fosse uma das suas meninas? Liselle vai ficar puta, você sabe disso.

Ele era a voz da razão, o cara bacana. Mas nada disso comoveu Freddie Jackson, que apenas estava vendo sua trepada do meio de tarde desaparecer diante de seus olhos.

— Vá embora, Paul, e estou falando sério.

A ameaça foi evidente, assim como a forma quase animalesca como ele se empertigou de repente, empurrando os ombros para trás e expondo os dentes.

— Por que não vai telefonar para Ozzy, ou para Jimmy, o baba-ovo? Vai lá, conta para eles o que eu fiz o dia inteiro... Conta tudo para eles. Fala também que eles são dois veados. — Agora estava rindo de suas próprias palavras. — Vai, conta isso para eles. Quero ver se você tem coragem.

Todo mundo no pub ficou calado enquanto Freddie gritava insultos. Paul sabia que numa questão de horas todo mundo na vizinhança estaria comentando. Freddie não devia deixar a língua solta deste jeito. Mas não era a primeira vez que isso acontecia, e ultimamente vinha sendo uma constante. E o que mais irritava Paul era que Freddie estava fazendo aquele escândalo para impressionar uma garotinha que estava destinada a tudo o que o mundo deles tinha a oferecer, menos a grandeza.

Melanie era igualzinha à mãe, e ele lhe dava três anos para estar envelhecida prematuramente. Paul sentiu vontade de empurrar a sobrinha de sua esposa pela porta, para que ela caísse de cara na rua. Em vez disso, balançou a cabeça com tristeza e viu a risada da garota virar de repente uma tosse de fumante bem rascante.

A garota tinha 18 anos e três meses e estava ouvindo Freddie Jackson como se ele fosse o oráculo, enquanto olhava para Paul como se ele fosse alguma coisa que o gato havia trazido para ela.

Bem, ela que se fodesse. Ela que cometesse os seus próprios erros. Ele já estava farto. Se Liselle não descesse, ficaria tudo bem. E se ela descesse, que tentasse resolver a situação sozinha.

Jackie estava sozinha em sua casa e, como sempre, bebendo vodca misturada com vinho. Ela tivera certeza de que iria acabar com Maggie de uma vez por todas, mas acabara saindo com as filhas, e a vergonha que sentia por sua situação se avolumava cada vez mais à medida que o tempo passava.

Suas filhas deviam querer tê-la visto enfrentar e derrotar a mulher que acusara o pai delas de estupro, apesar de ela saber que acreditavam que ele seria capaz de uma coisa dessas. Estavam pensando isso a respeito do próprio pai delas, e Jackie sabia que elas tinham um conceito ainda pior a respeito dela mesma.

Era isso que a estava atormentando tanto. Em poucas horas o mundo inteiro de Jackie estaria desmoronado, e ela sabia que nada mais seria como antes. Sua mãe e seu pai ficariam arrasados com a notícia, especialmente depois da morte do menino. O menino de Freddie; ela tinha certeza de que ele era o pai. Freddie era o pai daquele garotinho.

Se Maggie contasse a Jimmy o que Jackie havia dito, seria o fim do mundo. Maggie negara tudo, mas Jackie tinha certeza de que a irmã mentira. Ela estava tentando salvar Jackie — e tentando salvar a família. De certa forma, Jackie compreendia isso. Mas depois de ver Maggie, com seus cabelos perfeitos e sua casa perfeita, o ciúme voltara com toda a força.

Mesmo sabendo que a irmã estava sofrendo muito, Jackie ainda sentia dificuldade em sentir qualquer pena dela. Na verdade, ela achava que Maggie continuava tendo sorte: agora que seu filho tinha morrido, ela tinha uma preocupação a menos na vida.

Bem que Jackie gostaria de ter tido essa sorte. Principalmente com as garotas, que sempre haviam falado mal dela e conspirado nas suas costas.

Jackie pegou a garrafa de vodca e viu que já havia tomado dois terços dela e nem estava se sentindo bêbada. Agora ela precisava beber muito para chegar a esse estado, e quando chegava permanecia nele o dia todo.

Mas em vez de felicidade, ela agora sentia uma raiva incrível. Quanto mais pensava no quanto se humilhara na casa de Maggie, mais tinha certeza de que deveria fazer alguma coisa, alguma coisa espetacular.

Estupro! Só de pensar nessa palavra, o ódio borbulhou mais forte no peito de Jackie. Ela jamais poderia acreditar que seu marido fizera algo tão monstruoso. Nunca ouvira uma coisa tão ridícula em sua vida. Aquela piranha iria pagar caro por ter feito uma acusação tão grave.

Jackie engoliu o resto de sua bebida e se serviu de outra dose, maior dessa vez. Sua sede agora era de vingança, e Jackie tinha uma boa idéia de como saciá-la.

Jimmy precisava ficar muito puto, e Jackie ia providenciar isso. Ela faria com que Maggie pensasse duas vezes antes de sair por aí fazendo acusações daquela gravidade.

Jackie agora estava quase fora de controle. Ela conhecia os sinais e sabia que estava na iminência de perder qualquer fiapo de racionalidade que ainda possuísse.

Todo mundo agora se tornara inimigo, incluindo seu marido galinha e principalmente aquela piranha magricela que tinha a audácia de chamá-la de irmã.

Paul estava ao telefone com Jimmy.

— Ele está falando mal de você a torto e a direito. Todo mundo está tentando acalmá-lo, mas não está adiantando. Você precisa vir me dar uma mão, Jim. Ele está descontrolado.

— Comece a esvaziar o pub, Paul. Mas faça isso discretamente, tá?

Paul deixou escapar um suspiro e sussurrou:

— A coisa aqui está insuportável, Jimmy. Liselle está morta de preocupação com a garota e me culpando por não fazer nada. E, para piorar as coisas, Freddie está acusando a mim e a você de sermos capachos do Oz. Ele não vai gostar nem um pouco quando souber disso.

Paul parecia preocupado. Ninguém subestimava Freddie; e Paul, embora tivesse uma arma, preferiria deixar tudo a cargo de Jimmy Jackson.

Jimmy suspirou.

— Você está parecendo uma velha choramingona, Paul. Recomponha-se. Faça o que estou dizendo, esvazie o pub. Deixe o resto comigo. Eu quero um carro e paz e tranqüilidade nas redondezas, entendeu o que eu disse?

Paul ficou calado. Jimmy entendeu que ele finalmente estava se dando conta da gravidade da situação.

— Quando eu chegar, quero você fora, e não quero te ver até amanhã de manhã, certo?

Paul estava assentindo com a cabeça, completamente desnorteado.

— Certo — disse Paul. Até agora ele sabia que esta era uma situação de vida ou morte, mas ele não imaginava que a expressão pudesse ser levada ao pé da letra.

Lá do bar, Freddie gritou para ele:

— Tá ligando para o seu namorado? Diz para ele que estarei pronto quando ele estiver.

Melanie estava rindo como uma louca, e isso, por si só, já era insulto suficiente para Paul. Ele sabia que Jimmy estava escutando do outro lado da linha. Paul sentiu-se como um moleque que fora flagrado roubando, mas ele sabia que era exatamente assim que Freddie queria que ele se sentisse.

— Paul, ignore-o. Apenas saia daí, certo?

A linha ficou muda, e Paul olhou para o telefone como se jamais o tivesse visto antes. Enquanto colocava o fone de volta no lugar, viu sua esposa parada no alto da escadaria. O medo em seu rosto era evidente.

— Faça uma mala, vamos sair daqui — disse Paul.

— E quanto a Melanie?

Paul deu de ombros exageradamente.

— O que tem ela?

Maggie estava sozinha e, como sempre desde a morte do filho, deixava que o silêncio a envolvesse. Ela gostava de ficar só. Isso lhe dava uma sensação de segurança, porque ainda podia fingir que ele estava vivo, que a qualquer momento entraria por aquela porta com seu papai. Mas então o pobre Jimmy entrava sozinho e sua esperança morria, deixando-a mais deprimida do que nunca.

Todo aquele tempo desperdiçado. Todos aqueles anos em que ela não conseguira tocar o próprio filho, em que sentira repulsa por ele. Freddie provocando-a com olhos e sorrisos. Como ela conseguira viver daquele jeito?

Às vezes perguntava-se como conseguira suportar aquilo tudo. Agora ela daria tudo para ter seu filho novamente ao seu lado, por mais que sua presença a ferisse.

E Jackie... ela conhecia muito bem a irmã. Agora ela possuía este grande segredo nefasto que poderia ser usado com um estilete e iria adorar usá-lo para ferir sua irmã caçula.

Maggie às vezes odiava Jackie e não queria vê-la nunca mais. Por outro lado, já estava acostumada a tentar proteger uma mulher que não hesitaria nem por um segundo em destruir sua vida.

Ela esperou pacientemente pela volta do marido.

— Isso é entre mim e Freddie.

Glenford suspirou, de forma bem parecida a Paul havia alguns minutos.

— Me deixa ir com você?

Jimmy fez que não com a cabeça.

— Não, eu tenho muita coisa para resolver. Vá para casa, companheiro. Você passou o dia inteiro grudado em mim.

— É tão grave assim, Jimmy? — A voz de Glenford era muito agradável. Tinha sempre um tom calmo e melódico, a não ser que estivesse irritado com a pessoa com quem estava falando. Então a voz soava mortal, e o ouvinte tinha certeza de que se não obedecesse ao pé da letra estava com os dias contados.

Era esta determinação, que Jimmy também possuía em abundância, que fizera dos dois amigos tão íntimos.

— Jimmy, lembra de quando, há muito tempo, Freddie tentou me empurrar aquela maconha vagabunda?

Jimmy fez que sim com a cabeça.

— Mesmo naquela época eu sabia que você era digno de confiança e que Freddie era um verme. Um verme que dera a sorte de conhecer Ozzy na prisão. Mas sem você ele não teria durado um mês. E sabe o que é o pior de tudo?

Jimmy fez que não com a cabeça.

— O pior de tudo é que Freddie sabe disso muito bem.

— No começo eu era totalmente honesto com ele — disse Jimmy. — Sempre dividia tudo com ele meio a meio e ainda tinha de gastar dinheiro do meu bolso para resolver as merdas que ele fazia. Você sabe o quanto nós ganhamos com o passar dos anos? Fortunas. E esse tempo todo eu o vi fazendo apostas de trinta libras e comprando carros caríssimos que ele destrói e nem se preocupa de colocar no seguro. Todo esse dinheiro, e ele ainda vive como um zé-ninguém. Não divido mais os ganhos meio a meio. Não faço isso há anos, e ele nunca questionou. Ele recebe vinte por cento agora porque eu não agüento vê-lo torrar aquele dinheiro todo. De qualquer modo, ele não faz nada para ganhar dinheiro, quem trabalha sou eu. Eu uso a cabeça, e ele só ameaça as pessoas. Mas por aí você vê o quanto ele conhece dos nossos negócios. Eu ganho mais do que ele e ele nunca questionou! Freddie nunca se deu conta da fortuna que nós fazemos. Ele não tem a menor noção do mundo real.

Glenford ouviu com cuidado. Então disse:

— Em todos esses anos, é a primeira vez que você me diz algo assim. A coisa é séria, não é?

Jimmy sorriu.

— Vou apenas fazer uma coisa que já devia ter feito há muito tempo.

Ele entrou no carro. Enquanto o observava afastar-se em alta velocidade, Glenford perguntou-se como um homem podia parecer tão calmo quando estava, para todos os efeitos, entrando no covil do leão. Freddie era louco de pedra, e isso significava que você jamais sabia o que ele ia fazer em seguida.

Apenas torcia para que Jimmy não se esquecesse disso quando o enfrentasse.

Fez uma anotação mental para pedir a alguns de seus amigos que tentassem descobrir o que ocorrera entre os dois homens. Ele não tinha muita esperança. Sabia que Freddie falava mal de Jimmy sempre que tinha chance, mas Jimmy sabia disso, de modo que o motivo não podia ser esse.

Não, fosse o que fosse, era alguma coisa bem mais profunda do que qualquer pessoa poderia imaginar.

— Ah, Jackie, você está bêbada como um gambá! — Lena estava furiosa, e Jackie gostou do efeito que estava criando.

Joseph balançou a cabeça para Maddie, que viera até ao apartamento para bater papo e fazer compras com Lena. Era difícil acreditar que essas duas mulheres um dia haviam sido inimigas por serem ambas contra o casamento de seus filhos. Hoje eram grandes amigas.

Joseph levantou as sobrancelhas e Maddie fez beicinho. Sóbria, Jackie já era ruim, mas bêbada era um pesadelo. Era como se a bebida a fizesse crescer. Era uma mulher grande, mas quando bebia parecia enorme. Maddie sabia que essa era uma impressão boba, causada pela tendência de Jackie de arrumar confusão quando estava bêbada.

Ao atravessar o pequeno apartamento até a cozinha, Jackie viu sua sogra e disse alto:

— Você já soube?

Joseph suspirou, irritado. Mesmo em seu estado alcoolizado, Jackie percebeu o quanto a morte do menino abatera seus pais. Eles pareciam muito mais velhos, e a casa de sua mãe, que geralmente era impecável, estava desarrumada e suja.

— Ouviu o quê? — Joe pareceu irritado, o que, por sua vez, irritou sua filha.

— A respeito de sua querida filha Maggie.

Ninguém falou nada, e Jackie sentiu vontade de berrar. Como sempre, nenhum deles achava que a maravilhosa Maggie poderia fazer alguma coisa errada.

— Deixe a pobre Maggie em paz. Ela já sofreu muito.

Foi o tom de voz de sua mãe, a reverência com que ela falou sobre Maggie, que fez Jackie perder a cabeça. Ela gritou, o mais alto que conseguiu:

— Ela disse que foi estuprada pelo meu Freddie. Vocês já ouviram uma coisa tão absurda?

Jackie agora tinha o que sempre quisera, a atenção da sala inteira, e enquanto os três pares de olhos fitavam-na com desprezo absoluto, ela berrou:

— E ela pensa, ou pelo menos foi o que disse à Kimberley, que Jimmy Júnior era filho de Freddie, e não do seu queridinho Jimmy.

— Saia daqui, Jackie. — Havia anos que ela não ouvia seu pai falar com tanta severidade. Ele a agarrou pelo cabelo e a arrastou até a porta da frente. Abriu a porta e empurrou-a com toda a força para o pequeno saguão.

— Vá embora e nem pense em voltar aqui, entendeu?

Jackie custou para ter certeza do que havia acontecido até ouvir a porta bater às suas costas e perceber que estava caída no chão. A voz do pai era tão decidida, tão carregada de desgosto, que ela compreendeu que não tinha mais nenhuma chance com eles. Ajoelhando-se no chão, chorou como não chorava havia anos.

Melanie percebeu que eles estavam sozinhos no pub. Seu tio Paul pusera uma garrafa de uísque no bar e Freddie estava servindo a bebida para eles em grandes quantidades. A cocaína, que a deixara completamente alta, e o êxodo repentino ao seu redor por algum motivo a estavam deixando inquieta.

Ela atribuiu essa sensação à paranóia provocada pela cocaína. Ela já sentira isso antes, mas o bagulho que Freddie lhe dera era uma coisa de louco. Cada fungada fazia com que ela se sentisse mais e mais aventureira. Ela estava se segurando para não tirar as roupas e pular sobre Freddie. Se sua tia não estivesse no andar de cima, talvez Melanie não conseguisse se conter.

Esta era a vida com que ela havia sonhado: estar com alguém como Freddie, quando todo dia era feriado e toda noite era uma rodada por pubs e clubes.

Nenhum trabalho, nenhuma renda; apenas uma sucessão infinita de diversões.

Se ela jogasse suas cartas direitinho, conseguiria agarrar Freddie Jackson. Ela não era burra. Ela sabia que ele era casado e que sua esposa era um caso de hospício. Mas deixaria para pensar nesse problema quando ele aparecesse.

Tudo o que ela queria era ser amante de Freddie. Ele era velho demais para pensar em casamento. Ele era quase um dinossauro, graças a Deus.

Ainda estava se parabenizando por sua conquista quando viu uma versão de Freddie, mais jovem e muito mais bonita, entrar no pub.

Freddie, que a estivera regalando com uma de suas histórias da prisão, subitamente notou que o lugar estava vazio, silencioso.

Até a jukebox estava desligada.

— Ora, ora, quando Maomé não vai à montanha...

Jimmy sorriu.

— Está bêbado, não está? O que aconteceu com você esta manhã? Eu estava esperando por você.

Jimmy estava falando num tom agradável, quase como se os dois estivessem conversando. Mas Melanie captou as nuances na conversa e de repente sentiu medo. Os dois homens eram muito parecidos, mas o mais jovem tinha a estatura e o porte de alguém importante, alguém que estava acostumado a ser ouvido.

Freddie Jackson, ao seu lado, parecia o primo pobre, e ela presumiu que era exatamente assim que Freddie se sentia.

O homem mais jovem estava usando camisa e calças elegantes, e seu relógio de ouro com certeza era caro. Os cabelos e as unhas eram muito bem-cuidados, e até a voz era modulada. Parecia um homem sofisticado, um homem a quem, como fora sua primeira impressão, todos davam ouvidos.

Ao seu lado Freddie parecia o que era, um homem desmazelado e inchado. Tinha o olhar matreiro de um vigarista. Em seu estado alterado, Melanie compreendeu que, afinal de contas, Freddie Jackson não era um bom partido. Esse homem, sim, era um bom partido, alguém que mereceria ser conquistado.

O homem parou diante de Melanie, que sorriu para ele.

— Cai fora — disse ele num tom calculadamente frio, que gelou a espinha de Melanie.

Ela imediatamente olhou para Freddie para ver a reação dele diante da grosseria do homem. Freddie sorriu, e ela agora viu o brilho cruel em seus olhos, a pele seca e a vermelhidão nas faces, que o denunciavam como um alcoólatra.

Melanie olhou para ele sem saber o que devia fazer. Freddie manteve os olhos no homem mais jovem enquanto dizia, em tom neutro:

— Você ouviu o homem, Mel. Cai fora.

Melanie ficou chocada com o jeito rude com que Freddie se dirigiu a ela. Apenas alguns minutos antes estivera planejando tirar a roupa e deixar que ele fizesse com ela o que bem entendesse e até contemplara algum tipo de relacionamento com ele.

Agora ele estava mandando-a embora, descartando-a sem nem mesmo olhar em seus olhos. E pior: estava deixando que esse homem a tratasse como se ela fosse lixo.

Freddie soltou uma risada. A expressão no rosto de Melanie era impagável, e agora que Jimmy viera até ele estava sentindo a adrenalina correr em suas veias.

— Vamos, garota. Xô, xô. Quando o homem manda pular, todo mundo deve pular, não é Jimmy? — Isto foi dito em voz baixa, como um aluno falaria a um professor.

Dando um drinque para Melanie, Freddie segurou-a gentilmente pelo braço e a conduziu até uma mesa ao lado de uma janela de vidro pintado. Depois que ela estava sentada, Freddie sorriu para ela e disse:

— Espere aqui, não vai demorar muito.

Observando o homem que ele admirara havia tantos anos, Jimmy tentou entender o que lhe acontecera. Freddie não nutria o menor respeito por ele. Freddie estava incluindo essa garota estúpida no que eles precisavam discutir, em seus negócios, porque não era capaz de fazer nada sem platéia.

Jimmy caminhou até eles. Tomou a garota pelo braço com violência e a conduziu até a porta do pub.

— Vai embora, meu bem.

Enquanto voltava, viu Freddie servindo mais drinques e suspirou. Freddie estava completamente bêbado.

— Você veio, não é mesmo? — Freddie parecia achar isso hilário, e mais uma vez Jimmy se deu conta do quão pouco respeito ele tinha por esse homem. — Sabia que acabaria vindo. — Isso foi dito num tom vitorioso, como se ele tivesse acabado de ganhar uma aposta.

Durante alguns segundos, Jimmy não disse nada. E, muito sério falou:

— Você está fora, Fred.

Jimmy ficou satisfeito ao ver a expressão de pasmo absoluto no rosto de Freddie.

— Como assim, fora?

Jimmy sorriu.

— Exatamente o que eu disse, você está fora. — Ele disse as últimas palavras como se estivesse falando com uma criancinha ou com uma pessoa surda. Pronunciando cada palavra.

Durante alguns momentos, Freddie ficou pasmo. Mas indagou em seguida:

— Fora do quê, Jimmy?

A voz de Freddie soou como se ele estivesse numa cela acolchoada, entorpecido. Pareceu surpreso, como se o que estivesse ouvindo fosse inacreditável. O que, para ele, obviamente era.

Agora foi a vez de Jimmy rir, enquanto dizia numa voz cristalina:

— Estou te metendo um pé na bunda. Você está *acabado*, Freddie, e é melhor enfiar isso nessa sua cabeça dura de uma vez por todas.

Capítulo 30

O Pequeno Freddie estava na escola. Começava a ficar farto dessa história de ser um menino-modelo, mas, para se manter nas graças do pai, precisava bancar o filho obediente e estudioso. Correndo os olhos pela sala de aula, perguntou-se como seus colegas de classe não morriam de tédio.

Mas ele sabia que se não mantivesse a farsa seria internado em algum lugar. Seu pai quase fizera isso. Para se proteger, o Pequeno Freddie alegara que aquilo fora apenas uma brincadeira que fugira ao controle. Nenhum dos dois acreditava na história dele, mas seu pai parecia querer acreditar.

O fato era que ele estava de saco cheio desse fingimento. Era cansativo bancar o bonzinho o tempo todo.

Ele imaginava as pessoas ao seu redor sob seu poder; imaginava-as sob seu controle absoluto. Para o Pequeno Freddie, essas pessoas, com seus modos corteses e amigáveis, eram alvos, e nada mais. Ele tinha a capacidade de colocá-las onde queria que ficassem. Gostava de manipular as pessoas, gostava de sua reputação de menino malvado.

Era possível conseguir isso incutindo o medo da violência nas pessoas. Essa fora uma lição que ele aprendera com o próprio pai. O Pequeno Freddie gostava de relembrar as coisas quando estava sozinho, e gostava de fantasiar a respeito das pessoas ao seu redor.

Todos os dias olhava no espelho, via a si mesmo e sabia que era um garoto bonito. Alto para a sua idade, tinha a aparência e o corpo do pai, embora seu pai agora estivesse começando a engordar. O Pequeno Freddie via a si mesmo como uma pessoa à parte de todas as outras. Vários garotos tinham-no como amigo, mas ele não tinha ninguém como amigo. Ele controlava esses garotos. Graças à reputação do pai, eles o respeitavam e temiam.

Ele não sentia nada. Havia algumas semanas, quando a mãe de um de seus amigos morrera de câncer, ele não conseguira entender o sofrimento do menino.

Ela estava morta. Chorar não iria trazê-la de volta. E por que lamentar? Era uma velha chata e resmungona. Uma piranha estúpida.

Mesmo assim, por mais jovem que fosse, o Pequeno Freddie já compreendera que precisava pelo menos imitar as emoções das outras pessoas. Por sorte, as telenovelas tinham preenchido essa falha em sua educação. Nesse sentido, as telenovelas eram fonte de sabedoria.

O Pequeno Freddie agora sabia fingir emoções, e graças ao serido *East Enders* ele sabia que na zona leste de Londres as pessoas brigavam e discutiam para conseguir o que queriam.

O Pequeno Freddie também sabia que havia se safado por causa de sua aparência. Pessoas bonitas recebiam tratamento melhor no mundo do que as feias. Seu pai sempre lhe dissera isso. É era verdade.

— Vá para casa, Jackie, e não volte aqui nunca mais!

Jackie estava completamente histérica, e o lado mãe de Lena sentiu vontade de ir até ela e tentar confortá-la. Mas, pela primeira vez em anos, seu marido havia posto um ultimato nisso.

— Se deixar ela entrar, vou embora desta casa. E juro, sobre o túmulo do meu neto, que não volto nunca mais. Estou farto de Jackie e de seus problemas.

Joe falava sem parar e andava de um lado para o outro do pequeno apartamento. Lena e Maddie ouviam-no em silêncio, entreolhando-se como cúmplices.

— Estou de saco cheio de Jackie e daquele monstro que ela pariu. Ela passou cada segundo em que esteve grávida dele bêbada ou drogada.

Jackie perdeu um bebê por causa disso, e só lamento que ela também não tenha perdido aquele monstro. Eu não quero ver aquele cretino nunca mais. Nem ele nem o desgraçado do pai dele. De qualquer jeito, Jimmy vai meter o pé na bunda dele. Freddie vai receber a má notícia hoje, e se vocês querem a minha opinião já não é sem tempo.

Joe fitou a esposa enquanto dizia através de dentes cerrados:

— Lena, a coisa não vai ser brincadeira. Freddie será um *pária*. Vai ser a maior expulsão desde que os Kray foram para o olho da rua. Todos vão evitá-lo como se fosse um leproso. Quem não deixar de ignorar Freddie vai deixar de fazer negócio com Jimmy. Aquele veado está acabado, e eu repito: já não é sem tempo.

Lena nunca vira seu marido tão furioso, e nos velhos tempos ele a deixara muitas vezes com os olhos roxos e os lábios inchados. Mas essas brigas tinham sido passionais, ou pelo menos era assim que se lembrava delas agora. Não como espancamentos violentos da parte de um homem furioso consigo mesmo por ter gastado até o último centavo com alguma piranha que pegara no pub. Mas isso, obviamente, fora na época em que toda mulher de vez em quando levava uma surra do marido, principalmente se elas eram implicantes, e Lena precisava admitir que sabia ser implicante quando queria.

Hoje em dia ela não aceitaria ser espancada por ninguém, muito menos por um homem. Mas no passado ela achara normal levar uma coça de vez em quando, como sua mãe antes dela. Elas tinham sido estúpidas a ponto de pensar que um homem ciumento as amava, que um homem bêbado não era responsável por seus atos. E que elas tinham alguma culpa por seus homens não virem para casa na hora certa.

Mas essa fala cheia de ódio era nova; ela jamais vira Joe assim antes. E se Freddie ia ser expulso dos negócios isso significava que sua filha teria de fazer as malas e ir embora. Não haveria outra escolha. Eles seriam párias sociais, e até os parentes teriam receio de vê-los. Não acontecia uma expulsão como essa desde os anos 1960. Era o equivalente criminal à prisão, com exceção de que no xilindró o prisioneiro podia receber visitas. Sua filha seria afastada dela para sempre, e Lena sentiu culpa ao receber essa notícia com alívio. Mas estava farta de todos os problemas que Jackie causava e se sentia velha demais para lidar com eles.

Joseph voltou a tagarelar, e Lena pôde ver o ódio pelo genro estampado no rosto enrugado.

— Aquele veado do Freddie Jackson, sempre pensando que pode fazer o que quiser! E aquela piranha gorda, que já provou que era maluca quando casou com ele, vindo gritar sobre estupro! Essas merdas vão descer pela privada! A essa hora, o veado já deve ter sido expulso. Nunca mais eles vão passar por aquela porta. Não vou deixar eles entrarem, nem que venham portando lança-chamas!

Ele estava cuspindo de raiva Lena compreendeu que ele devia ter algum segredo terrível guardado. Será que ele sabia alguma coisa que ela não sabia sobre a morte do pobre Jimmy? Lena agora estava preocupada. Assim, decidiu colocar água para ferver e fazer um chá, não porque quisesse um, mas para ter alguma coisa para fazer, como sempre.

Os gritos de Jackie estavam martelando sua cabeça, e Lena presumiu que os vizinhos estariam sentindo o mesmo. O que ela já agüentara por causa daquela garota e de seu marido não era brincadeira. Embora jamais fosse admitir isso, Lena mal podia ver a hora em que eles seriam expulsos.

Fechou os olhos de vergonha ao ouvir a Sra. Faraday, uma protestante de vida muito regrada, com cabelos tingidos de azul e pernas cobertas de varizes, que residia no térreo, gritar para sua filha:

— Vou chamar a polícia! Você é uma desgraça, mulher! Vá para casa e deixe sua pobre mãe em paz!

Lena odiava a Sra. Faraday com cada fibra de seu ser. A forma irritante com que ela torcia o nariz para as pessoas porque eram católicas, irlandesas, ou uma mistura das duas, ou escocesas. Aparentemente, gostava dos galeses, e Lena presumia que fosse porque iam à igreja certa. Justiça seja feita, nenhum evangélico voltava a bater na porta de qualquer casa do quarteirão depois de conhecer a Sra. Faraday. Nesse sentido, ela era muito útil.

Lena passara quase trinta anos tentando parecer, ao menos externamente, respeitável para a Sra. Faraday e duas outras inquilinas do conjunto habitacional, que agiam como se morassem no Palácio de Kensington. Primeiro por causa de seu marido, e depois por causa de Jackie, Lena travara uma batalha perdida durante todos aqueles anos. Mas agora, com a dor ardendo no peito e a voz da Sra. Faraday trazendo à tona memórias de dias antigos, quando fora humilhada por essa mulher, Lena subitamente perdeu todos os seus instintos maternais e saiu do apartamento com a ferocidade de uma loba. Agarrando a filha pelas roupas, ela empurrou e puxou Jackie escada abaixo, e, ao chegar ao térreo, empurrou-a para a calçada.

— Vá para casa, sua égua bêbada, e nunca mais ponha os pés aqui. O que você fez hoje foi a gota d'água!

Lena sentiu-se orgulhosa por não ter proferido uma série de palavrões, como costumava fazer.

A Sra. Faraday, que estivera assistindo a tudo de sua porta, disse, arrogante:

— Até que enfim!

Ao que uma furiosa Lena retrucou:

— Ah, vá tomar conta da sua vida, sua velha fofoqueira!

— Acha que mamãe vai ficar bem?

Dianna deu de ombros.

— Quem se importa? Para ser honesta, eu já não agüento mais ela. Pode me deixar no hospital?

Kim suspirou.

— Não está indo ver aquele tal do Terry, está?

— Cuide da sua vida e pergunte à Rox se posso dormir na casa dela hoje. Acho que vai ter morte lá em casa.

— Isso não é nenhuma novidade.

As duas garotas estavam cansadas de falar sobre Maggie e a acusação que ela fizera contra o pai delas. Era brutal demais para elas. Assim, decidiram seguir o *modus operandi* da casa dos Jackson: deixar os adultos brigarem, e depois ajudá-los a juntar os cacos.

Mas ambas estavam muito assustadas com as conseqüências de tudo isso.

Jimmy e seu pai eram homens violentos, ambos capazes de cuidar de si mesmos, e ambos propensos a entrar em conflito, porque, como todos sabiam, Jimmy sobrepujara seu mentor havia muito tempo.

Maddie ouviu em silêncio o desabafo do pobre Joseph. Ela sabia que lhe faria bem colocar um pouco de sua raiva e tristeza para fora. Ele estava com uma aparência horrível.

Quando Maddie se levantou para derramar a água fervente no bule de chá, Joseph lembrou que aquela mulher com eles na cozinha era a mãe de Freddie. Repentinamente deixando de lado toda a sua raiva, disse com tristeza:

— Desculpe, Maddie, não é nada pessoal contra você, mas é que eu odeio o Freddie. Para todo lugar que ele vai causa algum tipo de transtorno.

Ela suspirou. Penteando com os dedos seus cabelos tingidos de preto, ela disse com tristeza:

— Também penso a mesma coisa sobre ele.

Lena achou que ia cair dura, em choque. Maddie dissera isso numa voz carregada de ódio — e estava falando de *seu* filho. De seu Freddie, o amor de sua vida.

Lena se levantou para fechar todas as portas e janelas do apartamento. Jackie voltara a gritar na rua, mas desta vez Lena não iria sair para falar com ela. Lena perdera a conta de quantas vezes fora a pubs pegar Jackie, que depois que bebia só conseguia lembrar do telefone da mãe. Outras tantas a havia arrastado da rua depois de uma briga. Ela estava farta de tanto drama.

Maddie serviu o chá e, ao sentar-se na cadeira mais uma vez, disse com calma:

— Freddie matou o pai dele, sabiam?

Lena e Joseph olharam para a mulher bem-vestida e bem-cuidada e ambos acharam que estavam ouvindo coisas.

Ela fez que sim com a cabeça, como para confirmar que o que ela estava dizendo era verdade.

— Depois da surra que levou de Freddie, ele nunca mais foi o mesmo. É isso que o meu Freddie faz com os outros: suga-lhes toda a vida e toda a confiança.

Ela acendeu um cigarro e bebericou o chá com a elegância que as pessoas extremamente magras parecem possuir naturalmente, antes de dizer, em voz baixa:

— Para ser franca, eu não duvidaria nada que meu filho tivesse cortado os pulsos de meu marido para ele. O sangue do meu marido estava com um nível de álcool cinco vezes acima do limite legal para se dirigir. O legista disse isso para me confortar. Mas eu sei que Freddie foi o responsável, e ele sabe que eu sei. Seja lá o que for que tenha acontecido, foi porque Freddie *quis* que acontecesse, porque ele *fez* acontecer.

Quando Maddie sorriu melancolicamente para os dois amigos, Lena se perguntou há quanto tempo essa pobre mulher queria arrancar esse segredo do peito.

— Você não pode me botar para *fora*. E quanto ao Ozzy? — Freddie ainda estava embasbacado. Ele esperara ouvir um sermão e até se convencera de que talvez precisasse ensinar uma lição a este babaquinha.

Mas agora Freddie se deu conta de que, se oferecesse qualquer motivo a Jimmy, seus dias na Terra estariam contados. Jim tinha amigos demais no mundo deles, amigos de verdade.

A única coisa que ele não esperara hoje era ser demitido da firma. Perder seu emprego e tudo o que ele representava: fama com as mulheres, dinheiro por fora e uma boa briga quando lhe dava vontade. Mas se Jimmy achava que podia demiti-lo desse jeito estava redondamente *enganado*. Ele estava determinado a impedir que isso acontecesse.

Jimmy deu de ombros.

— Oz passou tudo para mim. Quando ele morrer, e eu espero que isso demore muito para acontecer, tudo será meu, Freddie. Eu sou, para todas as intenções e propósitos, Ozzy. Todo mundo responde a mim. Isso, infelizmente, já incluiu você, Freddie, mas não inclui mais. Se lhe interessa saber, Ozzy está me apoiando integralmente.

Jimmy viu a forma como as pupilas de Freddie dilataram quando ele ouviu tudo o que havia para ser dito e ficou admirado com a capacidade do primo em se recuperar rápido do efeito do álcool e das drogas.

— Você está acabado por estas bandas, amigo. É melhor aceitar isso. Se alguém empregar você, vai estar fora dos negócios. Simples assim. Ninguém na região faz nada sem o meu consentimento. Eu tenho um dedo em tudo e em todos: assaltos, clubes, pubs, traficantes. Até as porras das vans de hambúrguer são controladas indiretamente por mim. Faz muito tempo que você está fora da maioria das coisas, Fred. Agora você está fora de tudo. Você e aquele animal que a sua mulher pariu estão mortos para mim. Tudo o que te resta agora, Freddie, é ir embora e recomeçar tudo em outro lugar. Porque aqui você não é mais bem-vindo.

Jimmy pegou o celular e as chaves do carro e fez menção de sair.

Freddie agarrou-o pela manga da camisa.

— Não pode fazer isso comigo, Jimmy.

Jimmy desvencilhou-se dele.

— Acabo de fazer, Freddie. Você teve sua chance e a desperdiçou. Como todas as chances que você teve na vida. — Deu de ombros mais uma vez e sorriu alegremente. — Tchau.

Freddie previra vários acontecimentos para hoje, mas não ser posto para fora. Ficar fora de tudo isto significava ser um completo ninguém, significava perder tudo que tinha sido importante para ele. Freddie teria de se mudar. Teria de desaparecer, porque se não o fizesse a vergonha iria matá-lo. Se Jimmy o estava colocando para fora, todo mundo viraria as costas para ele. Freddie agora estava se sentindo tão apreensivo, tão amedrontado, que quase vomitou.

Ele precisava manter o raciocínio. Precisava encontrar um jeito de levar Jimmy na lábia. Jimmy, o homem que o amara como a um irmão. A enormidade do que acontecera estava atingindo-o como uma marretada, e pela primeira vez em anos Freddie sentiu medo de verdade.

— Jimmy, ele é meu filho, não esqueça isso. Consegui ajuda para ele. Ele está medicado agora... Foi apenas uma brincadeira de criança. Uma brincadeira que acabou em tragédia.

Jimmy fitou aquele rosto tão parecido com o seu e disse:

— Ele precisa ser trancafiado. Vou te dizer uma coisa, se você não se mudar daqui, eu vou escolher umas pessoas a dedo e contar a elas qual é a do seu filho. Joseph sabe. Ele sempre disse que o Pequeno Freddie tinha alguns parafusos soltos. Se eu puser os olhos nele, juro que o mato. Ele pode ser ainda um menino, mas também é um monstro, é um monstro perigoso. Quero ver ele longe daqui, junto com você e com aquela pústula com quem você se casou. Não quero, nunca mais na minha vida, ver você, o louco que você pôs no mundo, e a retardada que você chama de esposa.

Freddie tentou apelar para o lado sentimental de Jimmy. Ele não podia ser expulso e não podia internar o filho. Ele tinha passado muito tempo preso e sabia como era isso.

— Você não pode me dizer o que fazer com o meu filho. Ele é uma criança. Ele é violento, eu admito, mas não tem culpa disso. Jackie bebeu e se drogou muito quando estava grávida dele, você sabe disso. Foi o que aconteceu com ele, Jimmy. É por causa disso que ele é como é... Mas agora ele está medicado e está um garoto mudado.

Pela primeira vez em anos, Jimmy sentiu alguma emoção verdadeira na voz de Freddie. Ele sorriu.

— Você não acredita mesmo que eu vou engolir essa conversa fiada, acredita? Acha que vou te liberar com mais um aviso, como fiz quando você matou aquela coitada da Stephanie e o judeu do Lenny? Você é um animal e gerou um animal. Vocês vivem como animais naquele buraco fedido a que chamam de casa. Você é um homem marcado, amigo. Ninguém vai querer chegar perto de você agora. Todo mundo já está sabendo. Você está *acabado*, e se acha que pode voltar a aplicar golpes sem eu notar, é mais estúpido do que eu pensava.

Ele se serviu de uma dose de uísque. Bebericou antes de dizer, calmo e sem o menor sinal de paixão:

— Sabe o que é mais engraçado, Freddie? Ninguém defendeu você. *Ninguém* perguntou o que você fez para receber uma punição como essa. Faz muito tempo desde que alguém do nosso ramo foi posto para fora, e ninguém ficou curioso para saber como isso aconteceu com você. Eles ficaram aliviados, e isso eu consigo entender, porque também estou *aliviado* em pensar que não vou mais carregar você nas costas. Eu deixei perfeitamente claro que você deve ser tratado como um leproso, e todo mundo ficou eufórico com isso. Todo mundo, do Glenford até os Black.

Freddie mais uma vez estava reagindo com uma expressão agonizante, e ocorreu a Jimmy que ele esperara violência, violência extrema.

Jimmy chegara até mesmo a esconder uma machadinha atrás das calças. Mas Freddie estava ocupado demais tentando imaginar uma forma de escapar ao ostracismo total.

Jimmy tirara de Freddie seu ganha-pão. Essa era uma medida muito séria no mundo deles, onde compensações eram pagas quando alguém calhava de pisar no pé de outra pessoa, fosse atrapalhando golpes ou mesmo fazendo coisas mais triviais, como traficar nos mesmos clubes. Era um mundo no qual sua reputação era apenas tão boa quanto a firma para a qual você trabalhava, aqueles com quem você bebia ou a quem empregava. Freddie não podia matá-lo, porque depois que Jimmy estivesse morto ele perderia todas as chances de conseguir entrar de novo no esquema, obter uma nova *posse*. O que *eles tinham conseguido* tinha sido imenso, e Freddie talvez nem tivesse se dado conta disso.

Certa noite dessas, Jimmy calculara que Freddie gastara mais de um milhão de libras na casa em que morava, e ainda assim ela era uma das mais feias da rua. Eles nem a haviam comprado pelo plano nacional de habitação. Ainda estavam morando na porra do conjunto habitacional e provavelmente ainda com aluguéis atrasados. Seria hilário, se não fosse tão triste.

O homem que ele visitara havia tantos anos, quando era um rapazinho, tinha sido fruto de sua imaginação. Seu herói de juventude estava agora reduzido a menos que nada, e ele não sentia uma gota de compaixão por ele.

Freddie olhou com cara de poucos amigos para ele. Jimmy sentiu que Freddie finalmente estava compreendendo as implicações futuras do que estava acontecendo.

— Você seria capaz de fazer isso comigo. — Isso foi dito sem ameaça, sem tom de interrogação. Foi apenas a exposição de um fato.

Sem dizer nada, Jimmy assentiu positivamente.

Freddie finalmente compreendeu que Jimmy não voltaria atrás. Ou melhor, que ele *já* tinha feito. Freddie tinha uma sensação terrível de que neste exato momento havia pessoas comentando sua queda. Freddie olhou para eles dois no espelho do bar e julgou que eram adversários equivalentes. Mas quando olhou melhor percebeu que Jimmy, mais jovem e forte, já parecia o vencedor.

Freddie viu, pela primeira vez, o que poderia ter sido, o que deveria ter sido.

Jimmy tinha a aparência e as características necessárias para o papel que exercia.

— Você delatou meu filho? — Isto foi dito sem acusação, apenas com o desrespeito que normalmente seria reservado a alguém que fizesse isso.

Jimmy não respondeu. A expressão no seu rosto indicou a Freddie o que pensava da acusação. E ele não iria conceder nenhum crédito a essa pergunta, honrando-a com uma resposta.

Mas *ele* poderia fazer isso. Freddie sabia que se entregasse o garoto à polícia seria bem recompensado. A idéia fincou raízes em sua mente, e ele a arquivou para futura referência.

Ficou parado ali por longos momentos, as mãos imensas cerradas, e uma carga quase elétrica atravessando-o enquanto permitia que a situação fosse absorvida aos poucos em sua mente.

— Bem, eu não vou embora passivamente, Jimmy. Eu te mato antes de deixar que faça isso comigo. Você vai *me* humilhar, seu filho-da-puta. Tudo o que você tem conseguiu por minha causa! — Agora batia em seu próprio peito, começando a se descontrolar. — Fui eu quem cumpriu a pena, quem preparou tudo isto. Fui eu quem ficou ouvindo aquele babaca chato falar sem parar sobre os velhos tempos. Fui eu quem marcou os encontros. E eu levei você comigo porque o amava como a um irmão. E agora você está se livrando de mim! Mas lembre-se, Jimmy, que fui eu, fui *eu* quem fincou as bases de tudo o que nós temos agora, e você sabe disso. Eu quero uma compensação, porque sem mim você ainda estaria roubando carros e vendendo drogas nas ruas.

Jimmy encheu seu copo com uísque e bebericou de novo. Ele agora estava praticamente se divertindo.

— Freddie, sem *você* eu poderia chorar a perda do meu filho em paz, sem ficar pensando que aquele monstro que você criou está andando solto por aí. Agora posso seguir em frente, sem ficar preocupado com o que você está fazendo ou com as encrencas que está causando com essa sua língua enorme. Longe de você, não preciso ouvir as merdas que você fala sobre sua vidinha e sobre aquela sua mulher horrorosa. Eu sei de tudo que você falou de mim pelas costas durante todos esses anos. Você é uma víbora traiçoeira, Freddie. Eu sabia de *tudo o que* você dizia, e sabe de uma coisa? Só não ficava mais decepcionado porque, lá no fundo, sabia que você era apenas um babaca traiçoeiro, invejoso e incompetente. Freddie, é você que não é nada sem mim.

Freddie sabia que estava derrotado e mesmo assim não tinha registrado isso em sua mente. Sua vida, conforme ele a conhecia, estava acabada. Ele seria objeto de suspeição agora que Jimmy estava lhe dando as costas. E se ninguém soubesse a razão verdadeira, e ele tinha certeza de que ninguém sabia, eles pensariam o pior: que ele era um delator, um traidor, ou que havia roubado os próprios companheiros.

Freddie subitamente compreendeu, de forma cristalina, que precisava matar Jimmy. Assim, pelo menos iria se sentir melhor, e também garantiria a segurança de seu filho para o futuro. O Pequeno Freddie podia não ser a criança de seus sonhos, mas era sangue do seu sangue, e, como tal, ele precisava garantir sua segurança.

Freddie tentou uma última vez apelar para a boa natureza de Jimmy. Se tudo corresse bem, voltaria para os negócios e tentaria não causar problemas até que tudo esfriasse. Mas, se fosse realmente expulso, iria fazer este monte de bosta, que um dia considerara seu parente, pagar em dor o equivalente a cada libra que lhe fora roubada.

— Foi uma tragédia terrível, Jim, mas ele é meu filho. Não consegue entender isso?

A voz de Freddie soou arrependida. Jimmy precisou reconhecer que o primo estava na profissão errada. Se alguém tinha nascido para ser ator, esse alguém era Freddie Jackson.

— Ele é meu filho e tem toda a vida pela frente. Ele é meu filho.

Jimmy agarrou a jaqueta de Freddie com força, e ele subitamente se deu conta do quanto Jimmy era grande e forte. Empurrando Freddie contra o balcão, Jimmy disse:

— E Jimmy Júnior era meu filho, lembra? E ele está morto. E você também está morto, morto e enterrado. É melhor ir pra casa fazer as malas, porque eu já disse pra todo mundo que você deve ser ignorado. E acredite em mim, Freddie, você será.

Freddie sabia que ele estava falando sério, e ainda estava tentando pensar numa maneira de sair desse desastre sem um arranhão. Sorriu e, empertigando-se para assumir toda a sua altura, afastou-se de Jimmy. Desamassou as roupas como se fosse a pessoa mais elegante do planeta e disse, em tom de zombaria:

— Você tem certeza disso? Tem certeza mesmo de que ele é *seu* filho? Porque a única coisa de que a gente pode ter certeza é de que ele está morto.

Freddie começou a rir, e Jimmy sentiu o sangue subir-lhe à cabeça à medida que as palavras penetravam em sua mente.

Freddie pegou o copo e fez um brinde a Jimmy antes de dizer:

— Pelo menos espero que ele esteja morto. Afinal, já enterramos ele...

Sua gargalhada foi alta e genuína. Freddie realmente estava achando que aquilo era engraçado, uma piada. Jimmy fitou o homem que ele ao mesmo tempo amara e odiara por toda sua vida e subitamente compreendeu que este era o verdadeiro Freddie, que ele sempre fora assim, exatamente assim. E ele produzira outra criatura igual a ele, um monstro egoísta e violento. Jimmy de repente se viu adorando fazer justiça, poder destruir a vida daquele filho-da-puta, e assistir à queda dele retirando-se para a segurança e o conforto de sua própria residência majestosa. Quanto mais Freddie o odiasse, quanto mais fundo ele descesse, melhor Jimmy iria se sentir. A vingança não ia aplacar sua dor, mas ao menos compensá-la.

Freddie estava gargalhando. Depois começou a gritar:

— Deixa eu sair, papai. Está escuro aqui embaixo!

Freddie estava imitando a voz de Jimmy Júnior, e, ao ouvir isso, Jimmy teve a impressão de que iria enlouquecer de dor.

— Você é inacreditável. Nada é baixo demais para você, não é, Freddie?

— Você está certo... e lembre-se disso no futuro. Mas *papai* é uma palavra boa, não acha, Jim? *Papai*, socorro, papai. Papai, esta caixa é escura e cheia de vermes!

Freddie pôs-se a repetir "papai" baixinho, até dizer num tom jovial:

— Mas a minha dúvida é a seguinte: qual de nós dois deveria socorrê-lo? Sabe, as mulheres não sabem segurar a língua, e vocês dois não produziram mais nenhum filho, não é mesmo? Um pouquinho *suspeito*, não acha, Jimmy? Só com Jackie, eu tenho quatro filhos. Isso sem contar os que tive "por fora", como diz o seu chapa Glenford. Tem certeza de que não é estéril como uma mula?

O júbilo de Freddie era de uma intensidade quase demoníaca. Jimmy podia perceber que Freddie estava realmente se divertindo com tudo isso.

— Lembra quando você anunciou aos quatro ventos que Maggie finalmente estava de barriga? Lembra que eu disse, meio de brincadeira, "tem certeza de que não teve ajuda"?

Freddie estava sorrindo. Estava se vingando, e isso era bom.

— Por que acha que Maggie, a esposinha-modelo, rejeitou o menino? Não acha que foi por causa de quem era o pai? Enquanto você estava me passando para trás, eu estava *mandando ver* na sua patroa.

Ele voltou a rir, agora mais alto, como se esta fosse a coisa mais hilária que ele tivesse visto ou ouvido em sua vida.

— Você é um babaca, Freddie, um babaca filho-da-puta! Maggie não tocaria em você nem que fosse o último homem na face da Terra.

Freddie parou de rir porque sabia que já tinha Jimmy na palma de sua mão. Então disse, num tom muito sério, mas com o sorriso maligno que ele havia aperfeiçoado durante anos a fio:

— *Pergunte* a ela, Jimmy. Pergunte sobre o nosso pequeno *encontro*. Foi no aniversário de vocês. Enquanto você estava lambendo as botas dos Black, na Escócia, eu estava lambendo a sua mulher. Ela tem tetas lindas, grandes e arrebitadas, exatamente como eu gosto.

Num piscar de olhos, a pesada garrafa de uísque estilhaçou contra a cabeça de Freddie. A força do golpe foi tão grande que fez Freddie cair de joelhos, e tão inesperada que ele nem teve tempo de reagir ou se proteger. E ele soube imediatamente que Jimmy estava no ápice de sua fúria.

Ao apunhalar Freddie com a garrafa quebrada, cortando a artéria carótida, Jimmy sentiu o jorro do sangue quente. E apunhalou de novo com violência. E de novo, e de novo.

Agora ele estava nadando numa névoa vermelha. O cheiro do sangue era repulsivo.

A raiva de Jimmy era tão forte que, mesmo depois que Freddie já estava morto, ele continuou retalhando seu rosto até deixá-lo irreconhecível. A necessidade de machucar este homem era tão grande que ele lamentou ao perceber que Freddie Jackson estava morto. Foi uma morte rápida, mas dolorosa, e isso serviu de algum consolo.

Havia sangue de Freddie espalhado por toda parte, pelo balcão inteiro. O teto fora borrifado abundantemente com sangue. E o velho carpete do pub — instalado no final dos anos 1960 e que ainda exibia seu padrão azul e dourado — estava encharcado com o líquido vermelho e pegajoso.

Havia anos que Jimmy não sentia a alma tão leve.

Ele parou, tão subitamente quanto começara. Os gritos altos e agudos de Melanie finalmente o alertaram para o que fizera. Ela testemunhara tudo.

Agora, parado ali no pub e coberto com o sangue de Freddie, Jimmy Jackson finalmente compreendeu o poder imenso da fúria e do ódio. Jimmy sabia que, por alguns instantes, ele se tornara Freddie Jackson.

Capítulo 31

Maggie estava sentada na delegacia havia horas, mas os policiais estavam sendo gentis com ela, o que significava que chá e café estavam sendo oferecidos a intervalos apropriados.

Depois de cinco horas, ela finalmente recebeu permissão para ver o marido.

Caminhando até a sala de interrogatório, Maggie sentiu uma frieza profunda dentro de si. O policial sorriu ao abrir a porta. A batida da porta sendo fechada assustou Maggie, mexendo com seus nervos.

Seu marido estava de pé ao lado de uma mesa e cadeiras. Havia equipamentos de vídeo espalhados por toda parte. A tensão deixara os sentidos de Maggie tão aguçados que ela sentiu no ar o cheiro do café que Jimmy recebera minutos antes.

Ele parecia bem, e isso a surpreendeu. Mas de algum modo ele parecia mais velho, o que, por algum motivo, o deixava ainda mais atraente.

Este era um ambiente tão estranho para Maggie que ela ficou assustada em vê-lo ali, cercado por todo aquele equipamento eletrônico e parecendo, pela primeira vez, vulnerável.

Jimmy olhou para ela por longos segundos antes de dizer:

— Eu sinto muito, querida.

Ela deu o melhor sorriso que conseguiu antes de caminhar até seus braços e desfrutar a sensação de tê-lo, mais uma vez, junto de si.

— Abriram acusação contra você?

Maggie sentiu-o balançar a cabeça. Seu coração começou a bater mais depressa, e durante alguns segundos ela achou que iria desmaiar, mas a sensação passou.

— Eles não têm nada. Não se preocupe, querida. Depois de 48 horas, ou fazem uma acusação formal ou me liberam.

Ele estava fitando-a nos olhos, e Maggie temeu não conseguir sustentar o olhar dele. A culpa que estava sentindo por tudo estava pesando terrivelmente em seu peito, quase lhe provocando dor física. Era isso o que Maggie temera por todos esses anos: que Jimmy descobrisse o que havia ocorrido com ela.

Ela teve certeza, ao olhar para ele, de que Jimmy finalmente tomara conhecimento do que Freddie lhe fizera. Nada mais poderia ter causado tamanha catástrofe. Se ele tivesse desejado matar Freddie por qualquer outro motivo, teria feito isso de forma discreta.

O fato de que Jimmy a estava abraçando com força significava que ainda a queria, que ainda a amava. Assim, ela perguntou, baixo:

— Jimmy, o que aconteceu?

Jimmy olhou novamente nos olhos dela, e beijou-a carinhosamente nos lábios. O gosto doce da boca de Jimmy quase fez Maggie esquecer que estava numa delegacia.

— Lembre-se disso, Mags, o pequeno Jimmy era *meu* filho. Eu sei disso e *você* sabe disso.

Ela abriu um sorriso triste.

— Eu sei disso melhor do que *ninguém*, Jimmy.

— Ele tentou nos destruir, mas não conseguiu. Freddie e o que ele dizia não valiam um tostão furado.

Ela o abraçou com força, ciente de que ele matara a pessoa a quem um dia amara mais do que qualquer outra no mundo.

Maggie só queria que tudo isso houvesse acontecido há muitos anos. Seu silêncio arruinara as vidas de todos, embora sua intenção tivesse sido justamente manter a paz, proteger todos a quem ela amava do homem que, Maggie esperava, finalmente estava queimando no inferno.

*

Jackie estava olhando o corpo do marido, mas não sentia vontade de chorar. Insistira em vê-lo, embora tivesse sido avisada de que o corpo dele não estava em boas condições, que sofrera ferimentos graves na cabeça e no pescoço, e que deveria deixar que seu pai reconhecesse o corpo, para que ela pudesse lembrar dele como ele era.

Jackie tivera de se segurar para não rir, porque a primeira coisa que pensara em dizer a essas pessoas gentis fora: "Lembrar dele como? Sujo, desmazelado, bêbado e drogado, com uma amante a tiracolo?"

Mas não dissera nada. Estava recebendo as condolências das pessoas e não queria estragar tudo. Seu pai estava sendo carinhoso com ela, e Jackie não queria fazer nada que o irritasse nem a qualquer outra pessoa.

Mas ver o cadáver de Freddie não lhe causara convulsões ou lágrimas, como ela pensara que aconteceria, apenas a acalmara. Agora, olhando para ele e para os ferimentos horríveis que tinham sido infligidos a ele, Jackie não sentia nada além de uma estranha calma.

Olhando para Freddie, *vendo com seus próprios olhos* que ele estava realmente morto, Jackie sentiu uma estranha euforia. Era como se tudo em sua vida a tivesse conduzido até aquele momento.

Tinha uma sensação muito estranha de ter recebido alguma coisa de presente.

Desde a primeira vez em que o beijara, Jackie soubera instantaneamente que um dia teria de ver o cadáver daquele homem. O mau gênio de Freddie seria sua ruína, e um dia sua sorte iria acabar.

Ela sempre presumira que um dia ele ia roubar a pessoa errada, enfrentar alguém com força de vontade e temperamento mais fortes ou alguém com muito medo dele, mas com uma arma nas mãos.

Nunca, em seus pensamentos mais delirantes, Jackie poderia cogitar que essa pessoa seria Jimmy.

Jackie também sempre acreditara que, quando isso finalmente acontecesse, ficaria destruída. Mas não era assim que ela estava se sentindo. Estava surpresa consigo mesma, porque olhar o corpo dele sem vida era pura euforia.

Sentia-se livre.

Ela sempre dissera às amigas que enfrentaria com mais facilidade a morte de Freddie do que ser abandonada por ele. Sempre brincara dizendo que com isso ela conseguiria *lidar*. Melhor morto do que vivo nos braços de outra mulher.

Enquanto Freddie estava vivo, ela não conseguia suportar o pensamento de que ele poderia estar com outra. Mas agora que ele estava morto, e os dias de traição estavam terminados, ela se sentia quase feliz por dentro. Afinal, Freddie, *seu* marido, morrera, e isso significava que ela agora era sua viúva. Todas as mulheres que caçara durante anos e todos os filhos que tivera fora do casamento não significavam nada agora, porque Freddie estava morto. E ele partira enquanto Jackie ainda era legalmente sua esposa. Agora ela jamais teria de se preocupar de novo com ele, nem sobre onde estava, nem com o que poderia estar fazendo.

Todos os seus problemas com Maggie poderiam ser convenientemente esquecidos, e sua mãe e seu pai teriam de aceitá-la de volta ao seu convívio. Ela tentaria andar na linha, fazer com que os outros gostassem dela. Ela não teria forças para agüentar sozinha e iria precisar de sua família, especialmente de Maggie, que tinha muito dinheiro e uma natureza bondosa.

Esses eram pensamentos maravilhosos, e ela estava apreciando cada um deles.

Freddie teria abandonado Jackie um dia. Ela sempre soubera disso e vivera à sombra desse momento — o dia em que ele encontraria o amor de sua vida.

E isso teria acontecido, mais cedo ou mais tarde. Ele chegaria a uma idade em que precisaria se reafirmar como homem. Procuraria por uma mocinha que o fizesse sentir-se jovem novamente. Seria uma garota pobre, mas bonita, com uma necessidade desesperada de atenção e um lugar ao sol no mundo do crime. Freddie um dia teria sucumbido a uma mulher assim. Toda mulher na posição de Jackie sabia disso.

Jackie já *fora* sua garota, havia muitos anos, mas quatro filhos e Freddie Jackson como marido a envelheceram prematuramente. Mesmo que ela tivesse se cuidado, feito todos os tratamentos, a juventude sempre falava mais alto no mundo em que eles viviam.

Era o que ela temera mais do que qualquer outra coisa. Sem Freddie ela não era nada, mas como sua viúva teria a honra de carregar seu nome e herdaria o respeito devido graças à reputação dele.

Jackie conhecera homens de 60 anos que tinham filhos mais novos que seus netos e esposas mais jovens que suas filhas. Também observara muitas das primeiras esposas serem descartadas como roupas velhas. Mulheres que tinham se dedicado aos filhos e aos maridos, visitando-os em prisões espalhadas por todo o país, mentindo para a polícia, e em alguns casos sob juramento. E tinham feito tudo isso com gosto. Subitamente, entrava em cena alguma gatinha, *magra*, peitões e cintura fina, pele sem estrias e a capacidade de conversa de um orangotango retardado, que se tornava a nova musa da vida desse homem.

Da noite para o dia, a primeira esposa, aquela que passara com ele todos os momentos difíceis, criara seus filhos, pedira dinheiro emprestado a parentes e gastara a juventude defendendo-o contra todos, era descartada sem a menor cerimônia.

Os filhos mais velhos aceitavam a nova mulher porque ela agora era um caso permanente, não uma amante casual (essas garotas conheciam o seu lugar e tinham o bom senso de ignorar o homem quando ele estava com a família na rua), ou deixavam de falar com os próprios pais, e quando tomavam o partido da mãe trilhavam um caminho de mágoa e traição.

Era horrível ver a expressão nos olhos dessas mulheres ao encontrá-las no supermercado ou nos casamentos de seus filhos. Podia-se ver o assombro e a dor estampados em seus rostos. Pior ainda, era possível ver a forma como eram tratadas pelas pessoas agora que tinham sido descartadas. Mal eram toleradas. Jackie testemunhara em primeira mão a humilhação em seus rostos quando o ex-marido aparecia com a nova esposa. E quanto à nova esposa, esta geralmente se embebedava e fazia um escândalo, porque via todas as mulheres como ameaças potenciais, até a ex-mulher de seu marido.

O consolo era saber que depois que a garota tomava o homem de sua esposa, ela precisava aprender a viver com a possibilidade de que o mesmo pudesse vir a acontecer com ela, e que ela não contaria com o mesmo benefício dos anos de convivência da primeira mulher.

Por mais que essas mulheres tentassem esconder, o sofrimento em seus rostos ao ver os homens a quem ainda amavam de braços dados com esposas jovens e bonitas sempre fora dolorosamente evidente para Jackie. Essas mulheres, assim como ela, acabavam compreendendo que haviam dedicado suas vidas e entregado seu amor a homens que não lhes davam o menor valor e que não sentiam nenhuma culpa por destruírem a vida delas.

Essa perspectiva — Freddie descartá-la como se fosse uma ponta de cigarro ou uma camisinha usada — aterrorizara Jackie por anos.

Agora todos os seus medos e preocupações haviam passado, e ela tinha a sensação de ter tirado um peso terrível dos ombros.

Estava feliz que ele estivesse morto, porque assim ela poderia finalmente amá-lo em paz.

Kimberley e suas duas irmãs estavam paradas diante da delegacia, fumando um cigarro com Dicky, que se mantinha calado.

Elas haviam trazido alguma coisa para a tia comer. Maggie aceitara com gratidão, e elas ficaram aliviadas ao ver que a tia não as estava tratando de forma diferente do que antes deste dia terrível.

Elas ainda não haviam se adaptado completamente à idéia de que o pai estava morto. Ainda estavam tentando absorver a informação de que ele fora morto por seu tio Jimmy.

Todas tinham sido interrogadas e dito a mesma coisa: não faziam a menor idéia do que havia acontecido. Por enquanto era tudo o que estavam preparadas para dizer sobre o assunto.

— Coitado do papai.

A voz de Dianna estava muito triste. Kimberley abraçou a irmã caçula com força.

— Sim. Como você disse, coitado do papai. — Olhou para Rox, e as duas trocaram olhares que deixaram claro para Dicky que elas não ficariam por muito tempo de luto pelo homem a quem haviam chamado pai.

— Vamos voltar para perto da mamãe, certo? Veja, Glenford acabou de chegar num táxi.

Dicky caminhou até ele. Os dois homens trocaram um aperto de mãos.

— Estamos cuidando de tudo. Leve as meninas para casa agora, certo?

Dicky fez que sim.

— A mulher dele já chegou e não deu com a língua nos dentes. Deu para ouvir daqui ela desancando os tiras.

Glenford sorriu.

— Ela está bem. Eles procuraram por mim em todos os meus locais de trabalho. Agora estou vindo voluntariamente para acabar logo com a história. Pelo que soube, eles estão convocando todos os sócios de Freddie que eles conhecem.

Glenford jogou fora seu baseado e disse, rindo:

— Melhor não entrar com isto, né?

Dicky riu com ele. Ele estava absolutamente empolgado por fazer parte de uma coisa tão grande e sabia que isso seria importante para sua futura reputação. Os velhos estariam observando e avaliando a forma como ele iria se comportar nesse caso.

Como a maioria das pessoas, ele nunca tinha sido fã de Freddie Jackson. Convivera com Freddie apenas porque amava a filha dele.

E ela também estava reagindo bem. Ficara abalada, mas não surpresa, ao receber a notícia de que o pai fora achado na floresta Epping, espancado e parcialmente queimado. Ainda estava fumegando quando um homem tropeçara nele ao voltar do lugar onde estivera vendo casais trepando em seus carros. Pensando bem, era um final adequado para Freddie Jackson.

Melanie ainda estava chorando, e Liselle, que amava sua sobrinha intensamente, estava se segurando para não lhe dar um tapa.

Liselle estava irritada por sua sobrinha ser o centro de toda aquela confusão. Se Mel não fosse fascinada por criminosos, não estaria naquela enrascada agora. Ela era uma garota bonita e tinha uma natureza adorável, mas tudo que conseguiria na vida era ser amante de bandido. Com a língua solta e a tendência a engordar, tinha poucas chances de ser qualquer outra coisa.

Liselle torcia apenas para que o incidente tivesse ensinado uma lição de vida a Mel e lhe dado uma compreensão plena do mundo no qual escolhera viver. Para sobreviver nesse mundo, era necessário ser um certo tipo de mulher, e ela sabia disso por experiência própria. Era preciso compreender os homens, o que eles faziam e o que os motivava a cometer tais atos. Se não amadurecesse no mundo deles ou não conhecesse os códigos, ela não serviria. Precisava aceitar a forma como eles viviam, de modo que, a despeito do que fizessem ou fossem acusados, a única preocupação seria com a liberdade deles. Nada mais importava.

Também precisava aprender a ficar de boca fechada e jamais fornecer informações sobre qualquer assunto da vida do marido, fosse para quem fosse.

Era uma vida boa para quem sabia vivê-la. Liselle fazia isso havia muitos anos felizes com seu Paul e não mudaria sequer um segundo dela.

Agora que Melanie tinha noção do que acontecia ao se encontrar no lugar errado, na hora errada, com a pessoa errada, talvez repensasse seriamente sobre o que queria realmente para sua vida.

Paul suspirou. No tom mais calmo que conseguiu, disse para a garota:

— Pare com isso e escute o que eu tenho a dizer.

Liselle caminhou até a garota e lhe deu um tapa com todas as suas forças.

— Porra, pare de chorar e escute. Você consegue entender a merda na qual se meteu?

Melanie fitou a tia com olhos aterrorizados e finalmente parou de chorar. Paul virou-a para ele.

— Jimmy Jackson é um homem mau. Eu poderia apostar que ele é o homem mais cruel de Londres. Você pode ser sobrinha de Liselle, mas isso não vai valer de nada se der um pio sobre o que ouviu no pub. Isto é sério, Melanie. Precisa esquecer tudo o que aconteceu, certo? Nada aconteceu. Esta noite você vai para a Espanha com Liselle. Vocês vão passar um tempo por lá. Use esse tempo para apagar tudo da sua memória. Mas estou avisando, se algum dia você insinuar que viu ou ouviu qualquer coisa...

Ele não terminou o que estava dizendo, porque podia ver, pelo terror absoluto daqueles olhos grandes e azuis, que ela não contaria nada a ninguém. Ele apenas esperava que Melanie jamais esquecesse o medo que sentia agora, porque estava numa posição muito perigosa. Não fosse seu parentesco com a esposa de Paul, Melanie já estaria morta.

Jimmy não pedira que ele fizesse nada; não precisava. Paul era um limpador de sujeiras inevitáveis. Era para isso que lhe pagavam extremamente bem. Sob circunstâncias normais, teria designado alguém para cuidar de Melanie.

Graças a Deus, Liselle era muito tolerante com o seu trabalho, mas nem por isso deixaria que Paul pusesse sua sobrinha na lista dos desaparecidos.

Mesmo assim, a moça tinha aprendido uma lição valiosa. Pelo menos era isso que ele esperava. Em todo caso, Liselle passaria as próximas semanas com ela, cuidando para que ela não soltasse a língua quando bebesse.

Era tarde, e ele estava cansado. Fora um dia muito longo.

Lena e Jackie estavam sentadas lado a lado na casa da filha. Uma vez na vida, Jackie estava quase racional. As garotas estavam na cozinha, preparando chá e sanduíches, e tentando digerir os eventos dos últimos dois dias. Elas haviam guardado para si mesmas suas opiniões sobre os acontecimentos. Era melhor assim.

Estava amanhecendo agora. A luz estava se espalhando pelo céu, e Jackie estava bêbada mas alegre. Lena disse baixinho:

— Diga a verdade. Você falou com Jimmy sobre você sabe o quê?

Jackie olhou para a mulher que ela amava e que sempre a tratara como a segunda favorita.

— Você sabe o quê? — repetiu Jackie, sarcástica.

Lena fechou os olhos, impaciente.

— Escute, Jackie, e escute com atenção. Você e as meninas precisam esquecer o que foi dito, está entendendo?

Jackie suspirou e curvou-se para a frente, os seios desabando sobre a barriga.

Lena notou que ela estava muito envelhecida, embora isso não fosse novidade. Porém parecia muito mais calma agora.

— Mãe, não se preocupe. Prometo que não vou causar problemas.

A resposta da filha surpreendeu Lena, e isso transpareceu em seu rosto.

— Eu sei de tudo, mamãe. Eu sei, melhor do que ninguém, o que Freddie era. Mas isso não importa para mim. Eu o amava muito.

Lena segurou a mão da filha e apertou-a forte.

— Eu sei que você o amava, querida. — Ela não acrescentou "só Deus sabe por quê", mas foi o pensamento que surgiu em sua cabeça.

— Agora que ele está morto, eu me sinto leve, como se um peso tivesse sido tirado dos meus ombros. Isso faz sentido, mãe? Não estou feliz por ele estar morto, mas também não estou triste.

Lena compreendeu bem melhor do que sua filha poderia imaginar.

— Deu no telejornal que foi queima de arquivo. Ele estava com uma aparência horrível, mãe. Quem quer que tenha feito aquilo, fez um ótimo serviço.

Lena suspirou de novo, mas não soltou a mão da filha.

— Vou sentir falta dele, mas me sinto estranha, mãe. Estou me sentindo quase feliz. Isso é errado, mas não consigo evitar. Tenho a impressão de que finalmente posso *relaxar*. Hoje compreendi que nunca estive em paz, não de verdade, e justamente agora eu *estou* relaxada. Isso faz algum sentido?

Lena fez que sim com a cabeça e abraçou a filha.

— É porque você era muito apaixonada por ele. O amor que você sentia por ele era quase uma doença, uma obsessão e, sabe de uma coisa, Jackie?, às vezes eu ficava observando você e sentia um aperto enorme no coração, porque sabia que você estava sofrendo, mas por amor. O amor deve deixar as pessoas felizes, e seu amor por Freddie nunca fez isso. Agora ele se foi, e você finalmente pode relaxar, porque pela primeira vez desde que ele saiu da prisão você saberá exatamente onde ele está, 24 horas por dia. — Ela abraçou a filha mais gentilmente. — Não vou ser hipócrita. Eu nunca pude gostar dele, e você sabe disso, mas lamento muito que você o tenha perdido. Sempre estaremos ao seu lado, seu pai e eu. Podemos brigar e discutir, mas no fundo somos uma família.

Jackie deu um sorriso triste.

— Será que já soltaram Jimmy?

— As notícias chegam rápido, querida. Não se preocupe.

O Pequeno Freddie estava observando a mãe e a avó, intrigado com a forma com que todos na casa adoravam demonstrar suas emoções. O assassinato de seu pai não o afetara de forma nenhuma, mas era um acontecimento que ele poderia explorar de alguma maneira. Ele teria de tomar cuidado com o avô. Para o avô, o Pequeno Freddie era como um livro aberto, o que deixava o menino cauteloso e nervoso, duas emoções que ele jamais sentira antes.

Ele sabia que o avô tinha descoberto o que ele fizera, e, como ele era sensato, cautela era sua nova palavra de ordem.

As garotas chegaram, trazendo sanduíches de bacon e copos de Coca Light. Fingindo estar chateado, o Pequeno Freddie conseguiu que o deixassem em paz para ver seus vídeos favoritos.

Jimmy saiu do chuveiro e atravessou o quarto. Um dia este cômodo enchera-o de prazer e esta casa fora o ápice de tudo o que ele queria da vida. Agora era apenas uma casa, como qualquer outra.

Casas não eram feitas apenas de tijolos e argamassa; também eram feitas das pessoas que moravam dentro delas.

Maggie estava sentada na cama. Ela parecia muito pequena e vulnerável. Vendo-a, amou-a mais do que nunca, mais agora do que em qualquer outro momento de sua vida.

Ela deu a Jimmy um copo de conhaque. Ele bebericou antes de dizer, alegremente:

— Estou feliz por ter tirado o cheiro da delegacia de mim. Como aquele lugar fede!

Ela não disse nada. Jimmy sentou-se ao lado dela na cama, segurou sua perna de forma jovial e perguntou:

— Por acaso estamos brigados?

Maggie ajoelhou-se na cama e, correndo as mãos pelos cabelos, disse em voz baixa:

— Pare com isso, Jimmy. Precisamos conversar sobre o que aconteceu. Sei que você matou Freddie. Sei que foi você desde que recebi a notícia. Agora você está agindo como se fosse um dia normal, mas não é. Você pode passar o resto da vida fingindo que não aconteceu *nada* e não ligar para as conseqüências. Mas eu não posso fazer isso. Eu preciso colocar tudo às claras de uma vez por todas.

Jimmy levantou-se e caminhou até a janela. Ia ser um dia bonito. Este era seu momento favorito do dia, o comecinho da manhã.

— Ele me *estuprou*, Jimmy. Você precisa olhar para mim e me dizer que não está magoado comigo porque não te contei.

Ele não se virou para ela, e Maggie sentiu-se mais uma vez doente por dentro. Não podia mais suportar aquela sensação. Ela preferia que ele a abandonasse do que fingisse que estava tudo bem. Segredos praticamente haviam destruído a ela e à sua família, e Maggie não tinha mais forças para viver assim.

— Quem te contou, Jimmy? Jackie?

Ele se virou.

— Jackie sabia disso e eu não?

Agora ele estava zangado. Ela balançou a cabeça, negando.

— Ela descobriu por acidente, há pouco tempo. Foi Kimberley quem contou. Ela ouviu Freddie me ameaçando no funeral de Jimmy Júnior. Kim estava brigando com a mãe e acabou falando mais do que devia, mas ela não queria causar problemas. Foi Jackie quem contou, Jimmy? Eu preciso saber.

Jimmy meneou a cabeça e as gotas de água caíram frias nos braços nus de Maggie. Ele era tudo que ela sempre quisera, e agora ele era tudo o que lhe restava.

— Ele ameaçou você no funeral do menino?

Ela fez que sim com a cabeça.

— Eu tinha medo do que você faria se soubesse, e também da reação de Jackie. Você sabe como ela sentia ciúmes dele, Jimmy. Ela teria perdido a cabeça e causado problemas a todos nós. Só quis tentar manter a paz. Achei que estava fazendo o que era melhor para todos...

Ele ajeitou a toalha que estava usando em torno da cintura e saiu do quarto sem dizer uma palavra.

Ela o ouviu descer a escada. Maggie deitou-se na cama, que compartilhara com ele por tanto tempo. Ela estava emocionalmente devastada, mas não conseguia chorar.

Na cozinha, Jimmy abriu a geladeira e pegou uma cerveja. Estava furioso novamente. Pensar em Freddie violando sua Mags já era doloroso, mas saber que ele usara isso para ameaçá-la era quase enlouquecedor. Todos esses anos que haviam passado juntos, todo o tempo que ele passara com Freddie, ajudara-o, bebera com ele e recebera-o em sua casa... Em todas as vezes em que haviam rido juntos, Freddie estivera rindo dele, e tudo isso porque a piranha estúpida que estava no quarto na parte de cima da casa tentara manter a paz!

Maggie e seu desejo de colocar tudo às claras... queria ver se ela gostaria de saber o que acontecera ao seu filhinho. Como Maggie não conseguiria viver com isso, Jimmy não iria contar. Ao contrário de Maggie, que só sossegara depois de fazê-lo pensar no assunto, analisando cada frase que aquele crápula lhe dissera.

Ele não queria falar sobre o assunto. Por que ela não pôde compreender isso? Por que ela não entendeu que ele não precisava desse excesso de informações?

Depois que eram pronunciadas em voz alta, as coisas passavam a existir de forma concreta. Assim, certas coisas mereciam não ser ditas. E isso não significava que ele não se importava ou que era incapaz de entender. Significava apenas que ele podia lidar melhor com as coisas se pudesse digeri-las no seu próprio ritmo.

Jimmy agora não conseguiria olhar para ela, não da mesma forma. Maggie estava inutilizada para ele. Ela deveria ter sabido disso. Era sua esposa, e como tal deveria conhecê-lo bem o bastante para saber que ele ficaria melhor se fosse deixado em paz. Antes, sentira pena dela, mas agora sentia apenas raiva e desprezo.

Ele soubera, assim que Freddie lhe contara sobre a suposta noite de amor, que ele deveria ter forçado Maggie. Ele não poderia tê-la tido de outra forma. Mas, ao insinuar que Jimmy Júnior era seu filho, Freddie causara sua própria morte, porque Jimmy acreditara nele. Mas não importava agora. Jimmy amara aquele menino e isso jamais poderia ser mudado, mas o fato de Maggie ter guardado segredo durante todos aqueles anos, ter convivido com Freddie, suas insinuações e piadas, era demais para Jimmy suportar.

Subiu correndo a escada. Maggie pulou de susto quando ele invadiu o quarto. Agarrando-a violentamente pelos braços, Jimmy gritou:

— Graças a você, aquele veado riu de mim durante anos. Fui alvo das piadas dele e nem sabia disso! Eu não fazia a menor idéia de que ele estava me ridicularizando, sua vaca!

Ele a empurrou para longe dele. Maggie permaneceu deitada, aterrorizada, enquanto ajustava suas roupas. Ele olhou para ela e disse:

— Você não fez isso por mim. Fez por aquela sebosa que chama de irmã. Eu o matei, e pode ter certeza de que dei a ele o que mereceu. Eu estava *certo* sobre o que aconteceu. Sabia que ele devia ter forçado você. Não tive dúvida disso nem por um segundo. Mas vou te dizer uma coisa, Maggie, você e ele me destruíram com o seu segredinho. Você passou esse tempo todo ouvindo as coisas que ele me dizia e compreendendo cada palavra e não me contou o que estava acontecendo. Eu estou me sentindo o corno do ano. Você devia ter esclarecido tudo assim que aconteceu, para que eu pelo menos soubesse quando ele estava gozando com a minha cara.

Maggie estava sentada, balançando a cabeça, transtornada. Ela compreendia que todos os verdadeiros sentimentos de Jimmy estavam vindo à tona.

Jimmy era bom em esconder coisas. Era por isso que ele havia prosperado tanto na profissão que escolhera. Na delegacia de polícia ele havia lhe contado, em termos claros, que sabia de tudo e que não queria falar a respeito. Ele acreditava no ditado que dizia que uma coisa da qual não se fala jamais aconteceu.

Maggie forçara-o a encarar o que acontecera, mas o feitiço se voltara conta o feiticeiro. Agora ela desejava de todo coração não ter forçado essa situação.

Maggie agora estava vendo a situação pelo ponto de vista dele. Jimmy estava lembrando de cada palavra que Freddie dissera, cada insinuação, cada comentário de duplo sentido, mas agora encaixando tudo no contexto correto. Para alguém tão digno e seguro de si como Jimmy, essas coisas iriam atormentá-lo, corroer sua alma. E fora ela, Maggie, a causadora de tanta dor. Ela guardara um segredo que quase os havia destruído. Depois o forçara a colocar esse segredo às claras, e esse fora o catalisador da destruição total de suas vidas.

Jimmy olhou para ela, que permanecia chorando sentada na cama, e sentiu uma vontade imensa de estrangulá-la. Nunca, em todos os seus anos juntos, Jimmy sentira tanta raiva dela.

— Você só se importa com Jackie, toda a sua vida gira em torno dela. Eu tive de agüentar aquela bêbada em cada Natal, em cada festa de família. Era com ela que você se preocupava, e é com isso que estou tão puto. Eu não consigo enfrentar a verdade como você, Maggie. Eu prefiro agir como um avestruz, que enfia a cabeça embaixo da terra. Você devia ter me deixado em paz. Queria deixar tudo às claras? Pois deixou. Agora você finalmente sabe o que eu penso de verdade.

Jimmy saiu de casa e ela ouviu os pneus de seu carro cantarem no asfalto.

Capítulo 32

Jimmy acordou sentindo uma boca úmida em sua ereção e suspirou cansado. Ele não teve a coragem de dizer que aquilo era apenas tesão de mijo. Ela deu tudo de si, mas ele estava desinflando a uma velocidade alarmante. No fim ela levantou os olhos para ele, que sorriu e disse:

— Mais sorte da próxima vez.

Ela sorriu e pulou da cama. Ele a observou recolher suas coisas e sair do quarto.

Isso era o bom nas prostitutas: tudo que elas queriam era o que você queria, nem mais, nem menos. Nada de conversas pretensiosas ou lamentações sobre suas famílias ou seus problemas.

Mas agora ele se sentia culpado, o que o irritava mais ainda. Estava dormindo com qualquer coisa que se movia, e isso só estava acontecendo graças à ajuda do álcool e, mais recentemente, do Viagra.

Ele bocejou de novo e sentiu o cheiro de si mesmo. Saltou da cama, vestiu suas roupas e desceu a escada.

Patricia balançou a cabeça para ele, como se estivesse lhe dizendo que ele era um menino malvado.

— Espero que você tenha pago a pobre menina. Elas precisam comer para viver, sabia?

Jimmy abriu um sorriso preguiçoso e disse, num tom irritado:

— O que deu em você, Pat? Este lugar é meu. Eu sou o dono de todas elas, de um jeito ou de outro.

Ele não achava realmente isso, apenas queria provocá-la.

— Vai ao funeral do Freddie?

— Por quê, você vai?

Jimmy saiu da casa, feliz por se livrar de Pat.

Dirigiu até a casa de Glenford. Estava desesperado para tomar um banho e trocar de roupa.

Jackie e as filhas estavam todas juntas na igreja. O Pequeno Freddie ainda estava do lado de fora, e Jackie sabia que ele estava fumando um cigarro atrás de outro.

O corpo finalmente fora liberado, e o assassinato de Freddie Jackson fora classificado como mais um crime insolúvel. Quase ninguém apareceu para o funeral. A mãe dela viria, a dele, não; nenhuma surpresa aí. O pai dela também não viria, e ninguém enviara uma única coroa de flores. Essas coisas não irritaram Jackie, mas a incomodaram. Era uma diferença sutil.

Mas depois que o dia acabasse ela poderia iniciar uma vida nova, era o que ela não parava de dizer a si mesma. Fora isso que a ajudara a enfrentar as noites.

Ela olhou para as filhas. Eram jovens bonitas e Jackie sentiu orgulho delas. Jackie nunca havia se importado realmente com elas, mas agora estava o tempo todo com elas, e realmente sabia a respeito de suas vidas e pensamentos.

A influência de Freddie sobre a casa desaparecera, e ela estava desfrutando a liberdade de não estar ligada a ninguém.

No dia seguinte iria à casa de Maggie, ver como ela estava. Jackie não esperava vê-la no funeral, mas Maggie oferecera-se para ir caso Jackie realmente quisesse. Ela ficara feliz com a oferta, satisfeita por saber que Maggie se importava o suficiente para fazer algo assim por ela. Mas ela assegurara à irmã que estaria bem com suas meninas e que conseguiriam suportar a cerimônia.

Jackie queria que a coisa toda começasse logo. Estava doida por uma bebida e tinha muito a fazer. Este era o dia mais importante de sua vida, pelo menos era assim que ela o via, embora não tivesse certeza se sua família concordaria. Jackie jamais enterrara o marido antes. Definitivamente, era uma experiência nova.

O padre estava olhando suas anotações, e ela esperou que ele dissesse o nome de Freddie corretamente. Afinal de contas, o padre não o havia conhecido.

Glenford estava saindo de casa quando viu o carro de Jimmy subindo a rua em alta velocidade. Assim, voltou e pôs a chaleira no fogo. Havia tempo para fazer um café, esse era o lado bom da vida que levavam. Não precisavam viver segundo o relógio, como a maioria das pessoas. Podiam escolher seus próprios horários. Era uma das atrações principais deste tipo de vida.

Jimmy entrou na pequena cozinha e seu corpanzil ocupou o cômodo inteiro.

— Muito bem, Glenford! — Ele estava sorrindo e gargalhando, como sempre. — Sabia que vão enterrar o Freddie hoje?

— Não. Quem te disse?

— A Pat. De qualquer modo, ela não vai.

Jimmy bocejou alto, pegou um baseado no cinzeiro, acendeu-o e tragou forte antes de dizer:

— Estou quebrado. Mas preciso botar a minha cabeça no lugar hoje. Vou visitar Ozzy amanhã e tenho algumas coisas para resolver primeiro.

— Está com uma aparência péssima, Jimmy.

Ele sorriu.

— Não é só a aparência, mas não se preocupe.

— Já falou com Maggie?

Jimmy olhou para o amigo e deu de ombros.

— Até agora, não tenho nada para dizer.

— Já se passaram dois meses, Jimmy. Não faço a menor idéia de qual foi o motivo da discussão de vocês, mas se deixar passar mais tempo não haverá volta. Quanto mais tempo você adia a resolução de um problema, pior ele fica.

— Está ensinando padre a rezar missa, amigo. Agora deixe que eu tome meu café e fume meu baseado, sem me sentir no programa de entrevistas da Lorraine Kelly. Se bem que adoraria que ela fizesse um programa comigo!

Glenford não resistiu e riu.

— Já esteve no pub? A reforma está quase terminada. Paul disse que está bacana demais para sua clientela usual, o que inclui a gente, eu acho.

Jimmy riu mais uma vez com o amigo. Quando, minutos depois, Glenford saiu, o rosto sorridente ficou sério de imediato.

— Precisa de mais alguma coisa hoje, Sra. Jackson?

Lily Small limpava a casa de Maggie havia cinco anos e sentia que as duas tinham uma amizade. Vinha cinco vezes por semana e limpava a casa toda. Ela já presumira que o Sr. Jackson deixara a esposa.

Aparentemente, a Sra. Jackson estava reagindo bem, mas Lily vira marcas de preocupação aparecerem em seu rosto como por mágica. Perder aquele garotinho adorável já fora difícil, e talvez a dor tivesse sido grande demais para eles. Ela podia entender isso. Só Deus sabia o que essa pobre mulher podia estar sentindo.

Ela daria tudo para saber o que o Sr. Jackson tinha feito, isso se ele tivesse feito alguma coisa, mas arrancar alguma coisa daquela mulher era uma tarefa impossível.

— Posso passar as camisas do Sr. Jackson?

Maggie sorriu. Ela precisava reconhecer que Lily era perseverante. Ela fazia a falante Mo Slater, da novela *East Enders*, parecer uma surda-muda. Porém, antes de falar mal dos parentes mais próximos ou dos vizinhos, pessoas que Maggie jamais conhecera nem quisera conhecer, Lily empinava o busto amplo, dava uma baforada no cigarro e dizia as palavras mágicas que faziam Maggie e Jimmy caírem na gargalhada depois que ela saía do cômodo: "Não sou de fazer fofoca, vocês sabem, mas..."

Agora ela estava parada ali, tentando obter uma gota de informação da situação de seus patrões, repetindo sua pergunta, sobrancelhas erguidas e o cigarro pairando perto da boca pintada de laranja.

— Devo passar as camisas do Sr. Jackson? Eu sei exatamente como ele gosta delas.

— Se quiser, pode passar, Lily.

Maggie sabia que estava irritando a pobre mulher, mas esse era o princípio da coisa toda. Sua vida era particular, e Maggie não tinha a menor intenção de fofocar com ninguém, quanto mais com Lily, cuja língua, Jimmy costumava dizer, era mais solta do que a de uma puta escandinava. Como até sua pobre mãe desistira de tentar descobrir o que estava errado, Lily não tinha a menor chance.

Maggie agora compreendia o que Jimmy quisera dizer. Se ela não tivesse contado a ninguém, a coisa não teria acontecido. Se ele voltasse, ninguém jamais ficaria sabendo de nada, e eles poderiam viver suas vidas normalmente. Ele tinha razão. Às vezes era melhor deixar as coisas às escuras. Isso facilitava a convivência.

Maggie pegou uma xícara de chá e carregou-a até o escritório. Precisava fazer a contabilidade, e este era um momento tão bom quanto qualquer outro. Os salões de beleza estavam rendendo bem — na verdade, extremamente bem, mas saber disso não causava o efeito de sempre sobre ela. Em vez de orgulho, Maggie não sentia qualquer interesse por nada. Cada dia que passava longe do marido morria um pouco mais por dentro.

Não recebera nenhuma notícia de Jimmy, mas também não tentara entrar em contato com ele. Como o dinheiro continuava acumulando no banco, ela simplesmente continuara levando a vida de sempre, mas a solidão estava apertando em seu peito. E por mais cansada que se sentisse, assim que se deitava para dormir, seu cérebro começava a funcionar febrilmente, e ela revivia dois dias distintos de sua vida.

A morte do filho, e a dor excruciante que causara, e o dia em que Jimmy a deixara.

Ela imaginava como devia ter agido, lembrando a si mesma que se tivesse continuado fingindo Jimmy ainda estaria com ela. Ambos estavam sofrendo com a morte do filho, e ela devia ter deixado tudo como estava até eles estarem emocionalmente mais fortes. Até eles poderem entrar no quartinho dele sem se desesperar, até a dor ter amenizado.

Pela primeira vez na vida, Maggie compreendeu o ciúme que sua irmã sentia de outras mulheres. Maggie torturava-se com imagens de Jimmy fazendo amor com outra mulher. Amando essas mulheres como um dia a amara.

Não conseguia comer, não conseguia dormir e não conseguia descansar. E não tinha mais ninguém para culpar, além de si própria.

— Vamos, mãe, coma alguma coisa.

Kimberley estava olhando para Jackie com aquela expressão preocupada que ela aprendera a amar. Era uma boa menina, a sua Kim, e Jackie não fora a boa mãe que poderia ter sido. Ultimamente isso a vinha incomodando muito, e por causa disso estava tentando ser gentil com elas, mais gentil que de costume.

Desde a morte de Freddie, as meninas vinham agindo como militantes do Exército da Salvação. Elas tinham cuidado muito bem da mãe e do irmão. Jackie estava surpresa em ver como elas tinham se tornado moças tão boas.

Jackie sabia que essas meninas tinham se tornado o que eram graças à influência de Maggie, mas não sentia a mágoa ou o ciúme que esse conhecimento costumava lhe causar. Jackie não tinha mais a impressão de estar sendo o tempo inteiro comparada a alguém, não sentia mais a pressão por suas falhas.

Agora ela estava decidida. Tomara decisões e estava feliz consigo mesma por finalmente estar assumindo o controle de sua vida.

— Foi uma cerimônia linda, não foi, mãe?

— Sim, querida. A cerimônia estava linda, e você também.

O rosto de Dianna era belíssimo. Nem Kim jamais tinha sido tão bonita. E Rox estava ganhando peso com a gravidez, mas, ao contrário da mãe, estava tomando providências para não permitir que seu corpo perdesse a forma a ponto de não poder mais ser reconhecido. Estava cuidando de si mesma. Ela não iria ouvir o homem de seus sonhos, o pai de seu filho, dizer: "Porra, garota, você está parecendo um monstro saído de um filme de terror!" As filhas de Jackie pareciam estrelas de cinema, e Jackie apenas se arrependia de não ter aceitado anos atrás as ofertas de Maggie para fazer tratamentos de beleza e emagrecimento. Mas nessa época ela havia entendido as ofertas da irmã como críticas diretas a ela. Agora, olhando-se no espelho, via que não precisava de um tratamento, precisava de um milagre.

Quando este dia terminasse, ela finalmente seria capaz de dormir. De ter um sono real e confortável, como os que tivera quando criança. Era o que precisava. O sono iria lhe fazer bem, porque em seus sonhos Freddie estaria novamente com ela, e eles seriam felizes, delirantemente felizes, e ela seria magra, não beberia, e ele não olharia para nenhuma outra mulher.

Era por causa disso que ela queria voltar a dormir. Ela precisava da ajuda desses sonhos para conseguir se curar.

Sorriu para o filho, que a cumprimentou com um aceno de cabeça. Observou-o enquanto ele saía. Ele devia estar sentindo falta do pai. Ele o havia amado muito, ao contrário dos sentimentos que nutria por ela. Jackie tinha a dolorosa certeza de que aquele menino jamais gostara dela. E, para ser honesta, ela também jamais gostara muito dele.

Freddie Jackson Júnior estava caminhando até a casa de um amigo quando viu dois de seus vizinhos andando na calçada do outro lado. Ele odiava Martin Collins. Tinha 11 anos e era pequeno para sua idade, mas tinha um jeito que o tornava muito popular. Seu irmão Justin cuidava dele, e Freddie estava interessado em ver até que ponto ele estava disposto a fazer isso.

O Pequeno Freddie atravessou a rua e apertou o passo até alcançá-los. Martin Collins olhou desconfiado para ele.

— Tudo bem?

Martin fez que sim com a cabeça, cautelosamente.

— Sim, e você?

O Pequeno Freddie sorriu.

— Tem dinheiro aí?

Justin Collins estava nervoso. Ele era mais velho que Freddie Jackson, mas não tão grande, nem tão agressivo.

Martin meneou a cabeça negativamente.

— Não, Freddie. Não tenho dinheiro nenhum.

Freddie olhou o menino por longos e calculados momentos antes de sacar uma faca longa, de lâmina fina. Viu com prazer os dois meninos pularem para trás, assustados, e quando Justin se colocou diante do irmãozinho para protegê-lo, ele riu.

— Protegendo o veadinho, é?

— Deixa ele em paz. Estou falando sério, Jackson. Vá se meter com alguém da sua idade.

— E se eu não for, o que você vai fazer?

Carros estavam passando em alta velocidade, e o ar estava impregnado com o cheiro de diesel.

Um velho observava a cena de sua janela. Estava tentando decidir se ligava ou não para a polícia quando o garoto maior, o tal Jackson, cujo pai fora assassinado, esfaqueou o coração do menino louro.

Martin gritou de medo quando seu irmão caiu na calçada, a mão pressionando o peito. Havia sangue espalhado por toda parte, e Freddie Jackson observava-o fluir como se estivesse em transe. Abruptamente, virou a cabeça para Martin e disse, baixo:

— Agora me dê algum dinheiro.

Martin deu ao garoto as duas libras e meia que sua mãe lhes dera para comprar um jornal e dez cigarros na loja da esquina.

Enquanto Freddie Jackson Júnior se distanciava deles, um som agudo de sirenes se fez ouvir.

Dez minutos depois, Justin Collins morria na ambulância.

— Tem certeza de que vai ficar bem, mãe?

Jackie forçou um sorriso enquanto fazia força para não gritar com elas. Jackie sabia que elas lhe queriam bem, mas às vezes tudo o que desejava era ficar sozinha.

— Tudo que quero é ir para a cama e dormir, só isso. Estou morta de cansaço. Os últimos dias foram difíceis, e mesmo seu pai tendo sido o que era eu o amava mais do que qualquer outra coisa. Quero apenas ficar deitada *sozinha*, pensando nele, tudo bem?

As três moças assentiram ao mesmo tempo. Em seguida, cada uma delas deu um beijo de boa-noite na mãe, embora fossem apenas três da tarde.

No térreo, viram sua avó falando num celular, e essa visão fez as três rirem. Ela fez um gesto para que se calassem, enquanto saía da casa para terminar sua conversa.

— Isso foi tão engraçado!

As garotas riram de novo, e Kimberley suspirou.

— Ela vai melhorar, não vai? Ela está quase *bem*.

Roxanna sorriu.

— Eu sei que às vezes é meio perturbador, mas pode ser uma coisa boa. É estranho pensar que a gente enterrou nosso pai hoje, não acham?

Ela estava enchendo um copo com água mineral, enquanto as irmãs bebiam vinho branco. Sentadas no sofá grande e gasto, olharam em torno para a sala que, graças ao seu trabalho duro, estava limpa e brilhante.

Dianna recomeçou a chorar.

— Ah, venha aqui, sua bobinha.

Kimberley abraçou a irmã, que disse, entre lágrimas:

— Que forma horrível de morrer. Fico pensando nele sendo assassinado...

Rox balançou a cabeça.

— Falamos para você não ler os jornais nem ouvir as notícias. Não pode ficar abatida pelo que aconteceu, meu bem. Ele não era nenhum santo. No mundo dele, esse tipo de coisa é praticamente um risco ocupacional, e se não aceitar isso agora nunca irá se recuperar.

Desde a revelação sobre a pobre Maggie, Rox esquecera todo o amor que ainda havia nutrido pelo homem que a gerara, mas não iria piorar ainda mais a dor de sua irmã.

— Mas quem poderia ter feito uma coisa dessas com o nosso pai? A polícia não está procurando pelos culpados?

Rox e Kimberley trocaram olhares por cima da cabeça de Dianna. Elas tinham suas próprias teorias, que não iriam divulgar. Obviamente, estavam transtornadas com os acontecimentos, mas, ao contrário de Dianna, eram realistas e até se admiravam por aquilo não ter acontecido antes. Freddie tivera mais inimigos que Vlad, o Empalador, e jamais perdera uma oportunidade de ridicularizá-los. Dianna era como a mãe delas. Via apenas o que queria ver nas pessoas, principalmente quando se tratava de Freddie, que, justiça fosse feita, amara-a mais que às outras duas desde que saíra da prisão.

Como Kim e Rox haviam começado a ver o pai pelo que ele realmente era, haviam ficado satisfeitas por não serem muito ligadas a ele. Freddie fora um criminoso violento, que destruíra todos à sua volta.

Elas estavam felizes por ele estar morto. Agora todos podiam finalmente viver em paz.

Jimmy dirigia a uma velocidade de tartaruga, meditando sobre o telefonema que recebera de Lena duas horas antes. Fora a primeira notícia que tivera de qualquer pessoa da família desde sua partida, e ele inicialmente se sentira constrangido, porque praticamente vivera na casa dela quando criança. Ele errara ao distanciar-se de Lena e Joe, juntamente com Maggie. Ele adorava os dois, sentimento que era recíproco. O telefonema dela o pusera num dilema. Jimmy também sabia que ela estava certa ao fazer com que ele prometesse jamais contar a Maggie que ela lhe telefonara. Nesse sentido, Maggie era igualzinha a ele, orgulhosa demais para apreciar o gesto da mãe, por mais bem-intencionado que fosse.

Ao sair da M25 em direção à sua casa, Jimmy sentiu-se tenso. Ultimamente esse era um sentimento que ele praticamente não conhecia, mas como Glenford dissera, quanto mais um problema é adiado, pior ele fica.

Agora ele estava envergonhado — afinal de contas, ela era sua esposa. Mas depois de uma semana de silêncio e raiva, ela não ligara para ele, e assim ele fizera o que a maioria dos homens faz. Jimmy alimentara e nutrira sua raiva e, quando viu, já havia passado mais de um mês. Agora ele não conseguia achar uma desculpa para ligar para ela. Assim, convencera-se de que, se Maggie o quisesse de volta, ela também poderia ligar para ele. Mas fora ele quem deixara a casa, e isso significava que era ele quem devia fazer contato.

Se Lena não tivesse ligado para ele, Jimmy jamais teria dado o primeiro passo. E se o que Lena dissera era verdade, ele lamentaria isso por toda a sua vida.

Assim que visse Maggie, que olhasse para ela, Jimmy saberia finalmente se poderia viver com ela novamente em paz e feliz. O outro lado da moeda era que poderia compreender instintivamente que isso não seria possível. Se ele não conseguisse expulsar da mente as imagens que o torturavam, seu casamento estaria irrevogavelmente terminado.

Ele parou no estacionamento do pub da vizinhança. Precisava pensar bem sobre o assunto e precisava de uma bebida para reunir um pouco de coragem.

A batida à porta foi pesada e inesperada. Mesmo no dia do funeral de seu pai, ninguém se dera ao trabalho de aparecer para oferecer pêsames, e as meninas eram sensatas o bastante para não ter esperado outra coisa.

Roxanna presumiu que fosse o Pequeno Freddie, de volta de seu passeio. Abriu a porta e se deparou com dois policiais uniformizados e dois à paisana. Seu pai sempre se referira aos policiais à paisana como vermes vestidos como pessoas de verdade. A lembrança do que o pai dizia deixou-a com vontade de rir. Sua animosidade natural pela polícia veio à tona, e ela disse, sarcástica:

— Se estão atrás do meu pai, chegaram tarde. Ele foi enterrado hoje.

O mais alto dos dois policiais à paisana deu um passo a frente e, mostrando seu distintivo — tão rápido que poderia muito bem ser apenas um passe de ônibus —, disse num tom grave e sério:

— Sou o detetive Michael Murray e estou procurando por um Freddie Jackson, mas desta vez é o filho dele.

Roxanna disse, irritada:

— Mas que droga, por que não tiram um dia de folga e nos deixam em paz em nosso luto?

— Ele está em casa, Srta. Jackson?

Ela estava começando a ficar puta com esse Murray.

— O que ele poderia ter feito agora? Ele passou a maior parte do dia no funeral do pai. Acho que isso deve ser um álibi bom o bastante.

Roxanna estava sentindo sua raiva aumentar. De todos os dias para vir importuná-los... e ela notou que havia três carros-patrulhas estacionados, todos com policiais uniformizados.

— O que está havendo? Ele é só um garoto. Por que vieram atrás dele com esse exército? Não me digam que ele é acusado de assaltar um banco! Vamos, o que ele poderia ter feito?

— Ele é procurado devido a um esfaqueamento fatal que ocorreu mais cedo nesta tarde, nas redondezas do albergue público Roundhouse.

A linguagem elaborada do policial fez com que ela demorasse um instante para decifrar o que ele estava dizendo, mas duas palavras sobressaíram.

— Um esfaqueamento?

A incredibilidade em sua voz foi percebida pela policial feminina de pé atrás de Murray, que se condoía por esta garota bonita que acabara de sepultar o pai.

— Lamentamos sua perda, senhorita, mas é imperativo localizá-lo o quanto antes. Temos um mandado de busca.

Murray olhou para a policial feminina com franca hostilidade. Sua abordagem civilizada e amistosa era muito inadequada para lidar com esta família em particular. Ele não podia esperar para ver essa moça ter sua primeira experiência com Jackie Jackson.

Ele já vira Jackie parada neste mesmo batente empunhando um bastão de beisebol. Até os policiais mais durões odiavam visitá-la. E esses eram homens que já tinham mantido a paz no parque Upton. Eles prefeririam enfrentar uma horda de manifestantes a se deparar com Jackie Jackson bêbada.

Ainda assim, o mandado concedia-lhes permissão para entrar. Assim, ele entrou cautelosamente, esperando uma lunática de vestido preto em honra à ocasião brandindo algum tipo de arma. Em vez disso, ficou agradavelmente surpreso em ver Lena Summers, a quem conhecia desde os tempos de ronda, e mais duas das filhas de Freddie Jackson.

— Onde está Jackie? — Ele já deixara de lado toda a formalidade. Este era um assunto sério, e ele queria saber a resposta para poder tomar as precauções adequadas.

— Descansando lá em cima — respondeu Lena, observando enquanto a casa enchia-se lentamente de policiais uniformizados. Tudo o que ela conseguia pensar era nas predições do marido a respeito do neto. Ele dissera que o Pequeno Freddie acabaria matando alguém, e ela não tinha a menor dúvida de que ele finalmente o fizera. A polícia não aparecia tão depressa e em número tão grande, com um mandado de prisão, se não houvesse ao menos uma testemunha.

Pobre Jackie, logo hoje.

— Kim, suba e acorde sua mãe. Eles vão começar a destroçar a casa procurando por ele ou pela arma. Coitada, como se já não tivesse problemas demais.

Murray disse com um sorriso:

— Acho que esta policial pode ter a honra. O quarto principal é a terceira porta à esquerda.

Rox sorriu enquanto a jovem policial feminina subia a escada. Como Murray e os outros veteranos, ela estava curiosa para ver como sua mãe reagiria a esta nova incursão da polícia.

Eles não ficaram decepcionados. A policial soltou um grito, e Murray só parou de rir quando ela se curvou sobre o patamar da escada e vomitou em cima dele.

Lily trouxe um bule de café descafeinado e um sanduíche. Agradecendo-a com um sorriso, Maggie finalmente se sentou em sua cadeira e esticou os músculos doloridos. Como sempre, Lily se sentou de frente para ela, pronta para atualizá-la sobre as pessoas que agora Maggie conhecia intimamente, embora jamais houvesse encontrado.

Hoje em dia, a atividade preferida de Maggie era fazer a contabilidade de seus negócios. Era a única coisa que afastava sua mente dos problemas, e ela adiou a conversa com Lily arrumando todos os papéis numa pilha organizada.

O telefone tocou. Ela o atendeu, dizendo numa voz cansada:
— Alô.

Lily ficou surpresa ao vê-la largar o telefone alguns segundos depois e em seguida recostar-se na cadeira com a mão cobrindo a boca. Começando a mover-se para a frente e para trás, Maggie soltou um uivo horrível que, conforme Lily narraria à sua família naquela noite, parecia que não era humano. Foi assustador ver a patroa reagindo de forma tão estranha ao que obviamente era algum tipo de notícia ruim, e a pobre Sra. Jackson já recebera muitas notícias ruins nos últimos meses.

Alguns minutos depois, ficou aliviada ao ver o Sr. Jackson entrar pela porta da frente e correr até a esposa. Como Lily mais tarde contaria à sua família da forma mais dramática possível, a Sra. Jackson abraçou-o como se a sua vida dependesse da presença dele ali. Embora Lily Small não soubesse, essa era uma definição verídica e precisa.

Rox ainda estava tentando segurar o conteúdo de seu estômago, e Dicky a abraçava com força ao mesmo tempo que dirigia o carro até a casa de Maggie. Dianna e Kimberley estavam no banco traseiro, junto com a pobre Lena, que jamais deveria ter testemunhado a visão de sua filha morta na cama, pulsos cortados e um saco plástico enfiado na cabeça.

Por que sacos plásticos? Primeiro o pequeno Jimmy, e agora Jackie.

Dicky estava começando a ficar um pouco irritado. Esses Jackson faziam o Jó bíblico parecer um ganhador da loteria. Com Rox grávida e ele trabalhando para Jimmy, o tio favorito dela, que por acaso também era o chefão da região, Dicky começava a achar que a família deles talvez fosse amaldiçoada. Talvez devesse ter esperado um pouco antes de se envolver tanto com eles. Mas, agora que Rox estava grávida, ele não podia abandoná-la.

Por mais que Dicky amasse Rox, a situação estava ficando um pouco louca demais para ele. E o rapaz considerava-se um cara durão, capaz de lidar com qualquer coisa que a vida lhe empurrasse. Bem, a vida agora estava lançando mísseis nucleares, e Dicky não estava nada feliz por estar na linha de fogo.

Ficou aliviado ao ver o carro de Jimmy estacionado diante da casa. Pelo menos haveria outro homem ali, e se Dicky conseguisse ganhar alguns pontos com o patrão o dia não estaria de todo perdido.

Mas seu coração doía só de pensar na pobre Lena. Ela não demonstrara qualquer reação. Ele torceu para que Joe chegasse logo, porque ela parecia mentalmente abalada. Tudo o que ele não precisava agora era que ela tivesse um colapso e caísse morta.

Estava sendo o dia mais louco da sua vida. Dicky jamais vira de perto as intrincadas e perigosas relações familiares dos Jackson, e agora que as estava vendo compreendeu que valia a pena ser cauteloso.

Maggie estava chorando quando Dicky entrou com Rox, que ainda o estava segurando com força, e foi apenas depois que ela desgrudou do seu braço e correu para a tia que ele teve um pouco de paz e pôde esfregar os músculos doloridos. A palavra "loucura" não saía de sua cabeça. Dicky passou o resto do dia pronunciando-a em voz baixa.

Epílogo

Ozzy estava feliz pela visita ter sido tão agradável, porque sabia que desta vez seu tempo estava chegando ao fim. Se recebesse condicional devido à sua doença, Ozzy mataria alguém de novo apenas para impedir que o soltassem. Era muito estranho. Ele havia se adaptado perfeitamente àquela vida e sabia que isso se devia ao fato de haver nele alguma coisa errada, quebrada.

Mas agora que o fim estava próximo Ozzy sentia-se feliz. Gostara dos anos de solidão, da camaradagem dos companheiros de prisão e da empolgação de ganhar uma fortuna enquanto era ostensivamente punido pela rainha.

Ele gostava da rainha. Quando os rapazes falavam mal dela, por terem sido perseguidos e condenados em seu nome, Ozzy sempre comentava que ela era apenas uma testa-de-ferro, uma figura de proa. Ela não estava realmente envolvida no processo. A rainha deixava todo o trabalho sujo para a polícia e os tribunais. Eles precisavam lembrar disso e respeitá-la por ter vencido o caso contra eles; do contrário, não estariam aqui. Afinal, se tivessem usado seus miolos, nem teriam sido capturados.

Na opinião de Ozzy, tratava-se de uma guerra urbana: nós contra eles. Eles sendo, obviamente, qualquer um que tivesse a coragem de defender a lei enquanto ele a estivesse infringindo para ganhar uns trocados.

Até Ozzy esperava que a lei prendesse os sujeitos que alteravam os medidores de gás. E também os assaltantes de rua, que eram uma mácula da sociedade. Mas Ozzy via a si mesmo, e a outros de sua estirpe, como empresários.

Agora, Ozzy estava vendo Jimmy feliz de novo, e ele trocaria os últimos dias de sua vida por isso. A família Jackson fora dizimada. Todos os seus problemas provinham de um único membro, Freddie Jackson, e Ozzy às vezes sentia-se responsável por todos os problemas causados por Freddie no decorrer dos anos. Fora Ozzy quem dera a Freddie seus sonhos de grandeza, sua primeira grande posse. Também fora ele quem, pouco a pouco, derrubara Freddie e fizera o jovem Jimmy subir.

Portanto, Ozzy inadvertidamente fora o responsável por todo aquele caos, e ele sempre lamentaria isso. Mas hoje Jimmy parecera bem e feliz com sua vida, e Ozzy seria eternamente grato por isso.

Ele nunca quisera uma família; às vezes ficava de saco cheio até mesmo de sua irmã Pat. Mas, por algum motivo, ele havia se afeiçoado a Jimmy. Ele sabia que Jimmy jamais roubaria um centavo dele, sabia porque durante anos mandara verificar os livros contábeis em segredo. Desde o começo algo lhe dissera que Jimmy jamais tocaria em nada que não lhe pertencesse, mas nunca se sabe. Ele agora estava totalmente certo sobre a honestidade de Jimmy, embora vários anos tivessem se passado até ele finalmente admitir que o rapaz era completamente decente.

Saber disso lhe agradava. Quando Ozzy finalmente deixasse esta casca mortal, Jimmy Jackson seria um homem muito rico, e ele merecera cada centavo.

Para Ozzy, era como se estivesse ressarcindo Jimmy, porque ao estabelecê-lo em seu mundo, ele inadvertidamente lhe dera um inimigo poderoso, um inimigo duplamente perigoso por ser do seu sangue. Ozzy sabia que parentes podiam ser muito mais traiçoeiros e vingativos do que qualquer outro adversário adquirido ao longo da vida. Sua força residia no fato de o conhecerem muito bem, e, como diz o ditado, saber é poder. E normalmente não se tem motivo para não confiar neles, até ser tarde demais e descobrir que eles o ferraram de jeito.

Ozzy se sentou em sua cela e parabenizou a si próprio por ter tido o bom senso de se isolar do mundo exterior. Ali dentro ele não precisava lidar com coisa alguma que fosse muito séria, a não ser quando lhe dava vontade. Ele ligou a TV portátil. Richard e Judy estavam no ar, e ele adorava o modo como interagiam um com o outro. Ozzy gostava deste tantinho de contato com o mundo exterior por meio da tela de vidro de seu antiquado televisor preto-e-branco.

Ele tinha apenas mais uma coisa a fazer e já providenciara tudo havia algumas semanas. Ele ia passar a ordem esta noite, quando, como de costume, um agente de segurança comprado traria seu celular, para que ele pudesse dar os telefonemas necessários com paz e tranqüilidade. O guarda também lhe trazia uma garrafa de Glenfiddich de vez em quando. Com uma gota de água quente e muito açúcar, a bebida era maravilhosa para ajudar a dormir.

Ozzy não contara a Jimmy qual seria esta sua última ação. Seria melhor que ele jamais ficasse sabendo a respeito. Mas valeria mais do que todo o dinheiro do mundo, porque ajudaria Jimmy Jackson a dormir melhor à noite. E deixaria Ozzy com a impressão de ter feito tudo ao seu alcance para compensar o jovem Jimmy Jackson, o novo chefão de Londres.

Glenford Prentiss estava fumando um baseado, como de costume, e sorrindo para uma stripper de pele café-com-leite, seios empinados e sorriso muito caro.

O telefone tocou. Ele o atendeu e sua testa imediatamente franziu de preocupação.

— Alô, Ozzy.

A garota notou o respeito em sua voz, e o som alertou-a para o fato de que todo mundo tinha alguém a quem a se reportar, a despeito de quão importante a pessoa fosse.

— Claro que está providenciado. Vão cuidar do garoto esta noite.

Libby, conforme era conhecida, observou enquanto Glenford desligava o telefone e o colocava sobre a mesa com um suspiro. Em seguida, ele tomou sua Bacardi com Coca-Cola em tempo recorde antes de dizer:

— Onde estávamos?

Mas ela era sensata o bastante para saber que ele estava pensando em outras coisas.

— Você está bem, Glenford?

Ele deu de ombros.

— Claro que estou, garota.

Ela sorriu, e ele sorriu em resposta, sabendo que há muito tempo não se sentia tão feliz.

Maggie estava rindo, rindo de verdade, e o som fez Lena e Joe sorrirem um para o outro.

— Jimmy é um cara bacana, não é?

— Muito. Lena, sirva logo esse chá antes que chegue o Natal.

Lena sorriu. Agora eles passavam a maior parte do tempo na casa de Maggie, e as garotas também. Jimmy não se importava, mas ela sabia que às vezes ele preferia ter sua esposa só para si. Ele teria seu desejo satisfeito mais cedo do que imaginava.

As garotas estavam começando a aceitar o que acontecera, e Lena sabia que elas eram mais fortes do que pensavam. Ela sabia que o bilhete de suicídio de Jackie não as ajudara. Ela escrevera de modo simples, para ninguém em particular:

Desculpem. Mas não posso viver sem ele. Sejam felizes todos vocês.

Mesmo depois da morte de Freddie, a pobre Jackie permanecera sob seu controle. Sob o controle de um homem que havia deliberada e sistematicamente corroído seu ego, até que ela se esquecera de como era ser feliz e ter uma vida.

Lena rezava todos os dias para que sua pobre Jackie houvesse finalmente encontrado alguma espécie de paz.

— Eles estão chegando, Lena. Faça outro chá, garota. Este está mais velho do que eu.

Joe amava Maggie e amava Jimmy, mas quando eles entraram no escritório amplo e puseram o bebê em seus braços, seu rosto se iluminou como um farol.

Para eles, esta criança era um milagre. A família ficara mais unida com seu nascimento e com o nascimento de seu primo.

Rox também fora abençoada com um menino alguns meses antes, e eles pareciam um par de jarras. Ambos eram robustos e tinham cabelos negros. De vez em quando Lena olhava-os preocupada, porque pareciam Freddie e Jimmy novamente.

Mas esses dois não seriam daquele jeito. Jimmy providenciaria para que fossem criados adequadamente. Dicky ficara furioso com Rox por ela ter dado ao bebê deles seu nome de solteira, para que ambos fossem Jackson. Rox decidira que casamento estava fora de questão por enquanto; ela queria esperar até que sua vida estivesse de volta nos eixos. Os jornais haviam se esbaldado. Todos tinham sofrido a humilhação de terem suas vidas expostas e serem rotulados como criminosos.

Lena olhou para os dois pequenos Josephs e soube que os nomes dos garotos haviam concedido mais prazer ao seu marido do que qualquer outra coisa em sua vida.

— As garotas virão esta noite?

— Não — respondeu Maggie. — Elas vão sair, e já não é sem tempo. O que achou da casa delas, mãe?

Lena sorriu de novo para a filha e disse, com toda a sinceridade:

— É linda, e elas adoraram. Vocês dois são muito generosos.

Jimmy deu de ombros.

— O que podemos fazer? Elas são nossa família.

Joseph assentiu positivamente.

— Pelo menos o que sobrou dela, hein? — Ao dizer isso, abraçou com força seu neto e rezou para que este menino e seu bisneto não tivessem herdado nada de Freddie Jackson.

Família era uma bênção, mas também uma maldição. Ele sabia disso melhor do que qualquer outro homem no mundo.

Naquela manhã, Joseph recebera um telefonema da prisão de segurança máxima que abrigava seu outro neto. Aparentemente, o Pequeno Freddie enforcara-se durante a noite. Ao ouvir a notícia, Joe sentira uma onda de alegria derramar-se sobre ele. Ele ainda odiava o menino e recebera com euforia a notícia de que ele estava morto. Mais um louco fora do caminho.

Ele contaria à família, quando a hora fosse propícia. Até lá ele iria deixar que todos apreciassem aqueles deliciosos dias de verão.

Maggie deitou-se na espreguiçadeira diante de sua cama amamentando seu filhinho. Era seu momento favorito do dia. Começou a pensar em suas bênçãos. Deus julgara adequado dar-lhe esta criança, e ela não iria deixar que nada estragasse sua felicidade.

Ela jamais esqueceria do seu pequeno Jimmy, mas Joseph tinha sido um novo sopro de felicidade em sua vida. Finalmente, ela não sentia mais medo. Freddie e seu veneno eram coisas do passado. Ele já governara vidas demais; era hora de fazer com que parasse de ditar seus sentimentos e pensamentos.

Maggie sabia que ainda era jovem e bonita. Seu corpo não era mais tão impecável como antes, mas ela não se importava com isso, nem Jimmy. Ele ainda a olhava com a mesma paixão da primeira vez em que tinham feito amor.

Jackie estava freqüentemente em seus pensamentos. Sentia falta dela, mas sabia que as garotas sempre estariam por perto, tentando ajudá-la, como ela sempre tentara ajudá-las.

Era estranho, este retorno à normalidade. Fazia tanto tempo desde a última vez que se sentira assim que se esquecera como era ficar parada, pensando em coisas normais.

Simplesmente existir.

Ela estava feliz novamente, mas esta era uma felicidade baseada na verdade. Como seu Jimmy havia lhe dito tanto tempo atrás, certas coisas deviam ficar sem ser ditas, e ela agora também era uma devota dessa crença.

Ela beijou a cabeça de Joseph enquanto trocava de seio, e o cheiro do neném por si só já era um deleite. Ela estava feliz, realmente feliz, e ninguém iria interferir em sua felicidade.

Jimmy jamais se cansava desse espetáculo. Ele podia passar o dia inteiro assistindo Mags amamentar o pequeno Joseph; para ele, aquela era a visão mais linda do mundo. Eles haviam recebido uma segunda chance e estavam determinados a aproveitá-la.

Freddie Jackson maculara a vida de todos eles de um modo ou de outro, e agora que estava enterrado há um bom tempo, os ferimentos estavam sarando.

A cada dia, Jimmy podia ver a diferença com mais nitidez ainda. Até as filhas de Freddie estavam se recuperando da devastação que fora a vida delas. Estavam mais unidas do que antes, e aos poucos estavam escapando do ninho que ele e Maggie lhes deram.

Jimmy conquistara muita coisa em sua vida. Ele trabalhara por sua família e tentara viver decentemente. Seu dever agora era não permitir que Freddie Jackson estragasse sua felicidade.

Se Freddie deixara uma herança, fora deixar os membros restantes da família mais unidos. Como Ozzy sempre lhe dissera, ache um ponto positivo em vez de um negativo e viverá melhor. O clã dos Jackson ainda era forte, e novos recrutas chegavam a cada momento. Rox já iniciara o jogo para as meninas.

O império dos Jackson continuaria de pé, e ele estava determinado a passá-lo para aquele rapazinho ali na sua frente. Afinal, não era este o sentido de tudo na vida?

Sorrindo para sua linda esposa, Jimmy decidiu aproveitar ao máximo o momento de felicidade, porque sendo um Jackson, aprendera do modo mais difícil que nem sempre este era um sentimento duradouro.

Este livro foi composto na tipologia Dutch766 BT,
em corpo 11,5/16, e impresso em papel off-white
70g/m² no Sistema Cameron da Divisão Gráfica
da Distribuidora Record.